医学博士的闺密们

YIXUE
BOSHI
DE
GUIMI
MEN

文 心
雪中银狐

著

中国文史出版社

1

从华阳回到长沙，王浪的心情颇不宁静。在家乡华阳的几个昼夜，为了同学亲戚的官司，他与向玲玲很多时间都待在一起，感受到了她的可爱、亲近与优秀，然而却没有恋爱般心动的感觉，也不知道是为什么。或许，这是缘，是天意吧。

躺在床上，难以入眠，看看桌上的时钟，已是零点时分，王浪拿起手机，给叶欣发短信："在做什么？"

看到短信，叶欣的心莫名地疼。前些日子，王浪和向玲玲一起去华阳县，令她产生不祥预感，不论自己多么爱王浪，有向玲玲对王浪的一往情深，她的这份感情恐怕难以有结果。唉，既生瑜，何生亮！随缘吧，人的一生，为爱奋斗，为爱想明天，一切的一切，只求无悔，只求无愧于心。

"怎么还没有睡？"叶欣回复道。

"你在哪？"

"医院，我在值夜班。"

得知叶欣在医院值班，王浪迅速敲下几个字："我现在过去找你！"

"行啊，我饿了，带些吃的过来。"叶欣很快回了短信。

她有些惴惴不安，又带点儿甜蜜的冲动，期待着王浪早点到来。

王浪快速起身出门，去附近夜市一条街买了烧烤、饮料，快步走向医院。

"哇，你真好，都是我喜欢吃的东东！"叶欣见到王浪，还有他带来的食物，很是开心，小小地欢呼着。

"你开心就好，多吃点儿。"

叶欣狼吞虎咽地吃下几块烤鸡翅，见王浪盯着自己，有些羞涩地说道："光看着我干什么？你也吃。"

"你吃东西的模样儿挺可爱。"

"才不是，你不笑话就行。"

"哪能笑话，真的很美。"

叶欣的双颊飞过两朵红云，低下头继续吃。

王浪静静地陪伴着。

"明天去外面逛逛，好吗？"吃得基本饱了，叶欣仰起头，很期待地对王浪说道。

"好呀，不过，你今天上晚班，没休息好，能行吗？"

"没事。我明天上午先休息，补补睡眠，下午出去就可以了。"

王浪热烈响应："好。我明天下午一点左右去接你！"

叶欣很愉快地值完晚班，回到宿舍躺在床上睡不着。爱情是什么？这么多年了，对王浪仍深深依恋着。可是，想起向玲玲的美貌和她对王浪的用情之深，叶欣有些不自信，那么优秀的女同学王浪都没有接受，何况自己？

辗转反复到十一点半，叶欣干脆起床弄了些吃的，接着打电话给王浪。

"到我这里来吃东西。"

"不用弄了，我们出去。"

"我已经弄好了啊！你快过来！"

王浪很快到达叶欣的宿舍。房间不大，有一种熟悉的味道，令他站在窗前想起了邱倩。

"哎，你想什么呢？"

"你的房间不错，很精致。"

"就是稍大了点，一个人待在里面觉得好空旷！"

叶欣不敢相信这话是自己说的，有必要如此幽怨吗？

"你应该接受姚义！"

王浪不知道为什么会这样说，但效果却令他措手不及。

"怎么？你想让我接受他吗？"

叶欣反问。

"不……不是……"

王浪局促。

"你知道他有老婆孩子。不管他大学再怎么喜欢我，但是从一开始我对他并没有好感。没有那种感觉你懂吗？只要有那种感觉我都会去尝试，但是一点也没有！你觉得我应该做一个第三者？还是你希望让我陪他玩玩儿，或是满足一下他大学时候没有追上我，现在来满足凤愿？"

叶欣的话句句带刺，王浪招架不住。

"不是！我知道你是一个有思想有个性的女子……"

"不要说我了，还是说说向玲玲，你看她多么漂亮，对你多么痴心啊！你说是不是？"

"怎么又扯到我来了！"

王浪看情势不对，知道再这样子扯下去大概不会有什么好结果。他走到桌前，鼻子抽吸两三下，对着菜品说道："色香味俱全呀，没有想到我们的叶大美女这么能干。"

叶欣自然不想让这种情势再延续下去，顺着王浪的话说道："告诉你哈，你是第一个吃我饭的男人！"

王浪心中涌起很幸福的感觉："谢谢你。"

午饭后，两个人去一家新开张的公园，这家公园融景观与度假休闲为一体，名字颇有意思，叫石燕湖。进门的正面是高大整齐的枫树林，满树是红红的叶片儿，彰显着秋天也是个多姿多彩的季节。枫树林后面有一块很大的草坪，上面的草儿有些许枯萎，更给他们温情的暖色调。草坪有点像打高尔夫球的场地，高低错落，互相隐蔽，倘若是有情的男女结伴来到这里，占据一个小草包，就有机会享受"蓝天白云、停车做爱"的浪漫滋味了，自然地，这里成了青年情侣们最喜欢的地方。

再往里走，公园的右边，有着围成环状的一圈垂柳，秋天的风已经拽下了它们不少的叶片，在明媚的阳光下，那弯曲的枝条更显婀娜多姿。

垂柳的中间，是一个美丽的自然湖，这个公园的名字叫石燕湖，看来是突出湖光山色的美丽。

看着波光潋滟的湖水，看着湖中漫游着的几叶小舟，叶欣兴致颇高。

"王浪，我们划船吧。"

"好呀，不错的主意。"王浪欣然同意，"那边，我们去那边买票去。"

他们要了一部双人脚踏船。交了押金，领了船牌，两个人来到游船码头。

"这个，我要这个米老鼠的船。"在王浪的面前，此刻的叶欣童心未泯，可以说是尽情撒娇吧。

管船的工人看了叶欣一眼，目光里并无恶意，见多不怪吧，来这里玩的男男女女，都是情深意切的，自然卿卿我我，如胶似漆，恩爱有加。不然的话，一般的男女关系，哪里会两个人来到远离市区几十公里的公园游玩呢？

工人把米老鼠船拖到了王浪与叶欣的面前。王浪快速地下到船里，然后伸出手来迎接叶欣，有些男人天生就会体贴照顾人，王浪就是这样的人。王浪，你总是让我感动，让我感受到你的好。你会让我离不开你的。叶欣在心中说道。

叶欣舒服地与王浪坐在了脚踏船上。秋风轻轻吹过，一片红枫叶飘落下来，叶欣高兴地用双手接住，捧着火红的枫叶，她饱含深情地对王浪说："我要把这片红叶带回去，做成书签，那样就可以天天看见它，可以天天想着你。"

　　"有这么好吗？我可不是藏在树叶里的虫子。"

　　"反正呀，不管你是什么，我能够透过树叶看到你，感受你，就可以了。"

　　"你挺会幻想的，由物及人。"

　　叶欣感觉到幸福，与王浪一起在山水美景之中，感觉天是这么蓝，水是这么清，风是这么柔和……

　　"嗯——"叶欣真想留住与珍藏这难得的日子，在内心深处，她更想与王浪一起去创造永远都这么让人喜悦的日子。这么想着的时候，她想起了向玲玲，这个同样深爱着王浪的同学也一定会有这样的想法。叶欣略有所思地问道："王浪，在华阳好玩吗？"并没有直接提到向玲玲。

　　"当然好玩，那是我的故乡，我爸爸妈妈在华阳，回家的日子总是美好的。"

　　"真羡慕你。"叶欣说这话非常伤感，随即沉默了。

　　王浪感觉到了叶欣情绪的变化，抬起头认真看叶欣，几颗泪珠顺着她的脸颊流下来。

　　"怎么啦？叶欣，为何突然不高兴呀？"

　　"我没有家，也没有喜欢我的人，我什么也没有。"

　　王浪一下子被叶欣弄糊涂了，他这是第一次看见叶欣如此脆弱与伤感，何况他刚才并没有说什么特别的话。

　　"你家出什么事了吗？"王浪关切地问道。大学同窗几年，他很少听叶欣说她的家，好像那时两个人接触不多，或许没有机会谈到彼此的家庭，那时王浪单凭有限的几次交流，感觉叶欣很有个性，性格坚强，从没有看到过她流泪或者是情绪特别低落的时候。

　　"很小的时候，好像我还在上小学，我爸爸遭遇车祸身亡，留下妈妈、我和姐姐，还有年纪很大的爷爷奶奶。爸爸是家里的顶梁柱，他一走，我们家的经济状况很快陷入困境。有一天早上，我醒来后就没有见到妈妈。姐姐说妈妈不要我们了。我后来知道，妈妈改嫁了，她到很远的地方去了。好像偶尔，妈妈还会给我们写信，但是信一天天变少，到后来就没有了任何联系。我听姐姐说，妈妈和她的丈夫一家全部搬到国外去了，以后就断了音讯。"

　　"你没有去找妈妈吗？"

　　"没有，小时候，爷爷奶奶告诉我们妈妈很坏，丢下我们不管，我在心里恨妈妈。到我懂事了，有时想去找她，可是又怕打扰她的生活，也怕妈妈再次不要我们。"

"或许，她会在哪一天突然回来找你们。"

"现在她要回来找我们，也要费一番劲了。爷爷奶奶已经去世多年。姐姐为了我读书的费用，早早离家辍学打工，我考上大学之后，再也没有回过家乡。"说到这里，叶欣更加痛苦，泪流不止，"王浪，你不要离开我好吗，你喜欢我，好吗？"

叶欣伏在王浪的肩上哭泣，泪流在王浪的肩膀，打湿了他的衣服，也给他的肌肤带来一丝热度，他的心像被什么东西触动了。

"不要哭了，不哭。欣，我喜欢你……"王浪说着话，一边揽住她的肩，在一瞬间，他真想对叶欣说"我爱你"，他愿意用他宽阔的胸怀接纳她，给她坚实的肩膀依靠，给她快乐的生活。然而，他的心中涌起片刻的犹豫，曾经的往事——邱倩、龙芳瑜、张美玲闪现在眼前，这些他爱过的女孩，他以为可以用自己的爱给他们快乐，于是恣意地用真情去爱她们，可是最后呢，只能说适得其反。爱不是简单的几个字，爱不是誓言与愿望的单纯组合。

叶欣止住了哭泣，她仰起头，泪光闪闪地看着王浪："你真好。"

"你哭的样子很好看，梨花带雨。"王浪打趣道。

"不准笑话我。"叶欣用粉拳敲打王浪的胳膊。

"好，不笑就不笑。"王浪看着周围的环境，"你看，我们还在原地呢，来，让我们的船动起来。"刚才两个人一个在哭一个在劝，都没有踩脚踏，船当然不会动了。

水下的船桨在两个人的齐心协力下发出哗哗的响声，冲破水的阻力，船在湖中轻快地散步。

"听姚义说，你们几个人一起去华阳的？"叶欣还是关心着王浪的事情，也要知道得更多。

"三个人，我、向玲玲，还有一个是来请我们的老同学。"王浪明白姚义找过叶欣，姚义和她说过他们去华阳的事情。

"向玲玲喜欢你们那里吗？"这问题好像有些不着边际，也好像与叶欣无关，女孩子有时就是怪，问得没有理由，不过，绝对符合她自己的某些需要。

"她说不错，华阳的环保工作做得很好。"王浪回答道，并做进一步说明，"我们去帮人家打医疗官司。"

"是什么样的官司？"叶欣进一步问道。

王浪于是在船上给她说了冯慧伯父家的医疗官司事情。

"这家医院真是太差劲了，人员不够就不要开展手术呀，手术完了没医生看着，太可怕了。"叶欣听说后也愤慨不已，"结果怎么样？"

"医疗事故鉴定委员会认定为一级医疗事故。卫生局进行调解，最后由医院按照当地的最高标准进行补偿，三十万元十天内付清。应该说结果还算满意，双方签字同意，都有诚意。"

"那就好，现在医院担心医疗事故，病人出了医疗事故也非常不幸。"

"姚义现在对你怎么样？"王浪感觉不管怎样，他有必要了解姚义对叶欣的态度。

"我不喜欢他，烦。他有老婆孩子，还这样那样，特烦。你告诉他，他没有资格和我谈情说爱。"叶欣说道。

王浪心中惊异，这是第一次，叶欣表现得这般斩钉截铁。她的脆弱与强硬很自然地整合在一起，缘于一个"爱"字。

划完船后，他们在公园餐厅吃饭，点了最负盛名的公园招牌菜"石燕湖鱼"。口味相当不错，就是价格贵了点，一条鱼花了三百元钱。叶欣麻利地买单，能请王浪吃好东西，好开心呀。

晚上，王浪与叶欣回到城区，他想让叶欣早些休息，怕她太累。倒是叶欣意犹未尽，想多些时间和王浪在一起，于是一起去看电影。当晚的电影是一部大片，由国际知名导演张艺谋拍的《英雄》，据称耗资上亿人民币，典型的烧钱电影。张导就是厉害，后来成功竞争到了北京奥运会开、闭幕式总导演、掌舵者，必将成为北京奥运会的"英雄"。

影片气势宏伟、镜头感强烈而唯美。从开头到结尾，从银幕的第一个字，直到最后一个字，最后一个音乐音符，所有的元素都充满了美感。电影谈的是"天下"，用武侠元素解释"天下"：战争与和平、家与国、爱恨与情仇，芸芸世界里，有顶天立地的英雄，同样有默默无闻的普通大众。

张艺谋的这部电影，几个人物在山水之间，像万花筒一样展现了一个充满想象力的世界。在天下的大幕里，谁是英雄？谁主沉浮？数风流人物，还看今朝吗？今朝只是今人的镜子，反映出今人的嘴脸。

张艺谋的不一般，在于他创造了自己眼中的天下。无论你是否认同，无论你喜欢与否，他是他的天下的主人。一个能创造出自在自我的世界的人是胸怀天下的，胸怀天下的人是胸中有丘壑的。有剑与无剑，杀与不杀。胸中有天下的人是胸中有和平的人。和平是天下人的向往，和平是人生的境界。

任何人，任何解释天下的企图都将是徒劳。然而，正如每个人都有权利解释自己的生命一样，一个人有权利解释他眼中的天下。即便是奥运会这样一部诠释"天下"的体育盛会，到头来成就英雄的也只有那么几个，然而它包含着世人的共识，人类心声。

王浪一边看电影，一边感慨。

"叶欣，怎么样，喜欢这样的电影吧？真是拍得不错，大导演果然出其不意！"

"你说不错就不错，我不太懂。"叶欣回答道。

这让王浪诧异，一个大学生怎么会看不懂电影呢？如果王浪多想想叶欣当时的内心或许就明白了。

叶欣并不怎么喜欢这样的影片，所谓男女有别，这体现在很多方面。具体到这部影片，虽然这其中也有一些点缀的情爱细节，但是与整个影片的主题"天下、英雄"相比较而言，其中的情爱戏简直可以忽略，这样的处理，对于爱看言情剧的女孩子来说，就有些乏味。可以说，如果不是与王浪一起看这部电影，如果身边坐的不是王浪，叶欣早就会离开电影院，回家睡觉了。但是，她没有，她感觉即便不看电影，就这样坐着，陪王浪看电影，也是莫大的享受与快乐。

这样的日子真的是最后一次了，以后或许还会有一起出来的时候，但那时两个人的关系不会再是这样的。那时，叶欣不会再有这样的梦幻，那时的她必须面对现实面对改变的一切。

这都源于叶欣的姐姐叶蓉，当叶欣与王浪的爱情或许处于萌芽期的时候，叶蓉来到长沙。阴差阳错，这个叶蓉就是当年王浪的学车教练。她比叶欣更漂亮，更光彩四射。更重要的是，她比叶欣更会采取主动出击的方式，她对王浪的爱更为疯狂。

王浪在四水学开汽车时，那个深深爱着他的美女教练正是叶蓉，她当年不可自拔地爱着王浪，之后，在遭受难以承受无法相爱的痛苦，选择远离。谁又能想到，几年之后，叶蓉会在长沙遇见王浪。叶蓉还会有当时的激情吗？她的妹妹叶欣又将如何面对？

2

初冬的长沙，天气渐渐冷了，保暖内衣、羊毛衣、羽绒服全部派上了用场，倘若下着毛毛雨，那雨飘在脸上还有刺骨的寒意。这样的天气，对于久住此处的人早已习惯，天冷加衣，防寒保暖，倒对长沙一年四季季节分明有着深刻的印象，也习以为常。

不过，如果是初次来长沙，对长沙的气候没有经验认识的话，就会有些不适应。

这不，刚刚走下民航机场巴士的女孩就打了一个寒战，哟这天气，真够冷的。

天上飘着毛毛细雨，风不大，可吹在脸上、身上更增加了寒意。她从位于东南沿海的四水市来长沙看望妹妹，计划顺便去湖南有名的张家界游览一番。此时的四水，气温通常还在二十多度，正是气候宜人之际，她穿的衣服在四水是刚刚好，不冷也不热，正是当时最好的着装。然而，从民航的空调巴士落地长沙，两地气候的差别就显现出来了。

女孩穿着海蓝色直筒套裙，腰身细，胸部饱满，脸颊红润灿若桃花，皮肤弹指可破，昂首挺胸，气度不凡，寒冷的天气并没有影响她的心情。她面带笑容地向四处张望着。

"姐！我在这。"叶欣大声喊道，一边朝女孩这边跑过来。

"妹！"女孩拉着航空箱，朝她的妹妹叶欣走去。

姐妹俩热情地拥抱。"姐，你更漂亮了。"叶欣对姐姐夸道。

女孩子就特别爱听这些，哪怕赞美来自自己的姐妹，也一样受用。当然，姐姐的这身打扮的确很显出她不俗的外貌。

"不行了，姐老了，都过三十。男人三十一枝花，女人三十豆腐渣。"

"才不是这样的，我看姐正是一枝盛开的花。"

"哟，叶欣呀，你越来越会夸人了。看来，做医生挺不错的，能练得口才出来。"

"姐姐，妹妹是真的说你好。"

姐姐停下脚步，认真地看着叶欣："我知道你是真的说我好，姐当然知道自己有多漂亮，有多好看。"

"就是，上帝对你好些，把你捏得漂亮些。"

"哪里，你就比我聪明，是我们家的大学生哪。"

"姐，你和我一样聪明，要是我们家的条件好些，你也一样会是大学生。姐，要不是你，我哪有钱去念大学呀。"

"好了，不说这些，不说这些。我们现在都长大了，生活会越过越好的。"姐姐随即安排道，"我们先去酒店住下，然后再安排去张家界旅游的事情，好吗？"

"姐，你看怎么样好，就怎么样。反正长沙我很熟悉，我可以领路。"

"你现在还在湘雅医院进修吧，那就打个车，去湘雅医院附近的宾馆，要条件好一点的。"

"可以的，那就去华夏大酒店吧，那里吃饭、住宿的条件都不错，我们在那里吃过饭。"

"行，那我们走吧。"

叶欣与姐姐打车来到华夏大酒店，要了一个单间，住了下来。

姐姐再次打量着叶欣，发现了什么似的说道："叶欣呀，我看你这次红光满面，气色很好。以我的经验，好像是爱情滋润着你。是不是谈恋爱了呀？"

叶欣面露羞涩之意，她想起了王浪，可是，两个人的关系并没有明确，恋爱是说不上的，何况，在她和王浪之间，还有一个强有力的对手向玲玲。

"没呢，还没有。姐，你呢？妹想喝你的喜酒了。"

"这么急着要姐姐嫁出去呀，姐嫁出去了，就不是你姐了。"

"不是我姐，那是什么呀？"

"这个，你想想看，姐姐嫁了之后为何不是你姐姐了？"

叶欣想了一阵，没有答案，这姐姐吗，总归是姐姐呀："我想不出来。此题无解。"

"当然不会无解，姐姐出嫁了就是姐夫的老婆了，很多事情就要先考虑姐夫了。"

"好像有点道理呢。你，那就不要结婚，干脆嫁不出去算了。"

"嘿，也别咒我呀，我的好妹妹。有合适的人选我一定会嫁的。"

吃了午饭，叶欣说带姐姐去湘雅医院参观参观。因为酒店离医院很近，两个人手拉着手走路过去。

在医院大门口，叶欣远远地看见了那个她天天想见的人，王浪走在不远处。叶欣向他招手，并站在原地等王浪过来。

王浪朝姐妹俩这边走过来。待双方距离只有几米远时，姐姐大吃一惊，朝他们走来的男孩子，怎么和她一直在心底爱着的那个人这么像呀，不是像，简直就是一个人。

"他叫什么名字？"姐姐低声地问叶欣。

"王浪。"

"王浪，他叫王浪，是吗？"姐姐听得此言，情绪有些激动。因为这人正是她一直爱着的男孩，也是她的学车徒弟王浪。

王浪已经走到了叶欣姐妹的面前。

"叶欣——"王浪喊着叶欣，正想与她说话时，他看见了她身边的女孩子，好眼熟的一个女孩子，他那已经到嘴边的话语因为这个意外而咽了回去，这女孩好像当年的那个教练。看那眼神，没错，不会错，就是她，就是她一直用那么深情的眼光看自己，几年了，一如当初的眼神。

"王浪，你——"女孩太过于激动，一时竟说不出话来。

"叶蓉。"王浪本想喊叶教练，可是当时叶蓉就不喜欢他称呼她为教练，要他叫她"叶蓉"或"蓉儿"。

"王浪……姐！"叶欣看到这样的场面，颇感意外，这真是巧呀！姐姐竟然和王浪互相认识。脑子片刻的停转之后，姐姐在四水工作，王浪也曾在四水市天马医院工作过，但是真没有想到他们俩还会相互认识，这就是缘呀，真是太有缘了。

三人似乎都在短暂的眩晕后清醒过来。

"看来我们还是得介绍一下。"叶欣郑重其事，"虽然你们认识，但是我还是得履行程序。"

王浪与叶蓉看着叶欣，希望她的嘴里吐出象牙来。

"姐姐，这是我的大学同学，王浪。"叶欣指着王浪向姐姐介绍道。

接着，叶欣向王浪介绍她的姐姐："这位是我的姐姐，叶蓉。"

"幸会，幸会！"王浪与叶蓉进行着正式的见面礼。

此时此刻，正式的仪式进行完之后，叶蓉心潮澎湃。原以为经过多少的时空距离，爱已经不会再有，可是，在长沙湘雅医院门前，这意外重逢，让她心头的爱火迅即重燃起来。只是，她不知道，她的爱会伤害到自己的妹妹叶欣。

世界真奇妙，世界真的小。王浪不敢相信，叶欣和叶蓉真是姐妹关系，太巧了。

此时的叶蓉，并不知道妹妹与王浪有些亲密的关系，更不知道妹妹深深地喜欢着王浪。只知叶欣和王浪是同学，这是叶欣刚才告诉她的。

叶蓉感到高兴，感到激动，又见到王浪了。原以为她与王浪不会再见面，再见面了也会平淡或者是陌生与冷漠。谁知道王浪是妹妹的同学，她来看妹妹，来参观妹妹进修的湘雅医院。一切就是这么自然，如果不是这样，如果不是上帝安排，她哪里能够与王浪再续前缘，而且终于更进一步。

这样的情况见面，给王浪加上一个妹妹同学的身份，感觉更像一家人了。一下子，叶蓉感觉与王浪亲近许多，往日的时空距离一下子全没有了。她又回到了当时，那个狂热追求着王浪的叶蓉。

妹妹的同学？这样说来，依照常规，如果王浪与妹妹是同学的话，那自己肯定比他要大上两岁了。叶蓉心想，没想到无意中，咱和王浪还是姐弟恋呢。好，现在姐弟恋流行、时髦着。网络上的书与姐弟恋有关的也特走红，自己也算是领导婚恋新潮流吧。这些内心话，倒纯粹是自娱自乐了。

叶蓉在闪电般回忆着往事。那时，王浪在她手下学习开车，她以权谋私，利用当教练的方便，把王浪"诱骗"上了床。那晚她与王浪睡在一张床上，王浪抱着她睡了一个晚上，却终究没有将自己奉献给王浪，她依然保持着她处女的身子。

"姐，你和王浪是怎么认识的呀？"叶欣还是想知道姐姐与王浪在四水有怎样的缘分，"虽然你们同在四水多年，可是四水几百万人口，相识还是要机会的。"

"叶欣，你的同学王浪可是我的学生呢。"

"你是说，王浪在你那学开车吗？"叶欣记得姐姐叶蓉在四水市做了多年的驾车教练，只是近期好像教学开车少了，开了个搞汽车美容的小公司。

"没错，妹妹说得对。"叶蓉回忆着当时的情况，"你这位同学呀，学开车特别快，脑子好使，什么东西学一遍就会了。是不是呀？王浪。"

"过奖了，过奖了。"王浪谦虚道，"是你当时教得好，有耐心，有方法。"

叶欣看了一下表，已经就要到上班时间了，只得说道："姐，要上班了，我们和王浪晚上再聊吧。你到我办公室去坐吧。"

"不用，医院都挺忙的，你们医生更忙，我不在那里碍手碍脚，影响你们的工作。我就在外面转转，累了我回酒店休息就是。妹，你安心上班，不用管我。"叶蓉说的是实话，也非常通人情，她想晚上与王浪继续聊，就对妹妹和王浪说道，"晚上我们一起在酒店吃饭，我等下去安排，你们下了班一起过来就是。"

"放心，我们下了班就过来吃饭。"叶欣自然同意，没有异议。

"要为你接风洗尘，你是远道来的客人。"王浪礼貌道，"哪能让你破费呢。"

"这是谁和谁呀。"叶蓉坚持道，"就这样定了，我请客。你们按时赴会就是。"

"姐，再见。你注意安全。"叶欣不放心姐姐。

"叶欣，姐在外面闯荡多年，什么场合都见过，你不用担心。长沙虽然我是第一次来过，但是这比深圳、广州的情况还是要简单些。"

"好，的确这样，老师你见多识广，是洞庭湖的麻雀，大小风浪都经历过了。"王浪拍着叶蓉的马屁，"我上班去了，晚上见。"

叶蓉在他们两个都上班去了以后，一个人围绕着湘雅医院转了一圈。湘雅医院正在进行全面改造，差不多是重新建设一个全部现代化的门诊与病房大楼。整个医院就是一个大工地，粗看医院显得杂而乱，但这都是暂时的，何况对一家医院而言，最核心的是人才与技术。不过，叶蓉并不懂医，也不太清楚这些内涵的东西，因此，转了一圈后，她就打道回华夏大酒店，准备联系晚上三个人一起吃饭的事儿。

下午下班后，王浪与叶欣来到华夏大酒店，三人共进晚餐。晚餐的氛围很热烈，三个难得一聚的有缘人把酒话情，乐得喝酒都有些醉了。想想也是，儿提时代，姐妹俩一起做了多少的事情呀，而今叶蓉与妹妹很少在一起，人长大了各有各的事情，虽说姐妹俩的感情因为家庭的变故特别深厚，但也是保存在心底，并没有太多的时间一起共享快乐。叶蓉与王浪重新见面，但是因为毕竟有这么长时

11

间没有见面了，她不清楚王浪的情况，也就没有贸然行动。她想等什么时候问一问王浪，看看他而今的状况，再决定下一步该何去何从。不过，王浪呀王浪，看到你、你在我身边的时候，我真的无法抗拒你，真的想与你相依相偎。当时，看见你的女朋友邱倩与你一起，我整个人都晕乎乎的，所以，那时才辞去了原来驾校的工作，而去了另一家驾校。对了，或许，王浪已经和邱倩结婚了吧。不管了，先喝酒、吃菜、聊天。反正妹妹是他的同学，现在又一起在湘雅医院，肯定会了解得比较仔细。知难而进、知己知彼，如果能与王浪真正谈一场姐弟恋，多么幸福呀。

吃完饭后，三人打算去街上转转，散散步。华夏酒店就在湘江边上，湘江两岸的河堤建成了漂亮的河岸风光带，景色不错，可以边走边听着湘江北去的涛声，可以看看橘子洲头的沧桑与历史。但是，三人刚出酒店门不远，王浪就接到了骨科总住院医生打来的电话，说是他们这一组的一个病人不舒服，而主管医生联系不上。王浪目前在骨科轮转，接到电话，他二话没说，立即答应了。

"对不起，叶蓉，我有事得先走了。你和叶欣好好玩。"

"当然，工作第一，生存第一，你去赚钱。"叶蓉开玩笑，"处理完了再过来就是。"

"没有问题，只要不是需要坐镇观察的病人，我看看，弄好了就会过来。"

这晚，病房的事情太多，王浪帮着处理完那个病人的事情，已经是晚上十点多了，想想叶蓉比较累，就没有再给她打电话。

叶蓉这晚上有些落寞，但是与妹妹在一起，足以让所有不快减轻许多。晚上，叶蓉请叶欣一起在华夏大酒店休息，就不回湘雅医院。

两姐妹共宿长谈，说不尽的知心话，但是，由于叶蓉无时无刻没有放下想念与唠叨王浪，她在姐妹的卧谈中，把她对王浪的爱与喜欢表达得淋漓尽致、生动形象。叶欣只能听着，满怀着痛苦与忧伤。

叶欣与叶蓉在华夏大酒店客房住下，她这是第一次住长沙市区的酒店。因为工作单位在长沙，从前当然就是住在单位宿舍或是湘雅医院的进修医生宿舍。

"姐，这房间挺好的，就是一个晚上几百块，有点贵。"

"一分钱，一分货。"叶蓉以老江湖的口吻说道，"星级酒店的环境、设施、管理、服务水平要比普通酒店好很多，在这样的酒店消费，比较舒服，不会给旅途增加麻烦。当然，最重要的是，星级酒店的安全性比较好，尤其对我们女孩子来说，这一点相当重要，没有安全感的酒店，住着不踏实。"

"姐你说得很有道理。"

"是呀，姐在外面一个人这么多年，积累了经验。我们姐妹是独立惯了的。

你也要更好好学会保护自己。"叶蓉感慨道，"好在你的职业很好，医生的工作相对稳定，社会地位也高。"

"姐，我们现在各方面条件好了，我的收入也还不错，你的汽车美容公司生意也可以，你的教练就不要做了，教练特别累。"

"对，可能带完现在的一批就不带了，起早贪黑真是累。不过，当教练，赚钱还真是个好门道，尤其是像我这样的，男人总喜欢到我车上来学。"叶蓉对自己的容貌很自信，也深知男人都喜欢与漂亮女生在一起，做个学开车的学生也一样，"不过，王浪不是直接找到我的，他开始在别的教练那里学习。"

"那后来怎么到了你的车上呢？"叶欣对于王浪很关心，自然想多问些问题。

说起王浪，叶蓉兴趣大增，情绪也激动起来。这么说吧，王浪让她感觉到与妹妹聊天的快乐，她正想说让妹妹分享她的快乐，她见到王浪的快乐。

"王浪是通过朋友介绍到我们驾校学开车的，他开始跟的是一个男教练。王浪悟性高，学得非常快，他原来的教练说王浪是他带过的好学生，聪明、虚心。只可惜，这个教练没福气，没能最终将王浪带出来。"

"出了什么事吗？那个教练。"叶欣觉得这必须是有大的变故才会出现这种情况。

"你说得很对，王浪的那个教练仗着自己驾驶技术好，酒后驾车，这对他来说是家常便饭。话说呀，很多司机都是酒后开车，不管是教练车司机，还是公交车司机、私家车司机、单位小车司机，大家都觉得自己没问题，喝一点小酒不影响开车。"

这点作为急诊科医生，叶欣有绝对的发言权，她提醒姐姐："酒后开车很不安全，酒精会改变人的判断力。"

"我一直记得你和我说过安全第一，不喝酒开车，酒后开车不安全的事儿。所以，我只要喝了酒就绝对不开车。"叶蓉的安全意识特别强。

"这样就好，明知不安全的事情就要尽量避免。"

"那个教练他酒后驾车，可能是那天喝得比较多，他在与朋友喝完酒，驾车回家的路上撞上别人，把人给撞死了。后来的处理就是终身禁驾，就更不用说当教练了。于是，当时驾校的负责人就把王浪安排到我的车上来了。"

"领导还是有眼光的，帅哥配美女呀。"叶欣这会心情好，夸着自己的姐姐和王浪。

叶蓉进入了对王浪美好回忆与神往的状态，她很认真很幸福地对妹妹说："第一眼看到他，我就特别喜欢他。"

叶欣听姐姐这么一说，心往下一沉，这语气，这神态，表明姐姐爱着王浪，而且程度还不轻呢。她没有说话。

叶蓉继续说道："我接触过很多的男孩儿，但是都只在见见面、吃吃饭的阶段就停滞不前，总找不到感觉，没有那种爱得很挠人心的感觉。王浪不一样，他让我为他有些魂不守舍。"

叶欣的心继续往下沉，要爱王浪，真不那么简单，前有向玲玲，现在姐姐也是那么爱王浪，她们两个人的美貌相差无几，都是人群中一眼就可以发现的美女，性格方面姐姐外向，向玲玲相对内敛。复杂，这太复杂了。世上路那么多，咱和姐姐怎么就会走在同一座独木桥上呢。

"妹"，叶蓉看叶欣没有回应，喊她，"你睡着了吗？"

"姐，没有。"叶欣稍稍回过神来，不管怎样，咱都不要让姐不高兴，既然姐喜欢王浪，那就只有割舍了，想到这里，她的心里很痛。

"我感觉他对我也不错，他很关心我，很体贴我。那次去外面路跑，路跑就是带领学员到公路上练习实际开车，就我们两个人——"叶蓉的脑海里闪现着当时的一幕幕，那天她本是做了点手脚的，没想到后来却真出现了肚子痛，而且还很难受。

叶蓉的讲述当然尽量不说自己的卑鄙伎俩，得维持在妹妹面前的光辉形象："我那天不知怎么，肚子突然痛起来，他很着急，要立即开车送我回市区，我相信他的驾车水平，可是，汽车走了没多远就坏了。"

"他是这样的，会尽最大努力关心身边的人。"叶欣难忘那天面对那几个醉酒男人时，王浪为她挨了一酒瓶脸上血流不止的情形，她本想说给姐姐听，可是姐姐正沉浸在往事的回忆中。

叶蓉的幸福语气达到了极致："他把我送到旅店休息，然后立即帮我去买药。晚上，他整个晚上都抱着我睡。"外向的姐姐语言中满含着羞涩。

叶蓉似乎在享受着当时王浪的拥抱，她一时没有往下说，叶欣也不便于往下问，毕竟这是属于隐私的范畴。尽管是好姐妹，但是如果姐姐不主动说起，一直往下问的话，也是相当不妥的。

但是，以叶欣的理解，王浪能够整个晚上抱着姐姐，不管怎样，两个人的交往应是好到了相当程度。只是她不明白，为何后来姐姐和王浪会没有了联系。以姐姐的性格是不会轻易放弃的。什么原因会让姐姐与王浪同在四水，后来却没有了来往呢？

过了好一会儿，叶蓉自己接着往下说："不过，那晚上他就是那样抱着我，什么也没有做。"

叶欣知道，总有些一时无法解释或者说预料不到的事情，就像那天她与王浪酒后狂吻，或许如果当时姚义没有打电话来，她与王浪会更进一步，发生亲密接触。

"他对我并没有投入全部的爱。"叶蓉咀嚼着王浪与她的交往，"可是，我深深地爱上了他，我希望能够拥有他的爱，希望他只爱我一人。"

叶欣颇以为然，所以那天傍晚，当她看见王浪与向玲玲亲密地走在一起，有说有笑时，她会陡然感到胸闷、头晕，特别不舒服，以至于同事还以为她低血糖发作。然而此时，姐姐却不知道妹妹也在爱着王浪，同样希望王浪能够一心一意只爱自己一人。天下芸芸众生，都说上帝会安排一个男的对一个女的，可叶欣和姐姐却会喜欢上同一个人，本与姐姐不在一座城市，人际关系的圈子本不一样。叶欣在心里无言地说道，姐姐，你早早地放弃学业打工挣钱，为的是让妹妹安心完成学业。或许人世间的艰辛与无奈，姐姐一直没有成家，没有合适的对象。直到遇见王浪，一个比姐姐还小的男孩儿。既然这样，自己放弃对王浪的爱的幻想，不再做爱王浪的努力，或许会给姐姐更多些机会，更多些施展魅力的空间。

这样一想，叶欣决定不在姐姐面前暴露自己对王浪的情感，更不告诉姐姐曾经她和王浪激情相吻过，就让过去的美好定格为照片，成为美好的回忆。

"姐，后来你们怎么就断了联系呢？"想法改变了，叶欣放下包袱，一心一意站在姐姐的角度来关心他们俩的交往。

"其实，那天以后，我发现他只是喜欢我，关心我，但是并没有爱上我。不过，我想没关系，水滴石穿，水到渠成，只要功夫深，铁杵磨成针，我坚信我的决心与恒心能够争取到王浪的爱。"

"出了什么事吗？"

"不久，她和一个女同事来学开车。他对她特别好，大事小事都给她安排，不让她受委屈。我感觉不妙，但我宁愿欺骗自己，我在心里安慰说，王浪心肠好，他会关心照顾人，应该就是给女同事一些照顾吧。"

"的确有这样的好人，好同事，关键是也要看那个女孩的态度，还有重要的就是王浪的态度。"

"没错。我终于忍不住，有一天我就直接问那个女的，结果那女的说，王浪就是她的男朋友，听到她那自然而然、习以为常的语气，我明白他们的关系已经到了相当的程度。我当时头晕、胸闷、两腿发软。我都不知道是怎么样带完她那一次课程的。"

叶欣对姐姐说的这一点很有同感，也就是不太久的以前，她就亲自发作过一次由心理到生理的严重不舒服。

"我无法坚持在原来的驾校工作，只好委托别人帮忙，换了一家驾校，可是我的心里始终放不下王浪。离开原来那家驾校的时候，他的女朋友还没有通过考试，我忍痛安排一个男教练继续带她。这个男教练水平是一流的。"

"姐，这个男教练肯定是你的追随者吧。"叶欣知道，一个男孩子如果喜欢上一个女孩子，愿意为女孩子做任何事情。

"应该是，反正在一家驾校吧，男教练多，我们女的是稀有动物，他们成天喜欢围着我的身边转，但我真的没动心，我委托带王浪女朋友的那个教练是我不怎么讨厌的。"

叶欣深有同感，不喜欢的男孩围在身边再多都抵不上两情相悦男孩的片刻陪伴。

"到另外一家驾校后，我没有再去找王浪，痛苦归痛苦，但在心里保留一点希望，比天天缠着人家，被人家赶走好得多。"叶蓉继续回忆，"后来，我出车祸了。"

听到"车祸"二字，叶欣心里不安起来，着急地问道："姐，怎么没听你和我说起呢，开车呀就是不安全。"

"没什么，生死由命，富贵在天，不能强求，是什么就是什么，凡事勉强不来。当时，怕你担心就没有告诉你，那个时候，那个追求我的男教练——他叫肖剑，天天在医院里陪护我。那段时间，我对他充满感激与愧疚。"

"姐，你伤到哪里了？"

"当时，我昏迷了，开始啥也不知道，后来明白是伤到大脑了。对了，那场车祸是别人的责任，我自己开车很谨慎，如果人人都遵守交通规则，很多车祸可以避免。"

"是呀，现在车子越来越多，交通问题真的要好好抓一抓。"叶欣在急诊科上班，看过无数车祸受伤的病人，"我们化工厂医院临近市区主干道，近几年的业务量增加不少，主要是出车祸的。"

叶蓉的思绪没有被妹妹打断，继续说着王浪的话题："我的耳边突然听到异常熟悉和有穿透力的声音，这声音震得我睁开了眼睛，震得我清醒过来。这是王浪的声音。"叶蓉叙述着当时自己清楚和后来别人补充的情况，"然而，他正在与我身边的那个女孩子说话，就是那个撞我车的女孩了，对，那女的叫钟心怡，后来搞理赔的时候我和这个女的打了不少交道。肖剑当时很是痛心地在呼唤着我，还好当时我醒过来了，不然，肖剑一定会喊出血来。"

"姐，其实你可以知足了，按你说的，肖剑这样的人相当不错呢。"

"妹，这可是你说的，要不下回我介绍给你。"

"姐你乱说，人又不是物品，哪能换来换去呀。"叶欣多么希望姐姐能够有一个好的情感归宿，那样她自己行动起来会更安心。

"后来，我康复了，也弄清了车祸前后的事情。"叶蓉依然回首往事，"我听说王浪与钟心怡关系特别好，有人绘声绘色告诉我两个人怎么怎么样。不过，这些我都不管。但他当时和那个女孩说话的语气很刺痛我。"

"所以，你车祸以后打算完全不与王浪来往？"

"是，不过，我失败了。"叶蓉悠悠地说道，"我没办法做到，尽管我和他之后没有见面，但常想起他。现在，我们又见面了，内心深处，真是觉得热血沸腾。"

"姐，你打算好好地去爱王浪？"叶欣想起了姐姐这次来长沙的目的，"你是来旅行还是谈恋爱？"

"鱼和熊掌我准备兼得。如果王浪喜欢旅游，叫他去，你也一块儿，多好啊。"

"姐姐，我预祝你好运。"

姐妹俩差不多聊到半宿，在迷迷糊糊，叶蓉梦见与王浪再次拥抱，却是一边抱着叶欣，一边喊着王浪的名字。叶欣知道姐姐在做春梦。

春梦是那么美好，叶蓉想把梦变为现实。

这天，叶蓉、叶欣请王浪喝酒，说是叶蓉的生日。

在叶蓉住的宾馆客房里，叶蓉事先准备好了安眠药，趁王浪上厕所时放进咖啡里。

"姐，这样我觉得不好，换别的办法吧。"叶欣劝道。

"不，我不想再错过。"

"可是，姐，如果他不愿意，我们这样做，违背了他的意愿，会不会犯强奸罪呀？"

"好像法律上没有对女方判过强奸罪，也可以这样理解，女人不论用什么方式与男孩发生关系，都是无罪的。"叶蓉将法律理解成对自己有用的解释。

"你的这种理解正确吗？姐。"

"我想是正确的。"叶蓉强调道，"妹，你看过女人要了男人之后，被抓去坐牢的吗？"

叶欣想了想，认真地回答姐姐："我没有看到过。"

"那就对了，你帮我，让他喝下去就行了。"叶蓉显然是铁下了心。

"姐，王浪真的是一个好男孩。早年我对他没有什么特别的感觉，但现在看法大不一样了。"

"妹，你和他没有那个吧？"

"姐，他没有真心爱上我，我们是同学和朋友。"她看姐姐这么用心去占有王浪，没有告诉姐姐自己和王浪也在一张床上睡过，也亲吻过。

不过，叶欣真不愿意用这样的办法让王浪受到伤害，一种被欺骗的伤害。

叶欣将那杯放了安眠药的咖啡倒掉了，叶蓉大惑不解。

难道妹妹临时改变主意，不支持自己了吗？她前面可是答应了自己，所以才说是生日，一起请王浪吃饭的呀。

"叶欣，怎么了，你？"叶蓉大惊，眼睛睁得很大，不敢相信叶欣会这样做，她有些不高兴地对叶欣说道。

"姐，不是这样的，我答应了你的事情，我会去做的，我只是希望换一种方法。我会帮你的，我一定会帮你的。姐，你相信我。但是，我们不能这样，王浪最不喜欢被人欺骗，这样对他不公平。"

"你有更好的办法吗？"叶蓉的表情由不快转换成了探究，"那你有办法说服他自愿和我吗？我想那太难了，不可能办到的。"

"不，那的确不可能，如果能够的话，我想姐姐早就得到他了。"叶欣深吸一口气，"我们可以试试别的办法，我们不要伤害他，我们努力，好吗？"

叶欣回想起那次她与王浪在宾馆的亲吻，而此时她却要帮助姐姐，要让姐姐得到王浪，她的心里泪如雨下。把自己心中的爱人，毫无保留地让给姐姐，这种滋味难以言传，也无法让人分担痛苦。

叶欣想起平日里王浪对自己虽说比较好，但也没有把她当恋人或者是比普通朋友更亲密的关系，但是那天，当他们两个人在宾馆房间一起待着，都有些醉意的时候，他们拥抱在一起相吻，如果当时不是姚义给她打来电话，客观上坏了他们的好事的话，两个人会自然而然地上床。对，就是要给王浪一个爆发激情的场所，给他一个痛痛快快爱的条件。在激情的冲撞下，他会忘记平时所坚持的一些所谓的原则。

叶蓉没有觉察到妹妹眼里和内心深处的痛苦，她的心里此时充满着王浪，也可以说是欲火攻心，哪里还会注意到妹妹的表情变化呀。

"好，那就先这样吧。现在该怎么办？"叶蓉想尽快付诸实践。

"姐，我们用酒攻吧。我们陪王浪多喝酒，喝到亢奋状态时，我就借故离开，好吗？姐姐。"

"哦，我懂了，你是说让王浪酒后乱性？"叶蓉直接把话说了出来。

叶欣眼中掠过一丝不安，好像这样做也还是有些欠妥，因为行为的本身包含着目的，也就是说功利性太强。

"也不能这么说吧，总之就是让事情发生得自然一些。"

"好，妹妹，你尽力帮我，我知道该怎么做。我的好妹妹，让你受累了。"叶蓉此时倒关心起妹妹来了，血脉相连，总有心里相通的时候。

叶欣重新给王浪倒了一杯咖啡，等待着王浪从卫生间里出来。

王浪从卫生间出来了。

"你先喝杯咖啡，待会我们去餐厅吃饭。"叶蓉对王浪说道，"今天是我的生日，你和妹妹好好帮我庆祝，我已经好久没有过生日了。"

"好呀，没问题。对了，看看我给你带的生日礼物。"王浪听说叶蓉生日请他吃饭后，立即去精品店给叶蓉买礼物，又听说只请了他和叶欣，他就干脆买了两件，价格一样，不过式样和款式不同，准备给她们姐妹一人送一件。

叶欣把王浪带的礼袋拿出来："姐，给你。"

"我买了两份，红色的给叶蓉，蓝色的给叶欣。"

叶欣感到意外，"姐过生日，你还帮我买礼物呀。"

"嗯，你们姐妹感情好，当然就一起了。"王浪本想说他们家里就姐妹俩，想想还是不太好，就没有说出来。

叶蓉感到意外，却高兴，叶欣是自己的妹妹，也是唯一的亲人，妈妈早都没有了联系，也不知道是否还在人世间。

叶蓉和叶欣一起打开了礼袋，是两朵很漂亮的胸花，镂空水晶，闪闪发亮，中间镶嵌着一朵含苞欲放的玫瑰花，一朵是红玫瑰，一朵是蓝玫瑰，看起来一个就是红色，一个就是蓝色，在灯光的照射下，两朵胸花分外好看。

"真不错，谢谢。"叶蓉自己把胸花戴上了，稍后也给妹妹戴上。

"王浪，谢谢你的胸花。"叶欣也对王浪表达谢意。

"那是不谢谢我了？"王浪反问叶欣。

"怎么会呀，胸花是你买的，谢谢胸花就是谢谢你呀。"

"有道理。你们喜欢就好，我是怕匆匆忙间买的东西你们不喜欢就麻烦了。"

"看来，王浪你相当有品位呀，能够让我们姐妹俩都满意。"叶蓉进一步赞道，"走，我们去餐厅吃饭。"

酒饭菜叶蓉事先都有预订，三人进去后，服务员安排到了包厢。虽说是叶蓉的假生日，但是姐妹俩弄得跟真的一样，反正呀，桌上就三个人，真正知道生日的就是她们姐妹俩。她们说是生日就是生日，再说呢，哪一天生日不重要，有人在这一天来祝贺生日，那就是生日，就是自己生活成快乐的节日，简称生日。

王浪不酗酒，以他的性格不会喝醉，但是这天晚上，他却无法不喝，姐妹联手进攻，他无法抗拒。两个小时后，晚上九点钟的时候，叶蓉说："怎么样？王浪，我们再开一瓶酒好吗？"

"不……不用了。"王浪神志清楚，言语却有些含糊，语速也变慢，神态有些眉飞色舞，"不能喝太多。"

学急诊的叶欣明白，王浪已经喝得有九成，如果再喝上一点，那如果姐姐要他就比较容易。

她有着片刻的犹豫，但是只几秒钟的工夫，叶欣再叫服务员开了一瓶酒，给三人加满。姐妹俩都是不错的酒量，王浪更不错，但是以一敌二，在实力相当的情况下，人数少的一方自然就占据劣势。

这一瓶酒王浪喝下去半瓶，叶蓉、叶欣喝下去半瓶。"不……喝，真……不喝了。"

叶蓉用眼神望着妹妹，她可不希望把王浪喝成酒疯子。

叶欣点了点头。"王浪，我们不喝了，不喝了。"

"王浪，我们去看看电视，休息一下。好吗？"叶蓉柔声说道，双手抱住王浪的肩膀。

王浪感觉到了女性温柔的触摸，心里开始发烫，这个漂亮的女孩，曾经很陶醉地躺在自己的怀里。那时候，真没有想过要她的身体，反倒是拒绝，当时是因为邱倩吗？或许吧，在这样酒色沉迷之中，他依然想念着邱倩，爱一个人很难，真要忘记一个爱过的人更难。

身体的发烧，王浪无法再想更多的人与事了。他的手放在了叶蓉搭在他肩上的小手："嗯，好，我们不喝了，休息去。"

王浪牵着叶蓉的手想站起来，却站立不稳，摇晃不止。叶欣赶紧上前，与姐姐叶蓉一人一边，搀扶着王浪走出包厢，然后乘电梯上到叶蓉所住客房的楼层。

"开电视，我们看电视吧，看有没有足球比赛。"王浪到房间就嚷道，叶欣忙伸开一只手，拿着遥控器打开了电视。电视机响起一阵音乐，竟是特熟悉的上海滩主题曲，这也是叶欣很喜欢的一曲情歌，眼下正在热播电视剧《新上海滩》，许文强与冯程程的爱情故事总是让人百看不厌、感动不已。

"怎么不是足球呀，好像是唱歌的吧，不好看，换台，换台。"王浪继续叫道，此时姐妹俩已经把他放在了床上。

叶欣心里很难受，她今晚也喝了不少酒，远远超出了自己平时的酒量，为了姐姐，她豁出去了。另一方面，更让她难受的是，她不忍心看到王浪这个样子。这样没有一点风度，没有自知力，言语、行为都没水准，这哪是正常的王浪呀。姐姐——叶欣想对叶蓉说点什么，但是想了想，她还是决定走开，给姐姐机会吧。姐姐为了自己，付出了最宝贵的青春年华。自己这么做，也是知恩图报，符合君子之为了。

叶欣认真地调着电视节目，终于找出了一个直播的足球节目，正是四水足球队与长沙队进行的中超比赛。好球，长沙队攻进一球，终于追上了四水队，现在比赛只剩下最后十分钟，两队死拼，因为谁胜谁出线。

王浪听见熟悉的解说员的声音，从床上坐了起来，看了屏幕一眼："好，这场比赛谁赢都行，四水与长沙，两座城市都不错，都是学习、生活、工作的地方。"

"王浪，那你看足球比赛吧，我有事，先走一下了。"叶欣对王浪平静地说道，心中波涛汹涌，在今晚与王浪告别，更是与王浪的爱告别，她将在心中保留对王浪的爱，在记忆中留住那难忘的激情之吻，别了，永远告别了这爱之吻。

"嗯。"王浪回答道，却随后有气无力地倒在了床上，酒实在喝得太多。

"姐，我走了。你没事吧？"叶欣担心叶蓉喝得太醉，如果真那样的话，她和王浪两个人留在这里，万一有什么事情没人帮忙，恐怕麻烦。

叶蓉眼里闪着泪花，她对妹妹今天的全力帮助甚为感谢，妹妹为了她喝下了大量的酒，而她是有所保留的，不到关键时刻不出手。

"妹，你回医院去吗？"叶蓉送妹妹到门口，"你路上小心点。"

"没事，你忙吧，姐，有情况的话，给我打电话。"

"会的，我会，妹妹。"

叶欣走出酒店大门，外面下起了小雨。雨不大，叶欣没有打算解决雨伞的问题。时间并不晚，街灯全都亮着，路上行人还不少。虽然是深秋季节，天气有些凉意，但越来越现代化的长沙市给予了夜色足够的热情。

雨落在脸上，凉凉的，丝丝清醒的感觉，没多久就失去了效能，肚子里的酒越来越发挥作用，叶欣的头逐渐晕起来，胃在肿胀，往上的压力越来越强大。

终于，胃里的食物反流，形成了强大的呕吐现象。叶欣扶住一棵法国梧桐树，对着树根狂吐。翻江倒海，不可遏制，把晚上和中午吃的饭菜全部吐了出来，甚至早上的牛奶都从肠子里反流到口再回归大自然。

王浪也一定会呕吐的，他比我喝得多多了。尽管同学这么多年，从来没有看见王浪喝酒呕吐过，这一次他喝得最多，本来她和姐姐的酒量就很不错，加上两个人有意让他一个人多喝，半醉半醒中，有时候她们只喝了一小口，也让王浪喝下去一杯。王浪，真的对不起，让你喝多了难受。

王浪的确在呕吐不止，在叶蓉还没来得及采取措施时，王浪就开始呕吐，脏物流到了他的外衣上，有一些到了床上。

叶蓉赶紧拿脸盆为王浪接呕吐物。她抱着王浪的头，让他枕在自己的大腿上，轻轻地拍着王浪的背，好让他更轻松地呕吐。

几分钟后，王浪终于停止了呕吐，他的呕吐物满满一盆子，显然把胃里的家伙清理了个干净。

"王浪，你怎么样？要不要去医院？"看到王浪最后呕吐出了黄色的胆汁，叶蓉有些害怕，她担心王浪发生了严重的酒精中毒。

王浪浑身软软的，用含糊的声音说道："没……有……问题，没……事的，睡……睡就……好了。我……我……是医生，我……知道……的。"

叶蓉放下王浪的头，把枕头平整好，垫在他的头下。叶蓉去卫生间倒掉王浪的呕吐物，她想先让王浪好好休息一会。

"好，那你睡吧。啊，王浪。你喝点水。"叶蓉扶起王浪，将一瓶矿泉水拧开递给了王浪，本来是要给他喝茶叶水解酒的，但是回来后一直忙着，茶水还没有泡好。

王浪咕噜咕噜地喝了几口水，头又无力地垂下去了。王浪，你不会怪我吧，我爱你，我想你给我一次与你身心俱融的机会。只要一次，就这一次，我不会缠着你的。叶蓉在心里说，浪，要是你能给我爱的机会，要是你愿意与你终生一起，相依相伴，来世变牛变马，我都无怨无悔。

叶蓉用电水壶烧开了一壶水，然后泡好了茶，她听说浓茶对解酒很有好处，准备了等王浪醒来时喝。

或许王浪呕吐过后人舒服了，刚才又喝了点水，很快进入了睡梦中。这回，叶蓉听见了王浪轻微的鼾声，却是很动听的音乐。那晚，王浪抱着她睡了一个晚上，叶蓉没有听见鼾声，那时她在生病中，王浪睡得很浅，也就没有了鼾声。

王浪的睡眠很安静，刚刚呕吐过后的脸在灯光下显得有些苍白，但脸上挂着笑意。是呀，对于乐天派的王浪来说，生活中没有跨不过去的坎。

叶蓉站在床旁欣赏着王浪的睡姿，女人看男人，别有一番风味在心头。王浪，今晚，你是我的。我要你，就在今夜。

她为王浪解开鞋带，脱去两只皮鞋。叶蓉抚摸着王浪的脚，轻轻地揉触着。之后，她为他脱去袜子。王浪的脚趾很好看，也是修长的那种，白净、光滑，从大脚趾到小脚趾，由长到短地排列着，显得整齐有序。

然后，叶蓉帮王浪脱掉刚才被呕吐物弄脏了的西装外套，拿着到洗漱间，用湿毛巾仔细地擦洗。接着，她将洗脸毛巾用温水搓好，回到房间为王浪洗净刚才的呕吐物。

接着是整理前面王浪吐脏了的床铺，因为王浪睡在上面，也就大致弄了一下，过得去就行。叶蓉想，与王浪的这一晚，将是开创性的一晚，自己的少女时代就此结束，把自己的初夜送给最爱的人，不管将来如何，有一份美好的、值得永远珍藏的回忆，也是结束少女时代时给自己最好的礼物。

整理得差不多，叶蓉坐在床上，双手握着王浪的手，正好把在了他的手腕上，感觉到了他脉搏的跳动，心里骤然间便热血起来。

她俯下身去，轻轻吻着王浪的唇，那心里的火瞬间蓬勃燃烧起来。她的手移到王浪的胸脯，男子汉强有力的胸肌刺激着怀春少女的情欲，啊，王浪，今天的你和我，才是真正的男孩与女孩。

她伸手解开王浪的领带，一个扣子一个扣子地缓缓解开他的衬衣，她要层层递进，领略王浪由外到内的全部秘密，全部的身体光芒。

半裸的王浪完全呈现在她的眼前，这是多么健壮、多么诱人的男子汉呀。强壮的肌肉，匀称的骨架，厚实的肩膀，宽阔的胸膛，两条腿长而有力，线条流畅。那剩下的一点儿遮盖下的饱满，让叶蓉情不自禁将手伸向了那地方。

"倩……"睡眠中的王浪在叶蓉的倾情触摸下，嘴里发出了声音，他是在做梦，还是在半梦半醒之中，叶蓉想，他叫的是一个女孩的名字，这名字她太熟悉了。这个女孩是她在驾校的学生邱倩。

王浪，只要你高兴，只要你快乐，只要你舒服，我就做你的邱倩。叶蓉不再言语，她以肢体动作阐释着她对王浪的喜欢与爱。

叶蓉三下五除二，把自己变成赤裸美女。她触摸着自己的全身，不由自主地呻吟着。她爬上床，用力地将王浪最后的一小块遮掩掀掉。

她将床头灯关掉，屋里一片漆黑。在黑暗中，叶蓉伏在王浪的身上，尽情地亲吻着他。两个人的呼吸急重起来，屋里是情欲的尘埃，在黑暗中跳动着，传递着暧昧。

"倩……倩……"王浪在口里呢喃着邱倩的名字，激烈地回应叶蓉的狂吻，他的手更用力地抱紧了叶蓉，两只长腿钳住了叶蓉，叶蓉无法动弹，感受到了窒息，这是奇妙无比的窒息，这窒息，真是就让人上了天堂，从未有过的飘然若仙的感觉。

"嗯……嗯……"叶蓉在王浪的怀里扭动着，发出进攻的号令。

王浪像是听到了号令，翻过身来，将叶蓉压在身下，他那强有力的男人武器深深地直入叶蓉的体内……

早上六点，天蒙蒙亮，王浪从睡眠中醒来，伸出手去找手机，触摸到了温香如玉的女孩。自己这是在哪呀？看看周围的环境，明白是酒店。

叶蓉被王浪的触摸给弄醒了，她伸手摁亮电灯。

王浪一时没有明白，"怎么是你？"

"怎么就不能是我呀？王浪，昨晚我们在一起呀。"叶蓉说道，她已经把自己当成王浪的女人了。

王浪昨晚梦见邱倩，两个人在梦里恩爱有加，重新回到那时他和邱倩在四水市天马医院同居时的美好时光。

梦就是梦呀，醒来睡在枕边的是叶蓉，曾经的驾校美女教练，当年抱着她睡了一个晚上，两个人相安无事。没想到，这一个晚上，从不醉酒的他醉得没办法回忆起全部的过程。

"叶蓉，对不起，对不起，我伤害了你。"王浪不知道说什么，这声对不起是由内心发出的。

叶蓉记起了要给王浪喝浓茶的，尽管过了一个晚上，但她认为还是有必要给王浪喝浓茶，以便让他尽快恢复状态，全身舒服些。她起床给王浪端茶水。

当叶蓉掀开被子的一瞬间，王浪清晰地看见，白色的床单上面有一朵玫瑰花样的红色，他明白，那是叶蓉的处女红，叶蓉这女孩，把她珍藏了三十年的女儿红送给了他。

"你昨天喝醉了。多喝点茶听说会好些。"叶蓉说道。

王浪虽然知道隔夜茶喝了不好，但是为了不让叶蓉失望，没有拒绝她的好意，将茶端起，一口气喝了。

"谢谢你，叶蓉，你真好，我不好，我害了你。"

"不要这样说，王浪，你不会怪我吧。我们让你喝了那么多的酒。"

"你给了我最宝贵的东西，我知道你是真心对我好。"

"你昨晚多次叫她的名字，我知道她是我驾校的学生，你的女朋友。虽然你梦见的不是我，可能够和你在一起，我很幸福。"叶蓉丝毫没有计较的意思，"你和邱倩怎么样了？"这是最恰当最含糊的一句话，不论他们关系如何，都可以这样问，分也好，合也好，怎么回答都可以。

提起邱倩，王浪叹了一口气："早已经没有在一起了。你记得你那回车祸吗？"

"我当然记得，当时我在昏迷之中，可是我却在迷迷糊糊中听见了你和肖剑的声音。对了，肖剑，你还认识吗？"

"当然有印象，他是邱倩后来的教练，应该是你当时把邱倩转给他的吧。"

"是的，他对我一直很好。当时好像就是你和肖剑的声音把我从灵魂深处唤醒了。"

"这么说，你的苏醒也有我的贡献。"

"嗯，你和邱倩关系这么好，为何还分手呀？"叶蓉非常不解，"当时我看你对她那么好，她对你也是没得话说，我当时特别痛苦，无法接受你和她在一起的现实，所以，我走了，辞去了那家驾校的工作，转到了另一家驾校，就是为了避开你们，就是为了不看到让我痛苦难受的局面。"

"对不起，我没有想到事情会这样。"

"这哪能怪你呀。"叶蓉说的是实话，"对呀，当时你和那个撞我的女孩说了话，你和她认识吗？"

"当然认识，好像她说由保险公司全额赔偿你，我就没有再过问她了。"

"王浪，那你现在没有女朋友吗？"叶蓉心中升起希望，既然王浪与邱倩分手了，那么她与王浪的机会自然就重新出现了。

"没有，和邱倩分手之后接触过几个女孩，但没有结果。"

"好，好。我时常地想念着你，也试着忘记你，却没有做到。刚才说的肖剑，他一直在追我，可以说是不计名分，不辞辛劳，无怨无悔地追求着我，我叫他做啥就做啥，我没有叫他做的他也常常关注到了。但是，我却一直没有真正爱上他。"

"叶蓉，你是我的好老师。如果没有邱倩，如果我们早些相遇，可能情况会大不一样，不管是与邱倩在一起，还是分开了之后，我总是时刻感觉到她的好，她没有什么要求，只要我爱她，一心一意地爱她，可我却没有做到，我对她有愧。"

"王浪，我可以做到，我给你全部自由。你想怎样就怎样，我不会干涉你的。"叶蓉发誓，"如果我做不到，我出门让车撞死。"

王浪用手堵住叶蓉的唇，"不要这样说，不要这样。给我时间，我们让时间来做个判断，好吗？"

"好，不论这个时间是多久，我都愿意接受。"

3

叶欣整个晚上都没有入睡，当她的姐姐叶蓉与王浪在床上地动山摇时，她在宿舍辗转反侧，难以入睡，胃已经全部呕吐空了，脑子同样空空荡荡。王浪在长沙带给了她不一般的快乐，也有难以忘却的痛与伤，然而这种痛与伤对于一个女孩子来说，又常常难以避免。是呀，谁能保证爱自己的人和自己爱的人是同一个人呢？如果不是，就迟早会有这种痛与伤。但是，爱情正因为有了这样的痛与伤，才更让人刻骨铭心。

爱情与亲情发生冲突时，通常情况下都是亲情让步，亲情服从于爱情。不过，叶欣在面对同样的问题时，却选择了把自己的爱情让位于姐姐的亲情。可惜，叶蓉并不知道，或者知道了，她也会做出同样的决定，想想当年，为了叶欣能够有足够的钱上学，叶蓉早早地离开学校，打工赚钱为妹妹交学费。血缘的感情，真正浓于水，割舍不掉。

叶欣在急诊室门口遇见来上班的王浪。王浪是直接从酒店去医院的，他和叶蓉在酒店吃的早餐，是酒店送餐到房间的。

"叶欣。"王浪主动和叶欣打招呼，可招呼完之后一时不知说什么好。

"王浪，怎么样？"叶欣一语双关，"昨天醉了吗？"

王浪有些不好意思，他明白自己在酒醉后与叶欣的姐姐叶蓉做出了男女间的性事。"是呀，你走的时候好像和我说了一声，当时实在太醉了，好多事情都记不起来了。"

"是吗？不会忘记我姐了吧。"叶欣猜测到姐姐与王浪已经跨越了男女间的最后一层关系。

王浪不语，看看叶欣，两个黑眼圈异常明显，虽然化了妆，还是无法掩盖住那熊猫般的眼睛。

"你昨晚没有休息好吗？"王浪关心地问道，"你也喝醉了吗？"

"我能不醉吗？你那么能喝，喝了一杯又一杯。我只有奉陪呢。"

"叶欣，对不起，我昨天可能也是太高兴了，你姐的生日，我就多喝了几杯，没想到害了你。"

"没关系，只要你对我姐好，就行了。"叶欣心中颇感无奈，自己从此得放弃追求王浪，这份感情就此夭折吧，为姐姐祝福，不管结局如何，都希望姐姐快乐幸福。

"我会的。叶欣，你姐是我的驾校老师，我会好好对她。"王浪回答道。什么是好，什么是坏，其实两个字写起来简单，但是真正做好还是相当有难度的。

"我上班去了。"叶欣与王浪说再见，心里想着爱情之路上也得说再见了。

叶蓉白天好好睡了一觉，与叶欣晚上见面。叶欣的黑眼圈稍稍减轻，但还是相当明显。

"妹，辛苦你了。"叶蓉知道妹妹为了她，与王浪一杯接一杯地喝酒，超过了她平日的酒量，"你晚上没有休息好吗？"她不可能想到妹妹不光是胃受了一次重大冲击，情感上同时遭受重创。

"姐！"叶欣从早上与王浪的对话，以及现在看到姐姐满面春风的样子，明白姐姐完全得到了王浪。不过，以叶欣对王浪的了解，姐姐最终可能得不到王浪，王浪如果爱姐姐的话，在四水时有足够的条件与机会，况且王浪是敢作敢为的人，他的个性非常强，要爱一个人，不会等待这么长时间，除非有什么特殊情况而导致改变，而现在看来，姐姐与王浪之间并没有什么特别的事情发生。她希望姐姐能够正确对待，不要产生不切实际的幻想，她希望姐姐把这当作心底的一个回忆。

"妹，有话要对我说是吗？"叶蓉看妹妹欲言又止的样子，催促道。

"也没有特别要说的，我想姐姐会好好处理的。"

叶蓉何尝不知道叶欣话里的提醒呀，她与王浪打的交道不多，但是凭她自小开始的独立闯荡，她太能明白了。

　　"妹，姐会的，大风大浪都经历过，你放心好了。"

　　"嗯，那就好。"

　　"我想后天去张家界看看，你和王浪都陪我去，行不行？"

　　"好呀，姐姐。"叶欣愿意去，一则陪姐姐，二则她也很少出去游览，与姐姐一起快乐轻松一下，当然是极为赞成的，但是对于王浪，她心里没底，"我没有问题，一定陪你去，但是王浪我不太清楚。不过，据我对他导师的了解，他导师可能不会批准他请假。"

　　"这样呀，那我试试吧。"叶蓉总是不轻言放弃。

　　"好的。"

　　王浪觉得自己前面回老家请假好几天，如果这次请假去玩，吴铜礼院士将会不准假，因为导师的指导思想就是，必要的请假他会同意，但是像游玩之类的他不会批。他曾经对王浪说过，医生和医学专家如果想要游览祖国的大好河山，有的是机会，开会、交流、手术，可以说每年都会有好几次，几年下来，就会差不多全国各地都走遍，完全没有必要专门找时间去游玩。

　　王浪去导师的办公室向导师请假，果然，导师很直接地没有批准王浪的请假。

　　王浪将导师的原话转告给了叶蓉，叶蓉在心里长叹一声，看来王浪真的没有全部投入爱自己，要不然，他会想出办法来的。

　　叶欣、叶蓉跟随旅行社的散客团前往张家界。她们是坐飞机去的，张家界成名于二十世纪八十年代，很快在国内国际享有盛誉。它的自然风光让所有到过此处的游客慨叹不虚此游。

　　在空气清新、树木茂盛的世界自然遗产里，叶欣与叶蓉姐妹俩谈得最多的还是王浪，叶蓉与王浪发生有了密切关系后，曾经为王浪神魂颠倒的叶欣心理上倒放下了这个包袱，她曾经总怕自己的同学向玲玲对自己构成威胁，但是现在，姐姐的强力介入，她全身而退，痛苦留在心底，就那样保留对王浪的精神恋爱。如果，以姐姐叶蓉对王浪如此疯狂、霸道的爱，都留不住王浪的话，那么，叶欣早些离开应该说是幸事。

　　叶蓉与叶欣从张家界返回长沙，晚上两个人一起吃饭，一边吃一边聊着。

　　"叶欣，明天我去四水。"叶蓉很满足地说道，"这次来湖南，对我来说意义重大，一来呢，我和王浪关系好了一层；二则，我们去了一趟张家界；三呢我们姐妹俩好好聚了几天。"

　　"没错，姐姐，你以后有空常来长沙看看我就是。"

"会的，我会天天在长沙的。"叶蓉看妹妹不解的神情，接着往下说，"我决定在长沙开一家汽车美容店。"

听姐姐这么说，叶欣停止了吃喝，眼睛盯着姐姐："姐，你不会是一时冲动吧？做你这一行，需要人脉，你在长沙人生地不熟呀。"

"大公司，大企业，全世界，全国都开连锁店什么的，我这不就是开第一个吗？再说呢，长沙我再怎么说也不是人生地不熟，不是有你在，还有王浪吗，你们是我最亲最爱的人呀。"

叶欣频频点头，很赞同姐姐的这个说法："好，非常欢迎叶蓉同志来长沙创业。"

"还同志呢，现在可不流行这个词语，弄不好还让人误会。"

叶欣大笑："所以呀，与时俱进非常重要，这个曾经正统的红火的词语在新时代被赋予了新的含义，完全脱离了原来的内涵。"

叶蓉想在长沙开店的最大最原始的动力当然来自王浪，她想待在长沙，就能常常看见王浪，有机会两个人可以聚聚，或者来个身体的再次亲密接触都是可以的，反正自己的第一次给了王浪，多给几次也是可以的呀。而王浪呢，他把自己的初夜收走了，那么再来个第二夜、第三夜，也是顺其自然，这样想着多美呀。

叶蓉端起饮料与妹妹干杯，几天前的那场酒宴，为了使王浪特别喜欢自己，姐妹俩拼命喝酒，还好效果不错，只是胃苦了点，妹妹更加辛苦，王浪也受累了。因此，这几天，她们两个人都是喝饮料，一次醉酒，需要不短的一段时间来恢复，尤其是饮食心理。

"我明天回四水，先辞掉教练工作，再安排一下四水汽车美容店的管理，委托一个可以信得过的人帮我看着，我只必要时回去对一下账什么的。"

"你在长沙，能顾得过那边的事情吗？要不干脆在四水的店也转让了，全部把重点放到长沙来，姐你看怎么样？"

"不怎么样，因为四水做汽车美容，我是熟门熟路，先保留着，看看情况再说，如果长沙这边确实做大了，而四水那边管理人员没找到，不容易让人相信的话，再全线撤退不迟。"

"你这样安排是进也可，退也可，姐姐就是厉害。"

"那是，要不姐也白白闯荡江湖十几年呀。"

"这事你和王浪说了吗？"

"没有，不用和他说，和他说也是一样的结果，这样的事情他肯定是听我自己的意见，毕竟做生意他也不怎么懂，开店也不用他操心资金什么的。"叶蓉有自己的打算，"我要让他感到惊喜与意外。"

王浪与叶欣一起去长沙黄花机场送别叶蓉。进安检门时，叶蓉很自然地拥抱着王浪，当着叶欣的面，王浪还真有些犹豫，但是他还是很快地回抱叶蓉。叶蓉在王浪的脸颊上给了甜蜜的一吻。

其实王浪的担心已经多余，自从那一晚起，叶欣已经把自己对王浪的这部分爱转移给姐姐了，当然，这种转移不像是物品，一是一，二是二，这种转移更多的是心里的想法，只是不再更多地痛苦，而是为姐姐高兴，虽然正如她所想到的，姐姐恐怕也无法真正留住王浪。

叶蓉出了四水市空港，叫了一辆出租车直奔市区，她想尽快办妥在长沙开连锁店的事情。雷厉风行，说到做到，正是叶蓉一贯的性格与作风，无所畏惧，勇往直前，也不奇怪当时面对那个丑男人学员，她甚至会开着教练车对着他直冲过去，叶蓉是个不计后果的人。当时要不是王浪采取果断措施，就酿成了大事。也没什么了，叶蓉常常这样想，不论你如何做，都会有一个结果，人生不是单个方向的运行，不是简单的刹车与加油，所以，今天的行动与将来的结果一时没办法找到必然的联系。正因为这样，不计后果，想到就做是最好的，因为它会大大地提高效率，结果无法把握，就坦然接受，人生就是几十年，做最大的努力，也不怕最坏的结果。

叶蓉到达她供职的驾校，来到校长办公室。

见她来，校长很高兴，男人嘛，见了美女，只要是正常男人，正常的表情与反应都是热烈欢迎。他给叶蓉倒了一杯水，递给她："坐，坐，喝杯水。"

叶蓉接过杯子，她习惯了男人的宠爱与喜欢，只要不是她讨厌的人的献殷勤，她都会接受。当然，她很会把握一个度，让献殷勤的男人高兴，有快乐感，却不产生非分之想，除非是在心里想，叶蓉不可能让非分之想发生在自己的身上。有点像女强人的味道，不过，通常意义，女强人是缺乏温柔，不懂得男女之情的，但叶蓉不是，叶蓉是柔中带刚，该懂时就懂。

"谢谢校长。"叶蓉坐在了校长办公桌的对面，喝了一口水，然后将杯子放在校长的老板桌上。

"叶教练，你这么快就从长沙回来了？"校长工作繁忙，但他还是准备与叶欣多聊几句，工作算什么，人家皇帝江山都可以不要，只爱美人，他不过少赚点钱，没啥大不了的，与美女聊天，赏心悦目，对健康有益，是更好的投资与投入，"没和你妹多玩几天？"

不过，叶蓉今天没时间，准确地说是没心情聊天，要是平时她对校长还是不错，总会陪着校长聊上几句。一个单位嘛，上司与下级之间、同事之间，多些交流，对工作，对身心都有好处的。

"没呢，我有些事情。"叶蓉直接向校长说明来意，"校长，不好意思，我今天是来向你辞职的。"

"辞职？"校长显然没有心理准备，"为何要辞职呀？是不是嫌我这里工资低呀。"

"不是的，校长，你给我的待遇足够高了。"叶蓉心想，校长你是男人，对于自己这样的美女教练你好意思开低工资吗？再说如果真是工资待遇低，她早就会直接找校长提了，用不着用辞职来说事。

"那，你有什么想法？"校长竭力挽留，"我一定想办法解决。"

"谢谢你的好意，校长。这几年来，你一直对我很好。"叶蓉真心实意表达着对校长的感激之情，她去过不少驾校，有些驾校或许硬件设施要好些，但是若从管理上看，面前这个校长领导下的驾校在四水市绝对是首屈一指的。综合下来，此驾校成为本城知名度、受欢迎度最高的驾校也就不足为奇了。有校长等领导层的管理，当然有像叶蓉这样杰出的教练，是一家驾校成功的基石。

作为校长，对于教练的水平与业绩如何自然是一清二楚的。

"你为驾校做出了很大贡献，你那一组的学员最多，通过率也最高，你教两年相当于其他教练三年。我真舍不得让你走。"校长说的是掏心掏肺的话，作为老板，谁也不希望摇钱树或者说台柱子离开。

"我也特别喜欢这里。"叶蓉因为是要辞职，有些以前不方便对校长说的，现在也可以说了，"校长，我准备不干这一行了，现在我在四水市已经开了一家汽车美容店。"

"能人！原来叶教练你目标远大，有了自己的事业。"对叶蓉告诉他的这一点，校长颇感意外，因为以前没有听叶蓉说过，也就是说，叶蓉开汽车美容店丝毫没有影响工作，也没有利用驾校来招揽生意，这是一个相当自制、相当有能力的人才能做到的，校长点头道，"既然这样，我就不多留你了，你开店有什么事情可以来找我，你也可以在我这边做做宣传广告什么的，我会给你提供最大的方便。"

"谢谢校长。"叶蓉进一步把校长当成可以信赖的人，在同一个单位，有利益和工作安排的冲突，不在一起了，有些人就可以成为朋友，"我准备去长沙发展，在长沙再开一家汽车美容店。这也是我不能在驾校继续当教练的原因之一。"

"很好，你很年轻，趁着年轻抓住机遇好好干。"校长很真诚地看着叶蓉，"咱们多联系交流。"

"到了长沙给我打电话，到我那做客。"叶蓉诚恳相邀。

"哈、哈，你的门店都还没有开起来，就请我做客呀。好，好，我一定会给你打电话的，如果我去长沙的话。"

"开起来也不要费多少时间，现在都强调效率，市场经济下，如果想加快速度办一件事情，只要足够努力，还是能够做到的。"叶蓉对自己的办事效率信心十足。

"好，这样吧，我和财务及其他部门说一下，你把你的工资都领了，一些手续办一下，就可以了。"校长也是爽快人，更是通情达理的人。

"行，校长，那我先走了。"叶蓉站起身来，伸出右手，校长也起身，同样伸出右手，与叶蓉的手握在一起，"再见，校长。"

肖剑接到叶蓉的电话很高兴，因为很难得。肖剑一直喜欢叶蓉，这么说吧，他一直在追着叶蓉，只是叶蓉一直没有答应，而肖剑同样没有放弃。平时，肖剑会经常约叶蓉，但叶蓉很少赴约，偶尔会答应肖剑一起吃个饭什么的，但也就是吃个饭，聊聊天，吃过饭就散了。不过，即便这样的匆匆相会，肖剑依然感到幸福，或许这就是无条件的爱，不论对方如何做，爱的这方总能感受到爱的快乐与幸福。

叶蓉与肖剑约好在他们去过的一家饭店吃饭。叶蓉比肖剑晚来五分钟，这是约定俗成的，如果按照叶蓉的习惯，她是不喜欢迟到的，但是按照国人的传统与现状，女生稍稍来迟一些比较妥当。叶蓉认为有时间观念是对别人的尊重，也是对自己的尊重。

肖剑每次都站在大门口迎接，这点倒让叶蓉感动，肖剑如果偶尔站在门口迎接，这事不难，如果次次站在门口迎接，就是难事都能做好，那自然就是很难得了，让人感动也就在情理之中了。

"叶蓉。"肖剑见叶蓉来了，趋步上前，与叶蓉并排走着，把她带到定好的包厢。他们一直喜欢在包厢吃饭，没有别的原因，只是包厢安静，便于聊天，不像在大厅里吃饭，说话得扯着嗓子喊，费神费力，有时还听不清楚。

两个人共同点菜，一般是每人点两个，然后共同点一个菜，当然每个菜要的都是小份，不然吃不完，两个人都已经有了经验。

"肖剑，你在驾校的情况怎么样？"叶蓉问道。

"还行，老样子，反正学员也有，每个月也能拿个三五千块钱。"

"还不错。对了，我前几天去了长沙一次，我妹在那边。"叶蓉本想说到这里就算了，可还是忍不住继续说道，"还碰到了一个人，你猜是谁？"

肖剑诚实地说道："这个太难猜了，我猜不出来。"

叶蓉立即接口道："估计你猜不出来，我的朋友你也认识不了几个。不过，这个人你倒是见过。你记得那个叫作邱倩的女孩吗？"

"有印象，当时她是你的驾校学员，后来你到另外一家学校去，把她转到我的车上来了。"

"那你还记得当时有一个人陪着她来吗？长得很帅,高高大大,白白净净的。"

"是有这么一个人，但我和他没有什么交道。不过，好像那次你受伤到医院时，也见到过他。"

"对，就是他，我这次在长沙见到了他。"叶蓉说到这里，内心里激动不已，当然不能把所有经过都告诉肖剑，得有所保留。

"他怎么到那里去了呢？他不是在四水天马医院吗？"

"他是去长沙读研究生的。真没想到，他还是我妹妹的同学呢，太巧了。"叶蓉继续描绘当时的情况，"刚看见时，我都不敢相信是他。"

肖剑没有接上话来，他也不知道要如何说，就沉默着。

叶蓉见状，干脆直接进入主题："肖剑，我已经辞去教练的工作了。"

"有什么事吗？"

"我计划去长沙开一家汽车美容店。"

"叶蓉，你在四水市有一家了呀。"

"所以，我不当教练了，我专心做汽车美容。"

"那你也用不着去长沙呀，在四水多好呀，你在这里开第二家就是。"

肖剑这么反对她，让她意外，要知道，以前肖剑从来没有反对过叶蓉，都是她说什么，他就听什么，就做什么。

"这不用你管。"叶蓉语气很硬。

"好，我不说就是，我听你说。"肖剑在心底深处，无比痴情地爱着叶蓉，他这次提出反对，是不想叶蓉离开四水。如果叶蓉去了长沙，要见到她就很难了。

然而，在叶蓉面前，肖剑只有听从的份，照目前的情况，叶蓉是绝对强势，肖剑是绝对弱势，这种状况，谈恋爱，对等地谈恋爱，简直不可能。肖剑应该明白这一点，可是明白了又怎么样，一句话说得千真万确，"爱是没有理由的"，还要加上一句"明知相思苦，偏要苦相思"。

"我想请你帮我管理四水市的这家汽车美容店。你看怎么样？"

"你的重点在哪里？也就是说，你会在哪个地方？"

"我当然在长沙。"

"那我去长沙帮你好吗？如果你不在四水，我就不去四水市的汽车美容店。"

"肖剑，你还很挑剔，对我的话也不听了？"

肖剑一时没有说话，几秒钟后，他终于鼓足勇气："叶蓉，我想和你在一起。哪怕是看到你就行，你给我这个机会好吗？"

"我们没有希望的，你趁早找合适的人吧。"叶蓉开诚布公地说。

"没关系，我知道。我明白，你让我和你一起去长沙吧，我保证把你安排的事情做得好好的。"肖剑太想经常看到叶蓉了，为何会有这种想法与情愫，肖剑自己也不明白。其实凭着他的驾驶技术，向他示爱的女孩子也不少，他向叶蓉表忠心，"我会听从你的安排，开车、打杂、做保安都可以。"

　　听肖剑这么说，叶蓉心想，有这么一个忠诚的卫士在自己身边，未尝不是一件好事，她问道："那你真的什么事情都可以做吗？"

　　"没有问题，你叫我做啥我就做啥。"

　　"那好吧，你今天就去驾校辞职，明天我们做些准备工作，后天就去长沙。"叶蓉果断地做出决定。

　　"行，我立即就去。"肖剑听叶蓉这么说，特别兴奋，从此就可以天天与她一起。

　　肖剑的辞职办得也算顺利，只是让他那家驾校的校长倍感意外，像他这样没有太多野心的人辞职的确让人看不懂，因为在那家驾校带学生收入一月几千元，经常有学员请吃、请喝送东西，吃香的喝辣的，可以说是活得有滋有味的。

　　"你准备去哪里呀？有新地方了吗？"负责管理的办公室主任在给他办手续的时候问他。

　　"是叶蓉叫我去长沙的，她在长沙开汽车美容店。"老实人就是这样，可这也太那个了呀，得给叶蓉保密呀。或许这是肖剑的缺点，让叶蓉耿耿于怀的缺点。

　　"叶蓉？是不是以前在我们这里做过的叶蓉？"

　　"是的，就是她。"

　　办公室主任对于叶蓉是相当熟悉的，当年叶蓉在此处工作的时候，办公室主任也打过叶蓉的主意，想揩点油之类，但最后知难而退，啥也没有捞着。他当时也知道肖剑在苦苦追求叶蓉，并且也清楚叶蓉对肖剑若即若离，以他的感觉就是"招之即来，挥之即去"，像应召男郎似的。

　　"你还在想着她？"办公室主任吃不到葡萄说葡萄酸，"叶蓉有什么好呀？就是人漂亮一点，其他不怎么样。"

　　肖剑心里有些生气，但是嘴上没说，保持着沉默，脸色不太好看。

　　办公室主任倒是善于察言观色，看肖剑不高兴，心想也就是最后一次见面了，没有必要闹得不愉快，多一个朋友多一条路，万一将来肖剑发达了，有可以用得着的地方，反正就是人不要自己把自己的路给堵死了。

　　"什么时候动身去长沙？"主任转换话题。

　　"大概是明后天吧。"

　　"这么快呀！"主任对于叶蓉的办事效率一直很有印象，但是这次这么快，还是让他倍感吃惊，"这速度是够快的了。好，手续办好了，你到相关部门落实一下就可以了。祝你好运。"

"谢谢。以后见。"

叶蓉对肖剑这回的果断与快速表示赞同，"不错，这回你大进步了，不像以前那样拖拉、犹豫。"

肖剑尴尬地笑了笑，奇怪的是即便尴尬，他也感到幸福，人就是贱，这时应该生气才对呀，一个女人说自己的拖拉，嘿。

叶蓉将四水市的汽车美容店交给一位四十多岁的员工管理，叶蓉一个月至少来查看一次收支情况，其他放手给这名员工全权处理，这是叶蓉对这名员工长期考察的结果。她其实很早就注意培养这样的人员，因为一个老板总是要有一两个关键时刻能够派上用场的人，否则的话，就是管理上的失败。叶蓉给他的待遇是纯利润的百分之三十，作为一个高级管理者，老板叶蓉给出的是非常高的劳动报酬。

叶蓉在两天内把四水市的事情全部办完了，这天，她带着肖剑，从四水国际机场乘飞机，一个半小时后飞抵长沙。肖剑开始以叶蓉的全职保镖、秘书、司机、生活助理等多重身份开始工作。叶蓉在与肖剑长期的接触中，最终会爱上肖剑吗？肖剑有这样的福分得到老板的真心相爱吗？以时间、以毅力争取爱情，这爱有结果吗？这份努力值得吗？肖剑不知道，现在的他只问过程，不考虑结果。

到达长沙后，叶蓉没有去上次住的华夏大酒店，那里距离市中心热闹地带比较远，距离市区主干道也不太方便，选择做汽车美容店不是太理想。叶蓉与肖剑在飞机上就讨论了一下，这种汽车美容店的选址非常重要，那就是交通一定要方便，门前道路要宽敞，停车要方便。两个人在飞机上对着叶蓉在长沙买回来的市区图进行研究，按照他们的标准，从大的方面考虑，他们把位置定在长沙市二环路与贯穿南北的大动脉芙蓉路的交叉路口。

因此，叶蓉与肖剑下了飞机后对着地图找了一个二环路与芙蓉路交叉路口的酒店，名字叫天华酒店。两个人坐民航大巴到市区后，再打的直奔这家天华酒店。

天华酒店的前台服务人员热情地接待了他们，显然，天华酒店目前的入住率不怎么样，不然，服务员就可以不必这么热情，这和眼下经营的心理有关，有客人时，大家只要把分内事做好就行了，没有客人时，则必须尽量留住每一个来店的客人，不然，酒店没有人气，迟早会垮掉的。

叶蓉相信这家酒店的生意必定会红火，因为酒店目前的管理的确不错，假以时日，当这个位置的繁华程度再提高一些，酒店的口碑再好一点，生意想不好都难。

叶蓉要了面对面的两间客房，没有要套房，其实套房和两间房的价格差不多，主要是她不想和肖剑在一套房子里，很重要的理由，当然是王浪，此时叶蓉刚刚做了王浪的女人，在她的心里，她的人都是王浪的，有这样的想法，她又哪里会让别的男人过多地侵入她的领地呢。

在天华酒店建立根据地之后，叶蓉与肖剑就风风火火地开始了他们在长沙的开店事宜。他们没有通知王浪与叶欣，而是紧锣密鼓地落实好各个环节。

很快，叶蓉与肖剑在短短十多天时间，在芙蓉路与二环路的交叉路口处，成立起了一家漂亮的汽车美容店。为方便工作，叶蓉与肖剑买下一辆广汽生产的本田雅阁，当然还招收了几名员工，一个新店就这样开张了。

元旦这天，叶蓉举行汽车美容店的开业仪式。开业的前一天，她正式邀请妹妹叶欣与王浪参加。叶欣非常意外："姐姐，你十几天没打电话，原来一直在忙于这个事情，这么快就弄好了？"

"姐姐的脾气你不是不知道，我是说到做到。"

"知道，可也快得出乎我的预料。"

"你明天有空来吗？我的汽车美容店明天开张。"叶蓉请妹妹来参加她的开业仪式。

"姐姐的大事，我没空也要来，我一定会来的。"

"你和王浪一起来吧，我等会儿请他。"

"好的，姐放心，我们会按时到的。"

"哦，对了，差点忘记了，我买了一部车，明天我叫肖剑来接你吧。"

"买车了，好，好呀。可是，你那边有事呀。"

"没关系，我叫肖剑早些来接你。"

"姐，那好吧。对了，肖剑是谁，你的司机吗？"

"他呀，司机、保镖、保姆，什么事情都做，他挺能干的。"

叶欣听到这里，突然想起姐姐曾经和她说过肖剑的这个人，她问叶蓉："姐，这个肖剑你上回和我说过，是吗？好像你说他曾经追求过你？"

"是，我是说过，他曾经追过我，现在还在追我，不过，他很安全的，他啥都听我的，从不强求我。"

"那行，让肖剑来接我和王浪吧。"

"好的，我到时叫他早些去等你们。"

叶蓉随后给王浪打电话，王浪刚从手术台下来，略显疲惫，不过，他听是叶蓉的电话心情不错。自从上次酒醉，他对叶蓉的印象深了许多，常常会在某些时候想起她，比如夜静更深的时候，比如看见叶欣的时候，叶欣现在已经不缠着他了，看他的眼神也自然、清澈了许多。王浪知道，叶欣当然是因为她姐姐叶蓉的原因，既然这样，是非常好的结果了，他和叶欣可以继续着纯粹的同学之情。

"叶蓉，你真是比深圳速度还快，人家三天盖一层楼，你十天就开一家店。"

"夸张了，夸张了，我也是没办法。做什么事情，没做完，心里就总搁着，不踏实，睡不好觉。"

"先祝你生意兴隆！早发大财。"

"谢谢。你明天有空吗？"

"明天元旦，医院全部放假，我现在在骨科病房，还好，没手术，明天正好不值班。"

"那就好，明天你和叶欣一起到我这里来。"

"好，明天见。"王浪有事情，准备挂电话了。

"明天我会叫车子到湘雅医院来接你和叶欣。"

"谢谢你。"

"和我不用这么客气啦。"叶蓉看边上无人，向王浪撒娇，"你想我吗？"

"想，天天都想着呢。"

"哼，不许骗我，不然，你舌头会长很长很长的。"

元旦这天，早上八点半，一辆广本雅阁停在湘雅医院大门口。开车的是肖剑，他掏出手机给叶欣和王浪打电话，告诉他们车已经到了，请他们出来到大门口。

由于前一天叶蓉已经向两个人交代过，王浪与叶欣做好了出发的准备工作，所以肖剑的电话一打来，两个人各自就从自己的宿舍动身，几分钟后两个人差不多同时到达医院大门口。

叶欣应该说早两步，肖剑见她朝车这边走来，且与照片上的人很像，判断应是叶蓉的妹妹叶欣了。在四水的时候，叶蓉给肖剑看过叶欣的照片，所以他脑海里有些印象。

"你好，是叶欣吗？"肖剑问道。

"嗯，你是肖剑？"叶欣自然明白眼前的男士就是姐姐说过的肖剑了。叶欣打量了一下肖剑，人极为普通，可以说没有特色，是丢在大街上不容易被认出来的那种，身材中等，长相不算好看，当然也绝对不难看，忠诚老实的模样。聪明、灵活、能干的姐姐带这么一个男人来开创新店，或许是取长补短。

"我是肖剑。你姐叫我来接你。今天我们的汽车美容店开业。"

叶欣大方地伸出右手："你好，肖剑，很高兴认识你！"

肖剑伸出右手与叶欣握手："幸会，幸会。"语气似乎与老实的肖剑不相吻合。

这时，王浪也到了，他自然认出了肖剑，主动地打招呼："肖教练，你好，很久没见了！"

　　"对呀，一晃好几年了。"肖教练也感觉到了时光流逝之快，岁月催人老呀。

　　"王浪，没想到会在这里相见。"

　　"就是，你帮叶蓉做大生意呢。"

　　"叶蓉有想法，有干劲，我是帮他忙。不像你，书读得多，医术高，佩服你。"两个人热烈地握手。

　　然后，肖剑招呼王浪与叶欣："来，你们上车，我们去店里吧。"

　　肖剑的驾驶技术是超一流的，跑出了每小时一百公里的速度。

　　王浪不免有些担心，虽然他曾经看过驾校的教练们开快车、英雄车，但是速度如此之快令人担心，真怕汽车失去控制，那就是玉石俱焚呀。

　　叶欣看着窗外呼啸而过的树木，时值冬天，处处是落叶的乔木，显示着冬的一视同仁。

　　她是第一次在长沙市区感受这么快的速度。她突然想起这么一句话，速度是男人的追求，没有想到这么老实的肖剑也开如此快的车，要是罚款的话，这肯定是要严惩的。

　　看来，人在某些时候总是会突破自己的，或许肖剑的突破就在于速度。

　　速度让距离无形中缩短，一会儿工夫，他们就站在了叶蓉面前。

　　首先是叶蓉热烈地与王浪握手："欢迎你的到来！"

　　"谢谢。热烈欢迎叶总来长沙投资！"王浪称呼叶蓉为叶总，倒也恰如其分，她现在有两家店面，自然够得上老板的称呼了。

　　"姐姐，请受小妹一贺。"叶欣与姐姐热烈拥抱，"姐的事业风生水起，这是美好的开端。"

　　"哟，姐高兴听，有你和王浪来，好彩头呀，有道是欣欣向荣滚滚浪。"

　　王浪建议叶蓉做生意要有长远之见，从一开始就要对来店里消费的顾客建立档案，进行有针对性的长期服务策略。叶蓉颇以为然。

　　叶蓉委托当地劳动部门，招聘了一些专业技术与管理人员。留人留心，对于前来店里工作的人，叶蓉都施以仁心术，与他们进行面对面聊天，了解他们的需要与困难，帮助他们解决，同时告诉他们发展的希望。

　　叶蓉的汽车美容店慢慢走上正轨，生意渐渐好起来。

　　王浪与叶欣经常介绍朋友、朋友的朋友去叶蓉的店里进行汽车保养、维护、修理等，而叶蓉也就常常以这个感谢的理由，邀请王浪与叶欣吃饭。这是她最高兴的事情，因为可以与王浪在一起。

　　肖剑并不一定有资格参加叶蓉举行的答谢宴会，有时她叫肖剑开车送她到某个地方的酒店，与王浪和叶欣吃饭，但没有肖剑的位置。肖剑得开车回汽车美容店，然后叶蓉吃完饭再打电话叫他来接送他们。

叶蓉有一次对肖剑说："你觉得我坏吗？"

"不，我从来没有这种感觉。"肖剑毫不迟疑地回答道。

叶蓉心里有着说不出的滋味，爱情，为何总是难以在两个人之间同步呢，她傻傻地爱着王浪，而肖剑则傻傻地爱着自己。

"肖剑，你好笨呀，你知道我是去约会王浪，你可以拒绝我。不然，有时候，我觉得有愧于你。"

"我宁愿做这样的笨人，没有关系的，叶蓉，我不会拒绝你的任何要求，只要你喜欢，我会一直坚持下去。我说过，能够看到你就是我的愿望，这种想法越来越强烈，所以我从四水跟你到长沙来，答应为你做任何事情。"

叶蓉无语。

肖剑全力支持叶蓉的店，但是叶蓉只给他开一般员工的工资。这事让叶欣知道了，她问姐姐："姐，肖剑是你店里的重要员工吗？"

"最重要的员工，是除我之外的最重要员工。"叶蓉显然与妹妹说的是真话。

见姐姐这样回答，叶欣劝叶蓉道："姐，那你给肖剑多开点工资呀，我看他怪可怜的。"

"我给这么点工资，他并没有拒绝，也没有提出来，更没有辞职，市场经济，投资吗，就是要让资本的收益最大化。"

"这个我懂，但是投资也不全是钻在钱眼里呀，在经营过程中，总还是有人性的存在。"叶欣和姐姐讲道理。

叶蓉笑道："妹呀，你还真有些书生意气。肖剑没有意见，就行了。不吵不闹，和谐就 OK 了。"

"肖剑对你这么好，姐你可以试着去爱肖剑呀。"

叶蓉没有多想，立即回答道："我对肖剑没有感觉。"

"可是，王浪对你，我总觉得不是很实在，好像很虚幻的样子。"

"这没有关系，我只要待在长沙，和他一起呼吸一座城市的空气，共饮湘江水就行了。"叶蓉说这话时，如醉如痴。

"姐，那你同情肖剑吗？"

"我为什么要同情他？"叶蓉道，"我和他是一样的毛病，我们都深爱着我们爱着的人，但我们爱着的人却不怎么爱我们，所以我理解他，尽管我不爱他，但不讨厌他。"

叶欣久久不说话，"爱"一个字，写起来容易，做起来真的很难。

4

叶欣不怎么理会王浪了，内心深处她保留着对王浪的爱与喜欢，只要有合适的机会，就像种子落在适当的土壤，加上阳光空气雨露，依然会发芽。她之所以不理会王浪，只是不以爱的名义去接触王浪。

叶欣没有料到，她与王浪回归纯洁的同学情谊，那边姚义却节外生枝，让她非常生气。

姚义并没有真正看到叶欣与王浪有过什么密切接触。其实姚义根本就没有资格管叶欣。清醒的时候，姚义明白这一点，但是当他喝了点酒，有些失去正常理智的时候，就说不定了。

这天，姚义和一位同学喝酒，酒至半酣，那位同学和他聊起叶欣，当然，这位同学并不知道叶欣与姚义、王浪同为大学时的同学，只以为叶欣就是一个进修的未婚女医生，如此而已。所以，他就把曾经看到叶欣与王浪在一起的事情添油加醋地说给姚义听。

他说这些事情没什么目的，想表达的就是说王浪长得好，聪明能干，很讨女孩子喜欢。他告诉姚义，他曾亲眼看见王浪与叶欣拥抱在一起，可见他们的关系非同一般。

"这小子，亏我还把他当哥们儿。"姚义言语中满含愤慨之意。

那位同学大惊，他怕姚义找王浪闹事，这可不好办，万一两个人出了问题，找根由，就会说出他来，自己岂不成了挑拨是非的人？而对于一个男人来说，这种家长里短的乱说，亦非君子之所为呀。

"怎么？姚义，你认识叶欣？"那位同学听出了点什么，连忙问道。

"何止认识，我追了叶欣十多年了，我和叶欣、王浪是大学同班同学。"

"这么巧，刚才是我乱说的，你不要介意，千万不要介意。"那位同学想大事化小，小事化了。

"来，喝酒，兄弟。我知道怎么做，我和王浪住一间房子，平时里，我都把他当我哥。"

"那就好，那就好。"同学似乎放心些，毕竟姚义与王浪是多年的同学加室友，想必两个人有好的办法解决，就算他们之间有这种竞争的可能。不过，同学想这姚义都已经结婚有小孩了，而王浪是单身贵族，自身条件明显优于姚义，照他的观点就是姚义应该知难而退，给叶欣和王浪机会。当然，这话他只在心里想着，并没有对姚义说出来。

"兄弟，我们干杯。"姚义端起酒杯，"喝了这杯酒，我们回去睡觉吧，时间已经不早了，都快十一点了。"

同学看了一下表，果真时候不早了，两个人买单散场。

同学与姚义挥手再见，尽管姚义看起来没有什么很明显的不对劲，但是他还是在心里担忧，有些酒醉的姚义会不会出卖他，甚至与王浪干起来，那样的话，到时候他与王浪见面就尴尬了。

姚义回到宿舍差不多十二点，王浪还没有回来。自从王浪从华阳老家返回长沙后，他与姚义一起的时间就比较少了。一是因为王浪在骨科轮转，相对此前的科室，当然就忙一些，手术病人的术前术后观察与处理事情多而杂，并且责任心重大。再说呢，曾经有那么些日子，王浪的确喜欢和叶欣在一起，和叶欣来往较多，两个人还一起去过石燕湖公园游玩。后来，没有想到，叶欣的姐姐叶蓉来了，一来二去，叶蓉如愿以偿，了却一桩心愿。如此一来，叶欣基本上就退出了爱慕王浪的阵容。

叶蓉为了能看见王浪，不惜辞去教练之职，带领肖剑在长沙开汽车美容店，足见其爱之深。只是王浪这样的男孩，因为可以选择的余地比较大，有时就会自欺欺人，轻易不会走向婚姻。

姚义躺在床上，毫无睡意。已经结婚的他，孩子好几岁了，可是心却安分不了。都说男人花心，姚义应该就是花心男人的杰出代表。有时，他想起在广州的老婆与孩子，偶尔回一次广州，与妻子的感情也就可想而知。花花世界，对姚义来说，更是充斥着欲望与诱惑。

半个小时后，王浪开门进来，看见姚义在看书，和他打招呼："还没睡？"

"我哪睡得着呀，不像你，有事也当没事人一样。"姚义话中带刺地说道。

王浪聪明过人，立即听出了姚义话中的火药味，不过，他感觉到了姚义醉酒后的大舌头，发音不清晰。不过，酒醉心里醒，他说的话直接指向王浪。

"怎么？对兄弟我有哪里不满意吗？"王浪有些不解，他这几天忙于手术，没有时间和姚义聊过什么，"啥情况，说来我听听。"

"你好意思听？"姚义完全失去了常态，喝了点酒，又加上那位同学无意中的挑拨，他口不择言。要知道，平常他都是唯王浪马首是瞻，很听王浪的话，就是把王浪当大哥，当总指挥看待，但今天当然是特例了，"你想听我就说吧。"

姚义气冲冲地："你是不是和叶欣在女值班室一起吃东西呀？"

"有吃过。"王浪没有隐瞒。

"你和她，还抱一起，有吗？"姚义把想说的说出来了。

王浪不想与姚义这样纠缠，何况这类话题对于他们兄弟间这样不友好地来说没意思。更重要的是，王浪认为，即便他和叶欣抱在一起也是正常的，可以的，你姚义都结婚好几年了，孩子也有了，你不应该对叶欣还有非分之想，要管自己就更没有道理。

王浪不理他，拿起口杯准备洗漱睡觉。

"王浪，你说呀！"姚义怒吼着。

"这么晚了，你还大声叫什么呀，哥们。"王浪不想让他们这房子的声音影响其他同学的休息，顾不上洗漱，坐在姚义的身旁说道，"你想好了再说，不要乱喊乱叫。"

"你可是想好了，你是可以心平气和。"姚义的话中不无醋意，"你王同学魅力大，我花了十多年的时间都没有用，而你，只几个月就和叶欣好上了。"

王浪觉得好笑，姚义这个一直把自己当大哥看的同学居然纠缠起来，真是喝酒喝晕了头。

"你呀。"王浪想尽早结束姚义的醉酒挑战。

"你能干呀，你有资格。"姚义耿耿于怀。

"你多虑了。"

"我没有，我只是知道现在有句话叫作朋友妻偷偷骑。"姚义越来越出格，整个一醉鬼的话。

王浪意识到这一点，不准备和他说了："姚义，咱们先睡觉，好吗？有些事情，时间会告诉你真正的答案。"为了让姚义放心，他接着说道，"你既然这样说了，那你以后注意观察我和叶欣，好不好？你如果觉得有不妥之处，你告诉我，好吗？"

姚义的酒或许稍稍醒了些，就坡下驴："希望你说到做到。"

第二天，王浪提前去上班，姚义还在赖床。姚义回想起头天晚上的事情，觉得很不好意思，自己酒后屡屡发难王浪，的确很过分。王浪和叶欣都是单身贵族，如果他们俩愿意谈恋爱，也是可以的，反而自己有妻子有孩子，再去追求叶欣是有违道德，甚至与法律原则相背离。

姚义后来在没有旁人的时候，问过叶欣类似的话题，不过，那时他没有喝酒，问话就委婉得多，毫不咄咄逼人。

"你是只知其一，不知其二呀。你根本就不知道，王浪他的心没有在我的身上。"叶欣对姚义说出心里话，"你如果喜欢一个人，要拿出你的决心与魄力来。你看，向玲玲对王浪十多年了，她所表现出来的专一与忠诚，我们是有目共睹的。向玲玲这么漂亮，没有任何绯闻，更没有桃色事件，非常难得，我想，王浪也一定会因为这件事情而感动。"

姚义说："好，我答应你，我改正，一定改正。如果没有资格我会放弃，如果我有了资格，我会全力争取，你等我。"

叶欣听了这话，既没有点头，也没有摇头。她想，不管姚义你怎么说，实际行动最重要，听其言，观其行，拭目以待。

姚义的担心的确多余，以王浪如此优秀，一般的人他是看不上眼的，更重要的是姚义不懂叶欣的心理，也不知道叶欣和她姐姐叶蓉的近况，所以兵法说得好"知己知彼，百战不殆"。姚义追女孩得多读读兵书，那样才会事半功倍。

隔天傍晚下班时，姚义在外科楼与王浪相遇，他的身旁站着一个清新靓丽的女孩，女孩身材高挑，明眸皓齿，灿若桃花，皮肤水嫩得可以拧出水来。哇，这么漂亮的妞呀，如此美貌，真可以和向玲玲一比高低。姚义羡慕得流口水，奶奶的，王浪这小子尽走桃花运。其实大可不必，以姚义的身份与财富身价，他可以阅无数红颜，当然喽，人的气质很重要，有些人一看像个色鬼，谁喜欢呀。

王浪微笑着和姚义打了个招呼。姚义似乎不尽兴，高声与王浪说话："哥们，来客人了？"

"嗯，是的。"他本想相互介绍一下，只是看见身旁的女孩似乎不愿意与姚义接触，也就不再作打算，免得让她不愉快。姚义讪讪地走了，不过，他更相信王浪说过的话了，那就是对于叶欣的事情可以放心了，王浪应该不会放着这些美女不理，而去全心对叶欣好。

王浪身边的女孩是杨柳，她经常来看王浪。那一次，王浪在贵族牛排店见义勇为，帮助杨柳挽回了损失，更重要的是，两个人的第一次见面，王浪的帅气与男人气给杨柳留下了深刻的印象。后来，王浪面对闹事患者攻击抢救护士挺身而出，英勇事迹再次让杨柳感动，得知王浪受伤住院后，她立即到医院看望，恰逢叶欣在一旁悉心照顾，像极了与王浪谈恋爱的女朋友，那时，两女还正面交锋过，当然不会有结果。如今，叶欣已经退出了竞争。不过，杨柳并不知道。

杨柳对王浪一片真心，她明白男女间的交往是要时间考验的，急不来，强求不来，尽自己的努力，全力争取。

"王浪，我们吃烧烤去，好不好？"杨柳仰着脸问道，模样极其可爱，这样的要求很自然，不过分。

"好呀，我请客。"王浪当然无法拒绝，

"不要你请客。我喜欢 AA 制。"杨柳故意这样说。

"哪好意思呀，这是在中国呢，我一个大男人，和一个漂亮女孩子吃饭还 AA制，别人知道了会笑话我的。"

"哟，王浪，看你很有个性的，还这么在乎人家的看法呀。"

"那当然，我们不是生活在真空里，当然要在乎别人怎么说。不是说，口水都会淹死人吗，舆论的力量相当厉害，我们必须重视舆论。"

"王浪呀，你的政治水平很高，应该到我们那上班去。"

"杨柳同志，你的意思是让我到省政府办公厅去上班？"

"对呀，你的政策水平高呀，不去浪费了。"

"我做医生也挺不错的。"

"你是自我感觉良好。不过，好像还真像你说的，从人品、技术、长相各方面综合来看，你在湘雅医院都算好医生。"

"有你这么说的吗？湘雅医院可是人才济济，你就不要折煞我了。不过，我倒也喜欢做行政工作。"

杨柳听王浪这么说，心里想，要是真让王浪到省政府办公厅去工作就好了，那就能经常在一起，近水楼台先得月，希望会大很多。她很认真地对王浪说："我请求你到我那里去上班，好不好？"

王浪倒有心开玩笑，他知道自己不会离开心爱的医生岗位，至少现在没有任何这样的想法："好呀，可是，你那里我过不去，现在调动好难。"

杨柳成心想着这事，"对别人难，对我来说，不会太难。"有权力的有关系的人说话就是不一样，口气大得很，当然，她的确能办到，这就是牛，"好像我和你说过吧，我叔叔是省检察院副检察长，要帮我们这个忙，就是几个电话的事情。"

"你那里是公务员，我要进去还得考试。"

"考试对你小菜一碟，再说呢，有我在呀。"杨柳的脸上浸透着红润，为这大胆的想象而激动，"我现在就给叔叔打电话，让他帮我们搞定这事。"说着掏出手机。

王浪见杨柳非常当真，赶紧打住开玩笑的行为："不了，杨柳，太谢谢你了。以后有事情麻烦你，现在不用，更不要麻烦你叔叔。"

"哼，你逗我，不理你了。"杨柳说着，加快步伐径直往前走。

王浪知道她是闹着玩的，故意站着不动，静静地从后面看着她。

杨柳没有听到后面的脚步声，回头一看，王浪还在原地，生气加倍。可是，想想，她哪能真生气呀，她不怕麻烦，从省政府下了班坐几站公交车来到湘雅医院就是为了与王浪一起聚聚聊聊，她哪能舍得真不理王浪呀。

王浪装作没有看见。

杨柳继续往前走，但是脚步明显慢了下来，这是不由自主的，是王浪的磁性粘住了杨柳的脚步。

王浪加大步伐追了上去。

杨柳感觉到了王浪带来的一阵风，回头莞尔一笑："这才是好同志呢。"

"物以类聚，人以群分，我认为这话有道理。"

"就是这样的，不是一条道上的人走在一起，要说有多别扭就有多别扭。王浪呀，说来，还得感谢那个抢我包的人呢。"

"你乱说什么？抢东西的人还感谢他，那不是脑子进水了？"

"你才脑子进水呢。我是说，假设那天没有抢包的事情，我怎么会认识你呀？你说是不是？"

"听起来很美，可是你善恶不分，不是好人。"

"呸，呸，啊呸，你是大坏蛋。"杨柳气极。

"我可不是坏蛋，我抓坏蛋。"

"你就是坏蛋，不和我共同浪漫，就是坏蛋。"

"原来你这是在浪漫，你早说呀。"

"你是猪，呆头鹅，这也听不出来吗？人家是因为高兴认识你，所以才这么说呀，不然，我哪能感谢那个抢包的人，我恨死他了。"

天色已经暗下来，王浪与杨柳一起吃烧烤。他们这是在距离市区不远的一家树木园，四周没有灯光，上百个烧烤的炭火炉映照着黑夜，空中弥散着肉呀、鱼呀之类被熏烤的香味。杨柳白嫩的脸在炭火的反射下，显得特别生动可爱，那双会说话的美丽大眼睛放射着光芒。

她的声音在黑夜里同样可以唤来光明：王浪，香不香？"正烤着一串火腿的杨柳问王浪。

"香，特别香，你的手艺我放心。"王浪笑道，"这么好的东西，火一烤它能不香吗？"

"香就行了，不要画蛇添足嘛。"杨柳说着将烤好的火腿交给王浪，"这个给你吃。"

"你自己吃呀，我待会就行。"

"不嘛，我就是要你吃我烤的。"杨柳坚持着。当一个人深深地喜欢一个人的时候，她的快乐就是让喜欢的人享受自己的劳动和自己的付出。

王浪自然是一个很好的游伴与合作者，他总是及时地添加烧烤木炭与烧烤配料。杨柳感觉自己就是一个大厨师，可以安心地掌勺做菜。

在这样愉快的氛围中，两个人不觉烤熟了许多东西，肚子吃得饱饱的。

杨柳拍着她苗条身材的肚子，不好意思地说道："真吃多了些。还好我不用担心减肥的事情。"

"你真是好福气，敞开肚皮吃又不用操心减肥的事情，那真是幸福呀。"

"是，不过，我会稍加注意，营养学也学过一点。你做医生的应该知道，油炸食品、烧烤食品还是要少吃。"

"没错，看来你的营养学没有白上课，交了几千元钱还是有用的。"

"我是在省劳动厅技术培训学校学的，学完后考试了，给我们发了高级营养师的证书呢。"

"你觉得有用吗？"王浪问道，他对有些形式主义或者说接近形式主义的所谓再教育或者培训是心存批判态度的。

"现在想来，好像意义并不是太大，但当时他们那广告说的，还真让人动心，什么吃出健康，吃出营养，还能谋一份兼职的工作。"

"你不用去兼职吧？以你省政府办公厅的身份，好像兼职营养师不是太合适。"

"你说得没错，所以，我想，办这样的营养班实际意义如何很难说。作为健康营养的普及吧，在电视、报纸上多些这方面的科学介绍就可以了，而且效果会更好，影响面会更大。"

"你说到点子上了，真正的营养师，如果能够对公众的饮食营养提供有建设性的意见，需要经常学习，需要从事这个工作才行，业余的指导，只会费力不讨好。"

杨柳靠近王浪，与他并肩站着，不能说是并肩，因为杨柳头的高度恰好靠着王浪的肩膀，反正是走拢了站一起吧，她对王浪说："饭后百步走，活到九十九，我们一起走走吧。"

"你还真是懂得不少养生之道，出口就是健康常识。好，我们活动活动。"

两个人渐渐远离了烧烤区，周围没有了食物的飘香，没有了炭火燃烧的噼里啪啦，没有了热食烫嘴的嘘唏声，不远处的虫鸣衬托着夜的安静，在远处，汽车的灯光发散着，偶尔照亮半边天空，生活真的很美。

杨柳依靠在王浪的肩上，他轻轻地揽住她的胳膊。杨柳全身战栗，盼望着王浪拥她入怀，她甚至期待着王浪能够夺去她的初吻。

杨柳闭上眼睛。

月亮看着他们，月亮在等着王浪，仿佛在说："我给你这么美好的夜晚，你身边的美女这么盼望着你的爱怜，你能无动于衷呀。"

"可是，我没有做好全身心爱这个美丽女孩的准备呢。"王浪对月亮说。

"有些女孩，你必须投入全部的身心；有些女孩，她只要得到你的真情，哪怕是一瞬间，她就知足，就会难忘，就会永远记住你。"月亮继续开导王浪。

"真的是这样的吗？我、我曾经伤害过同样美丽多情的女孩。"王浪还在犹豫着。

月亮深入分析："感情有度，凡事得把握适当的度。没错，你现在没有全部身心爱一个人，你还有你的事情，你的情感还没有走到水到渠成的那一步。那么现在，给她你的吻与拥抱，是不是能够两全其美呢？"

"或许你说得对。那我就试试。说真的，这样的女孩，这么柔美地呈现在我的眼前，这么无边地吸引着我，我哪能完全地置若罔闻呀。"

王浪将杨柳用力地抱入怀中，低下头，深情地吻着杨柳。

夜是这么安静，所有的声音都消失在耳边，月亮躲到云层里去了，她完成了使命，以她的温柔朦胧催生了月下公园的浪漫。

许久，两个人松开。杨柳却突然跑开了。

王浪看了一会儿跑在前面的杨柳，她跑开的姿势就像奔跑着的梅花鹿，修长的双腿散发着诱惑。王浪快步追了上去。

杨柳挽着王浪的胳膊，"王浪，我要告诉你一个事情。"

"说，我洗耳恭听。"

"先问你一个问题，好不好？"

"当然可以。"

"可能这个问题很无聊，但我希望你如实回答。"

"不会吧，公务员小姐的问题肯定是有水平的。"

"王浪，你不要乱夸我，我是女孩子，就有女孩的脾气，有女孩的想法。"

"是，是，我懂了。"

"你懂什么？"

"我懂你有个性，有脾气。"

"这还差不多。"

"那你的问题是？"

"你会记住今晚的吻吗？我是说永远。"

"会。当然会。"

"好，我要告诉你的事情是，今晚的吻是我的初吻。我特别高兴，我的初吻给了你。"

王浪再次拥住杨柳："谢谢，我真的懂你了。你是在给我机会，也是在给我自由。"

"真的，很难遇到你这样懂女孩的人。"杨柳有些满足，又有些无奈，"爱你的人都是那么死心塌地，像上次照顾你的那个女孩——叶欣医生，你真是有福之人呀。"杨柳本想说她也是那么死心塌地爱着王浪，想想还是没有说出来，因为不管怎么说，失去理智的死心塌地对于知性女孩来说，并不是那么雅致的事儿。

一年一度的春节，这个中国最重要的节日就要到了，在节日前夕，省里有一个影响很大的活动将在省电视台举行，并且将进行卫星直播。王浪将在那晚的节目中亮相。

王浪是从杨柳处得知消息的，是杨柳打电话告诉他的："王浪，告诉你一个好消息。"王浪正准备上手术室时，接到杨柳的电话。这是王浪在骨科轮转的最后一个月，也就是说很快就要结束骨科的轮转，他的研究生临床已经完成了急诊科、影像科、骨科，下一个科室按照导师的安排将去神经外科。

王浪习惯了杨柳的电话，她喜欢给王浪打电话，一般都没啥事情，就是为了听听王浪的声音。自从王浪与杨柳在那个烧烤夜晚深情相拥，王浪收下杨柳的初吻后，杨柳打电话的次数更多了。偶尔，王浪下了手术台，疲劳的时候会给杨柳打个电话，也是奇妙，给杨柳打过电话之后，感觉特别有精神，本想瞌睡都没有了瞌睡。

"什么好消息，你快说，不然，我要上手术台了。"

"手术手术，你天天就是手术，不想和我说话吗？"

"想呀，可是病人这时更想我呢。"

"好，我知道了，中国医生要增加点，不要让你们太累。是这样的，省见义勇为基金会将于后天晚上举行年度见义勇为英雄颁奖大会，届时卫星电视台将全程直播。"

"不错，是邀请我参加颁奖的文艺晚会吗？"

"你是见义勇为年度英雄，当然要参加颁奖文艺晚会，还要上台领奖的。"

"什么时候把我评上见义勇为英雄了？"王浪感到意外，印象中他没有做什么大事情。

后面，要和王浪同台手术的骨科总住院医生跟了上来，催促王浪道："快些上手术室去，后面还有要接台的，我们抓紧时间。"

总住院医生的声音不小，电话那头的杨柳也听见了，她不能拖王浪的后腿："王浪，看来你很忙，我不耽误你时间了。你手术完了后给我打个电话，好吗？"

王浪当然不能继续与杨柳在电话里聊天了，总住院医生都已经在催了，他只好与杨柳匆忙告别挂电话："好的，我手术完了就联系你，晚上我请你吃饭。"

"好，再见。"电话那头的杨柳高兴地挂了电话。

自然，晚上两个人共进晚餐。这回吃的是自助餐，五星级酒店的自助餐，菜肴品种丰富，质量上乘，环境优雅，这也是最重要的一点，可以不急不忙，边聊天，边品美味佳肴。这家酒店的自助餐采取灵活机动的上菜方式，一是分批上菜，二呢是看人上菜，比如一个菜大家都喜欢，吃完了可以考虑再上这个菜，基本保证每个到店的客人满意。

这是杨柳发现的好去处，也是她作为省政府办公厅员工，经常招待外省或下级部门的同志们才知道的，现在举国上下强调廉洁，不准大吃大喝，所以，将客人引到这里来，花费不算太大，菜肴自然说得过去。杨柳自己是喜欢上这家五星级酒店的氛围，还有它的货真价实。

不过，这回是王浪请客，这是他在电话里说好了的。

两个人一起拿着盘子去取食物。吃自助餐要吃得痛快，酒店本身的服务是关键，但是吃者的心态与方法同样重要，不然，或者撑破肚皮，或者呢，没吃到什么东西。应该说，最关键的就是不能贪婪。否则容易一次性拿得太多，结果勉强吃完，当然不好受，而且还可能招致相关管理人员的隐形批评。所以，能够不慌不忙取食物的人、不贪心的人就可以好好享受自助餐的美好环境了。

两个人取了食物坐在卡厢座里，开始品尝菜肴，沉醉人生。

"王浪，你还真沉得住气呀。"杨柳见王浪一直没有问见义勇为的事情，终于忍不住主动提起来了。

其实她不知道，王浪后来以为是杨柳说着好玩的。王浪知道省见义勇为基金会每年都会进行这样的评比，但他根本没有想到真的会有自己的份。他觉得自己没有做出特别的事迹。

"王浪，后天的颁奖晚会，你是年度见义勇为英雄人物称号。"

杨柳向王浪说着事情的前因后果，那次她被抢包，幸得王浪帮助，她和当检察院副检察长的叔叔在一次吃饭的时候说了，结果叔叔的秘书与省见义勇为基金会的负责人熟悉，事后询问了相关事情，将王浪的事迹写上去了，说他不畏强暴，死死抓住歹徒，决定授予王浪年度英雄人物。

不过，刚开始只是见义勇为基金会负责人与秘书的不成熟想法，没有正式决定下来。之后不久，杨柳叔叔的秘书再次听到王浪这个熟悉的名字。那是王浪在湘雅医院急诊科遇见同事出现紧急情况，出手相救，被酒瓶砸中头部，昏迷住院。"这已经很具有典型意义，一年内两次在危难时刻冲出来，这样的人我们要重点突出，予以广泛宣传。"秘书听杨柳这么说之后，肯定地说。不久，他与见义勇为基金会负责人面谈。他给了负责人登载王浪见义勇为事迹的报纸。

"这人可以定下来，我看，我们把王浪的名字放在候选人的第一位。"见义勇为基金会负责人成竹在胸地说，通常而言，放在第一的候选人，只要不出意外情况，都能够顺利选上。

见义勇为基金会组织评议候选人时，王浪排第一达成了共识。也就是说，在见义勇为基金会内部，授予王浪年度英雄人物称号达成共识，委员们一致认为像王浪这样的人是社会学习的榜样。在邪恶势力面前，正义要表现出正义的力量与大无畏。

"怎么样？你当选年度英雄人物，可是众望所归呀。"杨柳看着王浪的眼睛，眼睛里有着仰慕与爱。

"真没想到，一下子就成英雄了。小时候，我很喜欢看关于英雄的故事和电视片，而现在，你让我成了英雄。行，我就做一回英雄，上电视露一回，给见义勇为者鼓一把劲。"王浪不想看见杨柳失望的样子，这么漂亮的女孩，即便没有机会去爱，也要让她高兴快乐。

"那就好，那就好。"杨柳听王浪这么说，特别高兴。

"我先向你声明，我不论是帮你追包抓坏人，还是在医院里救助同事，我都没有想太多的事情，我希望在我眼皮底下不要发生这些事情。"

"对，这正是时代要求我们这样的。见义勇为基金会要鼓励的正是你奋不顾身的精神。想想也是，你当时和我素不相识，却敢于出手，乐于助人，伸张正义。"杨柳说到这里，慷慨激昂。

"看样子，你叔叔是个好官。"

"怎么是看样子？我叔叔本来就是个好官，他一直要求我，作为一名政府工作人员，一是一，二是二，要干干净净为百姓做事情。"

王浪听到这里，没有做出回应，沉默着。他想如果每个政府官员都能够说到做到，社会风气会大大好转。

"怎么不说话呀，在想什么呢？"见王浪不说话，杨柳贴近他，一字一句地问道。

"哦，没有想什么，思维短路吧。"王浪开玩笑道。

"行，那你喝点咖啡，提点神好不好，我帮你去拿一杯咖啡？"

"好呀，我还真喜欢喝咖啡呢。"

闻听此言，杨柳立即起身，去饮料台倒咖啡，她为王浪倒满了一杯咖啡，也为自己倒了一杯，陪心爱的人一起吃他喜欢的食物和饮料，是一种享受。享受生活，其实有很多方法，有很多渠道，只要用心，只要付出爱，生活真的可以很美好。

"王浪，咖啡到。"杨柳将咖啡递给王浪，他伸手接过。

"谢谢未来的部长，我无比荣幸，能够认识你这位政界人士、国家公务员、国家栋梁。"

"栋梁谈不上，我只是普通职员，你才是卫生界的高级人才，有用之才。"杨柳对王浪这么说，心里很高兴，但是她不理解王浪为何称自己为部长，于是问道，"怎么只让我当个部长呢？"

"你的服务特别到家，做个后勤部长不是刚刚好吗？"

"说得好，来，我们碰一下杯，咖啡杯。"杨柳兴致很高。

王浪端起咖啡杯，两个人重重地一碰，还好这杯子质量好，总算没有烂掉。

见义勇为表彰晚会如期举行。杨柳和王浪都坐在贵宾席里，只不过一个在东侧，一个在西侧。杨柳是以政府官员的身份坐在东侧的贵宾席，王浪是以年度英雄的身份坐在西侧的贵宾席。两个人隔着十几排座位，居然也相互看见了，自然地眉来眼去。其实，心灵默契地打招呼，不用言语，就这样以眼神，以微笑来传递心中的感情，美哉。

表彰会在省电视台卫星演播中心举行，能够容纳两千名观众的演播中心坐得满满的。这样的晚会是不卖门票的，是发票，发给各大单位，还有就是发来短信要票的人。

这种发票的晚会，通常都会没有多少人来参加，时下，科技迅猛发展，玩的、乐的项目层出不穷，不是特别吸引人的节目就少有人看了，要到现场来，挤车、费时，还真需要点精神。

但是，见义勇为晚会每年都有很多人前来参加，正义什么时候都需要，而在现阶段，在经济发展不平衡，社会矛盾没有完全解决的时候，更是需要这样的精神。

"现在宣布，年度见义勇为英雄人物获奖名单。"主持人展开了获奖名单，"王浪……"

十名见义勇为英雄人物精神抖擞、排着队走上领奖台。待他们站定后，十名身着美丽服装的漂亮少女为他们敬献鲜花，接着，十名当晚将进行演出的明星为他们颁发了奖杯、奖金。

主持人请每位获奖者发表获奖感言。王浪首先发言。

"感谢所有出席今晚颁奖晚会的朋友们，以及在家看电视的朋友们！我很高兴能够获得年度英雄称号，这个称号是对我最大的鼓励！以后，如果还有类似的情况，还有不平的事情发生，我依然会挺身而出。社会需要正义，社会也存在正义，让我们每一个人为正义而存在！让世界因正义而更美好！"

王浪讲到这里，台下响起雷鸣般经久不息的掌声，这掌声里有杨柳的双手劲拍，她的眼里闪着泪花，王浪，你这样的人，叫人怎能不爱你。只是，爱你的人实在太多，能够最后与你相携一生的人，真是福呀。

王浪接着的话同样让人惊讶不已，他接着说道："我刚才说了，我很喜欢英雄这个称号，我也只要这个称号。这次发的五万元奖金，我将全部捐赠给希望工程。教育是国家最重要的事情，一个国家、一个民族的兴旺发达，关键在于教育，所以，我希望这五万元奖金能够在教育方面派上用场。"

全场观众再次热烈鼓掌，电视机前的观众也忍不住鼓起掌来，只是看身旁没有响应者，才很快停下来。

这电视机前的观众，有王浪的导师吴铜礼院士及师母、王浪的师弟郭光，王浪的同学向玲玲、姚义、叶欣以及叶蓉，还有肖剑。

这些都是在长沙的，远在华阳县，冯慧收看了这档节目，这不奇怪，省卫星电视在全国电视台中都赫赫有名，省内大部分观众首选的电视频道就是省卫星电视台的节目。王浪在长沙的第一次见义勇为，她亲眼看见了，没有想到，没过多久，王浪在医院里见义勇为被砸伤头部以致昏迷住院。王浪住院刚好没多久，自己就去长沙请他回华阳帮助伯父家打医疗官司。自己都没有听他们说呢，王浪自己不说，向玲玲可以告诉我呀。冯慧在心里念叨着。想起来真是不好意思。好，好，王浪这样的人被评为年度英雄人物，是完全应该的。

王浪在湘雅医科大学名声大振，电视的力量是无穷的，那天的简单化妆更让王浪在电视画面上极具亲和力，同时帅气逼人。应该说女生是百分之百记住了王浪，而男生呢，应该有百分之八十记住了王浪，而没有记住的，是因为记忆力实在太差。

冯慧在电视里看过王浪后，总想着要和王浪说点什么。冯慧的华阳电脑分公司已经开业了。她想和王浪分享创业的快乐。

"王浪，是我，我是冯慧。"几天后，冯慧控制不住心中的思念之情，直接给王浪打电话。

"听你说话，很高兴似的，有什么喜事吗？"王浪可以感觉到冯慧的心情。

"有呀，要是你在华阳就好了，你可以好好陪伴那些领导。好多领导都来出席我的开业典礼。"

"你都好吗？"王浪倒是把人放在第一位，当然接着也得问生意，人家本身就是经商的，"那销售情况如何呢？"

"还可以，不错的。你知道我也很重视，采取了一些手段。"

"那就好，我就在想，华阳的电脑与网络会因为你提前半年到一年普及。你要载入史册。"

"言重了，过奖了。"尽管是夸大其词，但冯慧的心情相当不错。

"人人都像你一样经商就好了，那样社会进步更快。"

"我呀，也还有差距。"冯慧谦虚道，"对了，你还记得那个带孩子看病的男人吗？就是那个叫梁洛生的男人。"

"有印象，他怎么样了？"

"他很不错，我把他招在我公司里做普工。"

5

叶欣几天来一直犹豫着，她不知道该如何对王浪说这件事情，还是真的应该像姐姐那样不对王浪说，说了达不到目的，反而让事情复杂化了。

事情的起因是春节过后，叶蓉常常出现恶心、呕吐等不舒服，有时候嗅到一丁点儿油味也会这样，浑身没劲，特别爱睡觉。

叶欣起初没有太在意，当时正忙着工作，她在湘雅医院的进修很快就要结束，得抓紧时间多学点本领，以便返回化工厂医院能够独当一面。她说姐你可能事情多，太忙，加上春天容易感冒受凉，你先多休息，在床上躺一会儿，看情况会好点儿吗，有事情再和我说，要不就先吃点儿感冒药吧。

叶蓉照办，吃了些感冒冲剂，情况并没有好转。几天后，她在市里办点事情，回到汽车美容店有些晚了，她想到食堂让师傅弄点儿吃的。食堂就一个工作人员，做饭做菜、洗碗、洗筷全是她一个人负责。这是一个四十岁的中年女人，孩子上大学去了，就出来找工作，恰好叶蓉的店需要一个做饭的，就两相情愿，招进来了。

叶蓉一进食堂，正准备和女人打招呼，胃里突然难受起来，酸味直往上翻，呛得她"哦哦"地直叫。食堂女人连忙走出来："叶总，你？"

"唔唔。"叶蓉捂住嘴巴，她怕胃里的东西会喷薄欲出。还好，好一阵胃总算平息了下来。

"叶总，你还没吃饭吗？"女人问道。

"是的，你帮我下碗面条吧。"

"好的，你稍等一会儿。"

女人动作麻利，不一会儿就把面条弄好了："叶蓉，我给你煎一个荷包蛋，好吗？"

叶蓉迟疑了一下，突然间胃又强烈地不舒服起来，再次捂住嘴巴"哦、哦"

地吐起来。

女人站在叶蓉的身后，想起了自己十几年前刚刚怀孕的时候，那时肚里正怀着她的宝贝儿子，也是这个样子，莫非叶总怀孕了。可是，她没有看见过叶总有老公的样子，像她这样的勤务人员，也没有机会问这些事情。不过，任何女人都喜欢孩子，看到与孩子有关的事情，都想表达出来，那是母性的愿望，是天下母亲共同的关心。

待叶蓉终于平静下来，坐在桌边吃面条时，女人趋步上前。叶蓉有些疑惑地看着她，一般情况下，手下的员工都会尽量地与老板保持警惕距离，毕竟上下有别。

"你，有什么事情吗？"叶蓉问道，女人与她的距离已经短得超过了平时的安全距离。人与人之间都有一定的安全距离，超过了就会让人感觉不自在。

女人停住脚步，稍稍弯了腰，声音放低地对叶蓉说："叶总，有句话，我不知道该不该说？"她确实不知道，因为假设叶蓉没有结婚，她贸然说出那样的可能性，那是相当不敬。不过，也没什么，反正就是个做饭的工作嘛，大不了不做就是，也不缺这些工资，咱得做好人，让老板及时发现她的生理变化。

"没关系的。"叶蓉虽然有冷美人的外貌，但是客观上说，她对员工还是相当尊重的，"有什么你就说吧，说错了也没有关系的。"

"嗯，"女人在斟酌着如何表达，"就是，就是你是不是、是不是怀上了？"

"什么？你再说一遍！"叶蓉显然没有料到是这样的事情，心里没有任何准备，她不敢相信女人要和她说的是这样的事情。潜意识里，叶蓉的语气变了。

这变换了的语气把女人吓了一跳，尽管她做好了不干这个工作的准备，可是，如果让叶蓉痛骂一顿，作为一个四十岁的女人，作为一个孩子都读大学的妈妈，还是非常伤自尊的。

"我，我，对不起。"女人准备离开叶蓉身边，"对不起，对不起，算我没说。"

叶蓉意识到了自己的失态，她立即恢复常态，不管有什么情况，咱也得让人家把话说完。她调整了一下心情，用柔和的语气对女人说："没，没事，你说，我刚才真没听清楚。"还是打了一下马虎眼。

女人松了一口气，心情平静了下来。她想或许叶总是想得到更确切的问话吧。

"我看你刚才吐得这么厉害。我想——，你是不是怀孕了？"

相同的内容第二次从女人口里说出来，叶蓉重视起来，她请女人在她对面坐下。

"你是说怀孕的人会是这个样子，是吗？"叶蓉问道，她的确没有经验，看电视电影里的确有类似的镜头，不管怎么说，先向眼前的这个女人了解一下。

女人是过来人，有一定的经验，听叶总这么问话，就再次回想了一下自己十多年前怀宝贝儿子的事情。十多年了，好像没有过去多久，当时呀，结婚就两个多月吧，那时是结婚才同房，处女身子都是丈夫破的，哪像现在，听人说，结婚时已经没有几个处女处男，不过，好像说处男还检查不出来。那时，她也是这样子频繁地呕吐，婆婆看见了，高兴地拉住她，说你有了呢，我的好媳妇，得给我生个胖孙子。那时她居然还害羞，红了脸吧，自己感觉到脸发烫。后来，婆婆陪着去医院检查，还真就怀上了。这会儿，她对叶蓉说："叶总，根据我那时的情况，怀孕刚开始时就是这个样子。会不停地恶心呀，厉害的还会呕吐。我的不少姐妹也是这样子，真正不呕吐不恶心，倒很少见到过。"

"这么一回事呀。"叶蓉像有些自言自语，对了，那天晚上，她下定决心，与妹妹叶欣想尽办法，终于和王浪合二为一。只是当时，自己一门心思在那上面，没有采取任何保护措施。对，咱得去医院检查一下，明确了好做决断。

看叶蓉不作声了，女人自己起身，对她说："叶总，你慢慢吃，我去那边收拾一下。"

女人的声音打断了叶蓉的回想："好的，你忙吧。"

待会儿，回房间后和妹妹说一声，看明天要不要去医院一下，要是真怀上了呢？该怎么办呢？那是王浪的血脉呢。想到这里，叶蓉心狂跳得厉害。

叶蓉在做饭女人的提醒下，意识到自己可能怀孕，首先是意外与惊讶，怎么会呢？就和王浪有过一次，也是唯一的一次，就怀上了，真正是处女地，肥沃的处女地，这么快就让王浪给种上庄稼了。

这真是上帝的宠爱呀，自己如此用心良苦地爱着王浪，想尽办法得到了他，而今，还要在我的身体里生根发芽。好，希望这是真的。不管怎么样，是上帝垂青于我。

她走到她的房间门口，正用钥匙开门时，肖剑听到声音，从他的房间走了出来。肖剑的房间在宿舍区的第一间，叶蓉的房间在挨着他的第二间，这是叶蓉安排的，她需要肖剑的二十四小时保护，一个无比称职的保镖。

"叶蓉，回来了。"尽管汽车美容店所有的员工都称呼叶蓉为叶总，在有别人在面前的时候，肖剑也称呼叶蓉为叶总，但是，当只有两个人在的时候，肖剑喜欢叫叶蓉，感觉这样很亲切。叶蓉心里也认同。

"嗯，没什么事情了。你早些休息吧。"叶蓉对肖剑说道，今天特别，不像平时，她从外面回来后，常有事要告诉肖剑，并且听听肖剑的意见，然后再做决断。那么，现在，有关自己是不是怀上了王浪的小孩，这种事情，和肖剑说不恰当。

她躺在床上，稍稍平静了心情，随后她拨通了妹妹叶欣的电话。

"妹，在忙吗？"叶蓉不等叶欣回答，接着说，"姐有重要事情和你说，你先放下手头的活吧。"

电话那头的叶欣正在宿舍里看书，听姐姐这么说随手就把书合上了，姐姐的事，任何时候都是大事，与姐姐相依为命，姐是自己最亲的人。

"姐，我不忙，你有重要事情，那快说呀。我在听呢。"

"叶欣，我可能是怀孕了。"

"不会吧，姐，你怎么知道怀孕了？"叶欣显然也倍感意外，毕竟姐姐没有结婚，如果怀孕，那就是计划外的，得流产，这对身体影响比较大。

"我老是恶心、呕吐，我店里做饭的女人说得看看是不是怀上了。"

"那，姐，你——你觉得可能吗？"叶欣尽管那晚给叶蓉和王浪全力创造机会，但她不清楚姐姐是不是没有采取任何措施。

"我不知道，妹，你是医生，我得问你才行呀。"

"早期怀孕的时候是有恶心、呕吐这样的反应。但是呕吐、恶心症状在很多疾病中都会出现，姐，如果怀上了，那就得早期处理。这样吧，明天一大早，你叫肖剑送你过来。我领你去医院检查一下，看情况怎么样，好吗？"

"好的。不过，妹，你说我就和王浪一回会怀上吗？"叶蓉内心里渴望是王浪的种子，很自然地把这个愿望说了出来。

叶欣心里咯噔了一下，自己曾经最爱的王浪在一个晚上，将种子撒在了姐姐的身体里。造化弄人，天意难违。

作为医生的叶欣自然知道，一个回合就怀孕的可能性完全存在，而且激情状况下，概率比通常要大。

"姐，有这种可能。"

"那就好。"

"好什么呀，姐——你不怕流产吗？对身体有害处的。"

叶蓉想的可不是流产，当她感觉可能是王浪的血脉那一瞬间，她就有了要留下来的打算。不过，现在情况不明朗，先不和妹妹说了，待明天检查清楚了再详细和叶欣说。

早上八点多钟，叶蓉自己开车到了湘雅医院。她没有叫肖剑送她来，一是她认为她没有病，再则店里也需要人手，还有就是这事情她现在不想让肖剑知道。

叶蓉早先已经和叶欣联系上了。叶欣帮姐姐挂好了专家号，并且排上了队。看病上大医院，找专家，似乎成了一种风气，不管大病小病，能够上大医院就上大医院，能够找专家就找专家。

姐妹俩顺利会合，叶欣领着姐姐来到了专家的诊断桌前，叶欣还穿上了湘雅医院的工作服，她本就在急诊科进修，此时此刻，也算是湘雅医院的一员。专家看了叶欣一眼，态度还算温和，毕竟刚开门营业，心情还没有被破坏，身体也不会累。

叶蓉坐在专家的面前，接受诊治。

"你哪里不舒服呀？"专家问道。

"常常恶心、呕吐，浑身没力气。"叶蓉回答道。

"平时月经情况怎么样，一般多少天一次？"

"平时月经很规律的，一个月一次。"

"那你上次月经是什么时候？"专家进入了细致的询问。

"对了，我这个月的月经没有来呀，忙得我都忘记这回事了。我上个月的月经是五号，我每个月差不多都是五号。"

"那就是说你停经已经有四十天了。"专家不假思索，显然是这类情况见多了，初次怀孕的女孩常常都在没有意识到怀孕的时候怀上了，一般就是未婚同居，未婚性关系，未婚先孕，"检查一下。"

叶蓉把胸往专家面前挺了挺，她以为是专家要听心脏，那是小时候看病时，医生留给她的印象，读小学后，她就没有再看过病了，身体相当棒。

专家表示了不是这样的，眼睛往边上看了一下。

"躺那床上去，把裤子脱了。"专家嘱咐叶蓉道。

叶欣扶着姐姐走到诊断床上躺下，一到医院来，人都好像平白无故会虚弱些，所以叶蓉也需要叶欣的搀扶，在这搀扶中，她感到了妹妹对自己的爱心与爱护，心里特别温暖。

叶蓉躺在床上，缓缓地把自己的外裤、内裤全部脱了，一双修长的腿暴露出来，让空气都妒忌。小腹是平坦的，并没有怀孕时的隆起，或许因为是初期，还没有影响到小腹的美丽。

专家走到诊断床前，小心地给叶蓉检查，或许这是人们面对美好事物或者人体所固有的爱惜之情。

宝贵的一分钟后，专家在水池里洗手，为了高效率地利用时间，她指挥着办公桌前的进修医生："开尿、血 HCG，产科 B 超检查，血常规，出凝血时间。"

叶欣知道，这是专家考虑姐姐怀孕了，先明确诊断，并且做流产打算，显然专家特别自信，凭她的经验，她判断叶蓉是怀孕了，就一并做好了流产的准备工作。

应该说这个妇产科专家，绝对是一个好专家，一个细心的、肯体恤民情的专家，能够为病人着想的专家。她希望病人在一两次看病就解决问题，而不是来回奔波。不过，这回，她的愿望与病人的想法不同步。叶蓉的确没有结婚，从常规来说，她不会留下刚刚孕育的腹中小生命。准确地说，还只是成群的有生命可能的细胞体。

专家签过名后，进修医生把检查申请单交给了叶欣。

"姐，我们先去检查。"叶欣扶着叶蓉起身准备出门做检查去，临走时她对专家表示谢意，"廖教授，谢谢你！"

"不客气，检查做完了，再过来。"廖教授真是一个好教授，她对进修的叶欣也不乏礼貌与平等。

叶欣先前给叶蓉挂号的时候就知道今天坐诊的专家是廖玉翠，这个湘雅妇产科最知名的教授，五十多岁。其实，叶欣的同学向玲玲现在是妇产科研究生，而她的导师正是廖玉翠，不过，叶欣虽然知道向玲玲是妇产科研究生，但是她不知道向玲玲的导师是廖玉翠。叶欣之所以没有找向玲玲联系帮姐姐看病的事情，是考虑到姐姐怀孕这事毕竟不是什么光彩的事情，更重要的是，使叶蓉怀孕的男主角很可能是王浪，她并不想让向玲玲知道。既然这样，叶欣想，那就直接挂号找专家看算了。只是，人算不如天算，没想到，给姐姐看病的是向玲玲的导师廖玉翠教授。好在向玲玲今天在病房，没有随廖教授出门诊，不然，叶欣的想法就会落空。

叶欣陪着叶蓉先去注射室抽血，留尿标本。抽血的人可真多，队伍起码排了五十米。不过，队伍前进的速度比较快，早上抽肝功能、血糖之类都不能吃早饭，因此早上抽血的病人特别多，湘雅医院采用弹性上班制，在工作高峰期加派工作人员，大大地解决了病人早上抽血难的问题。队伍由原来的五百米缩短到五十米，这是湘雅医院为民办事的重大举措，这一措施在省报上发表，获得全省几千万人的高度赞誉。不难看出，只要有心，很多问题是可以解决或者改善的。

叶蓉的尿标本留好后，两个人再回到抽血的队伍，这时候队伍已经明显短了，排在她们前面的只有十几个人吧。叶欣算了一下，十多分钟就可以抽血了。

果然是这样，一刻钟后，叶蓉的血标本全部抽取完毕，尿标本先留了，那就只剩下一个妇产科 B 超检查了。

B 超检查可真是人山人海，其实医院在超声科也实行了弹性工作制，但是由于做 B 超检查的人实在太多，再怎么弹性也没法短期解决。也许是叶蓉这天的运气好，正在叶欣发愁这么多病人该怎么办才好时，紧闭的检查室打开，一个穿白大褂的工作人员从里面出来，正好看见了同样穿白大褂的叶欣。

湘雅医院人多，单纯穿白大褂，在某些场合或许会发挥用处，但有时候却没用，因为别人不认识你，虽然说你是本医院的，也当陌生人对待。

"叶欣，你在这做啥？"那人主动与叶欣打招呼。

叶欣认出来了，这位医生因为晕厥在急诊科留观了两天，当时负责的医生就是叶欣，那时叶欣刚来进修才一个月时间，一晃，叶欣进修都快一年，也就是要结束了。没想到，这位医生还能够一眼认出叶欣来，大概医生的记忆力特别好。

"我陪我姐来做 B 超。"叶欣在眼中发出求救信号。

这位医生理解了叶欣眼中的 SOS，准备做出处理。

"你稍等一会儿，我去一下就来。"这个去一下，一般人只能理解为上一下洗手间之类的，但叶欣明白是另有其意："嗯，我们就在这等着。"

就这样，叶蓉在妹妹的带领下，终于完成了全部的检查与检验项目。尽管医生的字龙飞凤舞，但是对于同样是医生的叶欣来说，B 超医生的结论还是能够辨认出来。上面写着"子宫增大，可见孕囊，附件未见异常"。叶欣明白，姐这次铁定怀孕了，也就是说诊断明确，叶蓉怀孕了。

"叶欣，上面都写什么了？"叶蓉问道，语气里没有什么担心。

叶欣回答得却有些紧张与谨慎，她贴紧叶蓉，放低声音说："姐，你是怀上了。"

"那这就可以确定了？"

"基本上可以这样认为。"

"那其他的检查不是没用了吗？"叶蓉觉得不理解，"那专家还开这么多检查做什么呀？不是浪费吗？"

"没有，专家有专家的道理与做法，她是想完全明确诊断，并且各个方面的诊断资料都要齐全。"

"不知道其他结果没有？"

"我们去服务台看看。"

验血、验尿的结果全部出来了。叶欣先看了结果，然后将结果给姐姐。叶蓉看了一下说道："什么阳性、阴性，多少多少，我看不懂，你给我说一下。"

"你的血、尿 HCG 都明显增高，这两个是怀孕的重要指标，如果没有别的病，就可以认定怀孕了，因为我们做了 B 超，两者一结合，妊娠的诊断明确了，也就是说，姐姐你怀孕了。"

"那就不用再去廖教授那里看了吧。"叶蓉觉得很轻松，"我们回家去吧。"

"回家，怀上了，你不把它给处理掉吗？"叶欣对姐姐的提议感到震惊与不可思议，莫非姐姐真是糊涂了，还是隔行如隔山啥也不懂呢？

对于妹妹的这个问题，叶蓉好像早就有了答案，她很认真地对叶欣说："妹妹，我想留下这个他。"

"姐，你疯了！"叶欣大急，"你还没有结婚呢，你要做未婚妈妈吗？"

"我想留住我和王浪的混合体，我们爱过的结晶。"

"姐，他只是和你亲密接触了，他并没有全部身心爱你呀。"

"我就是想这样做，我想时时刻刻感受王浪身与心的存在。"

"你是中毒了还是中邪了？"叶欣真的没办法理解姐姐，姐姐是有个性的人，但是如此决定也太有个性了。

"没有，我很清醒，我会对自己的决定负责。"叶蓉没有犹豫与勉强。

"姐，你听我说，古代有这样的事情，女人为一个男人三从四德，现代社会，你这样做，真的风险太大，成本太高。"叶欣继续劝着姐姐。

"妹妹，你不用再说了。"叶蓉心意已定，"我们回去吧，如果去专家那里只是看要不要流产的话，我们就没有必要再去了。"

叶欣久久没有说话，她也曾经深爱过王浪，但她扪心自问，她不可能会有姐姐这样的想法。现在社会竞争激烈，如果给孩子的从小就是一个不健全的家庭环境，对于自己，对于孩子都是不负责任的，也是充满危机与曲折的。然而，她却无法说服姐姐。以她对王浪的了解，如果他知道叶蓉怀孕的话，一定会叫姐姐拿掉的。那么，姐姐又会如何？是两个人发生不可调和的矛盾，两败俱伤，还是王浪会娶姐姐为妻，成为一家人呢？她与王浪多年同学，交往不少，要他做出这么被动无奈的选择，估计难度很大。那么，姐姐真的就愿意一辈子做单身母亲吗？

叶蓉心知妹妹不赞成自己的想法，她清楚妹妹是为了自己好。可是，要她放弃腹中的小生命，让她断掉上天给她的与王浪的血脉联系，那她想起来就抓心，怎么也不愿意的。面对自己最亲的亲人，自己的妹妹，她只有让妹妹慢慢接受事实了。倒是要不要对王浪说这事，她心里没有底。那晚，她与王浪做爱后醒过来，试探地对王浪说过，希望能与王浪恋爱结婚，然而王浪却只是含糊其词，她明白，男人的含糊就是拒绝。男人在有情感需求时，他会很痛快地答应女孩的要求，何况是美女，何况是有好感的女孩。这事倒得和妹妹商量商量，再说吧，即便王浪这边全部放弃，自己也要留下这个小生命。想到小生命的存在，她想苦点、累点、孤单点算什么，伴随着孩子的长大，就会收获母爱的幸福与长远。

叶蓉、叶欣姐妹俩回到汽车美容店，是由叶蓉开车的。一路上，叶蓉很惬意的样子，哼着小曲，潇洒自如地开着她的本田雅阁。不时侧过脸来，看看她的妹妹叶欣。显然，在叶蓉怀孕这件事上，姐妹俩有着完全不同的想法。

在路上，叶欣平复了心情，她已经接受了叶蓉的主张，没办法，亲情就是这样，你明知它没有道理，可有时候你还得帮着去做，去隐瞒，去做些本来不愿意做的事情。如果当时，自己没有全力地帮助姐姐让她和王浪亲密接触，那么后面的事情就不会发生。唉，怎么老是去想过去的事呀。过去的既成事实，想也没有用了。世上没有后悔药可买，再多钱也买不到，因为根本就没有。

回到汽车美容店，肖剑适时地出现了："你好，叶蓉。"叶欣不算外人，肖剑也就不叫叶蓉为叶总，而是直呼其名了。

"没事，你自己忙自己的。"叶蓉吩咐道。

"好，知道了。"肖剑唯唯诺诺。

"叶欣，你好！"肖剑接着和叶欣打招呼，但是叶欣不在状态，只淡淡地点了一下头，她在心里面不喜欢肖剑，这个时候他觉得肖剑毫无性格，原先叶欣对肖剑的同情也没有了。"活该，要追女孩子，你就放大胆子，勇敢地上呀，不要让人家都有了小生命，还在这里痴心不渝，这是傻，傻得说不出滋味。"

姐妹俩关起房门，商量着怎样把事情最好地解决。

"叶欣，作为姐姐，我谈恋爱呀、怀孕还得让你操心，真有些不好意思。"叶蓉向妹妹表示着歉意，"不过，你是我唯一的亲人，我的亲妹妹。当我有事情的时候，我自然就想到了你。"

"姐，一家人不说两家话，小时候我们姐妹俩一起玩，一起生活的一幕幕我都深深地印在脑海里，那时我比你小，有时候和小朋友打架了，也是你帮我出头，或者再去打别的小孩一顿，或者去找人家的爸爸妈妈讲道理，都是你领着我。姐，那个时候，有你在，我真觉得不害怕。那时，我也不怕人家说我没有爸爸妈妈，因为姐姐你，让我有依靠，有盼头。"

"是呀，那时候我们俩都很要强，我们拼命地保护我们自己，我们的尊严，我们的生活。当时，你年龄小，个头小些，做姐姐的我理所当然要冲锋陷阵，啥也不怕。"

"姐，你说我们的妈妈会在哪里呢？"

"妈妈刚离开我们的时候，我想，你也特想，后来，慢慢地我不想了。你起初总问我妈妈去哪里了，那时我只好说，妈妈去很远的地方了，可能过些日子就回来了。后来，你说妈妈怎么还不回来呀。姐姐你骗我，你是骗子。姐姐那时只有和你抱着一起流泪。"

"姐，生活中有亲情、爱，当然还有欺骗，不管是善心的，还是无意，或者恶意，它都存在于生活中。姐，没有你就没有我的现在。尽管我不太赞成你现在的想法，但我支持你，我会和你共渡任何难关。"

"妹，你能这样说，我特别开心。无论将来遇到什么困难，我都会积极地去面对，我也希望能尽量让妹妹你开心，尽量让你少为我这事操心。我虽然是姐姐，但我这件事情对于常人来说是惊世骇俗，我想绝大部分人都会反对。你的支持真的让姐姐特别高兴。"

叶欣眼里充满了泪水，血脉亲情，是让人活在世界上的最大动力。

"妹，我在想，如果王浪知道这事，他不知道会作何感想。前面我和你说过，他还没有正式向我求爱，也就是说，我和他还称不上谈恋爱。"

"是这样的，我想试一次，或许他会因为这特殊的情况改变主意，人都会有具体情况具体对待的时候。"

"好的，叶欣，我看你找个机会，隐约地和他谈一谈吧，如果感觉到没有希望，就放弃，好吗？千万不要勉强他。"

"姐，这个我明白，所以，当时你要给他吃安眠，我没有同意，就是因为王浪相当有个性，他不会在压力下屈服，他只听从自己内心的召唤。"

"有道理，绝对不能弄得两败俱伤。如果需要牺牲，我们选择牺牲，好吗？妹。"

叶欣回到湘雅医院后，找了个机会与王浪见面。她决定做最大的努力，看是否能够让这位叶蓉肚里孩子的生物学父亲与叶蓉恋爱结婚生子。

那天，姐妹俩最后商定，由叶欣探一下王浪的口风，假设王浪有与叶蓉结为秦晋之好的可能，那么叶蓉就留在长沙。如果王浪不同意的话，那么叶蓉就返回四水，请保姆照顾，生下孩子，全力抚育。

叶欣值班的晚上，她打电话给王浪："你在哪？王浪。"

"我在医院，查看上午做手术的骨折病人。你在上班还是在做什么？"

"我在上班呢，这是我在湘雅医院最后一个班，下周我进修就结束了。"叶欣倒不是因为要结束进修给王浪打电话，她是要帮姐姐做事才给她打电话的，现在看来，姐姐肚里的孩子是王浪的种，那么从生物学上来说，叶欣是王浪孩子的小姨。只是，不知道能否名正言顺哪。

"这么快，一年时间眨眼就过去。"王浪听叶欣这么说，不免感叹道。

"是呀，都说日月如梭吗。王浪，你待会回宿舍的时候到我这里来一下，好吗？想和你说说话。"

叶欣这样对他说话是久违了，自从姐姐来了后，她和王浪说话就正规了很多，难得随意开玩笑，也就是说在刻意保持着距离。

"我快忙完了，大概一个多小时我过来，好不好？"

"可以的，很好呀，我反正都在这里，不急，你安心忙吧。"

"嗯，再见。"

"待会见。"

王浪上午给一个左股骨折的病人做了手术，手术做得很顺利，但是因为伤及大血管，出血量比较大，所以病人的血压情况不是太理想。手术回到病房后，王浪开医嘱给予较多的静脉输液，并且吩咐值班医生和护士，如果血压下降到一定程度就输血。这个时候，病人的血压已经控制好了，但是疼痛厉害。本来，上午王浪建议病人使用镇痛泵，就是一种持续给予镇痛药物的装置，费用贵一点，好些的差不多要上千块钱。考虑到这一点，一般情况都征求病人和家属的意见，并没有给每一个病人用。从医生和护理的角度出发，使用镇痛泵快捷高效，从病人这方面看，镇痛效果好，损伤小，有利于手术恢复，当然，价格也是治病时必须考虑的一个因素。怎么说呢？像这种情况，属于经济状况决定治疗的方式，医学与人文的结合就是这样的。

"医生，我痛得厉害。"病人对王浪道，"有办法止痛吗？不用镇痛泵行不行？"

王浪心里很难受，这是一个农村来的病人，经济条件差，尽管疼痛难忍，他想王浪给他用止痛药，但首先想到的还是钱的问题，明确说不要用镇痛泵。

"行，我给你先检查一下，看有没有别的情况。如果是单纯的手术后伤口疼痛，我待会儿给你用一支止痛药，价格比较适宜的。"

病人听王浪这样说，心里放松下来，脸上的痛苦表情减少了许多，甚至还有了些许的笑容。

"谢谢你，王医生。"病人对王浪充满敬意地说道。

"不用客气。"王浪一边检查着病人，他按了按病人的左小腿，没有浮肿的现象，又按了按病人手术部位的上方，大腿皮肤没有紧绷的现象，那就好，表明疼痛也不是因为包扎太紧。病人敷料干燥，没有渗血和渗液。由此可以肯定，病人是麻醉效应消失后的伤口疼痛。病人的血压、脉搏、呼吸、心跳都稳定，血氧饱和度也都在98%以上。

王浪看完病人，也放下心来，手术医生做完手术后，特别关心病人的术后恢复情况，因为手术做完只是开始的路走了一部分，更多的路还在后面。

"医生，我弟弟的腿有希望吗？骨头会长好吗？"病人的哥哥看王浪检查完了，想了解情况。

好的医生从来不让病人绝望，哪怕是真正的危重病人，也要让病人或者家属看到希望。王浪一直在身体力行，由于现阶段医患沟通不是特别畅通，在鼓励病人信心与医疗安全方面，有时充满矛盾与困惑，所以，他时常考虑这些问题，针对不同的场合，给予病人详细解释与安慰鼓励。

王浪看着病人哥哥的眼睛，认真地对他说："从现在的情况看，手术成功，你弟恢复得不错，他的腿当然有希望，骨头会长好的。我们现在就是要密切观察，防止出现并发症。"

"那就好。"病人的哥哥因为王浪的回答心情开朗起来，"会恢复就好，不然瘫在床上，对我们农村人来说太难了。"

王浪没有接着他的话说，他虽然出生在县城，父母都有工作，但是他与农村同学有过很多交往，他深知农民生活的不易与艰辛，在心里认同病人哥哥的说法。

　　"早点休息吧，有什么情况随时叫值班医生，他会及时处理的。"王浪对病人和他的哥哥说，"我这就去开一针杜冷丁，止痛快，价格不贵，好像是几块钱一支。"

　　"谢谢！"

　　"谢谢！"

　　兄弟俩几乎是异口同声说道。他们在心里把王浪当成好医生，他们就喜欢这样可以说上话、态度温和、肯为他们着想的好医生。

　　王浪回到医生办公室，通过电脑给病人开了一百毫克杜冷丁注射，并再次对值班医生作了交代。随后，王浪脱掉白大褂，在经过护士站时，他和护士说声有新医嘱，叫她尽快处理。

　　护士见是王浪，眼里放着光芒。王浪开的医嘱，护士都喜欢执行，好像去做这些事时，能够感觉到某些说不出来的快乐。

　　"好的，王医生。"护士喜欢王浪，没有架子，帅气、大方，有才气，"你就走了吗？"似乎还有些依依不舍。其实王浪在科里，她也根本没有时间与他闲聊，在这样的大型医院，护士的工作是连轴转的，没有太多空闲时间。当然，医生也一样，只不过医生相对自由一点。或许，这位护士只要看着王浪在科里，就能感受到他的魅力吧。

　　"走了，再见！"

　　"再见！"

　　王浪迈着稳健的步伐，走出骨科病房，朝急诊科走去，在那里，有他的同学叶欣等着他。这位同学，曾经与自己有过激情拥吻，那是一小段难忘的回忆。当然，现在，叶欣的姐姐叶蓉来到长沙后，他和叶欣的关系恢复到从前的同学情谊。这样也好，不知道叶欣今天找自己会有什么事情。

　　王浪到达急诊科的时候，叶欣正在给一个老人家看病。叶欣看见王浪了，两个人以眼神示意。王浪站在一边，看着叶欣看病。

　　老人躺在床上，头发胡子花白，脸上皮肤满是皱褶，约莫八十岁，鼻腔插了氧气管。老人的表情相当痛苦，嘴里不停地哼着，脸上冒着冷汗。看样子是心肌梗死，王浪在心里分析道。这种病在老年人属于多发病、常见病，也是危重病，是老年人常见的死因。

　　叶欣检查完病人后，感觉到了病情的严重性，她示意家属到稍远离病人一点的地方说话。病人的儿子来到了叶欣的身边。

"你爸的病相当严重，我初步分析是急性心肌梗死，这种病很危险。我给他查心电图，抽血进行心肌酶学检查等。另外，待会请心血管科医生会诊，看是否能做急诊介入治疗，这也是目前治疗心肌梗死最为有效的办法。"

"反正我们听医生的，你要我们怎么办我们就怎么办。"病人的儿子强调说，"你们全力抢救，钱不是问题。"

叶欣以前喜欢听病人家属这样表态，那个时候，她很容易感动。不过，现在，她不怎么喜欢听家属这么说了。见多了，不稀奇了是一个原因，还有就是，有些家属开始这样说，真等到钱用得很多时，就会和医院甚至医生计较，容易出问题或者纠纷。不过，叶欣表面上没有什么表示。救人要紧，懒得管别的事情了。

叶欣嘱护士给病人挂上一瓶保护心脏的药物，立即请心血管科医生前来会诊。对于心肌梗死的诊断与治疗，叶欣有一定的经验，当然，她的经验与湘雅医院赫赫有名的心血管内科专家相比，就显得不足了。同时，这也是湘雅医院的规定，对病人极端负责的一项规定，就是说，一个病人，医院一定要请最权威的科室专家进行会诊，急危的病人尤其如此。

湘雅医院心血管内科的效率与工作作风之好可见一斑，当电话打过去不到十分钟，心血管内科来了四位专家，一个是溶栓专家，另外三位是介入专家。在 X 光下进行心肌梗死的介入治疗，相当有效，关键就是要争分夺秒，要在心肌还没有完全坏死的时候让血管再通，就能真正治愈心肌梗死。所以，病遇良医就显得相当重要了。

王浪看叶欣抢救与诊断重症病人，有条不紊，粗细得当，如果有适当的平台，叶欣会成为一个名医的。心电图显示病人有急性心肌缺血表现，而心肌酶谱表明，病人心肌梗死诊断成立。心血管科专家经过讨论，建议病人立即行经皮 X 线造影检查，视情况行介入治疗。他们向家属强调，这将是最有效的治疗措施。同时，也向家属说明，做这个手术，风险同样很大，似乎有点向股市术语了，风险伴随着收益。其实不同，医疗的风险大于股市，人的生命只有一次，而股市的重创如果有资金可以很快咸鱼翻身。

"你们家属看有什么意见吗？"这回是心血管的专家和病人的儿子等家属一起谈话。

"我们没有意见，刚才听你们说了，那就抓紧时间吧，你们全力抢救，钱不是问题。"病人的儿子再次做类似的表态。

病人家属签了知情同意书，病人立即被送往介入治疗室。病人家属、心血管家属还有护工一并往医技大楼去了。急诊内科这边突然安静下来。

叶欣不好意思地看着王浪："对不起，让你久等了。"她的脸上写满了歉意，尽管原因不是她，可是她让王浪在这里等了很久。

"没关系呀，我喜欢看呢，多见识，多了解。再说呢，我也想借机多学点东西。"王浪想起刚才叶欣那娴熟的抢救技术，以及与病人和家属恰当的沟通交流，心生佩服，不免赞道，"叶欣，你水平很不错呀。"

"王浪，你就不要笑我了，你们大医院水涨船高，个个水平都不赖。我那样的小医院，能够有机会来这里学习就很好了。"

"你是学有所成，青出于蓝而胜于蓝。"

"有所收获就是了，要说青出于蓝而胜于蓝，那还远着呢。一年时间过得真是快呀，一晃我的进修就要结束了，这是最后一次在湘雅医院值班了。"叶欣感慨道，注意到王浪还站着，连忙说，"看我，都还没请你坐呢。"

叶欣搬了张凳子给王浪坐下，由于叶欣是在值班，必须坐在办公室，所以有话就在办公室说了。因为随时可能有病人来看急诊，叶欣在心里决定把要说的重要话先给王浪说了。她很想直接告诉王浪叶蓉怀孕了，怀的是他的孩子。然而，话到嘴边，她又把话咽回肚里去了。她想起了姐姐的话，一定要留着孩子，不可以与王浪两败俱伤。没办法，那就只好先试探一下吧。

王浪坐在了叶欣的右边，两个人保持着普通朋友的距离，办公场所嘛，这也是恰当的个人空间距离。

"准备回你们单位后，有什么打算和想法吗？"王浪问道。

"想法当然是有，记得那次杨柳说的，我们厂医院很快将社会化，不再是职工医院，那么我想医院的机会比以前更多。急诊是医院很重要的一块，我既然来进修过急诊，回去后得争取院里的支持，把急诊科弄得像点样子。"

"设想很好，急诊是医疗过程中最重要的一环，搞得好的话，可以为病人的后续治疗创造积极的条件，对有些病人来说，更是能够把他们从鬼门关拉回来。"王浪赞成叶欣的看法，"现在急诊在全国很多医院还做得不够理想，你找这个做突破口，是个很好的切入点。"

"谢谢鼓励。我的王大医生，以后你可得多多支持我呀。"

"没有问题，要钱出钱，要人出人，只要我王浪能够提供的，一定不遗余力，支持叶大医生做好急诊医学的工作。"

"你这话听着真舒服呀，王浪。"叶欣想趁着这良好的谈话氛围和王浪说姐姐的事情，"我姐姐，叶蓉她，她……"

尽管叶欣做了心理准备，但是真提到叶蓉的事情，她还是有些结巴，一时不知如何说好。

"你姐，她怎么了？"王浪问道，"她的汽车美容店生意很不错。你姐很有商业头脑。"

"她从小一个人闯荡江湖，脑子相当灵活，就是书念得少了些。"叶欣略有所思，"姐喜欢有知识、有内涵的人，就像你这样的人。"

叶欣的这话让王浪有些不好意思起来，他低声地笑了笑，没有接着说话。

"王浪，我姐特别喜欢你，不，应该说是深爱你。"叶欣决心将话题进一步深入，"你觉得我姐怎么样？"

王浪无法回避这个问题，"你姐是一个很好的人，重感情，真诚、热情。"

"那你喜欢她吗？"

"喜欢，她是我的驾校老师，她教会了我开车，我当然喜欢她呀。"

叶欣在心里说，你如果不喜欢她，你也不会和她那样吧。

"那……"叶欣放慢语速，认真地对王浪说，"你对我姐有爱吗？你爱不爱她？"

显然这个问题的回答不是一句两句话能够说得清楚的，王浪不想随便作答，转而问叶欣，"今天怎么和我探讨这些问题呀，好像你从来没有这样的呢。"

"因为姐姐她，她……"叶欣想说姐姐怀孕了，怀的是王浪的孩子，但是这话再次被咽了回去，说出来的是，"姐姐她想知道呀。"

王浪想了想，说道："你姐一直对我很好，在四水的时候是这样，现在来到长沙还是一样，我很感谢她。曾经和你姐谈过这方面的事情，你姐表示理解。不论是在观念、习惯还是生活方式等等，我和她差异都比较明显，所以我说，只能走一步看一步。男女之间的爱应该是逐步发展、水到渠成的，爱没有办法规划。"

听王浪这么说，叶欣的心往下沉，看来姐姐只能失望了。叶欣对王浪的了解比较深，她知道王浪这样说已经是含蓄的、富有社交礼仪的，其实话语中已经明确拒绝，字面上写出来就是：在目前，他并没有爱上叶蓉。

叶欣不想再多说什么，一个星期后，叶欣结束湘雅医院为期一年的进修学习，回到了省化工厂医院。

再一个星期后，叶欣陪同姐姐叶蓉飞往四水市。

叶蓉回到她奋斗多年的城市。当年在四水市，她因为做驾校教练认识了王浪，从而在心里难以忘怀，收获无奈的单相思。

没有想到的是，叶蓉去长沙看望妹妹叶欣，竟意外与王浪重逢。在她和妹妹叶欣的共同努力下，叶蓉与王浪合二为一，成就了伊甸园的激情一夜。

这激情的一夜，让叶蓉有着无限美好的记忆，它浓缩了诸多往事与情深意切。一个人遇见一个让自己永远想念和追随的人，并不容易，遇着了又怎么想放弃呢，有放弃也只是暂时，有机会时，这种放弃会成为再一次更为猛烈求索的开始。

叶蓉为了能够常常看见心爱的王浪，与心爱的王浪一起吃吃饭、聊聊天，她放弃在四水市舒适的生活，带着肖剑前往长沙开办了汽车美容店。正当美容店走向正轨良性循环发展的时候，叶蓉发现那一个激情的夜晚，竟怀上了王浪的孩子。

可是，王浪并没有完全、彻底地爱上自己，他还在追求着事业，同时在满怀着追爱的梦想。两个人的爱没有同步，在爱的世界里，他们并没有足够的共同语言。叶蓉没有办法在乎这些，只要能够留下与王浪的骨血，其他的都可以不去考虑了，人生就那么几十年，为快乐而活，为心中的想法而活，这就是有意义的人生。

她决定避开王浪，什么也不向王浪说明，就像当时离开驾校到另一家驾校一样，惹不起咱还躲得起。

离开长沙前，叶蓉安排此地汽车美容店的事情，其实也没有太多的事情，她把总经理的位置直接让给肖剑。这是一个忠诚的员工，也是一个对自己忠心耿耿的好男孩。她只要他一个月给她报一次账目就行。

肖剑听着叶蓉的决定，满是惊愕，不解地问道："叶蓉，才来不久，为何就回四水呀？"

"我有我的原因。"叶蓉当然没办法向肖剑说明具体的情况，"你在这里好好干，相信你不会让我失望。"

肖剑心里满是痛楚，当时他希望能常常看见叶蓉而辞去驾校的工作，跟着叶蓉来到长沙，却没有料到，还没有两个月时间叶蓉却要回四水，并且还叫他留在长沙。他不想如此。

"我不想留在长沙，我想和你一起回四水去。"肖剑想改变叶蓉的决定。

让肖剑留在长沙，这是叶蓉经过慎重考虑的决定。原因有二，第一，肖剑是自己最信得过的人，也是有能力搞好汽车美容店的人，他在自己面前没有个性，没有原则，那是因为太爱自己的缘故。在别人面前，他会是一个好的管理者。第二，她当然不希望肖剑知道自己怀孕了，这个理由有些说不清楚，但是很实际。或许还是因为叶蓉不想别人干扰自己的决定。

就这样，肖剑留在了长沙。

叶欣陪同姐姐在四水市住了一个星期，买好了很多的孕妇用品，把叶蓉在四水市的住房好好收拾了一下。接着，姐妹俩在保姆市场找了一个好保姆。

叶蓉与叶欣一起去了四水市天马医院，就是王浪曾经工作的医院，在那里建立了一个孕妇保健卡，可以定期做孕妇保健的。

然后，叶欣飞回长沙。

姐姐叶蓉从此开始了她的新生活。

6

王浪结束了骨科的临床轮转，按照吴铜礼院士的建议，进入神经外科，就是通常所说的脑科。此前，叶欣在湘雅医院的急诊医学进修圆满结束，她离开湘雅医院的时候，因为急着送姐姐叶蓉回四水市，并没有特意告诉王浪准确的离院日期。

这天，王浪想起叶欣曾经说过进修快要结束的话，也想起有一段时间在医院里没有看见叶欣，就给她打电话。

"王浪，记起我来了？"叶欣见是熟悉的电话号码，立即接了电话。

"就是，有一阵子没看见你在医院里。"王浪如实说来。

叶欣在电话的这头依然感到高兴："谢谢你！说明你心里还是有老同学的位置的。"当然，如今，叶欣的身份是王浪的小姨子了，不过是隐身的，王浪本人都根本不知道，但并不影响这种实质性的关系。叶欣心知肚明。

"你的进修结束了是吗？"王浪问道，湘雅医院每年招几批进修医生，所以没有办法弄清楚哪一批是什么时候开始，哪一批是什么时候结束。

"是的，已经结束有些日子了。我现在已经在化工厂医院上班。"

"感觉怎么样？进修前后有不同吗？"王浪想起那天亲眼看见叶欣抢救急性心肌梗死的病人，"应该是大有进步吧。"

叶欣也不谦虚："还真让你说对了。进修之后，现在对任何急诊病人都不慌张，能够抓住重点，把握原则，分清先后。可以这样说吧，更像医生了。我们医院领导来查房，都说我回来后大变样了。"

"恭喜你！"

"谢谢你。"叶欣想起了姐姐，想起电话那头这个姐姐的亲密男孩，"王浪，我姐她回四水去了。"

王浪听到这个消息，颇感意外："你姐不是才来没有几个月吗？怎么就打道回府了？"

"她在长沙开汽车美容店还不到两个月，她有些事情要去处理。"

"那就是说，是短暂回去，以后还要过来是吗？"

"也不会太短时间，估计最少也得一年半载吧。"叶欣这话是实话，不过，她在心里说，姐回四水去养你的孩子去了。可你，却一无所知。

"希望你姐一切都顺利，那她长沙的店准备如何处理？"

"姐全权委托肖剑帮她管理。"

"肖剑这人我熟悉，人很可靠，也聪明，特别听你姐的话，你姐选他帮忙管理，那真是找对人了。"

"反正呀，你在长沙朋友多，病人也看得多，还得多多介绍朋友去他们店里做业务，照顾他们的生意。"

"这个你放心，我一定会的。"

"那就这样吧，我这里来病人了。"叶欣见病人已经走到了离她这里大概一百米远的地方，只得和王浪告别，"谢谢你打电话来，王浪，再见！"

"叶欣，告诉你啊，我这周已经到神经外科轮转了。如果到湘雅医院来，就到神经外科来找我。"

"好的，谢谢！"

王浪在神经外科的工作很快进入状态，以他良好的医学基础知识，娴熟的外科操作技能，特别强的悟性，加上在四水市天马医院的独当一面，短时间内完全地适应了下来。神经外科总医院医师安排他单独值晚班。

晚上九点以前，病房里的病人都很稳定，王浪在办公室看着一本最新的英文神经外科杂志。没办法，当代的医学还是欧美比较发达，要掌握前沿技术，就必须经常阅读英文版的医学书籍和杂志。

病房里的病人陆续进入睡眠状态，护士关掉每个房间的电灯，并打开地灯。一切都显得如此安静，有一种特别的美丽，尽管这是医院，是病房，但是生命总是顽强地展示着坚强与生生不息。

突然，门口传来一阵吵闹声。王浪对这种声音很熟悉，那往往是有新病人来或者是病人发生了重大病情变化时会有的嘈杂。他合上杂志，起身往外面走去。

"王浪，给你送病人来了。"随行的医生认识王浪，是与王浪一个班上过课的研究生，现在外科急诊轮转。

"好的，他是怎么回事了？"王浪问他的研究生同学。

"被人用铁棍击打头部，我们刚才拍了CT，头部有小出血，所以收神经外科住院。今天你值班，那就有得事情做了，你小子好好看着，我走了。"

"你的任务完成了，请走好，不送。"王浪与他的同学开着玩笑，在医院这种严肃的场合，开玩笑也相当自律。

"再见，王浪。"

"再见！"王浪的同学交接完后，立即撤退，他那边随时会有新病人来。

王浪立即把病人迎进来，吩咐护士、护工给安排床位。这里的工作人员都训练有素，一切都在几分钟搞定，湘雅医院的效率非常之高，这点的确做得很好，王浪喜欢这种节奏。

病人处于昏迷状态，看急诊病历年龄三十五岁，尽管脸上有血痂，但看得出来，有一张英俊的脸。被安排住进了重症监护室，这里有先进的设备，包括监护与抢救用的心电监护仪、呼吸机。

王浪给病人用上了监护仪，监护屏幕上显示，病人心率有些慢，血压有些高，其他倒暂时还基本正常。有颅内高压的先兆，王浪心想，脑外伤病人，初期充满变数，随时可能发生紧急变化，正如最后一根稻草压死骆驼一样，颅内的压力高到一定值时，会突然出现脑疝，就是说把脑子压向一边，从而造成呼吸停止、心脏不跳的严重后果，导致病人死亡。

"把颅内压监测仪给接上吧。"王浪对闻讯赶来帮忙的总住院医生建议道。

这位总住院医生不相信似的看了王浪一眼，他知道王浪是肝胆外科的研究生，没想到他对神经外科的专用设备能够这么熟悉。这位年纪比王浪小一点的湘雅医院医生对自己一贯自信，面对王浪这样优秀的研究生，心里也生出敬佩来。

王浪与总住院医生一起安置好了颅内压监测仪，并且把医嘱下达完毕。随后，总住院医生就说先走了，有事叫他。

进行完这些紧急处理措施后，王浪带着实习医生询问病人家属的情况，以便做记录。王浪把家属叫到医生办公室。进来的是一男一女，王浪看两个人很相像，想起人们常说的夫妻相一说，就猜测到他们应该是夫妻。

"大夫，他不会有事吧？"女人一进门就对王浪说道，显得相当着急。

女人的约莫三十来岁，与王浪差不多是同龄人，王浪对与自己年龄相仿的人，有着天然的亲近感。女人打扮是很得体，身材、相貌都不错，应该说看起来属于有品位的女人。

"现在还很难说，应该说病情还很重，我们刚才已经上了心电监护、颅内压监测，就是要随时了解他病情的变化。"王浪做着说明，"对了，你们是他的什么人？"

女人迟疑了一下，然后说道："朋友。""朋友"二字现在倒真弄不清是什么关系，从前的朋友是概念清楚的，现在的朋友包括真正的朋友，也包括情人、一般熟人，总之就是脱离了原来的意义。王浪心里有了底，也就不再往下问。

男人说话比较少，一般不表达意见。

男人呢，看起来与女人有点像，不过，男人像女人不是太好，起码脸形就不理想，比较小。但男人看起来比较诚实，身高、体重看起来都不错，总之大体上还过得去。

实习医生对两个人做着询问，王浪偶尔补充一两句，为的是让实习医生能够养成有条理地询问病史，然后客观地记录。

突然，门口出现了警察的身影，怎么回事？王浪起身走到门口。

"你们有事吗？"王浪看着全副武装的警察，料想他们是为什么事而来，心里意识到或许刚刚收下的这个病人牵涉到刑事案子。

警察迅速地包围了男人，随即将他制服并戴上了手铐。

"怎么？他，出事了吗？"作为医生，看着病人的家属被抓起来，王浪还是有责任了解清楚。

面对儒雅的医生，为首的警察解释道："今晚在一个网吧发生一起伤害案，我们接到报案后，经过调查确认是他犯的案。我们也知道他和妻子一起送受害人到医院来了。一直跟着，现在病人已经住院了，我们要抓他归案。"

另一个警察对女人说："你也不要走远了，随时等候我们的调查。"

王浪听警察的这些话，已经明白了个大概，应该是这夫妻因为什么事情伤害了受伤的男人，但是随后又把他送来医院诊治。

警察们押着男人走出了外科大楼，之后乘上警车，呼啸而去。

女人目睹着男人被抓去，眼里流下悔恨的泪水："都怪我，都怪我。"

或许是需要倾诉，或许是王浪的儒雅让女人心动，让她找到诉说的对象，女人一股脑地把事情的来龙去脉告诉王浪。

王浪本不想听，可是面对梨花带雨的女人，他硬不下心肠来冷淡地拒绝，没办法，就当是看病，听她说吧。

原来，男人与女人是经人介绍恋爱的，两个人没有太多了解与磨合，见面后不到半年就结婚了，婚后生了一个儿子，两个人的关系却总是不冷不热，原因可能双方性格差异太大，男的不喜欢说话，加上又是开出租车，常常跑车在外，很少在家，两个人交流很少。

在这样的情况下，女人喜欢上了上网，在网上溜达了半年后，女人爱上了网络游戏。在玩网络联机游戏的过程中，女人与一个男子通过网络聊天、视频等，相互有好感，因为是同城，后来就见面了。

此后，女人似乎感受到了生活的快乐，脸上笑容多了。她和男子的暧昧关系最后传到了丈夫的耳朵。丈夫和她谈过，她说又没做什么，就是玩玩游戏、吃吃饭什么的，叫丈夫别这么小气。丈夫则叫她收敛些，不要让别人再传说到他这里来就是。

但是，男女间的关系一旦超越了一个度，就很难收手。越有人压制，越觉得刺激，越觉得浓情蜜意。所以，女人和男子把她丈夫的话当成了耳边风。

终于，开出租车的丈夫忍无可忍，他听一个朋友说他的老婆和一个男子在网吧里上网，样子非常亲密。

丈夫的肺都气炸了。他将车开到那家网吧，抓起放在车上防身的铁棍，冲进网吧，果然看见让他血脉偾张的一幕：两个人肩并肩在玩着游戏。他站在他们身后看了一会儿，令他吐血的是，男子不知是开心还是怎么的，竟在这时腾出右手，摸了一下女人丰满的屁股。这个时候，男人的出击就是必然的了。

他抡起铁棍，就要打下去，可是担心伤到自己老婆，就大声喊道："瞧你们做的好事。"意在让两个人分开点距离。

果然，女人听出了丈夫的声音，心里一惊，立即站起。就在这短短的几秒钟，丈夫将铁棍砸向男子的头部。

"你！你……"女人醒悟过来，她抓住丈夫的胳膊，"不要打了，会出人命的呀。"说着，在他的面前跪了下来。

就在女人跪下来的时候，那个男人也轰的一声倒在地上。

丈夫见出了大事情，放下了铁棍。"老婆，你起来吧。再不要这样了，好不好？"他涕泪交加。

丈夫随后对妻子说："你打120电话。"

女人从最初的惊愕中清醒过来，拨打了120电话。丈夫抱着男子的头，大声喊道："喂，你醒醒，你醒醒。"男子毫无反应，双手垂着，死了一般。呸，丈夫在心里暗骂，这么不经打。

救护车几分钟后就到了，医生护士给男子吸氧、输水，汽车往湘雅医院急驶而去。

女人说完这些，要给王浪下跪，这女人常用跪来表达强烈的感情。她嘴里说道："医生，你一定要全力救治他，他要是死了，我老公也完蛋了。"

此时此刻，女人担心着受伤人的生命安全，也同时害怕自己的丈夫因此坐牢或走上杀人偿命的不归路。夫妻说到底是一个经济共同体，有着共同的收入来源，有着共同的消费支出目标，比如住房、教育、医疗等等。但人都是不知足的，通常情况下，男女之爱，异性相吸，许多时候是新鲜，是激情，于是就有了千奇百怪的外遇，有着数不清的家里家外的纠葛。

王浪及时阻止了女人的下跪："你的情况我知道了，我们会尽力而为的。"

"谢谢，谢谢，谢谢。"女人连声说着感谢的话。

"你去休息吧，监护室我们二十四小时都有医务人员看护，你们家属可以去休息。对了，你的电话留给我们，有事会与你们联系的。"

女人将电话号码告诉医生王浪，眼里很是温柔，看病遇到这么好的医生，这病都会要好掉一半了，家属或陪伴人的心理负担也会减轻许多。

"老师，这女的有些坏，要不是她，就不会出事了。"实习医生看他们的老师王浪不是特别忙的样子，打算与老师聊上几句。这是一个男学生，看来对女人有些先天排斥。

王浪平时也喜欢与实习医生们聊天，他们年轻，充满朝气，脑子里全是智慧的火花与潮流的观念，常常与年轻人打成一片，会富有活力，显得更年轻。

他回答学生道："这个结论很难下，任何事情都是许多因素决定的，不能凭简单的言语或偶尔的行动做出准确的判断。我们不了解他们的全部生活，就没办法知道事情的来龙去脉，所以就做不了法官。"

"嘿，嘿。"学生对老师的话表示认可，随即问道，"老师，你说这个男的会有生命危险吗？"

"这是一个专业问题，照现在的情况看，他当然存在生命危险。他现在血压高，脉搏缓，这就是颅内高压的表现。对于头部外伤来说，继发性的病理生理改变是导致病情恶化的重要因素，这其中主要的就是颅内高压。对于这个男人来说，引起颅内高压最可能的原因是脑内出血。所以，我们用了颅内压监测技术，就是希望在比较早的时候及时发现颅内压的改变，为抢救与手术赢得时间。"

"谢谢老师。我去写病历。"

"好的，抓紧时间写，这样很好，外科医生既要手术，还要做记录，事情多，而且常常复杂多变，所以要尽量利用好时间。像这个病人，如果颅内压持续增高，我们就要给他做手术。"王浪对学生循循善诱。

病人的颅内压越过了警戒线，监护室里响起了报警声。护士立即将情况报告给了王浪。

"准备上手术室，急诊行开颅手术。"王浪对值班的护士道，"备皮，剃头，打术前针，通知家属。"

"好的。"护士训练有素，第一时间开始了手术准备。

"老师，待会儿我上台吗？"实习医生这时刚写好了病历记录，听说要手术，很激动。做实习医生时都这样，想着上台体会手持手术刀在病人身上划过的感觉，那样才算救死扶伤，才有大医生的感觉。

"上呀，有机会你们就要多上手术，多看，多练，多实践。你们要抓住每一次机会学习、提高。"

"谢谢老师。"实习医生恨不得伸手指来一个标志性的"耶"，不过，考虑到是在病房办公室，仪式就只在心里完成了。

"手术室吧，我是神经外科，有一个脑外伤的病人需要紧急手术，帮我们安排一个手术间。"王浪给手术室打电话。

神经外科急诊手术一向就多，手术室已经习以为常了。接电话的值班人员当下说道："好的，在二号手术室。"二号手术室一般就是神经外科的专用手术室。

女人很快就返回了医院，来到办公室："医生，他怎么了？"言语中充满着焦急与忧虑。

"病人颅内出血没有控制住，需要动手术。"王浪简单地说，对于病人家属而言，在一个特殊的时期，太多的医学术语他们听不懂，也没有心情弄懂，但是最重要的内容还是得让他们知道。

实习医生已经遵照王浪的吩咐把知情同意书打印了出来，适时地递给女人。

王浪对她说："你看一下这个东西，看有什么不清楚的地方吗？如果没有的话，就签个字，我们准备做手术。"

女人认真地看了，只记住了最后一句"有可能人财两空，但医院不勉强手术"。可是，人都这个样子了，不做手术又能如何呢？看来只有签字同意了。

她正要提笔签字时，却犹豫了："我不是他的家属呀。"

王浪也意识到这女人只是男子的相好，或者说是情人吧，的确不是家属。可是家属不签字，手术是不好做的。那要怎么处理这个事情呢？王浪想了想，问道："他的家属在长沙吗？"

"没有，他是外地人，就他一个人在长沙。"

"那，如果不在长沙，要赶来签字，肯定是来不及了。"王浪摇摇头，没有说话，他在等待着女人的下一步表态，他心里想，情人或许等同于家属吧。

女人显然在思考，应该如何最好地解决这个问题。不管怎样，手术得快些做，不然，要是这人死了，她丈夫的罪责就大了，说不定得判死刑。豁出去了，再说，她也不能够打电话要男子的老婆来签字吧，说来说去，她和那人的老婆是情敌关系。再者，出事以后，没有和他的老婆联系，也不可能有时间联系，直接就送到医院来了，办好住院手续以后，自己的丈夫就被警察带走了。

"那就这样，医生，我签这个字，一切责任由我承担。"女人下定决心。

"好的，你签在这里。"王浪指了一下签名处。

"关系写什么呀？"女人还是忍不住问王浪，本来她是想写朋友的，又不知可不可以，"写朋友行吗？"

如果是平时的择期手术，王浪肯定会说不行，但是现在特殊时期，睁一只眼闭一只眼了："你就这样写吧。"

"他的手术会不会有危险呀？"女人担心地问，她在内心里关心着这个被丈夫铁棍袭击脑袋的男子，男子给过他开心与快乐，是生命中无法避开的男子。

情呀情，人总是为情所困。王浪看着女人，在心里感慨道，王浪自己又何尝不是这样。是人，就摆脱不了情的渴望与追索，也自然会有情的困惑与难关。

病人被放上担架，准备进手术室，护工在前面推着担架车，女人跟在后面。到达手术室门口，换上手术专用的推车，担架车被留在外面，同样被挡在外面的还有这个泪眼婆娑的女人，这时她是可怜的女人，丈夫刚被警察逮去，相好的男人进了手术室，生死未卜。悲欢离合常常在瞬间发生，让人猝不及防。

王浪带领另一个医生及实习医生上台做手术，神经外科二线班的一个副教授在台下坐镇。

实习医生激动地拿着手术刀，动作还算麻利地切开了病人的头皮。之后，他放下刀子，站在一边当助手。在脑袋里动手术，毕竟不是一件简单的事情，实习医生还需要不短的日子进行训练。

王浪动作熟练地打开了病人的颅骨，撑开脑膜，可以清晰地看见里面有红红的血液，部分凝结成小块状，脑子上面布满了红红的小点状或片状。

"你看，这就是典型的脑挫裂伤，有水肿、出血，当然，这是有血管明显破裂的，所以短时间内会发生颅内高压。"王浪对实习医生进行教学指导。

实习医生认真地看着，一边听着王浪的指导，一边点着头。这样的好医生，好老师，学生很愉快。台上的护士也认真地听着，因为王浪说得非常形象，能够让人记住。手术室的护士自然在前面了解王浪，王浪在手术室已经是知名人士了。

"王浪，你好厉害。"护士忍不住当面赞扬，"手术做得好，带学生也很有经验呀。"

王浪给了护士一个暖人的笑。护士心里乐开了怀，配合王浪手术起来就更加得心应手了。

"好了，手术完成了。"王浪缝完脑膜后，对学生说，"你把头皮缝合。"

学生将刚才由他切开的头皮缝合起来，王浪下了手术台，到副教授身边站着，和副教授探讨着问题。副教授很受用，这样好的研究生，手术做得这么漂亮，让他这个坐镇的副教授异常悠闲。最重要的是，副教授看得清楚，王浪这个手术做得相当成功。他在这坐镇，不用操心，还能博得个好名声，这事当然爽呀。

这天早上，刚上班不久，医院网络上就发布了一条重要通知：凌晨五点，火车站宾馆发生重大火灾，现在三十多名重伤员送来我院，现正在急诊科抢救。请各科室主任速派人到急诊科，帮助抢救大批烧伤、脑外伤等病人。

"王浪，你去急诊科帮忙，那里有三十多名重伤病人，急需抢救。"神经外科主任直接点名王浪。这是对王浪的信任，想想，一个主任派去的人，如果技不如人，不是让人笑话吗？主任知道，王浪曾经在急诊科轮转过。

"好，主任，我这就去。"王浪听从主任安排，对他们一组的医生作了一些交代后立即前往急诊科执行任务。

急诊科处在特别紧张的氛围中，屋子里放满了担架，担架上躺着重症的病人，有的没有呼吸，没有动静，已经死了，还没来得及抬走。屋子里没有哭声，和平常所见的场景不一样。王浪开始觉得奇怪，怎么会没有一个家属哭呢。后来，他明白了，这是酒店里被烧伤的人，大凡住酒店的人，都是外地来出差的，很少有本地人去住酒店，除非是野鸳鸯，找地方开房偷情。想想真是不幸，出差外地，遇上火灾，重伤或者死亡，损失惨重。

医院孙副院长、医务处处长、急诊科主任正在安排病人的抢救诊治，看见王浪进来，三人都注意到了。

孙副院长非常客气，他认识王浪，这个吴铜礼院士最钟爱的学生，在给省部级领导做胆道癌手术时表现出色，与吴铜礼院士一起，得到了领导及其家属和省政府的高度好评。"王浪，你过来了？"副院长主动与王浪打招呼。

"孙院长好。"王浪礼貌地回应，并与医务处处长、急诊科主任打招呼，他们都看着他。

"王浪，你看一下五号病人。"孙院长对王浪说道，用手指了指放在急诊大楼门口靠右的地方，"要做什么处理，你直接和处长说。"医务处处长频频点头。

"好的，孙院长。"

王浪蹲下去看放在地上担架的病人。那人是个男性，秃顶，年龄应该在五十岁左右。他的情况相当不好，这个病人呼吸不平稳，满脸是灰尘，脚上没有穿鞋子。得赶快给他吸氧，查头部CT，看有没有头部的血肿或重度脑挫裂伤。

"处长，这个病人要给吸氧，挂上液体，使用呼吸中枢兴奋剂和升压药，不然很危险。"王浪有了一个系统的方案，"另外，还要做头部CT检查，明确头部情况。身上的烧伤倒不重，没有明显的烧伤创面。"

"那这样吧，你看这个病人可以收住哪个科，是直接住院呢？还是放在急诊科？"处长进一步问王浪。

"先放急诊科稍做处理吧，待血压、呼吸基本稳定再去做检查，检查如果有脑外伤再收神经外科住院，可能比较好。处长，你看可以吗？"王浪言语非常谦虚。

处长很满意王浪的处理："行，就这样，我和急诊科主任说一下。"处长朝已经回到急诊科监护病房的主任走去，把王浪诊治的这个情况说了。主任当然同意，并立即派护工把病人抬进留观病房去。

王浪进入留观病房开医嘱，进一步检查病人，并做出详细记录。此时，他是这个病人的专职医生。这是医院针对特殊抢救做出的预案处理，几年下来，证明很有效果。因为大型抢救，容易人多手杂，假设不设专职医生的话，容易错过某些病人，造成漏诊。

不久，又一个病人被推了进来。走在担架前旁边的人竟是向玲玲，真是巧。王浪和向玲玲大学同学、研究生再同学，在一起的时间不短，可是真正在一个房间管理病人还从来没有过。这回，看来也是短暂的吧，因为王浪发现这回进来的是一个女病人，而且腹部隆起很高，看情况是个孕妇。

王浪估计得没错。医务处处长在排查时，发现一个孕妇在火灾中受伤，就点名要妇产科派一名医生前来。没想到，恰好向玲玲就被派来了。

"向玲玲。"王浪先看见向玲玲，加上又是男生，当然先与她打招呼。

"王浪！"向玲玲感到意外，还很高兴，她一直就喜欢与王浪在一起，一直爱着王浪，"你也在这！"

"我们神经外科主任派我来了。"

"我也是我们主任要我来的。"

"那就是你导师廖玉翠教授呀。"

"是的，就是我导师。这种事情，她一般都会要我来。"

"就是，是想你多锻炼吧。"

"你知道？廖教授还真是这样说的。"因为是在抢救病人，两个人不便说过多，向玲玲结束谈话，"我检查一下这个人看情况如何，看她临盆了没有。"

"好，先忙吧。"

向玲玲检查病人，从腹部的大小与骨盆情况看，孕妇怀孕应该有三十六周，目前还没有临盆。这人是清醒的，只是声音很弱，精神状态差，有恐惧感，还没有从遭遇重大灾难的痛苦场景中走出来。怀孕还没有足月，关键是尽量不要让胎儿动胎气，保护胎儿不要发生早产。

"你哪里不舒服吗？"向玲玲问孕妇。

"我头晕，没有其他不舒服。"孕妇尽管遭遇不幸，但母爱之心依然强大："医生，我的孩子没事吧。"在这样痛苦的时候，她关心着肚里的孩子。

"没事，你放心。"这种情况下，对病人本人而言，安慰是最好的，没有必要说更多的话了。但是做医生的都知道，如果有家属在一边，随后，要立即向家属说清楚，这只是安慰病人，医生不可能打包票的。

"我去和处长说一下，把她收我们科去。"向玲玲对王浪说，"你帮着看一下。"她主要是怕病人乱动，不小心滚下担架。

"你去吧，有我在，没问题。"

"嗯。"向玲玲心情愉快地去找处长了，这王浪呀，总能让自己感到特别开心。

医务处长当然在业务上尊重专业人士向玲玲的意见，孕妇收住妇产科。处长指示给办理入院手续。向玲玲的任务当然还不算完成，像这种她出来会诊的病人，收住病房后，也由她管理。

由于护工太忙，孕妇要稍等一会儿，才有护工来送她去妇产科病房。向玲玲先回科里去。

"王浪，我回病房去了。你这边怎么样了？"向玲玲对王浪说道。

"我这边再观察一会儿，等下联系头部 CT 检查。我估计也要收住院，一时半会这病人也醒不过来。"

"再见，王浪。"

"好，你去忙吧。"

向玲玲刚走不久，姚义也从外面走进了急诊楼大厅，恰好与从留观室出来帮病人联系 CT 检查的王浪相遇。两个人很自然地打招呼，一个宿舍住的同学，关系通常都不错。姚义那次酒醉后，因为叶欣的事情怪罪王浪，而王浪宽宏大量，姚义常觉愧疚，倒是王浪一如既往地对他表示着友好，两个人的关系得以修复如前。

"我就猜你可能会在这里。"姚义似乎有神算功能一样，见面时对王浪说道。

"你是怎么猜到的？"王浪回问道，"是上天告诉你的？"

"没有这么神奇，只是觉得你无论在哪个科，都是深受主任与同事的喜爱，所以这种事应该也会有你的份。"

"谢谢，过奖了，过奖了。"王浪话锋一转，"姚义，你的意思是不是说，你也一样是备受欢迎的？因为你们主任也派你来了呢？"

"嘿，算是吧。这火灾还真够厉害的，一下子往我们医院送来三十几个重病人。"

"水火无情，凌晨时分发生火灾，大家都在睡梦中，自然就更没有办法采取有效的逃生措施，伤亡就会更加严重。"

"你看的病人呢？情况怎么样？"姚义问道。

"病人昏迷中，我在替他联系头部 CT 检查。"王浪回答道。

"那你去吧，我看看有什么病人要我处理的。"

急诊科主任安排给姚义看的是一个大腿骨骨折的病人，刚送来时放在靠近角落的地方。

姚义往那个病人走去，病人的脸色呈青紫色，似乎没有呼吸。姚义伸出食指放在病人的鼻子前，果然不出所料，病人没有了气息。他翻开病人的眼睑，瞳孔都散大了。再摸桡动脉、颈动脉，都没有搏动。姚义用听诊器听诊病人的胸部，听诊器里，没有任何声音，一片寂静，心不跳，肺不膨胀。

病人没有了心跳，没有了呼吸，已经临床死亡。姚义把病人的手摆放在胸前，维持着较好的姿势。在灾难面前，生命是如此脆弱。

姚义心情沉重，正要向急诊科主任汇报的时候。一群人从外面进来了，大家簇拥着一个中年男人，每个人都表情严肃。姚义觉得这人好面熟。

医院孙副院长与医务处处长、急诊科主任一起迎了上去。

"市长，你好！"副院长向中年男人问候。哦，原来是本市的一把手市长，经常在电视新闻里可以看到的明星市长，当然会面熟了。

市长与孙副院长、处长、主任握手，随后一行人开始了解火灾事故的抢救情况，他们先看那些放在大厅里的病人，大部分已经没有了呼吸心跳，只有两个人还在呻吟着，等待着救治。

市长蹲下身子，对一个病人说："市政府很重视这件事情，一定会用最好的药品，由最好的医生给你们治病。其他的事情，我们也会妥善处理的，请放心！"

病人痛苦得不能说话，听市长这么说，只是拼命地点头，眼里泪光闪闪。

记者们的闪光灯不停地闪着，还有长沙电视台的摄像镜头一直跟随着市长在转。

接着，市长在孙副院长的带领下往处置室、急诊手术室、留观室等去察看情况。姚义既然来了，虽然没有什么事情，也跟着市长视察，体会一下市长随从的滋味。

王浪已经联系好了病人做头部 CT 的事情，回到留观室，正准备要做出安排时，市长与孙副院长等人走进了这间留观室。孙副院长看见了王浪，有意地把市长引到了王浪所分管病人的床旁。

"市长，这是一个昏迷的病人。我们正在全力抢救。"副院长对市长说。

市长的视线转到病人的头部，看到一个双眼紧闭、脸上有些灰尘的男人，男人胳膊上的输液针头，鼻子上的吸氧管，还有床旁的呼吸机、心电监护仪等。接着，市长看到了站在床旁的王浪。

嗯，不错，这个医生的形象与气质不错。见过很多明星的市长也折服于王浪由内而外的阳光形象。他有与王浪交流的想法。

电视摄像镜头一直追随着市长的视线，这回首先给了王浪一个特写镜头，然后镜头拉远，市长与王浪成为镜头里的主角，而那个病人躺在床上，恰好位于镜头的右下方，构成视觉上最具冲击力的背景，市长、医学专家、病人、抢救设施等，构成了珍爱生命、抢救伤者的生动画面。

"这是市长。"孙副院长连忙向王浪介绍市长，其实王浪平时喜欢看新闻节目，自然对于市长的相貌不会陌生。

"市长，您好！"王浪不卑不亢，举手投足十分自然。

"这是我们的研究生王浪。"孙副院长善于观察场面，他看出来了市长有和王浪说上几句的想法，"王浪是吴铜礼院士的研究生。"

听说是吴铜礼院士的研究生，市长对于王浪的好感更增添了几分，他对孙副院长和王浪等人说道："我和吴院士很熟悉，每年在长沙院士茶话会上，我都和他一起聊聊天。"

"市里对于人才很重视呀。吴院士经常和我们这样说。"

孙院长意识到电视台的摄像镜头都对着他们，一般的事情就不提了。因为是视察火灾情况病人的抢救，闲话还是少说。

市长没有接着刚才有关吴铜礼院士的这个话题，转向王浪道："这个病人情况怎么样？"

"神志昏迷，烧伤程度倒不重。已经联系了做头部 CT 检查，如果只是一般挫裂伤，恢复应该还是会比较好的。"王浪简单介绍情况，因为问话的是城市管理专家，不是医学专家，有个大概的印象就行了。

"哦，很好，湘雅医院的工作做得很细致，很到位。市里很感谢你们！"后面这话是说给孙副院长听的，也是向大众媒体说的。

市长随后转身，结束了医院的视察。一行人乘专车离开医院，往火车站方向开去。

市长前来湘雅医院视察具有重要意义，因为在当今社会，面对灾难，抢救伤员是最重要的一环。火车站宾馆住的是南来北往的客人，全国各省市都有。长沙作为中国中南部的重要城市，每天有无数的人从这里经过，长沙因而成为全国的地理、交通中心。

妥善处理好火车站宾馆的火灾事故，对于长沙乃至湖南的工作都具有重要的意义。也正因为这样，市长会亲自出马，来湘雅医院视察伤员的救治工作。

当天中午的新闻快报、省市电视台轮流播报市长看望伤病员的新闻，市长亲民的形象跃然屏幕。帅气的王浪更是引人注目，以后，陆续地，有些人还找他看病。这当然是后话。

王浪领着护工推着病人去做头部 CT 检查。因为是特殊事情特殊办，这个病人一进去就立即进行检查。

王浪在拍片室里看着工作人员的忙碌，一起共同看着监视器里的影像。

"左侧额叶有水肿，右侧额叶也有。"王浪一边看，一边与检查技师讨论。

"还算好。昏迷病人能够有这样的影像表现，马马虎虎了。我们照片是看多了，一些病情重的人，因为脑部损伤严重而没有了梦想。"

"是呀，头脑不行，那是啥事都办不成。"

王浪果断地将病人收住院，那样治疗观察会系统些，对身体的恢复才会比较有利。

火灾后收住神经外科的病人，在王浪的直接管理下，病情迅速好转。

这个病人出院后，记者另外写了一篇文章，关于市长的人文关怀精神。这文章一出，还真是让很多人眼前一亮。原来，当官也可以这样的。

王浪回到宿舍不久，有女同学敲门进来，身后还跟着向玲玲。

"王浪，我们是来为一个初中学生募捐的。"女同学先说话，她知道向玲玲和王浪的关系，抢先说话，免得待会儿没机会说，其实，王浪与向玲玲都是好人，不会让她尴尬得恨不能快些溜走。

"行，我捐一百元。"

"王浪，我代表那位学生谢谢你。她得了白血病，等着钱准备做骨髓移植。"这回是向玲玲在说话。

"不客气了。我的女同学，你们两位真是菩萨心肠呀。"

7

向玲玲的心中特别向往能与王浪一起，然而好像这真的是一个梦，那么缥缈，那么虚幻，找不到根基。夜里，躺在床上，她常常会无缘无故地睡不着。她会记起那一次生病的时候，王浪来陪她，在他临走的时候，向玲玲快速地吻了一下王浪，那么短暂的一吻，却是触动心灵的感觉。那次与王浪一起去华阳，帮冯慧伯父打医疗官司，与王浪在一起的那几天，多么幸福呀。虽然当时王浪只把自己当妹妹看，也说过她就是他的妹妹，但那时体会到的就是男女间的激情，没有身体的接触，就是异性间的精神快感。一个人一辈子能真心爱一个人，爱到骨头里，从生爱到死，生生不息地享受爱，也是福呀。

有一天晚上，向玲玲睡不着，拿出手机想听听音乐。在操作的过程中，不小心进入了照片文件夹，那里她保存着不少照片。她翻阅着文件夹，突然王浪的一张照片映入眼帘。照片中，王浪身着白色衬衣、浅蓝色裤子，站在烈士公园湖边的垂柳下，正是春暖花开时，柳树的嫩白色芽儿，衬托着王浪的朝气与青春。那是不久前研究生会组织集体到烈士公园游玩时，向玲玲给王浪拍下的照片。平时，想念的时候，向玲玲会打开来看。

在这样一个失眠的夜晚，她看到王浪的照片，内心有着无穷无尽的幸福感，在这幸福感中，她陪伴着王浪去风光秀丽的山水间游览，去浩瀚的大海中遨游……

这晚，她睡得很香，很甜。这是一次无比兴奋的体验，自那晚以后，如果再有这样的情况，向玲玲就会调出王浪的这张照片来看看，不停地看着，然后就会像放电影一样，出现无数动人的画面，与一般画面不同的是，向玲玲看过几张之后，她自己也进入了画面当中，能够深入其中，享受幸福与快乐。

这样的幸福存在于夜晚，存在于失眠的夜晚。向玲玲的梦中有王浪，但是王浪的梦中却并没有向玲玲。他的梦还模糊在四水市，那曾经眼花缭乱的情感纠葛，那模糊的影子中有一个人稍稍清晰，那人就是邱倩。邱倩，给王浪一个美好的开端，然而这爱却夭折。算了，不多想了，过去的就让它过去吧。人的一生并不是一条直线，甚至连延续的曲线都够不上。说不定，向玲玲就是上帝安排的另一个开始吧。

这是王浪正式考虑向玲玲情感的一个开端，或许路走对了，接下去就相对平坦，不会那么难走。但是，世上本就不存在永远平坦的大道。向玲玲是喜欢王浪，可是，她的美丽与优雅同样让无数优秀的男孩子动心。

一位年轻富豪走进了向玲玲的生命，当然，任何人相识都要有一个恰当的媒介。向玲玲与年轻富豪的认识缘于她对一位年轻女孩的诊治。

这天晚上，向玲玲正在妇产科值班，凌晨一点时，她躺在值班床上稍微休息一下。突然，走道里传来急促的脚步声。向玲玲判断肯定是有急诊，迅速穿好衣服，正拉开门时，听见一个男人着急地问护士："医生在哪？医生呢？"

向玲玲快步走到护士站，"我是医生，病人在哪？"

男人赶忙回答，"就在后面，就在后面。"

很快，护工推着担架车将病人送到了向玲玲面前。

病人脸上惨白，满脸血污，下身的白色裙子完全被鲜血所浸透。病人痛苦地呻吟着，声音极其微弱。向玲玲检查着病人，心里暗叫不好，这是典型的失血性休克、疼痛性休克并存的状态，病情十分危急。向玲玲果断分析，是女孩的下体被撕裂导致大出血。必须立即手术治疗，向玲玲对男子说："病人需要立即手术。"

"医生你说手术就手术吧，我听你的。"

"这么严重的出血，不手术就没办法救命，但是手术也可能救不过来。"这是医者的冷静，也是生命的无奈。

"不要，不要。医生，你要全力抢救，你一定要救活我的妹妹。"男子听向玲玲这么说，失声痛哭。

护士走过来，劝道："你冷静点。我们向医生医术高明，她说了会尽全力抢救的，你放心。只要有百分之一的希望，向医生就会尽百分之百的努力。"

男子停止了哭泣，护士的话，加上刚才向玲玲的镇静与她的检查手法，让他的确相信这是一个好医生，一个德高技精的好医生。

向玲玲通知手术室做好手术准备，并打电话给血库，派护工将血样送给血库，备齐手术用血。手术室与血库都做好了积极的准备。

"廖老师，科里来了一个重病人，得请您过来一下。"准备工作做好后，向玲玲给导师廖玉翠打电话，她知道，这个手术只有请导师来亲自主刀才有比较大的把握，如果自己主刀，或许可以拿下手术，但是病人活下来的希望恐怕只有百分之五十，这种时候，就只有麻烦导师亲自出马了。

廖玉翠当然知道自己学生的能力，她明白向玲玲拿不下来的手术，其他的医生也是非常困难，或者说，其他医生也没有绝对的胜算。在生死攸关的时候，学生不怕打扰她，这正是一个具有良知的医生的正确选择。廖玉翠从年轻时开始，就奉行一定要给病人最大的希望，不轻言放弃，用最高超的医术挽救病人的生命。

"好的，小向，我就过来。"五十多岁的廖玉翠教授毫不犹豫地答应自己的学生。

"老师，您路上小心点，我上手术室去了。"向玲玲不忘记提醒导师注意安全。廖玉翠住在医院宿舍区，虽说距离不远，但是晚上灯光不好，得小心一点，如果是平常情况，晚上有事的时候，向玲玲会去接老师。不过，这次，她只有辛苦老师自己过来，应该说这次真是"时间就是生命"，必须争分夺秒，挽救年轻女孩的生命。

廖玉翠教授直奔手术室，这也是老师与学生的默契，她的学生一定是做好了所有的前期工作，老师要做的当然就是关键的部分了。

果不其然，向玲玲已经在为病人消毒、铺无菌布单了。再次认真地核查病人的资料与病情后，向玲玲拿起了手术刀。

女孩的伤口创面很大，向玲玲首先给她做清创处理，细皮嫩肉的女孩，被歹徒惨无人道地袭击，下体血肉模糊。向玲玲的心阵阵发疼。

伤口很深，得打开盆腔，就是常说的小肚子那些范围。向玲玲的手术刀移到女孩小腹的皮肤上。刀子无声地切开皮肤。

廖玉翠就是在这个时候到达手术室的。台上台下的医生、护士都向廖教授行注目礼。

"老师，您来了！"向玲玲与老师打招呼。

"嗯，情况还行吗？"廖教授说道。

"目前还可以。"向玲玲回答道。

"那我洗手去。"廖教授对向玲玲道，"你继续做，我就过来。"

老师的到来，向玲玲更有了勇气与信心，她的手法愈加灵活，动作快了起来。

洗完手后的廖教授在护士的协助下穿上手术衣，站在了手术台上。手术进入攻坚阶段，廖教授亲自主刀，向玲玲在一旁做助手。

女孩的盆腔器官被歹徒弄得一片模糊，廖教授看着心里发酸。她小心翼翼地将破碎的组织剪掉，然后在显微镜下，将尽可能多的血管进行吻合，也只有血管吻合好了，组织有充分的血液与氧气供应，才能够保证组织的修复与再生。一定要让女孩保持女孩的特征，保持女孩的美丽。廖教授在心里说道。

廖教授的脸上渗出了汗水，尽管是凌晨，时令还是春天，但是紧张的手术与高强度的脑力劳动让她出汗了。旁边的护士拿纱布为廖教授擦去额头上的汗水。

几个小时过去，天边已经露出了鱼肚白，手术的关键性步骤终于完成。

"廖老师，你去休息吧，后面的我来做就是。"向玲玲真担心年纪不小的廖教授支持不住，出了问题，这就是学生的罪过。

"好吧，你也累了，慢点呀，看清楚点。"廖教授同意了向玲玲的建议。

廖教授慢慢地走下手术台，或许是实在站久了，下台子的时候，她踉跄了一下。台下的护士赶紧上前扶住了廖玉翠教授。

下午五点钟左右，女孩的哥哥正在监护室探望妹妹。"妹妹，妹妹。"他呼喊着他的妹妹。就在这时，女孩缓缓地睁开眼睛。凌晨她被送往医院的时候，基本上说不出话来，现在面对床旁的亲人，她用尽力气喊道："哥！"尽管声音微弱，但男人显然听清楚了妹妹的声音。男人霎时泪流满面："妹，妹，你醒了！"

"哥，我这是在哪？"女孩不知身在何处，停顿了一下，她接着说，"哥，你带我回家，我怕，我……怕！"

女孩显然还没有完全摆脱事发时的恐惧。

"妹，不用怕，我们这是在医院，哥在这里。"

女孩听了哥的话，安静下来，她睁大眼睛，看见了周围雪白的世界，看见了身边走动着如天使般的护士小姐。

"妹，你睡吧，你醒了就好。"男人轻轻地拍着妹妹的肩膀，女孩闭上了双眼。男人看着妹妹，脸上的表情放松了。

探视的时间到了，男人依依不舍地离开了监护室。这是一个重情的男人。

男人从监护室出来，随即进入医生办公室。他一眼就看见了坐在里面的向玲玲，他自己都觉得奇怪，因为医生护士都穿着白大褂，有的还戴着帽子口罩，真是很难区分谁是谁，倒是向玲玲这人他一眼就看出来了，或许是她美丽出众吧。不对，都穿着白大褂坐在电脑桌前，哪能分得清谁的身材好，谁的身材差呀，或许自己和这医生有缘。

　　没出息，男人自己在心里骂自己，妹妹的病情稍稳定点，自己心底的情欲就冒了出来。不过，他清楚自己不是那种色男。如果是的话，他也就不会人到三十了还是光棍一条，谈过不少的女友，真正谈婚论嫁的没有。或许，他对精神上的东西追求多些，而这世上，物质男女随处可见，在物欲横流的世道，要找精神与物质合二为一的恋人与妻子，实在是有难度的。自己大学毕业，从一个小推销员做起，后来做百货，做矿产，财富快速增长，几年时间算是成了长沙城有名的富人，报纸上开始以富豪称呼自己。赚钱对自己来说，是顺风顺水，但是感情世界里，却好像总是没有什么收获。

　　看见向医生，男人想了许多，私下里竟把向医生与自己联系了起来。或许真有缘也难说呢。或许就只是浅浅的缘呀，或许她就只是妹妹的主管医生。但是就冲主管医生这一点，就是有了这样一位好医生，当机立断，才能够把妹妹从危急状态抢救过来，单从这一点，咱也得好好感谢向医生。

　　男人径直朝向玲玲坐的地方走过去。当他到达的时候，向玲玲敏锐地感觉到了身边有人。

　　"你好，向医生。"男人的脸上布满了微笑，言语中不乏真诚与友善。

　　向玲玲感觉到了这些，她认出了这是急诊病人的家属。

　　"向医生，谢谢你。我妹醒了。"男人很高兴地告诉向医生。

　　向玲玲下午上班后看过女孩，当时还没有醒过来，不过，向玲玲认为是正常的，有两方面的原因，一是麻醉恢复期，二是病情重，恢复神志需要一点时间。女孩能够在比较早的时间恢复，当然是好事情。

　　听男人这么说，向玲玲很开心，医生对于自己手术过后病人的恢复特别在意，哪个医生都希望手术刀下的病人平安恢复，早些恢复。

　　向玲玲高兴地说道："那太好了。醒过来，恢复就快些，也会少很多的并发症。"

　　向玲玲本想叫男人坐下，然而办公室里全是医生、研究生、进修生，并没有多余的位置可以坐下，也就不客套了。

　　"向医生，我妹大概需要住院多长时间呀？"男人问道。

　　"这个要看情况，如果没有其他事情发生，比如不出现感染之类的话，七到十天就可以出院回家。"

　　男人点头，他很喜欢与向玲玲说话，不过他发现在办公室这么多人的地方，还是不适合说太多的话，因为会影响别人的工作，于是他对向玲玲道："辛苦你了，向医生。"他从衣袋里掏出一张名片，递给向玲玲，"等你有空时我再给你打电话。"

向玲玲看了一眼名片：湘水矿业董事长孙家正。不免像验明正身一样，再看了男人一眼。湘水矿业日前风头正劲，没想到这人还是赫赫有名的大公司董事长呢，的确是有些意外。虽然湘雅医院时常有名人来住院看病，但是像这个男人这样，对于自己的妹妹这么关心，而感情表达这么外露的男人倒真少见。不过，她刚才听说女孩醒过来了，同样喜形于色，人嘛，都有相同的地方，有些时候，就是控制不了感情与表情呀。

向玲玲将名片放进白大褂的上边口袋。"不客气，孙董。"她这么叫孙家正，完全是因为常常看见周杰伦被人叫成周董，而早些年的足球明星郝海东也被称作郝董，话一出口，感觉孙董这称呼还蛮不错的。

孙家正听了这称呼，倒觉得有些意思，这是第一次有人这么称呼自己，因为别人都是叫他董事长、老板，也有叫作总经理的，但是这样叫"孙董"还是第一次。

"再见，向医生！"

"再见！"向玲玲伸出右手。孙家正的大手握住向玲玲做手术的纤细嫩手，感觉有点发烫，不过，他不敢久握，很快就松手了，千万不可在开始打交道时就把女孩子给吓坏了。

孙家正走了，向玲玲想起刚才他说的女孩醒过来了的话，进监护室去看女孩。女孩睡着了，很安详，她问过护士，护士回答说刚才的确见她和她哥哥说过话。向玲玲看女孩的脸上已经有了些许红润，表情自然，是睡眠状态，心电监护仪也显示她的血压、脉搏、呼吸、血压饱和度都正常。向玲玲想让女孩好好休息，就不准备把她吵醒。

孙家正回到他在市中心的高档住宅区，总面积五百多平方米，分为四层，爸爸妈妈、自己、妹妹各住一层，最底层是大厅，大厅的后面是工人用房，请了一个厨师、一个清洁工，本来还要请人做事的，爸爸妈妈说他们自己也可以帮一些忙，买菜的事就交给他们了。

妹妹不在家，家里很安静，妹妹在家的时候，常常陪着爸爸妈妈在大厅里看电视，电视里经常有播放妹妹演唱的歌曲。二老看着妹妹在电视里的样子，再看看身边的乖乖女，总觉得两者不是一个人，于是妈妈总是盯着妹妹看，妹妹总是说："妈，你又不认识我了？"这时妈妈就会说："我认识你呀，我就是不知道电视里的你是不是你呀。"

"当然是我呀，我还能是别人吗。"

"下回，我要去看看你的现场演出。"

妹妹有时会大笑："妈，你还知道现场演出呀。行，什么时候，我演出的时候，请你们和哥哥一起去看。要不，叫哥哥买票也行。"

"你唱歌哪能要我们买票呢。"爸爸说道。

这时，如果孙家正在家，他就对一家人说："没有问题呀，我们支持妹妹，支持妹妹公司的生意，一定去看，一定买票看。"

孙家正白天回家来过，从妹妹受伤那时起，他不敢对爸爸妈妈说实话，他害怕告诉爸爸妈妈真实的情况，如果得知妹妹伤得这么惨，妈妈和爸爸一定受不了。他对两位老人说是妹妹有事外出，要一段时间才会回来。他从不对爸爸妈妈说谎话，所以，他们都相信了他。

孙家正的心里很痛苦很难受，那个歹徒，抓到他，真恨不得割他的肉，得好好惩罚他，自己这么好的妹，竟被歹徒如此惨无人道地伤害。妹妹从小爱唱爱跳，一直是学校里的文艺骨干，高考时考上了师范大学声乐系，毕业后在中学里教了几年的书，中间坚持唱歌，慢慢地就唱出了名气。后来学校就只要她教很少的几堂课，到最后就干脆是挂名，这也是增加学校的声誉。

吃晚饭时，孙家正想起这事，食欲不振，可是为了不让爸爸妈妈看出什么事情，免得他们担心，他还是尽量多吃了些东西。

吃过饭后，他和爸爸说声有事出去。他往警察局走去，他想了解妹妹这事情的案子怎么样了，那个变态歹徒是否已经抓到了。警察局距离他家不算很远，他就走路过去，没有开车，他担心神不守舍，开车会出事情。

歹徒真是没有人性可言，他面对妹妹这么柔弱的女孩，竟然下毒手，辣手摧花，把妹妹折腾成那个样子。想起妹妹受伤的惨状，孙家正就对歹徒生出刻骨的仇恨来。

就是昨天晚上，快零点的时候，他正在一家咖啡店陪客户聊天、休息，突然接到妹妹的电话，妹妹在电话里声音很弱，哭着说："哥，你快来救我，我被人害了。"

听到妹妹那样凄凉的声音，孙家正的心都碎了。

"妹，你在哪？"

"好像是城北水库。"妹妹在这种情况下只能说出大概的位置。

"好的，妹妹，你要坚持。我就过来。"尽管心里特别着急，但是为了让妹妹不慌张，孙家正在电话里镇定地对妹妹说道。

他向客户说明情况，客户说："你这是大事，你快去。我陪你一起去。"

孙家正谢绝了客户的好意，他想尽快地开车过去赶到妹妹身边。

孙家正强忍住心中的伤痛，立即给110、120报警，报案说城北水库有紧急情况，他的妹妹孙家惠出大事了。为了增加力度，他告诉警察他是湘水矿业董事长孙家正。

年轻的110指挥中心接线员听说过湘水矿业，对于孙家正的名字并不熟悉，但不影响他们对于重大刑事案件的注意力。他的妹妹孙家惠是与歌星同名同姓？还是就是省城的歌星孙家惠呢？不管是不是同一个人，他都将立即向上级汇报，安排出警。

120急救中心稍后也接到了孙家正的求救电话。孙家正说的话与110报警说的是同样的话。120急救中心接线护士小姐不清楚湘水矿业，更不知道孙家正董事长，不过，她是孙家惠的铁杆歌迷，这名字对她来说太熟悉了，她想都没想，就认定了是歌星孙家惠出事了。

"好的，我们会立即安排救护员去城北水库救人。"

稍后，110、120指挥中心接到了孙家惠自己打来的求救电话，声音极度虚弱，明显是刚刚遭受了重创。兄妹俩的报警电话一模一样，两大指挥中心知道是同一个报警，立即紧急出动。

孙家正驱车狂飙，远远超出他平时的行车速度，时速接近一百公里。孙家正平时很注意行车安全，他牢记一次事故九次快的教训，一般在市区行驶时都把速度控制在每小时六十公里的安全速度。这次不同了，情况紧急，必须尽最快努力，最早赶到妹妹身边，这个时间，妹妹最需要自己，做哥哥的责无旁贷。

路上没有什么行人，越往北走，人越稀少，何况现在是子夜时分。妹妹怎么会在晚上走到这地方来呢，不，绝对不是妹妹自己来的，应该是被强迫的，所以出事了。

快到城北水库时，孙家正放慢速度，他先是看清路面有没有自己的妹妹，再就是注意看路的两边，以期能发现妹妹。但是，水库的路都走完了，怎么就没有看见妹妹呢？

城北水库很大，足有几百公顷，浩瀚无边，妹妹不会滚落到水库里去了吧。夜黑风高，深夜的水库掀起阵阵波浪。

孙家正停下车，没有熄火，强大的光柱在黑夜里显得格外耀眼。但愿，妹妹能够看见光束。

"家惠，家惠！你在哪？"孙家正扯开嗓子，对着波浪大声地呼唤妹妹。

没有回音，只有风的哗啦声，只有阵阵的涛声。孙家正的心直往下沉。妹，我亲爱的妹妹，你听到哥哥的声音了吗？你回答哥哥呀。

孙家正的手机响了一下，又立即挂断了，显然是社会上盛传响一声吸费的诈骗电话，或者是拨错了的号码吧，不然，真有事情，不会只响一下就挂断。

我怎么忘记了给妹妹打电话呢，这么大的水库，这样靠嗓子喊，声音毕竟传播得有限，前面妹还给自己打了电话。

孙家正拨通了妹妹的电话，电话通了，可是却没有人接，难道妹妹她？孙家正不敢往下想，坚持不断地拨打电话，同时沿着水库的堤坝搜索着妹妹。

前面好像有音乐声，孙家正突然一阵惊喜，对，是有隐约的歌曲声，他停下脚步，再用心倾听。没错，真的，那是悠扬的小提琴曲《梁山伯与祝英台》，妹妹的来电铃声正是用的这首曲子，在家里的时候，常常能听见这曲悠扬的小提琴曲《梁山伯与祝英台》，那是妹妹在家的时候，有人打电话找她。

孙家正继续拨打电话，让小提琴曲《梁山伯与祝英台》指引着他前进的方向。终于看到了妹妹，手机拿在她的手上，屏幕上不停地闪烁着蓝色的光芒。孙家正看着妹妹的手指微微弯曲，却无力接听电话。

孙家正低下身子，看见了妹妹满脸的血污和泪痕："家惠，家惠，我是哥哥。"

孙家惠缓缓地睁开眼睛："哥……"就无力地闭上了眼睛。在月夜下，本该是美丽浪漫的夜晚，眼前的妹妹却是如此惨状：全身衣服被撕成布条，脸上全是抓痕，下身更是完全被鲜血所浸渍。是谁？谁这么黑心肠，让家惠遭此大罪！一定要把这个坏蛋给揪出来。

孙家正抱起妹妹："妹，哥救你来了，我们去医院！"

水库边上变得更亮了，原来是有几部车向这边驶近。孙家正看清了车上的110、120标志，他用尽全身力气向水库的那边喊道："我们在这里，我们在这里。"喊几句，他又抱着妹妹往前走，这里当然过来不了汽车，他要尽快把妹妹抱到堤坝的那边去。

110、120车看见水库边停的车没有熄灯，知道是有人在他们前面来了，他们分析应该就是受伤者的哥哥孙家正，因为孙家正在省城是名人，车上有不少人知道他的名字。而且他的车子对于警察们来说也是比较熟悉的。

警察与医生护士们听见了孙家正的喊声，立即抬了担架往他们的方向奔来。大家七手八脚把孙家惠放上担架，医生给他做检查，给她吸上氧气，并挂上液体静脉滴注。

在医生护士们做着这些急救的事情时，警察请孙家正带领他们回到发现孙家惠的地方，他们进行现场勘查。

"行了，你去陪你妹妹吧。"警察执法很人性化，也知道此时孙家正最想在妹妹身边陪着她。

"辛苦你们了！"孙家正从心里感谢警察们。

"我们派两个人和你们同去，有什么情况好随时处理与联系。"一个负责的警察安排道，他将两名年轻的警察指派开一辆车随孙家正他们一同返回市区。其他的警察全力侦破案件，要全面维护省会城市的社会治安。一个歌星在省城中心被拉到偏僻的城北水库，饱受摧残。不破此案，无法向市民们交代，当然现在是发案第一时间，但是明天呢，后天呢，当市民们知道这个案子时，如果还没有侦破的话，就会有许多不实的传言，甚至谣言，市民们会恐惧，会很担心。

警车在前面开道，救护车走中间，孙家正的车子殿后。救人要紧，三部车都全速行驶。

孙家正在内心里很感谢向玲玲，当时车子开到医院后。他到妇产科打前站找医生。向玲玲听见动静后就赶快起来了，没有耽误一分一秒，而她后面的处理更是争分夺秒，为妹妹的抢救赢得了宝贵时间。第二天，他在医院里才知道当晚向玲玲请来了医院妇产科绝对权威廖玉翠教授，也正是因为有廖玉翠教授的手术把关，妹妹才能够顺利闯过鬼门关。

这样的好医生，像向玲玲、廖玉翠这样医德高尚、为病人着想的医生，值得尊重。

因为是晚上，公安局机关没有几个人上班，但值班的有一个副局长。孙家正向他做了自我介绍。副局长知道孙家正的大名，不过一直没有见过他的庐山真面目。

"原来是孙总，你好！"副局长很热情，"你请坐。"

"谢谢。"孙家正坐在副局长的对面。

"孙总有什么具体的事情吗？"副局长问道，他想没有事情，孙总也不会晚上到公安局来的。

"我妹的事情进展怎么样了？"孙家正直奔主题。

"你妹是孙家惠吗？"副局长问道。白天全局开会，好像有人提起过，说孙家惠的哥哥是大老板孙家正。孙家惠是长沙城有名气的歌星，副局长也偶尔有去过夜总会赏歌、品酒，自然对孙家惠不会不知道。

"对，我妹叫孙家惠。昨天晚上她遭到坏人的侵犯。"

"这个案子局里比较重视，现在正在追查中。你妹有没有什么仇人？"

"仇人？应该没有。我妹除了偶尔去她任职的学校上课或者开会，一般晚上七点多去歌厅或者夜总会唱歌，没有事情都会在晚上十二点之前回来。"

"那，有没有谈恋爱之类的，或者说是不是近期有与人分手的事情？"

"这个不会，我妹对我特别信任，什么事情都会和我说。追他的男孩子不少，但她没有和谁正式谈恋爱，我妹也从来没有带人到家里来过。"

副局长蹙着眉头，"看来这个案子的破案思路得改变。"声音很小，又像是自言自语。他想夜总会的女孩多半是情感纠纷比较多，但现在按照孙家正的说法，情感纠葛的可能性不大。

"你妹醒了吗？"副局长问道，他想从孙家惠的口里肯定能够得到重要的破案线索。

"人有清醒过，但没有精神，不知道能不能够回忆起当时发生的事情。"

"醒了就好，这样吧，我立即派人去医院找你妹了解情况。"副局长当机立断。

孙家正陪同副局长委派的警察一起来到湘雅医院。警察出示了证件后，两个人进入妇产科监护室。

"家惠，家惠。"孙家正轻声地喊着妹妹。

孙家惠缓缓地睁开眼睛："哥！"声音还是非常弱。

"家惠，我们正在抓坏人。警察要问你几句话，可不可以？"

"嗯。"

孙家正示意警察开始问话，但他为妹妹担心，提醒警察道："我妹身体很虚弱，你稍稍快点好吗？"

警察看了他一眼，没有回答，算是默认吧。

"出事的地方是在哪里？"警察开始问道。

"城北水库。"

"是什么车拉你过去的？"

"出租车。"

"你记得车的牌照吗？"

"晚上天黑，我没看清。"

"什么时间上他的车的？"

"晚上十一点多吧。"

"那人的样子你能记得清吗？"

"脸很大，特别胖，眼睛小。"

"好的，你提供的这些资料很有用，先不打扰你了，你好好休息。有情况我们随时再联系。"

警察看了一眼孙家正，那意思是说，怎么样，很简短吧，我水平不错吧。

孙家正很友好地回了他一个眼神。

"那我走了。"警察问孙家正，"你要一起走吗？"

护士走了过来，或许她听见了警察与孙家正的对话，她是按照规定来告诉他，不能留在监护室的："监护室不用留人的，有我们在这里照顾就行了。"

孙家正对妹妹说："家惠，我走了，你好好休息。"

"哥——"孙家惠留恋着哥哥，"好，你回去吧。"

孙家正与警察一起离开了医院，是警察开的车。警察送孙家正回家，路上，警察告诉孙家正，根据刚才他问孙家惠的情况，这个案子不用太长时间就能侦破，请他放心。

孙家正谢过警察，下了车后走回家去。虽然还没有侦破案子，但警察说的话，也让他安心许多。

警察将问话的情况向副局长汇报。副局长分析道，城北水库虽然距离市中心比较远，但是不算出城的范围，所以出租车肯定没有出城登记记录。不过，从市中心到城北水库要经过三个有红绿灯的繁忙交通路口，其中两处有摄像仪，并且会自动保存摄像记录以备查。这样的话，司机的形象一般都能分辨清楚，可以从这两个地方的记录中查找，然后重点突破。因为是出租车，侦破的范围就小了很多。何况，孙家惠人清醒了，如果有可疑人物，就可以让孙家惠进行辨认，因为她说的这人特征明显，所以辨认的准确性会很高。

副局长其实就是孙家惠案子的侦破总指挥，他在大案、要案、刑事案件方面有着相当的经验，在局里面是公认的第一把手。孙家正是个遵纪守法的企业家，平时和公安系统打交道不多，所以对这些事情就不太清楚。

副局长雷厉风行，立即派人去调阅当晚十一点到十二点的交通录像。派去的警察将资料拷贝了回来，直接交给副局长，这个派去调阅的人就是刚才那个前去湘雅医院问话的警察。看来，副局长对他相当信任，也把他当作自己的心腹。有这么能干的手下，这对于将来冲击局长宝座是有好处的。

副局长将记录放入电脑，仔细查看，期待在里面找到最有用的线索。市区干线公路的两个路口，当晚一小时内共有六百车次出租车往返这两个路口，也就是说，一分钟就有十辆出租车往返这两个路口，交通繁忙可见一斑。

按照孙家惠说的出租车，司机脸大、体胖、眼小，如果资料齐全的话，应该能够比较方便地找到行凶者。然而，或者是汽车的速度开得比较快，还是别的什么原因，竟然没有办法看清司机的模样。这以后得查一下，看是不是晚上的灯光影响了摄像仪的记录，不利于破案，得尽快与局长商量一下，派人进行改进，让摄像头能够拍摄到比较清晰的照片。

当然，这都是后面的事情了，先考虑目前的案子。虽然有六百部出租车经过两个路口，但是能够提供重要线索的是，所有出租车的车牌号码都能看清楚。如果牌照是真实的话，就可以从牌照中入手，查出当晚的司机。出租车牌照相对比较规范，很简单，因为它天天在市区跑，市区的监督部门还是相当有力的。因为一般情况下，出租车如果由于违规，遭到停止营运的处罚的话，司机们的损失就很大。

虽然如此，一部车通常有两个司机，一个白班，一个夜班，也就是说六百部车要查找一千二百个司机的资料。副局长的电脑知识相当不错，他启动相关程度，立即从摄像记录中提取了六百个出租车的牌照。接着，他把所有的出租车按公司进行分类整理，准备查找每个司机的档案。当然，由于出租车的管理还存在着某些不足之处，查找当晚犯案司机的工作量很大。

副局长工作到很晚，将整个破案的框架建立起来了。随后，他将全局的侦查员逐个进行排队，看哪几位适合在这些比较散乱的资料中找到突破口。第二天上班时就将任务分配下去。

第二天一上班，副局长召开了孙家惠案侦破小组会议，向大家说了他的想法以及头天晚上他做的功课。

"局长，你真厉害！这下为破案指明了方向。"一个侦查员拍着副局长的马屁。

"你这小子，少来这一套。"副局长回应道，但是明眼人一看就知道，这是在开玩笑。

"不敢，不敢，局长大人。"

"好，不开玩笑了。这样吧，你带领四个人，去把我昨天要的那六百部车的司机的资料全部找回来。今晚交给我，行不行？"副局长给他下任务了。

"六百部车，最少是一千二百个司机，一般要牵涉到十二家公司，哇，这工作量可真不少。"

"要是工作量小的话，用得着你们五个人去吗？"副局长反问他喜欢的下属道。

"倒也是，局长，我保证完成任务。今晚十二点以前一定将资料交给您！"

"好样的，那你们忙去，早些动工，早些收工。"

六百部出租车，一千三百个司机的档案资料交到了副局长的桌上，有的车不止两个司机，白班与晚班一家是轮着来开的，所以，每个车的司机的资料必须集中上来。但是，还是有不全的，因为个别出租车公司根本就没有驾驶员的相关资料，这些必须得补。

"局长，根据我们今天的调查结果，六百部出租车总共有一千三百三十五个司机，我们还差三十五个没有档案资料。局长，你看我们还要继续收集吗？"

副局长思考着，如果能够在已经有的资料中发现嫌疑人，那么就没有必要进一步收集资料了，但是，资料不全，有可能会影响破案。

"先这样吧，我看完你们收集的这些资料再说。"副局长看时间不早了，就对几位手下说，"你们辛苦了，回去休息吧，有事明天我再和你们说。"

众人闻言，连忙说："谢谢局长关心。"

"行了，行了，你们去吧。"

副局长仔细阅读一千三百个司机的档案材料，他首先看的是司机的照片，目前孙家惠能够提供的就是司机的典型特征：脸大、体胖、眼小。他把相对符合这三条的司机材料先抽出来。嘿，平时觉得这样的人不多，可是，一千三百个人当中居然找出了五十多个这样的人。真是奇怪。可能是司机们大吃大喝，身体发胖，胖了脸也变大，脸一大，眼睛就变小了吧。

　　不过，这下好多了，只有五十几个人，看起来就简单多了。再说，如果孙家惠情况再好些，还可以再去她那里了解情况，比如，司机的发型、当时说话的口音，是不是长沙本地人等等，也是很重要的线索。当然，把他们这些人的照片放在一起，让孙家惠直接辨认也是一个不错的办法。

　　看来，这些措施都得要孙家惠的身体状况恢复才行。话说过来，如果得不到孙家惠的进一步支持，要侦破这个案子的话，绝对要花费非常大的时间和精力，从效率来说不会快，只会慢；从结果看，或许还会打草惊蛇，让那人提早做准备。既然这样，那就先等等孙家惠的情况。

　　白天，孙家正打电话来问过情况，副局长告诉他事情有眉目了，正在进一步调查中。孙家正对副局长说谢谢，他相信副局长的能力，打过交道，聊过天，他感觉副局长是一个真正办实事的人，头脑相当灵活，人也很真诚。

　　"你妹情况怎么样了？"副局长在电话里问孙家正。

　　"好点了。"孙家正答道，"就是精神状态不好，很恐惧的样子。"

　　"那你好好照顾她，让她走出被侵害的阴影。"副局长解释道，"你妹要是能够恢复比较好的状态，她就可以提供给我们更多有用的信息。"

　　"好的，如果可以的话，我给你打电话。"

　　十天后，孙家惠恢复得不错，她已经没有住在监护室，住在了普通的套间病房。孙家正请了一个护工照顾妹妹，他也尽量不出差，有时间就过来陪伴妹妹。那次副局长和他说的事情，他一直记在心上，有几次试着问一下妹妹。然而，妹妹一提起当天的情况，就眼神空洞，好像精神病发作前的那种表情。每当这时，孙家正就有些害怕和担心，也就不敢继续问下去。

　　这可怎么办好呢？孙家正能够理解警察，如果没有足够的信息，破案的难度就会大大增加，随着时间的延长，这种难度的增加会更加明显。那么，有什么办法可想吗？他在心里问自己。

　　他突然想到了向玲玲，对，她是医生，或许会有办法可以想。

　　此时，他正在妹妹的病房，准备去找向玲玲医生。正在这时，他的电话却突然响了，一看来电显示，是从家中打来的。

　　电话一接通，就听见了妈妈的哭声，他赶紧到门外面去接电话。

"家正，你妹……她……怎么了？"妈妈哭着问道，"她没……没……有……出差吗？"

孙家正没有正面回答妈妈。

"家正，你说话呀，你说话。"话筒里传来爸焦急的声音，他比妈妈好些，没有大声哭出来，但可以听到声音中带着哽咽。

"爸爸，妹是没有出差。"

"家正，你怎么不早说呀。"爸爸埋怨他，"我们刚才看报纸，说你妹出事了。"

"爸，你们都知道了吗？"孙家正不知道什么报纸登载了妹妹出事的消息，感觉好像没有什么媒体接触过自己和妹妹呀，怎么会把这消息给报道出来呢？

"家正，你妹在哪个医院？我和你妈要去看她。"爸爸在电话中有些生气地对孙家正说，"你为何不对我们说实话呀，我们可以帮着做些事情呀。"

"爸，我怕你们着急、伤心，所以才没和你们说这事情。"

"家正，爸爸知道你的心情。现在想起来，你那几天回来心里会有多不高兴，可你还陪我们，还骗我们开心，说是妹妹出差了。儿，你辛苦了。"

"爸，这是我做儿子的应该做的，要尽可能让你们少操些心。"

"你现在在你妹那里是吗？你们在哪家医院？我和你妈打车过来。"

孙家正心想，爸爸妈妈既然是从报纸上得知消息的，那么一定是看了全文，肯定知道事情的经过，现在妹妹恢复得也不错，让爸爸妈妈来陪伴一下，可能对妹妹的恢复是好事。

孙家兄妹的爸爸妈妈很快打车来到湘雅医院。孙家正到医院门口接爸爸妈妈到妹妹的病房。

他们到达病房时候，孙家惠正在喝酸奶，这是她一贯以来特别喜欢的饮料，说是酸酸甜甜特有味。她的脸色不错，已经恢复了红润，如果不提起那天的噩耗般的经历，妹妹与出事前完全一样了。

孙家正在路上对爸爸妈妈简单地说了些注意事项，最重要的一点不是要两位老人家不要在妹妹面前表露出悲伤的情绪，免得影响妹妹的恢复，尤其是心理上的。

"妈，爸，你们来了！"孙家惠看见爸爸妈妈进得病房来，果然特别高兴，"你们怎么找到这里来的呀？"

"爸爸妈妈有心灵感应呢。"孙家正帮两位老人答道。

孙家惠不满地抗议道："哥，我没有问你哟，你不能越权回答。"

孙家正笑而不语，他们的爸爸说道："家惠，爸爸妈妈年纪大了，就由你哥代表我们回答也是一样的。我们想你了呗。"

"就是，你看，爸说这话好多听呀，哪像哥说什么心灵感应，文绉绉的。"

妹的心情还真不错呢。孙家正对妹的情绪有些放心了。

"闺女，你哪啥不舒服？"妈妈问道，她想知道女儿经过这么大的打击后，是不是有哪里特难受。

孙家惠虽是歌星，但对父母一直孝顺，也很懂事，更不想让爸爸妈妈为她操心。

"妈，没事，都挺好的。"

妈妈听家惠这么说，真的想哭，多好的闺女呀，可是老天爷为何还要这么折磨我的好女儿呀？

门外传来脚步声，很轻柔，很有节奏，定是向玲玲医生过来了。孙家正似乎对这声音已经熟悉了，听到这声音，心里竟有些激动的样子。

没错，外面朝病房里走来的就是向玲玲，孙家惠的主管医生，她来给孙家惠查房。

门被推开了，屋里五个人，孙家正、孙家惠、两位老人、护工都看着向玲玲。

"这是我爸爸和妈妈。"孙家惠向医生介绍自己的父母，接着也对爸爸妈妈说，"这是人民的好医生，我的主治医生向玲玲。"

孙家惠孩子气式的介绍让向玲玲都忍不住笑了："挺好的，孙家惠。你很快就可以去唱歌了。"

"谢谢你，你什么时候来听我唱歌呀。"

"听你唱歌，很贵的，我等你送演出票来呢。"向玲玲开玩笑地说道。

"好呀，我叫我哥来给你送就是，他呀，就喜欢给美女送票。"

两位老人看着此时的女儿，感觉欣慰，还好，女儿看来没有受太大的影响。

"家惠，有事情要我做了，还不快说我的好话？"

"对，应该这么说，我哥还喜欢帮美女做事情，幸亏我也算美女啦。"

向玲玲不忍心打断这么快乐的氛围，这些天来，她是第一次看见孙家惠这么放松、随意与说笑。但是，病情得问。

"你感觉怎么样？"向玲玲问孙家惠。

"很好，我应该可以回家了。"

"没错，你想什么时候走？"向玲玲说道。

"我想今天吧，我和爸爸妈妈一起回家去。"这个时候的孙家惠，像个幼儿园的小朋友，缠着爸爸妈妈。

"行，没问题。你待会儿就回去吧。"

"这么好呀，向医生。"

护工这时忍不住插嘴："是呀，向医生是妇产科最受欢迎的医生。"

向玲玲只是笑笑，也没有谦虚反驳，或许没有必要谦虚吧，因为她在科里的确是最受病人欢迎的。

向玲玲这回只对孙家正说："和你爸妈、妹妹一起回家去吧，现在可以走了。别忘记了，到家后给我打个电话。"

向玲玲主动要我给她打电话，这样的好事情，居然发生在我的身上？孙家正惊喜地点头："我们这就准备回家。"

孙家正办好了出院手续，与护工结算了工钱，然后开车载着一家人高高兴兴回到了家中。

"终于解放了！"孙家惠在客厅里大声喊道。

她当然值得高兴。这回真可说是大难不死，还好有哥哥的全力以赴，也多亏了110、120，还有湘雅医院以及向玲玲、廖玉翠这么出类拔萃的医生。

孙家正在想着给向玲玲打电话的事情，这可是她前面认真说的话，咱不能忘记了，也不可能忘记。他陪着妹妹与爸爸妈妈聊了一会儿天，就上楼去他房间里给向玲玲打电话。

"向医生，我们回家有一会儿了。"孙家正向他妹的主管医生汇报情况。

"哦，好的。"向玲玲在电话那头相当忙，话筒里总有人在喊她。

"你在忙吧？"孙家正一时不知说什么好。

那边向玲玲倒认真回答："是有点忙，告诉你，你明天带你妹来找我，我得给她拆线。"

"还要拆线吗？不是说现在都用羊肠线，不用拆了吗？"

"羊肠线是在很多地方有用，不过，靠近表面的几层皮肤用的还是普通丝线，所以要拆线。"向玲玲虽然忙，但是耐心地给孙家正解释道，她也喜欢和他说话，无论怎么说，孙家正是非常优秀的男人。

孙家正有些遗憾，前面在病房时向玲玲的确说过，要孙家正回家后给她打电话。不过，当时他不知道是说的要妹妹去拆线的事情，而认为是想与他谈点什么。但遗憾归遗憾，她能够这么好地安排妹妹的治疗，让妹妹与爸爸妈妈一起出院回家，而后再去拆线，也是给了不小的方便。内心依然很感谢向玲玲。

晚上，全家人一起吃了一顿团圆饭。饭后，一起聊天，看了一会儿电视。爸爸妈妈、妹妹都说要早些睡觉。孙家正也进了自己的房间。

他却毫无睡意，想起了向玲玲，虽然只有几次接触，却他总是想着她，好像想着就有许多的快乐与幸福。

孙家正打开电脑，登录因特网，进入百度网站，他在搜索词中键入"向玲玲"，然后按下搜索确认键。一秒钟后，显示搜索结果共有一万多条记录，他浏览着记录，基本都是向玲玲发表的学术论文及科普文章，以及一些医学专家的介绍。原来向玲玲在深圳医院就已经颇有知名度了，如今的她在长沙湘雅医院名声挺大。

他想起了一句话，"上帝会安排一个适合你的人给你"，那么向玲玲一定就是这个人了，自己得把她抓住，不要让她溜走。

孙家正把向玲玲的文章、资料都下载到自己的文件夹里。这个工作一直忙到深夜。然后，上床睡觉，好好地做了一个梦，在梦里面，他真与向玲玲有着比较亲密的接触，好像是两个人一起吃了一顿饭。

第二天，孙家正开车带妹妹孙家惠去医院，事先与向玲玲通了电话，自然很快就给安排好了。向玲玲把孙家惠带到科里的手术室，动作麻利地为她拆线。首先是解开包扎的敷料，接着消毒、清洗等，然后，向玲玲用非常轻柔的动作为她拆去了手术伤口的线。

"好了，孙家惠，你的病完全好了。"向玲玲给她鼓励，为的是让她能够在治疗结束后迅速地回归社会，这也是治病最终的目的。

"向医生，你真是个好医生，这次住院，非常谢谢你。"孙家惠从前不喜欢医生，这回却深深地喜欢上了向玲玲，或许是她改变了自己对医生的印象吧，"向医生，如果以后有什么事情，我还找你，好吗？"

"那当然可以，我也非常高兴你对我的信任。"

"那我们回去了。"孙家惠临走前对向玲玲说心里话，"我痛恨破坏我身体的那个臭男人。我要协助警察抓捕这个坏人。等一切事情好了，我会重新参加演出，到时你真要来看看我。能够重新登上舞台，是因为遇到了你这么好的医生。尤其是那天晚上的情况，我哥都和我说了，他说要不是你及时处理，或许就没有我在这个世间了。"

"你是一位好女孩，既能当老师，又做了歌星，上帝对你很好。你好好珍惜就是。过去的事情也不要太放在心上。凡事你要想开点。"

"我会的，向姐。"孙家惠动了感情，"我这样叫你，不知道可以吗？"

"当然可以，我很喜欢有你这样能歌善舞的妹妹呀。"

"向姐，那以后见！"孙家惠知道向玲玲忙，不想占用她太多的时间，"你忙去吧，医生的时间够紧张的。"

向玲玲与孙家惠一起走出科手术室，孙家正在稍远一些的候诊厅里等着。见到她们俩出来，他赶紧迎了过来。

"家惠，还好吗？"他先关心妹妹的病情。

"好极了，哥。"孙家惠以她的乐观面对这场不幸，她将痛苦尽量地不外露出来，"向姐给我拆得非常好呀，一点也不痛。"

"向医生，谢谢你了！"孙家正听妹妹叫她向姐，知道两个人有些缘分，就接着话题说道，"我妹都叫你姐了，那我也得叫你妹了。"

"你呀，还是叫我向医生好些，感觉和你还不能兄妹相称。"

孙家正觉得有些道理，点头道，"不急，不急，慢慢来。"

"好了，哥，不要多说了呢。以后，你多请向姐吃几顿饭，多请向姐来看几回我的演出，向姐自然会让你叫她作妹的呀。是不是？向姐。"

"是呀，是呀，明星们要是都像你这样就好了。那追星族们就会乐坏了。"

"嘿嘿，可能和我当老师有关系吧。"孙家惠说，"我觉得追星族是歌星、影星们最好的朋友，一定要尊重他们。"

"有些自吹自擂的感觉。"孙家正和妹开玩笑，"家惠，我们不要再说了，走吧，回家去，向医生还有手术等着做呢。"

"就是，说着说着话就多起来了。我们真得走了。再见，向姐！"

"再见了，家惠！"

孙家正也与向玲玲依依不舍地告别。

正如孙家惠所想的一样，主管孙家惠伤害案的副局长在加大追捕嫌犯的力度。他打电话给孙家正，得知孙家惠精神状态良好，应该能够在很多方面进行配合时，感觉案子侦破很快就可以实现了。

孙家正陪着妹妹来到公安局，接待他们的正是副局长本人。

"请坐，两位请坐。"在副局长办公室，副局长文明执法，以礼待人。

两个人坐下后，副局长问道："孙家惠，你恢复得怎么样？"

"我姐说，我的情况恢复得很好。"孙家惠真处处把向玲玲当姐姐了。

"你有姐姐是吗？她是做什么工作的？"副局长采用层层深入的诱导办法聊天，希望能够提供有用的线索。

孙家正赶紧解释："不是的，局长，我们就兄妹俩。我妹刚才说的姐姐就是帮我妹做手术的向医生。"

"好，这样很好，能够随时得到医生的帮助。"副局长摊开纸笔，"孙家惠，我问你一些当时的情况，你看可以吗？"

"没有问题。"孙家惠响亮地答应。

"那人说话是哪里口音？"副局长问道。

"就长沙口音，应该是地道的长沙人。"

"嗯，再一个就是，你看清了他的容貌吗？上次我们的警察去医院问过你，你当时说他脸大、体胖、眼小，是这样的吗？还有其他的特征吗？"

"我想想看，暂时没有了，当时有月亮，不过还是看不太清楚。"

"那人开的是什么车，什么颜色，你注意了吗？"

"是常见的那种桑塔纳。"

"我让你看照片，你看是不是这中间的人。"副局长拉开他的办公桌抽屉，将他认为符合孙家惠说的人的照片放在桌子上。这是副局长嘱手下将档案上的照片放大之后洗出来的。

孙家惠看见这些人脸大、体胖、眼小，心中生出厌恶感，以前没有注意到这些，是这次对她的伤害太深，由此及彼，她就恨上这一类型的人了。

她一张张地仔细看着，强忍厌恶，她想从中间揪出坏蛋来。

在看到第三十张照片时，孙家惠的手突然发抖起来，眼里露出恐惧，脸色变得铁青，似乎在走神。

"妹，妹！"在一旁看着的孙家正连忙呼喊着孙家惠。

孙家惠回到现实中，她很肯定地对副局长和哥哥说："就是这个人，那晚就是这个坏蛋折磨我。他的眼神很不好看。"

孙家正仇恨地看着照片，副局长以破案专家的眼光审视着照片。

"你确定是照片中的这个人吗？"副局长认真地问道，"如果你没有把握，就不用急着下结论。"副局长看见照片中的男人眼神里更多的是一种无奈和无助，似乎这样的人不应该做出这种事情来。

"局长，我确定就是他，没错，百分之百是他。"

副局长对于孙家惠的心理状况很欣赏，尽管刚才看到照片她走神了，但是这正说明了这件事情本身对她的打击相当大。也不难看出，仇人相见、分外眼红的味道。他已经决定尽快抓捕犯罪嫌疑人归案了。资料显示这个人叫楚强。

"立即拘捕楚强！"副局长对手下发出命令。当时正是下午，局里的警察都在上班，副局长派出几十人的队伍，着便装，往楚强所在的出租车公司去抓人。

楚强所在出租车公司与楚强联系，说是有事要处理，要他立即回公司一趟。

楚强开着车回到出租车公司，然后遵照电话里说的，就往办公室跑。在办公室等待的几名警察立即上前，眨眼的工夫，就将手铐铐在了楚强的手上。

"凭什么？你们？"楚强朝警察们大声喊道。

"我们是警察。"带队警察出示了证件。

"警察，我没有什么事，你们警察可不能乱抓人。"

"有没有事，你自己清楚。现在你跟我们去公安局。"

警察们回来的时候，孙家正与孙家惠还等待在公安局，副局长让孙家惠等着指认犯罪分子。

对于犯罪嫌疑人的指认，现在有比较科学的办法。首先，罪犯是不能看见指认人的，这样可以避免一些心理因素的影响，比如，有的罪犯心理素质特别好，他甚至能够用眼睛盯得指认人不敢正面看他，那样一来，自然就无法指认罪犯了。如今的指认犯罪，嫌疑人站在一块特殊的玻璃前，这玻璃只能单面看，就是说罪犯看不到这边的情景，而指认人可以很清楚地看到嫌疑犯整个面貌。当然，声音也同样处理，那边的声音能过来，这边的声音不会让嫌疑人听见。

"你叫什么名字？"一名警察在那边问道，为的是让孙家惠听嫌疑者的声音。

"我叫楚强。"

这声音，这外貌，就是这个混蛋。

孙家惠真恨不得推开玻璃，冲过去朝他狠狠地踢上几脚。这个坏蛋，竟然用非人的手段毁了她的身体，也破了她守了二十多年的处女身子。

"局长，就是这个人。"

"好，我知道了，辛苦你们两位了。"副局长对孙家正和孙家惠说，"你们回去吧。事情有一个大致的结果了。我们要尽量完善有关的细节，争取早日结案，把案子办成铁案。"

"我们明白。局长，劳你费心了。"孙家正说道。

"好，等我们的消息吧。有事情需要你们的话，我会给你们打电话的。你们有什么想法或者建议，也可以直接给我办公室打电话。"

孙家正与孙家惠离开公安局。路上，孙家惠对孙家正说："哥，你说为什么局长说还不能定案呢？"

"我想，是不是只有我们的证词与指认，如果罪犯一口咬定说没有的话，也就不好做结论。"

"对呀，可是怎么样才能找到其他的证据呢？"孙家惠不由得担心起来，她想楚强都已经被抓到公安局来，总不会让一个罪犯再逍遥法外吧。

"妹，我觉得这个副局长相当负责，水平不错，效率挺高。我想他肯定会把这个案子办得很漂亮的。"

"那就好。"听哥哥这么说，孙家惠感到放心。

副局长没有愧对孙家兄妹的信任，他开始了全方位出击。第一步，由他亲自担任预审员。他要楚强的口供出来。

副局长预审楚强的环境居然是一个会议室，会议室有近百个平方米，就只坐了他们三个人，副局长、书记员，还有一个就是楚强，偌大的会议室显得空旷。副局长身手不凡，他直接面对嫌疑人。

书记员给每人倒上一杯矿泉水，绝对不能用开水，免得嫌疑人发飙，烫伤他们。

楚强疑惑地看着副局长与书记员。

"楚强。"副局长对嫌疑人说道，"你是长沙本地人是不？"

"冒错。哦解？"楚强习惯性地用长沙话回答，这说明孙家惠的说法没错，一个人的口音是很难改掉的。

"没什么，只是随便问问。"副局长接着说道，"楚强，好像你说是我们警察弄错了，把你请到公安局来，是警察乱抓人？"

楚强不解，他不知道副局长究竟掌握了些什么，按理说，公安局不会有啥确凿证据的呀，城北水库虽说是在市区，但是长沙市区足够大，以至于有城北水库如此偏僻的市区美景。城北水库风景优美，白天有不少的情侣在那里谈情说爱，但到了晚上，就鲜有人去了。因为一是不方便，二是怎么说呢，不安全吧。其实不安全就是楚强这类人造成的。

"我哪知道，你心里清楚。"楚强口气还相当强硬。

"楚强，我问你，你多大了？"

"我吗，三十三了。"

"结婚了吗？"

"要是结婚了就好了。"楚强说起这事，脸上闪过向往旋即变成痛楚的表情，一个男人到了三十多岁还没有结婚，终究不是一件好事。

"为什么呢？"

"为什么？唉……"楚强好像忘记了他是被提审的嫌疑人，长叹一声，"我不说，我写给你看，好吗？"

"可以的。"副局长答应楚强，并示意书记员给楚强纸与笔。

楚强接过纸与笔，右手拿起笔，左手压住纸张，犹豫着却好久没有写出一个字。

副局长等待着，也不催促他。许久，楚强终于写下三个字：我阳痿。然后，楚强将纸张直接交回给副局长。

这三个字给副局长的震撼力不小。楚强说得应该是真的，一个男人很在乎自己的性能力，轻易地不会说出这等隐私。楚强说出来，显然承受着不一般的痛苦，而这样的倾诉显然让他忘记了这是一次审讯。

副局长决定结束这次的预审，他觉得这是一名特殊的嫌疑人，年轻的阳痿患者一定存在着心理问题，得让局里的心理医生来更好地了解楚强的内心世界，以便掌握他犯罪的前因后果。

"好，你去休息吧。我们以后再聊。"副局长对楚强说道。

楚强没有想到审讯这么快就结束了。

下午和楚强聊天的是公安局的心理医生。在一番诱导下，楚强全部地说出了阳痿的不幸与痛苦。

原来，高中毕业那年，十八岁的他没有考取大学，在父母的资助下学开车，然后就进入了出租车行业。钱赚得不少，经常跟着一群司机哥们喝酒、唱卡拉 OK、洗桑拿等，好不快活。一次，他正与小姐在床上快活时，几个联防队员破门而入，抓了个现行。他的下体立即软塌下去，从此再没有雄起过。他只要一接触女人的身体，就会雄不起来。

后来，他真正地谈过恋爱。但是却不敢与女朋友接吻、拥抱，让现代感十足的女朋友们以为遇到了怪物，此后，他就放弃了找女朋友。然而，心底的欲望却无法灭亡，青壮年的男性哪有不想女人的呀。想与不能，这对巨大的矛盾时时冲击着他，让他痛苦不堪。

心理医生的问话到这里结束，这是副局长当时对他的交代。

再过了两天，副局长再次提审楚强。这回，他打算让楚强交代他对孙家惠侵犯过程的全部。

过程很简单。那天晚上，孙家惠演出结束，给一帮追星族签完名后，打的回家，坐的正是楚强的车。

楚强刚刚在车上的移动 DVD 上看完了一段黄色视频，见到星光四射的大歌星，他认识这位经常在娱乐版上出现的本城明星，心里欲火熊熊燃烧。待孙家惠上车，他就打定主意要把她给办了。

楚强根本就没有用心听孙家惠说的地点，他在心里决定了将孙家惠拉往偏僻的地方，第一个冒出来的地方就是城北水库，他偶尔在白天有载情侣们去城北水库，也看到过情侣们在那里风花雪月的故事。想到这里，他加快了行车速度，同时，他悄悄地按下了总控制锁，这锁一按下，所有的车门和窗玻璃都无法打开。

孙家惠发现了异常，然而，她的喊叫在长沙的夜里没有人听见，尽管灯火还亮着，可是半夜时分的长沙，听不到孙家惠在车上的呼喊。

"不要喊了，我的车隔音效果非常好。"楚强开着车，头也不回地说道。

孙家惠感觉到了恐惧。在欲望的支配下，楚强变成了色魔、变态狂。

"师傅，求求你，放开我吧。"孙家惠哀求道。

"放开你，可没这么容易。开弓没有回头箭。"楚强居然还能说出这样的话来，"你这么漂亮的大歌星到我车里来，又碰到我正想着这事。天意呀！"

听楚强这么说，孙家惠似乎冷静了下来："师傅，今晚我还有事，你先送我回去，改天我再好好陪你，请你吃饭，好吗？"

楚强冷笑："如果我是三岁小孩，我就会相信你。可惜我不是，我三十三了。你好好地听我的话。不然，你会后悔的。"

孙家惠想到用手机报警，可是直接打电话肯定不行。对，发短信给哥哥。她正要拿出手机，楚强在反光镜里看见了。

"告诉你，听我的话，把手机放回包里去。"楚强的话阴森森的，孙家惠只好把手机重新放回到包里，再寻找机会吧。

然而，一直没有机会。楚强将孙家惠拉到了城北水库，车开到不能往前开时，楚强下车，然后打开孙家惠这边的车门，二话不说，抱起她就沿着水库的堤坝往深处走去。

月光如水，可是如水的月光给孙家惠的不是浪漫，而是看着她被摧残。

楚强在一个有着绿草萋萋的地方停了下来。他的强壮让孙家惠根本无法反抗，他用左胳膊和左手压住孙家惠的上半身。而他肮脏的右手，撕扯着孙家惠的衣裙。

月亮做证，在水波荡漾的水库堤坝，楚强犯下了可耻的罪行。他的男性器官没有功能，他用手行尽摧残之事。他的指甲深深地进入孙家惠的体内……

孙家惠的身上、体内被这双毫无人性的手划下道道伤痕。血流了出来，染红了孙家惠的衣裙。楚强非人道地折磨着孙家惠。孙家惠无力反抗。她曾经随剧组到这里拍过 MTV，她知道四周都是深不可测的水库，稍一动静，她就有可能被抛进水库，香消玉殒。生命宝贵，闭上眼睛，忍受痛苦，在心里谴责他。

也不知道过了多久，楚强松开孙家惠，似乎心满意足，用脚踢了孙家惠两下："真他妈的爽，歌星就是不一样，弄起来够味。"

"畜生！"孙家惠在心里骂道。

一阵风吹过，那人的脚步声越来越弱，终于听不见了。再过了一会儿，她听见汽车发动的声音，随后，汽车快速地离开了水库。

之后孙家惠的哥哥接到了妹妹的求救电话，110、120 指挥中心也先后收到了他们兄妹打来的电话。

副局长对于孙家惠受害案的侦破进展满意，说白了，现在就是在给楚强整理材料，等着给他定罪。是有根有据地整理材料，而不是瞎编乱造。楚强的口供是拿到了，他也画了押，按了手印。只是，口供这东西轻信的话，的确容易形成刑讯逼供，大多数人都害怕肉体的折磨，一通痛打下来，或者来点别的折磨，生不如死，就按审讯者的意思说了。现代法治社会强调证据。这样一来，似乎对那些死猪不怕开水烫的坏人有利，反正就是打死也不说。还有，口供容易翻供，如果请一厉害的律师，直接告诉当事人说以前的都不算数，重新来，口供就变得没有意义了。所以，副局长才不会这么单调，功课做好，让你再怎么翻，也跳不出如来佛的手心。

楚强开的那部车子被弄到公安局来，主要是做痕迹鉴定。这是很好比对的，就像鉴定笔迹一样，毫无疑问，楚强那天是到过城北水库的。先进的土壤微量元素测定、土质分析，说这车没去过就说不过去了。当然，可以说不是那一天去的呀，可是，那路口的摄像机拍下的证据也是厉害的。

孙家惠被伤害这件事情，媒体已经有了报道，当时，她的爸爸妈妈就是看了报道才知道实情的。既然这样，副局长就在电视和报纸上登了一个启事：某月某日晚，在城北水库发生一起恶性刑事案件，请那晚有经过城北水库的人到公安局来提供相关情况，视情况给予奖励。

几天后，来了一位水库附近的居民，他是一个私家车司机，他的父母还住在水库附近，他小时候也住在这里，只是成人了，在长沙市做生意，偶尔回来看望父母。

司机告诉副局长，那天晚上，他开车从水库附近回长沙，看见那里停了一部桑塔纳，颜色因为是晚上看不清楚，但车牌号码正是楚强的车牌号码，为何对那部出租车的牌号印象深呢，因为与他自己的汽车牌号就差一个字母。

证据收集起来是不少的，公安破案有的是办法，不是做不到，就看做不做。只要犯案，注定无路可逃。

最能形成铁证的检测也出来了结果。经 DNA 检测分析，孙家惠当晚手术切下来的破损器官组织中检出来他人的 DNA 成分，而这不属于孙家惠的 DNA，经过比认，确定为楚强的 DNA，他们是两个素不相识的人，居然有 DNA 跑到别人的身体里去了，强暴的侵害足以认定。

副局长长舒一口气，案子到此侦破结束。

两天后，楚强伤害孙家惠一案由公安局移送检察院，向人民法院提起公诉。

副局长的分析完全正确，他运筹帷幄的侦破手段让整个案子在审理中颇为顺利。在法院的审理中，楚强在他的辩护律师授意下，当庭翻案，还诬蔑说是公安局有刑讯逼供现象。

这能够成立吗？现代科技这么发达，副局长当时审讯他的时候进行了全程录像，细节展示，楚强无话可说，律师也只能坐在那里尴尬无比。而后面的强有力证据，让被告楚强的律师彻底无话可说。估计，楚强的律师会记住这次惨痛的教训。收人钱财，替人消灾，固然没错，可是一切要凭良心说话，要在法律的范围内切实保护代理人的合法权益，而不能弄虚作假。要知道，魔高一尺，道高一丈，有副局长这样的高人，就不要要花样，使雕虫小技，只能徒增笑料罢了。

8

　　法律伸张正义，维护社会安定。楚强一审被判处有期徒刑十一年。他不服一审判决，上诉到省高级人民法院。省高院经过认真核实，做出了维持原判的终审判决。

　　孙家惠、孙家正还有他们的父母得到这个消息，倍感欣慰。多行不义必自毙，楚强入监狱改造罪有应得。

　　"家惠，我们重新开始。"孙家正对妹妹说，"过去的一页我们翻过去，开始新的一页。"

　　家惠很感动，哥哥这些日子来一直在她的身边，陪伴着她，给她勇气、智慧与信心。

　　"哥，你真好。"家惠泪光闪烁，"下回投胎我还要做你的妹妹！"

　　"好呀，我愿意。"

　　"哥，我想请向玲玲一起聚聚。"孙家惠很重感情，"她现在是我的姐姐，也是你的妹妹哟。"

　　这正中孙家正的心意，这次妹妹住院，他前后陪伴竟渐渐地迷上了向玲玲，这么优秀的女医生，着迷的人何止几个、几十个，从大学算起，以数百来计，肯定不算为过。

　　只是向玲玲相当有个性，对感情特别有主见，要不然，也不会人到三十还孑然一身。苦苦地暗恋王浪十多年却毫无结果，难道上帝真的只给她连花都不盛开的爱情吗？又何从谈起爱情之果呢？

　　孙家惠住院的日子，向玲玲常常与孙家正打交道。他对妹妹的关心与爱护，常常让她感动，触动她心底最柔软的部分。这样的男人，真会照顾人呀，做他的妻子一定是很幸福的。好像孙家正对自己有那么点意思，自己看着他也不讨厌。孙家正他人长得一般，算不上高大，但五官很有特色，很标致，很清爽，对了，总体形象有点像香港歌星张国荣。

　　有一天，向玲玲在百度上查资料，突然想起孙家正。抱着一丝好奇的想法，她想看看孙家正成长的经历。如同孙家在百度网上查找向玲玲的资料一样，现代网络社会，要找一个人的资料真的快捷而方便。向玲玲在搜索栏中打上"孙家正"三个字，几秒钟后，搜索结果显示几万条信息。

　　向玲玲挑知名网站的资料看，越看越对孙家正充满敬佩。她了解到，孙家正早年大学毕业时也曾在一家单位上班，但他很快发现自己不喜欢按时上班、按月领工资的呆板生活。于是从原来单位辞职，从小小的推销员做起，靠着他的勤奋与努力和心计，逐渐有了积蓄。再就是开店、做百货，终于成了长沙城里有名的富豪。现控股湘水矿业、挖掘黄金，名震华夏。

真是一个了不起的男人，年纪不大，事业有成。倒也奇怪，这样的成功人士，婚姻大事也没有得以解决。看来，恋爱婚姻之事，还真得靠缘分，千金万金买不来真爱与美好婚姻。

孙家兄妹都给向玲玲打来了电话。孙家正认为需要感谢向玲玲与她的导师廖玉翠教授，孙家惠听哥哥说后点头称是。考虑到在请客吃饭、招待方面，孙家正富有经验，就决定由孙家正全权负责操办。

孙家惠给向玲玲打电话纯粹是把向玲玲当姐姐了，是妹妹请姐姐一起来的味儿。"向姐。"孙家惠打通向玲玲的电话后很亲昵地叫道。

向玲玲听出了孙家惠的声音："是你呀，孙家惠，在做什么呢？"

"什么也没做，我还在家里休息。你呢？忙不忙？"

"还可以吧，反正现在快下班了，该看的病人也看完了。就等着下班吃饭了。"

"到我家来吃饭吧。"孙家惠与向玲玲聊起天来，真像亲姐亲妹，"我叫爸爸妈妈多做点就是。"

"谢谢，不来了，中午得休息一下，下午还得上班呢。"

"也是，你们医生够忙的。对了，向姐，我和我哥想与你聚聚，你到时可要赏光呀。具体安排我哥正在做。"

"不用客气呀。你哥事情多，你们就不要弄这些了，有事打个电话就行了。"

"那怎么行，你现在是我姐，一家人吃个饭哪会没时间呀，我哥他自己也天天吃饭呀。"

"也是，也是。那就谢谢了，恭敬不如从命。"

不久，孙家正打向玲玲电话，请她和廖玉翠教授吃饭，对她们表示感谢。向玲玲说导师不会外出接受请吃，尤其是病人家属的请吃，反正她是没有见过廖教授外出赴家属宴席的。

"你试一下嘛，就说是湘水矿业的老总请她赏光。"一向谦虚的孙家正不惜搬出自己湘水矿业老总的身份。

"你真要我去试？你是不到黄河心不死吗？"向玲玲道，"你不怕失望吗？"

"我呀，不怕失望。我从来就不怕失望，也不怕失败。我想做的事情，再难再看不到希望，我都会试一下，当然，我管不了结局，但努力的过程我是一定会有的。"

孙家正的这话让向玲玲颇有同感，因为她也是这样的想法，一切努力，结果随缘。

廖玉翠自然不会答应孙家正的邀请。在向玲玲对导师说出孙家正请客的想法后，廖玉翠对向玲玲很和蔼地说："小向，你知道我从不去的呀。"

"老师，我是知道，不过，我觉得孙家惠是我们的特殊病人，是一个歌星。而她的哥哥是湘水矿业的老总，他们都是很有档次的人。我想是不是老师可以去一下，这是他们的真心感谢，不像手术前的红包。"

"嗯，小向你说得很有道理。行，你去吧，代我谢谢他们。"廖玉翠的确对孙家惠与孙家正有好感，所以才这么说。

一个连严谨的导师都对其有好感的好男人，他会赢得向玲玲的芳心吗？

向玲玲正准备给孙家正打电话，孙家正的电话已经打过来了。

"怎么样？向医生。"孙家正开口说问道，"廖教授答应了吗？"

"没有，她说不去，我前面就对你说过，这是预料中的事情。"向玲玲似乎想安慰孙家正，"不过，孙总，可以看得出，我导师对你很有好感呢。"

"是吗，这太让我高兴了。可是，她不来吃饭，这太遗憾了，我妹想当面感谢她呢。"

"我导师要我向你和你妹表示感谢，她心意领了，但不会来吃饭的。"

"那你一定要来。"孙家正决定多请些人，使气氛更热烈些，也让妹妹能够更快地恢复正常的生活与工作。

这是一个大方的男人、大度的男人，也是有钱的男人，善于掌控场面，见风使舵。为了让向玲玲铁定来参加他和妹妹举办的晚宴，他接着对向玲玲说："向医生，你多邀请些朋友或者同事一起来，那样更热闹些。"

"好的，谢谢你的盛情。"

"你太客气了，向医生。我们的时间是周六晚上七点，神农大酒店。"

向玲玲一般是不去赴病人家属答谢宴席的。但是，这次孙家正兄妹俩的邀请，她觉得与那种没有任何感情、纯粹是医患关系的吃请大有区别，那种吃喝她是不会去的。说心里话，她在与孙家正兄妹俩的交往中感觉到很放松，很随意，真的有朋友的感觉。能够由医生与病人家属的关系转变为朋友，的确是好事。其实，茫茫人海，喜欢或者讨厌一个人，都带有一定的偶然性，两个从不见面、一辈子不认识的人，自然无所谓喜欢与讨厌，因为彼此之间根本感受不到对方的存在。不论是什么情况下，相互认识都是进一步关系的前提。医生接触最多的就是病人，看病千万，但是想想，终能成为朋友的，寥寥无几。

正因为这样，向玲玲答应了孙家正与孙家惠的邀请，而且，她就是把这当作一次朋友的聚会。孙家正很懂女孩的心理，他让向玲玲多叫些同事朋友一起来，这样，气氛会热烈。还有一点，或许孙家正是这样想的，以向玲玲如此优秀之女医生，能够让她请来一起赴宴的朋友与同事，也一定是出类拔萃的人。他中意于向玲玲，那么妹妹呢？妹妹孙家惠是个歌星，看起来光环耀眼，不过谈恋爱说感情，也不是能够轻易解决的。如果能够在湘雅医院的高才生里面找到一两个后备军，那岂不是帮妹妹做了大好事。

周六晚六点半，孙家正开车到湘雅医院门口接向玲玲他们。出发前，他给向玲玲打了电话，说待会过来接他们。向玲玲告诉孙家正，她这边总共有六个人来赴约吃饭。

孙家正稍稍在湘雅医院大门口等了一会儿，因为妹妹住院的原因，他对湘雅医院的环境、地形、地理位置已经相当熟悉了，所以，也就没有下车，坐在车上看着书，耐心地等着向玲玲他们出来。孙家正特别爱好看书，不论在哪里，如果有书看，他就觉得不浪费时间，他最不怕堵车，因为堵车时他可以用来看书，当然，有紧急的事情而又被堵在路中，这是另外一回事情。

孙家正摇下了前车窗，为的是待会儿向玲玲他们过来能够听见声音。好细心的一个男人。

向玲玲第一个想邀请的人自然是王浪，只是她知道以王浪的习惯，他可能不会答应参加饭局。为了壮大声势，更为了让王浪能够痛快地答应一起去吃饭，向玲玲邀请了妇产科她喜欢的两个护士。护士们都喜欢与向玲玲一起，听说是前不久住院的歌星孙家惠兄妹俩请客，都很高兴地答应了，说不定心里在盼望着呢，虽然是在湘雅医院，接触的明星病人也不算少，但能够同桌吃饭倒是难得的机会。之所以请两个护士前去，是向玲玲准备邀请王浪、姚义、郭光三个男孩，如果加上她自己，就正好是三男三女，男女搭配，可能也是比较理想的吧。上帝造人，有男有女，天生相配，没有办法的。

向玲玲是亲自去宿舍请王浪和姚义一同去赴饭局的。还好，周六晚，他们俩都没有值班。医院上班就是这样，如果值班，要出去吃饭什么的，或者放弃，或者请人代班，总之就会麻烦些。

"向玲玲，人家请你吃饭，你组织一支这么大的队伍去呀？不好意思呢。"王浪笑着对向玲玲道。

"还真是这样子的，不过，这个问题考虑过了，要请你王大医生去吃饭的，那请客的人条件自然不会差了。这个可以放心，人家是湘水矿业的老总，名声显赫，资产甚丰。没关系的，他的妹妹就是我上次做手术的病人，是省城的歌星。可惜你们两个都不在意歌星，不过，你的师弟郭光好像很喜欢歌星，毕竟年轻呀。"

"向玲玲，你和我师弟没见过几回面，倒记得他呀。那这有见歌星的机会是得让他一起去。"

"没错的，我已经计划他了。我们科里我请了两个护士，另外就是你、姚义、郭光，加上我总共六个人。"

姚义喜欢聚会，自然高兴，接着说道："那我们是六六大顺呢。"

这样定下来后，王浪给他的师弟郭光打了个电话，告诉他周六吃饭的事情。郭光自入学不久就见到了王浪见义勇为住院的英雄事迹，对他很是佩服，所以，师兄邀请参加的活动，根本就不会有拒绝的可能性，哪怕是换班，他也会积极响应。

王浪、向玲玲、姚义、郭光、两位护士小姐有说有笑地从外科大楼出来，朝着医院大门走来。

孙家正在两百来米外就听见了向玲玲的声音，不知是错觉、巧合还是心灵感应。他立即放下书本，走下车来，准备欢迎他的客人。本来，以湘水矿业老总的身份，他自然有专门的司机，只不过，他发现司机能够融入官方的交流活动，却很难在一个私人聚会中融洽起来，因此，一般私人聚会时，孙家正都是自己开车。

向玲玲他们一步步朝他这边走近。他的心跳加快起来，一个大老总，也会有耳热心跳紧张的时候。很正常嘛，人都有七情六欲。

走近了，越来越近，向玲玲是那么引人注目，与她身边的两个女孩子比较起来，向玲玲无论在皮肤、身段、气质方面都远胜一筹。孙家正看了走过来的女孩之后，再看一同走过来的三个男孩。最边上的那个属于矮胖冬瓜形体型，人很年轻，大概就是二十三四岁的年纪，充满青春活力，他正与身边的年轻女孩聊天，这人是郭光，当然这个时候孙家正还不知道他的名字。另一个男人走在向玲玲的左边，外形和自己差不多，这人看起来内心很浮躁，外表成熟，但却是那种容易冲动的人，孙家正对姚义的判断也相当正确。

走在向玲玲右边的男孩儿浑身充满阳刚之气，外形高大俊朗，气质高雅，成熟稳重，衣着得体，这是难得一见的帅气男孩。以孙家正的阅历，他对男人的长相不太在意，但是眼前的这个男孩的确是太出众了。这么出众的男孩是向玲玲的朋友，而且他看起来与向玲玲是那么般配，简直就是天造地设嘛。不，人之相交贵在心，或许他们两个并不适合，或许自己才是向玲玲适合的人呢。说不定呢，只要向玲玲没有和谁结婚，自己就要努力，就还有希望。看着向玲玲和她右边的男孩聊得很开心的样子，孙家正有些压力，但并不吃醋，犯不着嘛，大家都还没有进入正式的私人交往阶段，吃飞醋大可不必。况且，自己不是小气男人，尽最大的努力呀。

"向医生，你好！"孙家正迎上向玲玲一行，热烈地打招呼，"你们来了！"

"你好，孙总！"向玲玲伸出手去与孙家正握手。

随后，向玲玲向双方做介绍。因为前面她已经和各位说了孙家正兄妹俩请吃饭的事儿，大家自然不难记住，眼前开车来接他们的就是富豪级人物，湘水矿业老总孙家正。各位自然都很热情地和孙家正孙总亲切握手。

大概是孙家正为向玲玲的女孩魅力倾倒，记忆力不错的他居然没有能够记住另外两位女孩儿的名字，倒是三位男孩儿的名字他全记住了：王浪、姚义、郭光。孙家正特别地留意了王浪，读到了王浪眼里的真诚与友善，完全没有那种情敌或潜在情敌之间的敌意或排斥感。是不是王浪并没有对向玲玲有意，还是他欲擒故纵，不把自己放在心上呢，以为他稳操胜券呢。先不管了，此时的感觉与友好是重要的，待会还要一起吃饭。

"好，大家请上车。"孙家正做手势邀请大家上他的车。

他的车是高档车，乘坐空间宽敞。向玲玲其实想和王浪坐在一块儿，不过，想想总不能大家都挤在后面两排，那对不起前面开车的孙家正，也不合适呀。因为三位男生都是和孙家正第一次见面，坐在前排似乎不当，两位女生在妇产科上班，和孙家正在照顾妹妹的时候打过照面，但是不熟悉。从道理上说，向玲玲坐前排孙家正的旁边是最恰当的。

这是孙家正最乐意看到的结果，美女身旁坐，这开车的感觉就好了，就像进入了仙境，腾云驾雾一般。

见大家都坐好了，孙家正启动了汽车，往市中心的神农大酒店驶去。

路上，孙家惠给哥哥打了个电话，问到哪里了。孙家正回答说大概十分钟后就到了。

孙家惠给服务员通知说准备上菜，然后就到酒店门口迎接嘉宾们的到来。

孙家正的车不一会儿就到了，他远远地看见了妹妹，就在离妹妹不远处停下，请大家下车。他对向玲玲说："我妹过来了，她来接你们。我去把车停好就来。"

孙家惠与认识的几位先打招呼，第一个自然是向玲玲："向姐。"与向玲玲来了一个热烈的拥抱。接着与妇产科的两位护士女孩同样拥抱一番。

三位男孩儿孙家惠没有见过，自然不认识。向玲玲适时地站出来做介绍。首先是将孙家惠介绍给他们三人。

向玲玲拉着歌星孙家惠的手，对三位介绍道："这位是孙家惠，我的妹妹，职业教师兼歌星。"

"有你这么介绍的吗？向姐，还有歌星这职业吗？"孙家惠笑道。

"新兴职业嘛。"向玲玲不管这么多，开始介绍男孩儿给孙家惠。

她的手指向王浪："这位是王浪，肝胆外科医生。"接着是郭光，"这是王浪的师弟，同样是肝胆外科医生。"最后是介绍姚义，"骨科医生，姚义。"

三人先后与孙家惠握手，郭光表现得有些激动，也怪不得，他比其他两位年轻不少，他在握手时对孙家惠道："很高兴能够当面见到你，我听向医生说过你，你是大歌星孙家惠，认识你真是太高兴了。"

郭光是太激动了，说起话来都有些颠三倒四。

"过奖了，过奖了。算不上大歌星，只是稍微有些名气，开过几场演唱会。"孙家惠谦虚道，不过谦虚的话语中还是透露出了她的不凡之处，能够开演唱会的，自然是大歌星了。

"你唱的那首《对天发誓我爱你》，真是唱得太好了，读本科时有几位女同学用它来向心中的白马王子表白，都成功了。"

"那你肯定是白马王子了。"孙家惠不知怎么，竟特别地在一瞬间喜欢上了郭光说话的方式，于是开玩笑道。

"没有，我可能只是王子，还没有骑上白马。"

"下回，我帮你写一首歌，让你主动出击，马到成功。"

"好呀，大歌星，那太谢谢你了。"

"你这样叫我，我就不帮你写歌了。"孙家惠看了一眼向玲玲，"向医生叫我妹妹，不过，你实在是太小，叫我妹妹就不太好，那就叫我姐吧。"

"孙家惠呀，你是大歌星，还喜欢姐呀妹的叫，很有意思呢。"姚义不甘寂寞，插嘴道。

向玲玲感觉到了孙家惠与郭光说话时的开心与真诚，她不希望这样的快乐被姚义打断，就对姚义说："姚义，你不着急的，待会儿你表现得好，也可以让孙家惠给你一个位置的。"

姚义知趣地停住了话语，在哪山唱哪歌，他似乎不应该再像郭光那样童言无忌，他都已经有老婆，孩子也好几岁了。

郭光听孙家惠这么说，脸有些红了，心里更激动起来："那，如果你愿意，我就叫了。"

"好呀，我等着听你叫呢。"

"姐。"郭光没有料到，在这么短短的时间里，他一下子有了一个大歌星姐姐。

"哎，好咧，好！"孙家惠夸张地应道，左手拍了拍郭光的背，"好弟弟。"两位护士女孩羡慕地对郭光说："你真幸运呀！"郭光感受着幸福。王浪用眼神与郭光示意，那含意很明白，你小子福气不小呢。

孙家正停车回来，见大家还站在门口，连忙说："大家都进去，里面坐着说话。"

孙家正给大家安排座位，他和妹妹孙家惠是主人，当然坐在主人的位置上，孙家正在右，孙家惠在左。出于喜欢与本能，他将向玲玲安排在自己的右边，然后他安排的是王浪，也就是说紧挨着向玲玲坐的是王浪。这似乎是无法改变的事实，向玲玲一坐下后就用眼睛看着王浪。孙家正注意到了这一点，他不能忽视向玲玲的需要，尽管这有点委屈自己，但是爱一个人，喜欢一个人就要接受她的全部，或者也只能慢慢用时间和真情来改变某些东西。王浪的右边坐的是一位护士女孩。

孙家惠左边坐的是她刚认下的弟弟郭光，然后是一位护士女孩，接着是姚义。坐定后不难看出，吃饭时坐在身边的一定是自己最喜欢的人，是呀，爱一个人，喜欢一个人，肯定要从与他或她一起开心吃饭开始。目前的格局大致是这样的：孙家正喜欢向玲玲，向玲玲喜欢王浪，孙家惠喜欢郭光，郭光也喜欢孙家惠。其他几人呢，应该还说不上喜欢什么的，只能说是随意的安排，不过，也算是有缘聚在一起了，有话说"十年修得同船渡，百年修得共枕眠"。那么能够同桌吃饭，甚至能够挨着坐，应该也是十年以上的缘了。

姚义还是很高兴的，身边坐了两个小他许多的青春玉女。当然，从那天他和叶欣说过，他要好好地改变自己，让叶欣看看他的真心，他对女孩子已经没有了以前的那种随意与放纵，似乎真正在做些实事，这些，作为他的同学与室友，王浪都是看在眼里，心中有数的。如果有需要的时候，他或许会帮姚义做证。今天饭局的主角当然不是他，饭局情感的主角自然也不是姚义，尽管没有什么想法，尽管这晚不会有太多的与自己有关的浪漫，但是身边坐着两个美女，吃起饭来喝起酒来也是相当地有滋有味的。

菜很快上来，服务员开了红酒，给每人的杯子上都倒了三分之一杯酒，这样倒酒，是为了让大家能够痛快地喝了第一杯酒。

孙家正与孙家惠一同举杯，由孙家正发言："今天很高兴能够请到大家到这里来。我和家惠在湘雅医院待的那段时间，得到了向玲玲和廖教授的关心与照顾，当然还有护士们的精心治疗。我们非常感谢。同时，很高兴，你们几位能够前来相聚，用一句话说是高朋满座。来，为我们大家有缘相聚，干杯。"

大家都举杯与孙家兄妹碰杯，纷纷表示感谢，感谢盛情邀请。

八个人将杯子碰得叮当响，然后都干了。

"好，吃菜，大家吃菜。"孙家正把龙虾分给向玲玲、王浪、妹妹、郭光、姚义、两位护士女孩。

他有重点地照顾向玲玲，但又充分关注到了席上的每一个人。

的确是很不错的一个男人，这样的人难怪他做生意会如此成功。向玲玲在心里感叹，一个人成功与否，与个人素质修养有着重要的关系。他对孙家正的好感在逐渐地增加。

王浪看出了孙家正对向玲玲的有意，他希望向玲玲能够被孙家正所打动。向玲玲从上大学起就喜欢上了自己，可是自己一直就没有回报过她什么，而她没有抱怨，没有胡搅蛮缠，仍一如既往地用她独有的方式爱着自己，等待着自己。这样的女孩，真希望有一份感情能够打动她，能够让她早些过上稳定的、幸福的家庭生活呀。如果眼前的这个优秀男人能够对向玲玲用心，能够最终打动向玲玲多好呀，他会为他们深深地祝福。

"向医生，我敬你一杯。为你善良的心和高超的医术！"孙家正举杯对向玲玲说道。

"你太客气了。说实话，孙总，这是你对我作为医生的最高评价。谢谢！"

王浪有话说："向玲玲，你是深入人心了，能够让孙总给你最高的评价，而且是发自内心的，不简单呀。"他这话是有依据的，出院后请人吃饭是表示感谢，手术前请人吃饭是有求于人。

"老同学，你还给我戴高帽呀！"向玲玲喜欢和王浪说话，"是不是留着好让我还给你呀。"

"向医生，你和王浪同学很久了吗？"孙家正问道，他还是想了解一下准情敌的情况。

"我们大学本科就是同学，到现在十几年了。对了，姚义、向玲玲和我在大学就是同学，读研究生时又是同学。"

"那你们三人也是够有缘分的了。好像听说你们大学不是在长沙读的吧？"

"没错。"姚义听王浪说到自己，连忙现身，免得没有机会说话，"我们三人是在北方读的本科，后来毕业参加工作，五年后一同考上研究生，没想到，三人居然同样报的都是湘雅医科大学。"

"那真是相当巧了，看来你们的缘分不是一般深。你们三人得喝上一杯。"

"好，借孙总的酒，我们三位老同学干一杯。"

王浪赞同："行，姚义，我们俩的干了，女同胞的就随意吧。"他处处爱惜保护着向玲玲。他没有爱向玲玲，可是这些细节的关心，却一步步让向玲玲累积着对他的爱。

孙家正看三人喝了酒之后，转而敬两位护士女孩，她们这会儿没有插上嘴，得让她们活跃起来。具有足够把握场面能力的孙家正举杯敬护士。

"来，敬你们两位白衣天使一杯。我小时候特别怕护士，因为怕打针，后来，读大学时却喜欢上了打针，因为喜欢看到护士。"

"正常，正常，大了就想追女孩吧。"姚义说道，他也是酒桌上的活跃分子。

"没错，不过，说真的，你们的工作真的相当不错。谢谢你们！"

孙家惠首先敬酒的也是向玲玲："向姐，话我不多说了，这杯酒专门敬你。你也一定喝了。"

向玲玲当时为她做手术，看她那么重的伤势，真担心她留下后遗症，包括身体的和心灵上的，但现在看来，坚强的孙家惠在哥哥的帮助下已经挺过来了，走过了生命过程的严冬期。况且自己现在还做了孙家惠的姐姐，从内心深处，她很喜欢孙家惠，为她的康复而喜悦。

"那是当然，家惠，我们要做好姐妹！"两个人将满满一杯红酒一饮而尽。

酒桌上的气氛活跃起来了，饭局就是这种情况，开始时大家有些拘谨，因为彼此不太熟悉，在初步的了解过程中，边喝酒，边聊天，随着了解加深，随着酒精刺激神经，饭局就渐渐地热闹了起来。

两位护士小姐也举杯回敬孙总与孙家惠，她们甚至说，下回一定要去看孙家惠的演出。

"这个没有问题，我可以答应你们。下回有家惠的演出时，在座的各位，我会送票给你们的，到时请你们给家惠多多捧场。"

"谢谢，谢谢孙总。谢谢孙姐姐！"两个人喝了酒后，很亲昵自然地称呼孙家惠为姐姐了。

"很好，各位酒要喝尽兴，菜也要吃，不能喝光酒。来，吃菜，吃菜。"服务员刚端上来一道菜，热气腾腾，孙家正见状连忙招呼大家。

于是，大家纷纷伸筷品尝新上菜肴，很快传来一阵好评声。酒店的饭菜，在色与味方面绝对是超一流的。

郭光连着吃了几口菜，他年轻，食欲更好。待口中的菜全咽下去了，他端起酒杯，转向身边的孙家惠，这回他一点儿也不含羞，酒给了他勇气，给了他灵气，他的脸有些红了，青春的他对孙家惠说："姐，我们喝一杯。"

"说个理由呀。"孙家惠挑逗着郭光，就像大姐姐和年幼的弟弟那般。

"理由？我想想看，对，感谢上帝！"

"听起来很不错，但我觉得很空洞，你得具体点。"孙家惠还不满足，她想听郭光更有意思的话，当然她知道接下来的话肯定会和她有关。

"好，因为上帝让我有了一个好姐姐。"郭光在酒精的兴奋下，很甜地说道，"姐，你是上帝送给我的好姐姐！"

孙家惠端起酒杯，主动地碰上郭光的酒杯，而后很快地喝了杯中酒。

"郭光，说得好，我也感谢上帝，我有这么好的哥哥，又有一个这么好的弟弟！"

报纸上的消息通常是很准确的。晚报上大幅标题"孙家惠近日内复出"，文中称，著名歌星孙家惠两个月前遭受袭击，差点丧生，但她凭着顽强的生命力，在濒临死亡时，拨通了他哥哥的电话，终于得其哥哥——大老板孙家正的快速施救，及时送到湘雅医院行手术治疗，得以保全生命。孙家惠恢复之快，出人预料。预计不出半月，孙家惠将会在省城举行她的首场复出演唱晚会。

"哥，你要安排好工作呀，尽量帮我这边哟。"孙家惠对哥哥说道。

"没问题，哥我现在用不着事事亲自操心了，有了董事会制度，先讨论后执行，一环扣一环，公司运作也会相对稳定。"

"那就好，哥哥，你要记得通知湘雅医院那几位朋友来看演出。"

"你说的是哪几位呀？"孙家正问道。

"就是上次一起吃饭的那几位：郭光、向玲玲大姐、王浪、姚义，还有那两位护士。"

"记得住，也没有过去多长时间。"

孙家惠在唱片公司的安排下，每天进行三小时的恢复性训练。因为时间比较紧，连周六、周天的休息时间也用上了。在公司里练歌的时候，每当唱起那首成名曲《对天发誓爱着你》，动听的音乐，自己内心的震慑，让孙家惠每每唱起这歌时会想到郭光，那个胖胖的，却极为青春动人的男孩儿。那是一个未来的医生，不，现在已经是医生了，外貌看起来实在不像一个医生。多可爱的男孩儿呀。

孙家正开着车给王浪、向玲玲、姚义、郭光、护士姐妹等送票。

第一个要送的当然是向玲玲，这位美女医生是妹妹的救命恩人，更是他心中所真心爱慕的女孩。

六月的长沙，出太阳的日子气温已经不低了。向玲玲看着脸上冒汗的孙家正，有些意外："孙总，你怎么过来了？"

"不要这样叫我，叫我孙家正，或者直接叫我家正，好不好？"

"为什么呀？"

"这样感觉更像朋友呀。"

"好吧，孙家正。"向玲玲一本正经。

"嗯，向玲玲。我这样叫你，可以吗？"孙家正说道，从前他都是叫她向医生，现在，似乎应该是让关系更进一步，至少称呼上得有所表现。

"当然可以，这体现平等精神。"

"没错，彼此彼此。"孙家正第一回合开门红，心情愉快，"向玲玲，今天我来给你送票。"

"什么票呀？"

"我妹的演唱会，当时我妹答应了你的，而且我那时也说过要送票给你的。"

"孙家正是个好同志，言而有信，不辞劳苦。"

"向玲玲也是好同志，对待病人像亲人，对待家属像家属。"

"你这是胡编乱造。"向玲玲看见孙家正心情也不错，"孙家正，你辛苦了。坐下休息吧。"

孙家正看了一下，向玲玲的办公室还有几位医生，而且来来往往有病人和家属不时在走动，并不是聊天说话的好地方，加上还要给其他几位送票，就对向玲玲说："谢谢了，我得继续送票去，还有王浪、姚义、郭光等人的，对了，你们科两位护士的票你交给她们吧。"

"好的，既然你有事，你先去忙吧。"

孙家正到王浪的办公室时，王浪不在，上手术室了，于是改去找郭光。郭光倒是在，见着孙家正，特别地高兴。能不高兴吗？这可是富豪级人物，湘水矿业的老总呢，还有呢，这个老总的妹妹是自己的姐姐，而且好像歌星姐姐与他很是投缘。朋友的朋友就是自己的朋友，好姐姐的哥哥当然就是亲人了，尽管这个姐姐是口头喊出来的，但是如果加上一些实际的来往，就会成了与亲姐姐一样的感情，甚至会超越，在某些方面。

"孙总，您好！"郭光对孙家正很礼貌地称呼道，"请坐！"

郭光所在的医生办公室非常拥挤，这是湘雅医院的一大特点，医生办公室人满为患，因为进修生、研究生、实习生，各类人马会聚在一起，自然兵强马壮热闹非凡，同时也就拥挤不堪。不过，这样好，对于学习的人，进修生也好，研究生也好，在这样的氛围里，交流起来也热烈而高效。

孙家正看了看，似乎并没有找着理想的位置，而郭光在请坐之后也发现，好像找不到一个像样的地方请大富豪坐下，有些尴尬地笑了笑。

"不坐了，我送孙家惠的演出票给你。她和你打过电话吧？"孙家正问道。他那天一起吃饭时，看出了妹妹对郭光的好，尽管他们两个人年龄差距有一些，而且是女大男小，不过这事，也不是完全没有可能。妹妹如果爱上郭光，好像也是件不错的事情，所以孙家正问话的时候还充满期望地等待郭光肯定的回答。

不过，这次让他失望，也是他的误判。

"没有，孙家惠没有给我打电话说这事。"郭光回答道。

看来妹妹对郭光还没有进入爱的阶段，只是好感而已。也是，急什么呢。就像自己吧，想着向玲玲，可也只能一步一步来，一步一个脚印，不敢贸然深入。

"行，有空你打电话给她，说收到我送的票了。"孙家正画蛇添足地说道，这事直接和妹妹说不就得了。

"好的，我会给孙家惠打电话。谢谢你，孙总，这么热的天来给我送票。"

"也不是你一个人，还给向玲玲送了票的。"这也是废话，不过，孙家正此时有想说这话的冲动，尤其是他想说"向玲玲"这三个字，说的时候，浑身每一个毛孔都有快感，这三个字真是具有神奇的力量呀。爱一个人真是美妙无穷，她的身体、她的名字、她的任何东西都会让人有出奇的联想或者是自然反应，让人充分享受着爱的滋味。

"总之太谢谢你了，你那么大的公司，事情多，还亲自送票来，以后你打个电话或者叫你的办事员给我们打个电话就行了。"郭光建议道，他对大老板还是抱有敬意的。

"感谢你的建议，我会考虑的。我走了，再见，郭光。"

"再见，孙总。"

孙家正从郭光这里出来后，去找姚义。可惜的是姚义也去手术室了。大医院的手术室是个神秘的地方，一般人进不去，里面的医生也轻易不会出来。一句话，手术室找医生不方便，哪怕是朋友，很简单，如果医生正在动手术，总不能拿一把手术刀出来，那也太吓人了，也会沾上细菌，对病人的恢复不利。

那就先回去吧，孙家正想，改天再来给他们两位送票就是，反正演出还早。

前面不是向玲玲吗？孙家正走到医院大门口时，看见了一个熟悉的背影。他追上前去："你怎么在这里呀？"

"我老师叫我去对面寄生虫实验室拿一个检查结果。"向玲玲觉得也巧，"咱俩今天有缘呢。"

"就是。"孙家正不解，"你不是带了实习医生吗？你可以叫他们帮你去拿结果呀，用不着自己跑来跑去呀。"

"锻炼身体，减肥嘛。"向玲玲开玩笑道，"他们有时候也忙不过来，写病历、换药呀等等。今天这个结果还有些特别，我要向寄生虫方面的专家请教问题。"

孙家正感慨道："向玲玲，你真是一个好医生。"

"谢谢。我觉得做医生要竭尽全力，才能够真正造福于人，真正心安理得。"向玲玲接着问道，"票你给王浪了吗？"正如孙家正喜欢说向玲玲的名字一样，向玲玲也喜欢说王浪的名字。这三人，情感上还真有些糊涂，A 爱 B，B 爱 C，B 没爱上 A，C 没有爱上 B，成了爱情的不等式。

"没有给王浪，他，还有姚义都做手术去了。"

向玲玲想帮孙家正一把，免得跑来跑去，花费太多时间。她对孙家正道："我把票给他们两个吧，我方便，你来一趟也不容易。"

孙家正很听向玲玲的话："好，你给他们也是一样的，那就麻烦你了。"

"你这就见外了，这对我来说是举手之劳。我和他们住一个宿舍楼，非常方便。"

省体育中心，孙家惠演唱会即将如期举行。晚上八点，能够容纳一万名观众的体育馆座无虚席，许多人手里拿着小旗帜和荧光棒，准备为自己喜欢的歌星孙家惠摇旗呐喊助威。孙家惠是他们喜欢的歌星，他们要为歌星大难之后的复出贡献力量。

孙家惠正在后台进行最后的化妆梳理，给她化妆的是国内知名化妆师凤平先生。凤平先生凝望着自己刚刚的杰作，真是不错，他自己都觉得满意，虽然孙家惠的外形不算特别突出，但是她的美女气质使凤平先生化妆时就有了用武之地，他可以尽情地从气质入手，集中地展示孙家惠的知性美。

孙家惠的心情特别激动。离开舞台两个月，离开了公众的视线两个月，离开了心爱的歌迷两个月。今天，得以最好的面貌展现在大家面前，让大家知道，我孙家惠不会被挫折阻挡，会尽力做大家的朋友。

王浪、向玲玲、郭光、姚义及两位护士坐在前面的贵宾席里，等待着孙家惠的盛装出场。孙家正没有与向玲玲他们坐在一起，他其实特想坐在一起，然而他们公司的几个高层管理人员专门前来给他妹妹捧场，他当然不好意思丢下他们不管，于是陪他们坐在另一个包厢里。

舞台上，一个男子从幕布后面走上前台，声音洪亮地说道："有请今晚的演唱会主持人杨杨。"

男子从左侧退出，幕布缓缓打开，著名主持人杨杨一身低V胸衣出场，艳煞全场观众。

姚义看得有些发呆。这不是淫荡，是欣赏美丽，姚义经常说的一句话。大概就是为自己爱看美女找些借口或者理由吧。

全场报以热烈的掌声。杨杨等掌声小些时候，拿起话筒，妩媚地一笑，银铃般的声音在体育馆响起："女士们，先生们，晚上好！孙家惠的歌迷们，欢迎你们的到来。今天晚上，大家喜欢的著名歌星孙家惠小姐将倾情演出。大家看，咱们的家惠是不是更漂亮，更美丽了。好，我不多说，把宝贵的时间留给孙家惠。"

全场万名观众齐声鼓掌，掌声如潮，孙家惠在如潮的掌声中款款地从后台走出来。

"哦！哦！噢！噢！"歌迷们见到心中的偶像，狂喊道，"家惠，家惠，我们爱你！"

受这样的氛围感染，向玲玲在下面跟着喊道："家惠，我们来了！"

王浪觉得应该表示点什么，随着向玲玲一起喊道："家惠，我们来了！"

姚义也加入了向玲玲与王浪的激情呼喊，当然，他把身边的两个护士带动了起来。

郭光自然不甘落后："家惠、家惠，我们来了。家惠、家惠，我爱你！"

他们几个人的贵宾席靠近前台，声音汇合之后能够清晰地传到孙家惠的耳朵里。不过，此时此刻，她耳边听见最震慑她心灵的一句话"家惠，我爱你"！他听出了这话的与众不同，那是郭光的声音，他口中的爱不是普通歌迷的爱，这爱是她的主题成名歌《对天发誓说爱你》所说的那样，愿以生命成全爱，是刻骨铭心、永远值得回味的荡气回肠的爱。郭光，此刻，他真的在说爱我吗？她听见了那爱的滋味，却无法肯定。

孙家惠面色红润，洋溢着爱的光芒。她对着台下观众深深鞠躬，之后，用天籁之音说道："朋友们，晚上好！今天特别高兴，一晃离开朋友们两个月了，我时刻都在想念着你们！"

"家惠，我们想念你！"

"家惠，我们永远支持你！"台下的观众更热烈地回应着他们的偶像孙家惠。

"现在，我为朋友们演唱《对天发誓说爱你》。"

两个小时的演唱会，孙家惠唱了十七首歌曲，但丝毫不显得劳累，始终精神饱满。他的哥哥孙家正放下心来，妹妹身体、心理都完全恢复了受伤前的状态，有些时候还要好些。他也注意到了，妹妹的目光几次热烈地望向贵宾席，当然，孙家正从爱的角度分析，那是专门给郭光的。看来，郭光与妹妹，真的是有进展了呢。

许多歌迷等在体育中心的外面，等候着演唱会结束孙家惠的签名。孙家惠是平易近人的歌星，她希望每一个喜欢她的歌迷快乐尽心。她今晚特别开心，不仅是把歌给她所有的歌迷，更是给了一位特殊的歌迷，或许这人是未来人生路上的知己，这人就是郭光，可爱的胖男孩，可爱的湘雅医院研究生。

9

王浪走在绿树成荫的湘江岸边，这些年来，长沙的大规划大发展，让曾经洪水泛滥、严重影响堤坝安全的河道变得畅通、宽阔起来，而湘江两岸，修建起了美丽的风光带。这时是傍晚，太阳刚刚下到山的那一边，还在山边留着余晖，美丽的晚霞映照着天空。时令已经是夏天，气温尚适宜。一阵微风吹来，特别舒服。

他此时是美景佳人相伴，他的身边与他一起沿着河堤散步的是杨柳，就是那个美丽的省办公厅女职员，就是那个把初吻给了王浪的女孩，就是那个送过初吻之后，问王浪是否会记住那个夜晚的女孩。

"王浪，告诉你一件事。"杨柳停住脚步，似乎是一件很重大的事情，"你帮我想想，看要怎么办才好。"

王浪也随着停下脚步："你累不累，要不我们坐下来说？"

"不要，我喜欢这样和你一起，边走边聊。"

"也好，你说吧，我认真听着。"

两个人继续移步向前。

"你记得我叔叔吗？"杨柳问道。王浪不解地看着杨柳，难道她要说的事情与他叔叔有关？

"经常听你说起他，上次参加见义勇为基金会时他也在，总之知道你叔叔，他是省检察院副检察长，对吧？"

"没错，你真厉害，能够抓住一个人最关键的几点。"

"那当然，如果没有这功夫，我就没法做医生了，医生就是要善于归纳总结，透过现象看本质。"王浪这会儿有点儿自吹自擂，不过从口气听得出来，显然是和杨柳在开玩笑。

"你就吹吧，不过话说过来，像你这样有点本领的人，吹起牛来，让我感觉到舒服。我最讨厌有些官员，没做出一点有用的政绩，却能夸夸其谈或者洋洋万言把自己描绘得像个救世主。"杨柳人在官场，倒很有她的个人想法，也在王浪面前很放得开，不像在办公室、在公众场合，得考虑着说这话是否恰当。

"你刚说要我和你一起想办法，是一件什么事情，你说说看。"

"就是我叔叔，他给我介绍了一个男孩，要我和他谈恋爱。"杨柳说起来很艰难。是呀，在她面前站着的是她真正喜欢、真正想爱的人，只是她与身边这人还没有走到两情相悦、正式恋爱的那一步，但是叔叔的建议她又必须考虑，只好把心中的话对王浪说，"可是，我觉得找不到感觉。"

王浪倒是没有体验过这种被介绍相识、搞对象的事情，但是他看到、听到过不少这样的事情，尤其是政坛上，大人们为了某些所谓的家庭利益、政治前途，经常会把儿女们的情感与政治绑在一起运作，感情在有些时候是放在第二位的。

"这要看你怎么看喽，感觉可以慢慢找。"王浪面对这个给了自己初吻的女孩，还是非常关心，尽管他没有想过要让杨柳做女朋友，他问道："这男孩的情况怎样？"他心里想如果条件般配，倒真可以培养，任何感情都是需要终身呵护的。

"他的个人情况听我叔叔说还是不错的，不过，他本人我没有见过面。我叔叔说他很帅，不过我想，我叔叔的标准肯定不能算数的。什么样叫帅呀，依我看，只有像你这样的，既高又大、气质儒雅的才算帅。"

这说的是实话，王浪的帅是公认的，而且也被他自己所认可，他也就没有再谦虚地说上点啥。

"其实呢，帅与不帅我倒不是特别在乎，恋爱呀，结婚呀，在我看来，最重要的就是情投意合，两个人在一起有话说话，无话静坐，都会感觉到一种默契，一种放松。通俗点说吧，就是两个人在一起感觉就像一个人似的。"杨柳是抱着爱情梦幻的。

"这么理想的爱与婚姻，当然是值得追求的呀，只是，现实中会比较少。生活中的两个人哪能百分百一致呀。"

"你说得对，也就是说只要两个人是可以交流、沟通的，那么出现不一致时也会找到解决的办法。"杨柳表示赞同。

"既然这样，你还没有和他接触过，就不要先下结论呀，或许你和他就是能够交流与沟通的一对。"

"我叔叔说，他是省电视台的记者，是刚从美国留学回来的，在美国学的是电视传媒专业。"

"那是很有学问，也有见识了。"王浪听杨柳这么说，倒是诚心实意地表示欣赏，不管怎么样，能够去国外留学，起码是个爱学习的人，能够喜欢学习、主动学习的人，就会是一个不断进步的人。

"先这么假定吧。对了，你听了没有一点儿不高兴吗？"杨柳想，你再怎么着没有和我谈情说爱，可是，你是夺去我初吻的人，不是说男人都有占有欲吗？你王浪真就这么想得开？

"当然有一点儿不高兴。"王浪并不隐瞒自己的想法，"爱、责任、亲情是一个家庭的组成部分，可我没办法给你这些，最好的结果就是为你祝福。"

杨柳很感动，有王浪这样的朋友，太好了。

"以后呀，真想看看哪一个女孩能够降服你。"

"一物降一物，会有这么一个人的。"

"对了，王浪，这人的父亲是副省长。"杨柳补充道，"这也是我叔叔想全力促成这事的原因，你认为是不是？"

"应该只是因素之一吧，你叔叔已经是省检察院副检察长了，可能并不一定需要这位副省长的关系。我想，他更多的还是替你本人着想。因为毕竟婚姻与经济状况、社会地位还是密切相关的。"

"王浪，既然你这么看，那我就去见见他？"

"当然去，嘴在你身上，脚在你身上，心也在你身上，自己的事自己把握，自己的事情自己做主。"

"好，我听你的。你不找我，我只有找别人去恋爱了。"杨柳的话中还是有着深深的失落感。

"预祝你成功。"

"人家也是没有办法，听从家里安排。"

"你这么大的人，还要家里安排？"

"你以为人人都像你这么自由？我也想呀，可是我又怎么能不听我叔叔的呀。叔叔对我们家是照顾很多，他也是为我好，想我找一个好男孩，一个靠得住的靠山。"

"那不就对了。副省长的儿子、记者，基本上是要什么就有什么。"

"不和你说了，气死我了。"杨柳愤愤地说道，她多么希望王浪的反应能够对她多些留恋之情呀。

王浪没有接着说话，他不知道该如何说，他觉得任何言语都可能都是伤害。一个女孩，把最纯真的初吻给了一个男孩，她的内心一定是愿意与这个男孩相伴一生的，一个女孩总会想起那激动人心的初吻，如果自己的恋人或者老公是这个初吻的男人，这种回想会是多么浪漫与激动呀。

两个人并排走着，任身旁湘江水的涛声做着他们的伴奏曲。人生如河，不论多么曲折，几多险滩，终归要流向大海。过了好一会儿，杨柳开口说话："王浪，对不起。我不该对你这样，我不能生你的气。你不要计较好吗？我们还做好朋友，好不好？"

"我哪里会说不好呢，杨柳。"

"其实和你这样就走走，说说话，我觉得很幸福，很开心。当然，刚才的事情不算。"

"是的，刚才的事不算。"

"拉钩，一百年不变。"杨柳说着，伸出右手小指头。王浪也伸出右手小指头，两个小指弯起来拉在一起，这份感情不管算什么，两个人要它永远不变。

王浪与向玲玲、姚义于这年六月参加了全国的博士生英语水平考试，成绩优异者方能参加面试，全部合格了就可以直接转为攻读博士学位，就是博士研究生了。

三个同学当中，王浪与向玲玲的英语和专业成绩、临床技能都出类拔萃，这样的考试对他们俩而言自然不在话下。遗憾的是，姚义的英语考试成绩没有达到最低要求，没有机会进入面试与考核，继续攻读硕士学位。王浪与向玲玲顺利地成为博士研究生，只等着九月份新学年开学，要回到课堂里去读博士生的基础课程。

"王浪，真羡慕你，能够一口气把博士学位拿下来。"姚义在宿舍里对王浪说道，这是转博成功后的一天晚上，两个人从医院回到宿舍后在聊天。

"是我运气好些。你加点油，争取明年考博吧。"王浪建议道。

"都说转博是最容易的考试，我有转博的机会，却没有转成功，那明年就更没戏了。"姚义好像对自己没有信心。

"也不能这么说吧，你看往年也有没有转博的后来考上博士的。"

"我问了一下往届的同学，他们说有转博机会的没有转成功，那来年基本上是没有机会了，或许一百个里面有一个吧。"

"那就争取这百分之一的机会。我倒是觉得，只要你再努力一点，通过这样的考试应该没有问题。姚义，依我说呀，你只要把陪女孩子玩的时间用在英语学习上，通过博士生招生的英语考试是绝对没有问题的。你的英语底子我知道，当时读大学的时候，你和我一样是英语快班、外教口语班的呀。"

"你不说这事，我都差点忘记了。是呀，我确实玩的时间太多了，你督促我吧，我要好好努力，争取明年考上博士研究生。"

"好样的，我会随时提醒你的。"

"谢谢你。对了，向玲玲也和你一同转博了。你们的共同点又多了一个。"姚义这时提醒王浪道，"感觉那个孙总好像挺喜欢向玲玲的，你要尽早做出决断呀，哥们，不要等到孙总抱得美人归，你才醒悟。那就怕来不及了。"

王浪听姚义这么说，在心里面想，姚义倒一直关心着自己和向玲玲的事儿，其实，如果王浪决定下来要找向玲玲，说不定，王浪和向玲玲的小孩都有好几岁了。可是，外人看来般配的两个人就是走不到一块或者说暂时没有迹象表明两个人会走到一块来。他知道孙家正对向玲玲有好感，近期也在花力气追求向玲玲。

不过，王浪相信，除了是找自己做男朋友，换了是任何别的人，向玲玲都会三思而后行。她的眼睛告诉王浪，她会等他，一直等他。

"嗯，我会留意的。总之吧，我会提醒向玲玲注意安全，先了解再谈其他的事情。"王浪想了想，接着说道，"我会祝愿向玲玲找到一个真正相爱的人。"

和王浪聊天过后，姚义心情好了许多："走，王浪，我们吃夜宵去，我请客，恭喜你转博成功。"

"好呀，是觉得有点儿想吃东西。"姚义建议道，"这样吧，王浪，我们叫上向玲玲一起去好吗？"

"你请客，你做主。"王浪笑道。

王浪与姚义下楼到向玲玲所住楼层时，两个人去向玲玲的宿舍敲门。她的宿舍里还亮着灯。

"谁呀，我要睡觉了。"里面传来向玲玲的声音。

"向玲玲，咱们吃夜宵去。"姚义抢先答道，或许他真没有听清楚前面那人讲的话。

"不去了，好晚了。"向玲玲比较注意保养身体，按时睡觉的。

"去吧，王浪也一起去，我请客。"姚义见自己的分量不够，忙把王浪推出来。

"王浪也去？他下来了吗？是不是和你在一起呀？"向玲玲如是说，她的潜台词就是王浪去的话她也会去。这话按理说让姚义生气或者说伤心，但姚义不会计较，他一直把向玲玲当成王浪的人，而王浪是自己一直敬重、佩服的同学与大哥。面对大哥的人，遭到任何的态度或者说批评都是正常的，也是必须接受的。可以说，姚义在对待向玲玲这方面表现得相当理性，相当克制，王浪在心里也是清楚的。

这个时候，王浪对姚义说："向玲玲这个人呀，就是比较认真，个性太强。"

"没事，其实很多时候她对人还是很和善的。"姚义听了王浪的话心里感觉舒服，但依然表示不在乎向玲玲怎么说。

"王浪，我听见你的声音了，怎么你们两个人在讨论我吗？"向玲玲的声音越来越近，显然她是在朝门口走来。

立即门就被打开了。向玲玲如花的笑靥出现在两个人面前，因为她的确清楚地听到了王浪的声音，听清楚了王浪说她的名字。王浪在向玲玲的心中，已经成了快乐与幸福的代名词。

一个女孩，一个男孩，一定有那么一个人是自己一生中或者一段时间里最最让自己激动、热血沸腾的，为他喜，为他忧伤，为他思念。

向玲玲穿戴整齐，她刚才也只是说要睡觉了，并没有真睡觉。说想睡觉了那是最好的托词，如果不愿意去的话，吃喝拉撒睡，每一个人都必须做的几件事情，而且想睡不想睡完全是根据自己的状况决定的。

"向玲玲，姚义请我们吃夜宵，你说去不去呢？"这就是王浪高明的地方，他能够清楚地判断别人的内心想法，准确地说，他会设身处地替别人着想，而问话的时候也会表现出足够尊重。有文章说，男孩喜欢用命令口气说话，女孩一般用询问语气说话，其实不然，要看哪种场合，看对什么人，否则也是事倍功半的。

"姚义，你为什么要请客呀？"向玲玲脸上满是笑容，非常友好地对姚义说道。

"请两位博士呀，恭喜你们呢。"姚义同样友好地回答道。向玲玲看看王浪的眼睛，她读出了王浪的肯定。

"姚义请客，当然去呀。"向玲玲这下子表现出了主动与积极，她对两位多年的男同学说，"走吧，我们出发。"

这样的小聚会当然特别开心快乐。明显地，三个人当中有两个人刚刚转博成功，自然内心充满喜悦。而姚义呢，因为想通了，看到明年还有希望，又主动请客，也是很快乐的。

王浪心想，小时候好多人都盼望着不要考试就好，可是，渐渐长大后，他觉得考试还是很有用的。许多知识，还真需要以考试的方式来巩固与加强，尤其是医学，没有相当量的记忆，根本就没法开展正常的工作，什么检验正常值呀，输液量呀等等，不花一点工夫记下来，还真是不行。想起考试，他就常常回忆上小学时爷爷奶奶给他讲古代状元的传奇故事，想想自己是那状元郎就好了，不仅有官做，还会有皇帝把公主许配给状元，那多爽呀。那么现在考上博士了，按照推算，自己该是古代的举人了。想起举人，就不得不想起中学课本里那篇《范进中举》的文章，那文章真是活灵活现地写出了久考不中、突然中举由喜变疯的非正常状态。还好，现在竞争虽然激烈，但是每一个人自由发展的空间与机遇比古代好多了，用不着在一棵树上吊死。

"来，王浪、向玲玲，我先和你们俩干一杯，祝贺你们俩转博成功。"

"谢谢你，姚义！"向玲玲动作麻利地喝了酒，也为刚才的失礼向姚义道歉，"对不起，姚义，有时候，我对你表现得不够温柔，请你原谅。"

"哪能这么说呀，你对我温柔，人家不会有意见呀。"姚义开玩笑道。

"谁会有意见呀？我看敢有意见的人还没有出生呢。"向玲玲看了王浪一眼，那意思很明显，就是说你王浪不需要我的全部温柔呀。

王浪也喝了姚义那杯祝贺的酒，他接过向玲玲的话头说："不会吧，你说我出生了吗？"

向玲玲不清楚王浪话里的意思，因为以她对王浪的理解，王浪不可能是借这样一种场合来表达对自己的爱，因为王浪如果想向自己表达爱意，那机会是太多太多。

"你当然出生了。"向玲玲回答王浪的表面问题。

"那就对了，你刚才不是说敢有意见的人没有出生吗？"王浪看了看姚义，"你刚才对着说话的这个男人，姚义同学他已经结婚了，你对他温柔对他老婆不公平呀，我有意见，我代表他老婆向你提意见。"

"王浪，你扯哪里去了？我老婆需要你来代表吗？她连我的意见都常常不听从呢。"

"对了，姚义，你说到你老婆，可我看你很少回广州呀，她也没有来过长沙，你这两地分居，这么长时间不聚聚，能行吗？"

"是呀，姚义，你得回去看看老婆孩子呀。"这三个人中间，姚义结婚多年，平时花心无数。王浪早些年在四水市有过几位亲密女友，唯有向玲玲，还是纯真女孩一个，不过，她做妇产科医生，怀孕生子、怀孕人流这样的事情见得太多，自然也不害羞了。

"我也不知道为何来长沙两年了，我也忘记了回去几次，总之就好像没有强烈的回家愿望。"

"你是不是乐不思蜀呀？有没有什么情人之类让你不想回广州呀？"王浪直言不讳，因为他觉得，恩爱的夫妻总会想办法多见面的，姚义和他老婆之间不是姚义有问题，就肯定是他老婆有问题。所以，王浪好心地提醒姚义。

"不会吧，我们结婚后她都很少出去，应该不会有什么问题。"姚义回答道，但是他回避了他自己这方面的原因。

"行，没事就好。姚义，我们再喝一杯酒，为我们多年的同学情谊！"

"是的，从大学到毕业，工作之后再读研究生，我们还是在一个班，太有缘呀。"

两个人喝了一杯酒，然后姚义再给两个人满上。这回是王浪与姚义碰杯："咱俩就更有缘了，因为我们除了同学之外，我们还同房这么多年。所以，咱们得喝三杯吧。"

姚义大笑："你说王浪，你平时温文尔雅的人，也说这话，不怕女同学提意见？"

向玲玲出来为王浪辩护："没事的，我又不是幼儿园的小朋友，我天天看女人，啥事不知道。我们医生呀，对人体本身已经没有了新鲜感与好奇感，我们看重的是感情了。"

"就是，姚义，怎么样，你自罚一杯酒吧。"

姚义看着王浪与向玲玲："好吧，你们两个真像一对，可惜又不是。"说完，连喝了四杯酒，一杯是罚酒，三杯是与王浪干的酒。

王浪夜查房后往宿舍赶，在路上接到叶欣的电话，自从叶欣结束湘雅医院的进修回到化工厂医院上班，两个人很少联系，大家都忙，如果没有什么特别的事情，的确难得有联系。

见是叶欣的电话号码，王浪连忙接通了电话。

"王浪，你好。"

"你好，叶欣，好久不见了。"

"是呀，你这大忙人，我不敢打扰你呀。"叶欣心里是有想法的，对于王浪，她能够没有想法吗？姐姐叶蓉现在还怀着王浪的血脉，一个人在四水市孕育着一个新的生命，可是，她却无法把这些告诉王浪，要把一个秘密放在心里，还真的需要强大的克制力呀。

"叶欣，你这一向也特别忙吧？回到你们医院，开展不少新业务了吧？"

"做了一些工作，但没法与你比呀。老同学，你的转博考试情况如何呀？"

"姚义他没有和你打电话吗？"王浪觉得奇怪，姚义一直念念不忘叶欣，一直想着叶欣，怎么也没有和她打电话呢？

"他呀，自从上次我说他有妻子儿子没有资格来要求我怎么样之后，来找我就少了，回到单位后，他就没有再和我联系。"

"会不会是在卧薪尝胆，图谋更大发展呀？"

"不管他，反正是听其言，观其行。"叶欣这回一下问三个人的情况，"你、向玲玲、姚义好像都可以转博吧？"

"时间都到了，研究生上学两年就可以申请转博，我们都参加了考试，我和向玲玲通过了。"

"姚义落选了吗？"叶欣问道，对此结果感到失望，她还是很关心姚义的，希望他能够更好一些，"可能是他有些分心，不是太认真吧。"

"应该是吧，他自己也这样说。"王浪肯定了叶欣的看法，又觉得该把姚义好的一面告诉她，"姚义打算明年继续考博。"

"那就好，等着他的好消息。"叶欣听王浪这么说，心情好多了。不过，她今天给王浪打电话倒不是专门问这些事情的，她还有重要事情要找王浪帮忙，"王浪，你明天有空吗？"

"还行吧。"王浪说道，因为不知道这个有空是指多大程度的空，是整天，还是一会儿，总之就只能含糊回答了。

"你还记得肖剑吗？"叶欣问道。

"上回你姐的汽车美容店开业时，他还开车来接我们呢，当然不会这么快忘记。"

"他帮我姐负责长沙的这个店子，他一向有些不舒服，到我医院看了病，吃了药，效果不好。"

"主要是些什么不舒服呢？"

"开始是恶心，后来就有呕吐，我们医院内科医生看了，考虑为胃病，吃了些胃药，还有止呕的药，起先有些效果，但越到后来就越没效，现在还常常感到头晕。"叶欣作为一名急诊科医生，叙述起病情来，当然简明扼要。

"那是得好好看看，肖剑这病可能不是简单的胃病了。"王浪根据叶欣说的症状分析道。

"我想也是这样，所以我建议他到你们湘雅医院看看，明确诊断，才好有针对性地进行治疗。"叶欣俨然把肖剑当自己的家人，是呀，她和姐姐现在可说是相依为命，尽管经济条件不错，但是至亲至爱的人就姐妹俩，所以叶欣对肖剑很有好感，因为他始终追随着姐姐，总是为姐姐着想，可以说，他没有任何个人的私心，"王浪，那我明天陪他来湘雅医院，你到时先帮我看看，好吗？"

叶欣的意思就是要王浪先大致看一下病，然后再帮着更具体地找哪位专家就诊。王浪明白了叶欣的意思。

"没问题。我现在在神经外科轮转，你到了湘雅医院直接到神经外科找我，或者给我打电话也可以。"

"好的，那就明天见，电话打很长时间了，麻烦你了。"

"什么话，叶欣，咱们老同学了，不要弄得这么客气呀。"王浪当然不是绝情的人，他和叶欣也不仅仅是老同学，当时在宾馆里喝酒之后，那是真真切切地吻过。

叶欣对于王浪这话感到高兴，不管是自己还是姐姐，和王浪的关系注定无法疏远。

次日，叶欣和肖剑大概九点多钟就到了湘雅医院，他们决定早些来医院找王浪帮忙看病。叶欣在湘雅医院进修了一年，虽然只在急诊楼里转悠，但是对于整个医院还是有些熟悉，所以，叶欣就领着肖剑径直到神经外科找王浪。

王浪已经进行完了早查房，正领着几位进修实习医生在开医嘱、讨论病情。

"王浪。"叶欣来到医生办公室，一眼就看见了王浪。

"来了，叶欣，挺早的。"王浪回应叶欣，接着和肖剑打招呼，"肖教练，你好！"

"你好，王医生，要来麻烦你了。"肖剑显得有些不好意思，毕竟生病了，要找大医院的专家看病。

"没关系的。"王浪说道，"你们坐一下。我和他们再说几句。"

他安排叶欣与王浪坐在另一组查房还没有回来的医生办公处。随后，王浪抓紧时间把当天要重点处理的事情和医嘱的更改和进修实习医生说了，也做好了这天带叶欣与肖剑去看病的安排与打算。

王浪先详细询问肖剑的情况，尽管叶欣给他说了个大概，但他得掌握第一手资料。

"你什么时候开始感觉不舒服的？"王浪问道。

肖剑认真地回忆着，然后回答道："有五个月时间了。"

"刚开始是怎么回事呢？"

"就是恶心，吃东西没味道。我以为没什么事情，没有想到，却越来越重。"

"嗯，在叶欣医院看过病，是吗？"

叶欣也点了点头，肖剑详细说道："是的，开始时，看过后吃了药就好多了，后来吃药就没效了。"

"现在主要是哪里不舒服？"王浪必须尽可能多掌握些资料，从肖剑的叙述来看，他觉得肖剑可能脑内有问题。

"现在恶心比以前厉害，有时会呕吐，吐过后会轻松一阵，但不用多久，又开始加重，就这样反反复复。吃不好，也睡不好。"

"是呀，肖教练，看你比以前瘦些了。还有哪些症状呢？"

"有时头晕，好像眼睛还会发花。"肖剑说道，"剧烈的时候晕头转向，站都站不稳。"

王浪与叶欣交换了一下眼神，显然他是发现了肖剑疾病的严重性："肖教练，我看你的病得好好检查一下。"

"我也想弄清楚究竟是什么病，所以前些天我和叶欣说了，请她和你联系。"肖剑并没有把王浪当朋友或自家人，也的确不是，他当时在四水市的时候，做过王浪旧女友邱倩的教练，感情上不是那么深厚。客观上，肖剑是把叶欣当成他的家人的，他在心里就把叶蓉当成他的女朋友，甚至是老婆，那么叶欣就是他的小姨妹了。

"叶欣，我看得做一个头部CT检查，可能脑内有点异常。"他本想说可能有肿瘤存在，但是怕肖剑弄不明白是什么样的肿瘤，从而增加不必要的心理负担。

"那，肖剑，就听王浪的意见，先做个CT检查吧，行不行？"叶欣的话，说得非常委婉，其实大可不必，这个时候，他甚至可以帮肖剑做主。

"我听你的，你们说要做什么检查，我就做什么检查，这病不弄清楚，好难受。"

王浪飞快地在电脑上打字，给肖剑开CT检查单，他的速度之快，真不亚于打字机。开完单子，王浪对叶欣说："走吧，我陪你们一起去。"恰好这天没有安排手术，王浪有时间去陪伴看病的朋友。

王浪陪伴着叶欣、肖剑去CT科检查，看病的人很多，做检查的也不少。王浪安排他们两位在等候厅里坐下，然后他去预约窗口联系做检查的事情。

窗口给出的预约号是四十六号，王浪知道，照这样的速度，如果排队的话，得把整个上午都耗进去还不够。没办法，得想法请人帮忙，稍稍提前点才行。在现在的世道办事情，不找关系，就是比较难办，在一个以人情、脸面为重要关系组成的大环境中，必须找途径讲求实效。还好，王浪的同学正在检查室操作，他给同学说了这事，同学拿起电话给预约处说了几句话。王浪拿着单子重新回到预约处，预约处的工作人员看了王浪一下，几秒钟后忍不住再看了一眼。前面这个负责预约的女人可能是没有看清王浪的模样，这会有些吃惊意外，如此帅气的男孩，真应该在开始的时候就让他提前做检查。

预约处给肖剑提前到二十五号，王浪看了看检查顺序显示屏，已经到二十二号，那意味着只要等三个就行了。

王浪、叶欣、肖剑坐在厅里等候着。叶欣在心里面很感谢王浪，她心里想，要是王浪不陪着前来，就没有这么方便，看病检查都完全要排队，那就不知道要几天才能看完病。

"王浪，辛苦你了！"叶欣感谢王浪。

"不要这么客气了，叶欣。好歹咱们也是多年的同学了，这点忙自然是要帮的。"

"真是麻烦你了。"肖剑同样客气，是呀，这些事情对于王浪来说不是太困难，但是对于初次来医院看病的他们来说，有人领路，有人安慰、鼓励，当然是弥足珍贵的。

"肖教练，没关系的。"

很快，等待厅的喇叭里传来"请肖剑到五号检查室进行检查，请肖剑到五号检查室进行检查"的播报音。

王浪对这里的情况熟悉，他将肖剑送到检查室门口，然后与叶欣退出。他从另一个门进入，折转到CT的操作室里。他作为研究生，现在还正在神经外科轮转，当然想去看看CT的情况。他那个同学还在操作中，见王浪进来，忙打招呼："王浪，这是你什么人来做检查？"

"我的一个朋友。"

"不会是你小舅子吧？"同学开着玩笑，很快，同学看见了叶欣，以为是王浪的女朋友，笑道，"王浪，也不介绍一下。"

"嘿。你要我介绍是吗？那你听好了，这是我的同学叶欣，几个月前叶欣在我们湘雅医院进修急诊科。"

"你们坐一下。"熟人同学客气道。

透过检查室的玻璃，王浪与叶欣看见肖剑在里面工作人员的安排下，已经躺在检查床上。负责检查的同学把探头对准肖剑的头部，然后做进一步的定位。王浪与叶欣可以通过监测器看到肖剑的情况。

待肖剑的位置摆好后，里面的工作人员从另一个方向退出检查室，留在检查室可不是个好选择，CT检查是有放射线损伤的，但一般含量都很轻微。不过，作为工作人员，日积月累，也会是相当可观的。所以，从事放射线有关的工作人员，一月好像要比正常环境下工作的人多休息几天。

现在的医学设备真是方便、实用。同学开始进行头部扫描。在监控器这边，可以看得非常清楚。

"王浪，你看，这个地方密度太高了。我看像肿瘤或者出血。"

"加密扫描一下吧，看看位置在哪？"

同学修改了头部扫描的几个参数，证实了头部的确有一个密度增高的块状影。

"病灶还是更支持肿瘤。"王浪分析道。

"应该是这样的。"同学表示赞同。

"那是要开刀了？"叶欣问王浪道。

"对，颅内有肿瘤，一般都要开刀拿掉才行。"王浪对叶欣说，"不要太紧张。这类手术不算难。加上我们医院还有头部虚拟成像，可以很准确地选择手术部位与手术切口等。"

"王浪，你现在在神经外科吗？"叶欣问道。她在心里想，如果王浪在神经外科，那肖剑就可以直接收到神经外科，由王浪主管就是，到时就是王浪做手术。这样就比较理想，王浪会安排好一切的。叶欣想到这里，心情没有那么紧张了。

头部CT做完后，王浪请叶欣、肖剑到医院门口的茶室里坐一坐，等待CT报告单，拿了报告单就好去安排住院。

肖剑问道："王医生，你看我是什么问题？"

"现在还很难说，待会儿拿了结果再看吧。"王浪虽然知道了大致的结果，但他想还是等报告单出来了再和肖剑说病情的事，这会儿不急着说，他转换话题道，"肖教练，哦，不，听叶欣说你现在全面负责汽车美容店的事务，那应该叫你肖总了。"

"没有了，就是帮着叶蓉管点事情，老总是叶蓉。"肖剑说到叶蓉，眼里有着特别的光芒，叶蓉在他的心里真有无比重要的位置。

王浪何尝不是如此，他如此是因为他与叶蓉有过鱼水之欢，那一夜的放纵终是无法回避的，叶蓉爱自己也爱得彻底，爱得坚决。如果王浪知道，叶蓉为了爱自己，一个人在四水市做未婚孕妇的话，真不知会如何想，会要如何做。

"管事的就是老总了。"王浪对于称呼问题给肖剑下结论，"肖总，你现在汽车美容店的业务怎么样？"

经过了前面的推辞，拒绝不了王浪的坚持，肖剑默认了"老总"的称号，不过，好像也挺受用的，感觉自己像那么一回事了，称呼就是这样，有时也有神奇的作用，融洽人的关系，增加某种味道。

"还不错，每天都有新的客户来我们店，不少都能保持较长期的合作关系。"肖剑做业务看来有一套，说起来也颇有心得，"生意越做就越有经验，也不是那么难，就两个方面注意，质量与态度，价格我觉得虽然也重要，但不是最主要的，优质优价，大部分人还是接受的。"

"肖总干得不错，这么短时间就摸索出了规律。"

"还得感谢你和叶欣对我们店的支持，你们介绍来的客户忠诚度都很高的。"

"那说明我们介绍的人不错，我们看对了人。"叶欣听肖剑这样说，心里高兴，也自吹自擂一番。

"是，你们是好人，认识的也是好人。"肖剑再说王浪与叶欣的好话。

王浪接到CT室同学打来的电话，说肖剑头部CT检查结果出来了，原来王浪检查做完时和同学说了一声，叫有结果了给他打个电话。

"好的，我就来。"王浪在电话里对同学说道，"谢谢你了。"然后挂了电话。

"走，结果出来了，我们去拿报告。"王浪对叶欣和肖剑说道。

"买单，老板。"王浪朝不远处的茶楼老板喊道，老板拿着清单走了过来，"一共是三十九元。"

肖剑忙从口袋里掏钱："我来，我来。"

王浪伸手按住肖剑掏钱的手："在我这里，还得我来。你是客呀，咱不能让客人买单，下次我到你那里，你再买单，成不？"

"欢迎你随时来我那里。谢谢你，王医生。来看病都给你添麻烦了，耽误你的时间，还让你破费。"

"肖总，今天正好没有手术，所以有空，要是有手术的话，想陪着看病也来不了。"

王浪与肖剑、叶欣到CT检查室拿了报告单。王浪看了一眼，结论是"脑膜瘤可能性大"。

王浪将报告单递给肖剑，他则拿出CT片细看，洗出来的片子与他刚才在检查室和同学一起看的情况差不多，肿瘤边缘比较光滑，看样子良性的可能比较大，只要做手术治疗，不出意外的话，恢复应该会不错的。

"脑膜瘤是什么东西呀？"肖剑看了报告问王浪。

叶欣也是医生，但是在王浪面前，她的权威性当然不如王浪，所以，肖剑就直接问王浪了。叶欣也期待着王浪给肖剑比较好的解释，还有就是此后的治疗安排。

"人脑就像是豆腐，很软很精细，然后包豆腐的那层薄膜一样的东西就叫脑膜，脑膜上长出不需要的东西，就叫脑膜瘤。"

"长东西？那是癌症吗？"肖剑听说长东西，立即想到癌症，心里生出恐惧来，说话的声音也有些颤抖。是呀，癌症这东西谁不害怕呀，因为被称作不治之症，起码目前还没有听谁说癌症可以像感冒一样能够简单地治好。

"不全是这样的，长东西不一定是癌症，癌症属于恶性肿瘤，生长起来特别快。你这种情况，不是癌症。"王浪先安慰肖剑，尽管目前没有足够的证据排除癌症，但是在没有肯定的情况下，先用好的结果告诉病人，这符合人性关怀，也有利于病人更好地进行治疗。

"那就好，要是癌症，我想那就干脆不治了，反正效果也不好。"肖剑对于王浪给他排除了癌症感到好受多了，"那，现在要怎么办呢？开点药行吗？"

对于肖剑的这个想法，王浪觉得不现实，不过也不能怪他，不学医的人问出来的话当然就是凭想象，不然怎么会说隔行如隔山呢？

王浪认真地对肖剑说："你现在经常头晕、恶心、呕吐，就是脑膜瘤的原因，也说明脑膜瘤在脑子里有一定的占位效应，必须尽快处理。"

"什么叫占位效应呀？王医生。"肖剑不停地问王浪，这回他的眼睛还看了叶欣一眼，那意思是说他这样问王浪不知好不好，会不会让王浪不喜欢。叶欣用眼神告诉肖剑，没事，有话只管问就是，王浪会耐心细致解答的。

"占位效应，一句简单的话概括就是，本来只能容纳十个人的地方，结果有了十一个人、十二个人，或者更多，那样就很拥挤，原来的人就感到特别不舒服，像脑组织如果被别的东西挤压，就会出现细胞水肿，细胞一水肿，就会导致头脑里的压力增高，然后就是头晕、呕吐这些症状。"王浪很形象地给肖剑解释。

肖剑大体上明白是怎么回事了："那必须把脑膜瘤拿掉，腾出空间来是吗？"他这问话明显在点子上，悟性挺高的，王浪心里想。

"是，你说得没错，我们就是要动手术，把脑膜上长的东西去掉，让正常脑组织恢复正常的空间。"

王浪、叶欣、肖剑来到神经外科住院部，也就是王浪正轮转的科室。

神经外科主任正好这天也在，王浪一行到主任办公室找他："主任，我的朋友有些不舒服，请您看一下病。"

王浪自到神经外科轮转以来，不论是应对神经外科的急诊，还是平常的手术、住院病人，或者是上次大规模抢救烧伤病人的帮忙，王浪都表现出色，给了神经外科主任非常好的印象，这回他的朋友找主任看病，当然是热心接待。

"哦，好的，坐吧。"主任招呼三人坐下来。

主任知道王浪已经看过，这是常识。医生的朋友看病，首先当然会请医生本人先看一下，并做些必要的检查，然后再找主任或其他专家就诊。因此，主任问病史就相对简单些，肖剑再一一做了回答。

主任看了肖剑的头部 CT 片，很果断地说："这是脑膜瘤，既然有症状了，那就住下来，赶紧把手术做了。"

"好的，主任。"肖剑也想着长痛不如短痛，况且他也明白了手术是最好的办法了。

"那你安排一下床位就是，到时我上台和你一起做。"主任对王浪很信任，但也希望能够让他的朋友享受着最好的医疗，那就是主任亲自上台做手术了。

"主任，谢谢您。那我就去办了。"王浪向主任道谢。

"嗯，你们去吧。"

两天后，王浪主刀，神经外科主任做助手，肖剑接受脑膜瘤开颅切除术，就是打开头颅骨，将脑膜里长出来的多余东西给拿掉。

"肖剑，不要紧张，王浪会在手术台上的。"叶欣送肖剑进手术室的时候，这样安慰他。

"谢谢，叶欣，我会放松的。"肖剑在心里想起了叶蓉，这两姐妹都对他不错，但完全是两种风格就是，一个细腻，一个风风火火。

肖剑被推进了手术室，叶欣留在了玻璃门外。

王浪与主任洗手消毒的时候，麻醉师在为肖剑打麻醉，因为是头部手术，需要使用全身麻醉，也就是说手术的时候，病人是什么都不知道的，他把整个人体，全部生命都毫无保留地交给医生，可以这么说吧，全身麻醉下的手术是对外科医生的极度信任。所以，医生们一定不能愧对这种信任。

王浪与主任洗手消毒完毕后，进入到手术室穿消毒衣裤时，肖剑已经进入了全身麻醉状态。王浪试着喊了肖剑两声，没有反应，这时就可以开始手术了。

王浪动作优美地切开了肖剑的头皮，一点点血从刀口处渗出来，王浪拿着纱布轻轻地擦拭。

叶欣在外面的家属休息厅里等候着，她在为肖剑的手术担心。她是医生，她知道脑膜瘤切除在神经外科中算是中等手术，一般不会有危险，但是她也清楚，有时候，手术做得不够好或者是出现意外时，病人会有视力损害、手脚活动障碍等问题，所以没办法不担心。她对肖剑是很有好感的，这种好感是亲人般的好感，与爱情无关，可以这么说吧，叶欣对肖剑没有爱情，但有着浓浓的亲情。如果肖剑的手术真出现了大的意外，那样的话，姐姐的汽车美容店就会大受影响，肖剑的身体也会出现问题。要不要告诉姐姐叶蓉呢，这么大的事情，好让姐姐早做准备呢？叶欣想了很久，最后还是决定不告诉姐姐。不能告诉姐姐，叶欣想，姐姐一个人在四水孕育孩子，虽说有保姆，但心灵没有人陪伴，也是孤单寂寞的，有好事情可以让她分享，这种让人担心的事情就不告诉姐姐。走一步看一步，也许，肖剑做过手术，恢复很好，几天时间就可以出院，也就没事了。

肖剑的手术没有事先预料那么好做。王浪与主任在做手术的过程中发现，肖剑的脑膜瘤边缘不是特别整齐，这点与 CT 片上有些差别，因此需要更细心地分离，这就需要更多时间。最后，王浪与主任把肖剑的脑膜瘤全部剥离干净了。

手术后回到病房，肖剑已经清醒过来了，叶欣在身边照顾他。

"肖剑，你醒了。"看着肖剑清醒过来，叶欣连忙喊道，"你想喝点什么呢？"突然，叶欣顿悟过来："我怎么瞎指挥呀，刚手术完是不吃东西的。"

"我休息几天就可以出院，去汽车美容店上班了？"

"不要着急，反正你交代了下面的人代为管理，你安心养病就是。"手术后三天，叶欣在扶肖剑坐起来的时候，发现肖剑的右腿特别没力气。

"你抬一下两条腿看看？"叶欣试着分析有关原因，所以先做检查。肖剑费了好大的劲，却总是不能如愿以偿，右腿功能有问题。

叶欣于是到医生办公室，和王浪说了这事。王浪想了一下，说道："那天做手术的时候应该没事，我看可能是术后空间增大，导致了水肿，从而影响脑的功能。"

"那会不会偏瘫呀？王浪。"叶欣很着急地问道。

王浪在神经外科轮转的这些日子，倒是看了很多这样的病例，然后经过高压氧等治疗，恢复都相当不错，一般做完高压氧十次后，大部分是没有什么后遗症的。因此，王浪对叶欣道："一般没啥问题，可以进行高压氧治疗，一种非常安全的治疗手段。"

王浪随叶欣一起来到了肖剑的床旁。他问肖剑："除了两条腿发麻，右腿不能活动外，你还有哪些不舒服吗？"

"没有了，就是右腿不能动。"肖剑回答道。

"嗯，可能你手术的地方突然空间增大，导致脑细胞反应性肿胀。"王浪安慰道，"我会为你调整一些药物的剂量，另外，再加用一些保护脑细胞、减轻水肿的药物。高压氧治疗下午就开始，早些做，病情早好。"

因为肖剑只能躺在床上，所以活动不灵活，不方便，前往高压氧科做治疗的时候，叶欣就要进去陪伴肖剑。叶欣不辞劳苦，进舱陪伴肖剑。

肖剑这回生病，对叶欣充满感激，以后，有机会，一定要对叶欣叶蓉姐妹俩更好。

10

六月末，长沙的天气已是正式的夏天，很快，一年一度的暑假就开始了。学校里的学生绝大部分都回老家过暑假去了，偌大的校园显得特别安静，尤其是在中午的时候，只能听见几只蝉在空气中鸣叫。

王浪他们没有休假，对于在医院进入临床学习的本科实习生和研究生，是没有寒暑假的。他们得和医院老师一起坚守岗位。王浪是在医院工作几年后再上研究生的，这一切都已经习惯。况且，他已经转博成功，下学期开学后要重新回到大课堂，再上半年的博士生基础课。上大课，相对于在医院上班来说，就真是和休假差不多了。

王浪在湘雅医院以一个硕士研究生的身份，应该说进入了名医行列。他的导师吴铜礼院士对他喜爱有加，吴院士的影响力在医院是举足轻重的。正因为这样，医院的管理者，吴院士的朋友、同事都知道有王浪这样一个学生，一个手术做得好、懂文明、讲礼貌，还长得帅的小伙子。王浪一时间真有集万千宠爱于一身的风范了。他的同学都敬佩不已，是呀，咱同样是湘雅的学生，可是论名气，论成绩，都没办法和王浪比。

暑假开始时，王浪到肝胆外科上班，也必须得回来两个月，不然，两年硕士学习结束，作为肝胆外科的研究生，还没有在肝胆外科正式上过班，只是在科里有事，导师或者肝胆外科主任邀请他的时候，在科里做过手术，上过几天班，就像那次与导师一起给省部级领导做手术，那是导师要他回科室。时间真的过得非常快，在湘雅这块学术的圣地、名医的摇篮一晃就过去两年了。这两年，王浪收获很大。与四水的时候比较，无论是处理问题的方式，观察分析病情的能力，手术的娴熟程度，与同学、朋友、老师间的交往，都可以说上了一个台阶。

回肝胆外科上班的头一天，吴铜礼院士把王浪叫到自己的办公室，对心爱的学生面授机宜。王浪坐在吴院士的对面，虚心地聆听老师的教导。

"王浪，你做我的学生已经两年了。这两年来，整体上你的表现很不错，你所有去轮转过的科室主任都对我说过你的表现，说你有创造性，尊师重道，是一个好学生。我喜欢听他们说你的好话，因为只有你真正做好了，人家才会说。我分得清谁是说真话，谁是说奉承话。他们说你好话的时候，我就认真地分析过，他们没有说假话。你也知道，我的博士生与硕士生现在在读的都有十几个，他们没有必要专门说你的好话。我今天想和你说的中心意思是，你不要满足于现状，你要时刻记得我对你的期望，你就要抱定做院士的目标。诸葛亮说过：志当存高远。有远大的志向与目标，并且付之于实实在在的努力，就会距离目标越来越近，最后的功也会是巨大的。"吴院士一口气说了很多的话，这话极大地鼓励着、温暖着王浪。做吴老师的学生，真是幸运。老师不掩饰对自己的喜爱，把自己当作人才来培养，将自己的目标设成院士，院士是科技工作者的最高荣耀，也是学术地位的全面肯定。

吴铜礼停下来，拿起磁化杯喝水。

"吴老师，我一定会更加努力，不辜负您对我的期望。"王浪趁着老师喝水的间隙，表达对导师的感谢，并表达自己的决心。

"我看到了你的努力。我要提醒你的是，你时刻不能骄傲，更不能看不起别人，人都有长处，有短处，或许有人什么都不如你，但是你依然不能小瞧他，不能让他感受到你对他的轻视与高高在上。否则的话，他完全可以有心地对你造成破坏。你要尽可能地对每个人好，我说的是尽可能，实际上没有一个人能够做到，人总有脾气，总有原则，在特殊情况下的冲突，我会支持你。"

王浪频频点头，将导师的教诲铭记在心。

吴铜礼院士继续说道，比前面的更为具体，话题转到目前的任务："你已经考上博士研究生了，硕士期的学习就只剩下两个月了，这两个月你得抓紧时间，尤其是密切关注肝移植方面的一些问题，你知道我的整个研究方向是肝移植，你多注意点，积累资料，重要的是启发自己的思路，把思路带到博士生基础课的学习中去，利用那一学期时间打好理论方面的基础。之后，再回到临床上来研究，头绪会更清楚，研究更有方向感。"

吴铜礼院士再次拿起水杯，却明显感到杯里的水不多了，他稍稍喝了两小口，就把水杯放在了桌上。王浪敏锐地察觉了，立即起身，将导师的水杯注满开水。

"最后说点题外话，你今年好像三十岁了吧？"导师问道。

"是的，满三十岁了。"王浪回答道。

"年纪也不算小了，和我的大小孩一般大。他没有成家，你也没有成家，好像都没看见你有女朋友吧？"导师显然对王浪的个人生活也很关心。

王浪有些不好意思："还没有。"王浪声音放低地回答，毕竟感情的事对他来说，可遇不可求，追他的女孩很多呀，可是，却并没有找到感觉，而那曾经在四水市风花雪月的日子，如今看来，并不符合他的追求与心愿。

"有一天，我听廖玉翠教授说过，她的一个研究生也三十岁了，是个女孩子，也没有结婚，是你的同学吧？听廖教授说，相当不错，好像说长得很好。她说，要是你们两个互相有意，倒真是件好事。"

"廖教授的学生叫向玲玲，她是我的大学同学，我们关系不错。"王浪觉得一两句话没办法向导师说清楚整个事情，就只好这样说道。

"那好，感情的事随缘吧。"导师不太清楚王浪和向玲玲的交往与现状，也就只能给予这样的建议。

王浪带着导师的殷切期望，回到了导师所在的肝胆外科上班。正是一年最酷热的夏季，长沙的七八月间气温很高，在中国也有着"火炉"的称号。好在如今中央空调已经普及，湘雅医院内科、外科楼都用上了中央空调，上班倒没有闷热的感觉了。

回到肝胆外科，王浪更是如鱼得水，在四水里就已经做了好几年的肝胆外科医生。在四水市天马医院，虽然没有导师吴铜礼院士这样顶尖的人物，但是老主任在国内也相当有名，并且在万如海的努力下，办成了一流的肝胆医院，而王浪在那里也有相当大的名气。如今，投身于吴铜礼院士的门下，深得吴铜礼院士的言传身教，进步就更大。

他的进步有目共睹，因此在当年的全国百名潜力研究生评比中胜出，成为全省医学研究生中唯一入选的研究生，全省也仅有三个人入选。

这一消息是在九月份开学后，学校研究生教育恢复三十周年庆祝大会上宣布的。此时，王浪与向玲玲已经以博士生的身份，重新回到学校上博士生基础课。

庆祝大会选择在晚上召开，因为晚上各位在医院上班的导师才会有时间出席。吴铜礼院士和学校、医院领导坐在主席台上，王浪的师母、廖玉翠等教授在会场前排就座。

主席台布置得热烈而隆重，前沿摆满了各色花卉，其中最多的是菊花，有红的、黄的、兰的，姿态各异，舞台横幅写着"热烈庆祝研究生教育恢复三十周年"。省内多家电视、报纸、电台派记者前来采访。

晚上八点，学校主管研究生教育的副校长面对台下数百名教授和几千名在读研究生，豪迈地说道："今天，是我们学校恢复研究生教育三十周年的喜庆日子。研究生教育是医学教育中非常重要的部分，它的目标是培养高层次的医学人才。这是值得庆祝的好日子。现在我们请校长讲话。"

工作人员打开了校长面前的麦克风，校长雄浑的声音回荡在礼堂里。"我们湘雅医科大学从诞生之日起，就是全国知名的医学学府，到现在一百年过去，依然是全国一流的医科大学。我们省城虽然不是全国的政治、经济中心，但是我们的专家教授勤勤恳恳、扎实奋进的精神、严谨求实的态度，让湘雅医学水平始终处在全国的前列。研究生教育，我们学校从创立之日起，就特别注重创新与实用性有机融合，并且取得不少成就，像现在在美国医学遗传研究所做研究的梅诗庭教授、在德国心血管病研究所的李铭宝教授都是在学校读研究生期间就崭露头角的，而今天待会还要宣布的一件大事中，又有我们的研究生榜上有名。我校的研究生教育在全国开始很早，可以这么说吧，是最早的，因为我校开办后的学生最初都是授予博士学位的，后来全国院系调整时有所改变，但是研究生教育一直在很好地进行，在全国医学界有重要的影响。后来，研究生教育和其他学校一样被中断了十年。在有识之士的努力下得以恢复，现在已经整整三十年了。我们为过去的成绩感到自豪。我代表学校向所有为学校研究生教育做出了贡献的老师、同学们表示衷心感谢!"

礼堂里响起热烈的掌声,大家为校长的话感到高兴而激动。

接着,教师代表、优秀研究生代表先后上台发言。按理说,教师代表应该是吴铜礼院士发言的,但吴院士表示应该让年轻有为的青年学者上台更有鼓励作用。因此,优秀教师代表是刚从美国留学归来的血液病专家方向东教授,而优秀研究生代表正是在德国开办心血管病研究所的李铭宝教授。

两位代表的发言,慷慨激昂,无不表达了对学校、对老师的感激之情,深深地感到湘雅医科大学是一所孕育希望、根植理想与信念的学校,做一个湘雅人,值得骄傲,必须努力奋斗。

听着这样的发言,吴铜礼院士倍感兴奋,作为湘雅的学生,作为湘雅的教授与院士,他的整个生命与事业都和湘雅医科大学紧密地联系在一起。他曾经以优秀教师代表的身份在这样的场合发过言,让他无比欣慰的是,他坚信下一次十周年庆的时候,他的得意门生王浪将代表优秀研究生发言。教师希望有优秀的学生,能够有王浪这样优秀的学生,作为老师,可以说没有遗憾了。吴铜礼院士和王浪都已经得到了学校的通知,那就是王浪被评为全国百名潜力研究生。全国百名研究生活动评比是第一届,目的就是发现优秀人才,从研究生阶段就给予重点培养。

副校长在优秀老师与研究生代表发言完毕后,拿着一张红纸,准备宣读一个喜讯:"老师们、同学们,现在我要向大家宣布一个好消息。"他顿了顿,接着念道,"湘雅医科大学:贵校研究生王浪在研究生两年的学习时间里,经过我们从创新能力、开拓性、进取性、情商、团队精神等各方面综合考核,成为全国百名潜力研究生的一员。向贵校及王浪本人表示祝贺。"

全场响起热烈的掌声。主席台上大家纷纷向吴铜礼院士表示祝贺,称赞他医术高超、医德高尚,自身研究水平高,而且还培养了王浪这么优秀的研究生。

台下,王浪的师母同样喜笑颜开,她和王浪打交道倒不多,只是王浪偶尔去他们家的时候才会有些交流,还有就是在医院里遇到时,王浪总是很礼貌地停下来,等待着师母路过,然后恭恭敬敬地向师母问好。

向玲玲坐在离王浪几个座位远的地方,她忍不住热泪盈眶,感觉王浪的成功就是她自己的成功,她顾不了几个座位的距离,向王浪投去了欣喜的眼神,恰好,王浪看向她这一边,收到了这份带着浓浓爱意的祝贺。谢谢你,向玲玲,他在心里说道,在眼神里也向她传递着这份心情。向玲玲,真的委屈你了,希望有一天,当所有的心情平静下来后,当不再为感情困扰的时候,能够用心去感受你的爱。

等大家的掌声与祝贺声渐渐平息下来后,副校长继续主持庆祝会。他说道:"我们的研究生不仅会学习,会工作,而且也很会享受生活、美化人生。

其中不少人还有着不错的表演才能，接下来就是我们研究生和老师们共同参与的文艺晚会。"

由儿科研究生王云领衔主演的劲歌热舞《今天是个好日子》拉开了文艺表演的序幕。这歌是宋祖英的成名曲之一，乐曲欢快明亮。王云等表演得非常到位，而服装、化妆等也全部是她和各位同学共同想办法策划的。她们脸上的笑容，最真实最自然也最艺术化地表现了好日子好心情的主题，真有专业班底的味道。

这个舞蹈，向玲玲也是表演者之一，身穿表演服装的向玲玲比平时更多了几份容颜，不施粉黛的她都能够让年轻男孩百分百回头，那么这个时候舞台上的她就更是博得了所有与会者的注目，的确太漂亮，太出众了。如此夺目的身材，如此贴切的表情，叫人怎能不击掌叫好。可以说，王云组织了这个节目，让节目有了外壳与根，而向玲玲让节目充满了灵性。

廖玉翠教授坐在前排，她真切地看到了自己心爱的学生最艺术性的一面。多好的学生呀，她想起了王浪，这个刚刚获得百名研究生的王浪，吴铜礼院士的学生，他与向玲玲是她见过的最优秀的学生，也是她认为最般配的两个优秀男女。有机会，一定要促成这对有情人。

王浪的才能在他自编、自导、自演的节目中充分显露出来。刚刚知道他获得百名研究生提名的老师与学生认真地看他的表演。

王浪的节目叫《谈恋爱》，节目一开始，音乐播放着二十世纪六七十年代的革命歌曲，他身着草绿色上衣，下穿蓝色裤子，左胳膊上佩戴红袖章，肩上扛了支红缨枪，头戴柳枝帽，雄赳赳、气昂昂地走上舞台。他这造型一出场，大家都笑出了声，这是当时的年轻人常见的打扮。

"小艳，吃饭了吗？"他对着一户人家喊，"走了，要集合了。"

他侧耳听了听，自言自语道："咦，怎么没有声音呀，咱就是喜欢她，没办法，咱在外面等。她说好了八点半的。"

几秒钟后，一个清脆的声音传来："来了，来了，我来了，大壮。"声音之后，一个和他差不多装束的女孩儿出场了，这个女孩叫小艳，是一年级一个女研究生扮演的。

两个人一前一后地走。场景变换，两个人牵了一个小孩出来了。王浪说："那时候呀，结婚之前男女不牵手，结婚之前也不会并排走。"

台下的老师和同学们听到王浪的台词都忍不住笑了起来，当时那年代好像就是这样子的。

王浪换装重新上场，这回他出场就是潇洒的姿势骑在一架永久牌单车上，身穿白色衬衣，下身穿的是当时时髦的喇叭裤，裤脚长而大，活脱脱一个拖把。

他对着一幢楼房吹了几声口哨，很快，一个和他穿得一样的女孩从楼上走了下来，飞蛾扑火般地往王浪这边跑过来，动作麻利地坐上他的单车后座，很自然地用手搂住王浪的腰。

场景变换，两个人抬了一个婚纱照出来。王浪说："从前是照个证件相，而今咱来个婚纱照，怎么样，漂亮吧？结婚一生就一回，咱也得明星一回。"

王浪再次换装登场，这回他比那女孩后到，女孩已经站在了舞台上。两个人穿的是情侣装，前胸是一个大大的红心，背后是睁着眼睛的明星人物照。

两个人见面后都立即朝对方奔去，然后紧紧拥抱在一起，王浪说："咱们就得心连心。"女孩跟着说，"身后跟着大明星。"

然后两个人松开，作势要吻的模样。一秒钟后，画面切换。DVD 播放着《最浪漫的事》MTV，两个人向观众敬礼，表演结束。

王浪与这个女孩子的表演显然做了充争准备，因为服装、道具就涉及不少。在很短的时间里，淋漓尽致地表现了几十年里谈恋爱的形式改变，但是贯穿其中的自始至终是男女间的爱，有爱才幸福，爱不论年代，不论环境，都会发芽，都要结果。

"不简单，真不简单。"看完这个节目，校长与副校长都尽情地夸奖王浪，"看来王浪入选百名研究生是当之无愧，实至名归呀。"

"吴院士，你这学生何止是百里挑一呀。真是名师出高徒。"校长一句话赞美了吴铜礼院士与王浪两个人。

"王浪是不错，我是很看好。"吴铜礼院士在校长面前没有过多谦虚，进一步为王浪争取机会，"校长你以后多关注一下他，让王浪的舞台更大一点。"

"没有问题，吴院士，只要你和王浪开口，学校一定尽力为你们创造机会与条件。"

因为舞台演出的原因，校长与副校长、吴铜礼院士坐在礼堂的前排，吴铜礼院士正好坐在了他的夫人前面，这会儿，夫人看了王浪的演出，越发喜欢王浪了。她看吴铜礼已经没有和两位校长说话了，就把头向前伸了伸，对吴铜礼院士说："老吴，这个王浪表演得很到位呀。早些时候，谈恋爱就是这个样子的。"

"是呀，时代进步嘛，哪能都像以前那样。"吴铜礼院士与夫人正是在二十世纪六七十年代恋爱结婚的，那个时候，真不是谈恋爱，因为没有时间，没有机会，上班之外要开会，就算有时间，也不能公开地卿卿我我，否则就可能是思想不好，不上进。好在，她和吴院士两个人是先结婚后恋爱，两个人在一起的生活中，互相关心，共同进步，感情是一天比一天浓厚，工作事业上两个人也取得了相当大的进步。

晚会结束时，王浪特意到吴铜礼院士和夫人面前，他对两个人说道："吴老师，师母，谢谢你们。"

吴铜礼院士说："记住我的话，你有了一个良好的开端，好好坚持下去。"

"是，老师，我会比以前更加努力的。"

"王浪，你很不错，吴老师经常说起你。今天看你表演，很有意思。"

"师母喜欢那就好。"王浪说道，"吴老师，师母，我送你们回去。"

"不用了，我们很多人一起回去的，也不远，几分钟就到。你和同学一起走吧。"

王浪目送着吴铜礼院士和师母走出礼堂。之后，他和同学们一起收拾与整理道具。

这是一个美丽的晚上，这个晚上，让王浪在湘雅医科大学彻底成名，不夸张地说，王浪就此成了湘雅第一名人。

几天后，王浪接到了教育部的通知。通知中说：首届潜力研究生联谊会于国庆节黄金周的前三天，即十月一日至三日在深圳市召开。联谊会的宗旨是要让中国最具潜力的百名研究生加强横向联系，以便于今后在国家宏观发展层面、各领域能够有更多协调的机会，以促进未来几十年内国家的可持续与和谐发展。

王浪接到通知后，第一时间去吴铜礼院士的办公室。吴院士看了通知然后点头说道："王浪，这是件好事情。我开始还怕只是个花架子，没有实际性的作用呢，因为以前很多什么百强、百佳之类的，评了也就评了，没有什么后续性的东西跟上来。这个百名潜力研究生的推出，照通知上写的，如果真能持续下去，确实会很有用处呀，这百名研究生理论上说，一定是未来几十年里各个专业的顶尖人物，是挑大梁的人呀。"

导师这话赞扬这个政策或者说措施，客观上也在表扬王浪。王浪听导师说，并没有表达什么想法。

"王浪，我完全同意，你积极准备吧。"吴院士一直认为广泛地交流对于学科建设与发展有很好的作用，所以，他对这类的活动与会议都尽量参加。

"吴老师，您看我准备哪些方面的东西比较好？"王浪想听导师的指导性意见。

吴铜礼院士当然希望能够提出些指导意见，以便学生能够在深圳联谊会上得到更多更好更有用的东西。他想了想，然后对王浪说道："从两个方面做准备，第一是与你的专业密切相关的一些知识方面的准备，比如我们做器官移植，现在有个突出的问题就是器官供给不足，那么是否能够借助于干细胞技术解决这一供求的矛盾呢？"

"对，如果用干细胞特异性分化技术，批量生产我们需要的器官，那器官来源的问题就会得到大的改观。"

吴铜礼院士保持着清醒的头脑："技术的进步都是一步一步来的，短期内干细胞批量生产可能做不到，但是如果能够由自身的器官干细胞进行分化得到相应的器官，那也会有一个盼头呀。所以呀，你可以与正在做这方面研究工作的研究生多多增加联系。"

"嗯，那吴老师你是说还有一个方面是吗？"

"另外一个方面的准备，我看主要是从比较宏观的角度说的，还是从我们已经做过一部分工作的事情如医院管理入手，当然，你们这次开联谊会的百名研究生以后可能会做大事情，可能有人会主管规划、政策研究等。所以，你可以关注比单纯医院管理更高层面的东西，如医保政策制定、医疗公平、疾病预防等。目前，我就想到这些，你再想想，有什么想法随时和我谈谈。"

"好的，吴老师，我去上课了。"

"你去吧，记住，每一堂课都很重要。"

"是，我会记住。老师再见！"

王浪九月三十日早上坐火车从长沙出发去的深圳。他没有想到，在深圳会遇到刘芳，这位当年的同事，四水市天马医院肝胆医院院长万如海的情人刘芳。

长沙到深圳的直达列车风驰电掣，下午四点多就稳稳地停在了深圳火车站。王浪收拾好简单的行李，随着人流走出火车站。

深圳是中国的一块热土，是改革开放成就的生动体现。到处是车水马龙，熙熙攘攘的人群。

王浪伸手要了个的士。"请问先生去哪里？"待王浪坐稳后，出租车司机礼貌地问道，显得彬彬有礼。

"月亮湾大酒店。"王浪回答道，这次的百名潜力研究生联谊会定在深圳市著名的月亮湾大酒店召开。

十多分钟后，司机将出租车停在了月亮湾大酒店的门口："到了，先生。"司机的话打断了专心欣赏两边风景的王浪。

他朝窗外望去，看到了很显眼的月亮湾大酒店招牌。"谢谢你！"王浪给司机车费后下车，径直来到了酒店大堂。大堂金碧辉煌，相当大气，靠左边甚至还有一个小桥流水戏鱼的景观。

大堂里摆了三个摊位，挂着三块横幅，分别是"热烈欢迎来深圳视察工作的各省市领导！""热烈欢迎粤籍院士！""祝研究生联谊会圆满成功！"

王浪走到写有"研究生联谊会报到处"的接待桌前，几位男女在小声地聊着天，看来大部分人还没有前来报到，所以他们显得很轻闲。

"打扰一下，请问，参加联谊会是在这里报到吗？"王浪站在桌前，轻声地问道。

他的话一出，一个女孩立即停止了聊天。她想，这声音怎么这么熟悉呀，会是谁呢？"你？是你来了？"女孩非常惊讶，没想到会在这里遇到熟人，或许是太过惊喜，她一下子竟然忘记了来人的名字。

王浪在女孩的惊讶声中明白过来，这对面的女孩是他在四水市天马医院的同事刘芳。当年，王浪和刘芳在一个科室，天天工作在一起，自然是很熟悉了。刘芳开始只是一个合同制医生，后来成了肝胆医院院长万如海的情人，顺利地转为医院正式职员。

"刘芳，我是王浪。"他很高兴能够在这里遇到熟悉的前同事。

另外几位男孩、女孩闻声停止了聊天，很有兴趣地看着站在他们面前的男孩，哇，真是帅呀，女孩们忍不住在心里赞叹，眼神里多了爱慕之情。男孩看着刚刚还被他们逗得哈哈大笑的女同胞一下子就转向王浪，只能心中自叹不如。

"王浪，真的是你呀。"刘芳的记忆终于完全恢复正常，想起了天马医院的往昔岁月，"坐，你坐。"刘芳指着桌前的椅子对王浪道。

"你怎么会在这里？"王浪一直没有刘芳的消息，对于她在这里做接待工作，还是有些不明白。

"我在北京大学深圳医院读研究生，现在是来做志愿者。"刘芳简单地说明了情况，随即很羡慕地对王浪说，"你真厉害，当选全国百名潜力研究生。恭喜你！"

"谢谢！"王浪觉得在大庭广众不宜聊得太多，准备待会儿有空再和刘芳好好聊聊，亲不亲，故乡人，熟不熟，老同事呢，于是他对刘芳说，"要先登记一下吗？"

刘芳是聪明之人，自然也明白王浪的想法，回答道："没错，把你的报到通知给我一下，我帮你办理一下手续。"

王浪从包里拿出报到用的登记表、通知书、研究生证件等，一并交给刘芳。刘芳很快登记了资料，并填了一张表，交给了另外一个女孩。

那女孩接过表，还不忘记和刘芳开玩笑道："晚上好好招待帅哥哟。"

"去你的。"刘芳粉拳砸在女孩的肩上，"你乱说什么呀。"在帅哥面前，女孩儿们通常会乱了分寸，人之常情。

女孩子填好了表格，然后交给王浪，"这是会议安排、住宿房间钥匙。你收好。"

"好的，谢谢你！"王浪向女孩儿彬彬有礼地道谢。

"你们在这守着，我带王浪上楼去。"刘芳对那几个男孩女孩说道。

"知道了。"几个人有意拉腔拉调，"义不容辞呀。"刘芳起身走了，不忘记回头留给几位灿烂的笑容。

王浪在刘芳的陪同下，乘坐电梯到酒店的十九楼，他的房间在十九楼九号房间，先住他一个人，人来了再安排。刘芳告诉他组委会是这么说的。

"没问题，两个人住还可以多说说话，加强了解，反正要来的也是研究生。"

"没错，也是百名潜力研究生。是和你一样的，顶尖人物呀。"刘芳敬佩地看着王浪，"两年前你考起研究生离开了天马医院，好像你一直没有回去过吧。再见到你时，你已经是赫赫有名的潜力研究生了。"

"谢谢你的夸奖，也说不上赫赫有名了，就是运气好点。"

"还说不是，你在天马医院当时就很有影响力，后来我也考上了研究生，也经常听人说起你呢。你当选潜力研究生，证明你的实力傲视群雄呀。"

"你是去年考上研究生的吗？"王浪问道。

此时，他们两个人已经坐了下来，都有了解的欲望，两年没见面的老同事，的确有许多话要说。

"对，你前年考上研究生之后，万院长招了好几个人，全部是博士和博士后，我想如果就一个本科文凭要在天马医院待下去会很困难，就决定报考研究生。"

"万如海院长当时很支持你吧，他喜欢学历高的医生，当年他就很希望我能报考研究生。"

"他是有志向的人，可惜——"刘芳显然有话要说，在心里斟酌了一番，"就是人品不怎么样。"

王浪对刘芳这样说万如海颇感意外，那时他们都在天马医院工作，在万如海的积极筹办下，天马医院院中院肝胆医院成立了，万如海成为肝胆医院首任院长，也为刘芳办理了正式录用手续——王浪当时清楚地知道她是万如海的情人。应该说，那个时候，王浪和刘芳都是万如海的心腹人才。

"出什么事了吗？"王浪看着刘芳失意的眼神，淡淡地问道，毕竟他与他们现在都没有太多的利害关系。

但是，刘芳随后说出的事情还是令王浪感慨良多。

"万如海他太爱新鲜了。"刘芳道，"他的女友太多，我无法忍受。我们大吵了几次，最后我们彻底分手了。"

"万如海万院长把事情搞得复杂化了，乱得很。"

"他的妻子不同意和他离婚，两个人一直僵持着。万如海和我好的时候，他们已经没有什么感情了，可两个人就是一直拖着。也不知道他们是怎么想的，但是后来我听说是他老婆不同意离婚，说是要把他拖死。"

"看来，还真是被他老婆拖得够惨的，因为要离开他，你就决心考研究生了吗？"王浪问道。

"是的，因为天天与万如海一起上班，却感受不到那种深情、快乐与放松了。他很痛快地同意我报考研究生。"

"你很争气，一考就考上了。"王浪称赞道。

"哪能比得上你呀，你现在可是全国百名潜力研究生之一，差不多等同于古代的状元呀。"

"有时候换个环境就可以重新开始，新的地方，新的交往，完全能够忘记过去，重新开始生活。既然你和万如海已经成这样了，不要再去想了，人要快乐地活着。"

"我也是这么想的，可是，要彻底忘掉万如海真需要时间。对了，王浪，你现在的个人生活怎么样了？"

"我还是快乐的单身汉。"王浪笑着说，"好像我就是这样，四水市对我来说是一块感情乐土，而长沙好像是用来读书的地方，上研究生之后，情感的纠葛离我远远地了。"王浪说这话的时候，经过了大脑，但是他还是过滤了与叶蓉、叶欣姐妹的情感债。当然，面对杨柳的强烈进攻和向玲玲的百折不挠，王浪的确保持了足够理智。

"说句不好意思的话，在四水市，确实经常听见你的风流韵事，你自己刚才也用了'感情的乐土'来形容你当时的情感状态。怎么会有这么大的转变呢？"

"人嘛，都是有思想的，随着见识与阅历的增加，思维方式、做人的想法都会转变。"

"我真得向你好好学习。难怪会有这么多女孩子喜欢你，爱上你，和你在一起，就像现在聊天一样，你让我感觉到快乐与放松。生活就需要这样的味道。"

"那时和你在一个科室的时候，你没有感觉到我的好吗？"

"没有，那个时候只是奇怪，就是因为你长得帅吗？就会有那么多的女孩子向你投怀送抱。那个时候，我迷恋于万如海。当时的眼里可能只有他吧。但是现在我们都是单身一族，倒是可以重新开始呀。"刘芳这话是和王浪开玩笑说的。

"好呀，可以尝试。"王浪顺着刘芳开起了玩笑。

"谢谢，我感到非常荣幸。"刘芳夸张地说道，"不过，过去的事情能够忘记就忘记吧。有些记忆留在心里没有用处，还会伤人。"

这时，房间里的电话里响了，刘芳坐在电话里旁立即接了电话。

"喂，刘芳。"原来是接待员里的一个女孩，通过酒店的内线打过来了。

"嗯，有事吗？"刘芳问道，有些不情愿她和王浪的谈话被打断。

"没有坏你的好事吧？"女孩在电话里开着刘芳的玩笑。

我是想有好事呀，可天上哪会掉馅饼呀。刘芳心想，要是王浪与她真在这么短的时间里演绎一出情感高潮剧的话，那是编剧的失误。毕竟没有前因后果，看起来会很突兀。

"开什么国际玩笑呢。你以为都像你呀，见面三天就做好事。"

"我们可是给你机会了呀，你说你们都一起两个小时了，啥事不能做呀。"女孩在电话里笑道，"先不管了，你和他下来吃饭吧。我看看你们的神色就知道了。"

"在哪里吃饭？"刘芳问道。

"晚上人不多，就在中午吃饭的小包厢里。"

王浪与刘芳下到一楼餐厅吃饭，那些个女孩子见刘芳下来，果然围上来，七嘴八舌地嚷开了，说得刘芳倒真不好意思起来。

"去，去，去！"刘芳追打着女伴，大家笑成一团。

百名潜力研究生联谊会于十月一日至三日在深圳市胜利召开。三天时间，也给了刘芳与王浪一个重新认识与了解的机会。也就是从这次会议开始，王浪与刘芳成了朋友。刘芳更是洗心革面重做人，她彻底抛却与万如海的恩怨。在深圳，她懂得了优秀的男孩子不少，也不是只有一个男孩子注定会和自己相伴走永远，更重要的一点是，喜欢一个人，爱一个人，不一定非得是恋人是妻子或丈夫，男孩与女孩，如果能够做朋友也是人生的巨大财富。

王浪很高兴重新认识了刘芳，他改变了过去对刘芳的看法，当时，他以为刘芳是为了要成为医院的正式员工而委身万如海，现在看来，刘芳是真正重感情的女孩子，是一个有想法有追求的好女孩。

当然，参加深圳百名潜力研究生会议，对于王浪而言，最大的收获是他认识了来自各个专业的优秀研究生，并且和一些研究生进行广泛地思想交流，为以后的合作打下了基础，建立了新的人脉关系。

王浪开完联谊会后，就从深圳回到长沙。因为是国庆长假，吴铜礼院士也没有上班，王浪到老师家里汇报情况。

王浪进老师家门的时候呈上他在深圳买的礼物："王浪，花费这钱做啥呢。好钢要用在刀刃上呀。"师母疼爱地说道，她也是湘雅医院的教授。

"师母，我这是用在刀刃上呢，去深圳一趟，给您和吴老师带个纪念品，这可是非常有必要的。"王浪在老师与师母面前，就像在家一样，并不拘谨。

师母就喜欢王浪这个样子，看起来更像自己的学生，像是很亲密的好学生。

王浪替师母打开礼品，是一个非常漂亮的玉制书签。上面还写着几个漂亮的字"书海无涯"，制作得相当精美。

吴铜礼院士看见了这个富有特色的书签，也称赞道："不错，王浪，你很有眼力，你师母就喜欢这样的东西。"

"就是，王浪会买东西。"师母赞道王浪，转而批评吴铜礼院士，"哪像你呀，每回出去开会，要不就是忘记买点东西给我，要不就是买些我不怎么喜欢的东西。"不过，语气并没有什么不快，恩爱夫妻几十年走过来，已经学会了欣赏与包容。

王浪再为老师的礼物打开包装，他给老师买的是一条金利来领带，这是送给男士的最佳礼物，当然，也谈不上特色，但是吴老师高兴地接收了。

"王浪，谢谢你了。给我和师母买这么好看、好用的礼物。"吴铜礼院士说道。

"真不要这么说，吴老师。我平时来看你们也很少买东西，你对我这么好，我真的不知道如何感激您。"

"知道我对你好就行了。也不要说什么感谢。有空就过来坐坐，办公室人多，也没有太多时间说话。"吴院士接着关心地说，"这次去深圳，感觉怎么样？"

"很好，我觉得深圳非常漂亮，街道宽敞，比我们长沙显得更有现代气息。"

"这个没办法比的，人家是国家经济特区之一，并且是最成功的一个，总设计师南下的时候都给予高度的赞扬。不过，长沙这几年也越来越漂亮了。"看得出，吴铜礼院士很热爱自己所生活的城市。

师母也发表看法："深圳是座新兴的城市，并且是短时间内建立发展起来的大城市，规划方面会要好些。不过，我看哪，其实生活在长沙这样的城市还是比较好。"师母与吴老师的观点基本一致，到了这个年纪，相依相伴的两个人共同点一定是大于差异点的，这个时候的夫妻更多的是一种默契。

"你们的联谊会情况如何？你有什么收获吗？"吴老师切入他关心的主题，这也是王浪要着重汇报的内容。

"联谊会除了我们一百名研究生外，国务院及其所属教育部、国家发改委、外交部、国防部、科技部、卫生部也派人参加，来的都是经常在电视里露面说话有影响的人物。"

"看来对你们这一百人是相当重视。"吴铜礼院士说，"感觉有点像我们开院士大会了。"

"那怎么能和院士大会比呀，院士大会国家最高领导人都会出席的。"

"架构上像，依我看，你们中间真的会出不少院士。"虚谈了几句，吴铜礼关心实质性的问题，"你个人方面情况如何？"

"我与其他研究生都有一些交流，其中有两个我们谈得比较深入。一个是北京大学搞社会管理的，注重宏观面，尤其强调社会和谐，他目前的课题是关于幸福观与工作原动力，名字听起来有些空洞，但是他详细叙说了研究的背景、思路与目前进展，让人感觉其中真有好多事情可做。他尤其强调的是，如何建立一种客观的、人性的、最基本的信仰，也就是说减少人们在社会生活中的困惑，包括时间、强度与广度。"

吴铜礼院士指教道："他的研究真是包罗万象，靠一两个人肯定无法完成，所以，这个人以后要么是做学科带头人，要么就会着重于其中的某一点进行研究。不管怎么样，他的课题对于医疗行业来说是有着密切关系的，医疗行业不是一个可以非常具体进行量化指标的行业，不像有发了几度电、有几亿网民、有多少流量这样的数字指标来衡量。医疗行业的社会满意度具有多因素的影响，它最广泛地与每一个人发生着联系。不错，这人你可以和他以后多交流探讨。那另外一个是做哪方面研究的？"

王浪回答道："另外一个是军事医学科学院的，他的研究方向是干细胞的医学应用。他的重点是干细胞能够在未来医学中发挥主导作用，因为器官移植、优生优育都可以从干细胞的研究入手。器官移植解决人的器官病变问题，而优生优育提供人类良好生存的强大基础。所以，解决了这两方面的问题，人类的生存寿命会大幅度延长，生存质量会得到明显提高。"

吴铜礼院士满意地点头，这也是他准备发言的先兆，王浪已经注意到了，于是停下说话，等待着老师发表建议。

"看来，开会之前我和你说的话你都记在心里了，而且做得很好，你既关注了人的思想问题，务虚，也有切实解决生命问题的关注，这是务实。虚实结合，正是秉承了我们的优良传统。"

"吴老师，还有一点我觉得很好。"王浪看了看老师，吴老师示意他说下去。

"联谊会最后给每一名研究生安排了一个帮扶责任人。我的帮扶责任人是卫生部副部长。"

"帮扶责任人主要做些什么？"吴院士乍一听这个词，有些不太清楚它的内涵。

"会上说，如果我们有建议、想法或者意见，都可以直接与帮扶责任人联系，帮扶责任人有义务帮助研究生解决问题。"

"这个看起来是不错，但要看能否持续，因为各部委领导都很忙，他们的岗位也经常变动，不知道如何解决这些问题。你的那位责任帮扶人具体是谁？"

"卫生部副部长何为。"

"是他呀，何部长我认识。"

"吴老师，他一听说我是您的研究生，相当高兴，连说有缘呀，有缘呀，老吴果然名师出高徒。"

11

王浪应对博士生课程应该说很轻松，因为总共就三门课，但是，王浪自己给加了好多任务，还有就是吴老师主编的《医院管理学》也进入了紧张的后期校稿工作，要三番五次地与写稿的学校及医院的专家学者联系，不停地催稿、收稿等等。

一天，课间休息时，王浪与向玲玲，还有其他几个同学在走廊里聊天。向玲玲成为博士生后，因为没有在科室上班，时间上比以前宽裕些，也有空多赴约大老板孙家正，不过，与王浪的交往还是维持在原来的水平，同学加好朋友。

"王浪，你都成大忙人了。"向玲玲想起每次看到王浪都风风火火的样子，平时也是电话不断，而且的确大部分是谈工作。

"就是，王浪，你都会变成工作狂呢。"一个女同学对王浪说，她自然也是喜欢王浪的，同学中基本没有人不喜欢王浪。如今的王浪在学校里成了名人，而且，作为男孩，他是外形俊雅，没有女孩能够抵挡得住天然的魅力。

"对呀，你也得留点时间谈情说爱呀。"另一个女孩说。

"王浪才不要专门的时间，是不是，哥们？"一个男同学说道，"我们王兄名扬天下，漂亮女孩子追着跑，如果喜欢的话按个确认键就 OK 了。"听得出满是羡慕，说话间，还用眼神看了向玲玲一眼，他和其他同学一样，自然已经清楚向玲玲对王浪的一往情深。

王浪等同学们说得差不多了，很开心地说道："有你们这么多哥们姐们就够好的了，谈情说爱看缘分的了。"

"可不能这么说，你看那个孙大老板追向玲玲，追得可紧了。"第一个说话的女同学说，"好像我们的向大美女有点动心了吧。"

"你别乱说。"向玲玲反驳道，"可不是这样的啊。"

"不是吗？那孙总的车子不是来过几次，把你从宿舍楼接出去了吗？"

另外几个同学看着她们俩说着这事，饶有趣味。王浪也在意地听着，心里想，如果真是这样，也不错，他和孙家正打过交道，一起吃过饭，看过歌星孙家惠的演出，当然这些活动都是与向玲玲一起的。他用眼睛询问向玲玲，向玲玲回避了王浪的问题，她不想给他答案，因为心中没有答案。向玲玲想说自己不是在和孙家正谈恋爱，可是她又的确答应过他的约会。如果说是在谈恋爱嘛，又总是停留在吃饭、喝咖啡、看电影这样老套的活动中，并没有任何进展，好像自己没有强烈进展的愿望。这不是爱，真的不是，向玲玲对自己说。好像所有与孙家正的往来应酬，总抵不上那天她生病的时候，她趁王浪不备在他脸颊上印下的一个匆匆忙忙的吻。

"丁零零……"上课的铃声响了，同学们结束聊天，走进教室，继续上课。

向玲玲的心思还在走神，人的一生，有很多的偶然性。那天上晚班，接诊了遭歹徒重创的孙家惠，然后她与导师廖玉翠教授一起，将孙家惠从死亡线上拉了回来。没有想到的是，孙家惠是一名歌星，而且事后会认向玲玲做姐姐，两个人还真挺有缘。或许也正是因为这一点，有几回向玲玲不想去应孙家正的约会时，孙家正都说是妹妹孙家惠要一起来，她才答应下来。当然，自己一点儿都不讨厌孙家正。可以很客观地说，在行医的过程中，向玲玲见过不少的大老板或者高官，孙家正无论从品行还是为人方面来说，都是属于好人一类的。

只是，同学王浪总是占据着自己的芳心，十多年了，依然如故。既然这样，只有尊重内心的感情。她想，除非有一个男孩，他能够让她不再想起王浪，不然的话，她的一生就注定离不开王浪。

孙家兄妹有钱有名有势，不过，情感之路好像不那么一帆风顺。孙家正谈过几个女孩无疾而终，孙家惠呢，好像没有人能够进入她的眼中，然而，当她遇到王浪的师弟郭光，却突然间好像着了魔，估计两个人应该有进展了。如果真发展下去，那就是典型的姐弟恋。

国庆节时，王浪去深圳参加百名潜力研究生联谊会，去的就是自己曾经工作过五年的城市。当时，向玲玲好想和王浪一起去深圳，但是最终还是没有开口和王浪说，因为她想王浪这次去会特别忙，算了，真要有缘，就不要刻意人为去安排。

王浪专心地听课，他没有多想什么。对于情感的反省，他常常留在深夜，尤其是夜深人静躺在床上的时候，那个时候，他总会想起邱倩，这个和自己同床共枕了几百个夜晚的好女孩，自己却彻底地伤害了她。还有龙芳瑜，又漂亮又有内涵的女孩，自己算是很有女人缘，但结局却是情感的伤痕。也正因为这样，面对向玲玲，他无法不认真对待，再也不能伤害重情重义的好女孩。

课上到一半的时候，王浪感觉到了衣袋里在震动，那是他将手机设置成了震动状态，有电话来了。他看了一下号码，心里一惊，是陆琳的电话，那一定是宋志豪那边有大事情了，但愿是好事，王浪在心中祈祷。

自从离开四水来到长沙读研究生，王浪没有回去四水市，一次也没有。当时他离开四水市的时候，他的好朋友、丰田汽车销售董事长、总经理宋志豪遭遇车祸昏迷不醒，而就在那时，宋志豪与陆琳的孩子出生了。宋志豪对王浪非常不错，他帮王浪联系驾校老师，等他拿到驾照后，又送了他一部车，这车现在还放在宋志豪的车行里，因为是来长沙读书，所以就没有带到长沙来。想起宋志豪，在王浪有危难有麻烦的时候，他总会及时地出现。王浪对宋志豪非常感激。他也一直被宋志豪与陆琳的真挚感情所感动。

满怀着感激，王浪在来长沙读研究生的几天前，专程去看望了宋志豪、陆琳，还有他们的宝贝小孩。陆琳在宋志豪出事后，一直把王浪视为主心骨。王浪来到长沙后，把他的新号码告诉了陆琳，要她有事就打他电话。

只是，唉，也是身不由己，来到长沙后，想照顾陆琳也力不从心。好在陆琳度过最初的艰难后变得坚强起来，以她的聪明与善良，很好地安排了宋志豪的治疗。慢慢地，也就很少联系。

王浪很想立即接听电话，但是在博士生的课堂里，讲台上站着的是国内知名教授，自己不能这样无礼。王浪只好按下了拒绝键。他想下课后就立即给陆琳打过去。

课终于上完了，这也是上午的最后一节课。下了课后，王浪没有立即赶回宿舍楼去吃饭，而是在教学楼里找了一个相对安静的地方，准备打电话给陆琳。

他的电话拨过去只响了两声，就有人接听了。电话是陆琳本人接的："王浪，你好！"陆琳见是王浪的电话，立即接了并问候道。

王浪听出了是陆琳的声音，与以前没有什么变化，依然是热情平和，但好像感觉到语气中的快乐。

"陆琳，是你吗？"

"是我，王浪，不会听不出我的声音来了吧。"陆琳欣喜地说道，"告诉你一个好消息，宋志豪醒过来了。"

"好呀，太好了！"听到陆琳这么说，王浪真感到高兴，这是非常好的消息。宋志豪出事快三年了，三年了还能够醒来，这本身就是奇迹了，何况这人是自己的好朋友。

"是今天上午醒的，他首先认出我来了，说我是老婆。我接着给他看我们的宝宝，他好像不认识似的，我叫儿子叫他爸爸。听到儿子的叫声，他就说'哦，是儿子'，声音不连贯，但明显能认人，也懂得说话呢。"

"好呀，你在他身边吗，我和他说说话。"

"我刚从医院出来。我这就回医院去，他一定会认出你来的。"陆琳相信她深爱的丈夫已经恢复了大部分的记忆力，"我先挂了电话，待会儿我给你打过来。"

王浪站在人去楼空的教学楼里等待着陆琳的电话，在心中期待着与宋志豪说话。王浪来长沙读研究生时去医院看了宋志豪，当时他是植物状态，也就是平常所说的植物人。要从植物状态恢复到清醒状态，只能等待奇迹的发生，而现在奇迹真的发生了。一个人的真正快乐，必须是家人与朋友全都健康、快乐，没有家人与朋友的分享，快乐不是真正的快乐。人是社会的人，可以这么说，人就是靠家人与朋友而活着的。

二十分钟后，王浪的电话响起，是陆琳打过来的，他立即接了。

"王浪，我到医院了，现在就在志豪身边。"陆琳在电话里说道，"你和他说话吧。"

"好的。"王浪听见陆琳把电话给了宋志豪，并且说有人要和你说话，你听听是谁。

"喂，你——好。"宋志豪的声音有些断续，"我……是……宋志豪。"

王浪为宋志豪的苏醒感到喜悦，这声音真是久违了。

"你好，宋总！"王浪想看看他的恢复情况如何，有意问道，"知道我是谁吗？"对方没有立即回答，显然在回忆中，是呀，已经快三年没有正常的思维了，要一下子记忆出从前的内容来，对宋志豪来说需要一点点努力地搜索。

"想起来了吗？"王浪不是有意催促，而是再次提醒，想唤起宋志豪曾经的记忆。

"好哇，你……你……小子，你是……"宋志豪说到这里又停顿了，看来记忆思路还不流畅。

"祝贺你，宋总，你这是重回盛世，与陆琳再享恩爱哪。"

"嘿，嘿。"宋志豪听到陆琳的名字，当然是熟悉不过的了，"是，是，我老……婆好！"

"你好福气，宋总。"王浪正想着直接告诉宋志豪他是王浪，不想让他继续冥思苦想，以免损伤刚刚恢复的脑功能。哪知就在此时，宋志豪突然开窍似的说道："你是……王……王大……医生。"

宋志豪真能认出自己来，王浪感到高兴，几年植物状态之后清醒过来的他能够回想起自己来，那真是在内心深处有着很深的印象。

"没错，我就是王浪。"

"是，王浪。"这回宋志豪一点都不结巴，清晰地跟着王浪说出了他的名字。接下来电话里传来陆琳的声音："志豪，你休息一下吧，我再和王浪说几句。"

"王浪，你刚才听见了啊，志豪他真把你想起来了。"陆琳说道，"王浪，我太高兴了。那时多亏你帮忙，让他得到了及时和有效的治疗，还有那时你给了我很多鼓励。"

"不用客气的，这是我应该做的，你和宋总对我这么好，我做这些理所应当。"

"老天爷真是公平的，没有亏待我和宋志豪。"

"就是，你和宋总是积善有德的人。"

"王浪，你什么时候到四水来看看呢，我和志豪非常欢迎你回来！"

"谢谢你的邀请，我会来的。一定得当面和你及宋总好好聊聊天，你们的宝宝长得很可爱吧。"

"宝宝可爱极了，上幼儿园了，也快三岁了，挺调皮的。"

"男孩子嘛，调皮点可爱活泼呀。"王浪说道，尽管没有做爸爸，可是说起孩子来还是充满怜爱之心。

"是吗？王浪，就像你小时候一样吧。"

"我想肯定是这样，都这么走过来的。"

"好，王浪，我不多说了，回去煲汤给志豪喝去，现在让他继续睡觉，休息。"

"你也不要太累了，要照顾小孩，还要照顾宋总。"

"事可不止这些，我还在做股票，搞团队投资呢，我会安排好就是，我这边医院里也请了护工，家里也有一个保姆帮着做家务。"

"那就好，你真很能干，而且是巧干。"

"别夸我了，等会儿让我飘飘然就不好了。"

"好，你去忙你的事情。"

"再见，以后再联系。"

王浪、向玲玲升入博士生以后，就搬到博士生楼了。姚义继续留守硕士楼。因此，王浪与向玲玲碰面的机会就多多了，而姚义与这两位同学现在还真难得碰到一起。

这天，是一年里最后的一天，天还蒙蒙亮时，王浪提着航空包，急匆匆地往外赶，与姚义在校门口碰上了。姚义已经进入课题攻关阶段，有时需要通宵达旦，这回就是刚刚处理完一个实验步骤，准备回宿舍休息一下。

王浪埋头走路，倒没有看见姚义。姚义拍了王浪的肩膀一下："哥们，你往哪赶？"

"是你呀，吓了我一跳，以为大清早遇见鬼了呢。"王浪故意和姚义开玩笑。

"你才是活鬼呢。怎么？好像要出远门的样子？"刚才王浪没有回答他，他换了一个方式继续问道。

"没错，真出远门了。你和我一起去吗？"王浪这么问是有原因的，姚义一直说没有去过四水市，曾和王浪说过什么时候要两个人一起去一趟四水市。不过这种话多半不能当真。这年头，有些话是用来说着玩的，真要动身成行了才算。

"你都没说去哪，如何叫我一起去？没有诚心呀，我的哥们。"

"我不是告诉了你我要去四水吗？"

"你可能是在心里告诉你自己，你要去四水吧？"姚义感觉到委屈，"你真没有告诉我你要去哪里。"

"和你开玩笑呢。我去四水一趟。一个朋友植物状态快三年，现在完全清醒过来，做五十大寿，叫我过去呢。"

"不简单，能从植物状态醒过来就是命大了。"姚义同样学医自然知道植物状态的含义，他是不明白王浪会有这么年龄大的朋友，"好像和你的年龄差距不小呀。"

"那有什么关系，朋友嘛，老少无妨。他是四水市丰田汽车销售公司董事长兼总经理。"王浪本想说这位朋友还送了一部车给自己，想想还是没有说出口，因为这不能表示什么意思。

"你就是为了单纯地去见他一面？"姚义心想，王浪都两年多没有回过四水了，应该没有必要为了单纯见上朋友一面而跑一趟吧。

"是又不是，是的话呢，我的确很久没有看见他，作为朋友，他能从植物状态醒过来，的确很想念他。不是的话吧，是他和他老婆热情邀请我去做客，他要庆祝五十大寿，要全国各地的朋友都去参加，他要高调复出，重新回到汽车销售行业。他的公司在他生病期间由他老婆和手下管着。"王浪和姚义聊着天，当然说说这些事，以作为他必须去四水的依据。

"那你是得去，那我可不能去，你和他们熟悉，我坐在那里傻傻的，没意思。你一个人去吧。"

王浪笑道："你现在够忙的了，不可以把你弄垮的。你回去休息吧，通宵下来很累的，你要保证睡眠。不要走路都打瞌睡。"

"好的，那你也快些去赶飞机，不要等飞机上了天你还在路上跑。"

王浪与姚义分手道别。在王浪的眼里，这位老同学对自己很忠诚，以前凡事基本上都以自己的意见为准绳，以前有些花心，近来好像大变样了。不知是因为研究项目的繁忙，还是别的原因，难道他真的还在想着叶欣，想着不能让叶欣说他的不专一？

姚义看着王浪的背影，心中无限感慨，这位同学真是集天下大爱于一身，起码从目前情况看，上帝对他是几多宠爱的。入选全国百名潜力研究生，这是何等高的荣誉呀。当时有个教授说过，百名潜力研究生，基本上可以等同于院士的苗子。有这看法的教授有不少，王浪的导师吴铜礼就持这种看法，不过，他在公开场合没有这样表示，毕竟学校里只有他的学生入选百名潜力研究生，如果那样公开表示的话，会有自吹自擂的嫌疑，作为院士，吴铜礼教授当然不会犯下这种低级错误。还有向玲玲，对王浪的爱始终不变。即使现在，有时看见孙家正的车子来接向玲玲出去，但是听同学们的说法，向玲玲并没有投身富豪孙家正的怀抱。有一回，姚义还婉转地问过向玲玲，是不是喜欢上了孙家正，她当时的回答是"怎么可能呢"？一个出色才华的绝色美女如此爱王浪，天意吧。

四水市机场，王浪乘坐的由长沙飞往四水的航班正点到达。他刚走到接机口时，蓦然看见陆琳在那里迎接他，心中无限感动。他加快步伐，三步并作两步。陆琳也看见他了，伸出手欢快地喊道："嗨，王浪！"王浪也举起右手，向陆琳示意。

陆琳要帮王浪提包，他不肯："我一个大男人，怎么能要一个弱女子提包呢？"既然这样说，陆琳不再坚持，回敬道："好，那就让你做大男人吧。对了，王浪，你那车还停在我们车行呢，回去把车开出来，你在四水会更方便。"

"两三年没开车，我怕我都不会开了呢。"王浪真有这担心，在长沙读书两年多，还真没有摸过车。

"不会的，你回去在车行里开上几圈，就会找到感觉的。何况呀，你这么聪明，又是外科医生，动手能力很强，开个车对你是根本不成问题。你的车况也还不错，我间隔一段时间会把你的车开出来遛遛，免得里面生锈，出问题。"

"就像遛狗一样。"王浪说道。他觉得和陆琳聊天，真的很有意思，她也是美女，与她聊天，王浪没有任何心理负担。面前的女人结婚了，而且一直以来忠贞不贰，死心塌地爱着宋志豪，而王浪自从认识陆琳以来，他没有对陆琳有过任何暧昧的想法或者说情爱的念头。正是因为这样，两个人成了真正的朋友。也就是说，王浪与陆琳、宋志豪夫妇都是要好的朋友了。

陆琳开车已经相当熟练了，在回城的路上，她一边开车一边与王浪聊天。

"王浪，这回志豪五十岁生日，他自己说不要弄大了仪式。我说那不行，一定得好好庆祝一下。"

"你的想法很对，宋总这相当于重生一次，一定要好好庆祝。"

"是呀，所以，我尽量邀请至亲好友们来，本地的朋友能够通知到的就通知到，反正说句实话，我们现在不缺钱了，快乐是第一位的。只有自己快乐了，才会去帮助别人。"陆琳也表达了对王浪的真心实意，"你是我邀请的在外省的第一位朋友。"

"非常感谢你的邀请。那时，宋总刚醒过来时，我也就说过一定要来看宋总的，现在你创造祝贺生日的机会，那就更好了。"

"我觉得找到宋志豪是人生最大的收获。因为不管他处于哪种状况，我的心都在他身上，我为他喜，也为他忧。我觉得人呀，有一个人值得你为他喜怒哀乐，就是无悔的一生。世上人多，但是能够相依相伴的人真的不是轻易能遇到的。"

"对了，陆琳，我说过不用你们来接的，我自己打个车就行了。"

"那怎么成呀，你几年都没有回来过。我们家开着车行，还能让你打车呀。我开始的意思是派车行里的司机来接你。我和宋志豪商量时，他说那怎么行，王大医生来了，一定得我们自己去接才行。我说那行，我去机场接王浪。本来，他说要来接你，可我担心他刚恢复清醒时间不太长，恐怕会不适应，所以就叫他不来，由我开车来接。他现在估计在家陪宝宝玩呢。"

窗外的景色快速掠过，快三年没有回来了，如今一见，四水依旧美丽，海水荡漾着，两旁的树木与花草在冬天也绚丽多彩，房子更多、更高、更有特色。窗外美景，车内美女，生活中有很多可以欣赏的地方。

汽车直接开进陆琳与宋志豪的别墅。陆琳进入大门前按了一下喇叭，别墅的自动门徐徐打开，汽车缓缓驶入。透过车窗，王浪看见宋志豪站在门口等候。

车停下，陆琳敏捷地率先跳出下车来。

"老公，我回来了！"陆琳笑嘻嘻地对宋志豪说，"王浪我也给带来了。宝宝呢？"

"宝宝刚睡着，没事的。"王浪走下车来朝宋志豪走过去，宋志豪也忙朝他这边走过来。

"王浪，欢迎你回四水来！"宋志豪与王浪热情地拥抱。好一会儿，宋志豪与王浪松开了，两个人互相打量着。

"王浪，你一点儿都没有变呀，还是几年前的样子。"宋志豪的话比较符合实际情况，王浪的确没有太多变化。

"宋总，你真是有福之人呀！"

"都说大难不死，必有后福，我呀，就希望以后生意更好做些，再多些朋友，还有嘛，妻贤子孝。"

"这些你都有了呢，你的老婆不是天下第一，也是天下第二好呢。"

"这话你说对了，我醒过来后，在四水的朋友说，如果没有陆琳，肯定不会有现在的我，现在的我应该已经变成骨灰了。他们说，像我这样的植物人，能够醒过来最主要的因素就是因为信念，是陆琳给了我这种信念。你是医生，你说是不是这样？"

陆琳对宋志豪的好与照顾，王浪在四水市就亲眼看见过，而他去长沙之后，宋志豪的朋友们当然有所闻、有所见，看来陆琳贤淑的形象是深入人心的。一个女人，在丈夫处于植物人的状态下，能够全心地为丈夫治病，为丈夫的公司打理生意，照顾好小孩，真的不知花了多少心血，这其中也不知倾注了多少的爱呀。

"非常正确，植物人醒过来的概率本身是非常小的，一万个人里面不会超过一个，像你这样恢复得这么彻底的简直凤毛麟角了。陆琳不简单。你们两个是天作之合。"

"说得好，所以呀，我和陆琳一致决定，请王大医生回四水叙旧。当然，是陆琳首先提议的，她要为我办一个五十岁生日宴会，请我一些朋友来，庆祝我的重生。"

"好了，你们两个呀，见面还真有话说，快进屋去说吧。"陆琳见王浪与丈夫志豪兴致勃勃地聊天，而志豪情绪高涨，心情特别好。

宋志豪意识到了这一点，同样欢快地说："王浪，屋里请，屋里请。让你这远方来客站着聊天，实在不好意思。"

"你就不要不好意思了，我的宋总，四水市也是我的第二故乡呀，能够接到你们的邀请，来四水看看，我也高兴着呢。"

宋志豪的手放在王浪的右肩上，把他请到了屋里。陆琳也一同进屋。

"喝点什么？"陆琳问道。

"随便就好。"王浪示意陆琳不用客气。

"什么叫随便？咖啡行吗？"陆琳记起了她的朋友钟心怡，钟心怡当时很想嫁给王浪，"我记得钟心怡说过，你最喜欢的饮料是咖啡，那就来一杯咖啡吧。"

"行，谢谢。"陆琳说起钟心怡，让王浪的脑海里浮现出了几年前的他与钟心怡的交往。

"王大医生，听陆琳说，你去长沙读书了？"宋志豪近三年的植物人状态，很多事情需要逐步恢复记忆，需要更新信息。

"是的，已经去了两年半了。"

"那好像就是我出事的那年去的吧？"宋志豪对时间的判断已经基本没有错误了。

"我走的时候，你的病情相对稳定，就是人不清楚，你的孩子也出生了。"王浪能够清楚记起当时的情景，因为他对宋志豪也是满怀兄弟之情的。

陆琳在一边削着苹果，一边听他们两个人聊到当时的情况，补充道："志豪，那时你就住在天马医院，王浪一天来看你几次，帮你看病的医生都知道你是王浪的兄弟，对你非常好。"

陆琳把削好的苹果递给王浪："来，吃个苹果。"

王浪不太喜欢吃苹果，婉拒道："谢谢，刚才在飞机上点心吃多了点。"

陆琳把苹果给了宋志豪："志豪，你吃，多吃水果有好处。"

"老婆的话得听，老婆的指示是最高指示。"宋志豪边说边接过苹果，随即吃了起来。

"王浪，那你吃几个樱桃吧，味道不错。"陆琳招呼王浪。

王浪不忍拂陆琳的盛情，捏了一个红樱桃塞进嘴里。嗯，味道真不错，酸酸的，甜甜的，是酸与甜的最佳搭配，就像眼前的陆琳与宋志豪。

"怎么样，还行吗？"宋志豪看王浪"嗯"了一下，随口问道。

"很好吃，这水果营养好，你可以多吃点，对恢复身体有好处。"王浪建议道。

"陆琳也是这么说的，我出院回家后，陆琳听营养学专家说樱桃适合我吃，就经常买些樱桃放在家里，随时让我吃。开始的时候我不喜欢那种酸味，现在吃多了，觉得又酸又甜的味道挺好的。"宋志豪的生活里无处不有着陆琳的影子。

"你们聊，我去厨房看看。"陆琳对王浪与宋志豪说，"看快开饭了吗？"

陆琳把家收拾得井井有条，她请了好几个人，做饭的，搞卫生的，做杂事的，要不然，她也没这么多精力做别的事情。

不久，饭菜全部上桌了，三个人边吃边聊，还喝了点小酒。

饭后，陆琳对宋志豪说："志豪，我们和王浪一起去车行吧，他的车没有带到长沙去，放在车行里。"

"那好，有车方便些。你这么久没有回来了，现在回来了，有时间要到处走走看看，有个车才方便。"宋志豪欣然同意，他想起当时送给王浪一部车，但是快三年过去，他不知道还是不是那部车。

宋志豪在医院里住着的两年多时间，车行在陆琳的管理下，得到了壮大与发展，还开了分公司。前些日子，陆琳开车带宋志豪去总公司与分公司转了一圈，宋志豪满心喜悦。公司里有认识宋志豪的老员工纷纷向宋志豪问好。陆琳想尽快把他带回到原来的生活中去，这样对进一步恢复更有意义。不认识宋志豪的员工也早听说过宋志豪的事情，纷纷向他致敬。

宋志豪是汽车销售行业的专家，他一眼就看出了当年他送给王浪的那部车，几年过去，好像还是新车一样。也难怪，王浪近三年来都没有用过车，就是陆琳间断把车拿出去遛遛，车当然会保养得很好。

王浪坐上驾驶座，系安全带、调试反光镜、点火、挂挡、放手刹，一整套动作做下来，相当流畅。

"王浪，你的开车技术看来没有丢呀。"宋志豪赞叹道，他回想起自己醒来后第一次开车，一些基本步骤都忘记了，是陆琳教过几次，再训练了一段时间才正式恢复到能开车上路的水平。

"不错，王浪，我前面说的就是正确。走，开车上路。"陆琳发出指令。

汽车飞驶在宽阔的滨海大道，海风习习。在快速行驶的车上，王浪与朋友夫妇感受着一年里最后一天辞旧迎新的快乐，明天就是新年了。其实，今天与明天，并没有什么差别，但是当赋予它诗化的想象，当把年月寄托了感情的时候，这年末岁尾，也就别有一番含义。

宋志豪与陆琳的这幢别墅，买的时候总价是三百万，如今已经远远高于千万了。物价在涨，房价在涨，说明什么，最根本的就是社会财富的增加。王浪想，社会财富在三十年的时间里增加了几十、上百倍，想想几十年前，看报纸上说当时的万元户就已经相当了不起，而如今呢，真是百万不算富，千万才起步。社会财富的迅猛增长，决定了每一个人都必须不停地努力，坐吃必定山空，社会不会让人有真正不劳而获的机会，一定得不停地创造，为社会做贡献，共同增加社会财富，个人的财富才会同步增长。宋志豪与陆琳靠着勤奋与劳动，成就了大的家业。他们有宽敞的别墅，有听从指挥的家政人员，生活对他们露出了笑脸，尤其是宋志豪完全恢复了健康。

王浪出差在外，喜欢住在宾馆里，那样方便，不太喜欢住在朋友家或亲戚家，感觉双方不太方便。但这回他得住在宋志豪与陆琳的家里，因为他没有办法拒绝，而且，从实际情况来说，他们的家不亚于五星级酒店呀，何况，宋志豪与陆琳的热情真的让人会安心地享受住在朋友家中的快乐，而不是不方便，更不是打扰。所以，王浪愉快地接受了宋志豪与陆琳的安排。

宋志豪与陆琳请王浪住在二楼的客房里，客房条件完备，有些类似大酒店的豪华套房，有独立的洗漱卫浴设备，房子正中摆放着大屏幕等离子电视机，书桌上放着联想牌液晶电脑，有专线上网用。床是宽大的，足有两米宽，被褥整洁，上面有着清新的香味，而窗帘、墙饰、房顶、吊灯都与房间的整体布局非常协调。总之，与四星级宾馆的豪华房不相上下。王浪被宋志豪领进客房的时候，宋志豪做了简单介绍，王浪随着介绍打量着房间，的确是相当完善，这样的好客房，那又何必去外面住酒店呢。

"宋总，你们这房子弄得真是不错，连客房都这么功能齐备，装饰豪华。"

"都是你嫂子弄的，她说现在咱们不缺钱了，各方面生活就要稍稍舒适些，也要为朋友创造条件呀，尤其是像你这样难得一来的朋友。"

"陆琳真是个会经营的女子，你们俩是珠联璧合。"王浪赞道。

宋志豪听王浪这么说，高兴地笑了，他向王浪建议道："你专心对一个女孩子好吧，女孩子在开始认识一个男人的时候，可能会被他身上的光环迷住，会看不到男人的缺点。但是当交往增加，当真正想到要一起生活的时候，女孩子最需要的、最渴望的是一个男人对她全部投入的爱，她绝对不想别人来分享。"

"有道理，没有想到你做生意的时候，对感情也有思考。"

"见笑了，见笑了。我天天卖汽车，面对的是机器，可是生活中还是要接触形形色色的人。你呢，天天看病人，你其实天天与人打交道，可能琢磨得比我还要少。"

"你说得对，看了你和陆琳这么幸福的婚姻经营，我是很羡慕的。"

"只要你想拥有幸福的婚姻，我想不用多久，你也会这样的。你的脑子好使，人长得这么标致，用点心，好好去爱一个人，幸福就在身边。"

宋志豪的五十大寿晚宴在元旦晚上举行，地点在四水市最知名的五星级酒店海峡国际大酒店。酒店二楼宴会厅全部由宋志豪包下了，席开一百桌。宴会全部委托给专业的喜庆公司承办，公司负责宴会的布置、饮料酒品的准备、喜庆仪式、用车、客人招待、摄像等全套服务，当然这些方案的具体敲定，必须在公司给出方案后，由主人签字同意，再具体落实，这个签字的人是宋志豪，但是签字之前，宋志豪都会与陆琳认真商量的，陆琳毫无疑问是宋志豪最可靠最得力的助手。

傍晚六时许，王浪独自开车去海峡国际大酒店。宋志豪与陆琳因为要去迎接客人以及看看安排情况，早他一个小时前就去了。

王浪到达酒店的时候，宴会厅里已经坐了不少人，个个衣着光鲜，许多戴着名贵的首饰，大家都在说着话，表情热烈，谈笑风生，但是又不显得吵闹和无序，什么叫档次，什么叫层次，这就是，一个人数众多的宴会，热闹而不喧嚣，繁忙而不杂乱，充分显示主办者的能力，也标志着来宾们的素养。

宋志豪与陆琳站在宴会厅门口，迎接各位来宾。正是客人到达的高峰期，两个人忙不迭地与客人握手寒暄，然后就有专门的喜庆公司工作人员根据来宾的情况引导入席。

"王浪，你来了。"宋志豪夫妻俩看见王浪过来，连忙招呼道。

"恭喜，恭喜！"

"你里边请，坐下休息休息。我们在这边过一会儿再进来。"

"你们忙，我进去坐。"

喜庆公司工作人员看了一下名单，将王浪引入宴会厅。

"你的席位在贵宾席，上面有你的名字。"工作人员指给王浪看，示意他待会儿按座位坐。

王浪注意到了，这是一张可以坐二十个人的大桌子，每个位子都标上了来宾的姓名或者称呼，有两个写的是嘉宾，大概是还没有确定具体谁来参加宴会。

贵宾席上还没有人入座，王浪想或许已经来了，坐在附近休息吧。他的想法没有错，接着就听工作人员说："你可以坐在贵宾席等待，也可以在边上的位子

162

上等待，那几位也是贵宾席的客人。"

王浪看了一下那几位，都不认识，王浪微笑着向他们点头致意，他们也向王浪回敬笑意。

宴会厅里的人越发多起来了。差不多全部坐满了人，横竖十排也就是说一百张席面都基本上坐人了。王浪看一下手机，晚上七点钟，估计宴会很快就要开始了。

几分钟后，宋志豪、陆琳和几位客人，还有喜庆公司工作人员进来了。外面响起非常热闹的电子鞭炮声。

宋志豪、陆琳夫妇和喜庆公司工作人员一起请贵宾们入席，因为事先都有安排，所以不到一分钟，贵宾席上的二十人除一个位子没有坐外，其余全部入座，这其中当然包括两位主人宋志豪与陆琳。不过，以喜庆公司的周到安排，这个位子看来是留给某一位贵宾的，不过，这个座位正好是在王浪的身边，也就是说如果再有人来，就会坐在他的身边，他对这人充满期待。酒席上是最好交朋友的地方，在酒席上认识的朋友还真能做长久朋友。为什么呢？因为人在这个时候比较自然，说话投机就多说几句，话不投机嘛，相互不理就是。

王浪被安排坐在陆琳的旁边，这意味着他是今晚的第二号贵宾。一号贵宾是坐在宋志豪边上的一个男人，年纪不大，三十多岁，比王浪大不了多少。王浪估计他应该是一位领导干部，因为那人有点官相。

喜庆公司主持人站在了前台，明眼人一下就看出来了，这是喜庆公司代为请的名人，而不是喜庆公司本身的员工，因为主持人是四水市电视台的一哥，娱乐在线主持人方明。他拿起麦克风，语调激昂、热情洋溢。

"先生们、女士们、朋友们！晚上好！今天是宋志豪先生五十大寿之际，宋先生和夫人陆琳设宴答谢各位嘉宾！首先，让我们共同举杯，为宋志豪先生寿辰干杯，祝宋先生健康快乐、夫妻恩爱、财源滚滚！"

全场一千人都举起酒杯，让酒杯在桌上轻轻碰撞，传递着祝福的声音，这声音汇成了美妙的乐曲，祝你生日快乐，而背景音乐正是那首脍炙人口的"祝你生日快乐"！

待大家都喝光了杯中的美酒，主持人方明说："好，现在我们就尽情地喝酒、吃菜，宋总准备了这么多的美酒佳肴，让我们的胃和宋总一起过节。"

宴会厅里响起热烈的掌声。在掌声中，方明走下台来，喜庆公司人员立即前往引导，把方明引向贵宾席。王浪明白，方明是看在宋志豪的面子上来做寿宴主持的，并不是喜庆公司的完全商业性行为。而方明毫无疑义是要坐在自己身边了。方明五官长得帅气，但是不算高大，只是他节目主持人显示出来的大气与自然，又是许多主持人所无法比拟的。

方明显然也是见过大场合的，他入座后向宋志豪、陆琳点头示意，也向在座的各位示好。最后，他重点地与王浪交流了眼神，在王浪身边坐了下来。

这样，贵宾席的人就全都到齐了。

宋志豪开始说话，给在座的各位做介绍。他首先介绍的是他身边的客人，一号贵宾。

"这位是石小龙，市政府秘书长，北京大学公共管理硕士。"在座的诸位都在认真地听着宋志豪的介绍。

"这位是王浪，湘雅医科大学在读博士，肝胆外科一把刀。"

听完宋志豪介绍，大家都对王浪敬佩有加，他们多数是宋志豪商界的朋友，之所以对于市政府秘书长表现平淡，是因为他们平时与官员打交道太多，习以为常了，而王浪，作为一个外科医生，在酒席上见面倒是第一次，现在看病难，如果有一个医生朋友，或许多少有些帮助，起码问一些相关问题，会得到更确切的回答吧。因此，大家对王浪纷纷点头。

"王浪，你原来是在天马医院工作吗？"秘书长石小龙插话道，政府官员以第一贵宾的身份插话倒也在情理之中。

"我此前就在天马医院工作。"王浪礼貌地回答石小龙。

"那是早闻其名，今日幸得一见呀。"石小龙如是说，倒把王浪给弄糊涂了。因为理论上说，王浪在医学界有些名气，但不至于让秘书长说出这番话来呀。他怎么会说听过我的名呢？市政府官员会对我有所了解？

不过，市政府秘书长话就到此，不再多话，毕竟现在是宋志豪在给诸位进行互相介绍，作为第一贵宾，他可以插嘴说几句，但是不能喧宾夺主，更不能包场唱戏，一个人自顾自地说下去。他在心里想，有机会得和王浪好好聊聊天。

宋志豪把手轻放在陆琳的肩上，充满怜爱地看着陆琳，向大家说道："这位呢，相信大家都已经认识了，我的夫人陆琳。"

大家轰然一笑，因为大家早已经见识了能干而且漂亮的宋夫人，宋志豪介绍陆琳纯粹是为了过渡一下，就像唱歌前的过门，因为前面秘书长打断了介绍的连续性。

"这位是个名人，大家经常看电视的一定很熟悉。"宋志豪介绍方明时这样说道。

方明向大家笑笑，露出他招牌式的亲和笑容。

宋志豪说："方明，我们天马电视台著名节目主持人。"

众人刚才已经在方明主持寿宴庆典开场白时认识了一下他，不过那个时候大家觉得眼熟就是，现在听了宋志豪的介绍，恍然大悟，原来是名扬四水的明星人物，在座各位投给他的眼光是欣赏的。

接下来，宋志豪介绍的是四水市商界的翘楚人物，这些人在他们的行业都是顶尖的知名人物，但是因为都害怕露富，被仇富，平时都相当低调，因此王浪都不认识他们，也没有听说过他们的名字。王浪在宋志豪介绍时也礼貌地与他们打招呼示意。

王浪的直觉，这场酒宴下来，他可能继续交往的人会有两到三个，够了，一次宴会结识两三个朋友，积少成多，就会朋友遍天下。

待宋志豪介绍各位朋友完毕，酒宴就真正进入了喝酒的阶段。作为今晚的寿星，宋志豪与夫人陆琳坐在主桌，众宾客一一前来敬酒。当然，同在主桌的客人自然是要先与寿星干杯祝福的，其他桌的客人先各自为政，喝酒吃菜。

首先是市政府秘书长石小龙给宋志豪与陆琳敬酒："宋总，我们认识很久了，是老朋友了，记得那时我刚到市政府上班，到你的车行为下属部门看车，你对我非常客气，那时你已经是身价千万的老总了。所以，当时对你的印象特别好。"

"秘书长真是好记性。你事业发展很好，如今已经位居要职了。你今天能来，我很高兴。"

"宋总言过了，我算不上要职，但是事情是比较多，不过，再忙的话，宋总的生日晚宴我是一定要来的。敬宋总与夫人一杯，祝宋总越活越年轻，祝夫人青春长驻。"石小龙话说得相当漂亮。

"好，好，谢谢你，秘书长。"宋志豪与陆琳喝了一大口酒，这样的宴会他们只能这样喝，不然，杯杯全干，他们肯定受不了的。

接下来就是王浪的祝酒："我敬宋总和嫂子一杯。祝你们夫妻恩爱，永远幸福。"

"王浪你特地从长沙赶回来给我们添喜，我们无比高兴。也希望你早日有一个温馨之家。"

接下来就是主持人方明和其他客人向寿星敬酒。酒桌上的氛围渐趋活跃。随后，其他桌的客人开始陆陆续续往主桌进军。

有豪爽的，声音洪亮，祝福的话恨不得整个宴会厅都能听见，也有个别害羞的，声音像蚊子，不过，反正听不清楚也没关系，都是祝福的话儿，喝酒，同喜，同乐，共祝福就是。

宴会厅成了欢乐的海洋。

宋志豪与陆琳眼花缭乱地与来宾喝着酒说着话。王浪与其他客人也互相敬酒，联络感情。

王浪首先与坐在旁边的主持人方明喝酒："很久以前在电视里经常见到你，今天在这里看到了真实的你。你的节目很好看，你是娱乐节目，但是看过之后，总让人有不少思考的余地，你的节目比许多同类节目多了内涵。"

方明对于王浪的赞赏感到高兴，因为这是难得听见的别具一格的赞赏。他自己就一直在想，要把娱乐节目做得有些与众不同，事实上他一直在努力，但是他没有想明白他需要的是什么，这次王浪可算是提醒他了，对，注意节目的内涵，增加含金量。

"非常高兴能够认识你。我很喜欢医生，小时候也想过要当一名医生，但高中毕业的时候却阴差阳错上了新闻系，分到电视台后先是做记者，然后又做了主持人。"方明掏出名片，"有机会以后多联系。"

王浪接过名片，想起自己还是在校学生，没有印制名片，也就不提名片的事情，很恭敬地说道："多联系，多联系。"

过了一会儿，石小龙起身离开座位，往王浪这边走过来。王浪以为他是与别的什么人喝酒，没有想到石小龙是来与自己喝酒联络的，因为市政府秘书长嘛，朋友很多，想与他联系的人也不少。

"王大博士，你好！"石小龙在王浪的身边停下，热情地与王浪打招呼。

"你好，秘书长。"王浪热情地回应。

石小龙看坐在王浪身边的方明到其他桌敬酒去了，估计一时半会不会返回，就在方明的座位上坐了下来，他想与王浪好好聊一下，因为师弟的原因，他觉得与王浪很亲近。

石小龙的师弟叫作徐意，而徐意正是王浪在深圳开百名潜力研究生联谊会时有所交往的两个人之一，就是北京大学专门研究社会管理学的潜力研究生。

"王浪，刚才说早闻你名，你是不是觉得意外呀？"前面宋志豪在介绍王浪的时候，石小龙是说过这样的话，当时王浪的表情大概就是有些不懂，石小龙是善于察言观色之人，王浪细微的表情也被他注意到了。

"感觉能被秘书长注意到，有点惊讶。"

"最早听人说起你的名字，那应该是两年前了。"石小龙稍稍回忆了一下，问道，"龙芳瑜大律师你还记得吗？"

龙芳瑜，这名字不可能会遗忘的，尽管她没有与自己最终走到一起，尽管她不喜欢自己当时的感情状况，但是王浪忘不了龙芳瑜对自己的浓浓爱意，他也能够清楚地回忆起，那个时候他对龙芳瑜在心中是有着爱的。

王浪轻轻地点头，但只含糊地说："我们认识。"他不清楚秘书长和龙芳瑜是哪种性质的朋友，再者他也不可能对一个初次见面的人说隐私话题。

"我们市政府下属企业与省外一家大公司发生了经济纠纷，结果闹到法院，外省那家公司到市中级人民法院起诉我们的这家企业。作为上级主管部门，我负责为我们的企业找出应对措施。之后，龙芳瑜做了我们的首席律师。她出色的才能与超群的雄辩，应该说与我们最后胜诉不无关系。所以，后来就和她有些联系，有一回，说到她自己遇过车祸。她当时告诉我，要是那天没有及时抢救，她就完蛋了。她提到了天马医院的外科医生王浪，说王大夫手术如何做得漂亮，是她的救命恩人。"

王浪心里涌出感动，龙芳瑜记着自己，在他人面前夸着自己，她并没有仇视自己，咱这回来了，得去看看她。

"是她夸我了。她命大，所以得救了。那是上帝的旨意。"王浪谦虚道。

"当然，真正让我熟悉你的名字是因为我师弟。我的师弟，你肯定认识。"

王浪记起刚才宋志豪介绍石小龙是北京大学公共管理硕士，那他的师弟想必就是北京大学的了？而他认识的北京大学研究生目前只有徐意，就是在深圳开会时结识的百名潜力研究生之一，北京大学社会管理学的研究生。

"徐意是你的师弟？"王浪直接问道。

"没错，正是徐意，他是我的师弟。我常和导师通电话，有时去了北京就会去导师那里，徐意是导师目前最喜欢的学生，所以就见过好几次面，有时候，徐意会给我打电话，问一些与社会管理有关的问题。那次他去深圳开会回来，就说到全国百名潜力研究生的事情，他说他看到一个在四水市工作过的研究生，也是百名潜力研究生之一，但是现在在长沙读研究生，叫王浪，问我认识吗。我说要看到本人才知道。"

"还真是巧。"王浪拿起酒杯，与石小龙碰杯，"你和徐意是你导师的骄傲呀，尤其是你，成绩斐然。"

石小龙喝了酒后，从衣袋里掏出名片递给王浪："以后多联系。希望你博士学成后回到四水来工作，四水的发展需要人才。"

听石小龙说出此话，王浪心里很激动，如果多一些石小龙这样的官员，时刻都为着一座城市的发展而思考的话，每一个人都多些城市主人翁的意识，那城市发展的步伐一定会加快。

王浪接过名片，却没有回送给石小龙名片。"那如何联系你呢？王大博士。"

"哦，对不起，我没有名片。这样吧，你手机号码给我。"王浪说着掏出手机，对着石小龙的名片拨打他的手机。

石小龙的手机很快响起了铃声。

"我的电话，起码这两年半内不会变号码。"王浪说道，他的依据是在长沙读博士期间他不会改变号码。

"那行，你如果变了号码就及时通知我吧。或者，两年后，我再给你打电话。"

"行，没有问题，我如果离开长沙换了号码，我一定第一时间告诉秘书长。"

"好，一言为定。"

"希望能经常与秘书长保持联络，更盼望秘书长官越做越大，同时希望秘书长做了更大的官后，能够想起今日的约定。"

"我石小龙从小就是说到做到，哪怕是要自己付出代价的事情，只要说出去了，我就不会后悔。何况，你是值得深交的朋友，我哪会忘记呀。这话可以五十年不变。"

"好呀，你跟上面的精神还跟得真紧。"王浪兴致很高，他就喜欢这样的朋友，言而有信，"看来我们是棋逢对手，你这心思和我的一样。"

"哦，方明好像往这边走，怕是酒喝完了。我也得去其他桌看看，有熟悉的朋友得与他们喝几口。"石小龙看了一下那边的情况，对王浪说道，"咱们后会有期。"

"后会有期。"王浪喝了一杯酒，看着石小龙起身去别的桌上敬酒了。

王浪心想，以石小龙的学历、为人、形象、思想与谋略，不出几年，做个省部级领导应该很有希望。这样的人，值得尊重与爱戴。

12

王浪在宋志豪家别墅看着电视，突然听到楼下有热闹的声音，是不是宋总和陆琳来客人了呢？他想既然是兄弟，这时候应该去看看。

来的全是女人，年纪有与陆琳不相上下的年轻女人，也有看起来五十岁上下的人。

王浪走出客房时，正遇上陆琳上来拿东西。"来客人了？"王浪问道。

"也不算客人，全是我的股票投资会员。"陆琳有些自豪地回答，"他们来听我的股票分析报告，是会员制，要交钱给我的。"

"你这么厉害，还能做股市报告收钱？"

"怎么？不相信我吗？现在宋志豪的全部股票都交给我来做。我有证券分析师资格证，重要的是跟着我做股票，她们有钱赚。当然就愿意交给我学费或者说是咨询费吧。"

"你是如何收费的呢？"王浪问出这话，觉得有些后悔，似乎这样的话题有些打探隐私的感觉。

好在陆琳不计较，她倒觉得王浪这样问，是把她当作亲人才会这样问。这其实是好感的作用，对一个人有好感，就会把他说的话往好处想。

"我只招收女会员，因为男人太有主见，不适合由我来带队。我的成员全部是富家太太，每人每月交会员费一千元，要求投入股市资金在一百万元以上。"

"那你这样赚钱很不错呀。"

"我当然要赚钱，但是她们一年投入一百万元，大约可以有三十万左右的年收益，投资收益率高达百分之三十，所以她们愿意干。很多人想加入我的协会来，但是我要把关，先对她们进行考核，心理素质不行的，我坚决不要，你想要是弄一两个亏本了就寻死觅活的主来，我不自找麻烦吗。"

"是，陆琳是聪明人，不会做蠢事。"

"那当然，我指导她们第一个月全部免费，专门推荐股票；第二个月开始收费，每月一千元，这一千元必须月初交，不论当月操作成绩如何。股市有风险，入市须谨慎，风险必须自己承担。我对他们的资金要求是一百万元以上，多者不限。这是为了限制人数，不然人多了，我也没有精力去管她们。"

"看来，你无论做什么都做得很好呀。"

"也不敢当，我只是发挥自己的长处，避开我的短处就是。"陆琳道，"走，下去吧。看看我是怎么工作的。"

"好的。"

陆琳与王浪一起来到一楼大厅，前来咨询陆琳股票的女人们见着王浪帅哥，一个个都满心欢喜。有人当然趁机多瞧上几眼。女人爱帅哥，如同男人爱美女一样，天经地义。

"你家来客人了？"与陆琳关系好的女人问她，"以前没有见到这位帅哥。"这人倒一点儿也不害羞。

"是，这是王浪，宋志豪的哥们。"

"原来是宋总的兄弟，我们还以为是你的客人呢。"众人一阵窃笑，本想开玩笑说是陆琳的小白脸，然而想想真这样说，这玩笑有些偏大，也就不再说王浪了。赚钱要紧，如果真赚它个好几百万元，到时养几个小白脸也不是难事。

"大家好！"王浪向她们招手示意，儒雅大方。既然这样，来听股票投资的女人们也就专心忙自己的事情。

"好的，大家找好座位，今天我们先看一段录像，然后讨论。"陆琳安排她们的学习。

DVD进入正常播放状态，大屏幕很快出现了股评家的激情演说。

"朋友们，你们看啊，在指数六千多点的时候，你们敢于满仓杀进，而现在只有三千多，你们却不买了，这是为什么呢？这个时候，就一定要买，这个时候买股票就是买赚钱的机会。"好像很有鼓动性。但电视画面显示，股评家面前的观众无人吱声，股评家惊讶不已。过一会儿，有人站起来，对股评家说："我们已经买了，满仓。全部被套，现在没有钱了。"画面显示股评家在听到这话时，也只有苦笑。但是，过了没多久，股评家似乎找到了另一个动情点："那我们随时要有抄底的想法，现在满仓的朋友不要怕，很快就会反弹的，我们要有这种阿Q的精神，每一次下跌，我们都是在抄底，这虽然有人会说是自我安慰，但是我想说，在目前的行情下，这是自信的一种表现。"

看录像的太太们哄堂大笑，都被套到最低点了，还说是抄底，笑死人了。

"怎么样？很好笑，是吗？"陆琳问道。

"你不觉得吗？陆琳姐。"有一个和陆琳关系特别好的小姐妹嬉笑着说道，"这样的股评家，是真正的阿Q。"

陆琳笑着回敬她："是吗？不错，你有自己的想法。股市里有自己的想法是好事，关键要不断地学习，形成相对有用的自我判断，能够在重大行情变化时发挥作用。比如，我推荐你们买入或者卖出股票的时候，你要看一下手中股票的整体趋势，离你设定的止损位、止盈位有多远。每个人的心理承受能力不同，有人觉得亏损十分之一出局能够忍耐，有人可能亏损十分之三还能够壮士断腕，勇敢割肉。"

说到割肉，大家脸上一脸的不情愿，似乎真是割身上的肉一样，陆琳看出来了大家的情绪："你们很难接受割肉，是吗？要知道，如果不早些割肉，套牢了之后就像套在颈上的绳子，越勒越紧，最后没有呼吸的空间，那就死定了。股市要注意的最重要两点，一是资金的安全，二是资金的活力。"

王浪坐在这些富太太的后面，看着陆琳给她的会员们上课，如此模式的运作，可以看得出来，陆琳的这一套非常具有可操作性，对于拥有百万资金的她们来说，意义巨大，如果真按照陆琳的指导思想操作，想不赚钱都难。

这个陆琳，真是不一般的赚钱女人哪。王浪在心里感叹。

富太太们听完陆琳的分析报告后全部走了，走的时候她们还不忘记同时与王浪打招呼。王浪礼貌地与她们说再见。

"怎么样？我表现得还行吗？"在王浪面前，陆琳就像他的妹妹一般。

"不错，不错，看得出她们都非常相信你。不过，我可提醒你，你在任何时候都不能被胜利冲昏头脑。股市可以让你数钱数得手发软，但是也会让你在短时间内倾家荡产。时刻要有风险意识。"

"谢谢你，我会把资金安全放第一位。"陆琳真心说道。

"那就好，宋总与你联手，真可谓强强联合呀。"

"嘿，你当时如果与钟心怡好下去的话，不也会一样吗？钟心怡和我的经历、爱好一样，应该说比我还聪明。可是，你却没能给她任何承诺，甚至连希望都没有留给她。"

"我可比不上你家宋总，我只是一个普通医生呢。"

"你现在还年轻得很呢。以你现在的成绩，我看还不用到志豪的年龄，你的成绩会超过他。"

"你的鼓励，我的动力，我会全身心地努力，做个好医生，做个有成就的不一般的医生。"

"对，就是要有这样的想法，什么事情都是越做越好的。我看呀，一个人只要肯学习，花上几年时间认真学习，都会成为行家。"

"没错，你的成功就可以证明这一点。"

"钟心怡现在也很成功，她和马磊在北京开的公司业务开展得相当好，规模也上来了，主要代理国外药品销售，那都是一些畅销药品，销量和利润都有保障。"

马磊是当年猛烈追求钟心怡的一个男孩，曾经在日本留学，这些陆琳告诉过王浪。不知道马磊和钟心怡结婚了吗？

"你们经常联系吗？"说起钟心怡，王浪还是充满关心。

"算不上经常，有时会打电话。那时，钟心怡在四水的时候，她对你情有独钟。记得那次我们一起去泡温泉。钟心怡和我说她的每一个细胞都想和你在一起，可是那个时候，你的身边有着邱倩，好像还有一个女律师，那么多美女包围着你，她感到了绝望。最后，钟心怡只有伤心地离开四水，去了北京，和马磊一起开公司。不过，她告诉我，直到现在，她还没有和马磊订婚。"

"她说了原因吗？"

"我问过她，她说好像就是没有给自己找到必须与马磊订婚、结婚的理由。我想，刻骨铭心地爱恋过一个人之后，再要去爱另外一个人，还真的很困难。我不知道你们男人是不是这样。"

王浪心有同感，他想起了邱倩。这么多年来，当触动情感记忆的时候，邱倩的如花笑靥总会浮现在眼前。

王浪点点头。

陆琳继续说道："这次志豪五十寿宴，我给钟心怡也打了电话，本来你们两个可以见面的。不巧的是，她在国外搞一个新药品的代理申报，任务重，更不能中断，所以就没办法回来。对了，现在打个电话给她，你和她说说话？"

王浪想了想，摇头："今天就不打了，以后再说吧。"

这时，屋子里传来宝宝的哭声，是陆琳与宋志豪的小孩醒来了。

"宝宝醒了，我看看去，你随便走走，自己安排活动。"母爱之心溢于言表，这也是天下父母心，有了孩子后，一切以孩子为中心。

"好的，你忙就是，我照顾自己没问题。"

王浪开车出去，他打算去天马医院，他原来工作的地方看看，见见老同事、老朋友。但一想起还是在元旦假期，估计大部分人都没有上班，就想还是等假期放完，后天再去可能要好些。

叶蓉回来这么久了，一直没有联系，去看看她。

王浪给叶蓉打电话，然而打过去他才发现，他只有叶蓉当时在长沙的号码，号码依旧在，却已换了主人，接电话的是一个男人，听说是找叶蓉，连忙说打错了，就把电话挂了，显然还有其他人也打过类似找叶蓉的电话。

对，问叶欣吧，叶欣一定有她姐姐叶蓉的电话。

"王浪，是你吗？"叶欣接通后不敢相信，但很高兴地说道。

"是我，祝新年快乐。"

"谢谢，也祝你新年新气象，万事如意！"

"好吉利的祝福，谢谢你，叶欣。你在做什么呢？"

"我还能做啥，在上班呢。听姚义说，你去四水了。一定很好玩吧，故地重游，是不是别有一番滋味在心头呀。"叶欣在王浪坐飞机去四水的当天晚上就听姚义打电话说了这事，她想，王浪到了四水，会不会去看姐姐叶蓉呢。先看看王浪会如何说吧。

"总体感觉不错，我一个老朋友植物人三年，终于醒过来了。她老婆特高兴，为他举办隆重的五十大寿庆典。他们请我过来，正好放假，我就过来了。"王浪给了一番解释，接着进入主题，"对了，叶欣，你有你姐的电话吗？我想去看看你姐。"

叶欣心里一震，王浪呀，王浪，你这个时候去看我姐，可就不是看我姐一个人了，你要看的，还有你的儿子呢，你的儿子已经出生一个多月了。是姐姐叶蓉在儿子出生后给她打的电话，她告诉叶欣她在医院顺利生下了一个儿子，体重八斤，眼睛、鼻子特别像王浪。当时叶欣听了心里一阵发酸，姐姐呀，姐姐，你做了未婚妈妈，还这么开心，妹妹知道事情的来龙去脉，可却没有办法帮助你。

叶欣真想告诉王浪，我姐把你的儿子都生出来了，你的儿子快满月了，你真是要去看看他们。但她还是忍住了，都忍了这么久，不要随意说破秘密，再者，这事如果真要告诉王浪，最好还是与姐姐商量一下，免得姐姐措手不及。

王浪拨通了叶蓉的手机。电话响了几声后，叶蓉看了一下来电号码，她的手机里保存着王浪在长沙的号码，她迟疑了一会儿，按下接听键："王浪，是你吗？"声音里依然包含着亲切。她的眼睛注视着摇篮里的孩子，孩子没有睡着，眼睛睁着，满目清澈，多可爱的儿子呀。这个孩子就是王浪你的呢，叶蓉在心里说，孩子，你不要着急，我和你爸通了电话就来给你哺乳。

叶蓉的声音比以前不同，多了慈爱之情。人的变化真快呀，王浪想，从前的叶蓉总是给他感到激情与爱，而此时电话里的叶蓉却让他感觉到母性的温暖，就像小时候妈妈总是那样关心自己的那种语气。

"叶蓉，你在哪？我想来看你。"王浪说出自己的想法，以为叶蓉定会欣喜激动。他印象中的叶蓉是要紧紧缠着自己的。

然而，这回王浪失望了，出乎他的预料，叶蓉没有在第一时间表示热烈欢迎。"你来看我？你从长沙来看我吗？"她问道，并没有欣喜地说欢迎你呀，盼望着你来之类的话。

"哦，不，我已经在四水了。刚从你妹那里要到你的电话。"

"是吗？什么时候过来的呀？动身前没有给我打电话吗？"叶蓉的想法更倾向于拒绝了，王浪并不是专门来看她的，可能是办什么事回到四水，顺道看她一下。

"没有来得及给你打电话。我来参加一个朋友的生日宴会，现在住在他家，想与你聚聚。"

叶蓉这时已经决定不见了，在王浪的心目中，她还不如他一个朋友的生日宴会重要，以他这样的心态，如果见着了孩子，如果直说是他的孩子，他断然不会相信，也不会接受，罢了，罢了，他们父子相见的事情，就留待以后吧。我爱王浪没错，但现在我更爱孩子，我不要让王浪的到来干扰我哺乳孩子的心情。

"王浪，我现在在外地呀。"叶蓉编造谎言，手机就是好，它可以让你在对方不知情的情况下瞎说，甚至你在与别人做爱，也可以说与人在喝咖啡。

"这么不巧呀，叶蓉，那你什么时候回四水？"王浪打算见叶蓉，就已经是下定了决心，所以他坚持着看还有没有希望。

叶蓉说出那句不在四水的话后，就在脑子里想着后面要说的话。当然，多年的打拼，让叶蓉说这样简单的谎话是可以不用打草稿了。

"我在北京谈生意，还没有谈完，具体也没办法定下来什么时候结束。你大概待在四水有多长时间，要不我回来后给你打电话？"话讲得合情合理，似乎无懈可击。

要是换在从前，如果王浪主动给她打过电话来，她一定会毫不迟疑、不管不顾地去见他，去和他亲吻、做爱，然而现在，现在的她没有那种强烈的愿望了，这真是奇怪，身边摇篮里躺着的就是他的儿子，是她和他的混血结晶。所以说，天下没有什么是一成不变的。不是说她已经不爱他，她依然爱着他，她只是没有想见他的欲望而已，为了孩子。

　　"真遗憾，叶蓉。没有办法，那就只好这样了。祝你生意谈得顺利！"

　　"谢谢，也祝你在四水玩得痛快。"

　　王浪怅然若失地挂了电话，他打开车里的音响，车里立即弥漫着周杰伦的《双节棍》，"快拿起双节棍，快拿起双节棍，哈哈"。

　　王浪当然不知道，这些话是叶蓉在骗他。她其实就在四水市，而且距离他当时驾车的地方只有几公里远。叶蓉与王浪通话结束后，她俯身抱起摇篮里的儿子，然后坐在椅子上，一只手抱着儿子，一只手解开上衣，露出雪白的胸部，那鼓胀的乳房喷薄而出。她将儿子的头靠在胸部，儿子的嘴老马识途般地吮住了妈妈的乳头。

　　叶蓉感受着哺乳儿子的幸福与温暖感，女人都要做妈妈的，也只有做了妈妈，才能体会到人生最大的快乐，完完全全地为儿子而喜，为儿子而忧，儿子就是自己生命的全部。感谢王浪，是他给了自己一个可爱的儿子。她也能从儿子身上看到自己激情的爱，王浪是值得自己爱的，尽管他没有全部爱自己，然而上帝没有给爱的等式，或许等价的爱很少很少吧。

　　那次和王浪在长沙，叶蓉和妹妹叶欣用了点心机，这才有了今天的状况。叶蓉对于真与王浪结婚成一家并不抱着太大的希望，但是事实上他是孩子的爸爸，这就足够了。

　　叶蓉发现怀上了王浪的孩子后，将长沙的生意交给肖剑打理，回到四水专心地怀孕。为了以后孩子上户口、上学等方便，叶蓉想着给孩子一个合法的出生手续。可是作为一个未婚女孩，她该怎么办呢？

　　一天，叶蓉在报上读到一个新闻，说是一些人为了出国，与外国人搞假结婚，然后出国成功后再办理离婚手续，两个人并没有真正的婚姻内容，也就是说只是一个形式，只要给假结婚的对象一笔钱就可以了。她打算找一个男人假结婚，那样就可以取得合法的生育手续。于是，叶蓉开始实施这个办法，但是她后来发现，找的人都色色地看着她，为她的美貌乱分寸。这太危险了，叶蓉想，如查假结婚对象借婚姻名义对她实施性侵犯，不但自己受辱，肚里的孩子也会遭殃，不，这不是一个可行的办法。那么该怎么办呢？

　　她突然想起电线杆上、候车亭里经常见到那所谓的牛皮癣广告，代办身份证、学位证、工作证……应有尽有。对了，何不这样做呢？那样就没有后遗症和其他的麻烦了。

还是找大学生作为合伙的对象好些，毕竟他们素质高，演起戏来更像。周末，叶蓉来到家教一条街。家教街位于四水市著名学府四水大学校门外约一千米的一条街道上，街不大，但因为这里有着全市三分之二以上的家教来源，所以为全市百姓所熟悉。

等待应聘家教的学生还真不少。从穿着打扮看，家庭条件不怎么好，差不多是来自山区或者农村的学生。叶蓉自己三十岁了，但是如果不说的话，看起来也就二十五六岁，那么，如果要找一个与她般配的结婚对象，这些二十岁左右的学生中，就只能挑看起来成熟一点的。

叶蓉因此主要看人家的外貌，转了几圈，都没有找到合适的人选，有几个学生看见这么美丽的雇主在来回走动，主动上前来搭讪。叶蓉问过几句话，找个理由把他们推掉了。

正当她准备放弃改天再来时，由外面进来一个身材高大的男生，远远看，还真有些像王浪，身高、身材像。待他走近了，叶蓉细看，他的五官与王浪不像，眼睛没有王浪的大而有神，鼻梁没有王浪的挺拔，皮肤就更不用说了，极其粗糙。不难看出，这是从经济拮据的家庭出来的，假期回到家还得帮助干农活、做家务的苦命孩子。叶蓉自小就没有爸爸妈妈的呵护，知道生活艰辛，对这孩子充满了同情。

叶蓉朝他走了过去，在他面前停下，男孩对于面前突然出现的美女有些意外，不知道她是帮谁请家教，因为男孩感觉眼前的美女应该不像有孩子的人。

"你好，这位同学。"叶蓉主动打招呼。

"你好！"

"你也准备做家教是吗？"叶蓉问道。

男孩似乎对叶蓉的这个问题有些奇怪："来这里的大学生都是做家教的呀。"

"哦，这样呀。那你一般辅导哪几门课呀？"

男孩显得信心十足，看来非常希望抓住每一次机会："如果是小学课程的话，除了音乐、美术，我都可以。初中课程同样，高中呢，我不教地理、历史，因为我是学理科的。"

叶蓉被男孩的介绍逗笑了："看来你是全才呀。"

"谢谢，你帮谁找家教呢？你这么年轻，应该没有孩子吧？"男孩虽然出身贫寒，但也不怯场，不卑不亢。

这是一个纯真的男孩，一个较真的男孩，如果要他去帮自己弄假结婚证，不知他能否接受。但是，在家教街看了这么久，这是唯一一个合乎心意的对象。不管怎么样，先试一下。

叶蓉决定不急功近利，一步一步来，要让面前的男孩心甘情愿地帮自己的忙，并且同时不要对他的心灵造成不必要的伤害。

"我的一个朋友，她比较忙，托我帮她找一个家教。"叶蓉回答道。

"这样呀，你朋友的小孩多大？男孩还是女孩？"男孩当家教不是第一回，谈判相当娴熟。

叶蓉觉得该以时间换空间，就是说要用时间让男孩来慢慢接受她，然后能够答应她做假结婚的事情。

"要不，我们找个地方坐下来谈？这里比较吵闹。"叶蓉建议道。

"行，要不去我们学校门口的茶馆吧，那里环境不错，价格也不贵。"男孩建议道。

叶蓉想，学校门口的茶馆，消费的主要是学生，价格当然不贵，但是环境恐怕好不到哪里去，还有，在学生众多的茶馆和男孩谈那种事情，男孩会有心理压力，环境会带给他压力，对她办这件事情不适宜。

叶蓉笑道："姐不怕贵，主要找一个安静点的地方，学校茶馆这时肯定人多。"她为了拉近与男孩的心理距离，如此亲昵地把自己当成男孩的姐。

这一招管用，男孩感觉到了叶蓉的亲切："那就听你的啰。"

"好，那走吧。"叶蓉招呼着男孩，"我的车在那边，我们过去。"叶蓉说着领着男孩朝她停车的地方走过去。

男孩有片刻的迟疑，老师有过交代，不能随便答应陌生人的外出邀请，尤其是女生要特别注意。不过，也就是片刻，男孩想，我一个大男人，人家一个美女，不至于吧。看她讲话那么亲切自然，不像是装出来的，也不像是坏人。现在是大白天，我家也没有什么财产，不是绑架就成，其他的见机行事。

叶蓉驾车行驶在四水的街道上，男孩坐在副驾驶座上。叶蓉想起了她当教练教王浪学开车的情形，那是多么美妙的一段日子呀。回忆那时，总是很快乐。当时的王浪比身边的男孩成熟得多。他的成熟，他的拒绝，他把自己抱在怀里睡了一个晚上也没有进入自己的身体，真不是一般人的所作所为。能够在那样的情况下抗拒美女的身体诱惑，这人不是普通人。

"老家不在四水吧？"叶蓉边开车，边与男孩聊天，先从简单问题聊起。

"是的，我老家在金州市的一个县，大山区。"

"金州是省会城市，也那么多山呀。"叶蓉这话显得她对金州的无知。

男孩果然反应敏锐："看来你不是本省人。"

"没错，所以我对金州不是太熟悉。"

"金州的整体条件不算太好，就是市区和沿海两个市好点，其他山区都不行，没有工业，靠农业和林业很难赚钱。"男孩的话显然超出了他的年龄，这让叶蓉感到意外。

这些话题叶蓉本身不是很喜欢，她于是转换话题，问了一些四水大学的情况。

"我们去喝咖啡，好不好？"当汽车经过四水市那家有名的咖啡厅时，叶蓉提议道。

"好的。"男孩很高兴地答应了，他平时就喜欢喝咖啡。

叶蓉将车从人行道上开进咖啡厅的停车场。咖啡厅的工作人员立即前来引导叶蓉停车，然后带领叶蓉和男孩进入咖啡厅。

咖啡厅的装饰比较现代，屋顶上悬挂着制作逼真的藤蔓与枝叶，墙上贴着极其可爱的卡通人物。两个人进去的时候，咖啡厅里正放着舒缓的轻音乐。

"喝点什么？"叶蓉问男孩，一边把桌上的品名单递给他，"你看一下。"

男孩接过咖啡厅的品名单，将上面的品名与价格浏览了一番。无功不受禄，他和眼前的美女第一次见面，尽管是想请自己做家教，但八字没一撇，人不能太贪婪，男孩要了最便宜的一款咖啡"奶油咖啡"。

叶蓉发现了这一点，心里对他的好感增添几分，也就由他去。她自己点了"玫瑰花香"，另外要了几份点心，也快中午了，肚子饿了不好谈事情呢。

服务员拿单子走了，包厢里（半开放式包厢，四处都是相通的，不过是相对独立的空间）叶蓉与男孩互相看了看，进一步打量对方。

男孩从口袋里掏出一个红本本："先认识一下吧。这是我的学生证。"

叶蓉接过红本本打开，首先看见的是男孩的名字："你叫孟春归？"男孩听了，有些不悦，上面不写得清清楚楚嘛，典型的明知故问，是办事效率低的表现。他对这个问题拒绝回答，个性鲜明。

叶蓉见男孩不回答，有丝丝尴尬，但她迅即调整了表情，意识到了自己的画蛇添足，也感受到了男孩的率性纯真。

"你的名字真好听！"叶蓉赞道，是真的感觉好，而不是为了让男孩高兴。

"是，很多人都这样说，这要感谢毛主席。"孟春归说道。

这话让叶蓉诧异，以孟春归这样的年龄，他对毛主席应该不会懂得太多，起码是没有很深的了解。叶蓉对毛主席那个年代都所知甚少。

"你很熟悉那段历史？"叶蓉问道，比较委婉。

孟春归是聪明的孩子，所以他能够与叶蓉对话得很流畅，他明白叶蓉所指为何。

"我不是太清楚，是经常听我爸说的，我爸说我的名字就是因为他读了毛主席的诗，其中有两句'风雨送春归，风雪迎春到'，我爸就直接拿了其中的两个字做我的名字。不过，话说回来，有时我觉得，我的名字乡土气息比较浓厚，城里的同学不怎么喜欢，不过，我倒没什么，我本身就来自乡村。"

叶蓉将红本本还给孟春归，他则用期待的眼光看着叶蓉，显然，以公平的角度看，叶蓉是应该将身份证件也给他看看的。

叶蓉有片刻的迟疑，但很快就想通了，自己打算请面前的男大学生帮忙一起去办结婚证，说不定要接触几回，要花上几天的时间，证件无论如何都会给他看到，迟看不如早看，早看不如现在看，双方的真诚与放心可以由此建立。

她从包里找出身份证，因为长年外出的习惯，她把身份证随身带着。孟春归拿着叶蓉的身份证看着一会儿，他有感而发："你和我大姐同一年出生，真没想到，看不出来。"

女人喜欢听这样的话，叶蓉也不例外，尽管身份证暴露了她的真实年龄，但得到说真话的孟春归的赞美，她非常高兴。

"你有很多兄弟姐妹？"叶蓉听男孩说他有大姐和她年龄一样大，估计他的兄弟姐妹不止一个，"不是有计划生育，一对夫妻最多生两胎吗？"

"哎，农村不比城市，也没有什么单位的约束，也不怕违反了计划生育开除公职，大不了罚款几千块解决问题。我们那里呀，这种事情看着好像有人管，其实没有人真正去管，我们那里生三胎、四胎的很多。"

"是呀，这和经济状况有关，条件好的地方反而做得比较好。"

孟春归看完了叶蓉的身份证，将它还给叶蓉，接着说道："你的名字比我的要好，叶蓉，不错，这名字好听、好念，也好记，看着让人想起芙蓉花，想起出水芙蓉。"

"你可真会联想，尽说姐高兴的事儿。"叶蓉被眼前的男孩孟春归说得心花怒放。

"我只是说心里想的。要是真会哄女孩子的话，我早就会有女朋友了。"

"你这么帅还没有女朋友呀？"叶蓉这话就有些拍马屁的嫌疑，因为这男孩除了高大之外，外貌看真没有什么特别的优点或者长处。

男孩没有较真，可能也爱虚荣吧，人嘛，都差不多，不管男人女人，人家说好话给你听，总是舒服的。

"我自己也没怎么把找女朋友当一回事，反正现在可以玩的事情多得很，我做家教已经够忙，没有时间玩别的。我目前的任务是多赚钱，好好学习。"

"咖啡来了。"随着服务员的一声轻轻话语，随着飘进来咖啡的暖香。

"请慢用。"服务员将咖啡、点心放下后，飘然而去。

"你朋友的小孩多大？"孟春归品尝了几口咖啡后，抬起头来看着叶蓉问道，他在关心着家教的问题，这也意味着勤工俭学的眉目。

叶蓉和他聊着都差点忘记这事了。对，叶蓉是以要帮朋友找一个家教的名义请孟春归到这里来坐着谈事情的。但是，怎么开口说她真正想要孟春归帮忙做的事呢？以他如此聪明的天资与真诚的秉性，他可能会帮助有困难的人，但是一定不会喜欢被欺骗。

"不好意思，对不起。"叶蓉决定说实话，"找你来是有别的事情，并不是因为小孩家教的事。我要你帮我的忙。"

孟春归听叶蓉这么说，真想一走了之，然而，与叶蓉短短时间相处，他对她竟有了些许好感，这个与他大姐同龄的女人，很有修养，长得漂亮，声音动听，不管如何说，面前的叶蓉对他还是有吸引力的。要是换了别人，这样明目张胆地骗他，他一定说一句"我不喜欢这样"拂袖而去，他一直把这奉为他的行事准则。听叶蓉说一下她的情况，如果真能提供有益的帮助给她，也是做了善事。

他没有生气，很友好地对叶蓉说："没什么，吃人的嘴短，拿人的手软。希望我能够帮到你。"孟春归还和叶蓉开起了玩笑。

"那你也太不坚持原则了。"叶蓉回敬道，心里高兴，因为孟春归答应帮她了。叶蓉感觉到，只要孟春归答应帮忙，应该问题不大。

"先说具体的事情吧。"孟春归催促道，他对叶蓉的要求有些好奇，她需要在家教街找一个人来帮她完成什么呢？

叶蓉简单地和孟春归说了她和王浪的事情，她爱王浪，王浪却不能和她结婚。孟春归听了叶蓉的叙说，有些意外有些理解地看着叶蓉，强调自我释放的八零后不会认为未婚妈妈有多丑，他为叶蓉对王浪的感情而感动。

"你想好了吗？"孟春归此时的成熟与稳重已经让叶蓉刮目相看，他继续问叶蓉，"你清楚做一个未婚妈妈的难处吗？尤其是在中国，社会保障体系不太完备的大前提下，独自抚育一个孩子要说多难有多难，升学、住房、就医、成家都有数不尽的难题摆在前面。"

"我不怕，再难我都不怕，我会做一个合格的妈妈。"

"那你需要我做什么事情？我尽全力帮助你。"孟春归已经被叶蓉的话语所打动，被叶蓉的气质所征服，被叶蓉对王浪的爱所感染，完全站在了叶蓉的统一战线上。

"刚才你说到孩子的升学、就医等问题的确存在。我今天想找你帮忙，就是要更好地创造条件解决这些问题。"叶蓉对孟春归说她的计划与安排，"现在办结婚证只要双方出示身份证就行了，所以，我想请你担任我的结婚对象。"

"假结婚吗？"孟春归问道，"可我是在校大学生，结婚要通过学校批准的，一般不会同意。"

"不是这样的，不是要你和我真正办理结婚登记。我是想请你帮我一起做假，我们一起去找做假证的，给你做一个假身份证，就是借你的人用一下。"

"你的意思是说拿我的假身份证去和你登记结婚，也就是说，你要和一个根本不存在的人结婚？"

叶蓉在心里想，孟春归真是反应灵敏，这样更好，他能够准确明白自己的意图与想法，配合会更默契。

"对，就是这样，因为结婚登记是要两个人一起去民政局，所以，就必须你帮我忙才能得到登记。有了结婚证，我就可以合法地得到生育证，然后给孩子上户口等，就医、上学等就都有了保障。"

"你这还真是相当不错的主意，达到了目的，而同时又不会过多地牵涉到别人。"

"谢谢，不好意思，拉你下水，共同作假了。我感觉得到，你是真诚实在的人，你能帮我，是看我可怜吗？"

"不是，而是因为你的出发点很好，并且，帮助你做成这事，并不会对社会造成危害或者影响，有好处而没有坏处的事情，我当然可以做。"

"行，那你把电话号码给我，我安排好了，有要你出场的时候就给你打电话，好吗？"

"没有问题，我会给你最大的方便。你也可以放心，我不会去告发你的。"孟春归真诚地说道。

两个人直来直去，都表示友好，显然已经成了朋友。叶蓉与孟春归互相甚至都没有谈到报酬与费用的问题。

几天后，孟春归的假身份证做好了，身份证上的名字为"王涛"，不难看出，叶蓉对于王浪的想念之情，当然，叶蓉也是这么想的，这样的话就可以名正言顺地让孩子姓王，正是王浪的血脉。

叶蓉与孟春归去照相馆照了办结婚证需要的双人头照，这照片要贴在结婚证上的。当两个人按照摄影师的要求脸靠近时，孟春归感受到了叶蓉身上强烈的女人气息，他身子一震，要是这样的女人是自己的人，那会是怎样的情景？他为自己的想法吓了一跳。他随即在心里痛恨起没有见过面的王浪来，这么好的女孩，你这笨蛋为何不懂得珍惜呢？

叶蓉这天约了孟春归去街道办事处登记结婚，准确地说，叶蓉是去和"王涛"办理结婚登记手续，而这个"王涛"完全是虚构出来的人，不过，"王涛"由孟春归扮演，因为"王涛"的假身份证上贴的正是孟春归的照片。

街道办事处登记结婚的还真不少，不过，叶蓉发现，有一半的人是协议离婚的，也在同一个窗口办理手续。唉，如果都是幸福婚姻的话，这队伍不是可以少排一半吗。城门失火，殃及池鱼，很多地方都可以得到体现呀。这不，高离婚率让结婚的人们也得多花些时间来排队。

好在现在都人性化了，说是排队，政府部门给准备了椅子，让大家坐着排队，这样的话，也就不至于太累了。

叶蓉和孟春归等了差不多一个小时，终于轮到他们了。两个人递上身份证原件、复印件、结婚申请报告等必要材料，等待着办证员审核。

叶蓉尽管见过世面，然而以假证假人来办理结婚登记，她还是有些心虚，因为一旦被发现，不仅自己会受处理，而且孟春归的前途也会受影响。求老天爷保佑，让我们顺利过关吧。

或许叶蓉的祷告起了作用，办证员看了一下双方的身份证，再对比了一下身份证与人的相似性，好像没有发现什么问题。看来，假证贩子以假乱真的水平还真是不错。

办证员给了两本红色的结婚证给叶蓉和孟春归，要他们自己把结婚的双人头照给贴上。这是办证员偷工减料。当然，这对叶蓉与孟春归也是举手之劳的事情，两个人很快贴好了。

办证官员接过贴了照片的结婚证，对着他们的身份证沙沙地添了内容，然后从抽屉里拿出办证专用的公章，把上面盖上了代表政府机关权力部门的鲜红大印，随后，将公章放进抽屉，又拿出钢印来，再在证上敲上了深深的钢印。

办证员看了一下盖好章的结婚证书，效果似乎不错，他对自己的工作表示满意。

"办好了，拿去。下一对。"办证员抓紧时间，他想尽快办完眼前的事情，待会好下班。

叶蓉将两本结婚证收好，放进了她的包里。"现在，我们去派出所。"叶蓉对孟春归说。

"去派出所干吗呀？"孟春归不知道叶蓉去派出所干什么。

"我们去办户口呀。"叶蓉故意大声地说，享受着就要成家立户的喜悦。

"哦，这样啊，好的。走！"

身份证、结婚证、男人、女人，派出所的户籍民警看过这些关键的东西与人，很快办理了一本户口簿，户主：王涛，家庭成员：叶蓉，妻子。

叶蓉将户口簿收好，放进随身带的包里。

"走，我们吃饭去。"叶蓉对孟春归柔情地说，她很感激他的全力帮忙，"说说，你想吃点什么？由你决定。"

"那就去吃韩国料理吧。"孟春归也不客气。

"好的。"

叶蓉要了包厢，她吃饭喜欢包厢，环境好，安静，能够好好地说话，她不喜欢在大厅里，太吵闹，聊天都要像吵架似的大声叫喊。

她的心情很好，和"王涛"的结婚证件办好了，从此，她就和"王涛"正式成了夫妻，她可以名正言顺地拥有准生证，她是晚婚晚育的典范，一结婚就可以生小孩了，其实她的小孩已经在腹中酝酿了。

叶蓉为孟春归点了许多他爱吃的菜肴，叶蓉看着孟春归良好的胃口，心生欢喜，他要是自己的弟弟，多好呀。

"我这次要办的事情基本上办完了，耽误了你找家教，也费了你不少时间。真的非常感谢你。"快要吃完料理的时候，叶蓉对孟春归说，"这是我的一点心意，请收下。"

叶蓉给了孟春归一个大信封，里面装着厚厚一沓钱。

孟春归拒绝，他动了感情："姐，我不能收你的钱。"

"这是你该得的钱，是你的劳动报酬。我当时是说请你做家教的。"

"可我没有做家教。"

"嗯，不过，你是在帮我做事情。"叶蓉执意把信封交给孟春归，"你要抓紧学习，对于学生而言，搞好学习是王道。做家教也不要花太多时间。"

孟春归接过了叶蓉的大信封，心里很感动，叶蓉真是个好姐姐，不是因为她给了钱，而是在这些天的交往中，她所体现出来的对他的好，对人的关心，让他忘记了这是在帮她做一件假的事情。

就此分手后，还会再见吗。孟春归在心里问道。"姐——"他情不自禁地称呼叶蓉，"以后，你有事情，给我打电话，我会以最快的速度过来。"

"好，我会的。"叶蓉的眼里湿湿的，"你要是想姐了，也给姐打电话。"

叶蓉与孟春归挥手再见，这一段生活中的插曲，是不是就这样结束了呢，还是会有以后的见面呢？

当时，远在长沙的王浪哪会知道这些呢？他哪里会想到，叶蓉在四水里为她和王浪的孩子做着多方面的准备。

这样就好了，现在她的结婚证、户口簿全部是有合法程序的。几天后，叶蓉如愿地拿到了准生证，从此，她就安心在家怀孕。

这年的十一月底，叶蓉在医院自然分娩，产下了一个男孩，重八斤，白白胖胖，煞是可爱。这是叶蓉与王浪爱的结晶，是两个人的血脉。

叶蓉在第一时间给叶欣打电话，告诉妹妹，她在四水平安产下了一子。

"姐，祝贺你！"

"谢谢，叶欣，有时间你再到四水来看看，宝宝好可爱呢。"

"好，我有空就过来，看看我的小外甥。"

"他一定会很喜欢你呢。"

"姐，你现在感觉很幸福，是吗？"

"是的，我感觉无比幸福。"叶蓉沉醉着，"你如果有合适的机会，也要抓紧时间呀。当然，你要办得比我好些才行。"

"姐，我知道。你刚生完小孩，身子弱，你要特别注意身体呀。"

"是，我已经请了月嫂，还有保姆，家里有三个人做事，应该没有问题，不然我要操太多心的。"

"你营养要加强，要是你没有营养，孩子也会营养不良。"

"知道了，还有，你这事不要到处张扬。我们自己知道就可以了。"叶蓉对妹妹强调，"你千万不能告诉王浪，他与儿子见面的时机我会把握。"

孩子满月的这天，叶蓉抱着孩子、拿着户口簿、出生证去派出所给他上户口，手续、证件齐全，这事也就简单。叶蓉给宝贝儿子取名为"王小多"，于是她的户口簿上就有了三个成员，三口之家正式形成，户主王涛，妻子叶蓉，儿子王小多。当然，这只是形式上的三口一家，何时才有一家三口的真正团圆呢？叶蓉期待着，但并不急躁，有儿子在怀抱中，依然感受快乐人生。

叶蓉凭女性的直觉，几乎可以肯定此时的王浪不会完全接受她们的儿子王小多，物质条件他们不缺乏，王浪关键是没有成家的思想准备。既然这样，就让自己好好地抚育儿子吧，叶蓉想。尽管王浪现在就在四水，咱不见他，也就让有意回避成为遗憾，而仅仅留在心里。不要因为过早地向王浪暴露儿子的存在，而彻底影响她和王浪的感情，甚至带来毁灭性的打击，那才是无法挽回的重大过错。

既然叶蓉不在四水，在北京出差未归，那也就没有机会见上一面。以后吧，以后再说，王浪心想，看来她和叶蓉还是没有缘分哪。

13

王浪脚踩着四水这块热土，想起大学毕业后在这里工作的五年，这是一个人一生中重要的时光，也是最青春的时光。那时的他，无比激情，投入地去爱身边那些钟情于她的女孩，时常置身于感情的旋涡之中。他想起了张美玲，这个用生命与他相爱了一场的女孩。是呀，张美玲走了三年多。三年前的那一天，张美玲与王浪在大自然中演绎了激情之爱，地作铺来天作盖，两个人心身俱融。

想到张美玲，王浪心中难掩愧疚，毕竟张美玲是因为与自己的狂欢直接导致病情加重，而最终医治无效离开了人间。自己总归是有责任的。是的，张美玲说过不怪自己，甚至还充满感激。她是这样的人，宁愿爱着死，也不愿病态地活着。这是一个为爱而生、为爱而死的女孩。可是，想想自己，面对这样的一份爱，接受起来还是隐隐感到不安。

王浪将车朝公墓方向开去，他要去看看张美玲，她躺在那里已经三年多了。当时，王浪陪着张美玲的父母，将张美玲安葬在那里。看着两位老人白发人送黑发人，王浪不觉潸然泪下。

在路过一个花店的时候，王浪停车进店。他要给张美玲买她喜欢的鲜花。火红的玫瑰、洁白的百合、浪漫的满天星，这是张美玲最喜欢的三种花。

"小姐，玫瑰、百合、满天星各二十支，麻烦你给我用花纸包好。"王浪对店员说，之所以要二十支，是因为张美玲将二十岁的青春完全地留在了王浪的记忆里，她带走的是二十岁的年华，却留给王浪无尽的思念，这种思念不会随着身体的消亡而消失，挥之不去。

王浪拿着花回到车上，继续往公墓方向开去。这条路王浪来过多次，那是来送别天马医院去世的同事或者领导，最无法忘记的就是那回送张美玲来这里。他和医院工会的同事陪着张美玲的父母，看两位老人，痛何以堪！天下父母，爱子爱女之心，恨不能让自己替代疾病与死亡。王浪甚至不敢看两位老人的眼睛，他们的眼睛里充满了绝望。

公墓里人不少，因为是元旦假期的原因，前来祭奠先人亡灵的人很多。虽然人多，但是一点也不吵闹，人们都怀着虔诚的心情，表达着对逝者的怀念。

王浪捧着一大束鲜花，找到了位于第二十排第二行的张美玲墓地，说是墓地，其实就是几平方米的地方，竖着一块墓碑，上面写着"爱女美玲安息，爸爸妈妈立"。

王浪将鲜花放在张美玲的墓前，双手轻抚着墓碑，那是与张美玲在做心灵交流。

"美玲，我来看你了，你在天国还好吗？"

"王浪，我在这边很好，那时，是你送我去天国的，我很幸运，能够在你温暖的怀抱里走向天国。"

"美玲，你怪我吗？"

"我怎么会怪你呢，王浪，我真的很感激你。"

"我觉得我有些坏，我爱过很多的女孩子，你不是我的唯一。"

"你是我的唯一，我也是你的唯一。王浪，我是个追求爱情的女孩，我和邱倩一样，喜欢纯粹的爱情。知道当时为何特别地想与你在一起吗？因为那时呀，你身边没有一个女孩子，那时的你落寞而孤单，那时的你让我强烈地想爱。"

"我明白了，美玲，你是说你不计较我从前的情形，只要与你相爱时，真心纯粹，是这样吗？"

"没错呀，王浪，那样的爱才有安全感。有安全感的爱才实在，不会像浮萍。"

"是不是女孩都这么想呢？"

"我不知道，我只知道我和邱倩是这样的。对了，王浪，邱倩还没有原谅你吗？"

"没有，我们一直没有联系。现在都不知道她到了哪里。"

"你常常想起她？"

"你说得对。但是，我和她的距离已经越来越远。我就是没来由地常常想起。"

"这样好呀，只要生命在，爱就有希望。"

"谢谢你，美玲。"

"不要这么客气的，我们是一家人呀。天王要我去开会了，说是评我为最具爱情风格奖。"

王浪奇怪，怎么还会有这么一个奖项，正想问时，却突然发现，张美玲的声音突然间没有了，王浪看见一股仙气在他的四周聚拢，然后飘进张美玲的墓地里去了。

王浪呆呆地看着墓碑上张美玲的名字，美玲已远去，爱就这样固化了吗？美玲是多么宽容与关心自己，身在天国，却想着要邱倩与他和好。是美玲看懂了上天的意思，还是她知晓王浪的心思呢？不管怎么样，这让王浪想起了张美玲生前留给王浪的一封信，信里劝说王浪，尊重上帝的旨意，与邱倩携手共走爱情路。

邱倩，无论如何，都是王浪爱情路上一个最无法忘却的名字。

王浪在张美玲的墓前坐了许久，也想了很多。突然，一个声音打断他的沉思，声音不大，分贝不高，对于王浪却是相当熟悉。

"王浪！"一个气质高雅、貌美如花的高挑女孩对着他喊道。

王浪抬起头，面前赫然出现的是龙芳瑜美丽的容颜，几年不见，她的眼睛依然明亮、皮肤光泽细滑，鼻梁高挺，举手投足者多了一分成熟。

"龙芳瑜！"王浪用适合公墓气氛的语气对着她喊道。

没错，叫王浪的人正是龙芳瑜，就是那个当年将处女之身交给王浪，然后爱王浪爱得密不透风几乎窒息分手之后又痛不欲生的女孩儿，大律师龙芳瑜。

龙芳瑜的身边走着另外一个男人董云贵，董云贵一直追随着龙芳瑜，是她的下属兼追求者。董云贵与王浪以前见过面，此次在墓地相见，董云贵眼中有些许不快，他对王浪的情敌身份心有不快，尽管这已是几年前的事情，尽管王浪的不义行为才让董云贵存在着进一步追求龙芳瑜的机会。但是，龙芳瑜一直没有正式与董云贵谈恋爱，董云贵只是龙芳瑜关系最亲切的异性朋友。

龙芳瑜注意到了王浪祭拜的墓主人是张美玲，她想这应该是王浪特别要好的女性朋友，要不他不会一个人有些失神地坐在墓碑前。待会再问张美玲是他的什么人吧。先说点别的。

"你什么时候到四水的？"龙芳瑜问王浪。

"前天中午。"王浪回答道。

一看见王浪，龙芳瑜内心就涌出一股冲动，她想和王浪单独待一会儿，哪怕就一小会儿。当时，她无比痛恨"水性杨花"的王浪，可是，事隔多年以后，在这样特殊的地方看见王浪，她依然压制不住要与他一起待一会儿的想法。

"你这里弄好了吗？"龙芳瑜问道。

"嗯，行了。"

"那我们一起走吧。"龙芳瑜热情邀请王浪。

面对龙芳瑜大律师，这位昔日的恋人、出色的美女，无论从哪一方面说，王浪无法拒绝她的邀请。

董云贵心有不悦，但无可奈何，只得服从，表面上、语言上还得表现出欢迎的味道来。

"王大夫，走吧。"董云贵出于礼貌邀请王浪。

"你好，董律师。"他不失礼貌地起身，回应了董云贵，然后对龙芳瑜道，"走吧。"

三人沿着公墓的石子小径往外走，或许是三人在一起的尴尬，或许是公墓的特殊环境，都没有说话。

出了公墓大门，好像大家都松了一口气。董云贵说："我去把车开过来。"那意思是说，叫龙芳瑜和王浪在原地等着，说完他就快步走开了。他没有问王浪是否开车过来。

"我开了车来的。"王浪对龙芳瑜道。

"那更好，我叫董云贵一个人开车走，我坐你的车，我们到外面转转。"龙芳瑜的眼中充满期待。

"你不怕他不高兴吗？"

"还不至于，他不高兴是他的事情，但是他还没有让我怕。他是我的下级，他一直对我好，是我没有全心对他好。"

"那你还是一个人过着？"

"可以这么说吧，谁叫你当时那么狠心，丢下我不管。"龙芳瑜说这话有些幽幽的，一点不像大律师的风范，此时的她是个真性情的女孩。

董云贵开车过来了，车稳稳地停在龙芳瑜和王浪的前面，他是龙芳瑜最好的司机与下属兼私人保镖。客观地说，龙芳瑜有这样的下属，非常有福气。

董云贵下车，请他们上车。

"你先走吧。我坐王浪的车。"龙芳瑜走近董云贵，告诉他她的决定。

这让董云贵感到意外，一是他没有注意到王浪是否开车来，也没有关心这一点，作为律师，是自己考虑不细致。当然，最重要的是他完全没有想到，自己几乎天天陪伴着龙芳瑜，几年不露面的王浪对龙芳瑜的吸引力似乎要胜过自己。

董云贵无奈地开车走了，眼看着自己最喜欢的女孩子去陪她的前任情人，痛苦呀，真让人难以忍受，他真想停下车来，甚至把车撞向王浪。可是，理智与爱都告诉他，不能撞，千万不能撞。理智说，撞了王浪，王浪或残或死，你至少是故意伤害罪，严重的就是杀人罪，不判死刑，也会判有期徒刑；爱说，你可以去撞，你去撞呀，可是，你撞了王浪，龙芳瑜还可能喜欢你吗？还可能爱你吗？只要你敢开车去撞王浪，可以说，你一丁点儿爱龙芳瑜的机会都没有了。董云贵止住了这疯狂的想法，爱和理智让他悬崖勒马。不能这样，无论如何，咱是爱芳瑜的，芳瑜，我决不会放弃。

看着董云贵开车消失在视线外，龙芳瑜知道董云贵从认识自己的时候起就爱上了自己，然而，龙芳瑜一直没有接受他的爱。不管王浪在不在四水，董云贵都没有赢得龙芳瑜的芳心。当然，她喜欢董云贵，不然，她不会让董云贵时刻跟随着自己。只是，喜欢与爱，在男女之间，有时候就是时间的关系，有时候却要走很长一段路，有时候，根本就没有路。

"走吧，王浪。"龙芳瑜对王浪说，"你的车停在哪边？"

"这边。"王浪指着他停车的方向，他比龙芳瑜和董云贵先到公墓，所以停在更靠近门口的停车场。

"那我们走过去。"龙芳瑜靠王浪更近一些了，手抓住了王浪的胳膊。

王浪开车，龙芳瑜坐在副驾驶座上。车子缓缓驶离公墓。这回王浪主动些，他对龙芳瑜说："这些年你都还好吗？"

"还可以，业务是越来越多，总有打不完的官司。有些让人不开心的是，执法环境不是太理想，办案中还有危险。"

"危险？主要来自哪些方面呢？"王浪关心地问道，"你们主要是辩护，怎么会沾上危险事情呢？"

"现在呀，有些人急功近人，唯我独尊，当案子的结果出乎他的预料时，就会走极端，让人防不胜防。"说到这里，龙芳瑜的声音有些沉重，"今天，我和董云贵就是去给一位被杀害了的律师扫墓。"

"发生了什么事情呢？"

"我的这位律师同事为一件经济纠纷的原告做辩护，前两次开庭的时候，原告不占上风，但是我的律师同事之后收集到了重要的证据，在第三次开庭的时候，出示这些证据，经过法庭辩论，最后判决被告败诉，败诉意味被告倾家荡产，从一个千万富翁变成不名一文。强烈的反差，生活水平急剧下降的不良刺激，被告把所有的怨气集中在律师身上。然后，悲剧发生，这名被告在一天喝了酒后，冲到律师事务所，当时只有这名律师和另外两个女孩在，两个女孩被拿刀的被告吓傻了，被告从背后连续捅了五十多刀，律师倒在血泊中。"龙芳瑜说到这里，流出了眼泪。

王浪右眼的余光看到了这一幕，他左手握方向盘，右手从放在中控箱的纸巾中抽出几张，递给了龙芳瑜。

龙芳瑜好感动，王浪的关心、细心与体贴入微让她也激动起来。

"这是极端的个例，但其负面作用相当大。"

龙芳瑜轻轻地擦拭泪水，王浪保持着无声状态。龙芳瑜想起刚才王浪祭奠女孩墓碑上写的"爱女张美玲之墓"，这一定是一个年轻的女孩，没有结婚，没有丈夫，没有小孩，只有疼爱她的爸爸妈妈。

"王浪，你刚才为她扫墓的女孩叫张美玲？"

"没错，是她。"

"她的这个名字好像很传统，按理说，人也很传统吧。她是你什么人呢？"

"同事。"王浪回答道，她不想多说关于张美玲的事情，人已去，不多作议论。

龙芳瑜当然不信："不会是一般的同事吧？"

"当然是关系比较好的同事，普通同事也就不会来了。"

"我就说嘛，如果是普通同事，最多她走的时候你和大家一起送上一程，哪里可能几年了，你还会到墓地上去祭奠她，而且，你刚才坐在那里，很有些失魂落魄的样子呢。"

龙芳瑜不愧是做律师的，她的分析鞭辟入里，难以有效反驳。王浪没有回答。

龙芳瑜见此，换一个话题说："王浪，你这次来四水，是开会还是办什么事情？"

"宋志豪五十大寿，我来给他祝寿。"

"你相当有雅兴呀，不好好学习，还专程跑这么远来祝寿。宋志豪这人我熟悉，他在四水很有名气，钱多，还有就是他从植物人状态醒过来，很多人说是奇迹，都说他有一个好老婆。"

"你说他有名气，你也挺有名气呢。"

"我的名气比起他来说差远了。"

"也不会，各自的圈子不同吧。"

"石小龙提到过你。"

"你是说那个秘书长吗？"

"没错，就是市政府的秘书长。他说你为他们一个公司当律师，辩护得相当精彩，所以他们胜诉了。"

"他呀，喜欢结交朋友，也很有才，北京大学的研究生，是个会说会写又实干的人，我觉得呀，政府官员就应该像石小龙这样。"

"看来，你相当欣赏他。"王浪有意地惊讶道，其实他也欣赏石小龙，一个官员的好与坏，思想方面要有为民服务的精神，行动上面就要最先做与老百姓密切相关的事情。

龙芳瑜看着专心开车的王浪，心中百感交集，原以为再也不会与王浪这么近距离接触，现在，在这样狭小的空间里与王浪闲聊，依然感到快乐，感到幸福。想起往昔，龙芳瑜不免感慨万千，那个时候，王浪的眼神充满着爱的诱惑，当然现在，王浪依然温情、儒雅，但是多了几分沉稳与坚定，从他的眼神中不难看出，王浪是那种打定主意就不轻易受外界影响的人。

王浪与龙芳瑜一起吃中午饭，两个人选择了他们以前最常去的那家饭店。几年过去，饭店重新装修过，更显豪华气派。口味也有新的增加与改进，是一家永不停止进步的饭店。饭店里人气很旺，看得出在四水市颇有名气。

饭吃到快结束的时候，龙芳瑜接到一个电话，是一个大公司总经理打来的，龙芳瑜是该公司的法律顾问，总经理有急事要请龙芳瑜相见。

"龙大律师，不好意思，打扰你了。"总经理虽然自己忙得不可开交，但还是清楚当天是元旦的休息期。

"不用客气，拿了你们公司的顾问钱，总得做些事情呀。"

"哪里，哪里。你现在在哪？公司有急事，我要尽快与你商量。"

"我在外面吃饭。"龙芳瑜深知有些事情早些处理就多些回旋的余地，也就多份希望，"你看在哪里见面好？"

"到公司或者你的律师事务所都可以，看你往哪边方便吧？要不我开车来接你？"

"不用了，那就在律师事务所见面，好吗？"龙芳瑜是愿意自己掌握主动权的人，况且这个时候，她更想与王浪多待一会儿。

"好的，没问题，待会儿见。"

"再见。"

龙芳瑜挂断了电话，在她打电话的过程中，王浪看她依旧很可爱。事情安排得很好，言语得体，从容不迫。

"你真是大忙人，连元旦休息日都工作缠身。"

龙芳瑜在王浪面前千娇百媚，她能够舒心地体会到放松、被关心、被呵护的滋味。生活、情感就是怪，有的人也关心你，也爱你，可是你却感受不到被关心、被爱的幸福。

"王浪，今天你要是没有遇到我，会来看我吗？"龙芳瑜对王浪很是不舍，想着待会儿可能就要分别，很留恋地问道。

"当然会，不过……"王浪说到这里，有意打住。

"不过什么？"龙芳瑜歪着头，小女生模样地问王浪。

"不过，就是怕你接到我要见你的电话时，你说我正在忙呢，没有时间，下次吧。"

龙芳瑜不依，用粉拳砸王浪的肩膀："我叫你乱说，我叫你乱说，我会是这样的人吗？"

"谁知道呀，知人知面不知心哪。"

"没良心的家伙，打死你。"龙芳瑜感受着与王浪这样互相调笑的乐趣，"我的心你可是明白了的，人家对你毫无保留。"

王浪听这话，感觉到了龙芳瑜的内心伤感，这是自己无法弥补的，于是只好说："芳瑜，我知道，我知道。我永远会记得。"

"那还差不多。"

不一会儿，总经理再次打来电话，显然是催促龙芳瑜动身了。在危急时刻，总经理也顾不上更多的礼节，毕竟大礼不辞小让，等到危急过后，再尽量想办法弥补缺憾与不足或者失礼之处吧。

"对不起，王浪，我得走了。"龙芳瑜依依不舍地说出了这句话，她与王浪的午餐是吃得差不多了，但是，如果不是总经理有急事的话，再与王浪一起饭后散步，看看四水城市的变化，那是多么赏心悦目呀。

"去吧，工作是生存的第一需要。"王浪安慰道，"也是人精神满足的需要。"

"不听你的大道理。反正是没办法的事情。"

"嗯，能接受事实就可以了。"

"我开车送你过去。"王浪意识到龙芳瑜的车让董云贵开走了。

龙芳瑜嫣然一笑："我也是这么想的。"

王浪招呼小姐买单，不过，小姐过来后，买单的是龙芳瑜。她最强大的理由是，她是主人，客随主便，她要尽地主之谊，希望王浪不要坏了中国几千年传统规矩。

"这么大的帽子扣下来，谁承受得起呀。"

"明白就好。"

王浪开车，载着龙芳瑜去她的律师事务所。这是一条很熟悉的路线，从前，王浪与龙芳瑜一起开车多次走过这条路。这条路也改造了，比以前更开阔，视线更好了。王浪的车开起来，速度自然地随着车流快起来。

感觉几分钟就到了律师事务所，其实他们也走了十几分钟的，是龙芳瑜想多在路上待些时间，所以觉得更短。

律师事务所位于市区中心，停车不便，加上是节假日，根本没有空车位。王浪本想停车送龙芳瑜上她的办公楼，也只好放弃。

"王浪，不用你送我了，这里是我的地盘我做主。"

"现在的车真是多，比以前多很多。"

"你的估计没错，我前几天看了一个汽车保有量的统计数据，中国的汽车保有量在短短的三年内翻了一番。"

后面的车按了喇叭，催促着王浪快走。龙芳瑜下了车，站在路边，对王浪说："再见了，有机会一定要来看我。"

"我会的，再见了，芳瑜！"

王浪开动了车，透过后视镜，他看见龙芳瑜站在路边，还在凝望着他的车。不过，车流很快跟上来，只几秒钟后，后视镜里就看不到龙芳瑜秀美的身姿了。

龙芳瑜看着王浪的车消失在视线之外，抬脚往她的律师事务所所在大厦走去，嘴角挂着甜甜的微笑。与王浪算是有缘，不然，怎么会在公墓那样的地方碰在一起呢。不过，龙芳瑜相信，即便没有遇到，王浪也会来看自己，他是这么说的，而龙芳瑜也在王浪的眼里读到了他说这话时的真诚。王浪不是那种喜欢随意承诺的人，但是，他的承诺都会算数。只可惜，王浪对自己的爱没有承诺。不管了，好像就这样子也美不胜收。算了，不要期望太多，王浪能够不忘记旧情，来到四水能想起自己，能与自己共度一些时间，很好。

总经理已经站在她办公室门口等着，看见龙芳瑜从电梯里出来，连忙迎了上去。这个时候，真有些委屈大经理。

"龙大律师，辛苦你！"总经理率先问候龙芳瑜。

"对不起，让你久等。"龙芳瑜彬彬有礼。

这是文明社会的一个缩影，用法制来解决纠纷，以礼貌的语言来架构文明。

14

王浪回到宋志豪与陆琳家的别墅，他在四水当然没有自己的家。原本，当年他与龙芳瑜已经到了谈婚论嫁的地步，房子都买好了，他们还一起开车去看过建设中的住宅楼。然而，当房子完工后，他们的感情却出了问题，两个人不欢而散，最终分道扬镳。考上研究生后，王浪知道自己短时间内不会待在四水，干脆把房子处理了。当时正是房地产市情高昂的时候，他的房子很容易就出手，狠狠地赚了一笔，除去手续费之类，净赚二十万元人民币。这一单无意中的生意，让王浪深刻体会到了房地产市场赚钱的乐趣。

那次在深圳开百名潜力研究生联谊会时遇见刘芳，她说过一些万如海的事儿，不过，她掌握的情况也是两年前的了，算是旧闻，如今的状况，既然到了四水，咱得去看看万如海，他是自己的上司，当时在天马医院时对自己关照不少。万如海因为嫖娼被逮住，王浪出了大力，从而让万如海视为心腹。在元旦假期结束，各单位正常上班的这天，王浪买好晚上由四水返回长沙的机票，决定利用白天的时间去天马医院见万如海。

"万院长，我是王浪。"王浪出发前给万如海打了一个电话。

万如海接到电话很意外也很高兴，毕竟两个人有过愉快的合作，属于关系良好的同事。虽然同事之间通常不会成为好朋友，因为有着利益的冲突，但是也有例外。

"今天什么好日子呀？想起给我打电话了。"万如海兴致勃勃，"去长沙后好像总共没给我打几次电话吧。你小子都成全国百强了，恭喜恭喜。"

王浪听得出来，万如海的确心情颇佳，好像比当时他们共事的时候情绪要好得多。

"对不起，对不起，电话打得太少，请领导原谅！"

"还什么领导呀。你的领导现在是吴铜礼院士，另外还有卫生部副部长何为，这是你的责任人呢。王浪，你小子真行。几年不见，名扬天下。"万如海恭维道，"你什么时候来四水指导工作呀？"

"有你万院长在，我哪里谈得上指导呀。对了，院长，我现在就在四水，我想来看你，方便吗？"

"方便，方便得很。你来看我就是第一大事，其他的都往后推就是。"

"你可别误了大事，不要把哪个市长、副市长的手术给耽误就责任重大了。"

"放心，我会安排好的。你现在在哪？我来接你。"万如海期待着王浪的到来。

"我在一个朋友的家里，距离天马医院可能就是十几分钟车程，我自己开车过来。"

王浪与万如海在天马医院肝胆医院相见，两个人亲切而热烈地握手。

"请坐，请坐。"万如海将王浪让座在舒服的沙发椅上，然后给王浪泡了一杯洞庭毛尖。

"谢谢。"王浪夸奖道，"万院长你风采依旧。"

"哇，王浪，现在看你，更像大明星呢，气度不凡。"万如海依然是真情地赞美。的确，王浪去长沙读研究生之后，万如海再没有见过他，如今猛地一见，王浪自然不是当年的王浪了，如今湘雅的博士生、百名潜力研究生、吴铜礼院士的得意门生、卫生部何为副部长直接关心的人，这几个光环加在一起，足够耀眼，难怪万如海这样的成功人士都羡慕不已。

"万院长，你一直是我学习的榜样，我得好好向你学习，争取早日当上院长。"

"你要当院长，快得很呀。要不，你博士毕业后回天马医院来，这个院长位置就交给你。"

"万院长，你这么说，我毕业后都不好意思回天马医院。"

"我看，你的志向与目标恐怕还不止这些吧。"

"那我一定按照院长的意思，追求更高更远的目标。"

"呵呵，好样的。对了，这回怎么有空过来了？"万如海问道。

王浪据实以告："你记得当时我有一个叫宋志豪的朋友吗？"

万如海的眼里掠过一丝不易觉察的尴尬，他自然记得宋志豪，当时他因为嫖娼的事情遭到敲诈，正是在王浪与其他朋友的帮助下，才让坏人此后不敢再小看万如海，而其他的朋友中就有宋志豪。

"嗯。"万如海轻声说道。

王浪意识到了这一点，简单说道："他过生日，邀请我过来。"

"他不简单，在我们医院住院三年吧，硬是从植物状态中醒过来，而且恢复到正常状态。"万如海对于天马医院的这个奇迹很清楚，也是乐意谈起的。

"确实这样，一点也看不出他遭遇过那么大的打击。"

"人就是命，有人能够大难不死，有人死于非命。"

"没错，生命的过程有很多的偶然性。"王浪颇为赞同万如海的这个观点，转而问道，"万院长，看你的气色，你这些年来，各方面都很好吧。"

万如海听这话很高兴，看来是真的不错。

"我嘛，整体上说来，都还算顺利。"

王浪想进一步了解万如海的情况，却不知道如何开口，于是采取迂回战术，他对万如海说道："我在深圳开会的时候见过刘芳。"他知道刘芳曾经是万如海的情人。

果然，万如海表示了兴趣："她比你后一年考的研究生，她是去深圳读研究生。"

"她说起了你。"

"大概没有说我的好话吧。"万如海尽管这么说，却并没有真正生气。因为不管怎么样，刘芳曾真心爱过他。

王浪感觉到了万如海的这一点，他继续煽风点火，挑起话题。"也说不清楚是好话还是坏话，就是说你们之间有些不愉快吧。"

万如海听这话心里还是有些不悦，这个刘芳，居然在深圳和王浪说这些事情，如果不是她蛮不讲理的话，或许自己和她还在一起。万如海觉得刘芳小题大做。

"主要是因为老婆的干扰，她叽叽歪歪。让我很烦。"万如海说道。

刘芳，这个当年万如海的情人，因为受到万如海老婆的辱骂干扰，非常生气，可万如海却帮不上忙，于是天天与万如海闹别扭。万如海不胜其烦，最后只有果断分手。

天马医院的变化不小，与湘雅医院一样，在建新房子、买新设备。医院这些年相互间竞争激烈，可谓是百舸争流，逆水行舟，不进则退。王浪在医院里逛着，不时会遇见熟人，毕竟当年的王浪在医院是知名人物。

万如海中午组织的招待午宴，倒是相当不错。几年正职领导岗位的磨炼，不说万如海脱胎换骨，也是进步了很多。他请了肝胆医院八个医生，加上王浪正好十个人。这些人，应该说都是万如海一条战线上的人，除了王浪离开之后调进天马医院的三个人，其余的几个王浪都熟悉，早年关系也很好。

"恭喜，恭喜，王浪已经成了未来的希望之星，也是我们天马医院的骄傲呀。"大家给王浪敬酒时，说得最多的就是这样的话或者与这类似的话。

当然，喝了几杯酒之后，聊的话题就多了，什么黄段子，名人轶事，每个人都不亦乐乎。

酒宴结束时，万如海做总结发言："我们非常欢迎王浪能够经常回天马医院来，一起喝喝酒、聊聊天。王浪是我们医院出去的名人，大家说是不是？"

"是。"在座的各位热烈地鼓掌响应。

"所以呀，你现在来是给我们指导工作的。"万如海借着酒劲说漂亮话。

"不敢当，不敢当。"王浪委实不敢当，毕竟离真正的专家、名家他还有很长的路要走，他清醒地意识到自己的现状。

"王浪，你就不要谦虚了，你成为百名潜力研究生的事儿，好多地方都有报道，卫生部副部长担任你的责任人。前途无量呀。"万如海手下的一位副院长说道。

"就是，王浪你以后要多多宣传我们天马医院。"

万如海见差不多了，端起酒杯说道："今天就到这里，大家干了杯中酒，预祝王浪前程似锦。"

王浪带着快乐，告别宋志豪、陆琳，于当晚乘飞机回到长沙。他没有想到，在四水时没有见到的钟心怡，不久之后在长沙的一次国际会议上与她见面。这次在长沙召开的肝脏移植国际会议，由中国肝移植最负盛名的吴铜礼院士任大会主席。吴铜礼院士自然直接指名自己的得意门生王浪担任大会的秘书工作。

腾飞医药公司是一家药品、生物制品、医疗器械经营公司。董事长是留日回国学者马磊。这个马磊，正是钟心怡的同学，对她抱有爱慕之心。当年，钟心怡对王浪的爱感到绝望时，马磊从日本留学归来，极力邀请钟心怡去北京发展，钟心怡只好离开四水到北京发展。

马磊与钟心怡强强联手，让他们组建的腾飞医药公司迅速壮大。正因为这样，腾飞医药公司才有资格、有能力来赞助在长沙召开的这次国际会议。此次代表腾飞生物医药公司出席会议的正是钟心怡。

大会开始的前两天，各赞助单位先期来报到，为的是方便组织展台，安排与大医院主任、院长等的高级别会谈或宴会之类的联谊活动。王浪与师弟郭光等在长沙市五星级酒店梦兰酒店大厅负责登记工作。

王浪登记完一个赞助代表后，抬起头来准备休息一下时，一张熟悉的面孔出现在他的眼前，是钟心怡。她怎么会在这儿呢？王浪心中感到意外，他并不知道马磊正是当年狂追钟心怡的男生、如今腾飞公司的董事长，就更不清楚钟心怡是代表腾飞公司来参加会议赞助的。

王浪怕眼花看错了人，睁大眼睛仔细看了一下，没错，也不会错，眼前的人正是钟心怡，当年他和她可是有感情故事的。

"王浪，真是天涯何处不相逢呀！"钟心怡依旧快人快嘴，"没有想到在长沙还能遇见你，而且你还是会议的组织者呢。"

"你请坐，你请坐。"王浪相当高兴，老朋友嘛，不，这可不是一般的朋友，有过不一般感情的男女，只要不是因为闹纠纷决裂或者分手，再见面时总会心生激动。

郭光年轻，忍不住问师兄道："你们认识吗？"王浪这时没空回答师弟，只是点了点头。

钟心怡坐下后，大胆地直视着王浪，并且仔细地打量王浪，良久，她下结论似的说："不错，王浪，你这几年看样子过得很滋润哪，气色、气质都比以前更好。"

在师弟郭光的面前被一个女孩子这样打量与称赞，王浪还是略略有些不好意思，脸稍稍红了："哪里，哪里。你也不错。"

"我倒是听陆琳说，你在湘雅医院读研究生，因为你以前就是肝胆专业的，心想或许会碰到你，但没有想到这么快就碰到你，而且是这么早就相见了。吴院士是你的导师吗？"钟心怡问道，因为既然担任大会的秘书工作，应该就是大会主席的学生了。

"嗯，是的，我和郭光都是吴老师的学生。"王浪不忘记把他的师弟也推上前台。

郭光很受用，很喜欢，这样的师兄真好，面对美女没有独自享用，而是能够不忘师兄弟情谊，有福同享。他也投桃报李，补充道："师兄是博士生，我是硕士生。"

"几年不见，王浪你就成大博士了，厉害，佩服。"钟心怡是真的为王浪高兴，自己喜爱的男孩进步，好像也就是自己进步了一般，当然是好事。

"听陆琳说，你前不久在国外搞一个新药品的代理申报？"王浪问道。

钟心怡说："陆琳呀，什么话都和你说，你和她的关系不错嘛，不会也有一腿吧？"她并没有顾忌到身边的郭光，或许她已经知道，如今的年轻人，不要说研究生，就是大学本科生对于男女之事也习以为常了，所以，说说也就无妨。果然，郭光并不在意，脸色表情都没有任何改变，难道说，他与那个美女歌星孙家惠也跨越了男女关系最实质性的一步。

"可不能乱说，宋志豪不会饶了你的。"王浪警告道。

"恐怕到时候宋大哥不放过你才是，我呀，还真为你担心呢。"钟心怡在北京的几年闯荡，看来成为老江湖了。

"你就别逗我了，陆琳是什么人，你还不知道，你和她是闺密呀。"

钟心怡笑了："算你对我了解，你对陆琳也把握得不错，你对我和她关系的判断也是准确的。你还真别说，如果说别人和你有一腿我完全相信，但是陆琳，她不会这样的，除非在她神志错乱的时候。"

"是呀，是呀。"话已至此，王浪赶快转变话题，毕竟他的师弟还在身边，如果他和钟心怡老谈着这么私密的话题，还是不妥的，"你是代表公司来参会吗？"

从刚才的聊天中，王浪知道钟心怡在做医药生意，而且发展得不错，既然她来到肝胆学科的国际会议赞助商报到现场，那一定是代表公司来赞助此次会议。

"当然，要不，你们医学专家的会议，我们哪能来呀。"

郭光听到这里，接着问道："你是哪家公司的？"因为他主要负责资料的录入与登记。

钟心怡看见郭光觉得蛮可爱的，给人热情、真诚的感觉。她的心情因为和王浪相见格外地好起来。

"我们前期就有联系过，但当时没有定是谁带队过来。你们应该有登记吧。"钟心怡说道，突然想起自己还没有告诉他们是代表哪家公司的，于是补充道，"北京腾飞医药公司是我们单位的名称。"

"北京腾飞公司？"郭光听到这个名称，有些惊讶，"这是第一家赞助单位，你们当时申请赞助了二十万元。"郭光前面看了赞助单位申请情况，一般的是五万，也有少数十万、十五万的，但当时报名赞助二十万的只有腾飞医药公司一家，也正因为如此，郭光对腾飞医药公司印象比较深。

钟心怡清楚郭光话中的意思，那就是说你们公司是很棒的，你代表的是大公司。钟心怡心里明白，公司的赞助肯定不会少，因为在国内开全国性的会议时，公司的赞助额通常是名列前茅的。这是公司董事长马磊的作风决定的，他常常对钟心怡及其他下属说，商场如战场，战场无亚军，商场也一样，要做就要做第一，任何时候都要全力以赴争取做第一名，第一名才有真正的发展空间。

王浪继续问着登记表中需要的项目，郭光负责详细记录下来。

"钟总，你带了几个人来参会？"王浪突然换了一副公事公办的嘴脸问钟心怡，弄得她在心里忍俊不禁，王浪你这是搞什么鬼，这样问话我不习惯知道不。

"王浪，你别这么正经吧，你这么上台面地和我说话，我都说不出话来。"

"这么严重？行，那我就随意地问。"

"这还差不多，不愧我认识你一场。"钟心怡感觉像打了一场胜仗，特爽快，不错，不错，这样与王浪说话，依稀还能找到当年两个人相处的那种感觉。

"加上你的话，你们公司一共来了几个人呢？"王浪听话地换了一种方式问道。

"总共是五个人，当然，这是加上我之后的总人数。"

郭光闻此话，再次惊讶："来这么多人，大公司就是有气派，出手不凡。师兄，你说是不是？"

王浪听郭光这么说，看着钟心怡笑了笑，"你说我师弟说的话对不对呀？"

"我想你师弟说的是对的。大公司就是要与小公司有所区别。"

"你们公司董事长马磊没有来吗？"

"没有，他委托我出席你们的国际会议。我也是马磊的全权代表。"

"你的职务是什么？主要管理哪些方面？"郭光继续问道，这些也是他要登记来宾资料的一部分。

"公司副总经理，主管营销。"钟心怡准确地回答。

"行了，登记好了，师兄还有什么要交代的吗？"郭光征求师兄王浪的意见。

"那就这样吧，钟总。你们的住宿已经安排好了吗？"

"对，我们公司从北京出发时就已经通过携程网订好了。"

"没有什么事了吗？"钟心怡看着王浪和郭光，尽管她心里想和王浪一起吃吃饭，聊聊天，可是，现在她一下子没有找到机会，毕竟她这回是公司的领队，工作是第一位的，并且也一定要让下属员工有归属感。

"行，好了，明天你们来看展台，把展台布置好。"郭光把安排和钟心怡说了。

"那我走了。"钟心怡向王浪、郭光告别。当然，她看王浪的眼神显得更有情、更有神，那眉目传情间告诉王浪，我先走了，如果这次有时间、有机会一定要单独见上一面。

这样的机会在正式的会议期间自然不是太多，因为这回王浪与钟心怡都是有实质性任务的，所以两个人都特别忙。大会的第一天上午短暂休息时，两个人在卫生间的洗手池碰巧见上了，交谈了几句，钟心怡主动告诉王浪，上次宋志豪五十岁生日时，陆琳给她打了电话，当时正在美国弄一个美国药品的申请代理，等到所有程序走完，宋志豪的生日宴会已经过去好几天了。

眼看着会议就要结束，钟心怡还没有和王浪单独见过面，这不行，咱一定要见他，哪怕是只有一个深情的拥抱，咱也愿意，咱也盼望。她决定会议结束时找个理由让其他几位先行回北京，而她多在长沙逗留一天，为了王浪。

国际肝胆会议在长沙开了三天，取得了丰硕成果。吴铜礼院士在闭幕式上致辞：

全球的专家、学者们：

美丽的长沙有幸迎来了来自各地的你们，准确地说，是肝胆外科医学让我们共同聚在一起。短短的三天时间，讨论的项目包括肝脏移植的伦理学、肝移植器官来源、移植前后心理干预的意义与操作、肝移植免疫学等等，很多地方都有较大的进展，有的还有突破性的进步。……我们期待着，下一次聚会时，我们能够把今天提到的问题基本解决掉，我们也希望，下一次会议召开时，每一个人都有新的收获，新的看法。会议到此结束，祝各位来宾健康快乐，事业大成！

现场的同声翻译为吴铜礼院士做翻译，不过，遗憾的是，吴铜礼觉得同声翻译不理想，翻译者的话没有感情色彩，而且有些具有中华传统的好言好句和意境没有充分得以体现。

会议代表很快就散了，在大会会务组的安排下，由专车送往机场、车站等，热闹的国际会议正式降下帷幕。北京腾飞医药公司的五个代表本是要一起离开的，但是该公司领队、副总经理钟心怡说临时有事，退了机票，留了下来。她的同事还真认为她有事情要办理才留下来，但只有她自己知道，她是要和王浪单独见上一面，或喜或悲都认了，谁叫遇见了他就有这种想法呢，那是挥之不去的相思。

王浪知道钟心怡留下来的事情，不过，他并不知道钟心怡的不走会和自己有关，他以为这次和钟心怡相见，虽然没有单独一起说说话，但是两次短暂交谈，两个人都很快乐，如果就这样再次分开，好像也说得过去。生活就是这样，注定有聚就有散，聚散两相依。

中午吃饭的时候，吴铜礼院士与会议组委会成员共进午餐，王浪、郭光这些全程参加的人员自然要出席的，另外还有医院几个领导，总共加起来十五个人。吴院士边喝酒，边表扬好人好事。

吴院士的表扬是丝毫不避亲的，他说道："这次国际会议，王浪充分体现出了不怕苦、不怕累的精神，无论是与会议嘉宾的联系、赞助商的管理、论文汇编的编辑整理，以及其他诸如照相、旅游等杂事都安排得不错，有条不紊，得到了与会代表的好评。"

王浪赶紧敬了老师一杯酒："谢谢吴老师。"

吴铜礼院士接着表扬了他的另一个研究生郭光："郭光呢，这次跟着王浪表现很好，团结协作，肯动脑子，把接待工作做得有声有色。"

郭光敬吴院士一杯酒，当然领导或者长辈都是随意的。

吴院士这天中午心情特别好，他自己倒是不喝多少酒，年纪大了，注意些为好，毕竟活着真好。在他的感染下，酒桌上的气氛特别浓烈。

"大家敞开喝，反正我们自己是做肝胆专业的，我们的肝胆都保养得很好是不是，下午没有上班、没有手术的就请随意吧。"

在吴院士的推波助澜之下，酒桌上的年轻人于是敞开肚皮来喝，这是特别开心的事情。

席间，吴院士谈到了会议的同声翻译，他表示说今天的翻译效果不是太理想。不知是喝了酒，还是他非常信任自己的学生，吴铜礼院士道："王浪，我看你的口语说得比他好，你坚持努力，要超越他完全有可能。以后找你做同声翻译，那样多好。希望你有机会到美国去，更好地掌握肝胆医学专业英语，争取下次开会时做同声翻译。"

喝到最后，除了吴院士仅仅是有些兴奋，其他十四人都有醉意，只是有人轻，有人重，程度不同而已。

王浪与郭光正往学校宿舍走的时候，他接到了钟心怡的电话。

"王浪，会议代表好像全部走完了。你们还在忙什么呢？"

"是，走得差不多了，就剩下像你这样有事情没办完的，好像还有十来个人吧，不过，都不用我们负责，都是自己解决食宿。"

"你们会务组也小气呀，就不会请我们没有走的人一起吃饭吗？"钟心怡这时在电话里发着嗲，让王浪有些欲火升腾的感觉。

"是吗，那我们下次一定改正。"王浪说这话等于没说，下次改正，下次的国际会议还不清楚在哪里召开呢，"心怡，我们刚吃过饭。要不，我待会儿请你吃饭。"

"你没有什么事情了吗？"

"行，没有了，吴院士要我们休息一天或者两天，说我们这一向都累，够可以的。"

"那好，王浪，今天剩下的时间你都给我吧，好不好？"

"好！"

"那就这样定了，不许反悔。"

王浪就是在这样的状态下，陪钟心怡看长沙美景，去逛长沙的知名老店。这样的感情，或许用知己来描述更为妥当。

15

王浪第一学期的博士生基础课就要结束，在一个教室里上了二十周课，是与向玲玲接触最多的一段时间，两个人的感情没有进展，不过也没有退步，原地踏步吧。

这一个学期，王浪取得学业上的巨大进步，成为百名潜力研究生是一个重要标志。对于今后的发展，王浪开始有了明确的方向，万丈高楼平地起，王浪在打着坚实的基础。

王浪和向玲玲再次回到湘雅医院上班，他们的身份是博士研究生，较之硕士研究生无疑又高了一个层次。因为在医院上过一年半的班，这回下到临床后，直接担任科总住院医师。其实，王浪与向玲玲早就是主治医师了，而总住院医师是住院医师培训阶段最重要的一环，是晋升主治医师前的强化培训。虽说他们的水平是达到了主治医师，但既然是读博士研究生，就必须得过这一关。

这天，王浪正在给科里的研究生们安排事情，手机铃响了。

"不好意思，我先接个电话。"王浪对他的师弟师妹们说。

"王浪，忙吗？"冯慧在电话里说道，她当然希望王浪能有时间好好听她的电话。

冯慧是王浪的小学同学、邻居，两小无猜，青梅竹马。前次，冯慧因为伯父的儿媳妇、她的堂嫂子在镇医院剖腹产后死亡，与镇医院和县卫生局打官司，冯慧请王浪帮忙，王浪与向玲玲一起去华阳县——王浪的老家，帮助冯慧伯父胜诉了官司。那段时间，王浪与冯慧有不少交往。每当冯慧特别想念王浪的时候，就想起自己是有夫之妇，她觉得如果王浪能够与向玲玲有情人终成眷属，那就是佳偶天成。话是这么说，冯慧对于王浪的情感依赖没有随着伯父家官司的结束而淡化，反而好像有加深的趋势。

"不忙。都好吗？"王浪如她所愿地说道，这时说忙也可行，说不忙当然也可以，因为是他做主，他稍后再给研究生们安排带教就是，不急着这一会儿。

冯慧很开心王浪的回答，语气欢快地说："王浪，我很好，你呢？大博士。"此前，他们也偶尔有通电话，因而知道王浪博士生在读。

王浪拿着手机边说话边往值班室走去，打这样的私人电话，对于在湘雅医院病房办公室这样人口密度特别大的地方，那是不妥当的，也会泄露个人隐私。

"我也很好，就是事情多点。你在华阳的电脑公司运转如何？"

"很不错，现在电脑越来越普及，我在华阳做得比较早，有信誉度与知名度，人家买电脑大部分首先想起我的公司。"

"那就好，照你这样的架势，很快会超越比尔·盖茨。"

"好呀，我一定努力做比尔·盖茨。"冯慧在电话里特别放松，"王浪，我可是挺想念你的。"

"真的，还是假的？现在网络这么发达，真真假假，虚虚实实，眼花缭乱，你不要骗我的感情啊。"王浪开着玩笑。

"哼，没想到老同学越来越油嘴滑舌了，不和你说了。"冯慧的确不说了，她现在要说她的重要事情，"王浪，我明天要到长沙来。"

"哦，好呀，出差吗？"

"是的，你还记得梁洛生吗？"

"不知道，我印象中没有这个人。"

"贵人多忘事吧。"冯慧解释道，"那次你和我，还有向玲玲一起由长沙来华阳县帮我伯父家打官司，在长途巴士上遇见一对从湘雅医院看病返回华阳的父子，那个爸爸叫梁洛生。"

"有点影子，当时你和他们聊了不少。怎么了？"

"上次我好像告诉过你，我把梁洛生招到公司当普工。明天我要带他和他的儿子来长沙。"

王浪听明白了，冯慧一定是带那个小孩子来长沙看病。这真是一个喜欢做善事的好人哪。只是王浪有所不知，冯慧亲自带孩子和他的爸爸来长沙看病，重要的一点是，她想见王浪。

其实，在冯慧决定带梁洛生与他的儿子梁永安去长沙看病时，公司管理层有不同的看法。几位管理人员认为，冯慧身为公司最高管理者，完全可以委派别人陪同去长沙，这是说如果实在想关心员工的话，换作一般的公司，对于员工家人的这种疾病，公司最多尽人道主义精神稍微补助一些罢了，没有责任与义务解决家属的医疗服务。

冯慧不听，她决定了的事情通常是不会改变的，她也给出了冠冕堂皇的理由，那就是由里及面，通过典型示范，增加公司的凝聚力，因为人心向善，其他员工会把他们的老板看成是关心下属、关心员工的好老板，如果建立起了这样的好感，员工们自然会为公司努力工作。这自然是良好的管理机制，另外几位管理人员保留看法，但不再反对。

"小孩的病又发作了吗？"王浪想起了那次与向玲玲、冯慧一起回华阳的事情，那个小孩因难治性贫血在湘雅医院诊治。

"是呀，在县医院输过几次血，效果不好，每输一次血只能坚持几天，几天一过，那小孩就脸色苍白、呼吸都困难的样子，看着好可怜的。"

"那你辛苦了。对呀，你这个做老总的派一个人帮着就行了，何必要自己来，你做老总的要做大事。"

"这也是大事，我不是说了嘛，我想你了，我想看见你呀。"

王浪真分不清冯慧说的是真还是假，只有冯慧自己明白，有时候想念一个人真的可以不用任何理由。

"行，欢迎你带队到长沙来看病。"王浪不去计较真与假，爽朗地说道，"到了长沙给我打个电话，我到车站接你。"

"那不用，你工作忙，我直接带他们打车。"冯慧替王浪考虑，"湘雅医院我来过多次了，又不是找不到。"

"好的，路上注意安全。"

"嗯，我会的。"听王浪这么说，冯慧心里感动而高兴，这个大男孩对人真的细心，"那就这样，王浪，明天见。"

"好的，明天见。"

第二天下午四点多钟，冯慧和梁洛生、梁洛生的儿子梁永安就到了长沙汽车南站，直接从车站打了一个车到湘雅医院，来到湘雅医院差不多六点了。冬天的长沙，天黑得比较早，此时已经夜幕降临。

冯慧带着梁洛生、梁永安径直走到了一年前她来过的王浪宿舍。不过，王浪已经不在这个宿舍了，他在电话中要冯慧到了长沙给他打电话，他去接她们，也就没有告诉她读博士换了宿舍。

冯慧敲门，一边叫着"王浪、王浪"，但是连喊了几声都没有人应声。看来，王浪是上班去了，于是冯慧掏出电话，正准备要拨电话时，对面宿舍的一个人出来了，告诉冯慧说王浪已经不住这里了。冯慧问那他现在住几号房。那人说他也不清楚。

说话间，姚义下班回来了。看见几个人站在自己的宿舍门口，而对面的同学在和她们说着话，听声音，这女人似乎有些耳熟。

姚义走近一看，咦，这不是王浪的同学，叫冯什么来着。

冯慧看出来是姚义，不过，也忘记了他的名字，毕竟他们没有特别交往，时间也是一年多了。

"你好，来看王浪了，冯——姐。"姚义忘记了冯慧的名字，情急之中叫一声冯姐，倒也显得亲切自然。

"我是冯慧，王浪的同学，你还记得我？"

"当然，我是姚义。"姚义说着打开了宿舍门，"进来坐，进来坐吧。王浪住到博士楼去了，没在这住。你们先坐一会儿，喝点水，我打电话和他联系一下。"

"谢谢。"眼前的姚义依然像上次那么热情，那次也是王浪没在宿舍，她受到姚义的热情接待。她本来想不在这里坐了，直接给王浪打电话，但是看姚义这么热情，就对身边的梁洛生、梁永安说："我们进去。"

三人进屋，姚义不忘对对面宿舍的人说声打扰，然后也进了宿舍。他的宿舍另外住了一个硕士生，这里已经没有王浪的痕迹了。宿舍和军营一样，军营是铁打的营盘流水的兵，而学校宿舍也差不多可以套用这样一句话，铁打的宿舍流水的学生。

姚义用一次性杯子给三人倒了冰水，现在的学生条件好了，也会享受，用的是饮水机，不像他们以前的大哥哥、大姐姐们，用"热得快"之类的东西。

姚义给王浪打电话却是占线，电脑语音"你所拨打的电话正在通话中"。冯慧的电话响了，一看正是王浪打来的。

"冯慧，你们到了吗？"王浪在电话里大声说道。姚义听出来是王浪的声音，难怪打不进去，原来是他正在拨打冯慧的电话。

"王浪，我们到长沙有一阵了，现在到了你原来的宿舍。"想想得感谢一下姚义，"在姚义这坐着呢。"

王浪知道冯慧是找到自己原来的宿舍了，他没有想到冯慧这么不想给自己添麻烦，到了长沙不打电话，就是到了湘雅医院也不打电话要他来接，内心感动着。

姚义心里乐道，冯慧和王浪这两个人还真有点心有灵犀呢，看来晚饭可以痛快了，王浪肯定会把他请去一起美餐一顿。

"好的，冯慧，你们坐，我已经在下班的路上，一会儿就到。"

两个人挂了电话。

"是王浪吗？"姚义问道，前面他听到王浪说话的声音。

"嗯，他就要过来了。不好意思，给你添麻烦了，上次也这样。"冯慧再次感谢姚义。

"什么话嘛，王浪是我的哥们，我们经常在一起，有福同享，有难同当，有饭一起吃。"

"呵呵。"冯慧听姚义这么说，笑了起来，"真逗。"

在座的梁洛生也拘谨地笑了，感觉大学里面的人真有意思。

十一岁的小朋友梁永安大致听懂了，感觉这个叔叔很豪爽，说话像古代的侠客，用羡慕的目光看着姚义。

王浪很快到了姚义的宿舍。宿舍的门关了，因为是冬天，而长沙的冬天是相当冷的，白天里都在医院上班，宿舍没有开暖气，随手关门自然成了保暖的重要步骤。

王浪敲门，姚义立即把门打开。

"不好意思，打扰你了，姚义。"王浪知书达礼，对朋友哥们都很礼貌。

姚义听了立即笑道："我说王浪，你和冯慧说话的内容和口气都差不多呢，你们真是一对儿呀。"

"乱说什么，姚义，冯慧的老公会找你算账。"王浪回敬道。

冯慧笑而不语，她喜欢听姚义说这样的话，尽管这个一对儿已经是不可能的事情。

梁洛生明白姚义开玩笑的话，因为从他与这两位的接触来看，冯慧有爱人，而王浪呢，不会做破坏别人家庭的第三者。

"冯慧，你好！"王浪与冯慧打招呼，好像地方太小了点，两个人没有握手。

"王浪，一下就过去一年多了，时间过得真快。"冯慧把她的两个同伴介绍给王浪，"这两位你认识呢。"

"认识，认识。"王浪笑答道，"那次在车上见过的。"

"这位是梁洛生，我公司的员工。这个小朋友是他的儿子梁永安。"

"这位是王浪，王博士。"冯慧把王浪也正式介绍给梁洛生父子。

梁洛生表现得很大方，他伸出右手与王浪握手，并说道："你好，王博士。"

"你好，梁大哥。"这一声大哥叫得梁洛生特别受用，不错，这小伙子真不错，一个大博士，湘雅医院的医生如此称呼自己，那是对自己的尊重。

"叫叔叔，永安。"梁洛生低下头，吩咐自己的儿子道。

他的儿子梁永安很听话，或许是因为贫血病不轻的原因，梁永安的声音很轻："叔叔好！"

"真乖。"王浪拍拍梁永安的头，"学校放假了是吗？"

"是，放寒假了。"梁永安回答道。

梁洛生补充道："他很爱学习，成绩也好，就是身体差点，所以平时就在县医院吊瓶（输液）、输血，现在放寒假了，我带他到长沙好好看一看。"他充满感激地看着冯慧，"冯总说你在这儿上班，她怕我们路上不方便，找不到你，就带我们过来了。"

"好，这位我来给你们介绍一下。"王浪把姚义推了出来，"我的同学姚义。"在场的几个人互相点了点头，前面的寒暄加上刚才冯慧与王浪的介绍，大家都已经认识。

"走吧，你们坐了好几个小时的车，很累了，我们先去吃饭，然后找个地方休息。这样好不好？冯慧。"王浪安排道，并向冯慧征求意见。

怎么搞的，这个王浪，搞得我像个首长似的，但是心里面她很高兴，这样的问话，让其他几个人清楚地知道，冯慧在王浪这里很有面子。

"听你的安排，我们客随主便。"冯慧自觉自愿做起了客人。

"那好，我们吃饭去吧。"正如姚义所预料的一样，王浪招呼他道，"走，姚义，一起吃饭去。"

"你招待老家华阳县的朋友，差不多是老乡聚会，我去合适吗？"姚义故意这样说，他是拿架子，希望王浪多请请他。

"废话。"王浪用力拍了一下姚义的肩膀，"咱还哥们呢。我华阳老乡来到长沙，你不热情接待了嘛，没功劳也有苦劳。"

"行呀，既然哥们这么看得起我，我就恭敬不如从命了。"

王浪、姚义、冯慧、梁洛生、梁永安五人从宿舍出发，往医院与宿舍区中间的街道走去。湘雅医院在街道的南面，宿舍区在街道的北面，街道名就叫湘雅路，正是因为这条街道上有着湘雅医院和湘雅医科大学。

在进入街道时，一个美女出现在众人眼前，冯慧眼尖，一眼认出了是向玲玲。当时她伯父家的官司正是因为有了向玲玲与王浪的帮助，才得以顺利了结，这份感激之情时刻感怀在心中。

"向医生，你好！"冯慧率先和向玲玲打招呼。

向玲玲自然先看见王浪的，正要和他打招呼，想问他去哪呢，听到冯慧的声音，认出来是冯慧。

"你好，冯慧。"向玲玲与王浪一样，待人接物很讲究礼节，她关切地问冯慧，"今天到的吗？"因为她看见冯慧、梁洛生背着旅行包，所以这样问道。本来，王浪与姚义要帮忙两位背包，但两位都坚决拒绝，只好作罢。

"对，刚到不久。你才下班？"冯慧接着问道。

"是呀，本来要早点的，临走时来了一个宫外孕的病人，帮忙处理好了才下班。"

"你们做医生的特别忙，为百姓造福呀。"冯慧赞道。

"向玲玲，走，和我们一起吃饭去。"王浪看他们说得差不多了，赶紧说道。请客要趁早，不能等人家走远了才说请你吃饭，那样就太没有诚意。不过，王浪请向玲玲吃饭，向玲玲拒绝的可能性应该为零，什么时候请，她都会高兴地答应。喜欢一个人，爱一个人，就会对他所有的事情都说好，会答应他的所有事情。向玲玲觉得王浪就是这样的人，是一个值得自己为他付出所有感情、终生感情的男孩。她相信，她和王浪是有缘分的，只是时间没有到而已。不为别的，因为中途上帝安排别的男孩来爱自己，那是对自己的试探，上帝并没有安排她去真正爱别的男孩。

这回吃饭，王浪打算选一个中档餐厅，既不让朋友们受委屈，也不使梁洛生、梁永安父子一下子进入太过高档与豪华的酒店，一时难以适应，反倒花钱没做好事。

众人在餐厅里坐下后，王浪与冯慧慧把向玲玲与梁洛生、梁永安再介绍了一番，当然，向玲玲当时在去华阳县的车上见过他们两个人，双方印象都不深。

"姐姐好漂亮！"介绍进入尾声时，十一岁的梁永安对坐在他身边的向玲玲说道，如今的小孩子，香港言情片看多了，居然年纪小小，就会来这一套。

向玲玲听了高兴，尽管她的漂亮是公认的，梁永安不会是看了电视剧学着拍马屁，因为实在没有这个必要嘛，看他也不像喜欢拍马屁的人。向玲玲看着脸色如一张白纸的梁永安，心生怜悯，这孩子要是不患病该多么幸福呀，他人聪明，学习肯定好，是老师家长都喜欢的好孩子。

"你好可爱！"向玲玲抚摸着梁永安的肩膀，"坐车累不累呀？"

"不累，冯姐姐买了很多东西吃，车上还有电视看，路两边的风景蛮好看的。"梁永安有许多话想说。

"冯慧，你看想吃点什么？你点。"王浪把菜单递给她。

"我什么都行，我胃口不错，每个地方的菜都能吃，感觉还行。"冯慧答道。

"那你看看他们两位喜欢些什么。"王浪特别关照梁洛生、梁永安，当然，对他们的关注也就是对冯慧的尊重与照顾，因为他们俩是冯慧带来的。

冯慧点点头，把菜单继续拿在手上，然后给梁洛生，对他说："你看看，你和儿子喜欢吃什么，喜欢的就点上。"

梁洛生迟疑着接过了菜单，能不迟疑吗？递给他菜单的可是自己的顶头上司，而他只是人家手下的一名普通工人。

天下父母一样爱，为了儿子，梁洛生认真地看了菜单，再征求儿子意见，点了两道儿子喜欢吃的菜。

这种吃饭没有狂欢，他们面对的是身患重病的孩子，面对的是边远山区来的普通农民工，他们因地区经济落后而贫困，又因疾病加重了贫困。这个时候，饭桌上有的是关心与温暖，是自然和随意。

梁永安吃得开心，他喜欢这几位长沙的大哥哥大姐姐，他们比学校里的老师更有趣，懂得更多，听他们聊天很有意思的。梁洛生见状无比高兴，想起那次父子俩第一次来长沙看病，人生地不熟。下了车后七问八问才找到湘雅医院，天都黑了，胡乱找了个私人旅店吃饭睡觉，特别地苦与累。这回，公司老总冯慧亲自带他们来长沙，冯总的同学和朋友个个知书达理，没有一点看不起自己和儿子的迹象。

"吃饱了吗？小朋友。"姚义吃饭很快，他第一个吃完，坐在那里等，看见梁永安准备放下碗筷，于是问道。

"没有，我还要吃。"他把空了的饭碗习惯性地递给了爸爸。他把餐厅当成家里，要他爸帮他盛饭。

"稍等一会儿，我去叫服务员拿饭来。"姚义对着不远处的一个服务员道，"小姐，再来一碗米饭。"他想起其他几位是不是还有没吃饱的，再问道："你们几位还有谁要饭的？"

大家都说不用了。

服务员很快把饭送过来了，梁永安接过后开心地继续吃菜吃饭。孩子有孩子的快乐，哪怕重病缠身，依然在感受生活的滋润。

吃过饭后，王浪安排冯慧、梁洛生、梁永安去住宾馆，让他们早些休息。冯慧依依不舍地与他们说再见。

"王浪，你这个同学冯慧呀，花这么多时间与精力，亲自陪同员工父子俩来看病，我觉得是小题大做。完全没有必要嘛，可以让他们自己来，然后你给他们提供一些帮助，不就可以了吗？作为一个老总，这样的陪同简直是奢侈。"姚义出宾馆大门没多久，就忍不住说道。他从认识或者说见到冯慧以后，就对她很有好感，但这次他认为一个老总费时费力陪员工儿子来看病，太感情用事，不应该，"她还有更多更重要的事情可做呀。"

"呵呵，"王浪为冯慧辩解，"各人做事有各人的理由与准则。"

其实，王浪心里明白，冯慧想来长沙见自己，才出此策略说是陪他们看病，内心有无数感动，也有不安。既然如此，得想办法让梁永安的病情有明显好转，这才不负冯慧老总亲自带队前来看病。

王浪在冯慧给他打电话说要带梁永安来长沙看病的当天晚上，就和湘雅医院血液科的总住院医生，也是他的博士同学联系，请他关照来住院的外地朋友。

"哎呀，王浪，现在住院的人可真是爆满，你的朋友这两天来的话可能没有床位住院。这样吧，实在不行，我给你先挂个床，有床位了直接转进去，这样比较靠得住点，你看可以吗？"同学对于王浪自然是全力帮忙的，什么可不可以，这是最好的办法了。王浪心里一清二楚，同学这是全力帮忙。

"谢谢！这样好。"

冯慧他们到达长沙的第二天，王浪陪着他们去血液科找这位朋友。梁永安一年多前在这里住过院，他上次的资料医院都有存档，找起来自然方便，尽管总住院医师没有诊治过他的病，但是看过病历档案之后心里已有数，以"难治性贫血来院复查"为由收住入院。

正如总住院医生对王浪所说的一样，没有空床位。没有办法，这种病如果住加床，也就是躺在走廊里，并不合适，容易受凉感冒，反而有可能会加重病情。

"这里住院的床位这么紧张呀！"冯慧得知情况，不免感慨，她是第一次真切地感受到住院难，从前只在报纸上看过，听说过，并没有实际体会。如今一见，果然是名不虚传，因为她看到了血液科总住院医师对王浪的尊重。那么，以王浪这样的身份带着他们来办住院都没有床位，紧张程度可想而知。

"就是，上次我们来，等了一个多星期呢。"梁洛生感慨道。

"没有办法，现在基层医院的医疗条件跟不上来，许多原本应该在当地医院诊治的病也到省城的大医院来，自然会造成大医院看病特别紧张的情况。"

冯慧对这个基层医院的就诊状况感触颇深，她的嫂子因为镇医院的医疗条件、医疗水平有所欠缺，在剖腹产后因失血性休克而死亡。

"国家在这方面要改呀，把下面的医院建设得好一些呀。"

"正在朝着这个目标努力。"王浪是个能够看到未来的人，是个充满希望的人，他招呼着同行的几个人，"走吧，我们先回去休息。"

两天过去后，王浪接到同学的电话，说是有空床位了，叫他领着朋友过来。同学并没有告诉王浪，一个患白血病的人头一天晚上病情急剧变化，导致胃、肠、肺等多部位大出血，虽经全力抢救，终告不治。凌晨一点的时候，尸体被送往太平间，随后工作人员对病房进行彻底消毒处理。在之后，这个空出来的床位才可以收住新的病人。

梁永安住进了血液科病房的病床，如果亲眼看见那人离去，恐怕心里会害怕，不敢住。话说过来，医院里的病床尤其是大型知名医院，哪张床会没有这种情况呢，生生死死，人在世界上就是生命的过客。

"谢谢你，王医生。"

"没事，不用客气。"王浪答道。

冯慧看王浪为这事尽心尽力，特别感动，她担心影响王浪的工作，连忙道："你去上班吧，这边安顿好，就放心了。"

"是呀，是呀，王医生，你去忙吧。这边我们也有些熟悉了。"梁洛生道。

"好的。"王浪同意两个人的看法，他对梁永安说，"小朋友，你住在这里，要听话啊，叔叔会常来看你。"

梁永安点了点头。

王浪回到肝胆外科去了，作为总住院医师，他的工作量相当大，好在他身体素质好，不然手术会诊那么多，一天下来，真会累得散了架。

王浪难得有时间陪冯慧，她便去与电脑有关的地方转悠，权当进行考察。快下班的时候，她会给王浪打电话，充满着期待，如果他有空的话，就一起吃饭，偶尔看一场电影。

这样的日子过得幸福而温暖，冯慧有些乐不思蜀。这时，华阳电脑公司给他打来电话，说县委机关进行网络化办公建设，需要购置一百台电脑，建立健全完善的局域网，请她务必回来统一指挥与协调，不然的话，冯慧真会忘记她是华阳电脑公司的老总。

得到这个消息的晚上，冯慧与王浪一起吃饭，她告诉他有这么个事情。

"恭喜你呀，这是大好事，政府部门看上你，你大喜临门。"

"什么喜呀，就是一百台电脑，再加建个局域网，可是却要离开你，我不想走。"

王浪伸手摸了摸冯慧的额头，好好的，并没有发烧，看来这女人说得有点儿真呢。咱不能让她误会，要让她明白，咱们是好同学，是好兄妹的关系，不会有别的。要让冯慧清楚地知道，她是华阳电脑公司的老总，是一个夫妻双双做大生意的好女人。

"冯总，我会记得你。"王浪笑道，"你对我的好，我都记在心上呢。这样吧，冯慧，你把你的生意做大，等你有很多钱了，你来投资，我们开办一家医院，你看行吗？"

冯慧听王浪这一说，心为之一动，这可是一个好主意，如果能和王浪投资创办医院，那绝对是利国利民的好事情。

"好呀，这主意好极了。我就把这当作一个目标。"冯慧认真起来，"王浪，你说创办一家让老百姓看病方便、信得过的医院，大概得要多少钱呀？"

"办医院这种事情，钱自然是多多益善，但我想如果有一个亿的启动奖金的话，应该能创办一家比较好的医院。"

冯慧用信赖与依赖的目光看着王浪，深情款款地说："王浪，我希望，用不了多久，我们会拥有自己的医院。"

16

王浪接到吴铜礼院士的电话，叫他去办公室一趟。他敲门，吴院士一如既往，沉稳地说道，"进来。"他听出是王浪的敲门声。

王浪推门进来，吴铜礼院士没有叫他坐，而是对他说："王浪，打开这包裹。"

吴院士指着矮柜边上贴着中国邮政专用的包裹，"我们的书出版了。"

王浪麻利地拿起剪刀，剪掉包装带，撕开内包装，散发着油墨芳香的书出现在眼前，封面是墨绿色的，上面用遒劲有力的宋楷写着《新世纪医院管理学》。王浪抽出一本书来，拿在手里沉甸甸的。他将书恭恭敬敬地递给吴院士。

吴院士接过书，看得出老师充满喜爱。他拿在手上掂量了一下，然后缓缓放在桌上。首先看封面，书名：新世纪医院管理学；主编：吴铜礼；出版：人民卫生出版社。这是一年多的心血，融汇着医院一百多名专家的心血与智慧。后期的统筹与秘书工作，全部由王浪完成。这些工作全是他抽空做的。吴院士看了王浪一眼，是满意的表情。正因为这样，吴院士在编者名单中特别列出：秘书王浪。

吴院士再轻轻地翻开书的扉页，敞开书中散发出来的油墨芳香。

"王浪，编书你辛苦了。"吴院士表达着对学生的感谢。

"吴老师，这是我应该做的。非常感谢吴老师让我做这项工作，在编书的一年多时间，我也学习了很多东西，尤其是您介绍我看了几本有关医院管理方面的书。"王浪是谦虚好学的好学生，他的回答是他的真实情况。

"很好，你善于学习，也敢于学习、渴望学习，这些是你今后大发展的先决条件。希望你继续努力。这书你拿一本回去，有空的时候看看。"

"好的，谢谢吴老师。"

"另外，你给几位副主编每人送一本过去。"吴铜礼院士吩咐道，"告诉他们，这本书的稿费要一个月以后才发。"

"好的，我这就去送。"

"这个时候科里没有具体事情吧，有事情你就先办完事情再说，不急。"

"病房比较平静，现在有手机，有事他们会打我电话，我在院里任何地方，两分钟都能赶回来。"

"好，你安排好就是。任何时候要记得，一定要把本职工作做好，在有能力有精力的情况下再去忙其他的。"

王浪很庆幸自己这一年多来能与医院管理学广泛接触，否则后来他就没有办法给叶欣提供有力的帮助与支持。正因为有了王浪的帮助，叶欣后来成功竞选上了她们医院的副院长，最后当上了院长，这是后话。

叶欣和王浪有一段时间没有通过电话，也没有别的联系，一晃过去好几个月，又到了一年的初夏，天气开始有些热。这天，王浪正与几位昔日同学在饭店吃饭聊天。因为是周末，边吃边聊，到晚上快十点还没有结束。这时，叶欣给王浪打电话，在电话里听到语音播报"你所拨打的电话暂时无人接听"。

"算了，王浪可能在做急诊手术，手术室不能带手机进去。待会儿，他手术做完了，看见我的电话号码他会回拨过来的。"叶欣相信王浪与自己的感情不一般。没错，男女之间因为情与爱吻过了，这情感就是不一般了。

半个小时后，王浪结束了与朋友们的聚会，他习惯性地看看手机上有没有未接电话。立即，王浪发现有一个叶欣的未接电话。这个女孩子，有什么事情找我了？都很久没有联系了呢。

王浪与朋友们挥手再见，然后等大家远了，他立即回拨了电话，是叶欣的手机号码。

叶欣立即接通了电话："王浪，刚才我给你打了个电话，你没接，做手术去了吗？"

"没有，有点其他的事情，声音很吵，所以没有听见你的电话铃声。"

"告诉你一个好消息。王浪，我们医院改名和改制了。"叶欣为医院感到高兴。是呀，她的医院本是长沙化工厂的职工医院，后来随着企业的不景气，单位所属的医疗机构差不多都消亡了。

"哦，划归市卫生局管理是吗？"

"是，我们医院现在叫市第四医院。"

"好，这是机会呀，好出路。"王浪祝贺道，"你要抓住机会，说不定用不了多久，你就能够升职晋级。"

叶欣听了这话，笑道："王浪，你这话怎么有点半仙的味道呢。不过，我信你，记得那次你搬了许多医院管理的书回去看，说是导师叫你看的。现在看来，收获如何呀？"

"你说这事，还真巧，我导师编了一本医院管理的书，已经正式出版了，这样吧，哪天有空，你来我这边，或者我给你送过去，你们医院由企业医院变成了社会医院，这书你得看看，争取尽快适应社会化医院的转变。"

叶欣想王浪到她的医院来，多有面子呀，人家湘雅医院的大名人亲自给自己送书，又是一个帅哥，这让朋友们见了，多好的一桩事儿。当然，叶欣真盼望王浪来，还是因为他从来没有到过自己的工作单位。照传统说，双方作为同学和好朋友，是要知道彼此的家庭和单位的。

她邀请王浪道："那敢情好，谢谢你。请你送给我吧，我请你吃饭。"

"不会吧，送一本书给你，送一趟就请吃饭，那你不是亏大了？"

"和你交往，我是不计成本的。"叶欣强调道，"我从来就没有考虑过。"

"行呀，那我就找个时间过去，对了，你看什么时间去比较方便，比如是白天去还是晚上去，是周末去还是上班的时候去。"

"只要你方便都好办。反正我是基本上不出门的，除非是有急事。再说呢，你来了后给我打个电话，我保证五分钟赶到。如果偶尔忙没空招待你，你就在我的宿舍里自己招待你自己，行不行？"

"没问题，我的独立生活能力很强的。那就这样定了，我争取早些时间送给你。"

王浪选择周末的时候去，权当散步与放松，另外，他也只有这一天是完全放假的，平时上班要求二十四小时不能离开医院。不过，王浪不是一个人去的，他把姚义拉着一块去。王浪始终有这样一种想法，尽管现在他和叶欣有过一吻，姚义虽然花心，不过，姚义对叶欣十多年的感情是真的，无法忽略。王浪相信，姚义和叶欣或许最终会走到一起。那么，作为大哥、同学、朋友，自己就有责任为他们创造条件，而不是起破坏作用。

姚义当然愿意去，他知道叶欣喜欢王浪，但是上次醉酒之后，他错怪了王浪，他明白王浪与叶欣尽管关系不错，但是终究不会成双成对的。那么，自己竭力改变在叶欣心中的花心形象，或许会收到成效。

他们两个人选择下午四点多钟出发，就是算好了在叶欣那里吃个晚餐，了解一下叶欣的工作生活情况。都老同学了，王浪还没有去过叶欣单位，看看、聊聊、吃个饭，这样很好。

姚义来过市四医院，就是从前的化工厂职工医院，他当然是来看叶欣的。这回陪着王浪前来，已经是气象万新。医院的大门油漆一新，显得很亮，多了些朝气。另外，医院大门口的牌子换成了更大的金字招牌"市第四医院"，取代了那块斑驳陆离的"化工厂职工医院"。

走进医院，可以看见不少高大的柏树，以及种在花坛两边的栀子花，初夏时节，栀子花已然花满枝头，是纯净的白色，飘着淡淡的清香。只是，院子里似乎多了些杂草，少了些整洁，不难看出，这代表着曾经的光辉形象，而今，因为企业的效益与改制，作为配套设施的医院，很多东西就无暇顾及了。当然，这都是过去的事情了，或许不用多久，这样的面貌就会得以改变。王浪想，世上没有一成不变的东西，到了一定程度，它就得变换以求得生存。王浪读大学、工作、上研究生所待的都是当地知名的医院，所以，看到这样的医院状况，不由得心生感慨。

因为有姚义带路，他们两个人直接找到了叶欣所在的急诊科。这算什么急诊科呀，从外面看，几间旧房子，还有好几处破损，怎么看都不像急诊科的病房。

"条件真不怎么样。"王浪对姚义说，"这么差的状况下上班还真的需要毅力与恒心。"

"嗯，也难为叶欣了。"姚义叹道，"所以要改制，现在的企业效益已经大不如前了，如果继续办医院、学校，自然力不从心。还好，叶欣他们单位应该算是改得比较早的。越早越有可能受到重视，发展就会好得多。"

"叶欣在湘雅医院急诊科进修了一年，现在改制，倒是机会来了，所以我今天要你一起来，就是为了给她送一本管理的书。她也挺喜欢医院管理的。"

两个人到了医生办公室，看见叶欣正忙着。一个病人躺在诊断床上，按着肚子，不停地哼着。叶欣在紧张地为病人量血压，检查身体，专注认真得竟然没有发现门外站着的王浪与姚义。

十来分钟后，叶欣看完了这个病人，给家属几张单子，对他说："带你爸去楼上放射科做个腹部透视，抽血做化验。"

叶欣看到王浪与姚义站在门口时，吃了一惊，这来之前也没有打个电话呢。

"王浪，姚义，你们来了。"叶欣很高兴地说道，"你们先坐坐，我过一会儿就下班了。"她们已经实行了夏季工作制，是下午六点钟下班。

"你忙吧，我们不打扰你。"王浪是特别看重工作的人，他觉得工作时间尽量不做私事，所以他看着姚义，也就是征求姚义的意见，然后对叶欣说，"我和姚义在外面转转，等你忙完了下班了再给我们打电话吧。"

"行，你们随便走走就是。"

叶欣送他们两个到门口，一个护士看见了，于是问叶欣："叶医生，来客人了？"那个护士没等着叶欣回答就和姚义点头示意打招呼，显然认识姚义，他从前来过几次，自然有些交道。不过，护士这回的目光却集中在王浪身上。

"是的，湘雅医院的研究生，我的同学。"

护士笑了一下匆匆走了，去给病人换液体，叶欣没来得及为他们介绍认识。很多时候，人与人之间会擦肩而过，能够真正认识成为朋友的少之又少。友情与亲情、爱情对任何人都是宝贵的，值得好好珍惜。护士临走时还回过头来看了王浪与姚义一眼，王浪的回头率基本上是百分之百的。

王浪与姚义到医院其他地方转，市第四医院有 CT 室、生化室、超声诊断科等检查科室，而病房大楼有着神经外科、心血管内科等，科室设置齐全，病房条件不错，病房里都有室内卫生间。相比急诊科这里的条件是好多了，看来，市第四医院的领导对于外观不是太重视，但是对于病房建设倒舍得下功夫，应该是求实型的人才。不过，作为一家单位或者企业的领导，必须明白，外在的东西有时也是很重要的，它会给初次看到的人形成一个印象，而这印象的好与坏直接关系到后面的行为，具体来说，一家外观破败形象的医院，就容易让前来看病的人对于医院产生不信任感，客观上会影响人的就医行为。

"叶欣那急诊科比起这里来就差远了。"姚义说，"这家医院好像对于急诊科不怎么重视。"

"嗯，我导师编的《新世纪医院管理学》里有过分析，那就是小医院在最开始的时候往往由于各方面因素的制约，不太发展急诊科。当医院发展到一定规模的时候，急诊科的重要性就会凸现出来，因为没有急诊科的发展与完善，最后发现门诊量、就诊量都上不去。"

"你很有收获。今天就是要给叶欣送这本书吗？"姚义问道。

"没错，她也很感兴趣，所以就请你一起送书。我想，叶欣是有想法的人，我们能够多给她提供一点信息，一点帮助，或许对她会很重要。"王浪回答道。

姚义听王浪这么说，感到惭愧与不安。与王浪比起来，自己对于他人的关心还是太少了呀，尽管一直爱着叶欣，可是在替她考虑前途、未来以及其他方方面面的事情，自己还做得很不够。其实，男人就要顶天立地，尤其要能够帮助照顾自己深深爱着的人。

两个人正聊着的时候，叶欣那边病人的检查结果出来了，还好，腹部透视没有看见什么异常，血液、尿液淀粉酶也不高，白细胞数在正常范围内。

"急性胃肠炎，留观输液一天看看，一般应该没有问题。"叶欣吩咐道。

"医生，我不会死吧？"病人问道，显然在身体痛苦难受的时候，有这方面的担心也很正常，毕竟生存是人所留恋的，好死不如赖活着嘛。

"没问题，你放心好了。打点滴很快就会好的。"面对这样的病人，叶欣当然给予安慰，她不担心这样说以后万一有状况病人和家属会告自己。其实很简单，一个病人到医院来，他是希望得到医生的安慰与鼓励的。可是，有些时候，的确有这样的医生，本是好意，最后却被家属质问"你当时不是说没事吗？怎么最后人都没了呢！你赔，你赔我家的人"。有人分析说，这是医生不负责任的许诺导致的纠纷。如此一来，医生处处谨小慎微，病人就难以得到任何安慰。

那叶欣是如何处理的呢？出现这种情况，她都会随后把家属召集起来，详细地向他们介绍病情，以及可能出现的意外，并重点阐明她安慰病人、增强他们治病信心的措施。正因为她的工作做得细致，所以，在急诊科工作这么多年，她没有与病人及家属产生任何纠纷。

叶欣开了处方，病人到留观室输液去了。等家属办完相关手续后，叶欣将他们召集起来，详细地对他们讲了急性胃肠炎的发病原因，病情的发展可能以及整体的治疗步骤。叶欣的解释深入浅出，家属们都听懂了。

"我等会儿就下班，接班的医生也已经过来，有事的话可以找他。"

"谢谢你，叶医生。"家属们感受到了叶欣把病人当亲人的好品德。安排好这些后，叶欣洗手下班，她很快就找到了王浪与姚义。

"王浪，不好意思，让你背一个这么大的包在外面走，刚才要把包放下来就好了。"叶欣注意到了王浪身上的包。

"没关系，就是那本要给你看的厚书《新世纪医院管理学》，背着也挺好的。"

"走吧，到我宿舍去，首先得给你松绑。"叶欣说着带领两位同学往宿舍走去。

叶欣的宿舍不大，十多个平方米，房间里一张床，一张桌，很醒目的是有一个大的书柜，里面摆满了书籍。叶欣真是一个爱学习的人呢。

王浪把包放下来，从包里拿出那本《新世纪医院管理学》。叶欣接过来放在桌上，因为实在太重了，拿在手上很吃力。

"叶欣，我看了一部分，确实写得不错，对我们很有裨益，尤其是你，因为很多时候你要独当一面，不像在大医院，里面有的是专家教授，可以随时会诊讨论等等，形成集体的智慧，而在你们医院，很多时候，你要自己做主，也就是要自己承担责任。这时，就要用到一些管理方面的智慧，以管理方面的智慧来弥补人员、水平方面的不足。"

"谢谢你，王浪。你和姚义专门跑这一趟，我很感动。走，我请客，到外面吃饭去。"

"你不是说你在宿舍做饭吗？"王浪说道，"随意就好，不要太浪费。"

"我这宿舍，你也看见了，这么小，没办法弄做饭的设备，最多可以用'热得快'烧水泡方便面吃。"叶欣解释道，"姚义来过几次，我们都吃食堂。不过，今天是周末，时间也比较晚了，食堂肯定没饭吃。走吧，外面吃去。我知道哪家味道不错。"

"那要你破费，真不好意思。"王浪说道。

叶欣作生气状："说什么呢，王浪，你们俩这么辛苦专程来为我送书，给我精神食粮，我招待你们一餐便饭，那是完全应该的呀。"

"好，那我们就高高兴兴去吃了。"姚义代替王浪回答道，也反映了王浪的想法。

老同学一起吃饭、喝酒、聊天，真是美不可言哪！酒至半酣，本来就是无话不说的老同学、老朋友聊得更深入了。王浪喝了一杯酒后很郑重地对叶欣说："刚才我和姚义一路看过来，你们医院的整体情况还算不错，但是急诊科就差得太远了，真是要财没财、要貌没貌呢。"

"我也有同感，可是医院不重视，就没有办法。"叶欣表示无奈。

"你可以去向院里反映情况呀，给他们建议建议。"王浪说道，随即解释道，"可能一时半会发挥不了作用，但是长期坚持下去，院里就会引起重视。"

"我也不好意思去建议，人家当主任的都不行动，我如果去和院里说，人家还以为我想篡位夺权，我还是先看看情况再说。"

"你们主任多大年纪了？"王浪问道。

姚义见过那位主任，头发花白，年纪五十有八，有点老态龙钟的样子，整个民国老中医的感觉。

"快退休的人了，没啥奔头的主任，通常都是保守的、不思进取的。"

姚义先于叶欣说道，"他们才不会费力不讨好地去向院里争取上新项目、开展新技术呢。"

王浪倒不太同意姚义的看法："年纪大倒不一定就是故步自封的代名词，你看我的导师，快六十岁了，他的创新意识、开拓意识，依然非常强烈。"

"你导师那是没说的，他是何等的大人物呀。到了你导师那样级别的大教授，那可以说一辈子都在思考、在创新求变。我说的是一般医院的普通主任。"

"也是，那就多和主任说说，或许他听多了，就会在院长面前说上几句，难免就有戏。"

"我也不是没有说过，可能真像姚义说的那样吧，人上了年纪，感觉没有奔头之后，就根本不想多做事情，总会抱着多一事不如少一事、平安是福的想法。"

"就是，怎么样，王浪，还是我说得对吧。"姚义有些幸灾乐祸，他喜欢看王浪的笑话，因为王浪实在太优秀，要看他的笑话并不容易。

王浪也不客气地反击道："说对了没有用处的，关键呢，是要解决问题，对不对？"

姚义自叹不如，他没有想到，王浪正在帮助姚义一直爱着的叶欣。他点头说道："王浪你说得对极了。我们现在就是要想出办法来，让叶欣能够在夹缝中闯出一条路来。"

王浪思考了一会儿，然后端起酒杯干了一杯酒，放下酒杯缓缓地说道："叶欣，你要在你们院长、副院长的心目中树立形象，让他们记住你是未来急诊科的希望。"

叶欣听王浪这么说，眼里放出光芒，但旋即又熄灭了，因为王浪这话似乎有些空洞，不着边际。她在等待着王浪的具体措施，她相信王浪的话不可能到这就打住。

果然，王浪继续说道："叶欣，你把你写的论文好好修改、润色，都往《中华急诊医学》等权威杂志投稿，另外就是积极参加全国、全省急诊医学会议的征稿等。不论是开会还是投稿，一般都会要院级领导审批的，次数多了，他们肯定记住你，会在做出有关急诊科的决策时想到你。"

"高，王浪，你这着棋不错，既借助于投稿、开会学了新东西，又让院方加深了印象。"姚义试图帮着完善，"要是院里不同意开会呀什么的呢？"

"那也不怕，先给副院长看，他不同意，咱就找院长，院长还不同意的话，我再找书记，如果都不同意，那也就算了，不过，你想想，这样一圈下来，人人都知道叶欣你做了很多工作，而且很有收获。这叫作化干戈为玉帛。"

"好主意。我会按照你说的去做。"

"你要相信，付出了努力就自然会有收获。《新世纪医院管理学》你好好看一下，我在想，以你在湘雅医院一年急诊医学的进修，这位老主任下了之后，应该是你接班。只是，你也要警惕任何理由的变更，所以，你要先武装自己，这样才能立于不败之地。"

这次见面对叶欣很有用，事情真如王浪所预料的那样往前发展着。叶欣有关急诊医学的文章投到全国急诊医学年会上，被邀请参加大会并作大会发言。当叶欣拿着会议通知去找医院领导审批时，先后经历过两个副院长、院长、书记，都没有通过，其实，只要第一个领导没批，第二个人通过的可能性就很小了。关于外出开会，第四医院有明文规定，非科级以上领导、非副主任医师（护师）以上技术职务一律不得参加在外省市召开的学术会议。但是，这次会议恰恰是在北京召开，距离长沙近两千公里。

叶欣去找医院领导之前，把大会邀请发言这事告诉了王浪。王浪和上次说的一样，只管过程，先不问结果。事后，叶欣告诉王浪，外出开会的事情泡汤了。王浪安慰叶欣，不用急，你的目的已经达到。

情形很快朝着有利于叶欣的方向发展。第四医院发布一则公告："为提高医院整体的医疗与管理水平，经院办公会议讨论决定：各科室主任应具有大学本科以上学历、主治医师以上职称，近三年内在统计源刊上发表过论文。凡三项中有一项未达标者，改任科室副主任，另由医院选派或者选拔优秀人才担任科室主任。另外，从下月起，科室主任实行任期制，任期五年，五年后进行考核与民主评议，不称职者将被免去职务。"

市第四医院医务人员站在公告前议论纷纷，各科室主任连忙把自己的条件往那三条上套，看能否保住主任职务。那些青年才俊、平时就特别强势的科室主任，自然不在话下，轻松看过，并不当一回事。有某项不过关者，则寄希望于院里网开一面，抱着侥幸的心理。而有些主任三条都没能达标，这本来是不应该发生的事情，但既成事实的情况下，一些不符合条件的人走上了管理岗位，并且能上不能下，长期占据位置，却发挥不了应有的作用。

该是时候了，人尽其才，千里马要遇伯乐，千里马要日行千里。该让叶欣这样的优秀人才担当管理一个科室的重任。

第四医院高层显然对这次的改革下定了决心。中秋节后，关于科室主任的留任与改任问题发布公告："经过三个月的认真调查研究、走访，全面核实，根据医院改革措施，现将科室主任调整情况公布如下：一、以下四个科室主任改任副主任：传染科、急诊科、防疫科、检验科。二、心血管内科、神经内科、普通外科、超声科、放射科主任自动辞去主任职务，不再调整为副主任。三、以上未提到的科室主任全部留任。四、在新的科室主任未到任这前，现改任副主任及辞职的主任均需继续履行主任职务，待新主任上任后自动卸任。"

其实看了上次的公告，大家综合各方面的情况，都很清楚谁要被改任掉。而作为这次改革对象的主任们，面对院里的规定也想了很多。他们一般都是年龄偏大，特定的时期走上了主任的管理位置，不过，由于学识、精力等原因，他们没有能够跟上时代的步伐，或者说力不从心。血管内科、神经内科、普通外科、超声科、放射科五个科室的主任选择了辞去科室主任，干脆无官一身轻，对于这一点，医院领导表示支持。

如此下来，第四医院有九个科室的主任位置空缺，都要得以补充，一次性调整这么多的科室主任，这在第四医院是史无前例的，要知道，科室主任是一个医院的骨干力量之所在。那些因为没有主任而继续负责的留任主任其实已经有些心不在焉，毕竟在其位谋其政，当已经宣布要让位时，这主任职责履行起来就尴尬。

医院高层管理人员当然意识到了这一点，于是在公告主任调整后，立即开始了新主任的选拔。叶欣当仁不让地报名参加急诊科主任的竞聘。

原来的老主任现在改任副主任，他心地善良，也没有想到辞去职务，不过，再过两年他就要退休了，所以，继续干副主任，也是不错的，起码可以科室副主任的身份退休，说起来总是光荣的事情。虽然有些失落，但并不明显，因为他本来在科里就没有做太多的事情。老主任的孩子和叶欣差不多大，他也喜欢叶欣，叶欣一直以来尊重他，没有与他唱反调什么的。

"叶欣，你报名了吗？急诊科的主任我看你干比较合适。"老主任在只有他与叶欣一起的时候对她说道。

他说的是实话。医院里虽说有一些硕士和几个博士，但是他们主要集中在内科与外科，分科都比较细，可以说对于急诊这一摊子，这些硕士与博士倘与叶欣竞争起来，并没有绝对的优势。医院是高学历的场所，但是高学历并不是全部，在医院临床科室，如果没有足够好的动手与随机应变能力，恐难胜任本职工作，尤其是像急诊这样需要快速做出诊断与反应的情况，经验显得特别重要。

"主任，我报名了，谢谢您。"叶欣很谦和地说道。

"那就好，我支持你。"老主任善意地提醒道，"我们科里应该只会有你一个人报名竞选，所以，竞选时你要强调急诊科工作的特殊性。"显然，老主任也注意到了可能会有其他科室的医生来竞争急诊科主任一职，因为有的人比较看中主任的位置，哪怕专业不对口也行。

叶欣全力以赴，这是一个机会，面对机会的时候，不牢牢抓住，机会会失去，而失去了机会，有时就是永远地失去。她仿佛看到了那展翅高飞的老鹰，搏击长空，与蓝天白云为伴，心旷神怡。

叶欣来到湘雅医院，回味她在这里一年时间学习的酸甜苦辣，不管怎样，在这里，她学到了很多的东西，尤其是对于临床急诊的思维模式，可以说，她在教授的指导下掌握了其精髓。她要用湘雅的风格，严谨求实不言败，来赢得第四医院的这场主任应聘战。

姚义请她吃饭，当然王浪是不会缺席，也不能缺席的。叶欣与姚义等了一个多小时，王浪处理完一个手术后的病人医嘱后，赶来学校餐厅与他们会合，一起吃饭。

叶欣自然与两位同学说了医院里的事情，以及她应聘急诊科主任一事。

"王浪你简直不是人——"姚义说到这里顿了顿，倒把叶欣吓了一跳，以为他要说出啥出格的话来，倒是王浪心知肚明，知道姚义要说的话，"王浪你真像个小神仙，居然算到了叶欣的今天。"

"王浪，你真好，能够用心地帮我算未来，而且给我指出了怎样到达美好未来的路。"叶欣真诚地感谢道。

"叶欣，一个科主任就是学科带头人，要做的事情很多，而且永远不能落伍，不能像你们的老主任那样，随遇而安，那样迟早要被淘汰，被下课。"王浪这下子说起来像个老先生，似乎在教育着他的两个同学，不过，也正常，能者为师，王浪现在已经立于一个更高的层次，作为一个博士生、全国百名潜力研究生之一，他的才华、才气已经被他的所有同学所认可，自然包括叶欣与姚义。

"我肯定会好好珍惜这次机会的。这次如果能够顺利当上急诊科的主任，那就可以实现梦想，把一些想法付诸实践。"

王浪好像自己的事情顺利成功一样，他似乎已经能够看到叶欣作为第四医院急诊科的科主任，在全方位地争取医院与同事们的支持，一步一步地将她的急诊科带向辉煌。

"叶欣，你们竞聘主任的时候，肯定要发表施政演说吧，你有什么设想？"姚义问道。

"有点设想，但是不够成熟，所以我来向你们取经。"叶欣真诚地说道。

"关于这个，王浪经验丰富，他经常在全国性的会议上做大会发言，好像每次反响都不错。是吧，王浪同学，这可是你自己说的。"

"差不多吧，和你说话实事求是当然比较好。"王浪回答完姚义后，转而针对叶欣的竞选注意事项发表自己的想法，"我认为，叶欣这次竞选主任，千万要注意，不能锋芒毕露，因为你是一个新人，谦虚谨慎是我们应该牢记的。就是说，在竞选的时候，你可以说你会努力做些什么，而不要轻易许诺你会达到什么样子，这些空话没有用处的，目标要有，可以稍微谈一下，等到以后目标实现了，才可以进行高调宣传。其次，要让当评委的院领导们感到把你放在科主任的位置上，你可以为他们分忧解愁，你能够在他们的原则精神指引下，把绝大部分事情处理好。"

"叶欣，你懂了吗？要不你到时候把我和王浪当观众，试讲几次吧。"

"这个办法好。等我整个写好以后，我就请你们到我那里去，现场指点我的演说内容与形式。"

正是有了王浪与姚义从诸多方面对叶欣的大力支持，叶欣最后成功击败与她竞争急诊科主任的男性肾脏内科主治医生。

一个月后，叶欣正式出任第四医院急诊科主任。当晚，她在湘雅医院附近的海鲜大酒店宴请王浪与姚义，这回的客人，还多了他们的另外一个同学，妇产科博士向玲玲。

向玲玲听王浪和姚义说过叶欣的事情，她也感到高兴。曾经，叶欣与向玲玲差点因为爱上王浪而发生不快，如今，那不快的因素已经消除。这原因向玲玲不知道，但向玲玲感觉到了叶欣对于王浪爱的放弃，代之以纯真的友谊与同学情。这点让向玲玲非常愉快，毕竟都是同学，如果没有爱的纠葛，那同学之谊的乐趣就多了。

"叶欣，我祝贺你当上急诊科主任。王浪和姚义为你出了不少的点子，我呢，就专门坐享其成，只来吃你的龙虾，喝你的美味葡萄酒。来，我敬老同学一杯，祝你百尺竿头，更进一步。"

叶欣的脸色已经有些红了，天然葡萄酒慢慢浸润女孩的肌肤，这种红散发着诱人的青春气息。姚义看着有些呆了，但他适时地调整了自己的情绪，很同学模样地看着两个女孩喝酒。女孩喝酒的姿势用两个字可以描述——优雅，可以这么说吧，看女孩子喝酒，尤其是向玲玲、叶欣这类知识女孩喝酒，真的就像雨后的山川，特别宁静与清新，有晶莹剔透的感觉，有流动雨声的浪漫。

王浪喝了很多酒，因为他高兴。一个人的真正成功与快乐，一定是伴随着自己的成功，他身边的朋友也走向成功，也走向快乐。

17

姚义成了湘雅医院的正式职员，在他与王浪全力帮助叶欣后的几个月时间里，姚义顺利地通过硕士论文答辩，拿到湘雅医科大学硕士研究生毕业证书，并取得临床医学硕士学位。

　　记得一年前王浪转入博士研究生与姚义聊天时，姚义是打定了主意要在硕士研究生毕业的这一年报考博士研究生的。然而，人算不如天算，计划不如变化快。在他准备报考时，远在广州的妻子却亮起了红灯，姚义根本没有办法在应对毕业考试与论文答辩之后再作考博复习。于是，姚义只好放弃。

　　山重水复疑无路，柳暗花明又一村。在姚义沮丧痛苦的时候，他的导师也是骨科主任，准备大力扩展骨科的床位数，于是决定将他当年所有的博士与硕士毕业生全部留在身边工作，这自然是姚义的幸运，因为按照规定，湘雅医院临床科室只有博士生才能够留下，而这次，显然是特殊的情况才会有这么好的结果。

　　姚义原来所在广州的单位也欢迎他回去工作，也就是这样，姚义有了两条去路，还有可以选择的余地，这当然是幸事。王浪听姚义说了情况，为他高兴。姚义征求王浪的意见：“你觉得我应该去哪家医院好？是回广州呢？还是留在长沙？”

　　王浪知道姚义与老婆正闹别扭的情况。其实，王浪清楚，姚义与妻子感情不会太深，相亲相爱的夫妻不可能是他们这个样子的，真正的好夫妻哪怕不在一块，那种牵挂关心也是常常在语言与行动上的，而他们俩很少打电话，互动基本没有，姚义很少回广州，他的老婆根本就没有来过长沙。这样的夫妻生活，即便王浪这个外人都感觉不到有幸福可言。这样的婚姻，不要也罢。当然，王浪也知道，姚义与他老婆生有一个儿子，那么儿子自然会是姚义的一个牵挂。只是，鱼与熊掌不可兼得。或许姚义只能追求新的爱情了，而儿子，也只有等他大了，再由姚义去做解释，去延续父子情深吧。

　　“你先说说你的想法。”这种事情，当事人如何想是至关重要的，旁人的意见只能做参考。

　　姚义想了想说道：“本来我是想回广州的，因为那里有我的家，可是现在，家的感觉对我已经淡化了，儿子还不太懂事，对我越来越陌生。”

　　“你嘛，环境变化了，你没有很好地处理，给人的感觉就是顾此失彼。我想，你在广州的时候应该还挺好的吧。我记得当时报名时，你是一脸幸福地告诉我们你有老婆孩子的。”

　　“没错，三年时间过去，老婆不再是从前的老婆，孩子也生分了。这两样没有了，广州就不值得我留恋，虽然它是一座繁华的都市，但是再繁华热闹的城市，没有老婆孩子的温馨，也没什么意义。所以，我不打算回广州了。”

　　“这不正好嘛，你的导师今年扩大骨科规模，你们作为他的学生全部可以留在湘雅医院，好运来了。在医学界，能够和湘雅医院抗衡的也就那么几家，而这几家全部集中在上海与北京，所以，能够留在湘雅医院工作，对于研究生们来说，是非常理想的。"

姚义见王浪这么说，脸上表情放松了许多，因为这正是他自己的想法："对，本来我是想考我导师的博士生，可是老婆的事让我静不下心来。我想不通，老婆她为何会变心呢。"姚义叹了口气。

王浪劝道："好了，不要太多地去想这些事情，反正我看你做出留在湘雅医院的决定，你就差不多打算放弃与你老婆重归和好，说句真心话，你和老婆没有真正的爱情，这种婚姻能够放弃早些放弃。婚姻的实质要以爱情作基础，没有爱情的婚姻是对人性的折磨与摧残。"

"王浪，你说得太严重了吧。"姚义没有料到王浪会如此看待婚姻与爱情，"那你认为离婚对于小孩不是伤害吗？"

"当然不是，孩子生活在狂风暴雨或者冷漠的氛围中，那简直就是在暗示他，婚姻都是不幸福的，这样的影响，对他的人生成长会有非常大的负面作用，这么说吧，不幸福的婚姻维系下去，就是在给孩子的未来播撒仇恨的种子。"

"好，你这样解析，我不得不信，那我也就没有心理负担了，安心留长沙。"

"英明！留在湘雅医院，对你的事业也很有帮助，现今你的导师需要人工作，那发展的机会就多，还有重要的一点，留在导师身边工作，你的导师本身就是博士生导师，那以后再想攻读博士学位的话，就是近水楼台先得月，向阳花木早逢春，不是很简单与顺理成章的事情吗？"

姚义这下是开怀地笑了，自从得知老婆有二心起，他已经有一段时间郁闷在心，有些不知快乐为何物，这位王浪同学的确值得追随。唯他马首是瞻，似乎也不为过呀。

"好，我就争取做向阳花木了。"姚义正式决定留在湘雅医院工作，放弃回广州原单位的打算。

"嗯，既然这样，你就全力准备硕士毕业考试与论文答辩的事情，争取以优异成绩毕业，考博士的事情就先放下，留得青山在，不怕没柴烧。"

姚义听从王浪的话是完全对的，他与老婆的婚姻果然很快走向尽头。当姚义告诉老婆他要留在长沙工作时，她甚至没有任何反应，那就是无所谓了。

姚义在湘雅医院工作了半年后，趁着元旦的假期回到了广州的家。动身前他没有给老婆打电话，他知道她不会因为自己回家而改变她的安排了。果然，到家的时候，他们曾经温馨的家黑灯瞎火，五岁的小孩也不在家，准是让他妈妈放到外婆家去了。

他放下行李，打开灯，灯光下家具布满了灰尘，空气中散发着霉味。一个墙角还挂着蜘蛛网，有一只蜘蛛正在上面辛勤劳动着。老婆是不在家中住了，她的爸爸妈妈全在广州，或许她是住老人家中去了吧，连同孩子一起。

虽然老婆已经不再爱自己了，但是在这样一个夜晚，在新年的第一天，他还是想与老婆一起聊点什么。他用家中的座机给老婆打电话，电话通了，但是很久没有人接电话。他不放弃，不厌其烦地一遍接着一遍地打。

老婆终于接了电话，语气却不友好："怎么？抽空来广州看看？"

姚义真想给老婆一巴掌，有这样说话的吗？这是我的家呀。可是，息怒吧，这个人严格意义上说已经不是你的老婆了，打又有什么用，她已经成了一个外国人的女朋友，只等着你签字离婚，她和美国商人双宿双飞了。

她刚才正在与美国人洗鸳鸯浴，当然是在这个美国人的公寓里。这美国人是一家跨国公司的驻华代表，他有强大的经济势力，更有足够的浪漫俘获她的心。她是一所大学的英语老师，这使受欧美文化影响的她很容易被美国商人的儒雅浪漫所打动。如果姚义没有去长沙读研究生，她外遇的概率是百分之五十，并且可能还不会选择这种公开的背叛。实际上，姚义去了长沙之后，或者是没有时间、没有精力，或者是姚义自己在长沙没有把握住自己，他的一些花花事情还是通过种种渠道传到了她的耳朵里。

"你想怎么办？"姚义知道大势已去，这与王浪的判断完全吻合。

"我也不多说什么，你自己做了什么你也清楚。我们离婚，孩子归我，你净身出户，我也不要你支付抚养费，咱们办完手续后就两不相干了。"她用毫无商量余地的口吻说道。

姚义听了这话，真感觉到浑身发凉，像掉进了冰窖一般。这就是当初那个小鸟依人的老婆，这就是那个喜欢吃烛光晚餐的恩爱妻子吗？

没错，她就是你曾经同床共枕的妻子，她就是你孩子的妈妈。就是她，此刻对你的归来熟视无睹，而且还要与你离婚，要你净身出户。

人的转变会这么快吗？会，当然会，人是有思想的，也是有感情的。当思想变了，当感情不再，一切都会在瞬间改变。夫妻没有血脉相连，恩爱的夫妻有超越血脉的亲密作为，仇恨的夫妻，它的危害甚于敌人，因为它会在近距离向你发起最沉重的毁灭性打击。夫妻感情没有了的时候，双方都要清醒，能逃就逃，不要让不可挽回的局面发生，比如血雨腥风、你死我亡，那就悔之晚矣。

姚义是清醒的，也是理智的。他的朋友、大哥王浪早就给他上过这一课，无法回避的这一课，是该结束了。

姚义在广州待了一个星期，期间在老婆的安排下，与儿子见了一面。五岁的儿子正是活泼可爱的年龄，见着爸爸本该欢天喜地。可是，姚义回想起来，他的儿子与他的陌生一年年加深，好像回来一次只是证明儿子又离他远了一些。到了这一次，儿子差不多是站在妈妈的旁边，没有想到面前是自己的爸爸。

"儿子！"姚义趋步上前，蹲下身子，想去抱儿子。儿子却扭着身子朝向他妈。

"儿子，叫爸爸。"姚义不甘心，追着儿子道。儿子抬头望着妈妈。他的妈妈不说话，似乎不想改变既成的事实。

姚义也抬头看自己的妻子，那意思明显不过：夫妻一场，这回与儿子见过，也不知道将来还有没有再见面的机会了，你就不能够向儿子示意一下吗？

他的目光很无奈，也有些凄凉。老婆似乎动了恻隐之心："儿子，这是你爸爸。"

"儿子！"姚义将目光从老婆眼里收回，再次看着儿子的眼睛。儿子犹豫着，仍有些不情愿地叫道："爸爸。"

"哎，儿子！"他抱过儿子，在儿子的脸颊上用力亲吻了一下。

血浓于水，儿子还小，他很多事情不懂，他也不明白大人间的情感纠葛。但姚义相信，总有一天，当儿子长大成人之后，他会想念爸爸，会懂得爸爸对他的思念。也希望那一天到来的时候，老婆能够帮助儿子实现见到爸爸的愿望，这一点，相信只要她愿意，她能够做到。她要找到姚义，应该不是困难的事情。

与儿子见过面后，姚义与老婆正式办理离婚手续。既然一方净身出户，就没有什么太多的牵扯，手续只是走程序而已，不会太麻烦。

姚义带着伤心回到长沙。

一个月后，他的老婆，准确说是前妻，与那个美国商人正式登记结婚。随后办理护照，三人飞往美国。这个美国人因为无精症不能生育小孩，他的妻子正是由于这个原因与自己离婚。如今，他不仅有了可爱的东方女子做妻子，而且上帝还给了他如此可爱的男孩儿，他幸福得都要眩晕了。

姚义不知道这些，他的担心真有可能发生，如果将来儿子不回中国，那么他甚至会忘记中国话，更不会记得生育自己的中国父亲。姚义只是希望，当儿子真正长大之后会有寻根之旅，回到自己的祖国，看望给他血肉之躯的父亲！

又是春暖花开，莺歌燕舞，姚义却没有春天的花香与鸟语，他沉浸在失去妻儿的痛苦之中。前妻在婚姻存在的情况下爱上一个美国商人，自己本可以去告他们，可是想想自己在长沙又做了些什么，又想了些什么，他就心虚了。外遇是婚姻的杀手，当婚姻面对外遇时，很多时候就没有生还的希望，即使侥幸留得性命，也是千疮百孔，苟延残喘。女人不可靠，男人呢，男人同样不可靠，外遇不因为性别而存在差异。外遇对于配偶的伤害与打击都是巨大的，无可挽回的。如果要珍惜婚姻，就不要有外遇。如果有外遇，就主动放弃婚姻。

王浪在第一时间知道了姚义第一场婚姻的结局。于他来说，是意料中的结果，这来自他对姚义的了解，也是自己曾经风花雪月的结果的。爱不是游戏，爱情只承认用情专一的人。

"王浪，我是不是很失败？"姚义对王浪吐完苦水后，很幼稚地问道。

他回到长沙后请王浪喝酒，王浪没有拒绝，几杯酒下肚后，姚义把所有的事情向王浪和盘托出。果然是这样一种结局，自从上研究生后，王浪就提醒过姚义要善待婚姻，不要粗心大意。看来，旁观者再清，如果当局者清醒不过来，一切也是枉然。

"姚义，你觉得婚姻是一个人的全部吗？"

"不是全部，但是非常重要。"

"那就对了，婚姻失败，并不是人生的失败。婚姻它是两个人的事情，光有一个人的努力不行，所以婚姻的质量任何人都无法完全把握。当然，婚姻中的人应该尽自己的努力，提高婚姻质量，像你有家有妻有子，可是，你来长沙读研究生之后，你有没有争取些时间与家人在一起？你是不是常常打电话问候你的妻子与儿子？没有吧，为什么会没有？你想过没有？"

"以前没有想过，现在回过头来想，是当时根本就没有回家的欲望，没有打电话的冲动，好像整个忘记了这些事情。"

"对，你在长沙追求着新的生活，你甚至有新的情感刺激。可是，一个有着正常情感思维的女孩，她在新鲜感过去之后就会看清楚你的弱点。而对于男人来说，最大的弱点之一就是用情不专。你一直爱着叶欣，你发现没有？你来长沙之后，你与她的关系并没有什么进展。"

说起叶欣，姚义又喝了一大口酒，叹口气说道："对，她就曾经说过，说我没有资格说爱她。我当时不明白，我认为只要有爱就可以爱一个人。现在我明白了，真正值得爱的女孩，她首先就会要求是一个有资格爱她的男孩来追求自己。"

"你明白了这些，也算是从失败婚姻中吸取了宝贵的教训。告别过去那些眼花缭乱、看似精彩实则混乱不堪的情色生活吧。那种生活只能说是情色，因为带了色它就不纯粹了，就不是真正的情。叶欣还是独身一人，你会有机会的。"

"现在看来，叶欣真的是个好女孩，一直就是。只是我自己看起来很爱一个人，但是却总是没有集中火力，东一榔头西一棒，结果就是浅尝辄止，成不了大器。"姚义检讨自己。

"好了，没有这么严重。男人嘛，我想事业永远是第一的，在事业的前提下经营爱情才是硬道理。有事业的男人，只要不花心，爱情得来并不难。"

"你这个说法，曾经在书上看到过，说是男人经营霸业，女人经营男人。"

"依我看，叶欣是一个很有进取心的女孩子，正因为这样，你要有拿得出手的真功夫让她从心里深处喜欢你，佩服你。任何女孩，哪怕她再强势，她都会对一个男人温柔有加，这个男人当然就是她最爱的人，就是她愿意为他付出所有的男人。"

"王浪，你真是一个婚恋专家，你可以去开一个婚姻专栏。"姚义恭维道。

"那还差得远，像我们做医生一样，一定要有渊博的专业知识，随便说说，偶尔会起作用，但是难免顾此失彼。"王浪很清醒，并不盲目乐观，"对了，姚义，你现在是湘雅医院正式员工，好好工作，先把眼前的不快放下。把本职工作做好，这里强手如林，个个是高手，如果不时刻向上，保持逆水行舟的紧迫感，很容易被边缘化。"

"我会的。王浪，拜托你一个事情，好吗？"姚义很认真严肃。

王浪忍不住笑了："姚义，什么时候，你和我这么正规严肃呀？你和我有事直说就是，我能办得到的哪一回犹豫过，是不是？我说哥们，振作起来，展示你曾经的风采。"

姚义果然抖了抖身子，似乎要把沮丧抖掉，把不快抖掉。他不再迟疑，目的明确地对王浪说："我不想在叶欣面前吐苦水，那样会觉得自己很无能。"

王浪不语，他清楚，叶欣不算美貌，但是她的巧笑倩兮总是让姚义魂牵梦萦。叶欣身上有一种东西深深地吸引着姚义。姚义不明白，但是王浪读得出来，那就是执着，无论是感情还是工作，甚至可以这么说吧，叶欣的执着蛊惑着姚义，让他总想逮着叶欣把她饕餮一回，把她的所有深深地吸进去。王浪等待姚义说出他目前最想自己帮助的事情。

姚义理了理思绪，接着说道："王浪，你刚才说得很对，在叶欣面前，我不应该是无助与弱小的男人，在叶欣面前，更应该展示男人的强大。"

王浪听着，不发表评论。虽然姚义的话明显又走了另一个极端。

"王浪，我想你帮我做的事很简单。我目前这个样子可能有些颓丧，所以，短时间不太适合去见叶欣。麻烦你见着叶欣的时候和她说一下我的情况，让她知道我是单身汉。"

"明白，我会在最短的时间告诉她，这个请绝对放心，我不会误你的事。"王浪痛快地答应，他懂得姚义的意思是千万不要让叶欣在姚义振作之前接受别的男人追求。这事说难不难，说易也不易。但是，王浪有把握，叶欣的为人注定了姚义会有机会。

王浪没有食言，他答应了姚义就一定会做到。当天晚上，他查房后，走在回宿舍的路上时，就给叶欣打电话。不过，考虑到他要给叶欣说比较多的话，而且事情也重要，他拐到路右侧的小花园里，找了一张小石凳坐下来。

天空挂着一轮明月，如水的月光尽情洒落在人间万物，为它们披上美丽的轻纱。星星是很少的，月朗星稀，古人早已用最简洁的语言描写这样的夜晚。风轻轻吹过，带有丝丝凉意，正是舒适的感觉。

"王浪，今天怎么给我打电话了？"电话那头，叶欣有些意外。

"好像我也有给你打过电话吧。"

"有，只是好像很少很少呢。"

"有就行了。不过，今天给你打电话可是有事对你说。"

"好，我洗耳恭听。王大博士的话句句是真理，我谨遵教诲。"在王浪面前，叶欣活泼而又谦虚，自从把王浪从心里彻底让给了姐姐叶蓉，她在王浪面前真正享受着同学情、朋友情的快乐。这种味道，好像也相当不错。

"你觉得我们的姚义同学如何？"王浪想直接切入主题，把该办的事情办了。

叶欣扑哧一笑："你该不会是和我谈姚义的事吧？那是多么陈旧的话题呀。他现在留在湘雅医院，感觉应该挺好的吧。前几次和你们都见过面，好像没什么太大变化。"

"这你就错了吧，变化可大。如果没有变化，我就不会给你打电话。"

电话那头的叶欣听王浪这么说，连忙收住了玩笑的口气，她知道王浪没事不会故作神秘。

"叶欣，你听我说。姚义他现在是一无所有了。"王浪说道，"他前不久回了广州一趟，与老婆正式离婚，他被净身出户，扫地出门。"

"听来有些凄凉，他那老婆也够绝的。"叶欣批评姚义的老婆，想想好像姚义也有问题，于是接着说道，"不过，姚义这回是该有一个惨痛的教训。"

"教训非常深刻，他自己也意识到了这一点。所以，今年他放弃了博士生的考试。我也觉得先留下来工作，以后再读博士也是可以的。"

"医院的学位要求越来越高了，我看我什么时候也要报考湘雅的研究生，不然，会被社会淘汰的。"

"叶欣，我觉得你扎实工作两年，把主任的位置坐实了，也打出点名声来，然后再安排读个在职研究生，那样工作、学习、做官三不误，多好呀。"

"你的主意又多又好，我听你的。"

"感谢你的肯定，叶欣。对了，你知道我给你打这个电话的意思了吗？"

"和你同学这么多年，现在接触也不算少，你是什么人我已经很清楚。你对于姚义是够哥们。你很会关心人呀。"

"嗯，我看好姚义和你，你明白吗？"

"我也看好你和向玲玲，你不会觉得意外吧。"

"哈，哈。叶欣，当了主任，口才似乎进步不小呢。"

"还不都是跟你学的，你借给我的《新世纪医院管理学》已经看了不少，确实很有收获，尤其我觉得对于科室人员的管理，有理论知识做指导，有别人的经验教训作借鉴，真的很管用。"

"好，那就这样，我回宿舍去了。你也早点休息，不要太刻苦了，身体要保重。"

"再见，王浪。晚安。"叶欣有些不舍地挂了电话。

王浪的手里拿着一张入院申请单，可是他却没办法签字安排床位。病人家属带的钱实在太少，医院住院部不给办入院手续。家属于是请求王浪行行好，给办一下手续。王浪解释了一番没有效果，因为家属此时把所有的钱掏出来，就只有两千块多几十块钱。像这样的急性重症性梗阻性化脓性胆管炎，不立即做手术，必死无疑啊。

这样的病人，一般入院时至少要交押金一万元。差距如此之大，住院部的工作人员表示爱莫能助："要不，你们去看看医务处会签字同意吗？"他们这样建议家属。

家属当然不会放弃任何一丝希望，也可以说，他们已经绝望，这是外地的病人，家离长沙有几百公里之遥。从家里出发来长沙的时候，总共带了五千多元钱，但是路上花费、门诊看病已经用去了三千多，所剩全部就是那么多了。人生地不熟的农民，一时半会实在想不出办法。

"领导。"家属不知道该如何称呼医务处值班的工作人员，就这样笼统地称呼道，向领导请求道："我家里人得了急病，在医院里看了门诊，说要立即住院手术治疗。可是，我们没有这么多钱，住院部不给办手续。"

医务处的值班人员接过住院通知单看了一下，预交金一万，也就是说写的是要先交一万元钱。

"你们身上有多少钱？"医务处值班人员要看看病人家属还差多少钱，如果差额不大的话，他就签字给解决；如果差额实在太大的话，就不太好办了。

"我们现在只有两千多一点。"家属回答道。

值班人员觉得难办，差距实在太远。这点钱真收住院的话，还不等开刀，术前准备就没有了，那手术费、消炎药费可是不小的数目，再要他们筹集也来不及。看他们衣着朴素的样子，定是来自农村，经济状况不好。这字没办法签下去，除非有人担保。这个担保，当然不是一般地担保，如果一旦担保，无钱交费，那么担保者要全额负担。也就是说，这样的担保人通常是医院的职工。

"那差得多了点。"值班人员想了一下，态度还是很温和的，"这样吧，你看看肝胆科病房那边愿意收吗？他们签字了的话就可以。"他这话说得含蓄，似乎也给家属指了一条路。

家属于是就找到了肝胆外科病房。病房值班医生将情况汇报给了担任总住院医生的王浪。

"怎么回事呢？"王浪问道。

"医生，求求你，把他收住院吧，那边医生说要尽快做手术。"家属把病历、门诊检查结果给王浪看。没错，门诊医生诊断与处理完全正确，这样子的病人自然要立即收住院，并且尽快准备手术治疗。

"你们在医院有没有认识的人呢？"问过之后他就觉得后悔，这话好像不怎么像医生说的话。可是，事实就是这样，病人医疗费不够呀。

见王浪在犹豫，家属再次将情况给王浪复述了一遍。王浪边听边点头，整个经过表明，这不是一件很好处理的事情，不然，医务处的值班人员就会给处理了。近些年来，医院病人费用流失情况很厉害，一些病人开始答应得好好的，先治疗后交钱，可是一旦病没有治好，欠费似乎理所当然。即便病治好了，也可能跑掉，有些家庭实在拿不出钱，那费用就无处收取。因此，医院就规定病人住院要交一定的押金，谁没有执行规定就找谁负责，谁担保了谁就要负责到底。也就是说，如果病人欠费，由责任人负责医疗费的追讨，如果没有追回来，就要自己出这笔钱。

这可不太好办。王浪正要拒绝，却又于心不忍，如果拒绝他，他们是没有地方再找别人，看病人的病情，必是死路一条。

"医生，求求你！医生，求求你救救他！"病人家属眼里噙着泪水，生生地就跪在了王浪的面前。

男人膝下有黄金，一个大男人没有到走投无路的时候，是不会轻易下跪的，这代表着他们的绝望与对王浪的信任。

王浪和身边的医生扶起家属："起来说话吧。"王浪虽生在工人家庭，自小到大生活算不上太富裕，但总是衣食无忧，生病了有地方看，想吃东西了去买就是。但是，他有着与生俱来的同情心，看见弱者，看见人家处在绝境中，他的心就柔软起来。

"好，收住院吧。"他对手下的医生说。

"谢谢你，你的大恩大德，我们永世不忘。"病人家属又要下跪，王浪一把拉住，"你们派一个人去办手续，把病人收到病床去。立即准备手术。"他安排家属去办手续，同时指挥手下医生对病人做紧急处理。

王浪在住院通知单上签下他的名字"王浪"，交给家属去医务处盖章，然后去住院处办理入院手续。这边，护士和医生很快把病人收住入院。然而，去办手续的家属很快就返回了。他求救似的对王浪说："王医生，那边说要本院职员签名才有效。你再帮帮忙。"家属注意到了"王浪"的签名，所以能够称呼出王医生来。

刚才王浪情急之下倒忘记了这个规定，担保是要本院职员才行，因为如果病人逃费了，是本院职员才有可能从工资里扣除的。

王浪放眼望去，正在科里的几个人，三个护士全是合同制人员，手下的医生两个研究生，一个进修生，还真没有一个是本院职员。

"你不着急，我会帮你想办法。"事到如今，王浪必须破釜沉舟了。没有办法了，咱得叫一个医院的职员来做这件事情。可是，叫谁呢？总不能叫导师过来，只要他开口，导师肯定会来，但是让一个院士担保这个，还是太那个了点。叫科室主任，似乎也不太好。

咦，咱们的姚义同学不是医院的正式职员吗？对了，就叫他好了，此时不叫他，更待何时？此时老同学不帮忙，更待何时呀？

"姚义，你赶快到我科里来一趟。"王浪拨通了姚义的电话，直接说道。

"嘿，王浪，我在宿舍，正准备去吃饭呢，吃过饭行不行？"姚义心想王浪请自己去应该不会是救火救命的事吧，他俩不是同一个专业，抢救病人一般也不会要他去。

"不，立即到我这里来。有急事找你。"王浪加重了语气。

"行，我就过来。"姚义对于王浪一直就是服从的，何况是王浪出面请求呢。

王浪把病人的情况对姚义说了，姚义听明白了，二话不说就签下"姚义"的大名。

王浪让家属拿过去办手续。

"哥们，谢谢你。"家属走后，王浪对姚义说，"你帮我解了燃眉之急。你放心，如果这钱病人出状况了，我会想办法给你的。"

"王浪，我们俩用得着说这个吗？有你这样的大哥，我愿意为你赴汤蹈火。"

"不要宣誓了，我的好哥们。行，你去吃饭吧，不要把你饿坏了。我待会儿还要上台做这个手术，这种重症胆管炎，迟开一小时可能病人就会死在手术台上。"

"那你忙吧，我就不多打扰你。再见。"

"再见，姚义。"

姚义走时回头看王浪，他已不在原来的位置上，只看见背影在病房的那头。这真是一个好医生，咱得向他学习。他对于医院为病人担保医疗费的规定很清楚，平时，他也是尽量不做这类事情，毕竟市场经济下，能够用市场行为解决的事情还是让市场说话比较科学。随意地担保，会造成不必要的混乱与浪费，但是，今天是必须担保的。王浪要做的事情，尽管不能保证百分之百是正确的，然而，为他做事，心里很舒坦。再细点说吧，以王浪的能力与知名度，即使日后病人欠费，他完全能够妥善地解决这方面的问题。

人活在世上，真的不容易。姚义想，想想这个重症胆管炎的病人，千里迢迢来长沙看病，钱都没有带够，要是没有遇上王浪这样的好医生，那岂不是干着急。姚义想，生命与健康，是人生存的第一要素，救命与治病，这两件重要的事情，要是能够有更好的解决办法就好了，不要让太多的人看不起病呀。

王浪立即组织对病人施行救治，首先针对病人血压降低有早期休克征象，立即给予升压药物，维持血压在正常范围，另外，病人体温达三十九度八，给予酒精擦身体、冰敷等各项综合处理。当然，这个病人的原发病是急性重症胆管炎，所以给予强力抗生素，以杀灭细菌。这些是基础的处理，当然，针对这个病人，必须急诊手术，解除胆道的梗阻。

王浪吩咐一个研究生与手术室联系，安排好手术间、上台护士、麻醉医生，与输血科联系，必要时输血以对抗术中可能出现的大出血。做完这一切后，王浪给二线班的医生打了个电话，将病人的情况及准备工作向他进行汇报。

"好，就这样，不错，你们尽快手术。有事情就给我打电话。"二线医生对于王浪在场的手术都非常信任，所以他准备睡一个安稳觉。

王浪说过再见之后，带领几个医生再次前往病房检查病人，看是否可以上台手术了。情况还算乐观，经过上述处理，病人的体温有所下降，三十九度左右，血压稳定在正常范围。这已经很不简单了，如果血压升不上去，那说明人体对于升压药物反应不敏感，那就情况不妙。

"好，准备手术，叫护士打术前针。"王浪下达医嘱，"让病人家属签字，签完之后就叫护工把病人推到手术室去。"

进修医生打印好了知情同意书，然后叫家属到医生办公室来签字。

"你们好好看一下，这是知情同意书，有不懂的地方就问一下。没有的话就签字，准备做手术了。"进修医生对家属说。

"是王医生上台做手术吗？"家属对于王浪印象很好，当然希望是王浪这样的医生上台，王浪的形象容易给人水平高的印象，还好，他这人外形与内容相吻合，不然就很容易欺骗病人和家属。

"对，王博士主刀。你们有什么不明白的地方吗？"

"王医生主刀我们就放心了，我们签字。签在哪儿？"

"这里，你们是病人的什么人？"

"我是他的弟弟，他是他的叔叔。"

"那是你签吗？"进修医生看着那个说是病人弟弟的家属，那人点了点头，"行，你就写兄弟关系。签上你的名字，然后把日期写上。"签完字，正好王浪进到了办公室，家属一见王浪，感觉特亲切，他们两个人齐声喊道："王医生。"

"签字了吗，待会就做手术。你们在手术室外面等着，有事随时会叫你们的。"

打开腹腔，王浪带领的几个研究生与进修生算是开了眼界，胆管肿得像根黄瓜，胆囊肿得像个黄色的皮球，只要手术稍晚一点，这胆管与胆囊看来都会破裂，那样胆汁进入腹腔，将造成严重的危害。

"哇，肿得真是恐怖。"研究生们感叹道。

"这种情况比较少见，他是农村来的，梗阻时间比较长，可能开始是慢性的，所以他能够忍受长时间的腹部疼痛。"王浪边操作边向他们解释，"好，现在你们把胆囊和胆管用纱布包好，我们准备分离与切除胆囊。"

研究生与进修生们按照王浪的指示，沉着地与王浪配合着。终于成功地切除了胆囊及部分胆管，然后把残余的胆管与十二指肠建立吻合关系，这是为手术后的消化液寻找出路。

巡回护士将切下的胆囊与胆管交给家属过目，家属看了也大吃一惊，难怪病人痛得这么厉害，脸色黄得这么难看。幸亏到了湘雅医院来看病，不然，在县医院可能做不了这样的手术，记得当时在县里看病的时候，那里的医生就说最好还是去长沙湘雅医院。

"多亏了王医生。"病人的两个家属交换着表情，"要不是他给我们签字收住院，可能就没办法。"

"等哥病好了，我要好好和他说说王医生的事，要记得王医生的好。"

"是呀，就是不知道要花多少钱，我们的钱差得远呢。"

"到时再说吧，等哥哥好了再说。"病人的弟弟最后下结论道，听得出来，他们感谢王浪，可是他们也在为医疗费发愁。

尽管王浪与助手们小心谨慎，但是因为高烧、感染导致病人的机体组织异常脆弱，手术中还是出现了大出血，总共输血达到一千毫升。两个小时后，手术顺利结束，考虑到病人病情重，术后稳定需要时间，于是入住术后重症监护室。

王浪心里很清楚，这样处理下来，病人的病情是完全控制了，没有生命危险而且会一步一步好转。当然，医院的水平是明摆着的，可费用也绝对不会低。王浪推算了一下，如果不发生别的意外，可能需要五万元左右。这钱是姚义担保的，看情况病人家属是一下子拿不出来的。好事做到底，如果病人和家属当面对他提出这事来，那就干脆答应了他们，让他们分期付款，有钱了再送过来。这是很无私的做法，绝大部分人是不可能做到这一点的。不过，这事到了自己的头上，那就以人为本，看情况再说吧。

王浪向导师吴铜礼院士汇报了这件事情，吴老师分析说："王浪，这事有点不好办。看样子，他们是一下子拿不出这么多钱来的。实在不行，到时再想办法吧。"

"吴老师，不怕的，到时看医院里怎么扣吧，姚义是我的好哥们，我会和他商量处理好的，吴老师你放心。"

"好，有事你就告诉我。我会帮你协调处理的。"

王浪的师弟郭光这时正好在科里上班。郭光一年前转为攻读博士学位。他对于王浪的义举很是欣赏。

"师兄，你真是一个良医。在病人遇到困难的时候，你能够出手相帮，而且看样子还是一笔数目不小的费用。"

"没什么，当时心里清楚，我如果不答应他们的话，他们只要再折腾折腾，那个病人肯定会死掉，想想一条生命，真的于心不忍。"

"师兄，现在医生不好当，要治病还要管钱。"郭光有感而发。

王浪倒不过分担心："生活本就是这样，哪里会有一帆风顺？其实出现问题就去面对它，想办法解决就是，没有跨不过的坎。"

王浪真有神医的风范，在他的精心诊治下，重病胆管炎的病人恢复很快，三天打屁，五天拔管下床活动，七天拆线，第八天没有什么事情就可以出院了。

病人的恢复是顺利，可是他家人上交医疗的速度就远远跟不上病情好转的步伐了。尽管护士们每天催钱，病人的弟弟也回家筹钱去了。但是直到第七天拆线，他的弟弟也没有到达长沙。因为有王浪与姚义的签名担保，医院也没有停药。这点，王浪也一直坚持用药，说如果不用药，感染不控制，很可能前功尽弃。

"如果他弟弟明天没来，你让他出不出院呢？师兄。"郭光一直在关注着这个病人，他不希望师兄做好事还惹来麻烦。

王浪看了师弟一眼，这个比他小了六岁的胖小伙，可爱而纯真，王浪也很喜欢他："当然让他出院。他病好了，我们就不继续留他住院。"

"那他欠了这么多钱怎么办呢？好像总共有五万多呢，师兄，不是一笔小数目呢。那不是以后要去催他交钱？"郭光的担心很具体。

这话提醒了王浪，对呀，真正签名担保的是姚义，姚义刚刚离婚净身出户，一下子绝对拿不出五万元钱来填这个窟窿。那就只好每个月从工资中扣除。当然，王浪在四水市天马医院工作多年，积蓄拿来帮病人交这笔款项还是不成问题的。那就这样了，实在不行，就把自己的钱拿来交。反正不能让姚义负债。王浪相信病人和家属是不愿意欠医院的钱的，只是在能力之外的事情，他们如何处理就只有走着看。

"不用，郭光，他们有钱时会送给我们的，会交给医院的。"

"你这么相信他们？"郭光对于师兄的这份自信倒是没办法理解，"别人的行为你无法彻底把握呀。"

"师弟你说得没错。这样说吧，我首先是相信他们，其次呢，假设万一，他们还不起这笔钱，那么好，我就愿意垫付这笔救命的钱，为着对世间同样的一条生命。"

"师兄，我懂了，你告诉我的就是生命无价，生命值得尊重。"

王浪点头称是："你的悟性很高呀。"

"当然，强将手下无弱兵，我们有院士导师，还有呢，全国百强的研究生师兄。"郭光对于能够师从全国知名的导师一直引以为傲，而如今他的师兄拿出去说说也是响当当的人物。

病人手术后的第八天，王浪给他检查恢复情况，一切正常，检查显示伤口正常，肝胆情况良好，肝功能、肾功能都没有了问题，总之与正常人比较没有什么大不同，要说有不同就是肚子上多了一道疤，还有就是伤口没有拆线。

"待会儿，你们帮他拆线，拆完线就可以出院了。"王浪对助手说道。

"王医生，谢谢你。"病人的叔叔对准备出病房门的王浪真诚道谢。

"谢谢你，医生。"病人也对王浪说道。

"不用客气，回去好好休息半个月，不要急着劳动。"

他们知道欠医院许多医疗费用的事情，他们也在等回去筹钱的家人回到长沙来，昨天打过电话来，估计上午就应该到医院来的。希望能够尽量筹够钱，不然欠医院这么多钱，怕不让出院呢。

助手们给病人拆了线，然后下达医嘱给护士站，将这个病人开医嘱办理出院。处理医嘱的责任护士看到医嘱后，特意到医生办公室征求王浪的意见。

"王博士，病人欠我们五万元钱，如果开出院的话，下回就要扣你和姚义的钱呢。"责任护士知道是姚义与王浪共同签名担保，她好意地帮王浪做最后的努力。

"嗯，谢谢。"王浪对于护士的责任心与好意表示感谢，"没事，病人有钱就会交的。开出院吧。"

责任护士看王浪已经决定下来，就说："好的，我去办理。"不知怎么搞的，她的心里突然有点难受，她觉得王浪受了委屈。其实，她要是能够进入到王浪的心里就好了，王浪没有受委屈，他的选择是出于心的召唤。

病人和他的叔叔收拾行李，病人的老婆没有前来长沙看病人，她留在家中照顾上学的孩子。当病人和他的叔叔拿起收拾好的行李动身时，病人的弟弟赶到了病房。

"哥。"弟弟看见哥哥恢复得很好，高兴地喊道，"还可以吗？"

"好，王博士看过了，没问题，可以出院了。"

"王医生真是好人哪，当时我们就是两千块钱，还收我们住院了。要不是他呀，哥，你就危险了。"

"是呀，王医生真是好人。"病人的叔叔也补充道。

"弟，你嫂子要你带多少钱来了？我们欠医院五万块钱。"病人也是诚实人，希望能还清医院的钱。

"嫂子、我都找人到处借钱，总共借到一万五千块钱。"弟弟搔了一下头，"这一下子也借不到更多的钱，我看我们干脆和王医生说一下，请他让我们以后再交钱来。我们保证不欠医院的钱就是。"他们并没有想要逃费。

"这样好吗？"病人的叔叔觉得不妥，可是，虽然不妥，他也没有更好的办法，"那就先这样办吧。"

他们两人说完一起看着病人，这没错，全是为了给他治病，最后的主意当然得征求他的意见。

"好，我们先去把这些钱交了，然后把交款条给王医生和护士看一下，记一下数搞清楚我们到底欠多少钱，以后我们再来补交住院费。"

病人在病房等着，他的弟弟与叔叔去住院结算中心交钱办出院。

住院结算中心人员核算了一下，对两人说道："得交五万元。"

弟弟掏出用牛皮纸层层裹着的钱，对窗口里的工作人员说："我们现在只有一万五千元钱，只能先交这些了。"

窗口里的年轻女孩不敢相信有这样的人，因为有些病人看钱不够了要不就偷偷跑掉。"得一次交清才能办理出院。"女孩强调说。

"可我们只有这么多钱呀，这一会儿没办法筹更多的钱。你行行好吧。"病人的叔叔求情道。

女孩一边翻着病人的病历，看见了里面夹着的有王浪与姚义签名的担保单。这两个人年轻女孩自然认识，尤其是王浪，她一直处于仰慕的状态，只可惜一直无缘认识。姚义是新近留在医院工作的，同是医院的年轻职员，多少有些熟悉。只是，这两个人做什么担保呀，看样子这病人就是没钱的主。估计最后他们可能会跑单，跑单就是有费用没交清偷偷走人的意思。女孩在心里为王浪和姚义惋惜着。先收下他们的一万五千元钱吧，账当然不能结，因为费用没交够，只能先作入账了。

女孩接过病人弟弟递上的一万五千元钱，没有做太多的解释，解释了也没有用。这问题还只能由科里去解决，科室如果在病人没有结清费用就走了人的话，以后追缴医疗费的责任就是科室的事，没有追回来，就扣科里的，当然有担保人的就直接扣除担保人的。王浪呀王浪，姚义呀姚义，女孩在心里为他们祈祷，希望你们两个人运气够好，千万不要让这病人给跑单，不然，大半年就白干。

肝胆科的结算员注意到了这个病人，她立即与王浪沟通，自然，对于吴铜礼院士的得意门生，科室的人都给予相当的重视与尊重。

她在办公室找到王浪，开门见山但说话非常委婉："王博士，你那个病人花了五万元钱，都没有交呢。我们要注意不要让他跑掉。"她知道是王浪和姚义担保的，提醒道，"不然，会扣你们的钱。"

王浪友好地看着她，把心里的打算告诉结算员："现在病人还在病房里，等会儿他家里人接他出院的时候我和他们说一下，看样子他们不像是跑单的人，要跑他们的机会还是有的。他当时留的身份证、地址都是真实的。"

"你看过他的证件吗？"

"是的，当时他们跪下求我，把证件什么的全给我看，病历上也有记载的。"既然这样，结算员就不再多说什么，看来王浪相信他自己，也很有主见，对于这个病人也是充满信任的。

"好，那就由你安排这事吧，有情况你随时告诉我就是。"

"没问题。谢谢你。"王浪给了结算员满脸笑容，她满心欢喜地走了。

病人的弟弟与叔叔交完一万五千元钱回到病房："哥，走，我们去办公室找王医生去。"

"王医生，太谢谢你了。"病人见着王浪，由衷地说道。

"你的身体素质不错，你这么重的病恢复得可以。"王浪道，转而对他的弟弟说，"你回家好几天吧。"

弟弟有些不安："我回去筹钱去了。可……是……可……是，家里实在没钱了。"

病人觉得愧疚："王医生，真的对不起，你救了我的命，为我担保，家里七凑八拼，也只有一万五千块钱。我弟和我叔刚去交了。"他说着把收款收据交给王浪。

王浪接过看了一下，还给病人："你的病重，这一下的花费是不少，远远超出你们的估计吧。"

"就是，就是。"病人的叔叔说，"王医生，要是不来这里的话，命都没有了。花费多也是正常的。只是我们没有想到会有这么多。"

"手术大、急诊，出血不少，抗菌药用得比较高级，所以花费就多，不过，如果这些措施不跟上去的话，治疗效果就肯定差多了。"

"人要紧，人要紧，病治好了，钱还可以再赚。"病人的叔叔接着道，"王医生，你大仁大义，医术高明，我们永远会记得你。"

王浪思绪万千，人不可能没有疾病，如果整个社会的医疗条件再好些，很多病是可能治好的，如果医患关系再和谐些，医生崇高职业的价值会让工作充满乐趣。他对他们三人笑道："不说这么多，我也是尽自己的能力。"

"王医生，这次给你添大麻烦了。今天你让我们先回去，好吗？"病人决定做最后摊牌："欠医院的钱我们一定会还，我们一有钱就来交欠的费，行不行？王医生。"

王浪这时几乎没有了犹豫，该考虑的他已经考虑了："没有问题，你们今天回去，先把身体养好吧。"他同意了病人的请求。

病人和他的弟弟、叔叔同时松了一口气，事情是比较圆满地解决了，他们并不想做跑单的病人，是王浪给了他们这次机会。这很难得，难得在长沙湘雅医院收获这份信任。

病人出院走了，高高兴兴地回家去。

几天后，姚义得知此事，他并不着急，以他对王浪的了解，他觉得王浪不会看错人，不管时间长短，他同样相信，那个病人最终会把钱如数交给医院的。

不过，遇到王浪的时候，姚义还是和王浪开起了玩笑："王大博士，你的病人给你丢下几万元的债务跑了？"

"至于吗？他们只是说过些时间来交罢了。"王浪拍着姚义的肩膀，"不过，我也不管了，反正也不会扣我的钱，我没有钱可扣，要扣就扣湘雅医院正式职员姚义同志的吧。"

"我无所谓啦，最好天天吃手术盒饭，不用做饭，不用洗碗洗筷，乐得个轻松痛快。"

王浪大笑道："我的姚同学，不错，你已经走出了曾经的阴影，生活在阳光下了。"

"就是，还是我和你心连心吧，有些人告诉我说你很笨呢，让病人欠了这么几万块钱就跑了。"

"笨与不笨不是说说就可以下结论的。等着瞧吧，如果那个病人最后真一分钱不交来医院，我们两个人再贴上笨蛋的标签好了。"

"行，行，真有你的。不过，在市场经济条件下，一不是亲戚，二不是朋友，三没有签合同，能够像你这样做到不慌不忙给病人担保，还真有你的。"

"还是托你的福呀，没有你湘雅医院正式职员的身份，我想担保他们也不让呢。"

王浪与姚义替病人担保的事情，孙家惠不久就知道了，是郭光告诉孙家惠的。郭光与孙家惠在第一次见面后就相互有好感，之后一直密切地来往着。由于两个人的年龄差距，女大男小，相差六七岁，而且两个人的职业似乎也不怎么般配，有人在背后说闲话。郭光倒不在乎，年龄怎么了，人家古话还说"女大三抱金砖呢"，职业怎么了，家惠是堂堂正正的大学毕业，中学英语老师，现在做歌手，还依然是在册的老师呢。他和孙家惠没有正式明确恋爱关系，但是不会在意流言蜚语。

"那你打算帮你师兄想想办法吗？"孙家惠问道，她想看看这个担保到底是怎么一回事。

郭光皱了一下眉头："我当时提醒过他，他说不怕。"

"他那样的人，帅气自信，当然不怕。"孙家惠不掩饰对王浪的欣赏。

郭光不干了："你刚才说什么了？王浪他帅气还自信是吗？"

"是呀，怎么了？你吃醋了？"

"我才不会呢。我只是想问问你，那你说我帅气自信吗？"

孙家惠忍不住笑了："你知道我为什么喜欢和你在一起吗？"

"因为我可爱吧。"

"不是，是因为你不帅，让我没有一点压力。"

"看来不帅也有好处呀。"

"不过，前提是你很阳光很自信，也很男人。"

"我要晕了，这么高的评价，赶上致悼词了。"

"乌鸦嘴，不许乱说。"孙家惠把主题拉回到王浪担保的事情上来，"王浪虽然不怕，但我想我们还是帮他一把为好。不然，到时真和扣起他们的钱来，还是有负面影响的，传出去不是那么好，是不是？"

"嗯，你说得很有道理。那要如何帮呢？"郭光当然愿意帮助自己喜爱的师兄渡过难关。

"直接去你们医院把病人欠的那三万五千元钱交掉就是，那样就不会再出现公布王浪与姚义的姓名，然后每月扣姚义的工资了，你看好不好？"

"那就这样把钱送给病人了？"郭光觉得这种不明不白地送好像不是太好。

"也不是这么说吧。"孙家惠解释道，"他们是穷人，虽然像王浪所说的那样，他们讲信用，可是，他们有时候真是没有能力来维持信用，这个时候，我们

239

帮他们一把，就算是送了，也是物有所值。人生一世，有些事情要换一个角度。像我，当时就是多亏了你们医院的向玲玲姐，还有廖教授，让我死过一回再活过来，我想说，生命最重要，王浪这回的事情做得非常对，有时明知要付出代价，我们也在所不辞。"

这个病人出院的那天，吴铜礼院士正在北京参加全国自然科学基金医学类项目的评审会议。回到长沙后来科室上班的第一天，吴院士把王浪叫进他的办公室。

"吴老师，您好！"

"坐，王浪。"吴院士关心着王浪的事情，"那个病人情况怎样？"

"吴老师，你是说那个重症胆管炎的病人吧，他恢复得很快，已经出院回家了。"

"好像没有十天时间吧。"吴院士的记忆力特别好。

王浪当然记得更准确："没有十天，是第八天出院的。检查、化验、B超复查都没有问题了。"

"不错，看来，做这样的手术你完全有把握了，漂亮，这么快出院的病人，还是不多的，我那时做这样的手术，能够在八天出院的十个里面也就五六个。"

王浪不敢在老师面前骄傲："可能这回我运气好吧。"

"不，是你的手术做得很到位。"吴院士对于王浪的表扬也是有根有据的，"我看过你的病情记录和你的手术操作情况，你的整个手术入路、操作步骤，药物联合使用做得很有科学性。当然啰，现在的检查与检验设备比我们那时好多了。"吴院士话说得很客观，在学生面前也没有必要过分谦虚。

"科学进步，医学肯定进步，所以人的寿命逐渐延长，与医疗条件比以前好密切相关。"

"对了，那个病人家庭经济不太好吧，他欠费了吗？"吴院士从得知王浪担保后就很关心这个事情，如果学生被每月扣钱，不是那么好。

"嗯，吴老师，他家穷，开始住院时就只有两千元钱，所以当时没办法就给他担保了。这次他的病这么重，我还是尽量为他节省，但是输血、抗生素，必要的全胃肠外营养还是少不了，所以总的花费还是出乎他们的预算。"

"总共医疗费多少钱？"

"五万多一点。他们后来筹来了一万五千块钱，出院时欠医院三万五千块钱。"

"那还差比较远呢。医院和科里怎么说？"吴院士想帮学生解决这个难题。

"都没有说什么，可能是看有我和姚义担保，医院没说什么，科里问过我，我说让他们出院吧。钱的事情病人答应尽快筹钱送来。"

"他们说了大概何时送钱来吗？"吴院士以前很少关心钱的事，这回为了他的得意门生，他对钱的事也放在心上。

"没有说，我想他们也没有把握定时间吧。三万多块钱对他们可能是大数目，他们筹一万五千块钱都花了好几天时间。"

"那如果他们很长时间不送来，那不是要扣你们的钱吗？"吴院士不希望看到这样的结果，"这样吧，王浪，我今天回去和师母说一声，你先从我这里拿钱把这个窟窿给补上。病人送钱来了，再将钱还给我就是。"

那怎么行呢？王浪在心里想，无论如何，不能让导师来出这个钱，真要出钱，自己还是能够拿出这笔钱来的，他来长沙读研究生之前，在四水市天马医院工作了五年，钱没有少赚。老师嘛，把学生当自己的孩子，想着帮孩子减轻负担。

王浪在心里感动得不行："不，吴老师，谢谢您！说什么，也不能拿您和师母的钱来补这个洞的。"王浪富有责任感地说，"吴老师您放心，我会处理好这个事情的，先看看病人那方面的情况吧，说不定过不了多久，他们就会来医院交钱。"

"那就是皆大欢喜，希望能够这样。"吴院士也盼望能够出现这样良好的结局。

18

这事没过多久，吴铜礼院士生病了，开始时感觉有些头痛、头晕，以为是近期工作多，没有休息好的原因，心里想着睡上一觉可能就会好，没有和师母说这事。第二天早上本该起床，师母发现吴院士躺在床上不能说话，一边的手脚不能动弹。

"铜礼，铜礼。"师母大声喊道，"铜礼，你怎么了？"

吴院士想说话，却发不出声音，师母看见他的嘴巴都歪了，不好，中风了，同为湘雅医院教授的师母自然能够判断出这种常见的病。

师母一个人没有办法送吴铜礼院士去医院，虽然他们就住在医院的院子里，也就几百米远的距离，但是得叫人来接吴院士上医院。她首先想到了王浪，对，先告诉王浪，他有办法安排这些事情。

吴铜礼院士与师母有一儿一女，儿子是老大，与王浪同一年出生，女儿比王浪小两岁。兄妹俩都成绩优秀，深得父母遗传，让做父母的倍感骄傲与自豪。只是兄妹俩都在美国留学和工作，不在父母身边。或许也是因为这样的原因，同样优秀的王浪被老师与师母视作了儿子，所以师母在第一时间想到的是王浪。

王浪当时正走在去食堂的路上，他通常在早上六点半起床，不到七点就吃早餐，然后去科室，这时他已经结束了做总住院医生，所以不用二十四小时住在医院了。这时他的手机响了，一看是吴老师家里的电话。

"王浪，你在哪里？"师母见王浪接通了电话，飞快地问道，她心里也急。

"师母，我在宿舍这边。"

"吴老师中风了，不能动，不能说话。"

"我就过来，师母。"王浪没有片刻迟疑，立即往医院方向跑去。

他立即来到急诊科，以前他在急诊科轮转过，后来又因为叶欣的原因，他对急诊科的工作程序与人员很是熟悉。医院急诊科同时是省急救中心。王浪和急救中心的人说了情况，急救中心立即派出整装待发的急救车随同王浪去吴铜礼院士家。

师母的这个电话打给王浪是绝对正确的，正是这个电话，加上王浪的当机立断，为导师做溶栓治疗争取了宝贵的时间，使导师的完全恢复有着坚实的基础。生命攸关的时候，决定性的步骤就是那一两步，对了千好万好，错了满盘皆输。

王浪随急救中心的车子到达导师宿舍楼下，他立即冲下救护车，拿着氧气袋，领着急救中心的同事们往楼上奔去，同事们抬着担架气喘吁吁地跟随在后面。师母听到了王浪的脚步声，赶忙把门打开："王浪，你来了！"看到王浪，师母心里放心了点，待看到随着王浪上来的急救中心的工作人员，还有王浪手上的氧气袋、急救中心的担架，师母就更加觉得踏实了。

"师母。"王浪见过师母，快步走到吴铜礼院士的床前。

第一次看到导师那么无助地卧在床上，王浪真不敢相信："吴老师！"他心疼地喊着自己心爱的老师。

吴院士缓缓地点了一下头，并不能发出声音回应王浪。王浪赶紧与急救中心的工作人员一起给导师吸上氧气，并做应急检查。

"赶快上医院。"王浪建议道，与急救中心人员一起把吴铜礼院士抬上担架。师母简单收拾了一些东西跟着王浪他们一起离开了家。

特事特办。吴铜礼院士中风的事情立即上报到了医院最高领导层，院长下令全力抢救，用最好的药品与设备给吴铜礼院士诊治，并随即组织全院大会诊。

神经内科专家以最权威的意见得到与会专家的支持：诊断为脑栓塞，尚处于溶栓治疗的时间窗，予尿激酶行溶栓治疗。吴铜礼院士由急诊科转入神经内科，随后进行溶栓治疗。王浪与师母一起陪伴在导师的身边。

奇迹出现了。吴铜礼院士在溶栓治疗后半小时，他的嘴基本上恢复了原形，口里能够发出声音，但说话含糊，不连贯，他那刚才中风所致不灵活的腿也恢复了运动，只是还少些力气。心电监护仪显示血压、脉搏、呼吸等生命体征都稳定。

师母的脸上露出了笑容："铜礼，你感觉怎么样？"

"好……好……多了。"吴铜礼笑着对他的夫人说，尽管这笑因为生病而显得很不自然，但在师母眼里这是最美的笑容。

"吴老师。"王浪没有说太多的话，他知道老师此时需要休息与恢复。

王浪在征得师母的同意下，请临床支持中心请了一个男护工来专门照顾吴铜礼院士，师母年纪大了，得让她多多休息。

王浪只要没有手术，科室没有事情，就会到病房来陪伴吴老师，如果吴老师精神状态好，他就会陪老师聊天，有时给吴院士念报纸，说新闻，也说些奇闻趣事。吴铜礼院士虽然生病，但有王浪的时常陪伴，心情还是不错。真要感谢上帝，这王浪是上帝送给自己的第三个儿女呀，虽然那两个人远在美国，然而有王浪在身边，也就不孤独，生病了也有孝顺的陪伴。

美国的儿女打来电话给家里时，吴铜礼院士已经是住院的第三天了，师母告诉他们爸爸生病了，不过幸亏抢救及时，现在基本上没有什么大问题，身体正在恢复之中。儿子女儿都说要回来看望爸爸，吴院士用含浑的声音说："不用，不用，我都在医院里住着，身边全是医学专家呢。你们放心，安心做你们的事情。"

师母补充道："王浪天天在这里照顾着你爸，他还帮着请了护工，安排得很周到，就像你爸说的，没有任何问题，你们不用担心。"

吴老师在美国的儿女对王浪感激万分，他们平时就经常听爸妈说起过王浪，虽然由于学习与工作的原因，他们多年没有回国内，也因此与王浪都没有见过面，但是在心里，他们也真的把王浪当成了自家的兄弟。

王浪是肝胆专业的博士生，对于中风这一块并不是很专长，为此他专门请教自己的神经内科博士同学，然后就是上网、上图书馆查找资料。他发现了一个比较特别的地方，那就是国内的临床医学界对于康复这一块重视不太够，康复开展得比较晚。

一天，他拿着有关资料给师母看，他想事先征得师母的认可，然后再去和导师说，或许效果会更好，毕竟恩爱夫妻心连心嘛。

"师母，你看看这些资料。"王浪把资料交给师母，"看看对老师的康复是不是有些帮助。"

师母最后对一篇有关"中风病人的早期康复"的文章特别感兴趣："这个对中风的恢复好像很有用，康复治疗要尽早介入。它里面说最好在病情相对稳定后就开始康复治疗。"师母所感兴趣的也正是王浪想和师母说的。

那就正好，王浪想，只要师母赞成了，那就好办，他就可以去和神经内科和康复科的教授们说这事，现在大家都知道王浪在一心一意照顾吴铜礼院士的病，医院上下甚至也认同了王浪就是吴铜礼的人，甚至可以代表吴铜礼院士和师母说话。

"是呀，我等会儿和他们说一说，让老师早些做康复治疗。"

"好，老吴说只怕这回病好之后不能做手术了，我当时安慰他说，应该不会吧。所以，看了这篇文章，如果要尽可能多地恢复职业功能，真要早些进行康复治疗。"

王浪与师母谈话之后，再次登录国外医学网站及国内康复医院权威论坛，收集了更多关于早期康复的时间、意义、操作方法等的文章。然后，他与神经内科主管吴铜礼院士诊治的医生进行交流沟通，当然，他充分的准备工作让神经内科专家毫无顾虑地接受了他的建议："行，我立即请康复科来会诊。"主管医生当机立断，应该说是受了王浪的影响。

康复医学科在医院的地位一直不是太理想，始终处于二流科室的样子，动力好像不足。早期康复的事他们当然有听说过，但是好像临床科室不怎么推崇，他们稍稍做过些努力，看没什么人响应也就放弃了。这回神经内科请他们会诊，说是吴铜礼院士的早期康复问题，他们自然欣然前往。

王浪恰好在吴铜礼院士的病房里，当康复科医生来给吴铜礼院士会诊的时候。王浪把他收集的早期康复资料给了这位医生一份。

这位医生翻看了一下，不禁赞道："王博士，你这关于中风康复的资料比我们的还要新、还要全呢。好，我拿去看看，很有意义，谢谢你。"

一个月后，吴铜礼院士出院回家，之后他在门诊继续坚持康复治疗。生病两个月后，吴铜礼院士正式回到工作岗位。头不昏、眼不花、手不抖，依然能够上台做复杂和疑难手术。

中风似乎没有对吴铜礼院士的生活工作留下后遗症。吴院士的神奇恢复，在湘雅医院引起了众人的瞩目。对湘雅医院康复科产生了深远的影响，从此以后，康复科说话底气足、腰板硬了，科主任能够理由气壮地向院长说我们要买什么什么设备，效果嘛看吴院士就可以了。

吴铜礼院士与师母对王浪的器重再上新台阶，更增添了对王浪的感激，如今王浪可以称得上对导师有救命之恩。对吴铜礼院士全部诊治过程与病情非常清楚的神经科主任多次在很多场合说过，吴铜礼院士带了一个很好的学生，是他为吴院士争取了最宝贵的抢救时间。同时王浪敢于也善于学习与引进新的东西，建议神经科与康复科对院士进行早期康复治疗，对于吴院士的完全康复起到了同样至关重要的作用。

不过，吴铜礼院士并没有百分之百地恢复，应该说只是恢复了百分九十九，他的右腿稍稍比左腿的力气差一些，一般的步行没有问题，如果是跑步或者快步行走，右腿就会落后，当然对于吴院士而言，快步走和跑步这样的时候应该说已经很少了。王浪在湘雅医院再次赢得了好名声好口碑。

"王浪，你还记得我吗？"电话里传来熟悉的女声，晚上，正在宿舍里看书的王浪接到了久违的电话。只是，电话里的女声好像有些忧虑情绪。

"杨柳，你知道我的记忆力不差的。"对于杨柳这样个性鲜明的女孩，对于这个将初吻献给了自己的女孩，他又怎么会想不起来呢。尽管两年过去，时间过得真快，上次和她在江滨散步，真的，一晃已经是两年前的事情了。

"你有空出来吗？我想见你。"杨柳显然想找倾诉的对象，此时的她需要王浪这样的朋友。

不让喜欢你的朋友失望，除非有非常特殊的情况，而这个时候，显然是能够抽出时间来的。王浪没有问理由，爽快地答应道："没问题，你定个地方吧。"

"好，碧水咖啡厅，我开车来接你。"杨柳叮嘱道，"你在医院大门口等我。"

"辛苦你了。要不，我还是打的来吧，免得你跑来跑去。"

"不会的，我在外面，正顺路呢。"其实，并不顺路，杨柳此时正在她的宿舍里，但是她想专程来接王浪。

王浪到门口等了十来分钟，杨柳开车到了，车稳稳地停在他的面前。

杨柳下车，朝王浪走来。两年不见，杨柳的身材依然惹火，只是眼中有着沧桑。

王浪不相信地看着杨柳，怎么会这样呢？阳光的杨柳究竟为何会这样呢？

"杨柳！"他向她打招呼。

"走，王浪，上车。"依然简洁明快，一如当初。

碧水咖啡厅，杨柳要了一个小包厢。服务员过来，两个人点了咖啡与点心。听着轻松的音乐，杨柳眼中的忧郁与沧桑似乎减少了许多，或许也是与王浪一起，天生乐观开朗的王浪把她的沉闷扫除了一些吧。

"你这两年都好吗？看你也没有给我打过电话。"杨柳问道。

"总体上不错，不知不觉就快毕业了。"王浪像是在感慨，又像是在解释，"每天都有做不完的事情，看不完的病人，还真很少打电话，怠慢了，请多包涵。"王浪以手抱拳做道歉状。

"不用了，不用了。我也没给你打，想想，人与人的关系都是彼此彼此吧，剃头挑子一头热的关系终究不会长久。"

"也是，像我们这样，想起来了，偶尔坐坐，聊聊天，谈谈心，也是挺好的。"

"不过，我担心呀，要是你真结婚了，你还会有这样的自由来和我谈心聊天吗？"

"这还真没办法回答你。因为呀，我觉得如果结婚了，我的时间有一部分自然是属于她的，所以，自由方面会要受些限制。不过，两年见一次面的机会还是有的。"

"行，两年时间也不长，就像现在这样，如果不是他出了事情，恐怕我和你现在也不会坐在这里。"

"他，他是谁？他出了什么事情？"王浪听杨柳突然说他出事情了，还真一时不清楚她说得是谁。

"还有哪个他呀，就是当初和你说过的那个记者、副省长的儿子，和我谈恋爱的记者。"

"哦，对，留学生。"王浪想起了两年前的那个晚上，杨柳和他说的那件事情，没想到，两年后那个他却出了什么事情，"是什么事呀？难怪刚才看见你的时候，你一副忧国忧民的样子。"

"能不忧国忧民吗？他都成了残废。"

"你正式和他谈上了吗？"

"也没有什么正式不正式，反正他爸和我叔叔都认为是，身边的同事也是这么看待的。当然，我可以告诉你，我和他还没有过什么亲密接触。"

王浪微微笑了一下，没有说话。

"有点难以相信是吗？王浪，这都是因为你呀，如果不是你，或许一切早已发生。每次，他把我拉向怀抱的时候，我眼前就出现了你。我就感觉矛盾与心烦意乱。唉，我也不知道为何会这样。"

听杨柳这么说，王浪觉得自己是罪人，自己当初的吻让少女的杨柳总沉浸在那个虚幻的梦中。

"对不起，杨柳，是我害了你。"

"你哪有什么对不起我，是我自己为难自己。"杨柳盯着王浪的眼睛看，"他是很优秀，可我为何就爱不起来呢？现在，他出事了，躺在床上要人照顾。"

"到底是怎么一回事呢？"

通过杨柳的叙述，王浪知道她的那个准男朋友出大事了。原来，一个月前，杨柳与准男朋友记者同志去云南旅游。在登雪山游玩时，他们一人要了一匹马骑着上山，谁知道，他却在途中从马背上摔了下来，导致下半身完全瘫痪。

"怎么会出这样的事情呢？"王浪觉得不可思议，两个人前去云南旅游，竟然是这种意外，的确让人难以接受。

"我觉得愧疚，他是专程陪我去玩的。他是记者，他去过那些美丽的地方。我呢虽然在省政府办公厅，但有些省外旅游胜地，还是很少有机会去的，我从小喜欢雪，所以就说想看雪，他说那我就陪你去。"

"他对你很不错呀。"在王浪的眼里这是对朋友知己的关心与分析，"怎么就出事了呢？"

杨柳看起来相当痛苦，但是她还是回忆起那天的事情。

"那天，我们吃过早饭，去攀登当地最负盛名的雪山。我们一人骑一匹马上山，每匹马按理都有人牵着走的，可是当时负责管理马匹的藏民人手不够，所以我的马有人牵着走，而他的马就没有人牵。我们问藏民马没有人牵会不会有事呀，他们回答说没事的，常常没有人的时候就是这样的。"说到这里，杨柳充满了后悔，"要是当时我们坚持等人手够了再上山就好了。"

"马出事，而导致人受伤了是吗？"王浪问道。

"是呀，我骑马走在前面，突然听见山上传来什么响声，没多久就听见他骑的马长嘶一声，他重重地摔在雪地里。'杨柳'，他摔下后大声喊我，'我不能动了。'于是我在藏民的帮助下跳下马，返回到他的身边。他的下半身完全不能动了，腰部以下都没有了感觉。"

"那肯定是胸腰椎受伤了，伤到脊髓了。"王浪的医学专家身份，让他正确地判断了出来。

"他背上背了一个大的理光照相机，就在落地的时候，他的背部撞在相机上，使脊髓神经严重受损了。藏民们看见出事也急了，这是他们这里第一次出这种事情。他们立即组织人员将他送到当地机场，并送往昆明总医院进行手术。但是，手术做完了，他的下半身瘫痪并没有好转。"

"那你带他回到长沙来了，是吗？"

"在昆明手术治疗后，医生说可以做高压氧治疗，考虑到在那边很不方便，我们回到了长沙，现在他住在他爸妈那里，也就是住在省委大院里面。明天准备住进湘雅医院来继续高压氧治疗和挂点瓶输些液。"

"要我帮忙吗？"王浪问完就知道是多余，有当副省长的高官父亲，这种事情自然会有人帮他们弄好的，到时给他看病的肯定是医院骨科的知名专家。

"不麻烦你。这些事情他爸的秘书会给弄好的。我们从昆明回来的时候坐飞机，他的担架我们买了六张机票，然后由机场拆掉座位，好放他的担架。"

"花点钱坐飞机还是很快的。现在的航班很人性化。"

"市场经济嘛，如果人性能够换来效益，航空公司和机场还是愿意干的。"

"那藏民们有没有对他的受伤负起责任来呢？"王浪问道。

"他们负全部责任，可是他们没有钱，赔不了几个钱。他们本来应该牵着马在前面走，可是人手不够他们就没有按照规定来弄。当时在山上劳动的人不小心踩动了山上的一截朽木，结果朽木从高处滚下来，砸在了马背上，致使马受惊，从而将他摔下马来。藏民的责任是百分之百，他们也认可这一点，可是就是拿不出钱来给他看病。他们甚至还说，如果他愿意留在云南，他们一定养他一辈子，决不反悔。不过，我和他还有他们的家人都认为留在云南肯定不现实，没有可操作性。"

"那他看病就医的费用什么，电视台管吗？"

"还好，电视台说全部负责医疗费用，大概与他爸的身份有关系吧。电视台说台里有保险，他的医疗费用可以全部从保险费里面出。他说，总算捡回来一条命，咱知足了。"

"也是，能够生存下来，其他的都是次要的。"王浪也有这个想法。

"不好意思，把你拉来，听我诉苦。"杨柳似乎想转移一下话题，"这咖啡味道挺不错的，香味纯正，苦味刚刚好。"

"你还真说得好，喝咖啡要是没有那么点点苦味，还真不过瘾。"

杨柳停下了喝咖啡，看着对面的王浪："对了，你现在博士快毕业了吗？"

"是的，很快了。还有一年时间。"

"那你博士毕业后打算做博士后研究吗？"杨柳探询着王浪的未来。

"考虑过，要明年才能最后定。"

"那你打算在国内医疗机构做博士后研究，还是去美国等条件好的地方做呢？"

"我个人还是希望能够去美国做博士后研究，那边的实验条件、研究氛围很好，我们可以趁机多学点东西。"

"你很有远见，你让我想起古话'人无远虑，必有近忧'。王浪，明年我和你一起去美国好不好？我也向厅里申请去美国研修一两年。"

"有这种机会吗？那我欢迎你呀。如果在那里还能够有你这样的朋友，那就太好了。"

"当初要是没有和他接触就好了，虽然我不是他的什么人，可是出了这样的事情，我离开他，难免有人会说闲话。"

王浪开导他："你也不要这么想，人生在世，总会有意外。他现在下半身瘫痪，如果你还坚持和他结婚，那么我都要提醒你，这样的路到最后很难坚持下去。与其到后面不欢而散，还不如现在彻底放弃好些。总之，我是支持你的。"

杨柳的不安基本退去了："那样就好，如果真能和你一起在美国待一段时间，那一定会很有意思。我们共同争取机会，好吗？"

　　"好，既然你这样说，我就把我的博士后研究工作定在美国做，我年底就开始与美国的医学研究机构联系，争取明年博士毕业后去那边做博士后研究工作。"

　　"好。我也回去仔细研究一下，看通过哪种方式去美国留学或者研修。最好，在美国的日子都能有你陪伴。"

　　副省长听得儿子将终生瘫痪，潸然泪下。这是他和妻子无比疼爱的儿子，聪明懂事的儿子，从此将与病床、轮椅为伴。他还没有结婚，谁又会愿意一辈子侍候一个瘫痪在床的人哪？杨副检察长的侄女人不错，人品可以，然而，人品再好，总是没办法强求她和儿子结婚的。本来，看着他们虽没有如胶似漆，但是两年时间都在一起走着，也该水到渠成结为夫妻了。谁知却出这样的事情。唉，老天呀老天，为何对我的儿子这么残酷呀？不，绝不能这样，我要尽全部的力量为我的儿子治病，我要让他站起来。

　　他的妻子早已欲哭无泪，儿是母亲心头的肉，儿子身上的伤也就是伤在母亲的心里。看着儿子躺在病床上绝望痛苦的模样，她心如刀绞。如果可以的话，她愿意代替儿子躺在床上。就算是立即为儿子去死她也愿意，她都会去争取这个代替的机会呀。杨柳是个好姑娘，妈看着喜欢，盼望着她能为咱生个好孙子，但是现在，杨柳看儿子的次数越来越少，每次在病房里待的时间越来越短，她和儿子待在一起也越来越没有话说。妈心里清楚，儿子要留下杨柳姑娘，真是没有可能了。

　　副检察长杨国华想与副省长结为儿女亲家的设想差不多破灭，他很认真地向他的医生专家朋友请教了脊髓损伤这病的严重程度和恢复情况。专家听了他的情况介绍，首先摇了摇头，然后说道："脊髓和大脑都是中枢神经系统的组成部分，但是相比较来说，脊髓损伤的恢复远远比脑损伤的恢复困难。你说的这种情况，我看终生瘫痪的可能性比较大。当然，因为他是腰以下部分受伤，借助轮椅或者特殊康复器材的帮助，他的生活有可能实现自理，但是，下半身的生理功能目前是没有办法恢复的。"

　　"那你的意思是他不适合结婚了？"

　　"这是肯定的，除非是那个人愿意终生照顾他的生活，而不是找一个丈夫。"

　　"我明白了。"

　　这也真是太不凑巧了，怎么会偏偏伤在这地方呢，断一条腿还可以接上，皮肤破了可以缝上呀。唉，算了，算了，没必要再瞎想。人家也不是愿意受伤的。

反正也没有结婚，只要咱杨柳不愿意，也就由她去吧。

这天，杨柳到了叔叔杨国华副检察长的家里，她常来他的家里坐坐。

"杨柳，他的情况怎么样了？"杨国华询问记者受伤的情况，其实他心里已经非常清楚，只不过想听听杨柳的意思。

杨柳似乎没有兴趣提起这事，不过，叔叔一直是关心自己的人，既然问起，也就不得不说："老样子，专家说基本上没有恢复的希望。"

"哪个专家说的？"杨国华想知道她问的是不是同一个专家。

"一个博士，你不认识的。"杨柳并不想告诉叔叔是王浪告诉她的，显然这个时候，她没有情绪和叔叔说王浪的事情。

杨国华看出来了，侄女已经准备放弃她和副省长儿子的感情，或者说是谈婚论嫁的事情了，因为当时他和副省长让两个年轻人认识的目的就是希望他们能够结婚成一家。现在，副省长儿子伤成这个样子也怨不得他，也罢，长痛不如短痛，与其让侄女一辈子不幸福，还不如快刀斩乱麻。

"你有什么打算吗？"杨国华问道，他想听杨柳亲口说出她的决定。

杨柳知道叔叔问的是与副省长儿子的事情，但是她没有正面回答，她想叔叔应该会知道她心中的决定的："叔叔，我想去美国留学。"

杨国华听了倍感意外。侄女一直不喜欢远离家乡，怎么突然间想起出国留学呢。哦，对了，一定是副省长儿子受伤的事情严重影响了她的情绪，好像有点忧郁症的味道。到外面去看看，学习学习，未尝不是一件好事。侄女的回答其实也让他明白，她不会继续与副省长儿子恋爱下去，她要追求或者说开始新的生活。

"想去学什么专业呢？"杨国华认真地对待杨柳的要求。

"我想还是与工作有些关联的专业比较好。叔叔你看行不行？"

"你现在的工作是省政府办公厅职员，差不多也就是秘书工作，我看，要不你参加省里面的赴美研修班比较好。这个你也知道的，省里每年都会从各省直单位和地市级抽调五十个人去美国进修学习行政管理的。"

"每次好像还不到一年时间吧，时间太短了，学不了什么东西。"杨柳真心希望与王浪能够有更多时间待在美国，她听王浪说他在美国做博士后工作通常会有两到三年的时间。

"一般是一年，但是个别情况可以申请延长，只要单位同意了就行，当然要有说得过去的理由，比如研究需要、内容没有完成等。"

"那我想去个两年或者三年，叔叔可以吗？"

"你呀，从前都不想往外跑，现在一去就要两三年，你真改了性呢。"杨国华和杨柳开玩笑。

"以前我小不懂事，现在大了，感觉要学些东西才行，不然呀，天天在办公室里待着，总没有长进。"

　　杨国华很高兴听侄女这么说，他笑眯眯地对杨柳说："行呀，没有问题，到时你申请个课题，花上两三年时间，做漂亮点，好不好？"

　　杨柳心情舒畅起来，似乎一扫刚才的阴霾："叔叔，你真好。"

　　"叔叔当然好呀，一家人嘛，总要互相帮助。当年，你爸舍自己为我，叔叔才会有今天呀。"杨国华遥想着他和杨柳爸爸当年浓浓的兄弟亲情，"那时，你爸和我按现在的说法就是，上阵父子兵，打虎亲兄弟呀。"

　　吴铜礼院士对王浪有去美国做博士后研究的想法非常支持："男人嘛，要事业为本，年轻的时候要多学习，积累经验，开阔视野。尤其是我们西医，更需要与先进国家的同道们进行深入交流与借鉴，而这借鉴与交流当然以我们去他们的国家待上几年为上策，读他们的杂志、书籍只是其中一个很少的部分。"

　　"是，我打算明年博士一毕业就去美国做博士后研究。吴老师你看可以吗？"王浪征求吴院士的意见。

　　"很好，趁早出去好。这样吧，我会帮你留心的，看看哪里有比较适合你目前的水平与研究阶段的医院或者科研机构，我会帮你联系，你就安心做你的课题，把你的博士论文写漂亮些，要以优异成绩博士毕业，这样去美国的时候人家看着你的论文，才会愉快地接纳你的。"

　　"麻烦老师，您费心啦。"

　　"行，你去忙吧。我这身体多亏了你呀，你的快速反应让我死里逃生，大难回归。你是我的福星。"

　　"老师，你这样夸我，学生可受不了呀。这都是我应该做的。"

　　"好，好，王浪。不说了，不说了。有什么想法和我说就是。"

　　"吴老师，再见。"

　　又两个月过去了，咦，都过去好几个月了，也没见院里扣姚义的工资。难道是医院的政策改了？可是，改天就听见骨科一个护士给人担保，结果病人死了，欠费不交，每个月开始扣她的工资抵欠费。

　　那么是病人交了吗？可是，想想不可能的呀，病人如果来交了，那人一定会来医院告诉王浪的，王浪对这一点有绝对把握，他不可能看错的。

　　王浪决定去住院结算中心问一下，他不喜欢不明不白，到底是怎么回事，他想了解清楚。

　　王浪说了一下那个病人的名字，请住院处的工作人员查一下那个人的费用情况。

住院结算中心的女孩认识王浪，当明白王浪要找的是哪一个病人时，她的话让王浪还是吃了一惊："你和姚义担保的那个病人呀。他没有欠费了，好像出院没几天就有人帮他交了。"

交了？三万多块钱，不是一笔小数目，这人会是谁呢？王浪想病人的家属是不可能的，因为他们一下子拿不出这么多钱，如果能够拿出来，就不会只交两千块钱住院，也就不会筹了将近一个星期只筹到一万五千块钱。那么，这人应该就是富有善心的人，而且是要帮助他和姚义的人。对，肯定是他和姚义的熟人帮着交的。

这个人会是谁呢？王浪把自己和姚义的熟人在脑子里像过电影一样进行筛选。姚义自己不可能，一是他没有这笔钱，二来呢，他如果要这样做，自然会事先告诉王浪。是吴铜礼院士吗？不会，导师是问过这事，当时他告诉导师他会很好处理的，导师同意他的做法，后来导师自己就生病了，王浪忙于导师的病，也就几个月没有管这事。导师如果交了钱也会告诉他，好让他不用操心的。

是师弟郭光吗？不会，他年纪小，也不会想得太复杂，而且郭光是大学本科毕业直接上的研究生，然后转攻博士生，一下子肯定拿不出来这么多钱。

想不出来，那就直接问住院结算中心的这位女孩吧。这女孩认识王浪，重要的是她对王浪有好感，这好感不是爱呀什么的，就是年轻女孩看见帅气男孩而发自心底的喜欢。她喜欢王浪站在她身旁问她话的感觉。

"你记得起来是谁来交钱的吗？"王浪问道。

"好几个月了吧，我想想看。"她突然开窍了似的说道，"对，我记得当时郭光好像在场，是他报的病人名字。"

"郭光，是我师弟郭光吗？"王浪听到郭光的名字，想看看是不是自己的师弟，因为叫郭光的人比较容易同名同姓。

"是呀，就是你们科里的博士生郭光。"女孩肯定地说道，"当时交钱的是一个女孩，是用的信用卡。"

王浪眼前闪过一个人，这女孩当是孙家惠，那样的话，郭光陪她来就是很自然的事情。

"那麻烦你帮我调阅一下，当时所刷信用卡的户主是谁？"

"这个——"女孩觉得有些为难，告诉别人消费信用卡的户主姓名是违反财经纪律的，可是，她没有办法拒绝帅哥王浪的要求，"好的，我找一找看。"

女孩在一堆当月的留底账单中查找那些日子信用卡刷卡交费的情况。

"有了，就是这张交费单据。信用卡持卡人叫孙家惠。咦，这名字怎么和歌星的名字一模一样呢。"

"那我知道了，她就是歌星孙家惠，肯定就是同一个人。你那天没有仔细看那人的面孔吗？"

"真的呀，那太可惜了，错过了，站在我面前我都没有发现呢。你认识她？"

"是的。"王浪高兴地回答道，这孙家惠真是好样的，心肠好，郭光如果真能和她成，是好事呀。

"那什么时候介绍认识一下，我很喜欢听她唱的歌。"

"有机会我一定会介绍你认识她的。谢谢你。"

这个郭光，领着孙家惠做了好事居然还不吱声，隐藏得还蛮深呢。

王浪在科里找到了郭光，很正经地对他说："郭光，你这小子，居然还有事瞒着我。"

郭光不知师兄所指为何，一脸无辜："师兄，我哪敢呀？"

"你是不敢，不过孙家惠让你敢，是不是？"王浪的语言里已经有了感激之情。

郭光听出来了，心里也明白过来："你都知道了？"

"当然，这点事情还难得住我吗？"王浪笑道，"师弟你是我的大恩人，帮我解决了这个难题。"

"不是我，是孙家惠。"

"那当然是因为你，如果你没有告诉她，她也不知道有这么回事呀。所以，我感谢孙家惠，也感谢你。"

"你和孙家惠说，我改天还钱给她。"

"师兄，你千万不要，这是她的一片心意。她说了，如果病人来交钱了，就把钱还给她，她会接受。但是，你还钱就负了她的一片好心。并且我请求你，这事你先不要和她说，好吗？"

王浪想想也对，孙家惠既然做了好事，而且是主动做的，那就是有着十二分的诚意。那就先不急，反正心里记着这份情，等等再看，假设病人真来还钱，再好好感谢孙家惠。

没过半个月，下午四点多钟的时候，一个人神采飞扬地走进了王浪的办公室，手里提着一个大的纤维袋："王医生！"来人一进门就径直走到王浪的桌前，并且大声地喊道。

王浪被他一惊，抬起头来，原来就当初得重病胆管炎的那个病人，就是当时没钱，王浪和姚义给担保了的那个病人。

"你好！刚到长沙吗？"王浪问道，"身体都还行吗？"

"嘿，当时多亏了你呀，王医生，我回去后感觉身体比生病前好多了，吃饭有味道，吃得也比生病前多。"

"那就好。"

"还有呀，运气太好了，王医生，都是你带给我们家的好运呀。"病人一连声地感谢着王浪，"真的非常谢谢你。这是我从老家带来的土特产，比较粗糙就是，不过，绝对环保，是绝色食品，有板栗、红薯、橘子。"

"不用客气，你来一趟这么远，也不容易。"

"也还方便，这回我坐卧铺过来的。刚才说你带给我们家好运，真是这样的，几天前我去镇上赶集，一个开福利彩票销售点的熟人让我买几注彩票，说是支持支持他的生意。我就买了，运气来了门板也挡不住，我中了一等奖，一下子拿了十三万，交税两万多，还有十来万，这下好了，我儿子高中几年的学费都不用愁了，省着点的话读大学的学费都有了。真是老天开眼哪！"

"恭喜你，好人有好报！"王浪为病人感到高兴。毕竟这能够极大地缓解他家的经济负担。

"王医生，我把欠医院的钱都带来了，这回咱可以一次性交清了。"病人对王浪说，"我去住院结算中心交钱去，待会儿我请你喝酒。"

"不用客气了。住院结算中心不用过去了，那边已经有人把钱交了。"

"是哪个好心人帮我先垫上了，那我得把钱还给他。"

"可以的，待会儿我叫她过来，你把钱给她吧。"

"好，好，我要当面谢谢他。"

王浪把姚义、郭光、孙家惠都叫到一起吃饭，当然王浪一起请吃饭的还有远道而来的病人朋友。

上菜前，王浪给大家介绍认识："来，我给大家介绍一下。这位就是当时在我们科住院的湘西朋友卢中亭。"

"这位是姚义，湘雅医院骨科医生。"

"这位是郭光，我的师弟，博士。"

"这位是大歌星孙家惠。"

大家与卢中亭这位朋友一一点头示意问好。

菜上来后，王浪吩咐给大家倒上酒："今天，我们欢迎卢中亭先生从湘西来到长沙做客。大家陪卢大哥好好喝酒。"

酒过三巡，卢中亭已微有醉意，也正是有几分醉意，他才能够放开嗓子，尽情地在湘雅医院的这些高才生以及美女歌星面前表达自己的思想，表达对他们的谢意。

"非常谢谢王医生。我说呀，是我三生有幸，在得了重病之后能够遇到王医生这么好的人。要是当时王医生没有给我担保的话，我的命都没有了。我再敬王医生一杯酒。"

王浪端起酒杯，很认真地与卢中亭碰杯："卢大哥，我是尽力而为。能够帮上你的忙，是我，也是在座的各位非常乐意的事情。我要向你说清楚，当时我并没有资格担保，是坐在我身边的这位姚义挺身而出。后来呢，坐在你身边的孙家惠和郭光又挺身而出，把你欠的钱交给了医院。"

卢中亭与姚义、郭光、孙家惠再一一喝酒，道不尽心中无限感谢之情。随后，他把三万五千元双手交给孙家惠。

"谢谢你，大歌星。"卢中亭对孙家惠说。

"我和你都很幸运，在湘雅医院受到了最好的治疗。得以保持健康的身体。当时，我听郭光说王浪和姚义为你担保的事情，我就想也做一些事情。现在你中奖了，有钱交医疗费，有钱交学费，上帝待你不错。祝贺你！你的钱我也收下了。"

"本来就是你的钱。"卢中亭道，"是你让我提前享用渡过了难关。我无比地感谢你。"

"卢大哥，来，吃点菜，你这样的病，酒还是不能喝得太多，不然，对肝、胆不好。这样吧，我们喝完这些酒都吃饭。"王浪对姚义和郭光两位男生说道，女生孙家惠自然不会有异议。

"行呀，我儿子要是争气的话，咱也叫他上医学院，并且要像你们一样，医术高，医德要好，做老百姓喜欢的好医生。"

"会的，看你这么好运气的人，你儿子也会有好运气的。干脆就叫他报考湘雅医科大学吧。"

"他今天高二，明年就高三了，算来后年夏天就要参加高考。我要他加把劲，争取能够到这里来学医。"

"好，卢大哥，后年带你儿子来上学吧。"

卢中亭第二天就坐火车，还是买的卧铺票，回他的湘西家去了。围绕着卢中亭的手术、欠费，一连串的事情到这里就算画上了一个圆满的句号。

王浪结束了博士生的临床工作，正式开始他的博士研究课题。几个月时间里，他穿梭于图书馆、食堂、实验室，常常为了观测一个指标，通宵达旦。

他的博士生同学向玲玲与他一样，同样是忙于博士生最后阶段的冲刺。

两个人的打算倒不一样，王浪已经定下计划，毕业后即赴美国做博士后研究工作，而向玲玲呢，已经在导师廖玉翠的建议下决定毕业后留在湘雅医院工作。两条路都相当不错。只是说起来有十多年感情的他们又天各一方。以后还会有机会再一起吗？

路都是自己决定后选择的，今后的事情如何无法预测。

七月，王浪与向玲玲同时取得湘雅医科大学博士学位，他们双双成为学校优秀博士毕业生。

19

王浪没有让吴铜礼院士失望，他的博士毕业论文在湘雅医科大学博士毕业论文评比中名列第一。说起来，这也是意料之中的事情，以吴铜礼院士高瞻远瞩的指导，以及王浪的苦心钻研与勤奋踏实，做出像样的毕业论文正是天道酬勤。

向玲玲的论文被评为第二名，廖玉翠教授内心激动。她的兴奋还有另外一层无法对外说出的情感。年轻的时候，她和吴铜礼院士、王浪的师母三人是同学，两个人都喜欢吴铜礼，当时的廖玉翠稍稍含蓄与内敛些，而正是这含蓄与内敛，让她带着遗憾为吴铜礼与师母的结合而祝福。如今，她和吴铜礼的学生双双夺魁，两个人出众的外貌，宛如金童玉女。可惜，听老吴说，王浪这小子要去美国留学，不然的话，要是他留在湘雅医院的话，咱一定得把他们促成一对儿。这下，好像距离变大，两个人变得遥远，那就远水解不了近渴，只能任他们自由发展，就是王浪小子不主动，向玲玲还是喜欢王浪的。现在没办法，廖教授有劲无处使，只能为两个喜爱的年轻人深深地祝福。

王浪去导师家里辞行，选择晚上去，这个时间点导师与师母会相对空闲些，好多说说话。

"王浪，你的好事真多，恭喜恭喜！"师母夸奖道，"你是老吴最优秀的学生。"

"多谢谢老师与师母指导！"王浪感谢恩师与师母。

吴铜礼院士有话对王浪说，显然很重要，于是清了清嗓子："王浪，在湘雅的五年，你做得很好，相当出色，是所有学生里面最勤奋、最用功、最肯动脑筋的一个，是学校唯一的百名潜力研究生。你去美国做博士后研究，是一件很好的事情，你要抓住机会。我联系的哈佛大学医学院肝移植研究所是全球最知名的研究机构，你在那里的时间有三年，要尽最大努力，争取在 SCI 期刊上发表三篇文章，这要求对别人有些高，对你不高，我认为是刚刚好，有信心吗？"

"老师，你这么相信我，我当然有信心，保证完成任务。"

"哦，王浪，不是那么容易的，不要听老吴乱吹。我们医院在 SCI 上发三篇文章的都才那么三五个，要在三年时间写出三篇 SCI 文章太难。老吴，你不要给王浪太大压力。"师母批评吴铜礼院士。

吴铜礼院士童心大发，他对师母说："那可以呀，你看我是不是吹牛，我们打个赌怎么样？如果王浪没有完成这个任务的话，我送你一件高级礼物。"

"我不要你的高级礼物，你呀，几十年来，送给我的最高级礼物就是一条真丝围巾。"

王浪听着笑了，看来导师买东西给师母不是很在行，不然，以导师的经济实力该给师母买点上档次的礼物呢。

吴铜礼院士没有作声，师母接着说道："不过，也不是绝对没有可能，王浪是我们遇到过最出色的学生,既然最出色,那就完全可以完成别人做不到的事情。"

"就是，就是，这还差不多。"吴院士对于自己的老同学兼老婆的思想改变感到高兴。

"对了，王浪，你能立下军令状吗？"吴院士对于王浪的话很是放在心上，但希望有更强有力的督促。

"是的，吴老师。"

"你打算怎么立呢？"

"老师、师母在上，今有学生王浪订立军令状：如果在美国三年，没有完成三篇 SCI 论文，本人不回国，直到完成三篇 SCI 论文为止。"王浪有板有眼地说道，仿佛当年那英气勃发的蜀国大将赵云赵子龙。

"好，要有这种气魄。"吴院士赞道，"不过，我还是希望你一鼓作气，三年完成博士后研究工作，实现发表三篇 SCI 论文的目标，如期归国。"

"定当牢记老师教诲，不敢有一丝一毫的松懈。"

"好，说得好。你去美国之前回家一趟吧，去看看你的父母亲，也许你在美国的时候，可以接他们过去住住，让他们帮着你做饭，照顾生活，那样你就能够全身心地投入到你的研究工作中去。"吴铜礼院士为王浪安排道，"你从老家回来的时候，就直接到机场去北京吧。我们这边你就不要过来了，走来走去浪费时间与精力。我的儿子和女儿都在纽约，距离你那里不是太远，有空的话可以去看看他们，我也告诉他们说你会去哈佛大学，多来往来往，你们都是我最喜爱的人，互相帮助与促进。这是他们两个人的电话，你拿着。"吴铜礼说着递给王浪一张写着他的儿子女儿在美国联系电话的纸条。

王浪接过纸条，由衷地说道："谢谢老师，到了那边后，我就给他们打电话。"他对导师的细致关心深深感动。

"还有，你这些日子有空多看一看关于美国生活、社交等方面的书籍，到一个新的地方，要注意入乡随俗，尤其要尊重他们的传统与习俗，免得造成不必要的误会。"吴院士强调道，"还要注意保持健康的身体状况，在外面人生地不熟，如果生病了就很麻烦，而且会严重影响你的学习与研究。去的时候，从国内带些感冒、腹泻药，免得水土不服。"

看吴铜礼院士说这么多了，师母也心痒痒的，想说话，她补充道："王浪，外国的女孩子最好不要和他们谈恋爱，文化与传统的差异，恐怕一辈子都难以彻底消除。所以，在那边如果要谈恋爱，最好找自己的同胞——黄皮肤、黑眼睛的中国人。"

"师母说得对，我也在想，中国人和外国人在一起，如果没有话说还真是有些尴尬，因此，我不会去找外国女孩，免得有理说不清楚。"

姚义很不舍王浪，好哥们即将远赴重洋留学美国，是大好事，然而好哥们走远，很不好玩。姚义离婚后的心情已经逐步好转，正是在王浪的帮助下，度过了生命中的灰暗期。他在做好自己的本职工作外，常去帮叶欣想办法、出点子，为的是让叶欣的急诊科主任当得更稳当，更有成就感。叶欣对姚义的印象有所好转。

姚义在第一时间把王浪要去美国的消息告诉了叶欣。

"那不错，很好的事情，学医的去美国看看很有必要。他什么时候走？"

"大概下个周末吧。"

"这么快呀，就只有十来天的时间。"叶欣对姚义提议道，"我们请王浪吃个饭，一起聚聚，他这一走，可能要好几年才会回国吧。"

"他是去美国做博士后研究，一般要三年时间。"

"时间不短。"叶欣想了一下，"明天晚上我们和王浪吃个饭，你联系一下王浪，看他有空吗？"

王浪恰好有空，他的三位关系密切的同学姚义、叶欣、向玲玲请王浪吃饭。向玲玲是姚义想到的，他觉得向玲玲喜欢王浪十余年，自然地想与王浪话别。也正是这样，当姚义对她说这事时，她二话没说就同意了。

四人在学校的酒店包厢里推杯换盏，好不热闹快活。"王浪，你是越走越远了，本来看着与你距离很近，没想到，你又把它拉到这么远。你这一去，让人怪想的。"向玲玲借着酒劲说道。

"不是还没有走吗？"王浪酒喝得不少，"好好看我呀。"

"是的，你还没有走，还坐在我的身边，可是，想到要那么久不见你，心里慌慌的。"向玲玲道。

叶欣坐在一旁，听了心里隐隐地痛。是的，她放弃了追求王浪，可是不知怎么搞的，想着王浪要出去几年有说不出的惆怅。她酒醉心定，没有借着酒意表心意，她已经不是当初的叶欣。

　　这时，王浪的手机有电话进来。因为他们说话的声音大，铃声响了很久，王浪都没有听见，还是姚义提醒他。

　　王浪拿出手机，轻语道："哦，是杨柳来电话了。"

　　他按下接听键。"杨柳，是你吗？"

　　"当然是我，不是我还能是谁？"杨柳感到奇怪，我的手机又没有给别人用，"你猜我现在在哪？"

　　"我猜你在宿舍。"王浪随意说道，因为喝酒有些多，他没有好好去想杨柳的话里含意。

　　"不对，你再猜猜。"

　　"那就是在办公室了。"王浪继续猜道。他的几位同学停下了说话，听着他打电话，也等待着他。

　　王浪感觉到了周围环境的安静，感觉到了同学们就在身旁，有些不好意思。

　　"不对，王浪，我在你们医院大门口。"杨柳恰好也不让他猜，"你来接我好吗？我们一起吃饭。"

　　"我正吃着呢，你一起来吃，我到门口接你。"

　　"那正好呀，我在这等你。"

　　"好，我一会儿就过来，很快。"

　　两个人挂了电话。王浪说有一个朋友过来，他正想说准备去接她时，他的三位同学们说："你叫她上来一起吃饭吧。"

　　"嗯，好，她在大门口，我去接她一下。"王浪对他的三位同学说道，旋即站起身来，下楼去接杨柳。

　　杨柳这天晚上打扮得很漂亮，她的天生丽质与向玲玲不相上下，但是她今天的打扮的确用了心思，两颊施了淡淡的红色粉影，穿着雪白的女式衬衣，脖子上系了个领结，衬衣左胸前方是一个淡紫色的胸花。衬衣的下摆系在黑色裤子里面，整个身材凸现，高挺的鼻子，小巧的嘴。王浪看得有些呆了，酒意下，他对杨柳道："你真漂亮。"

　　杨柳陶醉了，女为悦己者容，王浪的欣赏让她眩晕。

　　"真的吗？"杨柳反问道，巧笑倩兮，更添妩媚多情。

　　"那还有假，我王浪什么时候说过假话。"

　　"哈，哈。"杨柳笑得花枝乱颤，那胸前的波浪翻滚着，让王浪差点失去理智。得了，咱还是积点德，不要喝了点酒就见不得美女，这还是我平时的样子吗。要是给人看见了画个漫画，一定是个色眯眯的样子。

"走，上去吧，我们就在楼上的医院酒店吃饭。"王浪做了一个请的姿势。

两个人跨进包厢，姚义一下子呆了，哇，这个美女，惊艳！不过，好像有些面熟，对了，几年前就见她来找过王浪。姚义强忍着咽了一下口水，收回贪婪的视线，再怎么着，不能对王浪的女性朋友打主意呢。

向玲玲和叶欣见了，也在心里说着杨柳的漂亮，当然，她们是女生，对于女生的漂亮，她们的表现一般是麻木的。

"你们好！"杨柳表现得特别主动，落落大方地与几位打招呼。

姚义在王浪去接人的时候已经嘱咐服务员准备好了位置与碗筷酒杯。这时，他赶紧为杨柳引座。

"就坐王浪的身边，那是刚添的椅子与碗筷。"姚义说道。

"谢谢。"杨柳用温和的目光看了姚义一眼，王浪适时为她拉开椅子。

两个人坐下后，王浪对大家说："来，我介绍一下。这三位都是我的同学，男的叫姚义，这位女孩叫向玲玲，这位女孩叫叶欣。"

杨柳迅速地记下了三人的姓，因为好记，男的一个姓姚，女的两个，漂亮点的姓向，不太漂亮的姓叶。

"这是杨柳，省政府办公厅官员。好像叶欣和姚义见过杨柳吧，向玲玲你可能没有见过。"

"见过，那次你住院的时候我们见过。"叶欣的记忆力不错，她想起来，那回王浪为了救她，被坏人一酒瓶砸晕了之后住院，叶欣当时在照顾王浪，杨柳来医院看她，还一起聊天了。

"是眼熟，应该见过。"姚义想不起来具体在哪见过。他当然想不起来，那回杨柳来找王浪，在外科大楼大厅匆匆见过，没有相互介绍认识，当然会没有印象。

姚义端起酒杯，很礼节地对杨柳道："杨柳，你好，原谅我直呼你名啊。"

"没关系的，这样挺好。"杨柳真不计较，她现在还年轻得很，比他大几岁的湘雅医院骨科医生，叫她名字合情合理。

听杨柳说"挺好"两个字，姚义不小心看见了杨柳胸前傲然挺立的两只玉兔，心里龌龊起来，想起了"做女人挺好"的广告词，他在心里鄙视自己几回。

"既然这样，那就不客气了。来，杨柳，敬你一杯，很高兴见到你。"

杨柳端起酒杯："谢谢！"其他几个人也一一与杨柳喝了酒。一圈下来后，大家继续随意地聊天。

"你们这是毕业聚会吧。"杨柳对大家问道，没等他们回答，接着对王浪说，"王浪，你去美国的事情定好了吗？"

听杨柳这么说，姚义知道王浪还没有告诉杨柳他的出国日期，于是说明道："我们这是为王浪饯行，再过几天他就去美国留学。"姚义不知道杨柳与王浪以前谈过去美国留学的事情。

"王浪，确定日期了吗？"杨柳很欣喜地问道。

"姚义说得没错，下周末我就去美国。"

杨柳听到这里，情绪高涨地说道："那太好了，太好了，王浪，我下周初去美国，比你还早几天呢。"

"你去哪里留学呢？"姚义率先问道，这也是王浪想知道的事情。

"我是去纽约大学。"杨柳回答道，很自豪的样子。

"杨柳真不错，进了政府机关还这么爱学习。"向玲玲也表示了赞扬，这是场面上的话，说实在的，尽管向玲玲已经博士毕业，知识与文化程度都是一流的，但是她依然和天下所有的女人一样，她不希望王浪的身边有一个如此漂亮而且会打扮的女孩子。

"哪里，哪里，多学点东西总是好些。"杨柳没有说，那是因为王浪的原因，此前她听王浪说要去美国后，下定决心也要去美国学习或者进修。

"杨柳，敬你一杯，祝你在国外学习快乐。"叶欣表示对爱好学习的人的赞扬。

"谢谢。"杨柳很高兴地和王浪的同学喝了几杯酒，头有些晕，她喝不了多少酒。

"王浪，你去哪所大学呀？"杨柳虽然酒喝得有些多，但是说话思维什么的还没有出现异常。

"我去的是哈佛大学。"王浪回答道。

杨柳再次开心起来，这两所大学所在城市相隔不远，往来很方便。没有想到，不仅能差不多同时去美国，而且各自所在城市还比较近。运气，这回真是运气不错。

"真好。我和你的学校相差不远呢，应该就是长沙到岳阳的距离吧。"

在座的已经都清楚，杨柳在追求着王浪。姚义是倾向于王浪与向玲玲好，而叶欣也是和姚义一样的想法。向玲玲当然希望杨柳和王浪只是相互喜欢，但愿没有上升到不可挽回的高度。不过，有句话不是说"有缘千里来相会，无缘对面不相逢"，杨柳与王浪虽然同在美国，并且两个人所在大学的两座城市相距不是太远，但是心理的距离如果大于实际距离，那就不用害怕。

王浪回到老家华阳县。爸爸妈妈见了自是喜出望外，他们的儿子大有出息，现在要去美国留学。亲戚朋友们闻讯赶来，家里热热闹闹的。王浪爸爸妈妈举行了一场家宴，客人们祝福王浪去美国学习顺利，也恭喜他的爸爸妈妈好福气。

　　回了老家，自然是要与同学们聚会的，这回沈元出差外地，没有在家，是卫生局工作的同学请客。卫生局的同学已经升官，几年不见，他从当时的办事员升任科长。老同学聚会是很爽的事情，大家有共同的回忆与往事，没有彼此因利益产生的利害关系，同学会为你的成绩而高兴，为你的失败而分担痛苦，可谓患难与共，风雨同舟。同学们祝福王浪取得博士学位，并且很快将赴美国留学。以后，在与其他人闲聊的时候，可以说我有一个同学现在美国，混得挺好的。说说，过过口瘾，也是相当不错的。

　　"王浪，你在学业事业上成绩辉煌，就是这回没见你成双成对回来，是不想让朋友们看见你的金屋藏娇吗？"

　　"哪里？哪里？实在是没有人可以带呀。"王浪两手一摊作无奈状，"这事情要两相情愿。"

　　"呃，王浪。"这晚请客的主人、卫生局的同学想起王浪上次带回来的向玲玲，"你上次那个美貌佳人呢？不，应该是才貌双全的女孩呢？"

　　"你说她呀，她现在留在湘雅医院上班，没理由让她来。"

　　"你挺般配的一对儿，怎么还没有成呢？王浪，你是不是有什么毛病呢？"卫生局同学此言一出，在座的都吃了一惊，不会这样说人家吧，这主人还得有主人的风度呀。

　　王浪的理解是对的，他明白同学肯定是开玩笑了，也玩笑着回答呀："是的，没错，我呀这个毛病不知该如何治呢。"

　　"你是医生，自己给自己看了就可以了。"

　　"我看了，我是无爱症，一时找不到药治，只能等老天爷开眼。"

　　"哈哈，哈哈。"大家都笑了起来。

　　卫生局同学接着说："王浪，我看你这下也不用急，待到了美国找一个洋妞，带回来更好，让我们开开眼界，到时能够近距离看看美国女孩。"

　　"美死你吧。"一个女同学对卫生局同学说，"现在可以去美国旅游，你找个理由，去美国考察卫生发展就行。"

　　"就是，就是。"大家一起笑道，"那样容易实现。"

　　"对了，现在美国是中国的旅游开放市场，如果你们有兴趣到美国旅游，一定到我那里看看，我在哈佛大学，距离大家最想去的城市纽约很近。"

"这样好，我们到了美国，有老同学在，不会人生地不熟。王浪，你可要记得，到美国了要告诉我们你的联系电话、电子邮件等等，不然我们可没办法找到你。"

"没有问题，我到美国学校报到后就把联系方式告诉你们。"

王浪回到华阳县，最高兴的是他的爸爸妈妈，那么第二高兴的呢，当然就是冯慧。

王浪回到华阳的当天给冯慧打了电话，冯慧在电话中惊喜地说："太好了。我立即来见你。"挂了电话，冯慧就来到王浪爸妈家。当时，因为家里客人实在多，王浪只和冯慧讲了几句话，没办法陪她。这够了，见着王浪，冯慧感觉心里特舒坦。

"王浪，你现在回来，家里热闹，都没有时间陪我。"她娇嗔地说道。

"不好意思，对不起，家里客人多，我空了就给你打电话。"王浪说道，这也是冯慧喜欢听的话。

客人们第二天差不多就全部走完了，晚上就是他的那帮同学请他吃饭，所以回家的第三天，王浪真正有空了，他出门去冯慧家，事前给她打了个电话。冯慧已经没有住在老地方，她家那房子卖了，已经新买了一处房子，爸妈一起住着。这是县里的富人区，全部是联排别墅。

冯慧在别墅区的门口接到了王浪，陪着他一起走进别墅区。

她的家人都在家，别墅区的房子很大，相比于王浪家的热闹，这里显得很冷清，就冯慧和她爸爸妈妈在几百平方米的房子里转着。

"伯父、伯母好！"王浪礼貌地给两位老人打招呼，在来的路上，他买了两箱高级牛奶送给两位老人。

"你人来就好，还提什么东西呀。"两位老人看见帅气的王浪异常喜欢，发自内心地说。他们的女婿是大老板，少了一点王浪的儒雅与俊朗。

"两位身体都好吧。"王浪问候道。

"好，很好。谢谢。什么事情冯慧都给我们安排好了，都闲得慌呀。冯慧呢，两口子都说做生意忙，也不给我们弄个孙儿抱抱，天天想着呢。"冯慧的妈妈说这话时，看着女儿，她是真心盼望着早日抱上外孙子，含饴弄孙，这是多么美妙的事情呀，尤其像他们这种衣食无忧的富裕人家。

"妈，放心好了。外孙子不是不让您抱，时候未到呀。"冯慧撒娇道，"女儿知道了，您让我们把生意做顺当点再说嘛。"

冯慧清楚，她和丈夫整天忙于生意，在一起的时间非常少，要弄个孩子给爸爸妈妈，好像还真的需要等待。

"伯母，冯慧说得没错，不光是她，你看我，不还独身一人吗，现在竞争厉害，生意做大了才安稳些。"王浪也为冯慧解释着。

"王浪，喝茶。"冯慧倒了一杯铁观音给王浪。

王浪接过茶杯，将茶缓缓地吸进口腔，一股清凉的茶香由口腔到肚里，直透进全身，舒服极了。

"这茶可真好呀。"王浪说。

"好喝你就多喝点吧。"冯慧自然地说道。

"不客气。"

这是王浪喝茶喝得最多的一次，也是最高兴的一次，是他去美国前留在脑海里最好喝的茶。

冯慧和她的爸爸妈妈在家里设宴款待王浪。席间，冯慧爸爸说："王浪，你是我们县的骄傲，听冯慧说你是全国百强研究生，你的导师是院士呀，真不简单，现在又要去美国。学医好，救死扶伤，保人平安。来，伯父与你喝一杯，祝你在美国学业进步。"

"谢谢伯父，祝您身体健康。"

王浪稍后不久倒满了一杯酒，回敬他们全家："我呀，小时候就没有少到你们家蹭饭吃，现在回了华阳，还是来蹭饭吃，不好意思呀。"

"呃，哪能这么说呢。你来我们可高兴了，尤其是我们家冯慧，看到你就像见到了亲哥，是不是？冯慧，妈没说错吧。"

"说错了，应该是比亲哥还亲。"冯慧笑道。

"比亲哥还亲，那是什么？妈还真不懂了。"冯慧妈心情好，和女儿斗嘴。

冯慧朗口说道："妈，我也说不清，唉，怎么和您说呢，就是说——您会懂的，我不说了。"

王浪在冯慧的眼中读懂了冯慧对自己的依恋和喜爱之情，他对他们说："来，我敬你们一杯酒，祝伯父伯母健康快乐，祝冯慧生意越做越顺手。"

"王浪，你这一去美国也不知什么时候回来，回国看爸爸妈妈时，一起看看我们啊。"冯慧话语里全是不舍，"想想你离我们那么远，真不习惯呢。"

"你做大生意的老板，现在交通方便，飞机往返也快，到时你可以来美国考察，顺道来看我。"

"好，那就说定了。到时看看美国的电脑市场是怎么弄的，你可不许拐骗我，在美国我可是要全靠你带路。"

"王浪要是会骗你，打死我都不信。"冯慧的妈妈用年轻人的口气说话，也特有意思。

"妈，你就不要凑热闹。"

"哈哈。"王浪和冯慧一家人都忍不住笑了。

王浪在爸爸妈妈、冯慧的送别下，登上了去长沙的长途巴士。汽车驶离华阳县不久，王浪的手机响，他一看，是从美国打来的。是杨柳，她到了美国。这女孩子，还真是够意思。

"王浪，是我呢，我是杨柳。"杨柳在电话里很兴奋地说道，"我已经在美国了。"

"你住的地方都安排好了吗？"王浪关心地问道。

"全安排好了。我们是省里来研修的行政管理人员，这边有人接待安排。"

"你们去了很多人吗？"

"有二十来个吧。不过，都没有在一个地方，纽约就安排了我一个。"

"那你不会不习惯吧，不要想家想到哭鼻子。"

"瞧你说的，你以为我是三岁小孩呢。"杨柳不干，"你现在在哪呀？"

"我现在华阳去长沙的巴士上，我是明天上午去北京的航班，下午飞美国。"

"那很快可以见到你，要我来接机吗？"

"不用，我和你不在一座城市，再说呢，你刚到那里，到时不要把你给弄丢了。"

"也行，你到美国找到固定住处后给我打电话。"

"没问题，你那边应该是晚上，你是不是要睡觉了？"

"哦，是的，现在是晚上十一点半。"

"你早些休息。"

"好，期待着你的到来，盼望着我们到美国团聚。"

"再见！"

"再见了，王浪。"

几天后，王浪抵达美国马萨诸塞州，正式成为哈佛大学的一员，在哈佛医学院附属医院从事肝移植研究，他的导师是全地球最知名的比尔·哈维教授。

"王浪，器官移植是医学界的新兴学科，也是各国目前的重点学科。器官移植将医学推向了一个新的高度，我们的肝脏移植在器官移植领域，更具有非凡的意义，主要是这样的病人多，现在每年死于肝癌、肝硬化、肝功能衰竭的病人很多，如果有条件的话，大部分病人可以做肝脏移植。"哈维教授与王浪见面后没有过多闲话，直接进入主题。

王浪专注地听着，对呀，来美国就是要掌握第一流的医学技术与医学思维，要做一辈子的事业打算，要争取三篇 SCI 论文，那其实是导师对他的最低要求，那个时候，他理解导师的良苦用心，因为任何东西都有一个评价与衡量的标准。在医学领域尤其如此，没有众多专家的认同，一个成果就无法在全球得以推广。

哈维教授继续说道，"中国年轻人，我看了你的资料，你是中国年轻人中突出的，优秀的人才，所以我当时毫不犹豫地同意接收你。你的导师吴铜礼教授我很熟悉，一起开过多次会议，上次在长沙开会时我们还一起聊过，那次在长沙也见过你，你的办事能力非常棒。"

王浪记得见哈维教授的情形，当时他在那次国际会议担任秘书工作，哈维教授应邀参加会议并做了专题发言。

"哈维教授，您那次发言我印象深刻，您强调说移植是一门综合学科，必须要有全局观。"

"你果然不是一般学生，王浪，很好，看来你理解了我的精髓。我们回到原来的话题，现在许多病人等着做肝移植，病人太多太多，器官来源成为制约学科发展的瓶颈。"

"是，在我们国家排着长队等待匹配的肝脏。"

"你们国家就更多了，在你们那里，脑死亡患者捐赠器官的风气不够浓厚，也没有立法鼓励这种行为，还需要你们年轻人更多地努力。"

"哈维教授，这也是我来您这里学习希望达到的效果，我要找到努力的方向。"

"没有问题，我会帮助你的。你的导师吴铜礼教授做了大量工作，他也带了不少的学生，他推荐你来，说明他最喜欢你，因为他以前没有向我推荐过学生，他知道我要求很严，没有特别优秀的学生就不推荐。我这里每年拒绝接收推荐学生的概率是百分之八十五。"

哇，这么厉害，做一个博士后研究，一般听说只要联系一下，专业方向基本一致就可以，这哈佛医学院果然不一般。王浪在心里对导师的敬意更进一步。

"哈维教授，我非常幸运能够到您这里来学习。请教授放心，我不会让您失望的。"

"不错，就是要有这种决心，我欣赏你。"哈维教授道，"你不必急着开始研究，也不用忙着去我的医院看病人。你先把我研究室里的资料、杂志、书籍全部翻一遍。你要对全球的肝移植状况有个全面了解，对于我们团队的研究工作你更要全面细致地了解。每个人只能做很小一部分工作，精力有限，要找准焦点。"

"谢谢哈维教授！"

"我带你去资料室，然后我给你办一个出入证，你就可以在规定的时间进去，也可以把书借出去看，确保不遗失。"

哈维教授把王浪领到资料室，将他介绍给里面的管理员。哈维教授问管理员资料室什么时候比较空，管理员说现阶段都不算太忙碌，上午、下午人不太多，主要在进行实验和临床研究，偶尔来查阅一下有关资料。

"王浪，你很走运的，有时资料室要排队才行。既然这样，你就全天都来，早些看完这些资料。到时，你写个阅读报告给我，我看了评估后再谈下一步的研究工作。"

哈维教授说完就走了，王浪立即投入工作，阅读哈维教授研究所资料室繁多的书籍、杂志与其他资料。

王浪住在美国家庭，这样可以更多地接触美国社会。医学与人文密切相关，在一个地方学医，必须对当地的人文有足够了解。人文因素对于疾病的康复、治疗有重要意义。

他所住美国家庭的房间条件很不错，收费并不高。房主是美国马萨诸塞州政府退休官员，他们的子女都在首都华盛顿经商，经济宽裕，之所以让留学生入住，纯是想让家庭多些人气，热闹点儿。他们出租房子宁缺毋滥，对于租房者的个人审查比较严格。王浪自然过关，哈维教授的担保也是重要因素，这位美国名医、大教授在马萨诸塞州的个人信用度是钻石级的，是最高级别。哈维教授的担保无所不能，无抵押贷款额度可以达到五百万美元，足见美国社会对于医生的尊重与认可。

王浪的房间有单独的厨房与卫生间，相当于一个小套房，另外有专线电话，相当方便。房主夫妇看王浪的第一眼就喜欢上了，这中国小伙子长得真帅，好像很美国化呢，除了是黄皮肤、黑眼睛外，其余就是美国模样儿的，退休的政府官员夫妇这样想到。待到他们和王浪坐下来聊了一会儿，夫妻俩更是眉开眼笑，这中国年轻人举止得体，礼貌周到齐全，说话有根有据、合情合理，很有幽默感。有意思，有意思，这个哈维教授真是看准了人，我就说吧，相信他没有错的。男主人在心里想说，哈维教授这么高级别信用的人，推荐的中国留学生非常优秀。这样看来，不是简单地优秀，是出类拔萃、千里挑一。

"王浪先生，我和夫人很高兴认识你。刚才聊了这一会，感觉很投缘。"男主人说道，美国人这性格王浪也喜欢，有什么就说出来，不藏着掖着，好就是好，不好就是不好，好就多做朋友，不好嘛，少来往就是。

"谢谢你们。这么好的房子，你们只收我很少的租金，你们太好了。"

"我们的孩子和你差不多大，他们都在华盛顿做事情。你知道，我们不缺钱，你就像在家里一样。走，小伙子，今天我们到外面餐馆去坐坐，喝点儿酒，聊聊天。"

请客也随意，每人点一两个喜欢的菜，再要了点面条、点心之类就行。王浪很高兴地与两位退休官员共进午餐。他在内心里敬重这两位退休官员。他发现他们不是那种刚一见面很热情、没过多久新鲜感一去就改变观点的人。他们的说话、行为方式都表明他们看重人的素质与修养。这就好，怎么说呢，王浪对自己的素质与修养是非常自信的，从小到大他一直注重自我培养。

住宿安排好了，而且确定不会影响所住家庭成员的休息与生活，王浪觉得可以把电话告诉给杨柳。这杨柳，交往这么些年，真的非常可爱。从那次她在牛排店被抢包，王浪见义勇为帮她夺回包包起，她的言行举止很让王浪欣赏。这女孩有个性，敢作敢为，也顾全大局，并不盲目乱来，更不会耿耿于怀，就像那事吧，她说把她的初吻给了王浪，但没有拿这个事情为难王浪，或者要达到什么目的，其实王浪明白，杨柳对他是真心有爱，而且爱得不一般，如果不是这样的话，她就不会做那么长远的打算，追随着王浪跑到美国来。杨柳是那种有目标也愿意努力的女孩，且美貌倾城，这样的女孩并不多见。

"杨柳，我到美国了。"王浪在电话里说道。

"是吗？我还以为你出了啥情况，按你当时说的应该早就到了呀。"杨柳当时牢牢记住了王浪说的日期。

"刚来这里，我先熟悉了一下情况，找到了固定食宿的地方，这才好告诉你，不然，也没办法联系。移动电话我暂时没有开通。你可以打我现在这个电话，你有来电显示吗？"

"有的，你这是学校宿舍的电话吗？"

"不是，我住在一个美国人家里，条件很好，是个小套间。"

"那好呀，下次我到你那玩就有地方住了。"杨柳高兴地说道。

王浪心想，那就是男女同居，孤男寡女同处一室，如果不是谈恋爱，好像不可以吧，然而，算了，没必要在电话里说得那么清楚吧，以后再说。

"唔，欢迎你来玩。"

"我会来的，你有时间也到我这边来看看。"杨柳盼望着王浪去她所在的纽约市看看。

王浪与纽约的关系密切，那里有杨柳在纽约大学进修，同时自己恩师吴铜礼院士的一双儿女也在纽约市工作，当然得去纽约看看。

王浪来到美国见到哈维教授后，打了一次越洋电话给吴铜礼院士和师母，告诉他们已经平安到达哈佛大学医学院，并且与哈维教授见了面，事情安排妥当，还告诉吴老师，哈维教授向他问好。

吴院士与夫人接到王浪的电话很高兴，嘱咐王浪在美国注意个人安全与身体状况，王浪一一答应。末了，他对导师与师母道："吴江、吴月那边我还没有联系。"

"哦，不急，你忙完了再说，刚到一个地方，东西南北可能一时半会儿分不清楚。他们在那边时间长，已经非常熟悉，你有什么事情可找他们帮忙。"

"我要尽快去他们那里，向他们学习取经，以便早些适应美国的节奏与生活方式。"

"你是聪明人，这些对你都不是难事。"

不久，王浪坐火车去纽约。坐火车的人不是很多，这点和国内有所区别，在中国国内常常出现乘车高峰，肩并肩，人贴人，蔚为大观。记得上大学时，英语外教老师和他们聊中国与美国乘车的差异。如今一见，果真就是当时外教讲的那个模样。可惜，那个外教教师临走时没有留下电话号码，不然的话，到了美国得去看看他。

动身之前，王浪给吴江打了电话。吴江，吴铜礼老师的儿子，在美国纽约市全球负有盛名的证券交易所工作，他学的是金融专业，在加利福尼亚大学获得博士学位后，在证券交易所找到这份工作。吴江的妹妹吴月，也就是吴铜礼院士的女儿同在纽约工作，在纽约市环境卫生研究所工作，主要研究汽车尾气排放问题。本想着是不是还要给吴月打电话，吴江说："吴月呀，你什么时候去都可以找到她，她基本上不会离开实验室的。"看来，吴月工作相当勤奋。

还有一个人，王浪自然不会遗漏，这就是杨柳，他给杨柳打电话，告诉她说就要过纽约来看望她以及另外两个朋友。

"你不是专门来看我的吗？"杨柳不依不饶。

"当然是专门来看你。"

"那你还说要看另外两个朋友？骗人，你。"

"看他们是顺便，你到时看就知道。"

"我到时给你记时，看你花多长时间看他们。"

"我去看的是我导师的儿子与女儿，就像兄弟姐妹一样，你说要不要去看呀？"

杨柳想了想回答道："当然得去看，导师如父母。"

"谢谢你的理解。"王浪邀请道，"要不到时你陪我一起去看望他们，认识一下同城的中国朋友。"

既然王浪能够带着她一起去看望他们，说明最在乎自己，也就是说在纽约期间都会与她在一起，这多好呀。这到了国外，就是好。真没有想到，能够与王浪差不多同时到达美国，而且相距得这么近。对于美国这样有着纵横全国的快速交通网来说，几百公里的距离就真的不算什么。

车厢里，美国人在讨论着总统选举的事。四年一次总统选举，进入了最后的关键阶段，还有不到半个月，就是全国统一投票的日子，对于喜欢政治，乐于投票的选民来说，这是政治生活中的大事，绝对不能随便对待。

一个大学生模样的人拿着一些资料走到王浪的面前："对不起，我可以坐这儿吗？"他指指王浪对面的座位。

"当然，你是受欢迎的。"王浪客气对他说道。

美国大学生坐下了，随后他和王浪聊起天来。他聊的是政治，其实就是在替他喜欢的候选人拉票。王浪没有选举权也没有被选举权，所以只是听，并不发表观点，以免被他们误会。

然而，当美国大学生准备进入关键性内容时，他却得知王浪刚到美国，没有选举与被选举的权利。尽管这样，这也没有关系，王浪没有投票权，不等于他的亲人或者朋友没有投票权，他可以通过他的亲戚朋友发挥影响。

"非常谢谢你！"美国学生临走时很礼貌地道谢。

杨柳要去车站接车，王浪拒绝了，他担心杨柳初来乍到，不要出事就好，听说纽约社会秩序不是太理想，所以对于一个华人女孩来说，不熟悉的情况下尽量少出门。

王浪出火车站后打了一个的士，报了纽约大学的地址，司机顺利地带着王浪，很快就到了纽约大学。

"先生，纽约大学到了。"

王浪在校门口给杨柳打了个电话，杨柳飞奔到大门口迎接他。

"王浪，你来了！终于美梦成真，高兴呀，咱今儿个真高兴！"杨柳尽情地欢呼道。

杨柳住的是男女合租的学校公寓，两女一男各住一个房间。王浪与杨柳到达时，屋里没人，杨柳告诉他其他两个人一起出去了，那是一男一女，全是亚洲人，男的是日本的，女的是印度的，不过虽然一起出去，但并不是谈恋爱。

"你这宿舍，就是个亚洲俱乐部呢，这样好，也有些天然的亲近感。"

"嗯，也差不多可以这样说。"杨柳赞同道。

"你是自己做饭吗？"王浪问道。

"有时自己做，有时到快餐店吃。今天你来了，我给你好好做一顿中国菜吃。你自己没有做过饭吧。"

"我没有，我小时候就很少做饭，上学、工作都是吃食堂，也习惯了。所以一般不自己做。"

"我觉得做饭很好玩，不过，要做给欣赏自己的人吃。"

"这样说来，你是愿意做给我吃了？"

"当然，肯定，你是我请来的客人，是我盼望中的人呢。"

"虽然我是客人，但也不能让你太劳累，这样吧，我陪你一起做。"

"好的，菜呢，我已经买好了。听你说要来，我就事先做好了准备，这样我们就可以有更多的时间一起聊聊。"

这是王浪第一次看杨柳做家务，她的动作非常熟练，很雅致，择菜、洗菜，干净利落，丝毫不拖泥带水。杨柳做一会儿事情就会回过头来看王浪一眼，有几次，正遇上王浪欣赏的目光，她很高兴。

"怎么样？我还行吗？"说这话，一是要有足够的自信，第二嘛，就是说话的对象是自己喜欢的人，而且他也喜欢自己才行。

"非常棒，你如果去开中国饭店，一定会有很多顾客，大家吃过之后，会做回头客，美女做饭，像是表演，你说这饭吃得会多爽。"

"可别这样说，王浪，你知道吗？在别人面前，我会没有这份心情。参加工作后，我也很少做饭。"话里有着相思的情愫，聪明如王浪不会不明白。

他的目光落在杨柳嫩藕般的手臂上，肌肤如雪般白，胜过牛奶，如凝脂如白玉，脸颊红润，有吹弹可破之感。那两颗大大的眼珠，即便从侧面看过去，也相当传神，光芒四射；她的胸部饱满，散发着迷人魅力；双腿修长，更显窈窕多姿。

"就是，你这省政府的官员，哪有自己做饭的道理。"

"是没做饭，在省政府吃食堂。"

"你感觉在美国的学习生活好吗？"王浪关心地问道，"习惯了吗？"

"习惯呀，还有，不是有你在美国吗？有你在，感觉和在中国没什么区别。"

"你现在主攻什么专业？"王浪问道。

"我现在的专业是城市管理，因为我们是研修班，并不拿学位，所以可以凭着个人兴趣随意选课，这是省干部出国交流提高业务水平的一项举措。"

"现在全球化的步伐很快，无论是具体的企业经营，还是更高层次的城市管理，各国与各城市都有互相学习交流的地方。省里面做这样的交流有重要意义。"

"你说得有道理，不过，如果不是你要来美国的话，我倒没有想到这一层。现在看来，你是我的引路人，你的思想感召着我，让我这个以前没有想到过要出国学习的人也开天辟地。我叔叔费了点心思才把我弄出来，因为按照以前的要求，我还不够资格出来研修。"杨柳对王浪毫无保留。

"其实那是传统的老思想作怪，直说就是论资排辈。年轻人更容易学习新的东西，更需要学习新的东西。"

"我叔叔好像就是这么说的，由于我叔叔的这个观点大家表示赞同，这回一同来的，有一些按照原来标准不能来的人。"

"你真伟大，你让传统适应了潮流。"王浪开玩笑道，"你这差不多可以算不正之风，只不过，客观上算做了一件好事，两相抵消，可以不追究你的责任。"

"我才不怕，我们这是公开派出，除了年轻点外，我其他条件可都是过得硬的。我叔叔他很慎重的，你想他做检察院副检察长，肯定要通盘考虑，这事能不能做，做了会怎样，没有考虑清楚，他不会断然行动。"

两个人边做事情边聊，在愉悦的氛围中，很快把饭菜做好。

杨柳从贮藏间里搬出了折叠桌椅，把饭菜一一摆上，末了，她还拿出几瓶葡萄酒，先用开瓶器打开了一瓶，一股特别的葡萄酒香弥漫在小小的空间。

"杨柳，你还挺会享受生活，葡萄酒都备着。"

"当然要备着，和你吃饭，哪能没有葡萄酒，古人在临战前还说'葡萄美酒夜光杯'，和你吃饭，一定要这个。"

"不过，喝酒误事呢。你不怕吗？女孩子尤其不能喝酒，不然可麻烦了，在外面场合可能会吃亏。"王浪假惺惺地提醒，到美国后，他对于杨柳的感情好像发生了变化，不再像从前，只把她看作普通朋友——一个把初吻给了他的女孩。他对于杨柳，有了想起来心跳加快的感觉。

现在怎么说呢，从进入宿舍一起做饭，再到现在吃饭，杨柳一直在诱惑着自己，而他似乎接受着这情感的诱惑，这诱惑，渐渐地加强。这诱惑，让王浪有些把持不住，他甚至已经不想去有意地抗拒，或许，杨柳，就是自己真正要爱的人。这个时候，那个曾经魂牵梦萦的邱倩淡出了记忆，是因为在美国，这个相对于中国而言一个遥远的国度，是因为距离邱倩太远，而离杨柳又是如此之近吗？

不知道，不知道，王浪反正没有想到邱倩，如果这时候想到邱倩，是不是就会抗拒这种诱惑呢，不知道，还是不知道。

杨柳给两个人的杯子倒上红色葡萄酒，透明的高脚杯盛上红红的汁液，显得高贵典雅。两个人差不多同时举杯，而后相视一笑。

"不好意思。"王浪道，"我这个客人失礼了，在主人还没有请客人吃的时候，我就心急火燎准备开吃。"

"你和我不讲这一套的，证明我们两个人想到一块了。来，喝吧，酒逢知己千杯少，话不投机半句多，我们今天来检验一下。"

王浪与杨柳喝得放松而随意，是呀，远离了国家，在外是孤独的游子，游子相见，哪有不情绪高涨？何况，王浪与杨柳本就是有着相当感情的故交旧友，当然，同时，他们正是热血沸腾、激情昂扬的青年男女。

"好像有些热。"杨柳喝着，轻轻地用手擦了一下额头，手背上还真有微微的潮湿，"衣服穿多了点。"她说着把身上的那件毛衣脱了，黑色保暖内衣下那两座山峰愈发明显，有喷薄欲出之势。

王浪的喉结动了两下，喉咙有些干燥，他赶紧喝了两口汤。然而，无济于事。

"还真是热得很，今天温度不是太高嘛。"王浪说道，但是他不知道，他和杨柳两个人的心里面都有一团火在燃烧着，那是青春之火，那是两情相悦的情爱之火。

王浪穿的也是黑色保暖内衣。两个黑色的蝙蝠侠坐在了一起，两个穿了情侣衫似的，杨柳在心里想着，这就是天意。天意知我，知我爱着王浪。

"来，吃菜。"杨柳为王浪夹了一块鱼，"鱼是食物里面营养最高的。"

王浪不相信，或许故意逗杨柳："我是医生，我可没听过这种说法，你有理由吗？"

"有呀，书上不是说吗'四条腿的不如两条腿的，两条腿的不如一条腿的，一条腿的不如没有腿的'。"

"这是哪门子说法，你这几条腿的代表些什么呢？"

"四条腿的是猪呀、牛、羊，两条腿的是鸡、鸭、鹅，一条腿的就是蘑菇啰，没有腿的就是鱼呀。"

"听起来很像那么回事。谢谢你，给我最营养的东西吃。"

王浪将鱼块缓缓地送入嘴里，鱼肉细嫩滑溜，是大海鱼，无刺，味道真不错。"好吃吗？"杨柳歪着头问王浪，她的凳子不知什么时候已经与王浪的凳子靠在了一起，也就是说，两个人并肩坐着，开始的时候他们相对而坐，都说男女座位的变化最能反映两个人的感情，这话一点没错，在不知不觉中距离接近于零，那感情无话可说，是相互付出与接收的暗示。

"真好吃。"王浪边回答边回过头来，嘴唇不小心碰触到了杨柳的额头。杨柳松开了手上的筷子，两手抓住王浪的左手。此时无声胜有声，王浪拿筷子的右手也松开了，旋即握住了杨柳的手。

杨柳用她光滑的手揉摸着王浪的手背，渐渐地往上，沿着他健壮的胳膊，到了厚实的胸肌。此时，王浪浑身膨胀起来，他伸手揽住杨柳的腰，将她拉向自己的怀中。杨柳半躺的姿势卧在王浪的大腿上。她半睁半闭着眼睛，柔情地看着王浪，玉手在王浪的胸前游荡。

"王浪，我吃饱了，你呢？"

"我也吃饱了。"

"那我们还喝点酒，好不好？"杨柳建议道。

"为什么还要喝酒呢？"

"因为呀，感觉你胆子还不够大，步子还没有放得开。"杨柳做好了准备，她要在今天把自己完整地交给王浪。

可不是这样的，王浪的火让杨柳彻底点燃，此时要熄火都困难。听杨柳这么说，他更用力地抱紧了杨柳，她的两个玉兔质感很好地贴在他的胸前。杨柳的手不再放在他的胸前，她用两只手缠住了王浪。

"王浪。"杨柳轻轻地说，"我想洗个澡，刚才出汗了。"

"好，我抱你去。"到了浴室，杨柳说："你也洗一个。"

"嗯，你先洗，我排队在你后面。"

"不，我先洗，你难等，你先洗，我难等。"

"那总得有个先后吧。"

"一般情况下是，但今天不是一般情况。"杨柳杏眼圆睁，"今天你得听我的，我的地盘我做主。我们一起洗。"

"好，这个提议好。"王浪说道。

"你同意了是吗？不过，我现在改变主意了。女士优先，我先洗，你出去吧。"

"客随主便，我接着排队。"

王浪出去，杨柳把门闩了。她刚才的确改变了主意，本来她想与王浪洗鸳鸯浴，曾经在办公室里有要好的姐妹和她说过，与心爱的人一起洗鸳鸯浴有多美，多快乐。但她后来想，这是她的第一次，她想把自己干干净净地给王浪，她想在那张床上留下他们第一次颠鸾倒凤的快乐与气息。那样，在美国的日子里，都将会天天睡在那张幸福的床上，那个记载着她和王浪第一次肉体灵魂相融合的幸福之地。

杨柳脱下了那件黑色的保暖内衣，镜子里的她依然清纯，但目光里渐渐透射出情欲的淫荡。这淫荡不是滥情滥性，它只给王浪一人，在心爱的人面前，淫荡是爱的极致，淫荡是身心的毫无保留。

她去掉了胸罩，饱满而有弹性的两个半球尽管没有外力的支撑，依然保持着标准的圆锥形，那是挺立、弹性的代名词，这是少女的乳房，这是没有开放的原始森林。

再把裤子、袜子去掉，浴室里站着一尊美丽的裸体女神。杨柳看过汤加丽的艺术裸照，那时她就想，如果换上自己，以同样的POSE，她的身体说不准会与汤加丽不相上下。美丽的身体，一定要给最爱的人。

杨柳这时想起了那个与她谈恋爱的记者，他是一个优秀的男孩，有着很好的家庭背景，他的学识、才气、职业都非常不错，但不知怎么搞的，她就是和他一起时没有激情，两个人很多单独相处的时候，他常常要求更亲密地接触，然而她的身体却没有任何反应，身体的拒绝传到大脑这个司令部，以杨柳的聪颖与智慧，自然就有办法逃脱魔掌，如果是魔掌的话。正由于如此，记者与她谈恋爱的时间不算太短，然而除了牵过杨柳几次手外，不要说做爱，杨柳的吻他一个都没有得到。人与人之间的差别是巨大的，没有办法比较。那个记者，唉，陪自己去雪山玩，结果却出现了谁也不愿意看到的意外。

不想他了，这个时候还想他做什么。和他本来就不是因缘际会，有点拉郎配的感觉，现在，和他已经完全没有任何关系。

王浪，真的就要属于自己，传统观念，都认为是男人占有女人，现在看来，这"占有"二字男女都可以有，就像现在常常可以看到的景象，一个年轻女孩开着宝马车从身边快速驶过。而以前，看着一个女人开车，人们都会有惊奇和意外的感觉。男女间的这种占有，最理想的就是互相占有，互相作为身体狂欢的对象。看刚才王浪那样，他也不象以前那样，好像柳下惠似的。现在看看自己吧，浴室外的王浪，脑海里的情欲足以打响男女间的情欲肉搏。

杨柳打开淋浴喷头，浴室里弥漫着白白的水气，宛若仙境。杨柳看镜中的自己，也渐趋模糊。外面，王浪心猿意马。吃饭喝酒的时候，他被杨柳的多情与诱惑弄得差不多了，如果杨柳真与自己鸳鸯浴的话，此时，杨柳一定已经被他深入了。

浴室里传来呼呼的水声，还有落在水磨石地板上的劈啪声，没有了衣物遮掩的杨柳会是怎样的光景呢？就看平时她的着装不难想象，那一定是白玉无瑕，吐气如兰，贝齿明眸。书上说，能够穿着暴露的女人一定要有相当好的身材，如果不是这样的话，要么是这个女人愚蠢，要么是这个女人自暴自弃。杨柳是适合穿暴露服装的，只是，王浪很少看见杨柳穿暴露的服装，应该说，政府公务员就该端庄稳重。

"王浪。"杨柳在浴室里面大声地喊他，"你过来。"

难道她还是要在浴室里吗？杨柳不会特喜欢浴室吧，不过喜欢也是好事情，浴室里有水干净，做卫生方便。

王浪快步走了过去。"杨柳，什么事？请吩咐。"

"你站在这里门口，听我吩咐，知道了吗？"

"嗯，知道了。"

杨柳刚才进去浴室是王浪抱进去的，后来也没有拿换洗衣服进去。她本想叫王浪在衣柜里找了送给她，可是想想王浪第一次来，一个大男孩怎么能够很快地找到她的睡衣呢。她和王浪注定了要发生男女间的事情，可是，现在要她一丝不挂地当着王浪的面走到床上去，她觉得不好意思，更重要的是，她想在王浪洗完之后，再把自己呈现在王浪的面前，给她一个最香最漂亮的女孩身体。

杨柳拧干毛巾，用它擦干了身体。她准备要出来了，她吩咐道："王浪，待会我叫你闭上眼睛，你就闭上眼睛，我叫你睁开，你再睁开眼睛，好不好？"

"遵照执行。"

浴后的杨柳，浑身没有一丝儿杂色，她拉开门栓，对王浪道："闭上眼睛。"

王浪遵照吩咐闭上了他的眼睛："搞什么鬼呢？"王浪想，我偷偷地看一下，不会不可以吧。"

他睁开眼睛，什么也没有看到，因为他背对着卧室，眼睛看着的是浴室的门，但也物有所值，浴室里的香味与少女气息扑鼻而来，好闻极了。

"好了，可以了，王浪，你睁开眼睛吧，我已经好了。"

杨柳此时已经全部钻进被子里去了，嘴巴都藏在了被子里面，只留了半个脑袋在外面，故意不让王浪看见。

"那我洗澡了。"王浪请示道。

"嗯，你记得闩门啊。"

杨柳看王浪进了浴室，并按照她的建议把门闩给系好了。她赶紧爬起床，跑到衣柜前，找出了那件性感的连衣睡裙。她把胸罩、内裤也全部穿上，为的是给王浪一个过程，而不是让王浪一览无遗地观赏自己的身体。

王浪很快就洗好了，他擦干身子后发现，没有带换洗衣服和睡衣来。如果就这样赤裸着出去，在杨柳家里，还是很不雅观的。怎么办呢？如果把脏衣服穿上，臭烘烘的，等于没有洗澡，那样的状况，会愧对杨柳。那么就看看杨柳的意思吧。

浴室外面很安静，什么声音也没有。杨柳会在干什么呢？刚才那样子，她明显是要他与她水乳交融，做心身俱融的恩爱男女。她一定像出水芙蓉般美丽，她会在哪里等我呢？别急，先试探一下。

"杨柳，杨柳。"王浪在浴室里轻声地呼唤着。

杨柳这时穿好了内衣内裤和睡衣，躺在床上休息。她把厚实的窗帘全部放下，没有开大灯，只开了床头的台灯，台灯被调到中等亮度，橘黄色的光芒、杨柳少女的气息，氤氲萦绕在房间里。

她听到了王浪轻声的呼唤，看了一眼浴室方向，浴室门没有打开，也就是说王浪没有走出浴室，想必他也没有带换洗衣服就进去了。

"王浪，我在呢，有什么事吗？"她情意绵绵地说道。

"你在哪？我洗完了。"

"洗完了你就出来呀。"

"可我，我没带衣服来。"王浪犹豫着说出后面的话来，"我就这样光着出来吗？那不好吧。"

"你自己看着办呀，反正没有别人看见你。"杨柳说道。

好呀，这就是说，无论以哪种方式出去，杨柳都是高兴的，都不会拒绝。天赐良缘，葡萄美酒促情欲呀。这事儿，美吧，在美国纽约大学，借着酒精的帮助，他和她将开始新的里程碑。

"那我出来了。"

"嗯。"杨柳这话说出来闷声闷气，不闷才怪呢，她是躲在被子里说出这话的。她还从来没有亲密接触过男孩，更没有看过全身赤裸的男人，一不是美术系学生，二不是医学院学生，又不想放纵自己，更不想委屈自己和不喜欢的人做爱，那么当然就不会瞥见男人的身体。想想这，还真有些害羞。

得到了杨柳的鼓励，王浪准备开门出去，就在拉开门栓的瞬间，他还是抓了一条浴巾，裹在自己的腰间。

他打开浴室门，浴室的亮光倒把房间给照亮。他知道，是杨柳拉上了窗帘，把房间里弄暗了，显得迷离而浪漫，浪漫迷离得让人想做爱。

王浪随手把浴室的灯关了。眼前一时黑乎乎的，啥也看不见。他站在原地，几秒钟完全恢复视力。咦，屋子里没有看见杨柳了。奇怪，哪去了呢？他用眼睛搜索了一番，终于发现那张不大的床上，被子成了人形，杨柳定是躲在被子底下了。

杨柳感觉到王浪出了浴室门，并且在向她靠近。她甚至充满着期待，期待着让王浪把自己变成他的女人。是女孩终究要经历这一步，但是如果能够选择一个所期待的男孩来完成这件事情，多么美妙呀。她心跳加快，脸上有股灼热感。王浪，你来吧，你来吧，今天，你是这里的主人，这个房间里的所有都是你的，包括床上躺着的这个人。

想到被子下面的杨柳，王浪身体里最能变化的部分急速地胀大，将浴巾顶起了蘑菇伞。他心跳加快，浑身像着了火。他快步走向了杨柳躺着的床，迅猛地跨上床，伸出双臂抱住床上的被子，当然是抱住被子里面的杨柳。

啊，这是种什么样的感觉呀，在被子里面的杨柳被王浪紧紧地抱住，那男人味儿无孔不入地深入她的骨髓，深入到她的每一个细胞，每一个毛孔。王浪用嘴把杨柳蒙住头的被子往下拖，终于她的头全部露了出来。秀发拂面，散落在杨柳的脸上，黑发、白嫩肌肤，在灯光下，交汇出夺目的美丽光芒。

王浪吻她的秀发，叼往杨柳滑嫩的脖颈。她的眼睛微微闭，鼻翼翕动着。

"浪，我爱你。"杨柳呢喃着发出催情的话语。

王浪扭动着身子，裹住身体的浴巾早已落在床下，此时的他全身赤裸着，用他健壮的身体压着杨柳，给杨柳她所期待的压力与拥挤。

王浪的双手抱住杨柳的头，他的身体完全覆盖着杨柳，杨柳想从被子里伸出双手来，想同样热烈地紧紧抱住王浪。可是，没有办法，她动弹不得。行，动弹不了，就不动弹了，先尽情享受王浪在她身上爱的耕耘吧。

他吻住了她的额头，从额头往下，眉毛、眼睛、鼻子，他吸吮着，一口口将杨柳的生命欲望往上提升。他暖暖的清新口气环绕在耳旁，痒痒地，刺激着杨聊全身的兴奋区。

杨柳在床上扭动着身体，只是她的身体还是被王浪局限在被子下面，透过被子，她感觉到王浪那坚挺的东西抵在了她的腹部，这感觉好特别，从来没有过。怎么男人的东西会如此坚硬，似铁如钢呀。

杨柳的眼睛完全闭上了，她的樱桃小嘴半张着，那香舌尖尖在两片红唇间伸缩着。王浪无法自抑，用尽胸腔之气，将大嘴吻住了那可爱的樱桃小嘴，他的舌黏住了杨柳的舌，将它吸了出来，两个人用这柔软的暖舌交织着，那芳香的汁液在两个人的共同酿造下，成为人生佳酿。

杨柳呻吟着，那无法掩饰的愉悦从香唇里飘出来，更刺激着王浪的神经。他把杨柳翻了个身，重又压了上去，俯卧在杨柳的背上，他那坚硬有力的男性武器挤压着她，那两瓣弹性十足的性感臀部被他犁出一道深深的沟壑。

王浪从背面吻着杨柳的脖颈，那颇有力度的吸吮让杨柳已经完全地被激发了起来。

"王浪，我要，我要。"她妖媚地喊道。

他翻身下马，一把掀开杨柳身上的被子。身材绝妙的杨柳躺在床上娇喘吁吁。王浪抚摸着那质地很好的睡衣，摸索着去找拉链，全身摸遍了也没有摸到。聪明的他明白该从下往上翻起才对。他坐起身子，将杨柳抱起，放在她的两腿中间保持坐的姿势，此时的杨柳全身酥软，一切任由王浪操作着。

王浪用两只竖起来的小腿固定着杨柳，然后抓起她睡衣的下摆往上翻，睡衣下摆越过女孩雪白的肚皮、高耸的胸部、细长的脖颈、粉红的脸颊、飘逸的秀发，然后被王浪投掷在地板上。

他的手从上到下滑过，感觉就像是滑过那精美的绸缎。不要有一丝一缕的束缚，王浪摸索着，解开了杨柳的胸罩。把杨柳放平，他用手触摸着杨柳的胸部，已经到了最后关头，他必须作冲刺。

他与杨柳完全地融合了，你中有我，我中有你。生命的运动在两个人之间同步进行。这是爱的运动，这是爱的健康成长，这是爱的身体与心灵的萌芽与壮大。

如腾云驾雾般，不知道过了多久，他们终于从空中回到了人间。杨柳先醒过来，看着身边还睡着的王浪，甜美地笑了，她忍不住伸手去摸王浪棱角分明的脸。王浪被她摸醒了。

"你醒了？"杨柳双目含情地看着王浪："你这个坏蛋，就是这样来看望我的。"

王浪伸手刮杨柳的鼻子，轻轻地："你敢说你不喜欢吗？"

杨柳含羞，将头偎进王浪的胸膛："还说不坏，说话都要欺负人家。"

"好了，乖，我哪会欺负你呢。"王浪向右侧转过身，这样一来，两个人面对面，杨柳整个都缩进了王浪的怀里。

"王浪，你好厉害，把我弄得没有一点力气。"杨柳不好意思地说道，"有些书上说，男人几分钟就完蛋，我看你，不知道有多少个几分钟呀。"

"不是我厉害，是它厉害。"

杨柳呼吸加快，脸上的红润像是上色的水彩画，淡淡地极其生动而自然。好一会儿，杨柳柔柔地说道："我们起床吧，天黑了，还要吃晚饭呢。"

"吃你都吃饱了。"

"你吃我只能是假吃，真吃了就没有下回，我可是耐用消费品，不是一次性产品。"

"是，经久耐用，终身保修。"

"乱说呢，我又不是家用电器，还保修呢。"

"看来，我总是在你面前说错话呢，我向你检讨。以后，有说错了的地方，请多多包涵。"

"没事了，你随意说就是，我喜欢找人批评，你知道吗，我很少批评人，更不会骂人。和你在一起，感觉这样骂你挺有意思。"

"是吗？那你是嬉笑怒骂皆成文章，骂人还有意思。"

"可以吗？你会让我骂吗？"

"当然，只要你快乐，只要你觉得有意思，我就继续讲错话。"

"好，我们起床吧。"杨柳突然想起了王浪电话里说的还要去看导师的一对儿女，于是问道，"你不是说还要去看你导师的孩子吗？"

王浪记起来这件事情，是呀，怎么就把这事给忘记了，本来是打算吃过午饭就去看他们的，现在都快吃晚饭了呢。

"谢谢，你帮我记起了这件事情。"王浪决定去看吴江、吴月，"杨柳，你陪我一起去吗？"

"好事，有朋友一起出门去，不亦乐乎。"杨柳来了一句孔夫子语的改造。

20

"王浪，你在纽约是吧，看你的电话是本地的。"吴江接到王浪的电话说道。

"不好意思，对不起，现在都很晚了。你方便吗？"王浪对吴江表示着歉意。

"没关系，想你肯定有事去了。我给你的房间打电话，无人接听，知道你动身了。我方便得很，在等你来呢。我妹妹吴月和我一起。"

"好，我立即过来。你们在哪个位置？"

"对的士司机说环境研究所吧，我和我妹都住在这边不远，我们在环境研究所门口等你。"

"哦，对了，我还有一个朋友一起过来。"王浪心想还是说一声比较好，以免吴江他们安排吃饭时没有做准备。

"欢迎你的朋友一起过来。"

王浪与杨柳稍做收拾后出门去环境研究所。纽约大学距离环境研究所不算太远，出租车的行程二十分钟左右。

他们到达研究所时，天已经全黑了下来，纽约市的繁华在夜晚尤为突出，整座城市处处可见霓虹灯闪烁不停，高楼大厦鳞次栉比，流光溢彩，似天上的星辰。

杨柳付的出租车费，此时她把自己当成了王浪的贤内助。两个人下了车，往环境研究所门口走去。快到门口时，就能看见那站着两个中国人，神态、外形与吴铜礼院士和师母都有异曲同工之神韵。

王浪大踏步上前，直接称呼道："吴江，你好，我是王浪。"

"你好，王浪。"两个人热烈地握手。

王浪与吴江松开手后，不等吴江介绍，就转向吴江身旁的女孩，那必定是吴月无疑。

"吴月，你好，辛苦你们。"

"哪里，哪里，能够在这里见到你，非常高兴。"吴月边说边主动伸出右手，与王浪握手问好。

王浪在来时的路上，已经把吴江、吴月的情况给杨柳做了说明，于是这介绍就简单了许多。

"这位是吴江，这位是吴月。"王浪直接把两个人的名字告诉杨柳，因为名字的具体内容在路上已经说过，不需重复。

"这位是我的朋友，杨柳，湖南省政府办公厅官员，现在在纽约大学学习。"王浪如此介绍道。他本准备说是女朋友，因为这回他认为自己和杨柳是真正在恋爱。只是后来想，他和吴江、吴月毕竟不是太熟悉，头一回见面，说彼此是朋友关系可能更好些，况且，朋友这说法，涵盖面很广，不容易出错。

吴江、吴月对杨柳的第一印象不错，无论是外貌，还是气质，兄妹俩都觉得杨柳与王浪很般配。难说，他们已经是恋人了呢，吴月在心里想，不然，一整天说来看他们都没见到影子，直到晚上才露面。女孩的心思比较细腻。吴江就没有去想更多关于王浪和杨柳的事情。

杨柳与吴江、吴月握手问候，彼此算认识。这短暂的几分钟里，吴月对王浪的印象特佳，难怪爸爸妈妈要常常说起他，人长得这么帅，说话做事又很有分寸，礼节礼貌做得非常到位。

吴江、吴月兄妹俩请王浪、杨柳共进晚餐。席间，吴江说道："王浪，我爸妈常常在电话中说起你，记得爸告诉我，你是全国百强研究生，这相当不容易，恭喜你！"

"那是运气好，更是因为你爸的指导，我遇到了好老师。"王浪谦虚，说的也是实话，吴铜礼院士对他的教导，使他在湘雅医科大学的几年学习受益很深。

"我爸上回生病，多亏了你。"吴江诚恳地谢道。

吴月跟着哥哥道："我妈说，那天我爸生病了，她立即想到给你打电话，随后你就全盘负责我爸的急救与治疗、康复等。王浪，在美国我们比较熟悉，有什么事你尽管对我和我哥说。"

"谢谢你们。"

"不用客气，来，随便吃点什么。在美国吃饭没有太多讲究，随意就好。"吴月对王浪非常殷勤，看到他身旁的杨柳有些过意不去，这女孩说不定就是王浪的女朋友，可不能让她吃醋。王浪是每一个女孩的梦中情人，可是，非要去和他身边这位女孩竞争，恋爱成本会非常高昂，还是实用点好，在美国，要感情，也要看经济状况，把他当哥哥最好不过。

吴月对杨柳微笑着说："杨柳，你也在纽约，可以经常给我们打电话，一起聊聊、聚聚。"

杨柳回敬给吴月灿烂的笑容："谢谢你，吴月。非常高兴能够和你们同在纽约，到时可别嫌我烦呀。"

"哪里，哪里，你是王浪的朋友，也就是我们的朋友。你放心好了，我这样说，也会这样做，我哥也一样。"吴月说这话时脸转向她哥，"是不是这样的？哥。"

"那肯定啰。亲不亲，故乡人，我们都是中国人、湖南人，并且杨柳是我们湖南人民的父母官呀。"吴江附和着他的妹妹。

"吴江，你们准备在美国定居吗？"杨柳突然问到这个比较现实的问题，一般也不是太好回答的问题。

吴江几乎没有太多思考，很认真地回答道："定居我肯定不会，我觉得我们背靠伟大的祖国，现在在美国工作一段时间，能够增加对于美国国情的了解，以后回国的话，对于国家经济的发展能够触类旁通。美国的服务行业比较完善，比如证券、保险等，有着相对成熟的市场，运作起来似乎更平稳有力，那么对于中国就有许多可以借鉴的地方。如果能够熟悉美国的资本市场，那么以后回国上班做事，就可以更好地完善和解决相关问题，增强报效国家、报效人民的能力。"

"说得好，吴江，你不愧是湖南人民的优秀儿女，是你爸爸妈妈的骄傲。"

"吴月也是的。"王浪补充道，"你们兄妹，出手不凡。"

听了王浪的补充，吴月心情愉快，她有话要表达："我哥说得没错，中国和美国处在不同的发展阶段，很多方面存在着差异，相互都有可借鉴之处。针对我从事的环境保护这块看，我们要向美国做得好的地方学习。在国内，通常在讲到环境保护时，治根治源的东西不是太多，比较简单地以罚款作为处理的重要手段，效果不是那么理想。其实，很多东西可以通过技术革新来解决，既提高生产效率，又增加效益，何乐而不为呢，到了那时，要他不环保他还会不同意呢。道理很简单，现在汽车已经进入了广大民众的生活，大家习惯了开车坐车。再想想科举考试的时代，许多学子进京赶考，得提前几个月出发，那一般就得有钱人才能负担得起路上开销，得带着书童，挑着行李，慢慢走几个月不等，边走边学，才到达了北京。现在呢，通过网络订购好机票，从登机到降落，两个小时就够了，走路进京赶考的事就绝对不会再有。社会前进到一定的时候就不可能倒退。"

"说得对，所以呀，这回我要在美国多待些日子，把美国先进的东西学回去。"

"好样的，杨柳，政府官员尤其要站得高，看得远，才可能带领民众走出一条阳光大道来。"

"杨柳会做一个有责任心、有创造性的好官。"吴江赞道。

"好呀，等以后我做领导了，吴江、吴月你们可一定得回到湖南来，在湖南搞高技术创业，搞资本流通的尝试与改革。"

吃过饭后，时间指向了纽约时间晚上十点。王浪要乘坐十点半的火车回哈佛大学。他向吴江、吴月表示谢意，说明了情况。

"那好吧，我送你过去。"吴江道，"以后有空常来。"

王浪登上火车，很快车就开动了。杨柳看着渐渐远去的火车，眼泪不自主地流下来。王浪，今天，我们合二为一。王浪，你要常来看我。

王浪轻手轻脚地开门，但还是把房东给吵醒了。男房东出来与王浪打招呼。

"对不起，先生，影响了你们的休息。"王浪真诚地道歉。

"没关系的，我们也刚睡不久。我们没上班，早睡晚睡问题不大。今天听你房间的电话响过好几次，会有什么事情吗？"房东关心地说道。

王浪心想那定是吴江与吴月打的电话，他们在吃饭的时候说过，于是他回答道："没什么特别的事情，是我在纽约的朋友打来的，我今天就是去纽约看望他们。"

"没事就好，你明天还要上课，早些休息啊，小伙子。"房东先生善意地替王浪考虑。

王浪很感谢美国退休政府官员的好意，心存感谢地说道："呃，我洗个澡就睡觉。你去睡吧，谢谢您，先生。"

"好，再见。"

"晚安。"

哈维教授对王浪的生活工作方式感到吃惊，却也非常满意。王浪生在中国，学在中国，但是他的工作、生活相当规律，该休息时休息，该娱乐时娱乐。哈维教授会组织一些午餐会、茶话会，为的是让他的团队更为融洽与和谐，王浪都会参加，与大家打成一片，这对于来自中国的学生似乎有些不容易。哈维教授是如此想的，他接触中国留学生比较少，在头脑中的记忆或许有些陈旧，这种阳光型的才子是第一次近距离接触。

王浪的发言常有独到之处，令哈维教授倍加欣赏，资料室的温习对于王浪看来收获很大。哈维教授看到王浪潜力巨大。这么说吧，王浪的表现让哈维教授改变了脑海里对中国青年学者的形象。

正是在这样一种天时地利人和的情形下，王浪有时间往返于哈佛大学与纽约大学之间。他有双休日，而杨柳也有。这两天对他们来说是快活的神仙时光。在异国他乡，这份感情弥足珍贵，让人远离了寂寞与孤独。这种感情是纯粹的爱，不受干扰的爱。

杨柳来过哈佛大学找王浪，这叫作互访，来而不往非礼也。在王浪这边，他们做爱的空间与时间比在纽约要好得多。这边是在美国家庭，那对退休官员夫妇对于这类因情生爱的男女交往是持欢迎态度的。遥想青年时代的他们，也是这么走过来的。两位老人看到杨柳的到来，看见两个年轻中国学生手拉着手，用动听的英语和他们打招呼，那份从容的喜悦与接纳发自内心。杨柳的美貌与王浪的帅气在同一个级别，这样的男女组合，看着赏心悦目。

这个家庭的住房结构特别好，王浪与杨柳的激情表演哪怕再狂风暴雨，声声不息，也不会传到两位老人的耳中。王浪为此事先做过调研，在两位老人外出只有他和杨柳在家的时候，杨柳关起房门，王浪在这处房屋的任何位置进行声音监听，他发现所有的卧室互相之间都是听不见声音的。这就让他放心了，他以严谨的医学思维处理这些细节，也是用足了心思，这是对己对人负责的做法。

因此，杨柳来美国马萨诸塞州看望王浪成了他们俩的狂欢节。毕竟，在纽约，杨柳与另外两名同学住在一处简单的套房里，卫生间、厨房都是公用的，房间之间的隔音措施也没办法特殊处理，故而私密空间就小了许多。

王浪不愿意杨柳受罪，路上来回要花费不少时间，旅途奔波劳累，他要杨柳少跑些路，更多的时候还是他去纽约看望杨柳。他与杨柳的心融合在了一起，两颗心没有了距离，身体也没有了距离，这种爱当然是真正地融为一体，是没有距离的爱。

周末的一天，王浪到纽约看望杨柳。杨柳没有像平常一样准备菜肴，她对王浪说："你记得我们第一次认识是在什么地方吗？"

"在大街上。"王浪记得当时在为杨柳追回被歹徒抢走的随身包之后，她上来谢他，然后给了他名片，那是认识的过程。

"本来我想答案应该是牛排店的，可是你说在大街上也很正确。因为，那天的情形我印象很深，我的确是在大街上，在警察旁边与你正式认识的，当时我给了你名片，而你没带名片，对吧，但你也告诉了我单位、姓名和电话号码。怎么样？我的记忆力还可以吗？"

"很好，记忆超群。"王浪故意夸张地说，当时的情况他也记得一清二楚，或许这正是两个人彼此有缘，能够在远离祖国故土的地方相亲相拥。

"谢谢夸奖。那次认识你真是很巧。我在贵族牛排店用餐，没有想到那地方冒出一个抢包的坏人来。我的包里当时有不少重要的东西。当时，我急了，大声向大家求救，那时你勇敢地站了出来，你是除我之外第一个追坏蛋的人。那时我看见坏蛋跑在最前面，而你紧紧跟着他，距离逐渐缩短，我起先是跟着你的，只是与你的距离越来越远。后来就看见你帮我夺回了包，而警察也赶到，这就让我放心。那个时候才有机会给你名片，认识你。"

"那时没有多想，看见别人欺负人，自然就不会放过他。"

"不是因为我漂亮，你才帮我吧？"杨柳这会开起了轻松的玩笑。

"纯粹是因为你漂亮我才帮忙的，如果不帮忙，你现在怎么会躺在我的怀里呀。"王浪故意用玩笑的腔调说道。

"好了，好了。知道你不是这样的人哪，后面你那次在湘雅医院见义勇为？不对，好像那个女孩也很喜欢你哪。那女孩现在怎么样了？"杨柳想起了当时王浪受伤住院，她去医院看望时，那个在医院照顾王浪的女医生叶欣。

"你是说叶欣吗？"

"好像你当时给我介绍说是叶什么，应该就是她，反正你能立即想起名字的女孩，和你的关系当然不会差。"

"这可不一定吧。比如李湘、赵薇、孙俪，我可以脱口而出，你不会说我和她们关系好吧？"王浪逗着杨柳。

"不会，这我分得清楚的，你刚说的这些是名人，我也可以说出不少，刘德华、黄晓明、谢霆锋、陈道明等等，一般人和大明星扯上的概率几乎为零，你要真和她们有关系，那只能说明你也是名人。我说得对不对？王大博士。"

"至理名言，非常正确。"王浪回答杨柳刚才的问题，"叶欣回到她自己单位上班，你那时不是说过企业改制的问题嘛，她们医院与企业脱钩，改为市第四医院，她在医院急诊科当主任。"

"不错，有出息，和你关系不错的女孩都不简单。"杨柳感慨道。

"就是，你看，现在和我在美国的这个女孩，她是省里官员。"

"臭美呀，你。我算什么官员？我只是省政府办公厅的普通职员呢。"

"你还年轻着呢，等你留学回去再历练一番，你一定会成为未来的高官。到时，你可得帮着我点。"

杨柳乐意听这话，在机关里，哪个不愿意芝麻开花节节高，官越做越大呀，而且是要越早越好。她喜笑颜开地回答道："帮你就是帮我自己，我会不遗余力。"

"还没当官就徇情枉法、徇私舞弊，小心双规。"

"乌鸦嘴，我还没有当官，你就要我被双规，我不会做这么差的官，我要帮你，也是在法律许可的范围。在你与别人同等的条件下优惠你，或许提供一些不犯法的参考建议。"

"还是怕了？"王浪接着道，"看来现在这个严厉打击的政策是对的，威慑一些想犯错误的官员。

"好了，不说那么远。我们回到牛排问题上来。准确地说，我和你是因为牛排认识的，你记得那牛排店叫什么名字来着？"杨柳把话题拉回牛排的主题。

"那天的事我印象比较深，那天你拿包走了后，我和我的同学返回去继续吃牛排，那家牛排店叫贵族世家牛排，那个前台经理给我们免单了，说是为我的见义勇为感动。看来得谢谢你，让我们当时吃了一顿免费牛排。"

"不客气。"杨柳这回一点也不谦虚，"所以塞翁失马，焉知非福呀。对了，你的同学当时好像也站在你身后吧，不过，她不太漂亮。"

"过得去，哪能个个像你貌美如花，美若天仙哪。"

"别这么夸我，漂亮不漂亮其实自己心里清楚，我是可以用'漂亮'来形容的，不过，也是受之于父母，没有特别值得骄傲自满的地方。"

"有道理，那天和我一起吃牛排的同学现在是华阳县电脑公司董事长兼总经理。"

"一个有钱的主。"杨柳说完突然有所发现，"对了，你的女同学好像还不少呢。"

"当然，从小学、中学到大学，总会有好几百个的。你现在也可以算是我的同学呀，在美国留学的同学。"

"这个定位很准，以后我们回去了就介绍说这是我的同学王浪，这是我的同学杨柳。"杨柳为这个创意沾沾自喜，"怎么样？好玩吧？"

"好玩极了。"王浪笑道，"如果政府官员都有你这么亲民就好。"

"那也太过了吧，都亲到床上去。这可不行，会乱套的。"杨柳在王浪面前，简直可说是放浪形骸。

"嘿嘿，还是得有一定的分寸。"

"所以吗，凡事不能绝对，要看菜吃饭，量体裁衣。"杨柳再次言归正传，"不准再找碴，继续说牛排的事情。"

"这不说明我们有话说嘛，这是感情好的表现呢。"

"刚才说到牛排店吧，在纽约的这家也叫贵族世家牛排，还标明了是连锁店，我想是不是就是当时那家牛排店的连锁店面呢。"杨柳说，"我去吃过一回，感觉味道不错，和在长沙吃的味道一样。我准备问店里的人是怎么回事，可那天生意太好，人流量大，没有机会问他们。"

"那我们得去吃吃，看是不是我们湖南人办的。"

"走，出发。"杨柳挣脱王浪的怀抱，在他的脸上亲了一下，"先给你做个标记，不要被别人抢了去。"

王浪和杨柳到了贵族牛排店，两个人站在点餐台前准备点餐，从里面出来一位衣着光鲜的年轻女孩。这人好面熟呢，王浪突然觉得这个人肯定在哪见过。

哦，对了，这人不就是当时给他和冯慧赠送免费餐的前台经理吗？那天，她给王浪与冯慧免单，而且给他送了一束鲜花。

女孩看见王浪，脸上满是惊异，转而是高兴，她立即转向王浪，看见王浪身边异常美丽的杨柳，又有些意外，印象中当时这个男孩的女朋友好像没有这么漂亮，那么一定是换人了。好，不管他，人家换不换女朋友，咱就是想管也管不着。

"你好，先生！"女孩主动和王浪打招呼，脸上笑容灿烂。但是因为不知道他的姓名，只能笼统地称呼，那时，王浪和她并没有互相介绍，也就不知他的姓名。

"你好！"王浪听女孩的声音，已经能够肯定这就是那位前台女经理了，"很高兴在这里见到你！"王浪的话里充满热情，这话进入杨柳的耳朵里，似乎就不那么动听。

可是，咱不能计较，杨柳想，是自己叫王浪来吃牛排的，在这里遇上熟人很不容易，表现得开心点，没有什么大问题。

此时，店里的人不是太多，大概时间比较早，还没有到用餐高峰。王浪对于将长沙的牛排店开到美国已经相当吃惊，而且现在看店里的布局、装饰、规模，还很上档次，看来长沙贵族世家牛排走上了国际化发展的道路。

"先生、小姐，你们等一下，我出来和你们好好聊。对了，先点些东西吧。"女孩对王浪和杨柳依然彬彬有礼。

"既然这样，那就先聊聊，待会儿再点。"王浪回答道，不过，他用眼神征求了杨柳的意见。

女孩出来后，把王浪和杨柳两个人请进了贵族世家牛排店总经理办公室。

"见义勇为的英雄，一下子就过去好几年。"女孩招呼王浪与杨柳坐下后，对王浪说道。

"是呀，时间过起来真是快。"王浪感叹道。

女孩点点头，很温柔地说道："嗯，一晃我到纽约两年多了。对了，咱们还不认识呢，先自我介绍一下，我叫何佳雯，是这家牛排店的总经理。"

"你好！"王浪再次与何佳雯握手，说道，"我叫王浪，目前在哈佛大学医学院做博士后研究。我的这位朋友叫杨柳，纽约大学管理学院学习。"

"两位都是高才生。"何佳雯主动向杨柳伸出手来，两个女孩的手握在一起，互相说道，"很高兴认识你。"

"王浪，不，应该叫你王博士，你是什么时候到美国来的？"何佳雯问道。

"有大半年了，我和杨柳是去年夏天过来的。"

"那现在已经习惯了吗？"

"习惯了。你们把牛排店开到美国来，真是厉害。"王浪赞扬道。

"是老板厉害，他有远见，也有办法和点子，所以能够进入美国。"

"你的老板这么厉害，派你做总经理，是对你的高度信任，说明你是值得信赖的人才哪。民企老板不会无缘无故给工人发工资，更不可能让一个庸才担任高级职位，尤其是总经理的岗位。"

"就是很累，现在市场竞争激烈，稍不留神，业绩就下滑。"何佳雯感慨道，"做生意是典型的逆水行舟，并且上了生意这条船就几乎没有退路，除非自愿做失败者。"

"有道理。但是从你身上看到的是成功，能够在美国的牛排店任总经理，为国家赚取美元，相当于在国际贸易中做出了贡献。你说是不是？杨柳同志。"王浪称赞何佳雯，几个回合后发觉有些冷淡了杨柳，这可不好，赶紧把她带入话题。

杨柳见王浪发问，想说点什么，她可是政府部门的管理人才。王浪和何佳雯一时间都看着她，等她发表意见。

"王浪说得很对。在全球化的今天，不论是资本输出、技术输出还是产品输出、服务输出，能够赢得市场，在输入地站稳脚跟，就是成功的，为输出国赚取国际利润尽力。"杨柳说得还有些理论色彩。

"说得好，看来纽约大学的管理学院教学质量名不虚传。"王浪对着杨柳笑着说道。

何佳雯此时脸上笑意更浓，她用亲切的语气说道："那是当然。我也算是纽约大学管理学院的学生。"

"真的？！"这让杨柳惊奇而且高兴，"那我们两个是校友。"

"可喜可贺。地球真是一个村庄，转来转去，我们都沾亲带故呢。"王浪特高兴，这样一来，他们三人就更有理由做朋友。

"嗯，我在纽约大学商学院进修半年。"何佳雯再次强调，"真的没有想到会在这里见到你，王浪，太高兴了！今天我请客，我们一起吃牛排。"

"不好意思，见着你就让你破费。"王浪谢绝道，"这样吧，我来请客。在你的店里，让员工看你拿公家东西招待私人朋友可不好。"

"不会，我是总经理，我用的可是人性化管理，试想谁没有朋友，没有亲人哪？所以，我就规定朋友亲人来了，只要是你自己买单的，一律按材料成本价收费，也就是说比自己到超市买回去加工便宜很多，而且味道好。这样一来，不少员工喜欢在这里招待朋友，口碑效应好，是极佳的广告。"何佳雯说道，俨然经验十足，"不过，我呢，当然不用收费。一个店就一个总经理，我招待朋友正常呢。况且，我今天见到了久违的朋友，还有杨柳这位美女校友。"

"谢谢你，佳雯。"杨柳是那种容易动感情的人，她这会儿真喜欢上了这位总经理，所以姓都去掉，亲昵地称呼何佳雯。

"好，何总，那就恭敬不如从命。"王浪见杨柳高兴地同意，自然也乐得同喜同乐。

"杨柳，你在国内时从事什么工作呢？"何佳雯问道。

"我在湖南省政府办公厅做职员。"杨柳答道。

"在长沙待了几年，对长沙很熟悉吧？"

"当然，我在长沙就看过你们的贵族世家牛排。这回看到你们的店面，就叫王浪一起来。"

"要是你不叫王浪来，我们还认识不了呢。"

"是呀，佳雯，那时在长沙，我常去你们贵族世家牛排店，好像很少看见你。"

"嗯，那时我是前台经理，要管一些具体的事情，加上你们一般是点餐后用餐，也比较少关注我们的工作人员。"

"好像是这样的。"

"那次一个女孩的包被抢了，我正好在店里，当时就看见一个帅气男孩冲出去抓坏人，很感动，因为我特别喜欢英雄，而在我的店里这样做，也帮了店里的忙。"她说帅气男孩的时候看了王浪一眼。

"那帅气男孩就是王浪吗？"杨柳故意问道。

"那时没有留下姓名、电话之类，好像也比较冒昧，就是请他和他的同伴吃了一顿免费牛排，今天才知道帅气男孩就是王浪。"

"可能你也没有注意，那天被抢包的女孩就是我吧？"杨柳说道。

"还真的没有，因为当时用餐的人比较多，今天知道了，缘分这东西就是好，让我们能够在这里相聚。"何佳雯也不免感慨，"好，你们两位想吃点什么？我去安排一下。"

王浪与杨柳不再讲什么客气，各自点了喜欢的牛排、点心等。何佳雯去加工间安排。

三人兴致勃勃地一起吃完牛排，再稍坐了一会儿，王浪、杨柳与何佳雯告别。

"吃了你的牛排，我们准备走了。"王浪开口道，"何总的工作很忙，我们不能占用你太多时间。"

"哪里，哪里。现在经营进入了正轨，一般也没有太多事情。"尽管这么说，但小事还是有的，但是她愿意陪伴着两位。

"谢谢你，佳雯。"杨柳也来说再见，"现在我们都是朋友，以后有机会常聚聚。"

　　"好的，以后见。"

21

　　炎热的夏天，湖南省华阳县，王浪的爸爸妈妈正在收拾行李，明天他们就动身去美国王浪那里陪读。王浪在美国哈佛大学做博士后研究工作一年了，他有能力，也有资格邀请爸爸妈妈来美国陪读。

　　王浪的爸爸妈妈计划去美国的路线与当时王浪去美国路线一样，先坐汽车到长沙，然后由长沙乘飞机到北京，接着乘飞机去美国马萨诸塞州的哈佛大学。

　　属于山地气候的华阳县，虽说是盛夏，晚上的气温并不太高。在收拾行李的时候他们没有开空调，只有电扇吹着风，"呼呼"作响。

　　老两口都已退休，在家中享受舒适安逸的退休生活。本想王浪结婚生子，让他们抱上孙子，含饴弄孙。可这皇上不急太监急的事情，老两口也是一点办法没有。王浪这么优秀的儿子，什么事情他们最多只能提个建议，拿主意下决心不需要他们。他们知道，王浪是个很谦虚懂礼貌有孝心的孩子，在爸爸妈妈的建议不符合自己的想法时，他从来不会粗暴地拒绝或者表示不耐烦，会认真地听爸爸妈妈讲完，然后，会细致地和他们说清楚其中的理由，有些时候，他觉得爸妈可能无法理解的时候，他就会说知道了，但实际上已经做了决定。

　　接到王浪要他们去美国陪读的邀请，两位老人特别高兴。美国这个听人说起来美丽、富裕的国家，在县城里的人看来，总是富有神秘色彩的。县城不大，认识和不认识他们的人，差不多都已经听说过王浪，王浪这么出色的人才在县里面自然是鹤立鸡群、出类拔萃，知道王浪在美国留学的人同样多。得知王浪的父母亲要去美国陪读，大家笑着说，王浪都这么大了，读书还要陪呀，说话时都对老两口投去羡慕的目光。

　　王浪爸爸有几个老年朋友常看《参考消息》，他们从报纸上得知了一些美国的情况，建议王浪爸爸妈妈要多从国内带些药过去，说是那边看病可不方便，像感冒药、拉肚子药要多准备些。王浪爸爸将最后一件物品放进行李箱，里面有感冒颗粒、创可贴、麝香壮骨膏、阿莫西林胶囊、红霉素软膏、氧氟沙星片等等。

　　"人家都会说我们是药罐子了，带这么多药。"王浪妈妈笑道。

"儿子说啥也不用带，只是我们觉得带些可能有用呀。"王浪爸爸回答道。

屋外突然传来了敲门声，奇怪，会是谁呢？

"谁呀？"王浪爸爸站在屋里问道，并透过猫眼往外看，原来是冯慧，她的手里提着一个小包裹。

"我是冯慧，伯父。"冯慧回答道。

在她回答的时候，王浪爸爸已经打开了屋门："冯慧呀，快进来，进来。"

"我刚从外地回来，听我爸说你们要去美国看王浪，我这有个东西，你们帮我带给王浪吧。"冯慧说道，眼里有着期待的光芒。

"都是些什么呢？"王浪妈妈这时也说道，"儿子都说不要我们带什么东西。不用了，冯慧。"

"伯父、伯母，就是一块男士手表，很适合他的，而且是防水的，他以前一直就很喜欢钟表。带给他，他一定会喜欢的，而且好掌握时间啊。"

冯慧说着从小包裹里拿出了手表，手表并不大，包装非常精美。她把表递给王浪爸爸："麻烦你们了！伯父、伯母。"

"这不太好吧，冯慧，不好让你破费的。"王浪妈妈再次谢绝道。

"伯母，求您帮我这个忙。您知道，我和王浪从小一起长大，好久不见他，特别想念。"冯慧说的是心里话，她对王浪是越来越喜欢了。

"好吧。我们帮你带去交给王浪。"

"谢谢你们！"

"不用客气。"

"那我回家了，祝你们一路顺风。"

王浪的爸爸妈妈收拾好了行李，准备休息，在房间里，王浪妈妈说："冯慧这孩子也真有意思。越大越喜欢咱们家儿子。你看，她现在做生意都成大老板了，倒成天记着儿子，其实中间他们都有很多年没有联系。"

"这正说明咱儿子越来越可爱呀，所以，冯慧也越来越喜欢他，时间一长没有看见，自然就想念。"

"说得对，咱儿子有出息。"王浪妈妈说道，"好了，很快就可以见到儿子，睡觉，明天还得早点起床。"

第二天，天刚蒙蒙亮，王浪的爸爸妈妈就起床做了早餐，鸡蛋面条，他们一直喜欢的早餐，从营养角度上说，也是不错的搭配。吃过早饭，两个人再仔细检查了门窗、水电等，一些没有用完的吃的东西全部装在一起，准备待会儿送给邻居。他们把钥匙交给了这位邻居，嘱托他们平时帮房子通风换气，不要让房子坏得不成样子。把这些都准备好之后，王浪爸爸给邻居打了一个电话，邻居很快就到了他们家。

"都准备好了？"邻居进屋后问道，看了看地板上的两个行李，"东西带得不多嘛。"

"不多，儿子说啥也不用带，我们自己做主带了些药呀、随身衣物等，还有一点吃的东西。"

"你们俩有福气呀。儿子这么出息！"邻居夸道，"你们大概要在那边住多久？"

"现在还不清楚，可能去会有些日子。这边就麻烦你照看。"

"不用的，我们都十几二十年的邻居，平时你们没少帮助咱。这都是咱应该做的，要是你们不去美国，还真没有机会帮你们做点什么呢。"

"邻里之间，就要像我们两家这样子的，远亲不如近邻嘛。"

"爸，妈！"王浪在机场接到了亲爱的爸爸妈妈。

"儿子，你瘦了呢。妈可想你呀。"

"爸也挺想你的。"王浪爸爸不甘落后。

"我接你们过来陪我，喜欢吗？"王浪在爸妈面前开心而自然。

"好，好得很，他们都说我和你妈出国了。对了，那个冯慧还送了一块表给你呢。在行李箱里，待会儿给你。"王浪爸爸眉开眼笑地说道。

"冯慧送表给我，这个冯慧，还真是有情有义。"王浪自言自语地说。

一行三人乘汽车前往市区，王浪爸说先去哈佛大学转一圈，他听说过哈佛大学是世界一流大学，就想先看看是个什么样子。

王浪自然满足了爸爸的要求，领着父母在哈佛大学医学院转悠了一圈。

"看不出什么特别的地方，房子也不是很高，反正看起来比较普通。"在老人的印象中，似乎高楼大厦、气派的建筑才能代表一所大学的实力。

"爸，你说的只是外表，就像人长得丑还是漂亮一样，学校的好坏真正还是要看科研力量与教学质量的。"

"就是，你爸呀，不懂就不要乱说嘛。"王浪妈妈批评她的老伴。

"嘿嘿。"王浪爸爸尴尬地笑了笑，"我知道了，反正回老家我就说，我看了哈佛大学，那校园，既漂亮又气派。"

"那不由你说去，人家没有来过，你怎么说人家都会相信。"王浪妈妈说道，倒是很善意地笑道，"吹点小牛皮不犯法。"

"行了吗？爸妈，我们不看校园了，现在去我住的地方。"王浪告诉爸爸妈妈，"我住在美国人家里，他们家就只有两个老人，也是和你们一样退休了的。"

"那他们不会嫌弃咱们吧？"王浪妈妈说道，有些担心。

"就是，不会给你添麻烦吧，要不咱们住旅店吧？"王浪爸爸想出一个主意来。

他的爸爸妈妈没有接触过外国人，对于他们怎样看待中国人心中没底，担心也就很正常。

在决定接父母亲来美国陪读之后，王浪与房东夫妇进行了沟通。房东夫妇的友好再次出乎他的意料。

"欢迎你的爸爸妈妈来美国，我们更欢迎他们住在我们家，和你在一起。房子问题好解决，你现在房间靠得最近的那间给你爸爸妈妈住就是，房租还是那样，我不再另外收取。"

"谢谢。非常谢谢你们！"王浪清楚，他住的房子，房东夫妇收只是象征性地收取房租，真正按照住房情况收取的话，起码要多两三倍的钱。对于两位老人不收租金的帮助在心里表示衷心感谢，在口头上就像现在这样，以真诚的语言获得老人的喜爱与帮助。

王浪领着爸爸妈妈进到屋里的时候，房东夫妇在家，他们是有意等待着和中国老人见面。他们退休了，也没有特别的事情，就在家等着与王浪的爸爸妈妈相见。

房东夫妇不懂中文，而王浪的爸爸妈妈自然也无法用英语交流。王浪理所当然地成为双方的翻译。

"你们是王浪的爸爸妈妈，我们非常欢迎你们的到来！"房东用英语说出他的欢迎词，脸上挂满微笑。

"我们听儿子说了，你们真是好人呀，儿子一个人从中国来到美国，幸亏有你们这样的好人帮忙。谢谢，谢谢你们。"王浪的爸爸代表一家人向美国房东致以崇高的敬意。

"你们进屋休息吧，有什么需要我们做的请随时告诉我们，我们会全力协助。"房东夫妇很真诚地说道。

"谢谢你们！"王浪敬重地说道，"你们忙吧。"

王浪爸爸妈妈把行李箱里的东西全倒了出来，倒也没有什么太多东西。就那些药物较显眼。

"爸，妈，你们带这么多药过来了？"王浪问道。

"听别人说，这边药特别贵，所以不敢掉以轻心，免得到时生病了增加你的负担。"

王浪看了一下爸爸妈妈带来的药，都是些常用的感冒、消炎药，物美价廉物。

"这是好东西，有了你们带的这些药物，一些小感冒、拉肚子等毛病就可以很好地解决。"

"嗯，我也想，反正不太贵，说不定可以发挥作用。"王浪妈妈说道。

王浪爸爸将一个包装精美的盒子递给王浪，王浪看了一眼，知道是世界著名手表劳力士。王浪小心地拆开了外包装，哇，劳力士表不愧是全球名牌呢，手表的做工与包装盒同样一流，用料一流。冯慧心细，她发现手表差不多成为男士的必需品，对于王浪这样的才子来说，一块好表很有必要。

"儿子，这表非常好看呢。可能要好几百块钱吧。"王浪爸爸说道，这已经是在他的承受极限。这就小看了冯慧的手表，这表王浪清楚，爸可是估计得相差了一百倍的价位。

"爸，冯慧这块表不是一般的表，是世界排名第一的劳力士手表。价格得上万呢。"王浪向他的爸爸妈妈解释。

"一块表这么贵重，不敢想，太贵重了。"王浪妈妈感叹不已，"冯慧送你这么漂亮的手表，你到时怎么还她的人情呀。"

"没关系，爸妈放心，我会好好处理冯慧的事情。她结婚好几年，会知道怎么做的。"

"这表戴在你手上真的好看。"王浪爸爸看了看儿子戴着劳力士手表的样子，果然是气度不凡。

"那就好，我会戴在手上，那是对冯慧最好的感谢。"

"你方便的时候就给她打个电话。"王浪妈妈说道，这应该算是瞎操心，王浪自然会打电话。

王浪的爸爸妈妈都是有点文化的，为了让他们买菜方便，王浪带着爸爸妈妈逛了两天超市，让他们对于产品、物价有一个感性认识。晚上，王浪还耐心地教给两位老人最简单的日常用语，以备不时之需。

他们去超市买东西丝毫不成问题，先把东西拿了放购物篮里，然后在出口处统一结算，只要能够看清数字，看清小数点前面有几位数，照单交上美元就可以。

他们并没有太多的事情可做，王浪中午在学校吃饭，晚上回家吃，也就是说，一天只做早餐与晚餐，并且王浪对于吃的也不计较，家务事也就没有多少。一来二去，他们和房东夫妇有些熟悉了，就把所有的房间都打扫一遍。这样的次数多了，房东夫妇干脆将卫生钟点工辞退了，而专门把工资算一份给他。

"那怎么行？无论如何不能收你们的钱，我们都接近免费住在你们家了。"然而，两方人马是各说各的，因为都互相听不懂，所以没办法达成一致意见。

王浪回来后，爸爸妈妈把事情的经过简单告诉了他。王浪对于房东夫妇的热情感到无比高兴。当然，王浪分头的翻译工作让房东和父母亲之间多了不少的交流，但最后的结果就是，王浪的爸爸妈妈为家里做卫生，同时房东家的东西一般情况保留不动。

王浪时间上更宽裕些了，但是他尽量多抽些时间陪伴爸爸妈妈。他把父母来美国的事情告诉了杨柳。

"好呀，王浪，我正想着你呢，在美国拜见你的爸爸妈妈也很有意思哟。我明天过你那边去。"

"行，我和爸妈在家里，你明天直接过来。"

杨柳从纽约来到马萨诸塞州，她出发的前一天在市场上买了衣服、饰物等，准备送给王浪的爸爸妈妈。

杨柳声音动听，她一口一个伯父伯母，两位老人乐开了怀。尤其是她为他们两个人买的衣服，简直就是量体裁衣，要多合身就有多合身。

当然，真正让他们高兴的是，他们发现这个漂亮的女孩对儿子特别亲，特别听话，而且哟，杨柳这个漂亮女孩晚上已经和儿子睡在一间房。这么说来，儿子已经有了女朋友。呵，这女孩比那年到过家里的那个女孩向玲玲一点也不差呀。

王浪在不久后，带着爸爸妈妈去纽约逛了一圈，主要是让老人家多走走，多看看，到了美国，一定要看一看世界最知名的大都市。

在纽约，杨柳这个准媳妇热情地招待王浪的父母亲。她和王浪一起陪老人逛街、进商店、买东西。晚上杨柳设宴欢迎王浪的爸爸妈妈，另外为回报吴江、吴月上次的款待，还邀请了他们两个。王浪在纽约的日子感受到了阳光和雨露。

王浪戴着冯慧送给他的劳力士表，的确好看。他和父母亲一起去纽约时也戴着这个手表，杨柳当然看见了。

"咦，好漂亮的手表，真好看。"杨柳叫道，她两只手握住王浪的左手，细细地欣赏着手表。

王浪心里一惊，对这个聪明的女孩子该怎么说手表的来历呢，虽说杨柳是一个大度的女孩，可是这么名贵的手表如果是另一个女孩子赠送，似乎有些匪夷所思，除非有特殊关系还差不多。要不，干脆就说这表是朋友送的，而且是做大生意的朋友送的，说得有板有眼一点，因为那朋友曾经生重病，到湘雅医院看病，是他帮忙，所以他记得这份情。在心底构思好了美丽的谎言，王浪就心安理得起来。

他看着杨柳，没说什么，只是笑笑，能够不说话，避开谎言又多好呢。说谎话通常都是在万不得已的时候，是不是？

"哇，王浪，你这是劳力士呢。"杨柳是识货之人、时尚女孩，又怎么会看不出这世界名牌产品呢。

"好眼力呀。"王浪赞美杨柳道。

他们俩在讨论这表的时候，王浪的爸爸妈妈也在一起说话，只是看到杨柳在关注王浪手上的劳力士表，两位老人不便作声。他们清楚，这表是冯慧送给王浪的。当时，冯慧交给他们的时候只说是一块手表，请他们转交给王浪，并没有说是什么劳力士，他们也不太清楚什么劳力士，现在听杨柳说起这劳力士非常了不起的样子，而且脸上满是惊讶表情，他们才知道冯慧送了一个相当贵重的礼物给王浪。可是，王浪应该知道这表的不同寻常呀，怎么还戴着别的女孩送的高级手表来见自己的女朋友呢。这不是找事吗？两位老人为儿子着急，一时间不说话，他们想听听王浪是怎么说的，以便帮助儿子圆谎，看看，父母难做吧，儿子的任何事情都希望能够帮助他满意解决，这就是父母之爱呀，常常是不问青红皂白地支持儿子。

"怎么戴起这么好的手表呀？好奢侈呢，王浪。"杨柳开玩笑道，不过，她心里还是想知道王浪这块手表的来历，因为照中国人的习惯，除非是别人送礼物，一般人是不会戴这么名贵的手表。

"这表人家送给我的，感觉不错，不戴觉得有些可惜。"王浪边说边在脑子里想着措辞，他希望杨柳不往下问，那样他就可以不说谎，说谎毕竟是不光彩的事情，尤其是欺骗自己的女朋友，于情于理不太好。

"什么人出手这么大方？你这表人民币要上万呢。"

两位老人尖起耳朵在听着王浪和杨柳的对话，尤其是王浪的爸爸，他想必要时他得替王浪做伪证才行，总之不能让儿子的女朋友不高兴是吧。

"一个朋友送的。"王浪有些轻描淡写地说道。

"你那朋友可好呀，寄给你的吗？"杨柳在这个问题上有些不依不饶，这也说明她越来越在乎王浪，想知道这些不一般的事情，希望有一个比较合理的解释。

"是我爸妈这次带过来的。"话已到此，王浪干脆采取主动，把刚才在心里编造的谎言变成了现实中的语言。他的爸爸和妈妈在细细地听着儿子的谎话。

王浪不等杨柳说话，化被动为主动，接着说道："我老家一个做大生意的朋友，一次生了重病，差点要死了，后来联系上我，紧急转入湘雅医院，收在我的病床上，我帮他做了手术，他才捡回一条命，这话是他自己说的。听说我爸爸妈妈要来美国看我，就要他们给我带来了这块表。"

"你们医生赚钱也很黑呀，这么贵重的礼物也收，嘿嘿，下回叫你这朋友也给我送一块这样的表。"杨柳听王浪这么说，似乎在情在理，人家一个大老板，王浪既然有恩于他，而且是救命之恩，送个万把块钱的礼物，也说得过去。

"那可不行，除非你也救他一命。"王浪看杨柳相信，一块石头落了地。

"我不是医生，怎么救他一命呀？"杨柳暗笑王浪说了错话。

"不是医生，一样可以救人命的，比如他缺流动资金，你给他融资几百万，然后他的生意就渡过了难关，一样的也可以说是救命之恩。"王浪解释道。

"好了，我知道，我才不会要人家的什么劳力士，我不要。"杨柳这会使出了小女孩的娇柔与可爱。

王浪的爸爸妈妈听刚才王浪与杨柳的对话，心里真是七上八下。如果儿子说得不好，惹杨柳不高兴，万一吵了起来，他们两个做大人的，还真不知从何劝和呢，因为他们知道儿子的表是冯慧送的，但王浪不方便说出来。

杨柳送王浪和他的爸爸妈妈乘坐去马萨诸塞州的火车。当火车咣当、咣当启动，慢慢加快，驶离纽约市火车站的站台后，王浪妈妈将声音稍稍放低，对王浪说话，其实她不放低声音也没有关系，车厢里除了他们之外全部是美国人，估计能够听懂中国话的人就不多，而能够听懂王浪妈妈湖南华阳县方言的人应该是零概率。不过，虽然他们听不懂，但是声音小点，少弄出点杂音来，也是文明标志的一部分。

"王浪，早知道这样，你不戴这块手表过来就好。"王浪妈妈对他说，"你看刚才多险呀，万一要是让杨柳知道是冯慧送的，多不好呀。"

"没什么呀，妈，我和冯慧从小同学，现在她有这个实力，这么远托你们带来，我这是尊重你们的劳动成果，也是不浪费她的一片好心。我和冯慧是很好的同学和朋友关系，杨柳知道了也没有太大的事情。不过我想，她不知道更好些，我就说是朋友送的，是我帮他看好了病送的。"王浪再次这样说，希望父母亲记住他说的话，免得下回再露馅。

王浪给冯慧打电话，告诉她收到她送的手表，非常感谢。冯慧说不必这么在意，喜欢就好。没有说太多的话，就因为有人找而被打断了电话。只是，这个时候，冯慧已经做出了一个重大决定，她要去美国考察。

她这是对下属们的工作安排，也是对她远在四川成都的丈夫的交代。她想见王浪，特别想念王浪。人生的快乐是什么？还不就是想做啥事就能做啥事，不受时间与条件的限制，现在她不缺钱，也不会缺时间，在她的培养下，手下高层管理人员有三个特别忠心而又能干的人。这三个人可以这么说吧，能够确保她不在华阳的情况下，公司正常运转一年以上。当然不说发展的事情，一家企业的发展绝对是一把手的决策与战略问题。

她要去美国最真实的理由就是去看望王浪，虽说与王浪只隔一年多没有见面，但心里的思念快速膨胀，希望愿望来了就去实现它。

冯慧办的是旅游签证，参加长沙青年旅行社的美国十日游团队。在签约前，冯慧特别与旅行社进行了沟通，说是希望在美国能够完全自由行动。旅行社认为这个不能答应，因为赴美国旅游最重要的一点是要保证团队安全、全部、按时回到中国。

"那就没有一点自由活动的时间吗？"冯慧继续争取，如果不能够自由活动，那么她和王浪的见面就很可能没有机会，因为随队行动时间上就没有了自己的安排。

"有的，又不是罪犯转移，基本的自由肯定要有的。"旅行社负责人解释道，"只是没有绝对的自由。要随时和领队联系，确保自己在领队的管理之下。"

"你的意思是说到达美国之后，领队会妥善安排，是吗？"冯慧理解地问道。

旅行社负责人笑了笑，含糊地回答，"差不多吧。"他不想把话说得太死，免得领队不好操作，也怕大家都去自由，旅行社失去控制。

冯慧在飞机即将起飞前一刻给王浪打电话。此时，北京艳阳高照，盛夏的北京热浪滚滚，但中央空调的候机大厅舒适如春。美国马萨诸塞州已是深夜，爱学习的王浪在房间里看书，他准备再学习一会就上床睡觉。到美国后，他良好的习惯得到了强化，这习惯就是保证在良好的休息、睡眠、饮食的前提下抓紧时间学习与工作。

"王浪，在做啥呢？"冯慧待王浪接通电话后就开口问道。

"在看书，准备睡觉。"王浪回答道。

冯慧这才想起时差的问题，想起中国的白天美国的黑夜，一个在地球的东部，一个在地球的西部，相当于两个人背靠背，所以这个人晒太阳的时候，另外一个人就被挡住了。

"我们晴空万里，你们那边乌七八黑。"冯慧把土话用上，以便更准确地表达时差问题。

"就是这么一种情况，对了，你在忙啥？"王浪合上书页，他准备接完这个电话就洗漱休息。

"我在北京机场，准备飞往美国。"冯慧神采飞扬地说道。

听冯慧这么说，王浪来了兴致："真的呀，那好，欢迎你来美国后能够屈尊到我这里来看看。"

冯慧听出王浪的高兴之情，同样情绪更加高昂："那自然要来，你欢迎我，我就更要来。你爸爸妈妈还在你那里吗？"

"还在，他们没有什么事的话，就一直住到我在美国学习结束。"

"你呀，都这么大了，还要爸爸妈妈陪读，好多人像你这样的都是老婆陪读呢。"

"我这样的人才好呢，是不是？我孝敬父母呀，不像那些人，娶了老婆忘记爹娘。"

"王浪，你自吹自擂。没有老婆还自夸孝顺。"

"嘻，冯慧，我明天到机场去接你。"王浪感觉到照顾好来美国的冯慧是他义不容辞的责任。

"不用，不用，你放心，我们这边有安排的。我到美国要去你那里时，我会给你打电话。"冯慧不想劳累王浪，当然，她是随旅行社来的，旅行社在接机、住宿等方面都有安排。

"有生意朋友接待是吗？"王浪以为她是来美国谈生意的。

"错，不是去谈生意，是专门去美国消费的。我是随旅行团旅游的，旅行社会有人接机。我们的旅游项目中有马萨诸塞州的参观，因为是青年旅行社，又是假期，所以会参观世界一流学府哈佛大学与麻省理工学院。你的哈佛大学，将迎接我们湖南人民的到来。"

"那好，我在哈佛大学等待着你的到来。"

"嗯，不说了，飞机要起飞了，空姐们要我们关闭手机了。"

"好的，美国见！"

"很快就可以见到你。再见，王浪！"

到达美国后，冯慧向领队争取到了两天自由活动时间。这是他们结束美国游览的最后两天，也就是说，两天时间过去，冯慧将与大部队会合，然后乘飞机离开美国，再飞回中国。

冯慧的运气不错，她与团队最后一天恰好是在马萨诸塞州参观，最后一项就是参观麻省理工学院、哈佛大学。这样，很自然地，在进入哈佛大学后，冯慧给王浪打了电话。

"王浪，我在你们学校了。"冯慧告诉王浪，"现在在哈佛法学院门口。领队说等会参观医学院。"

"我正在医学院这边，那很好，我在医学院门口等你。"

冯慧随团队到达了医学院，远远就看见王浪站在门口。她真想飞到王浪的身边，不过，这么多人在一起，她只能克制着这种冲动。她已经告诉了领队，待会儿在医学院会有人来接自己，此后她要离队两天。

"领队，我和你说的那事，没问题吧。"冯慧对领队说。

"当然。你只要按时到达机场会合就行，千万不能晚点，不然，大家都走不了。"领队叮嘱道。

当冯慧他们的队伍快走近时，王浪从医学院门口朝冯慧走过去。冯慧高兴极了。此时，她与领队的话全部谈完。

"领队，我的朋友过来了。"冯慧对领队说。

"那你介绍我们认识一下。"领队远远地看见朝他们走过来的王浪，气质儒雅，很有风度。

"朋友们，停一下，有重要事情。"领队喊住旅行团十几位成员，"冯慧的朋友过来了。"

领队的声音足够权威，全部旅行成员都停在原地。

"冯慧，你好！热烈欢迎你的到来！"王浪快步走到了冯慧的面前，也因为冯慧已经从大队伍中走到了王浪这一边。

"嗯，王浪，见到你真高兴。"冯慧由衷地说道。

王浪伸出双臂，冯慧也伸出双臂，两个人来了一个热情的拥抱。看来，王浪入乡随俗，对拥抱礼已经习惯了。冯慧大概真是高兴，见王浪的怀抱情不自禁。

"哟——"旅行团的成员们欢呼道，毕竟在中国男女间的拥抱在公众场合出现得还不是特别多，尤其是三十岁以上的人。

两个人拥抱够了，松开手臂，冯慧的脸微微发红，激动或者紧张各有一点。

"这是我们这次的旅行领队，这是我们一起从长沙出发的青年旅行团。"冯慧介绍她的随行团队给王浪认识，随后她对各位队友说道，"这位是我的同学王浪。"

"王浪，这名字有意思，感觉和你本人不太像呢。"一个靠王浪近的中年女人对王浪说道，"你稳重大方，一点也不浪呢。"

众人大笑几声，气氛活跃起来。

"我和你们一起参观医学院吧，我对这里比较熟悉。"王浪对大家说道。

"好呀，你带路，我就轻松了。"领队愉悦地说道。

王浪自然能够很好地完成使命，在哈佛大学医学院都已经整整过去一年时间。这一年来，这里的每一间房屋、每一朵鲜花、每一株小草王浪都已经熟悉，也都有了感情，与它们朝夕相处，哪会没有感情呀。

冯慧走在王浪的身边，脸上笑得像盛开的向日葵。王浪向领队和成员们介绍各处景观与历史来源。他举止大方得体，说话幽默，深受大家的喜爱。这样外表俊朗、风度翩翩的男孩，真的可爱，真的赏心悦目。众人，不管男人女人，都在心中感慨不已，纷纷地在对冯慧表示羡慕，有这么标致的帅哥陪着度过在美国的后面两天，爽，痛快！

当大家参加完哈佛大学医学院时，太阳已经下到山的那一边躲了起来。天边是绚丽的彩霞。朝霞不出门，晚霞行千里，明天又将是一个艳阳天，最适合于外出旅行。旅行社的成员们都兴高采烈，最高兴的当属冯慧，因为晴朗的天气，她可以与王浪一起好好游玩。但愿王浪没有在美国找女朋友，不然，他愿意陪自己，他的女朋友也会有意见，那就不好玩了。

冯慧的担心倒真是存在，王浪确实有了女朋友，但是这位女朋友没这么小气，对于王浪陪她游玩并没有阻止。

哈佛大学参观完后，冯慧与旅行团的领队及其他朋友们说再见，她和王浪要一起玩两天，这两天是冯慧在美国自由活动的两天时间。

王浪与冯慧一起回到他所住的美国家庭，一进门，就与房东夫妇正面相遇。王浪和他们热情地打招呼，并把冯慧介绍给两位老人："这是我的同学冯慧，来美国旅游。"

"这是我的房东先生与房东太太。"王浪也把老人介绍给冯慧。

"来客人了，好，好。欢迎你的到来。"老人对冯慧很客气地说道。

"谢谢。"冯慧笑着说道，她的笑很甜美，她的外貌不算特别突出，但是她笑起来让人如沐春风。

"爸，妈。"王浪走进房间对父母亲嚷道，"你们看谁来了？"

他们想这来的定是非常熟悉的人，应该来自中国，肯定是稀客，一般不可能来的，不然他们的儿子不会这么说。会是杨柳吗？不太可能。因为她算不上稀客，他们来美国之后见过几次面。

"伯父、伯母好。"冯慧看到王浪的爸爸和妈妈，很高兴，在美国见到长辈，有家的感觉。

"原来是冯慧呀，坐，坐。"王浪妈妈热情地招呼，"来，喝杯茶。"

王浪的爸爸闻言准备茶水，立时端给冯慧："冯慧，你喝茶。"

"你爸妈都好吧。"王浪妈妈问候冯慧的父母。

"他们都好，你们在这边习惯吗？"冯慧关切地问道。

"行，很好。美国这地方生活各方面比较方便，就是看电视不习惯，我们只能看中央四套的节目，其他的全部是外国台，叽叽喳喳像鸟叫，我们都听不懂。"

"可以叫王浪给现场翻译。"冯慧看了王浪一眼。

王浪接话道："我有翻译的，只是看电视这翻译起来，看的人不爽，搞过几次之后，我爸妈就不要我翻译，我也就立刻失业。"

王浪的爸爸妈妈在厨房做饭，两个年轻人在房间里聊天。

"冯慧，你给我送这么贵重的礼物，真是让你破费了。"王浪用右手把左手的衣袖往上捋了捋，露出那块劳力士表，"我爸妈带过来的那天我就戴上了，蛮好看的，爸妈也说适合我，真喜欢，受之有愧，古话说无功不受禄嘛。"

"不要这样说呀，要知道，你喜欢我最高兴。我现在生意做大，这样的礼物只要你喜欢，我就心满意足。"冯慧内心激动，"能够当面听到你喜欢这块表，看到你把这表戴在手上，我高兴都来不及。"冯慧认真地看了王浪手上戴的劳力士表，好表配帅哥，这表戴在王浪的手上真是好看。

王浪感受到了冯慧的真诚与爱意："你好像不怎么喜欢旅游的，这次还出国游呢，其实旅游是很好的事。"

"我呀，感觉旅游是花钱买罪受，所以一般不外出旅游，除非是有事或者生意需要。这次，我想来美国是想看你。他们的旅游线路有你所在的大学，而且，签约前，我说过要有两天自由活动的时间。"在喜欢的人面前，把心里话说给他听，是一种享受与幸福。

"冯慧，但愿不会给你增加不必要的麻烦。"王浪心里当然希望冯慧喜欢自己，但他也清楚冯慧早已成家，只是还没有孩子，他不希望自己对她的好会影响冯慧的家庭生活及她的婚姻。他把她当成好朋友，不想越过朋友的界限，正因为如此，他有必要把话向冯慧说清楚。

冯慧笑了，很放松，很优雅："不会的。冯慧不是小女孩，知道该怎么做。我会争取内心的情感，也会珍惜平凡的生活。这个你放心吧，现在我只希望你明白我的感情，接受我的好心好意与表达，我会把握好分寸。"

"嗯，我的老同学，那次在长沙就说过，希望你生意越做越大，如果以后我开医院，你一定要来投资。"

冯慧充满着期待："我心里一直记得这事，一直在努力，我在华阳县的生意做得很好，这么说吧，我公司在华阳的电脑市场占有率是百分之百。怎么样？不错吧。"

王浪有些吃惊："你够厉害，能够在短短的几年时间做出这么大的成绩。"

"这里面也有你的功劳。"

"我什么都没有做呢。"王浪开玩笑道，"你给我入干股了？"

"当然，如果你需要，我可以把股东证明给你开一个。"

"不了，不了，千万不要让人家以为你这个总经理出毛病了，乱开干股证明。"

"你知道吗？上回我带梁永安去湘雅医院看病，他的爸爸梁洛生在我公司上班。结果呀，还真是无心插柳柳成荫。当时就是想见你才领他们到长沙找你。有你在就是不一样，那回看病，他们父子俩感觉特好，而那小子的病竟然完全好了，简直就是奇迹。他们父子俩、他们的亲戚朋友全部都在说我的好话，帮我做活广告。"

"好心真有好报。"王浪感慨道。

"这是一个方面，还真是托你的福。重要的是那小孩的病全好了，现在各方面都正常，脸色红润，身体长得也结实。他们说有华阳县的博士王浪在医院病就能治好。"

"帮我扬名呀。"王浪道，"看来这就是机遇，那小孩的病之所以没有治好，可能和当时治疗不彻底有一定关系。另外就是医学进步，现代医学日新月异，一年半年的进步都可能出现意想不到的结果。"

"所以，我喜欢你，想和你多些在一起的机会也是对的，是老天爷都同意的事情。要不然，老天爷怎么会把梁永安父子这样的好事给我呢？"

"对极了，你是上帝垂青的女孩。"

有些事情真是天意，假若王浪的父母亲没有在美国的话，冯慧此时到来，两个人孤男寡女，多少会有些说不清道不明的事情发生。大概王浪的爸爸妈妈是天庭派来执行任务的，他们的任务就是继续让王浪与冯慧的情爱处于纯粹与洁净的美好状态。

两位老人从小就看着王浪与冯慧青梅竹马、两小无猜，不过，一切都是小时候的事。如今成年，冯慧早已嫁作商人妇，她自己也成了县里数一数二的大老板。重要的是，他们娶媳妇的目标自然是未婚姑娘，就像当时到他们家的向玲玲，还有就是在纽约大学学习的杨柳。

王浪爸妈的思想属于传统类型，忠实于一夫一妻制，甚至是一夫一妻谈恋爱的阶段。他们在吃完晚饭后考虑晚上如何睡觉休息的事情，第一条就是总不能让冯慧睡在王浪的房间吧，尽管现在王浪是一个人睡一间房。

冯慧去卫生间洗澡的时候，妈妈与王浪商量这睡觉休息的事情。

"儿子，你看晚上这睡觉的事情如何安排好？"王浪妈妈问道，她想探探儿子的口风。

这种事情，王浪只要没有喝酒，没有特别诱惑或者挑逗，他能够做出完全正确的决定。

"待会儿，我送她去宾馆吧，家里也没有房间。"王浪想宾馆住得会舒适些。

"我看不用，住宾馆花费比较贵，没有必要。再者，让她住在家里感觉更亲近些。"王浪妈妈发表自己的看法。

"妈，那听你的，你看如何安排好？"

王浪妈妈当仁不让："你爸到你那屋住，冯慧就和我住一个屋。小时候呀，她来咱们家玩也和妈睡过。"

王浪对妈妈提的这个建议基本没有异议："我看可以，冯慧也不算外人，这样安排，我想她也会喜欢的。"

母子俩形成了共识，王浪爸爸也投了赞同票，全票通过。这是冯慧预料中的事，早些时候她与王浪聊天，就定位了自己与王浪的这份感情，比普通朋友好许多，做情人有些庸俗，做夫妻已经错过了季节。

冯慧很愉快地和王浪妈妈去另外一间屋休息。王浪爸爸就留在了王浪这边。

"早些休息，这些天你累了。"王浪送妈妈和冯慧出门时与冯慧道别，"晚安。"

"晚安。"冯慧依依不舍。

"妈，你照顾一下冯慧。"王浪对妈自然是不讲太多客套话。

"儿子你放心，老妈有经验，老妈是老姜。"

冯慧与王浪妈妈是从小熟悉，如果要准确地定位，冯慧是把王浪妈妈当自己的亲伯母，对，就是这种感觉。王浪妈妈是把冯慧当自己的亲侄女，这样的关系，自然是可以关上门好好聊天，话题很广，东家长西家短，想说什么就可以说什么。

"冯慧，我和你说一件事。"王浪妈妈开始了开场白。

"嗯。"冯慧好像愿意当忠实的听众、互动的听众，必要时她会做出反应。

"你上次叫我带过来的那块手表，我听王浪说要一万块钱哪。"王浪的妈妈相信儿子的判断，但仍感觉像个天文数字，"真的好贵呀。要是知道这贵，说啥也不能要你的表，花费你太多钱了。"

"我当时都已经买了，钱已经花出去。再贵的礼物送给该送的人，也是物有所值。"冯慧斟酌着词句，她不想让王浪妈妈误会。

"我的儿子是很喜欢你那块表，带到美国的当天他就戴在手上了，就是那时告诉我和他爸说这表要一万块钱的，还告诉我们那是劳士力表，世界名牌。我们年纪大，不识货。"

"名牌很多，也记不全的。"冯慧安慰王浪妈妈，老人把劳力士说成劳士力，这没有关系，在他们的脑海里，劳力士与劳士力就是一样的，就是代表一个牌子，就像人的名字一样，"王浪喜欢就好。"

"王浪很喜欢，你看他现在戴着你送的那块手表，从戴上那天起就没有取下过。"王浪妈说到这里，突然话锋一转，"我就是说，王浪现在有一个女朋友。"

"哦。"冯慧听到这话，心直往下沉，她担心这块表会给王浪带来麻烦，如果那样就不好。既然王浪有女朋友，那王浪现在是有人管着的。

果然，王浪妈妈接着说："他的女朋友也在美国，在纽约大学。那天，我们去纽约玩，她看见王浪戴着你送的那块手表，问了王浪好些话。我看王浪当时没有说是你送的。"

"没事的，伯母，只要王浪喜欢就行。"冯慧说的是真心话。

"王浪说是一个做大生意的朋友送的，送的理由是他看好了那个朋友的重病。"王浪妈妈说起这事有些不好意思，"冯慧，我和他爸爸当时在一边听着。我们都没敢说是你送的，对不起。"

"没事，真的没事。"冯慧强调地说道，她知道王浪喜欢自己送的劳力士手表，其他的就不想这么多了，她转变话题，"王浪的女朋友是中国人吗？"

"中国人，就是我们湖南的，听王浪说，也在长沙工作。"王浪妈妈对杨柳是很满意的，说起来言语中透着高兴与满意。

"那样好，不会有饮食、习惯的差异，言语沟通也容易些。"冯慧的话中并无不快，甚至还有祝福。是呀，爱一个人，如果不能得到，干脆给他自由与祝福，这是最高境界的感情。自私与狭隘不会赢得喜欢与爱慕。

王浪妈妈见状心里稍宽慰些，在说起王浪女朋友时，冯慧没有流露出明显的不高兴，她对王浪是真正好，打心眼里喜欢。

"她有时候会到这边来，明天是周六吧，她来一般都是这天过来。要是明天过来，你就可以见到她。你可以帮王浪参考参考。"王浪妈妈这会儿真把冯慧当作自己的女儿或者是侄女儿，似乎是让妹妹分享哥哥有女朋友的快乐。

"哦，好呀。"冯慧愉快地答应道。

"那早些睡吧，你参加旅游团，每天都很累，要多睡些。"

两个人不再聊天说话。冯慧一觉睡到大天亮。她醒来的时候，王浪妈妈已经不在房间了。

她穿衣、起床，然后往套房里去敲门，门是王浪开的。

"冯慧，睡得好吗？"王浪见到冯慧，很深情地问道。

"睡得好，一觉睡到大天亮。"冯慧很高兴地说道，"看来马萨诸塞州适合睡觉呢。"

"嘿，适合睡觉是当然的，不然，让你长途远行来到这里，不累坏才怪呢。"

王浪把冯慧迎进屋，王浪的妈妈在做饭，爸爸在打下手。冯慧一一向两位老人问好。

冯慧在洗漱的时候，王浪接了一个电话，是杨柳打过来的。

"杨柳，这么早打电话来，是不是有什么变动呀？"王浪问道，因为杨柳很少这么早打电话过来。

"你猜得对极了，王浪，真是知我者君也。"杨柳在电话里快速地说道，"我刚才接到湖南省美国研修团负责人的电话，研修团今天和明天有事情，所以我不能过你那边了。"

"这么忙呀。本来还期待你来见一个朋友呢。"王浪说道，"我的一个同学从老家过来了。"

"也是来留学的吗？"

"NO，是参加旅游团到这边来的。"王浪突然想起了那次在贵族世家牛排店的事，"这个朋友你应该见过，不知道你有没有印象？"

"那你说说看，在哪里见过？"杨柳问道。

"还得说你那次包被抢的事情，当时，跑在你后面的那个女孩就是我的同学。"

"一个女孩，她到美国来看你了？"杨柳的声调变得激动起来，"她对你这么好吗？不远万里来看你。"语气中竟有些酸酸的。

王浪没有想到杨柳的反应会是这样的，要不然就不说了。

"不是专门来看我，人家是随旅行社旅游，知道我在这里，顺便看看我。"

电话那头沉默了一下，显然杨柳在思考着这事情的前因后果，那次在牛排店被抢包，一个女孩跑在她后面，这个杨柳当时的确没有注意到，也不可能注意得到，她那时最关心的是自己的包，还有就是在前面追击歹徒的王浪，其他的人和事并没有进入她的眼中。

"那好，你们好好玩。"杨柳意识到自己没有必要太过小气，毕竟王浪能够告诉她，这是对她的信任，相信她会理解这些。

"那你安心办事吧，有什么问题随时和我打电话。"

"好的，再见，王浪。"

"再见，杨柳。"

王浪原本是等杨柳到马萨诸塞州后再安排活动的，按照他们原来的约定也习惯，这个周末杨柳由纽约到马萨诸塞州与王浪和他的爸爸妈妈一起过，当然，计划中是没有冯慧的，但是冯慧来了，计划可以不变动。当然现在，杨柳有事情，以她为中心的计划就有了改动。

王浪、冯慧、王浪的爸爸和妈妈，四人一起吃早饭。

"冯慧，这次还想去哪玩吗？"王浪吞咽下一口面包后问道。

"没有特别的想法，本来也不是冲着游山玩水来的。"冯慧没有把后面的半句话说出来，她想说的意思是她不是为了看山看水来美国，而是为了看王浪才来的美国，所以呀，既然能与王浪在一起，去哪都快乐。

王浪明白了冯慧的话中话，他用眼神回报了她的深情厚谊。

"爸，妈，你们想去哪看一看吗？"王浪问他的爸爸妈妈。

"你们去哪，我跟着去就是，反正我也说不出什么地方来，好像哪地方都差不多。"王浪妈妈对儿子绝对相信，对她的丈夫也是充满信任，自然她就把决定权交给了他们。

"儿子，我看能不能够去华盛顿一趟。中国的首都北京来的时候匆匆看了一下，美国首都咱也去瞧瞧。"

"行，老爸，你这是个好建议。妈不反对吧。"王浪询问妈妈的意见。

"我完全同意。"他妈帮着做决定。既然这样，王浪决定去华盛顿。

"那，冯慧，我们就去看看美国首都，好吗？"王浪最后征求冯慧的意见，虽然冯慧说去哪都没有关系，但是她来一趟美国，如果能够去一下稍稍想去的地方，不是更完美吗？

"好呀，和你、伯父、伯母一起游美国首都，我当然高兴去呀。"

这个时候的王浪已经拿到了美国的驾照，他的驾驶技术早就炉火纯青，在四水市天马医院的时候，他的车技就已经相当不错，所以他决定开车过去。一个小车，有五个座位，前排坐冯慧，后排坐爸爸妈妈，一点都不显拥挤。

"开车去是吗？王浪。"妈妈问道，她不清楚马萨诸塞州到华盛顿有多远，能不能够开车去。

"妈，我们开车去比较方便些。"王浪回答道。

"嗯，那我就去多准备点东西，有车带东西特别方便，吃的，用的，多准备点好。"

"现代化的东西真是好。"王浪爸发表感想，"以前哪敢想象呀，我们家也有车子了。"儿子是自己生的、养的，儿子的车自然也是自己的。

王浪听了爸爸的话微笑着，与冯慧分享着因为父母高兴而给予子女带来的喜悦与成就感。

"爸，下回我们叫冯慧给咱来一台电脑，上小区宽带，一个小小的显示器，就可以与世界广泛联系呢。"王浪向爸爸推介现代化的多媒体网络。

"冯慧，这么好的事儿，那我们回中国了，你就帮我们折腾一个吧。"

"没问题，伯父，你们回家了我就帮你们弄。"

22

美国首都有著名的独立纪念碑，还有闻名遐迩的白宫、国会大厦、五角大楼等。这些对于冯慧他们来说，很有参观的意义。王浪给她拍了许多照片，用的是冯慧自己的数码相机，这样她保存、冲洗就很方便。

冯慧在游览之余，用她的相机给王浪拍了不少照片，她想以后再想念他的时候，可以看看他的照片。在美国白宫，王浪给父母与冯慧作讲解，非常地投入，姿势语言恰到好处。冯慧听后激动不已，她拍下王浪讲解白宫的视频，回家后把这段视频存到电脑上，想念王浪的时候，放出来看看，多么美好的享受呀。

王浪非常注意观察，善于体谅与理解他人的心情。他知道冯慧对自己的好，表现得相当配合，摆好各种 POSE 给冯慧拍摄。

冯慧美国之行无比快乐，当坐上国际航班往北京方向飞去时，她对王浪的留恋之情弥漫在心间。别了王浪，希望有机会早些再见。

在她飞回中国没有几天，杨柳随湖南省赴美国研修团一起回到中国。一年多的时间眨眼间过去，这点对杨柳尤其明显，她真舍不得离开美国，在美国的一年多，因为有王浪，他们常常相聚，在纽约，在马萨诸塞州，许多地方留下他们爱与青春的足迹，印下他们生命的激情与爱。

杨柳向叔叔杨国华提出了想延期的请求，记得那时她向叔叔申请来美国时，叔叔说过必要时可以弄个延期手续，不过，叔叔现在不赞成延期，出于两个方面的原因，第一是省里新出台措施，强化对美国研修的管理，提高派出学习的效率，因为每个人在美国待一年，全部成本需要一百多万元人民币。花费的确不少，那么作为一个经济正在快速发展的省份，提高效率，把钱用在该花的地方，也是节约国家资源的重要方式。另外一点同样重要，杨国华告诉侄女杨柳，省里拟提拔一批干部，主要从研修回国人员中选取，前提是德才兼备，再就是得先去基层县市挂职锻炼，这种锻炼通常是干部提拔前的步骤，因此，进入挂职锻炼队伍是相当不错的选择。

省检察院副检察长杨国华对杨柳语重心长地说："杨柳，人生关键处只有几步，面对机会一定要牢牢抓住。现在呢，叔叔我还能帮一帮你，等叔叔退休了或者退居二线，想帮你也力不从心。"

"叔叔，我知道。"杨柳听叔叔这么说，心里有些酸。是呀，他们祖辈没有做官历史和背景，叔叔位居高官实在不容易，在他们这一辈年轻人中，就杨柳算是有出息，叔叔的孩子学习成绩不好，上的是大专，而且成绩差得居然让他爸爸想帮忙都帮不上，想着给他弄个专升本都落空了，只好让他去做生意。想到这一点，杨柳不敢懈怠，她不光是为自己，也是为了爸爸、叔叔，为了他们这一大家的光宗耀祖，听起来饱含封建意味，事实上确实如此。

"你明白叔叔的想法就好，听叔叔话，按时回来啊。叔叔知道你为了那个副省长儿子一事心里不爽，没事了，副省长一家也接受了不幸的事实，大家都说不可能让你一辈子守着瘫痪的男人过日子。"杨国华说得非常具体，看来为了杨柳，为了他们杨家，他的确尽心。

"嗯。"杨柳轻应答了一声，表示着他在听叔叔说。

杨国华接着道："我也听你们研修团的人汇报过，你与哈佛大学的留学生王浪关系不错，他是我喜欢的男孩。尽管没有什么接触，但是从我们表彰他的见义勇为事迹来看，还有他的职业，我都觉得满意。"

杨柳听到叔叔喜欢王浪，特别高兴，补充道："叔叔，王浪是首届全国百强研究生之一呢，厉害吧？"

"全国百强？"杨国华带着疑问的口气重复了一遍，但他立即明白杨柳在这些问题上不会含糊，赞赏道，"全国百强相当不简单，叔叔相信你的眼力。"

"就是嘛，这样的人才，真的很少呢。"

"没错，还有呀，叔叔知道，他的帅气也是少有的。"

"哟，叔叔赶时髦，没错，他真的帅气逼人。"杨柳对王浪自然赞赏有加。

"当然呀，我的侄女这么花容月貌，自然要配英俊王子啰。"杨国华接着道，"博士后研究一般是两年时间吧，也就是说，大概一年以后，王浪就结束博士后研究工作，到时候你可以邀请他来湖南。我认为，他如果能够在国内奠定事业的根基，相对会好一些。"

叔叔的话让杨柳很开心，她感谢叔叔的关心，无论是工作、事业、感情、生活，他对自己足够地关注与了解，不是那种长辈专权意识，而是像朋友一样地交流与沟通。

"叔叔，你帮我考虑得很周到。"杨柳在心里已经想不到拒绝叔叔安排的理由。既然这样，那就朝着光明大道奋力奔跑。有叔叔引路，有美国研修的知识积累，有省政府办公厅多年工作的经验，在从政的路上做出点成绩来，会是一条值得期待的人生之路。

杨柳决定随湖南省研修团一起回国。她坐火车来到马萨诸塞州，想与王浪度过即将离开美国时的快乐时光。

王浪的爸爸妈妈热烈欢迎她的到来，两个人一起做了一大桌子中国菜招待杨柳。

"伯父、伯母，做这么多好吃的菜，真辛苦你们了。"杨柳笑靥如花地说道。

"你这么远坐车过来，也累了，吃点东西好好休息。"王浪妈妈喜欢上了这个准媳妇。

王浪看着杨柳与爸爸妈妈融洽的局面，心里乐开了花，以后要是做了一家人，像这个样子很温馨哪。王浪在心里想象着与杨柳成家的感觉，这点对于王浪也是少见的。似乎在这样种氛围中，他长大成熟了。

"杨柳，感觉幸福吗？我爸爸妈妈好吗？"王浪故意问道。

"很幸福，要说你爸爸妈妈呀，那是相当好。"杨柳夹了一只大虾肉放进嘴里，咀嚼咽下去后，还回味了一会儿，然后说道，"所以呀，我今天来这里和你爸爸妈妈告别。"

王浪脸上满是惊异，怎么此前没有听说杨柳要回去呢？她不是说也有两到三年在美国的时间吗？

"你要回国去吗？"王浪问道。

"怎么？你就要回去？"王浪的妈妈接着问道。

王浪的爸爸也有着同样的问题，由于老伴与儿子正在问同样的问题，他就没必要重复，只听结果就行。

杨柳对这样的局面很受用，在座诸人对这个话题的关心足以表明，他们都很在乎自己。

"嗯，后天就走。"杨柳告诉大家，"已经订好了机票，和我们去年来的研修团成员一同回国。"

"这么快呀，都没听你透露过呢。"王浪妈妈说道，"怎么说要回国就回国呢？"

看来得稍稍加点说明才行，杨柳想，得让王浪一家大致知道前因后果。于是她说道："我是希望留下来，多学点东西。"话是这么说，其实她是想留下来，多与王浪在一起，但这样没有志气、儿女情长的话，她没有说出来。

"是呀，你看我们刚过来没有多久呢。"王浪爸爸适时地插话，总算有了表达看法的机会。

"没有办法，省里下了通知，说是有重要的事情等我们回去做。加上一年的时间已经到期，其实严格地说都已经超期了。"

"那当然得听党和政府的安排。"王浪爸爸说道。

杨柳听了嫣然一笑，老人家挺有意思。

"上个星期周末呀，本来我是要过来的，就是因为大家临时要开会、打电话商量回国的事情，所以没有来。"杨柳回答道，她本想问问那个女同学的事情，想想当着两位老人的面，还是把话题咽了下去。

其他三人似乎也觉得不太好提冯慧来的事儿，就都避开了没说。

"吃菜，吃菜，王浪，给杨柳多夹些菜。"王浪妈妈给他下指示。

"好咧。"王浪爽快地答道，立即忙乎起来。

杨柳的碗里一下子多了好些菜肴："好了，不用了，王浪，你自己吃吧。"

几个人吃过饭，王浪妈妈紧赶慢赶地收拾桌椅板凳碗筷，然后拉着老伴去他们自己的房间。

"怎么这么早就拉我来休息呢？"王浪爸爸进了房间后不解地问道。

"你们男人就是反应迟钝。"她指点迷津似的说道，"人家杨柳后天就要回国，她来我们这自然是想和儿子说话吧，不会是盼着和我们说家长里短。你是年轻人过来的，年轻人的想法，你应该知道。"

"知道，现在我明白，你是要我们两个不做电灯泡，你直说呀。"

"那就行，效果一样，我这太含蓄点是不？"

"嘿嘿，我们做些什么呢。"

"你想做啥就做啥，我不反对。"

那边房间，王浪与杨柳拥抱在一起。他的妈妈真是一个好妈妈，如此准确地预感到了她和王浪将有一个分别仪式。当妈妈和爸爸走了大约十分钟时，王浪抱起杨柳往床的方向走去，杨柳闭上了她美丽的大眼睛，任由王浪摆弄，体会那种婴儿似的被动感觉，等待着王浪的挑逗与诱导。

王浪把杨柳轻轻地抛在床上，那姿势真的诱人，就像是一只羔羊，摆在饿狼的面前任由狼性肆虐。人就是怪，似乎男女这事特别简单，可是，对象不同结果大不相同，有两情相悦，有半推半就，有无奈献身，有等价交换。这一刻，杨柳希望王浪和自己的结合弄成经典。

王浪把杨柳抱在怀里，右手揽住她的肩和背，轻轻地抚摸着。

"王浪，我想洗澡。"杨柳在这样的气氛中，想起了他们在纽约的第一次，她在重温着当日的温情与浪漫，"我要和你一起"。这回她不想一个接一个地轮流进行，合二为一，一次性完成，节省时间，提高效率。

"好，我帮你。"王浪想让杨柳轻松惬意。

"嗯。"杨柳出其不意地有些害羞。

"王浪，你好像发疯了呢。"杨柳娇嗔地说道。两个人坐在温暖的浴池里，搂抱着说话。

"是你让我疯狂的。彼时不疯狂，更待何时呢。你这个害人精，你让我忍不住犯错误。把计划都打乱了。"王浪自我检讨道。

杨柳"扑哧"一笑："这错误没有啥呀。牡丹花下死，做鬼也风流。我这牡丹花可不会让你死呀。应该说是，牡丹花下乐，王浪最风流。"

"你这文科生，什么胡编乱造呀，欺负我们医科生不知道改是不是。我也改一下，牡丹自风流，杨柳数第一。"

杨柳不依，用手捶打着王浪的肩膀："打死你，打死你。"王浪把杨柳紧紧搂在怀里，她的双手没有了距离，无法实行有效攻击。

"不玩了，我们洗澡吧。"杨柳伏在王浪胸前，柔声细语地说道。

"好的，我帮你洗吧。"

"不，互相洗，你帮我，我帮你，互帮互助，树文明新风。"杨柳说道。

"你呀，就是官气太重，和我说话，以后不能用官腔。"

"我没有当官，所以拿你来过瘾。"杨柳嘟起嘴，"对了，王浪，我就要回湖南了，没有你会不习惯的。"

"我也是。"

"那怎么办好呢？"杨柳无奈地说，"当时我说可以和你一起在美国两三年，现在没有办法。你也早些回国好吗？"

"我会的，怕就怕你回国后工作一忙，也会把我忘记了。"

"我发誓我不会，如果忘记了你，我会大病一场。"

"可不能这么说，我希望你健健康康，快快乐乐。真的，不论你我将来会如何，不论你是否忘记我，我都希望看到一个美丽、快乐、健康的杨柳。"

"王浪，我也知道，生活是变化的，人生是充满变数的。这样一个夜晚，在我们的记忆里，会是深深的印迹。"

"杨柳，在美国的日子，有你相伴真是幸福。"

杨柳像一只慵懒的小猫依偎在王浪怀中。"明天，我送你到纽约。"王浪抚摸着杨柳光滑的后背，关心地说道。杨柳的身体散发着如兰如麝的体香，王浪鼻子忍不住抽动了几下。

"怎么？感冒了吗？"杨柳问王浪。

"是的，被你的体香弄感冒了。"

"那我就把自己弄臭点。"

"不行，我宁愿你就这样子。自然界有飞蛾扑火的事情，而我呢，我也是一只飞蛾，你就是那火，让我心甘情愿，做一只扑火的飞蛾。"王浪表白道。

"这下你更像文科学生，有情有景，有思考有叙述。"杨柳在王浪的怀里抬起头看着他，"我不用你送我到纽约，你只要送我到马萨诸塞州车站就可以。"

"为什么呢？我想送你。"王浪的确希望能够在杨柳离开美国时给她关心与照顾。

"想送也不行，我一到纽约就要与研修团会合，然后做些归国的准备工作，你就是去了我也没有时间陪你，看着不能用，心里着急，还不如你不过去，不在眼前，就不会有那么大的诱惑。"

"嘿，你也是个色鬼呢，就想着做那事？"

"是人就会想，不论男人和女人，在她爱着的人面前，不想就不正常。"杨柳笑道，"人呀，多想想自己的生物学本能，有些问题会更容易解决掉。"

"真理。那我就送你到马萨诸塞州车站。"

"足够，送君千里，终有一别。距离长短都是一样。"

他们起来得晚，好像真正起床时，外面阳光明媚。爸爸妈妈也没有进来过的痕迹，显然，两位足够现代的老人、家长充分地理解了王浪与杨柳黄金般的分离前夜。父母总是时刻替儿女着想的，这样的细心，给了王浪与杨柳离别前最充分的交流，无论是心灵还是身体。

杨柳随省里的研修团回到了长沙，也从此开始了新的生活。

一个月后，杨柳被任命为华阳县副县长，这是一种挂职锻炼，通常是一到两年时间，没有太多意外的话，挂职之后将再上一级。具体点说，正常情况下，两年后，杨柳将会走上正团级，也就是县处级的领导岗位。这么年轻的副县长，相当震动人心。当然，现在的挂职还是必须做些事情，像以前那样走走过场，当个什么副职，然后混过一年半载就升官的日子已经一去不复返。

华阳县是王浪的故乡，也是革命老区。几十年前，这是红色的土地，有着浴血奋战的光荣传统与历史。在省里进行挂职分工时，杨柳主动要求去华阳县。杨柳的副检察长叔叔自然全力促成；那杨柳那个当副省长的前"准公公"，在省委常委进行决策时，也是尽量遂了杨柳的心愿。因此，她的这个要求实现起来就不难。她的前"准公公"度过了最伤心痛苦的时刻，他的儿子虽然还在病榻上，但是他的心理基本恢复正常。对于杨柳放弃他儿子的选择，副省长表示了足够的宽容与理解，怪只怪自己的儿子没有福气，这么美丽有气质的女孩，眼看就要结婚成家生子，可是老天不帮忙，让他身体严重受损，爱情被毁。

杨柳去华阳县任职的目的，是希望距离王浪更近点，期待着能够在王浪出生的地方追寻他曾经的少年逐梦时光。

省委组织部副部长带领杨柳和一个秘书由长沙出发，到达华阳县后，华阳县政府召开小型欢迎会，县党政工青妇五套班子主要领导全部出席，大家对于杨柳出任副县长表示热烈欢迎。

在座的以男人为主，对于美若天仙的杨柳有叹为观止之感。杨柳的眉角向两侧稍稍翘起，双目顾盼流彩，她的耳垂有着富贵的厚实感，身材婀娜多姿，走起路来更是有如行云流水，宛若天仙。

这样的美女副县长出现在华阳县政坛，无疑是华阳县当年最具新闻意义的事情。

杨柳选择华阳县挂职，充满风险与挑战。没错，华阳县是革命老区，当年，开国领导人率领红军在这块热土上建立革命根据地，为星星之火向全国成燎原之势做出巨大贡献。到这里挂职，做出了成绩，是一个很好的提升机会，也会打出知名度，发展空间很大，有想象的余地。但是，这里的地理环境、交通状况却无法乐观，全县二十万人口左右，属于微型县，对外交流有一条国道贯穿全县，但是山路弯多，常有交通意外发生，其他就是省道，更是路小不平；全县基本上没有大型的工业企业，财政收入全年只有几百万。

对于这些情况，杨柳何尝不知。从美国研修回到省城后，当叔叔告诉她那些可供选择的挂职地点时，她把全部的资料都看了一遍，其实看与不看，对她的选择结果并没有影响，从她看到待选的几个名单中，她已经在第一眼就决定去华阳县，她要去她爱着的人的家乡。当然，所有的资料都看完了，不管去哪里，对于省内的这些县市，她必须增加了解。因此，她去华阳县的申请得到了省里的支持，其中有包括有两位重量级人物：她的叔叔省检察院副检察长杨国华，她的前"准公公"副省长。

在华阳县政府的欢迎仪式之后，杨柳正式走马上任华阳县副县长。在县政府办公楼顶楼，也就是县长、副县长的办公楼层为她准备了一间现代化的办公套房。套房分为工作区、待客区、休息区，各区功能分明，又融为一体，非常人性化。套房的装修不算豪华，但充分体现了现代科技的发展与文明，有线、无线网络，有线、无线电话，有线、无线电视都配备齐全，液晶电视机、电脑、笔记本电脑一应俱全，茶具、淋浴间、小厨房应有尽有，传真机、复印机、扫描仪，现代办公用具一个不少。

杨柳对于办公室的装修很满意，在心里表扬着负责装修的人有远见，有眼光，很好地抓住了她这位留学生的思想核心，那就是现代化的办公必须要有现代化的装备，工欲利其行必先利其器。

杨柳到任后，县长组织开会对几位副县长的分工进行了明确。杨柳主管经济建设与城市管理，这是非常重要的岗位。可以说，在市场经济中，经济建设在一个县一个城市的发展占有最具决定意义的作用。经济发展，人民生活水平提高，政府才会得到人民的拥护与支持，社会就会实现和谐。

坐在宽大的办公桌前，在上午上班后不久，杨柳想起此时正是美国的晚上黄金时间，正好给王浪打个电话。从美国回来后，她常常给王浪打电话，汇报她的工作进展情况，以及思想动态。所以，王浪当然知道杨柳将成为他的家乡华阳县的副县长。

　　这个时候，给王浪打电话的就是堂堂正正的华阳县副县长杨柳，只是不管怎么样，当了副县长的杨柳依然深爱着大洋彼岸的王浪。

　　"王浪，在忙什么呢？"杨柳有些正经地说道，由于办公室的门是敞开的，她稍稍注意点儿形象。

　　"杨柳。哦，不对，应该叫你杨县长才对。"王浪想起了杨柳告诉她的走马上任时间，因此这样说道。

　　"不要这样酸酸的好不好，你和我还用得着这样吗？"杨柳批评王浪。

　　"是，立即改正。"王浪有错就改，非常谦虚。

　　"我的办公室都弄好了，配置非常齐，现在你们华阳县好像比较开放，一般东西都有。"杨柳赞道，"王浪，你爸妈知道我在华阳县当副县长吗？"

　　"知道呀，我和他们说了的。"

　　"那他们是怎么反应的呀？"杨柳还是想知道人家是如何说她的。

　　"我爸爸呀，连说真没想到，真没想到。我想，如果你在我们这边时，就能想到有朝一日，你会当上副县长的消息就好了。爸想到你会当副县长，一定会对你客气许多。"王浪为杨柳高兴，这等于给了她一个从政的理想平台。

　　杨柳反说道："王浪，你爸不会这么市侩吧？"

　　"不会，那是不会，你堂堂正正的副县长，他们要巴结你还来不及呢。"王浪继续说道，"杨柳那小姑娘真行呀，我也没有看出来。"搞得好像王浪妈妈会看相似的。

　　"哈哈，还小姑娘，我可不小了。"

　　"你再大，也不会比我妈还大吧。"

　　"当然不会比你妈大，只是这样一个说法就是。可惜你没在华阳，要是你在这里就好，我可以经常来向你请教有关股票、债券的问题。"

　　"没有问题，现在网络这么发达，在网上就可以完成了。只是，我的水平可能还不如你呢。"

　　"好了，王浪，不说了，外面传来了脚步声，有人往我这边来了，以后聊。啵。"杨柳对着话筒来了一个远程亲吻，速度快捷，自然是不想让别人看见了，不然，一个副县长上班头一天就电话谈恋爱，虽说花不了几个钱，不过影响形象就是。错了，中国打美国的国际长途现在好像还是要几块钱一分钟吧，这样赶紧分开，倒是明智的，利国利民的。王浪在美国回了一个荡气回肠的吻，那声音让杨柳的耳朵受到了一次强冲击。

　　杨柳挂了电话，看着那红色的电话机，脑海里萦绕着王浪的话语，多么亲切，多么动听的声音呀。这一辈子，真要感谢上帝，似乎集中了万千宠爱于一身。与王浪认识这么多年，在美国的时光最值得回味，当然，更值得期待的是能与王浪好合百年，白头到老。她的眼前回放着回国前与王浪那极具身体交流意义的一幕幕，水乳交融，完美无缺。是呀，身体与爱联系在一起，它韵味无穷，美丽无比。

杨柳开始调查华阳县经济状况，情形不容乐观。总体上说，借助于全国大规模的房地产喧嚣与红火，全县的 GDP 近两年的确呈现出可喜的增长势头，但是这种靠土地与涨价支撑起来的 GDP，终有调整的一天。如果没有持续发展的工业与农业作基础，就有点空中楼阁的味道，能走多久很难说。

全县没有一家大型工业企业，没有一家企业的销售总值达到亿元，更不用说十亿元与百亿元，上千万的企业也仅有几家，而这几家多数集中在垄断行业，包括电信、石油、电力等部门。可喜的是，有两家民营企业成了千万元大户，一家是沈元的防盗门窗厂，年销售收入接近两千万元；另一家则是冯慧的华阳电脑公司，年销售收入超过一千万元。如何做大做强企业呢？杨柳冥思苦想，终不得其解。对了，找几位企业家聊聊，看能否摸出点眉目来。

杨柳以县政府的名义邀请千万元公司企业的负责人参加华阳县经济发展座谈会。通知发出后，这些企业的负责人很感兴趣，都知道是新来的美女副县长要了解企业的发展情况，有问题解决问题，没问题也见个面，互相认识一下。各企业都决定派出最具决定性的人物参加，华阳县电信、电力部门都是派两个人参加。

座谈会选择在风光秀丽的省自然保护区桃源洞召开，此处山清水秀，除了当地居民与游客外，来往的人员不多。因为是县政府组织的会议，被邀请参加的企业负责人都精神焕发、神采奕奕。这其中以来自民营企业的沈元与冯慧尤为突出，因为这给他们感觉到政府重视他们民营企业，将给他们与国有企业同样的待遇与政治地位。

沈元其实已经享有不一般的政治待遇，他早已经是县政协常委，在县里参与参政议政工作。冯慧激动的因素更多一些，她是女士，第一次正式受邀参加政府组织的这类对话交流活动，心里有些受宠若惊。

座谈会开幕式上，杨柳代表县政府致欢迎词。她身着红色薄毛衣走上讲台，先与在座的各位用眼神简单交流了一下。然后，用她动听的声音发表讲话。

"朋友们，今天在座的都是我县经济领域举足轻重的人物，我代表县政府对你们的到来表示热烈欢迎。"

"大家知道，和平与发展是世界的两大主题，对于我们来说，和平的问题有党和国家统一谋划布局，省县各级全力听从中央安排就是，而发展的问题，中央同样有政策与整体规划，但是具体到执行和措施上，地方政府与企业就有许多的事情考虑，要去实施。我刚从美国学习回来不久，省里派我到华阳县任副县长，主管经济与城市管理，我非常荣幸能够担任这一职务。你们是华阳县经济建设的排头兵与骨干力量，我对你们寄予厚望。"

沈元听到这里，想法不少。嘿，这杨柳副县长是个喝过洋墨水的人呢，不错，美国的管理方式听说很有特色。对呀，我那同学王浪也在美国留学，说不定他和杨柳相互认识，改天得和杨副县长聊聊，同学的朋友就是自己的朋友嘛。何况这副县长是从美国归来的，说不定能给自己的防盗门窗厂带来一些管理层面上的知识，或者给些优惠政策以促进发展吧。商人的算盘总是打得非常快。

当然，在座的还有一个人特别注意到了杨柳所说刚从美国归来一事，她是冯慧。她从美国回来不久，只不过她是去游玩，去看王浪。记得在美国的时候，听王浪妈说过，王浪的女朋友好像也在美国纽约学习，而且好像是省政府的官员呢。那么这个女副县长会是她吗？假若真是王浪女朋友的话，这世界感觉真是太小，像互联网一样，把地球变成了一个村庄。也好，王浪有这么出色的女朋友，可喜可贺。王浪太出色，他的女朋友要有这样的层次才配得上。假设不考虑权力因素的话，杨柳与那时帮助伯父家打官司的向玲玲不相上下。

杨柳发现了台下沈元与冯慧的表情变化，这两个人有意思，看来对自己的话听得特别认真，她倒是没有想到这两个人想问题的角度竟千差万别。

杨柳喝了一口水，然后扫视了一下会场，其他人也在很认真地听她说话，这让她感觉到信心与希望，看来，做大企业是在座诸位的共同心愿。

她接着说道："正因为这样，我邀请各位到这个山清水秀的地方开个座谈会，就是希望我们能够有足够的时间来考虑华阳县经济发展中遇到的或者可能遇到的问题，以及我们需要切实解决的一些问题，怎么样做才能把华阳的经济真正发展壮大，并且走上持续发展的道路。众人拾柴火焰高，同舟共济海让路。三个臭皮匠，胜过诸葛亮，何况呀，在座的都不是臭皮匠，而是业界精英。我们的座谈会采取自由讨论的方式进行，真正的会议时间就两天，今天与第五天，第二、三、四天大家在景区自由活动，随机组合讨论。今天的主要议题就是讨论这次座谈会需要大致解决哪几方面的问题，最后一天是各位自由发言，每个人都要在台上宣讲半小时，同时提交一份建议给我。好，我就说这么多，待会儿我们先讨论。"

议题的讨论很热烈，大家普遍提到了交通、能源、信息等问题，以旅游与华阳县品牌建设问题，也就是说，一个县必须在全国形成一定的特色，比如浙江义乌的小商品市场、福建晋江的鞋业、山西的平遥古城等等，就是要有能够让人家记住华阳县的东西出来，有了知名度，做生意搞引资才容易出效益。

23

　　沈元与冯慧这回算是正式认识，此前，两个人互相听说过对方，但是没有正面打过交道，他们从事的工作基本没有交集。沈元生产与销售防盗门窗，冯慧经营电脑销售与网络建设，两者的性质相差甚远。这回，他们得感谢杨柳副县长，让他们俩有很多的时间一起交流、聊天。与会的代表们只有他们两个是民营企业的负责人，其他的全是国字号企业。

　　"冯慧，好像我们是第一次见面？"沈元近距离与冯慧一起时，这样开口说道。

　　"应该不是的，沈元先生。"冯慧提醒道。

　　"难道我们有过街上的偶遇？"沈元真没有想起以前在哪见过面，虽然同在一个县，但并不是人人都见过面。

　　"是偶遇，但不是在街上。"冯慧对那次的沈元印象特别深刻，那次她和王浪、向玲玲、律师吃过饭从包间出来，一个男人朝王浪冲过来。这个男人就是沈元。当时沈元的样子很难看，准确地说是丑陋，整个一暴发户形象，脸被酒精冲得红红的，脖子青筋凸出，走路歪歪的。

　　沈元停下脚步，用期待的目光看着冯慧。此时，他们是并排走在景区的小石子路上。

　　冯慧用朋友的眼神看了沈元一眼，那意思是说，说出来你可别生气。沈元理解似的点了点头。

　　"那回，在青云酒店，你和王浪打招呼，你可有印象？"冯慧提醒道。

　　"当时，你在吗？"沈元疑惑道，"那时，我就看见王浪和他女朋友嘛。"

　　冯慧明白沈元是记住了王浪与向玲玲，男人呀，对漂亮女孩的印象总是比较深刻的。

　　"当时我在现场，你那时喝得醉醺醺的。"冯慧说到这里，还是有些不好意思，毕竟是揭人家的糗事。

　　"没事的了。人在江湖，哪有不喝醉的，是不是？"沈元还在想着当时的情景，"我怎么一点也想不起来，压根就没看见你呀。"

　　"好了，你呀，男人的通病，对漂亮女孩印象深刻，你当时一门心思去看向玲玲了。"

　　"不会，你也很漂亮呀。"对女人说漂亮话，几乎是男人的本能，只要想说的话，都能说出一些来，保管有用。

虽然明知是奉承话，冯慧听了也高兴，"乱说。"脸上却绽放着笑容。

"对，王浪的女朋友是叫向玲玲，湘雅医院的妇产科医生。那回我们同学一起聚餐见过她。我们同学后来都说，王浪这小子长得最帅，也找了个最漂亮的女孩子。"

"你觉得向玲玲和杨柳副县长，哪个更漂亮？"冯慧突然想起杨柳可能是王浪女朋友的事情，下意识地问道。

沈元并没有这种联想，他的脑海里一直把向玲玲当作王浪的女朋友，因为当时吃饭的时候，同学们说王浪和向玲玲是一对时，两个人谁也没有纠正。

"好像杨副县长还要好看点。"沈元实话实说，"杨副县长更大气，更洋气，不过，可能和化妆打扮有关系。向玲玲当时没怎么化妆。"

"说我们自己，怎么说起杨副县长来？"

"我反正没说她坏话。"沈元庆幸道，"刚才我是说她漂亮来着，听见了说不定她还乐呢。"

"别这么想啊，背后说人，总给人不太好的感觉吧。"

"对呀，冯慧，应该就是那次同学聚会，说到你是王浪的同学，你没有在一中上中学吗？"沈元的意思是如果在一中上学，那就和他本人也是同学了。

"惭愧，我的学习成绩不是太理想，所以只读了五中，大学也没有考上。"冯慧对没有上大学还是感到深深遗憾。

"你惭愧，我就更惭愧了。我读了一中，是重点中学的学生，结果呢，同样高考落榜，也成不了大学生。"沈元也有片刻惋惜，但随即释然，"虽然我们没有上大学，但资产千万的民营企业，这回来开会的就我们两个。"

"这样想是舒服多了，幸亏上帝给了我们机遇。"

"所以，有句话说'上帝是公平的'，我看很对，现在不少学习成绩当时比我们好得多的同学生活得不咋地，房子没我们大，钱没我们多。"沈元特现实。

冯慧不语，生活如何算好，这事情太难说，钱是很重要，但不是唯一的。说到王浪，这辈子不能与王浪一起，总有遗憾的滋味。可是，如果不是伯父官司的事情，冯慧早已结婚，家庭生活、爱情生活并没有觉得什么不好。王浪真的打乱了她平静的生活。深夜，当想到这事时，她有着困惑，但并没有想到刻意去打破什么，痛并快乐着，大抵就是这种滋味。

"这样说来，你和王浪是小学同学？"沈元好奇问道。

"嗯，小时候我们两家住在一块儿，所以天天一起去上学，一起放学回家。"冯慧说起与王浪的往事，似乎沉浸在对过去的回忆中，"那时，真的什么也不懂，就觉得两个人在一起特别开心。"

沈元发现了冯慧的沉醉，他不忍打断她。

"后来，不知怎么地，读中学时，有一段时间不是那么想念，现在想如果那时还在一所学校的话，就不会分开。"

杨柳副县长不知何时从他们的对面走了过来。沈元忙打招呼："杨县长，您好！"

"您好，沈总。"

沈元与杨柳副县长的问候把冯慧拉回到现实中。

"杨县长好。"冯慧问候着杨柳。

"冯总好。"杨柳同样回敬着冯慧。

冯慧感觉到，这声音好熟悉呀，和麦克风传出来的声音不同，更加清脆洁净。哦，想起来了，那回在长沙贵族世家牛排，一个女孩的包被抢了，王浪给追回来了，女孩对王浪说谢谢，那个女孩的声音主人正是眼前的杨副县长。难怪自从看到杨柳时就有在哪见过的感觉，还以为是梦里，现在看来，那第一面就是在长沙的街头呢。有空，真得和杨柳副县长聊聊，世上的事，真巧。

"你们继续聊，我就不打扰你们。"杨柳对两个人说道。

"县长再见！"

"杨县长再见！"

沈元与冯慧目送杨柳远去，那是企业家对于主管领导有着喜爱与敬意的目光。

"杨县长这人真不简单，年纪轻轻，还是留学生。"沈元感慨道。

"嗯，恐怕还得加上一句，特别漂亮吧。"冯慧开玩笑道，"这应该是你们男士最注目的一点。"

"嘿嘿，你说得没错。这么年轻貌美的副县长，难得呀。我想我们一定要支持她的工作。"

"是吗？看来美貌加上权力是如虎添翼。"冯慧说道。

"可以这么说吧，没有人能够抗拒美色，只是男人偏好女色，女人偏好男色。"沈元说得很直接。

冯慧听到这里有些不好意思，自己特别喜欢王浪，正是女人喜好男色的表现呢。她一下子陷入沉默中。

"怎么，说到你心坎上了吧。我说呀，我那哥们王浪，你一定特别喜欢是不是？"沈元口无遮拦。

冯慧的脸一下子红了，这话很直接，可她也爱听，沈元这话说到她的心里，她真的喜欢王浪，或许不排除王浪特别帅气迷人的缘故吧。

"对了，王浪上次去美国前回来一趟，我正好在外面出差，都没有见到过他。你上回在家吗？应该和他见面了？"

"是的，我们有见过，加上中间我还带人去长沙看病，也找过他帮忙。"冯慧道。

"这么说，你和他的联系不少呢。他和上次来华阳的女孩子怎么样了？"

"没怎么样，好像就是同学与同事的关系吧。"

"真奇怪，他们如此般配也没有走到一块儿。"沈元感到不解。

冯慧真想告诉沈元，刚刚见过的杨柳副县长可能就是王浪的女朋友呢。不过，话到嘴边，她又咽下了，毕竟这事还没有得到落实，不能说空口无凭的话。有机会和杨柳直接说或者给王浪打个电话问明白再说。

"芸芸众生，相识靠缘，婚姻更是缘中缘。"冯慧虚晃一枪。她也没有告诉沈元她去美国看过王浪的事情，这算是个人隐私吧，还是不要全部告诉沈元。

"是呀，比如我们，同在华阳县，都做着生意，规模也都达到一定程度，但如果没有这次的座谈会，我们也没有机会这样细聊。冯慧，非常高兴认识你，希望我们以后能够合作项目。"

"和你聊天，感觉到了你的诚意与认真，我想，以后肯定会合作愉快。"

"对了，冯慧，刚才说到杨副县长，年轻貌美，这是我们的福气，美丽女人想做什么事情，一定会成功，不会半途而废。"

"沈元，这话你真得当着杨柳副县长的面说，她会特别爱听。"

"逮着机会了，我是得当着她的面说，这是对她工作的支持。说真的，我觉得杨副县长主管我们华阳县的经济与城市建设，对于我们民营企业而言，是绝对的利好。她会给予我们与国有企业同等的待遇，不会把我们列入二等公民，会从制度上、管理上保障我们的发展，为我们的壮大保驾护航。同时，我的防盗门窗，正顺应了当今房地产业大发展的需要，而你的电脑与网络更是抓住了信息时代高速发展的良机。"

"好呀，沈元，杨副县长的好话你现在都说得差不多了。有空你把这些话统统记录下来，直接呈送杨柳副县长。"

冯慧逮着机会，终于与杨柳副县长单独见面了。见面的地点就是在杨副县长下榻的房间，她的房间兼作临时办公室用。

"冯慧，您请坐！"冯慧走近杨柳的房间时，杨柳客气地说道。

"谢谢县长。"冯慧选了一张就近的椅子坐下。

"这几天过得如何？你在生意场上忙惯了，在这里待着，是不是不习惯哪？"

"不会，不会。县长你给我们这么好的条件，吃着住着，感觉像度假呢。"

"那就好，可不能委屈你们。你们是华阳县经济发展的重要力量，得靠你们提升经济水平。你的电脑公司搞得很好，是全县第一家，也是最有前瞻意识的一家公司，你的公司还好好地抓了全县的电脑教育与培训，真的非常不简单，我想，是你公司的教育与培训，使华阳县的电脑普及提前了两年。"

"谢谢县长表扬。当时成立公司的时候，正好我去了趟长沙，看了长沙电脑城的一些项目，受了启发做的。"

"他山之石，可以攻玉。借鉴别人的经验，站在巨人的肩膀上，这是成功的经验之谈呀。"

"县长的鼓励对我真是春风拂面呢，我想以后的工作会越做越好，有县长这样的大力支持，想不做好都难。我们只管努力就是。"冯慧说完这些话，忍不住心中的憋闷，问杨柳道，"县长你在美国留学归来？"

这是杨柳副县长在座谈会开场白说的话，冯慧问这话，无疑是明知故问。当然，这样的话只能点到为止，关键是要引出后面重要的话题。

"嗯，是的，我们随湖南省赴美国研修团去的，在那里待了一年时间。"杨柳对于冯慧的第一句话回答得很详尽。

"县长，这样和你聊天，会影响你的工作吗？"冯慧担心县长不喜欢这样的聊天方式，因为冯慧总是不停地问她现实的情况。

"没关系的，就当是朋友聊天呀。我这回到华阳县来，没有带自己的人来，也没有人可以带，我在省政府办公厅做职员，正是因为去了美国一年，回来到这里来挂职锻炼。"

"那你是在纽约大学吗？"冯慧预感到杨柳就是王浪在美国的女朋友，心里想着立即进入主题，于是这样问道。

听冯慧这么问，杨柳有些诧异，按说并没有太多人知道得这么详细。杨柳不是高调的人，她并没有大张旗鼓地宣传他的任职或其他背景材料。

"你也熟悉纽约大学吗？"杨柳在惊异中反问道。

"我去过一次美国旅游，在不久前。在马萨诸塞州看望朋友时，有人和我起了纽约大学，他说在纽约大学有一个湖南的留学官员，所以我想或许这位官员就是你。"

"哦，看来你的第六感觉还是很对，没错，我是在纽约大学留学的，留学前我在省政府办公厅工作，算是官员吧。"杨柳也突然明白过来，面前的这个女子肯定是王浪的朋友，"这么说，你和王浪很熟悉？"

原来真是王浪的女朋友。这一刻，冯慧感到与杨柳亲近了许多，当然是因为王浪的原因，她们都爱着王浪，但并不是情敌，冯慧可以这么说，在心里把王浪当成至爱，当作一个爱情的梦想与理想的化身。

"对，我和王浪很熟悉。上回去美国旅游时，我去马萨诸塞州看望他。"

冯慧还是把看王浪说成顺便探望，这样说起来，更名正言顺，如果说是专程去看他，无论怎么解释，都有些过分，有些不好自圆其说。还有，送给王浪劳力士表的事情，冯慧是坚决不告诉杨柳的，因为王浪的妈妈有交代过，杨柳对于劳力士表的来历很在乎，如果知道是冯慧送的礼物，杨柳一定会计较的，毕竟它代表的意义有些特别，"那次，他和他爸妈说，你会来马萨诸塞州玩，我当时就期盼着和你见面呢，没有想到我们在美国没有见面的机会，现在你来到华阳，我们在这里相见。"

"噢，人生有很多偶然性。"杨柳说道，"我们在这里相见，也挺好的。"

"杨县长，冒昧地问你一句，你是王浪的女朋友吗？"冯慧感觉她和杨柳谈得很投缘，就直接地问。

"没什么，我喜欢你问呀，因为我愿意回答，王浪是我的男朋友，我是王浪的女朋友。我希望大家都知道这事情，和我分享爱情的快乐，人生的幸福。只是，这事情，你不问，我哪好意思挂在嘴边说呀。"说起王浪，杨柳毫不隐瞒，而且兴致勃勃，爱情真具有无穷的力量。

"杨县长，那次在美国，本来王浪说你要来的，后来却临时有事情来不了。我们虽然在美国没有见面，但在长沙，好几年前我们见过一面的。你有印象吗？"

"在美国那次，就是因为湖南省研修团要统一离开美国回中国，那天得开会商量，所以就没有办法到马萨诸塞州看王浪，因此就没有见到你。你说在长沙见过，应该是吧，我觉得和你面熟呢。"

"那次在贵族世家牛排店，你的包被抢，王浪帮你追回，你后来和他说了一会儿话。你们说话的时候，我站在不远处看到了你，也听到了你的声音。"

"这么说，王浪那天是和你一起去吃的牛排？"杨柳恍然大悟。

"正是，那次我去长沙替伯父找王浪帮忙打医疗官司的事情，然后他请我吃牛排，没有想到，还没有开始吃，就出现了你的包被抢的事情，还好，你的包被王浪追回来了。"

"我和王浪说来说去，是因包结缘呀。和你，就是因着王浪的缘了。"

杨柳与冯慧相见甚欢，两个人聊了很多关于王浪的事情，真像姐妹了。几天后，王浪打电话给杨柳，杨柳高兴地说起冯慧。

"王浪，你的同学冯慧挺有意思的，她好像比我大几岁。"

"你这个做领导的，对于民营企业家的资料调查得比我清楚，理论上说，她是我的同学，而你比我小几岁，根据简单的算术，她要比你大几岁。"

"不要说得这么复杂嘛，我知道，我的意思是说，她还真像我的姐姐呢，说话间挺会关心人，挺会照顾我的感受。"

"那你的意思是说，你和冯慧相处很好？"

"没错，就是这个意思。王浪，你还有多久才回来呢？你不在这里，我有时觉得好无聊呢。"杨柳有些撒娇。

"不会吧，人家都说官员们日理万机，随便参加个会议，都得在百忙中抽出时间。"

"你就别冷嘲热讽，按我说呢也不至于这样，你看人家美国总统还常常休假呢。不过，我看周围的县委书记、县长又的确是非常忙碌。"

"那可能就是这样的情况，估计你刚到一个地方，如果时间长一点，朋友多些，位高些，权重些，找你的人自然会多些，那时候估计也会难得浮生半日闲，那时恐怕就会很少想起我了吧。"

杨柳不依："哼，可别这样乱说话，我杨柳爱上你了，就会常常地想念你，在心里爱着你。"

王浪不想在这个问题上纠缠下去，轻松地说："怎么样？杨大县长，我的家乡美不美？"

"你的家乡，当然美呀，山清水秀，民风淳朴，空气质量很好。"

"那有没有什么不足呢？"

"不多，就是交通不太方便，没有什么工业，商业网点不够多。"杨柳对这些都做过调查，说起来当然不用多思考。

"这么多问题呀，那你这个主管经济的副县长要好好抓抓我的家乡。"

"一定的，责无旁贷。"杨柳反将王浪一军，"你博士后做完了，也要回华阳来，建设你的家乡。"

"我想这是不用说的，不管在哪里，每个人都会在心里牵挂着家乡，总会想着为家乡的发展出一份力。"

"好像我们俩不适合电话谈恋爱，说着说着就谈起大事来了。王浪，你快回来吧，想着和你卿卿我我、花前月下就好。"

"好，杨柳，我想按照我现在的进度，再过一年左右我就会回国。"

"太好了，我只要坚持一年就会柳暗花明，到达胜利的彼岸。"

"好，正像你说的，我们俩好像不太适合电话谈恋爱，那我们就说再见了，下回再聊。"

没过一两天，冯慧想起与杨柳的交谈，想念着王浪，给他打去国际长途电话。

"王浪，在看书吗？"冯慧问道。

"对，现在是看书的黄金时间，你在做什么？"

"我在外面散步，想问题呀。你的女朋友给我们布置了任务的。"冯慧好像从来没有这么轻松过，和杨柳聊过天后，她把那份不该有的感情全部放下，只保留着那真挚的感情，这感情有想念、爱慕、敬佩，却没有恋人的那种相互占有与独霸性，它能够面对王浪的副县长女朋友，在杨柳的面前，她不会有痛苦、难受与嫉妒，有的是共享，是分享的快乐。

"哦，她当她的领导，你做你的企业家，怎么她管着你呢？"

"她没和你说吗？这几天呀，杨柳召集我们在桃源洞，要我们为县里的经济发展想主意呢。"

"那是好事，说明你们得到了华阳县高层的重视。"

"对，确实是这样，我觉得杨柳会是一个好县长，她前途无量，以后呀，你家也是官宦之家呢。"

"可不，杨柳现在好歹是个七品芝麻官了。"

"对，像她这样的副县长，肯干又有想法，想做出点成绩来不是太困难，以后升官的机会很多。以后呀，你多在杨柳面前美言我几句，争取让我进步进步。"

"你要进步也不是难事，我的同学沈元做生意赚钱后捐资助学，弄了个政协委员当当，你也可以向他学习呢。"

"你说沈元呢，他这次也在这边开会，我和他是代表民营企业。"

"那得感谢杨柳，她给你们提供了交流的机会。怎么样？沈元他人很好的。"

"这回，我和他好好地聊了聊，对他有些了解，那次在宾馆碰到他的时候，他那形象太差。"

"那是他当时酒喝得有些多的缘故，正常情况下，不论是形象还是言谈，都不错。"王浪对于这位常做东请他吃饭的同学抱着欣赏的态度。

"所以嘛，路遥知马力，日久见人心。这话没错，人要多交流，多了解，才会真正认识。"

"冯慧，见着沈元记得代我向他问个好。"

"是不是有点假？你可以给他打电话呀。"

"你说得挺对，不过，你代为问候一声，好像比什么都不做要好些，你认为呢？"

"王浪，你说得没错，我会照办的。不多打扰你，你时间紧，多看你的书吧。"

"嗯，好的，冯慧，下次聊。"

杨柳组织的千万元以上企业家座谈会进入最后一天，也是最为关键的一天。这天，按照杨柳的计划，各位与会代表要递交一份思考报告给她，并且每人要现场发言三十分钟。

早上九点，报告会即将开始，不过，到达会场的人没有齐。杨柳吩咐秘书，把到场的各位的思考报告收拢。秘书照办了，每人都认真地写了报告，杨柳粗看了一番，内心表示满意。不过，照杨柳的本意，对于迟到的人她是要晓之以理、动之以情，给他们点颜色看看的，可是，既然是座谈会，不是正式的县里开会，还是随意点吧，免得相互间尴尬，毕竟来参会的都是有头有脸的人物，真闹僵了，也不便于开展以后的工作，在目前的情况，还得尊重传统，尊重现实。将来，如果可能的话，再铁腕治县。

杨柳在省政府办公厅工作时，时间观念就特别强，因此，她痛恨不守时的人。在美国留学一年，她深深体会到，守时是一个非常好的习惯，是对他人的尊重，是效率提高的表现。

纵使这样，杨柳明白，在一个传统占据重要地位的国度，一切改革都要循序渐进，不能盲动。

九点半钟，全体与会人员全部到齐了。看到大家只比规定时间晚几分钟到齐了，杨柳充满着喜悦感，很简单，通常开会，晚过半小时到会的人不在少数，而今天，全部人员到齐只比规定时间晚几分钟，而且是全部到齐。这已经相当好，要不然，还会有人不来，在家休息、娱乐。

与会人员的报告全部收齐了，杨柳粗略看了一下，都写得很好，站在不同的角度与立场，各有不少的真知灼见。回县城再好好看，现在是组织好现场报告会。

会议按程序进行，由杨柳的秘书按照流程开始。首先是三十分钟向大家汇报，每人互相听听人家是怎么说的，再看自己如何想，如何表达。

最精彩的发言是沈元，看来，让他做一个政协委员是完全必要的。

沈元在台上慷慨激昂："朋友们，我们很欣喜地看到，现在的挂职锻炼有了实质性的内容，这样的改变在全省来说，我希望不是个例，而是一种潮流。好的东西，顺应民心民意的工程或者改革，尽管开始会有些困难，但是只要我们坚持下去，最终就会出成绩的。因此，我非常感谢，杨柳副县长能够组织这次声势不小的千万元级企业座谈会。我谈几点我的具体看法，第一，作为一个边缘县，一个山区县，一个革命老区，首先必须解决交通问题，这样才能够真正全国一盘棋，能够化全国的市场为自己的市场。从时间上来看，修建高速公路会比修铁路要相对快一些，所以，首先我们得申请修建高速公路。其次，铁路问题必须加快立项，没有铁路，一个省就会被边缘化，而如果没有在省内建立高速安全的城际列车，那么，全省各城市没办法形成合力，那么在全国经济的大棋盘上，它就会变成可有可无的自弹自唱。"

冯慧想，这沈元还真是看不出来，原以为他没有文化，说不出什么有用的东西来，而现在看来，他是善于思考、有深度的人。

沈元继续在台上表达着自己的观点。杨柳副县长听得很认真，边听边记边点头。不错，能够说到这个样子，的确是对华阳县很有感情的人，如果有空的话稍稍整理，会是一篇很不错的发言稿。

"当然，关于城内交通问题，有人会说，这么大点的县城，没有必要建立城区内公共汽车系统。其实，只有发展、完善、壮大了公交系统，外面居家的人才会带动人气，城市的规模化才会出效益。"

"我比较关注交通，因此我刚才也主要说了交通问题。整体上看，解决了交通，很多问题就能基本解决。我的汇报就到这里，谢谢大家。"

杨柳在沈元发言过后，说道："沈元关于交通的提法很有意义，我们县里将全力支持，争取五年之内把高速公路修起来。还有关于铁路、市内公交系统的问题，到时候再定吧。另外，还有三个问题，我希望能够解决。这就是教育、医疗、住房三大问题，你们在座的都是有地位、有头有脸的人物。你们多想一想这些问题，但愿会有比较好的办法解决问题。"

冯慧的发言同样很有意义："尊敬的杨副县长，各位朋友们，我重点想说的是，减少农村居住人口，重点建设小镇与县城。农村人口居住分散，这不利于提高合力，造成资源浪费，信息沟通不便，生活成本比较高。如果这些人，能够绝大部分转移到城镇来，就能够提供更科学的居住环境，更卫生的饮用水等等，享受更便捷的网络、信息化服务。这些都是对于个人的发展和社会的进步具有重要作用的。因此，政府要尽可能创造条件让分散，尤其是交通不便的农村人口到城镇来居住。这个工作，推广起来难度不大，因为当今社会，八十年代后的人逐渐成为社会的主流，他们不像先人那样恋家，只要政府加大解决力度，他们会很容易接受易地居住的建议。然后，把种植业、养殖业等进行市场化的组合，政府加以正确诱导，那就有可能形成高效、绿色农业，生产效率会大大提高。"

冯慧的发言博得满堂彩，大家热烈鼓掌，因为这个问题，此前并没有在领导们的认真思考范围之内。

杨柳发表了简短点评："冯慧说得有道理，我从小在城市长大，对于农村缺乏认识。当然，现在不会，看了不少关于农村的书与文章，农村的生活与劳作模式的确存在生产工具落后、技术水平低下的问题。冯慧的建议具有操作的必要性，可能性，我们要进行项目讨论，看具体如何付诸实施。"

其他还有人发言，有的提出要花大价钱在中央电视台播出华阳县的形象广告，有的认为可以请明星演出团，比如《同一首歌》等栏目来华阳县做节目，那样对于宣传工作具有重要意义。另有人认为，华阳县作为森林资源丰富的县，要增加出口，在一些不太精密的制造业，要增加自主创新能力。总之，杨柳觉得组织这次座谈会很好，参会的人都提出了富有建设性的意见。

听完了大家的报告，杨柳心中有了清晰的想法，她要努力去实现这些梦想，踏踏实实做些实在的工作。总的说来，问题集中在以下几件具体事情：一是小城镇建设，二是修建交通道路，比如高速公路，市内公交系统，三是各垂直或功能交叉职能部门的问责制。在她的职责范围，甚至可能的情况下，尽力地制定对于经济发展有益的条例、条规。

杨柳这晚睡得很好，在梦中，她腾飞在半空中，却并没有摔下来，而且像带着降落伞从天空缓降落，感觉好舒服。

24

至此，杨柳构建了发展华阳的大框架，未来十年，甚至二十年，她都有着宏伟而现实的目标与蓝图。华阳县有幸得到了杨柳这样的高级管理人才，她全身心地投入去做实事，切实改变老百姓的需要。城市与人一样，有着机遇与偶然性，华阳迎来大发展的机会。

杨柳在华阳的动力部分来自王浪，部分来自官员的职责。在其位，谋其政。达则兼济天下，穷则独善其身。在一个能够实现梦想与抱负的大气候与小环境下，有追求的人当然选择为民造福，福泽天下。

如此一来，杨柳的工作就真正忙碌了起来，似乎也无法按照当时在美国研修时形成的习惯，工作与休息两不误。在华阳，要亲自出马处理的事情不少，加班加点成为家常便饭，放弃休息日、节假日就是无法避免的事情。偶有闲暇时，杨柳会给王浪打去电话，可是由于时差的关系，华阳白天、美国黑夜，打电话的时间还真是难找。还好，网络帮忙解决了部分问题。

王浪听说了杨柳的大规划，也从冯慧处知道华阳未来几年预期的发展，再加上沈元后来给王浪打电话，这三人的亲情、爱情、友情的联络，让他感到欣慰。曾经，作为华阳县优秀的高中学生，他就想着要改变华阳县的面貌，只是后来在爸妈的建议下，他高考毕业时读的是医科大学，这梦想就更多地在心中流淌。如今，杨柳的出现，这梦想就又有了实现的土壤。

王浪在美国哈佛大学的学习也进入了收获的季节。两年时间过去，到第三年时，他在美国的研究工作、临床工作都有着非凡的进步。也就是说，王浪在基础实验方面取得了很不错的成果，而在看病开刀上也是锦上添花，他掌握了美国主流肝脏移植技术，回国之后倘能与国内主流技术有机结合起来，就足以在国内肝脏移植领域取得重大突破。

哈维教授在许多场合都对王浪的表现赞不绝口，甚至在哈维教授的想法中，中国学生原来这么出色，今后有机会得多招些中国学生。中国学生的勤奋与聪明、巧干加苦干，的确容易出成果。

哈维教授对王浪的论文尤其满意，无论是构思，还是语言，已经全部哈佛化了，看不出任何外国学生的痕迹。教授指导王浪向国际知名刊物投稿，《NATURE》《NEW ENGLAND MEDCINE》《LANNCET》这些医学界顶尖的杂志，就成了哈维教授与王浪的主攻目标。

投稿之外，哈维教授给王浪提供外出开会讨论交流的机会。美国本土的会议当然是主要的，由于哈维教授在全球的主导地位，一些国际会议势必要在美国召开，这是惯例。就像在长沙召开的那次国际会议，也是因为王浪的导师吴铜礼院士在国际肝移植医学界有着崇高的威望。

除了在美国本土召开的会议，在英国、德国等国家召开的会议，哈维教授也常让王浪陪同参加。这些会议让王浪的视野开阔了很多，也使他结识了不少志同道合的朋友，为他以后成为国际医学巨匠奠定了坚实的基础，当然，成为国际医学巨匠，他还有很长一段路要走，这是后话。

常在河边走，哪能不湿鞋。走多了夜路，就会遇到鬼。这两句是中国的俗话，套用起来，王浪常在空中飞来飞去，就会发生一些空中的事情。飞机里最常见到的自然是美丽的空姐，空姐靓丽的外形、阳光的气质，让人们对她们有着良好的印象。王浪也一样，自第一次坐飞机起，他就喜欢上了在空中与蓝天白云为伴，同时欣赏着空姐们那不一般的亲切服务。

"先生，你需要点什么饮料？"空姐站在王浪的身旁，轻言细语，打断了王浪的遐想。她这是第二遍问王浪，显然王浪是在想着什么事情。

"哦，您好！"感觉到有些怠慢了空姐，王浪赶紧笑道："对不起。"

"没关系的。您需要来点什么吗？"空姐第三次问道。

"不好意思，让你久等了。给我来杯咖啡吧，谢谢您！"王浪真诚地道歉与感谢。

空姐莞尔一笑："不用客气。"动作优雅地从推车里倒了咖啡递给王浪，她的工作已经成了艺术的表演。

空姐这一笑，让王浪全身心振奋起来。品着咖啡，王浪看着为她服务的空姐在前边继续忙碌，刚才没有太注意，这会儿仔细看，空姐的脸蛋与身材这两项在美女评比上该打满分的。这是一个白人女孩，年纪看上去应该二十多岁吧，与王浪三十多岁的年龄比起来，女孩相当年轻。

她继续往前面移动，给王浪的只有背影。身着空姐的职业装，天蓝色的套装，罩在挺拔的身体上，站立的时候，感觉就是一株尚在蓬勃生长的小白杨，枝繁叶茂，她的头发是棕色的，很有光泽。对，她刚才说话吐气如兰，声音动听。好像她的头上紫气氤氲，宛若天仙。

女孩走远，对她的欣赏就暂时到这里，王浪在心里对自己说道。这回是去加利福尼亚的洛杉矶开会，哈维教授派他和另外一个学生出席，那个学生是洛杉矶人，已经早两天回家看望父母。这也是哈维教授通盘考虑的结果，人性化的安排。所以，王浪一个人前往洛杉矶，这是第一次去洛杉矶。王浪感觉洛杉矶特别亲切，一九八四年的奥运会上，中国队实现奥运金牌零的突破，并且在奥运奖牌总数榜中名列前茅，极大地长了中国人的志气与威风。

看着飞机舷窗外的纯净蓝天，还有那些像狮、像虎、如山、如海涛的白云，王浪的心情特别舒畅。当然，这与前面那个美丽的空姐也密切相关。只是，他不知道，他与刚才的这个空姐之后会最终有亲密接触，更是后话。

飞机快抵达洛杉矶上空的时候，机组人员提醒乘客系好安全带，飞机即将结束平稳飞行，逐渐下行。从机舱那头服务完了的空姐推着推车往这边走过来。

"小姐，给我来一杯橙汁。"坐在王浪左手边的乘客发出服务要求。通常情况下，要第二杯饮料的人不多，因此大部分情况下空姐推车走的速度是比较快的。

"好的，你等一下。"空姐停住脚步，稍稍把推车往后推了几十厘米。

这声音好好听，好熟悉。王浪凭感觉知道是她回来了。他从舷窗外拉回视线移向空姐，果真是她，那个为他服务的美丽空姐。这回，王浪与空姐正面目光相遇，两个人似乎有些默契，有些不一样的感觉。男女之情就是这么奇怪，它的产生常常毫无征兆。

空姐训练有素，在与王浪进行目光情感交流的同时，依然恰当地完成了给另外一位旅客添加橙汁的服务。

空姐走了，与王浪眼神告别，或许这段美丽邂逅就到此为止，王浪心想。够了，能够让旅途多些美的享受与回味，还有啥好遗憾呢。

飞机开始颠簸，乘客们身体前倾，显然是在降落。洛杉矶机场很快就到了。

王浪收拾好简单的行李，与同机乘客出港，再搭乘机场巴士前往洛杉矶市区。

王浪与他的美国同学在洛杉矶医学会议分别做大会发言，他们向与会代表报告哈维教授领导的研究中心的最新研究成果。两篇报告文章很有分量，与会代表听后对他们刮目相看，更增加了对哈维教授的崇敬之意。会后，立即有与会的杂志社来与他们联系文章发表事宜。

"对不起，我们的这个文章已经投稿，谢谢你的厚爱。"王浪回答道。

"请问可以告诉我是哪家杂志吗？"杂志社代表想多了解些情况，以便回去时向老板复命。"

"当然。我投的是《NATURE》。"王浪首先回答，然后转向他的同学。

"哦，我投的是《NEW ENGLAND MEDCINE》。"

"你们投了最知名的杂志。"杂志社代表对于文章的质量有一个初步的判断，"你们这两篇文章的录用都不会有问题。我们的杂志在美国医学专业杂志排名第十，如果你们有兴趣的话，下次和我联系。"

杂志社代表给王浪和他的同学名片："以后有机会再见。"

"谢谢。"王浪与同学接过名片，与杂志社代表说了再见。

这样的感觉真好，哈维教授对他们严格要求，广泛指导，建立了良好的科学探索途径，现在看来确实卓有成效，让他们在会议上找到了明星的感觉。

两个人圆满完成会议日程，乘飞机返回马萨诸塞州的哈佛大学。王浪和同学登上飞机时，看到了来时那个美丽年轻的空姐，女孩也看到了他，两个人微笑示意。

奇迹出现，那女孩像突然看到他身边的同学，这不怪她，她刚才的注意力全在王浪身上，眼中没有他人，还真没有看见王浪身边的同学。

她朝他的同学很亲切地喊道："布朗叔叔！"

这下让王浪奇怪了，这女孩难道真是同学的侄女？正诧异间，他的同学回应道："露丝，是你！你怎么在这？"

"航空公司在我们那儿招空姐，我刚好大学毕业找工作，就前去应聘，还真成了。"

登机的乘客越来越多，已不方便交流，布朗对露丝道："你先忙，有空再聊。"

露丝是个称职的空姐，自然同意布朗的建议，她与王浪再次用眼神交流："好的，你们进里面坐，有时间再聊。"

布朗注意到了这一点，他是有太太的人，谈过恋爱，自然心知肚明。王浪的外形与气质，在他看来相当出色，露丝对他怀有好感是再正常不过。

"你认识她吗？"布朗先开口问道，反正旅途嘛，聊天随意就好，不拘话题，这个事情刚刚发生，对象是空姐，更形象生动。

"嗯，不认识。"王浪的确不认识，只能这样回答。

"那，我刚才看你们像熟人呢。"布朗坚信自己的判断没错。

"应该有点熟悉，我来时坐的飞机，她也在上面。"王浪照实回答。

"看来她对你的印象不错呢，不过，她年纪很小。我刚才都有些认不出她。"布朗说道。

"听你叫她露丝，是她的名字吗？"王浪问道。

"正是。十来年前，我和他家是邻居，一眨眼就过去了，一直没有见面，没想到她长这么大了，还找了工作，做上了空姐，长得美貌如花。这不，让你小子动心了吗？"

"女大十八变呀，这是我们中国的古话。我还以为她真是你的侄女呢，原来你们只是邻居，那她这是客气地称呼你啦。"

"当然。"布朗回答道，"我没有兄弟，也没有姐妹，哪来什么侄女。如果你有想法的话，我介绍你们进一步认识。"

"那——"王浪想认识这个美丽的女孩，但有些说不出口，于是含糊地说道，"再说吧。"

露丝在机舱门关闭后来到了飞机舱内，随后进入飞机配餐间。在过道里经过王浪与布朗的座位时，露丝与他们热情地打招呼。当然，此时，王浪与露丝严格意义上说还并不算真正认识，但是有缘人心有灵犀。

"再见。"露丝清楚她这天的工作是待在配餐间，不会出来送餐，就对布朗和王浪说，"回马萨诸塞州后再聊。"

毕竟在飞机不太宽敞的空间，又正在工作中，像露丝这样低年资的空姐没有太多私人的领地与时间，尽管见着旧日邻居，又重逢心仪男孩，但是一切只能看以后的机会。

回到哈佛大学，王浪偶尔会想起露丝，这位美丽年轻的空姐，不过，似乎成了一种淡淡的思念。他的杨柳正在中国的华阳县为实现改变落后面貌的宏伟蓝图而殚精竭虑。王浪给她打过电话，能接电话的时间却渐渐地少了，常常在开会或者调研。当然，两个人通上电话了，那种真爱的相思与倾诉就倍感甜蜜与幸福。

王浪继续全力进行着在哈佛大学的博士后工作，必须要抓紧时间，还有不到一年，他就将结束在美国的学习。按照他的设想，也是为了尽快与杨柳一起，王浪学习完成后就将回到中国。

这天下午，王浪下班时，正要动身去取车，布朗给他打来了电话。

"王浪，怎么样？你还在学校吗？"布朗问道。

"如果晚打一分钟，我就出学校大门了。我现在在存车处。"王浪回答道。

"那好，你不要去取车了，有一个朋友要见你，你看是到我这边来，还是你定个地方？”布朗说道。

"请问能告诉我是哪位朋友吗？”王浪摸不清是谁通过布朗来找自己，想必是美国人，而美国朋友在下班后来找他，以前是从来没有过。

"保密，不告诉你。见了面你就知道。"

"行，那就一起吃晚饭，如何？"

"那样好，能够有足够的时间增加了解。你准备在哪个地方设宴呢？"

"就在医学院门口的餐馆吧，你的意见如何？”王浪提议道。

"我没有意见，我们就过来。"

王浪先到医学院门口的餐馆，要了一个小包厢，环境安静，便于聊天说话。当布朗他们到达时，王浪吃惊地发现，布朗说的朋友居然是露丝。露丝没有穿空姐职业装，而是以吊带低胸裙装示人，那白皙的皮肤光滑得没有一丝杂质，迷人的乳沟清晰地展现在王浪的面前，身着这套衣服的露丝更加魅力四射，而她的目光，更是饱含浓情蜜意地看着王浪。

布朗明显地感觉到了王浪的意外，又包含着不少的喜悦，用一个词来说是惊喜交加。

"王浪，就是这位朋友来看你——”布朗看着王浪和露丝，"来，我给两位正式介绍一下。"

布朗拉着王浪的手：“这位是我的中国同学王浪先生。”接着，布朗另一只手拿起露丝的手，介绍说道：“这位就是我的小邻居露丝小姐。”

被介绍的两个人热情地笑着，布朗将他们的手放在一起：“我的任务完成，更多地了解就是你们自己的事。”随后，他重点对露丝说，“露丝，你交给我的事我可给办好了，希望这位中国叔叔能够让你感到快乐。”

"谢谢叔叔。”露丝调皮地说道。

王浪与露丝的手紧紧地握在一起：“认识你真高兴。”两个人几乎以同样的心情、同样的语气说着同样的话。

"王浪，你的英语说得真棒。”露丝赞道，"这样好，我们的交流就没有任何障碍，因为我还不会中文。我想学习中文，有空你得教我。"

"没有问题。希望我的中文教学水平能够满足你的需要。"

布朗尽管说是完成了任务，但在这样的场合，他不甘心被边缘化，因此抓住机会发言：“王浪，以你的中文母语和英文水平，教我这个小邻居是没有问题的。”

"叔叔说得对，我感觉你会是一个好老师。”露丝兴奋地说道。

布朗听露丝这么称呼他为叔叔，而直接叫王浪的名字，调侃道：“露丝，我和王浪可是一般年龄，你叫我为叔叔，叫王浪也得叫叔叔呢。”

听布朗这么说，露丝心里想了一下，叫王浪叔叔，感觉有些别扭，于是说道，"才不呢，叫王浪好听。"

"这样好了，露丝，你也叫我布朗吧，我要争取和王浪一样的权利。我要年轻点，不做你的叔叔。"

"那好办，布朗先生。"露丝伶牙俐齿，"让你心想事成。"

王浪见站在外面聊着，忙说道："好了，我们进去坐吧，里面聊，我要了个小包间。"三人一起进到小包间。服务员进来，以王浪为主，三人点了一些清淡爽口的菜肴，再加上些啤酒、饮料。

在异国他乡，王浪喝着正宗原产的美国啤酒，感受着美国朋友的真诚与热情，或者说还有异国女孩对他的欣赏与喜爱，有些醉意朦胧，露丝的美貌无疑是现代的，让人惊叹，这样的女孩如何能够抗拒。

"王浪，你是我感觉非常特别的中国男孩，许多中国同学赞扬过我的美丽，但是他们看我的眼神要不就游离不定，心神不安，要么就是那种没有礼貌，傻傻地痴看，但你不一样，第一次在飞机上倒饮料时，我发觉你不一般，你喜欢思考，但不故作深沉。你用眼神夸奖我的美丽，重要的是我发现你我可以用眼神交流。"露丝一口气说了不少话，大概也有些醉了。

布朗在一边听着，对王浪的敬仰更添一层，在哈佛医学院，布朗与王浪是同学，一起在哈维教授的博士后工作站进行研究，这么说吧，布朗在美国已经算是非常出色的学生了，但是因为有了王浪的光芒万丈，布朗在哈佛医学院就只能处于众星捧月中的星星。从小邻居露丝的内心来看，这个中国同学王浪的确是超凡脱俗、鹤立鸡群。

布朗也不愧是美国杰出的博士生，他很好地处理了与王浪的关系，两个人一直处于良性竞争。哈维教授在目前所有学生中，第一喜欢王浪，第二，无疑就是布朗。

"王浪，你真是好样的。"布朗向王浪竖起大拇指，"露丝给你这么高的评价，你让我看着眼红哪。"布朗对王浪说道。

"布朗，你和我一样年纪，你有了美丽的妻子，还有可爱的孩子，你是家也有了，事业也有了，我还羡慕你呢。"

"也是，来，我们三人喝光杯子里的酒吧，很高兴露丝能够找我们，以后，有空常来吧。"布朗说道，他在内心里倒想看着露丝和王浪有一定的发展，虽然露丝和王浪结婚的话，王浪将留在美国，那自己的事业就会多了一个特别强大的竞争对手。然而，布朗深知，就算他不和露丝结婚，哈维教授都会盛情挽留王浪留在哈佛工作的，因此，说到底，王浪留不留在美国工作，主要在于王浪自己的决定。所以，他是乐意看到露丝与王浪好上的。

"我会经常来的。"露丝说的是真话，她在心里打算要与王浪多些时间接触，好学习汉语，了解博大精深的中国文化，美国空姐也要有超越民族与国度的知识积累，"王浪，你可不能讨厌我。"

"欢迎，我热烈欢迎露丝小姐随时来哈佛大学找我和布朗，我们需要朋友。"王浪说的也是真心话。

布朗突然想起了一个问题，他问道："露丝，我好像没有给你电话、名片之类的，你是怎么找到我的呀？"因为布朗还是二十年前住在洛杉矶市，之后父母搬家等，与露丝没有了联系。所以，露丝在没有名片和电话的情况下，仅仅凭一个名字要找到布朗难度还真是特别大。

"这个可难不倒我，我在美国有很多同学的，在马萨诸塞州也一样，因而，我可以叫人帮忙找呀。"露丝想到这一层，颇有成就感，"因为你和王浪都是回马萨诸塞州，而你在马萨诸塞州工作，凭你的聪明才智，一定是非常有名的单位，更加上你身边的王浪，我就估计你不是哈佛就是麻省。好在这两所学校的中国学生不多，我很快就查到了大部分中国留学生的情况，然后就查你的名字布朗，这样转了几圈，就准确地找到了布朗你的学校、班级等。"

"不简单，你可以做侦探。"布朗感慨道。

"其实呀，用心去做，很多事情都没那么难。"露丝小小年纪，说出来的话倒很有气势。

"露丝，你明天还要上班吗？"布朗说，"我有点想休息了。"

"好，要不你先去吧。"露丝意犹未尽，"我和王浪继续聊聊。"

"既然这样，布朗你就坚持一下。待会儿我开车送你回去。"

"你这个样子还能开车回去，警察逮着你可是终身禁驾。在美国，喝酒后驾车的处罚是非常严厉的，可不能抱有一点点上帝保佑的想法。"布朗有些酒醉，但心里很清楚。

看来王浪还没有想与露丝一个人相处，或许这个时候的他还在想着他的杨柳副县长，一个人的心里如果装了另一个人，新人要进来自己得腾出空位来。

"那该怎么办呢？总不可能让我们的车放在这里吧。"王浪在美国开车用的还是中国的交通习惯，不过，好像以前也没有出过什么状况，这回倒是让布朗给提醒了。

"好办，王浪，待会儿我们叫餐馆工作人员帮忙送吧，请他们的人开车就行。实在没办法的话，就给警察打电话，他们会帮忙解决的。"露丝解释道。

"这些办法复杂吗？"

"不会，我们同学聚会常常喝酒不少，都是这样弄的，你放心好了，王浪。"露丝答道。

王浪了解了这个情况后，很高兴地对布朗说："行呀，再待一会儿吧。照露丝说的，我们待会儿叫别人帮忙开车送我们就是。"

于是，三人接着喝酒、聊天，到散场的时候，彼此的感情得到了加深，尤其对于露丝与王浪来说，在第一次见面，这样的关系已经超乎一般。最后敲定，王浪每一个月给露丝至少上一次中文课，时间两个小时，费用一百美元一次。

露丝在心里激动着，既然王浪做了私人中文教师，一个月一次，那就不怕没有机会。这样的中国男孩，值得进一步交往与深入下去。慢慢来吧，看样子再西化的中国人，也有传统内敛的一面。她并不知道，王浪的心里目前装着杨柳。

近些年来，美国民众对中国的兴趣大增，中国的发展与成就的确让世界瞩目。而中国人也遍及全球，在世界各地表现不凡。中文的学习在美国渐渐成为时尚或者说潮流。不少人在选择外语时首选中文。美国的书店里，关于中文学习的资料、字典、词典已经随处可见。正是由于这样的大环境，中文学校如雨后春笋般在美国蓬勃增长。露丝一直有学习中文的打算，原本她也想找个机会到中文学校参加学习班。只是，当她与王浪认识后，她学习中文的强烈愿望如火山爆发，一发不可收拾。能够请到如此优秀杰出的中国留学生做私人中文家庭教师，是多么美妙的事情呀。

露丝租的是小套间，一室一厅的格局，房子很新，配套齐全。回到她的家后，她好好地洗了一个澡。二十多年的生活，今晚特别开心。王浪是中国人，当然因为他流利的英语，与他的交流没有任何障碍。只是，存在着如此迥然不同文化背景的他们，能相谈甚欢，这已经是相当开心的事情。

躺在床上，露丝特别兴奋，很久都没有睡着。王浪，我们美国人信上帝，相信缘，你就是上帝从中国派来给我的。感谢上帝！

马萨诸塞州虽不是华人特别集中的地区，中国元素也逐年浓厚起来，中文书刊、报纸在当地都能够买到。

为了当好露丝的中文家庭教师，王浪去马萨诸塞州最大的书店买些必要的书籍，主要是关于中文教学的资料。毕竟作为一名医学博士，对于中文教学并不具有特别专长，多做些准备工作，或许就可以真正让露丝学会中文，在美国培养一个爱好中文的漂亮空姐，还是很有成就感的。

拎着一大堆书回到租住的房子里，沉甸甸的。王浪爸爸赶紧接过儿子手中的东西，这可是第一次看王浪提这么多东西回来。自从爸妈来到美国照顾生活后，王浪就没有再去超市买过什么东西，这样大包小包拎东西回来，爸爸看着自然意外。

"今天带啥东西回家？这么多呀。"王浪爸爸问儿子道。

"去书店买的书。"

"一下子买这么多书，看得不头晕眼花呀，你们图书馆还那么多书要看。"王浪爸爸听儿子说过哈佛大学图书馆藏书极为丰富。

"爸，我买的不是医学书，是学中文的书。有人请我当家庭教师，要跟我学中文呢。"

"外国人学中文，我看没有几个学好的，看他们在电视里说'你好''欢迎你'什么的都是怪腔怪调。"

"也不会的，那是他们学得少，用得少，如果学好了，就像我们学英语一样，也可以讲得很标准的。你看过那个加拿大人大山吧，他的中文说得多溜呀，是不是，爸。他还能说中国相声，连姜昆都收他做徒弟。"

"也是，看过，在电视台看过大山说相声。可是，儿子，你都够忙的，还去当中文老师，不是很累吗？你的身体要注意呢。"王浪爸爸对儿子充满了关心。

"没事的，爸，我一个月才上一次课，一次两小时，很轻松的。"

"那人家给你多少钱呢？"王浪爸爸还关心着劳动报酬是否合理，总不能让儿子白白付出劳动，报酬不能太低。

"一次一百美元。"

"那就是八百元人民币了。两小时，一小时相当于赚四百块人民币，嗯，那还差不多。"

"你呀，咱家王浪还会不知道算账吗？我们不需要帮儿子算来算去。"王浪妈妈听见父子俩的对话，对他的老伴说道，语腔语调里是对儿子王浪的无比信任与自豪，也饱含着对老伴的亲昵与爱，话里是无尽的家庭和谐。

"我还不是帮儿子多想想嘛，多一个脑袋，主意总是要多些。"王浪爸爸慈祥地笑道。

一周后，露丝完成波士顿与费城的往返航班，太阳已经落到山的那一边，满天彩霞映照，正是人约黄昏后的好时节。这天，是她和王浪约好学习中文的日子。在费城等待起飞的时候，天空多云，好像有着下雨的先兆，露丝真担心会因天气的缘故飞机不能正常起飞，那样就有可能耽误了她与王浪约好的中文学习。

学习中文在美国有些热门，但对于露丝来说，在遇到王浪之前，她学中文的心情并不是那么迫切，她和中国之间没有非常多的联系，也没有足够的了解与亲切感。只不过，这一切因为认识了王浪而改变。想着能与王浪近距离地在一起，在他的教导下学习中文，心中就充满着快乐的感觉。

露丝开车直接去了哈佛大学医学院，还好，王浪还没有离开，她在门口等待着他。不一会儿，王浪出来，身着白西装，系着蓝色的领带。露丝在车上看见，眼睛发花，王浪多么像从古老城堡里走出来的白马王子呀，英俊潇洒，气度不凡。她飞速地从车上下来，奔跑着朝王浪走去。

"王浪，我来接你。"露丝在王浪面前停住脚步，快乐地说道。

"就来了，不是说好晚饭后我直接去你那吗？"王浪没有忘记他们之间的约定。

露丝抬头望着王浪，幽幽地说道："几天不见了，我想念你，就直接从机场来你这里。"

"这样太累着你了。飞了这么长时间，你也不休息一下？"王浪对露丝颇为体贴。

"平时飞这么远，我是感觉很疲劳，不过今天，王浪，可能是见到你了，我一点也没有疲劳的感觉呢。"露丝伸手去牵王浪的手，"走吧，上车。"

这个女孩真是可爱。王浪想着，手被露丝牵着，两个人一同走向她的车子。

王浪建议露丝回家后先休息一会儿，调整一下状态，然后才去吃饭。

露丝领着王浪上楼，然后进入她的家——她租住的房子，一个人的家。房子不大，但是很整洁，布置得好，走进去就有股淡淡的清香，整个空间给人心旷神怡。屋子里随处可见各式各样的玩具，如熊、马、布公主等等。

"你这屋子，有些像幼儿园呢。"王浪看着这些小女孩的玩意儿，对露丝笑道。

"是不是呀？我就喜欢这些东西，它们不会生气，不和我闹别扭，还不用给它们饭吃，多好呀。"

"你只想自己快乐，不想给它们付出吗？"

"当然不是，我是因为常常没有待在家里，无法照顾它们。如果真是一些要我喂食物给它们吃的动物，恐怕早死光了呢。"露丝笑道，"还是不吃东西的玩偶好，能给我带来快乐，又不麻烦我。"

"不对，一分耕耘一分收获。这只能说，你的要求不高。"

"嘿，或许吧。走，我们到外面吃点什么东西去。我这里有厨房，但没有东西可以用来做饭，平时都是在公司吃了饭才回来。"

"是呀，一个人做饭的时间长过吃饭的时间，也没有这个必要。"

"我们去吃中餐，好不好？"露丝建议道，"平时，也想过去看看是什么味道，可是我一个人去，感觉有些害怕。"

"怕什么呢？"

"不是说你们中国人喜欢骗人吗？还有就是以次充好，等等。"露丝很天真地把平时看到的一些报道说给王浪听。

王浪这时要捍卫伟大的祖国了："谁呀，这是谁在造谣呢？至于这么厉害吗？犯罪分子、坑蒙拐骗哪个地方都有呀。"

"怎么了，亲爱的——"露丝看王浪生气了，赶紧安慰道，"对不起，王浪，我不是故意这样说的，是以前的一些传言吧，不当真，不当真的。"

"其实，是那些唯恐天下不乱的人说这些不负责任的话。现在的中国，不论是法制还是社会道德，都在不断地进步与完善。"

"那，看来我得从你这里了解真实的中国。"露丝推着王浪往前走，"我们去哪一家呢？你常去吗？"

"我基本上没有去过中餐馆吃饭，我家里天天开中餐馆。"

"你家里开餐馆？"

"不是啦，是我的爸爸和妈妈在我这边，他们天天做的饭就和中餐馆的口味差不多。"

"我还以为你家真是做生意的呢。"

"没有，所以，你说去哪家就去哪家吧。"

"那好，我们就去离这里最近的一家。"

这一顿饭，让露丝对中国饭菜有了全新的认识，原来中国饭菜味道一样的香甜可口，它的颜色更加好看。以后可以常来，露丝在心里想道，不过最好是能多和王浪一起，感觉要是吃中国餐离开了王浪的陪伴会少很多乐趣。

走在回露丝家的路上，露丝对王浪说道："这是我第一次吃中国饭菜，太好吃了。你觉得怎么样？"

"我也觉得非常好，有我妈做的那样好。"

"你常常陪我来吃好吗？"露丝期盼着王浪。

"OK，只要是你上中文课，我们就来吃中餐，让你的中文和中餐一起进步。"

露丝太高兴了，她跳起来在王浪的脸颊上吻了一下，低下头挽住王浪的胳膊。这一动作，使王浪想起了杨柳，当时在长沙的时候，杨柳在动情时情感流露俨然如斯。要是杨柳此刻不是坐在华阳县副县长的位置上，而是依然在纽约，那么两个人就能够常常在一起多好。不过，时间也快了，大概只有半年的时间，他的博士后研究工作就将完成，按照计划返回中国。

"在想什么呀？"露丝觉察到了王浪的走神。

"嗯，哦，没有。"王浪回转神来，夸奖露丝，"你充满活力。"

回到露丝的家，稍事休息，王浪就开始教她中文。这才发现，没有教材，他买的那么多书放在自己的家中，原本安排是在家里吃了晚饭后才来教露丝中文的。

"露丝，我给你买了中文教材的，但是现在在我的家里。我去把书拿来。"

"不用了，太难跑，路上花的时间太多，你先教我一点简单的吧。"

"也行。那你认为什么是简单的呢？"

"就是常用的、很容易说的那些话，比如吃饭等等，你把中文告诉我吧。"露丝学中文想走捷径，类似于速成班。

"行，那你跟着我说。"

"好，我跟你读。"

"吃饭。"

"吃饭。"

"中餐。"

"中餐。"

……

露丝学得很有兴趣，她喜欢听王浪说话，不论是他说英文还是说中文，都特别有吸引力，像唱歌般动听。

"怎么样？我学得很快吧。"露丝感觉自己说得差不多了，就对王浪说，"你考试一下我，看我过关了吗。"

露丝还真有语言天赋，这些话很快就学会了，顺利通过王浪的测试。

"学得很快，这两堂课你收获很大。"

"可是，我的一百元就没有了。"

"这一百元你值得呀。是不是？学了这么多的中国话。"

"对，非常值，还有一个需要吃饭的人陪着聊天。"露丝看着王浪，他说话的神情特别可爱，"王浪，'我爱你'这句话的中文我想学，你教我吧，现在。"

"这话最简单，总共三个字，'我、爱、你'，来，先一个字一个字跟我读。"

开始的时候，纯粹是一个字一个字拼读，但念过几遍之后，露丝就找到了感觉。当她对着王浪连贯地念"我爱你"时，心中特别激动，在这三个字中，她真倾注了对王浪的爱。她希望王浪能够留在美国。

"王浪，你在美国待了两年多，是吗？"露丝不再跟王浪学说中文，她用英语和王浪聊天，她想明白王浪的所思所想。

这一转变，王浪感觉到奇怪，怎么露丝突然问起这个话题来呢。

"没错，时间过得很快。两年好像也就是眨眼之间。"

得到王浪肯定的回答，露丝进一步问道："你觉得美国怎么样？"

"科技发达，生活水平高，法治较严，崇尚自由与个性。"王浪说的是自己两年来在美国的感受，这几点深入美国社会，不得不承认，没有太多历史的美国在世界仍处于领先的地位。

"这么说，你是喜欢美国了？"

"当然，在这里学习了两年多时间，这里有尊敬的教授，亲爱的同学，还有像你这样的小朋友。"

"嗯，在中国你也一样有这些是吗？"

"是的，在中国同样有这些情感因素，所以，人不管在哪里，用心用情，都可以得到生活的快乐。"

"说得好。"露丝听到王浪这么说，心里很高兴，那就意味着王浪如果决定在美国生活与工作，也是很自然的事情，"王浪，那你将来就待在美国吗？"

"我想不会。"王浪几乎没有犹豫地回答道。

"为什么呢？"露丝这一刻倍感遗憾，这么可爱的男孩儿，可是不打算留在美国。

"或许你没有办法理解，因为你没有到过另一个国家。这么说吧，当离开祖国的时候，更会产生热爱祖国的情怀。"王浪说到这里，似乎感觉不足以完整表达他的所思所想，"不过，现在全球化的趋势呈现在我们面前，我想我们要顺应潮流。将来回中国后，我想我依然会经常来美国进行医学交流。"

"王浪，你说得对，下回我也要去中国，体验一下你说的爱国情怀。"

"我非常欢迎，下次你到中国来，我请你吃中国有特色的几大菜系的名菜，粤菜、闽菜、湘菜。"

"我可以饱口福了。"露丝又情绪好转起来，"认识你这个中国朋友可真好，到了中国就不用愁没有好东西可吃了。"

看看这天的学习效果不错，时间也早已超过了两个小时。王浪决定告辞回家了。他看了一下表，手中还是冯慧送的那块劳力士表。

"露丝，今天的课就到这里。你早些休息。"王浪说道。

这么快呀，露丝感觉好像刚开始，她看了看墙上的挂钟，的确，都快晚上十点了。

"那我送你回去。"

"不用了，我坐车回去就是。"王浪不想让露丝太过劳累，毕竟她这天刚飞航班回来。

露丝依依不舍地看着王浪消失在视线之外。

第一次中文课后，露丝特别想念王浪，盼望时间过得更快些，早些迎来上课的日子。

露丝在飞了一个国内航班后回来，开车回家的时候，忍不住把车开到哈佛大学附属医院。停好车后，她打电话给王浪。

"王浪，我是露丝。"

"你好，露丝。"

"你今晚有空吗？"

"今晚要值班，你有事吗？"

露丝感觉很遗憾："本想请你一起吃饭的。"

"不用客气，谢谢你。哦，对了，露丝，我把上回买的中文书给你。你现在在哪个位置？我送过来吧。"

"我到你办公室来拿就是。"

见着王浪，露丝心情愉快，空中飞行的疲劳一扫而光。

王浪把上回买的书带到了医院办公室，这会儿他把书全部给了露丝。

"有空看看这些书，对你学习中文会很有帮助。要是有不太明白的地方，给我打电话就是。"

露丝很高兴王浪送书给自己，欣喜地说道："你帮我买这么多书呀，太好了。"

"没什么，我这个一百美元老师，总不能让学生毕不了业，所以得给你多学点东西。"

"毕不了业更好，我喜欢你常常来教我。"露丝大胆表白。

王浪假装不懂："可是你要给我很多个一百美元，到时你可不能说我骗你的钱。"

"不会，王浪，你说你要值班，那我就不多打扰你。"

"行，你路上小心。早点休息。"王浪周到地说道。

"我会的。再见，王浪。"

转眼间过去了四个月，王浪已经给露丝上了四堂中文入门课。这几次的密切接触，全是为了上课，尽管其间露丝有着一些想法，但是王浪并没有同步。当王浪与露丝的友情越发亲密时，她的女朋友杨柳正在忙碌的工作中。杨柳此时身处遥远的中国，在华阳县，做着颇有影响力的美女副县长。美国的黑夜时分，华阳已是中午时分。杨柳正在组织修建长沙至华阳高速公路的签约仪式。将近一年多的不懈努力，终于有了良好的结果。华阳县第一条高速公路建设就此正式踏上议程。

杨柳在华阳县可谓政绩显赫，一年多的时间，她已经在华阳官场和百姓中间有了相当高的威望，她的管理才能使她高瞻远瞩、从容不迫。可以这么说，华阳县经济高速增长，外资、内资大规模引入，杨柳副县长做出了巨大的贡献。她针对当地森林资源、劳动力价格等优势，既引入木材加工、家具制造等企业，又积极与广东、福建等地方联系，大力开展劳务输出，主要是让人开阔视野，学习先进技术，便于将来回到华阳后能够有一技之长，同时还能带动其他人以技术兴县。

签约仪式现场，杨柳郑重地在合作文本上签下自己的名字。希望，借助于这条高速公路的快速修建，华阳的经济会实现新的腾飞。另外，要进一步做好工作，把修建铁路与机场的前期工作进行落实，看修建铁路与机场对于当地经济的促进作用究竟如何。以翔实的规划与计划，相信能够打动省市主管领导。

杨柳忙碌的工作，让她真没有太多的时间去与远在美国的王浪煲爱情粥，她的时间更多地给了华阳百姓。

王浪在美国的博士后研究工作即将结束。在美国期间，王浪参加了英国举行的国际肝移植大会并做重点发言，另外，三次参加美国国内的学术会议。王浪的文章，让他在美国、英国赢得了广泛的关注。他的文章投寄出去后，也得以顺利被录用，《NATURE》杂志的文章正式出版，而《NEW ENGLAND MEDCINE》《LANNCET》的两篇文章也已经确定录用，只等着到期出版。另外，在其他一些杂志上，王浪也发表了一些文章。

想到这些，王浪感到放心了，很好，他如愿以偿地完成了出国前导师吴铜礼院士的要求，留学期问写作发表三篇 SCI 文章。

由于这些突出的成绩，哈佛大学医学院知名教授哈维博士给学校专门写了一封信，强烈推荐自己的中国学生王浪，建议学校授予王浪"杰出留学博士后"称号。哈佛大学校长采纳了哈维教授的推荐意见。

哈佛大学举行了隆重的颁奖仪式。校长亲自将荣誉证书颁发给王浪，一同领奖的还有布朗，也是王浪的同学，同为哈维教授的学生。在哈维教授的努力下，加上王浪与布朗的杰出才华，他们三人一时间成了美国医学界的明星。

王浪在美国的博士后工作做完了，成绩不错，在杨柳结束研修回国前两个人就确定了恋爱关系。可是在快要毕业的时候，露丝的悄然出现，王浪还能如约回国与杨柳共结秦晋之好吗？

图书在版编目（ＣＩＰ）数据

医学博士的闺密们 / 文心，雪中银狐著. -- 北京 ：
中国文史出版社，2019.11
（实力榜·中国当代作家长篇小说文库）
ISBN 978-7-5205-1678-5

Ⅰ．①医… Ⅱ．①文… ②雪… Ⅲ．①长篇小说－中
国－当代 Ⅳ．①I247.5

中国版本图书馆CIP数据核字(2019)第272963号

责任编辑：全秋生

出版发行：中国文史出版社
地　　址：北京市海淀区西八里庄路 69 号　　邮编：100142
电　　话：010－81136602　　　81136603　　　81136606 （发行部）
传　　真：010－81136655
印　　装：北京温林源印刷有限公司
经　　销：全国新华书店
开　　本：787×1092　　　1/16
印　　张：21.75　　字数：340 千字
版　　次：2020 年 2 月北京第 1 版
印　　次：2020 年 2 月第 1 次印刷
定　　价：58.00 元
